田秉锷 编著

历代名家诗品

上海三联书店

图书在版编目（CIP）数据

历代名家诗品 / 田秉锷编著 . —上海：上海三联书店，
2022.1

ISBN 978-7-5426-7485-2

Ⅰ. ①历⋯ Ⅱ. ①田⋯ Ⅲ. ①古典诗歌－诗歌欣赏－中国
Ⅳ. ① I207.2

中国版本图书馆 CIP 数据核字（2021）第 136733 号

历代名家诗品

编　　著 / 田秉锷
责任编辑 / 程　力
特约编辑 / 苑浩泰
装帧设计 / 鹏飞艺术
监　　制 / 姚　军
出版发行 / 上海三联书店
　　　　　　（200030）中国上海市漕溪北路331号A座6楼
邮购电话 / 021-22895540
印　　刷 / 三河市华润印刷有限公司
版　　次 / 2022年1月第1版
印　　次 / 2022年1月第1次印刷
开　　本 / 710×1000　1/16
字　　数 / 283千字
印　　张 / 32

ISBN 978-7-5426-7485-2/I · 1713

定　价：49.80元

前 言

2020年初夏,当佘晓灵先生将《历代名家诗品》校样快递徐州,嘱我校对时,我竟然忘记这是什么时候、出于什么样的情绪而写出了这部既不像评点、又不像注疏的小书。

十二年,不是太长,淡化了记忆,消融了期待,或许就是放弃了对这本书的价值认定。

翻展书页,扑面而来的都是生疏感。校对了许多页码,我才找回了那一点似曾相识的自我认同。

当年,自己正习惯于自由阅读和自由书写。于是,随读随写,逍遥于自由自在的体验与解读中,甚至连文风、体式、对象、诉求都没有考虑。直到排序时,才注意了朝代先后与诗人的生卒修短。

在唤醒的记忆里,彼时彼境,我是挣脱了对诗的神秘膜拜,才以闲放的心态和随意的书写来经营这部书稿的。将"诗"从臆想的象牙之塔里请出来,放置于民间语境,它竟然与亿万百姓的口头语、书面语是一种同源同构的存在。因而,诗即便肇始于诗人的心灵独白,唯超越独白而达于"对话语境",诗才获得其空间张力与时间维度。

因而,所有的诗,都是"对话"。反之,不能置于对话语境的诗,只好划入"梦臆"录音。

我的这一认识,是基于"诗是人类语言"的判定,或者说,诗是一种较讲究、较文雅的语言体系。就这一体会而论,也不是什么发现、发明,唯借鉴了孔子对诗的界定,才有此说。

《论语·季氏》载:陈亢问于伯鱼曰:"子亦有异闻乎?"对曰:"未也。尝独立,鲤趋而过庭。曰:'学诗乎?'对曰:'未也。''不学诗,无以言。'鲤退而学诗。他日又独立,鲤趋而过庭。曰:'学礼乎?'对曰:'未也。''不学礼,无以立。'鲤退而学礼,闻斯二者。"陈亢退而喜曰:"问一得三。闻诗,闻礼,又闻君子之远其子也。"

孔子将"诗"视为"语言教材"，当然有所界定的，那"诗"就是《诗经》。故《论语·述而》谓："子所雅言，《诗》、《书》、执礼，皆雅言也。"在《论语·阳货》中，孔子还说过："小子何莫学夫《诗》？《诗》可以兴，可以观，可以群，可以怨。迩之事父，远之事君，多识于鸟兽草木之名。"同篇，子谓伯鱼曰："女为《周南》《召南》矣乎？人而不为《周南》《召南》，其犹正墙面而立也与！"

总之，在孔子的时代，《诗经》之诗，久已成为人们说话的重要参照或衡量尺度。据学者考察，在春秋时代"子曰""诗云"的大环境里，仅《左传》一书引用的《诗经》内容即达二百一十九条之多。

从"语言"中提炼出"诗"，再以"诗"提升"语言"，水涨船高，中国的大众语言与诗便濡染而上升，构成了"诗的国度"的说话艺术。

这些就是我十几年前撰写《历代名家诗品》时的"诗学"基点。

立于这样的基点，我的品评，也就泛漫为一种"对话"。先与诗人对话，再与读者对话，进而搭一座浮桥或便道，让古人走近今人，或让今人走近古人，这就构成了本书的至高使命。连带的"浅出浅入"，即是我的文字特点。

"对话"还要什么"高深"呢？当"对话"也变成了文化优越的灌输或哲学玄妙的布道，那么这文化或哲学十有八九就是在糊弄人了。

而今，旧话重读，时不时地还能感受一丝新鲜，一缕光亮，一声叹息，一份理解，我真的已经心满意足了。

在灵魂深处，我抗拒"藏之名山"，虽然古代的许多珍宝多是依赖于"藏之名山"而后借考古发掘得以重见天日的；亦鄙视"文化围剿"，即便秦始皇的焚书坑儒也没能中辍中国的文明进程。因而特别赞同无界限阅读、无界限对话，自然也是无疆界思考。相比于皇权体系的一刀禁绝，古今传承的最好状态或是师道传承、家学传承、阅读传承等。

关于"名家"或"名作"的认定，中国文学史只有一个笼而统之的弹性表述。我则主张将历史上"名家""名作"的认定权交给读者。因为我本人先是读者，后成为作者，所以纳入本书范畴的"名家""名作"便都是个人色彩极重的"一家选择""一家之言"。唯知文责自负，因而也就相信了：我选故我在，我品故我在。这版本倘若得到读者的认同，当不胜荣幸。

当然我也知道，文无定式，诗无达诂，借助一两段的品鉴文字，是难以穷尽一首诗的内涵的。而本书的语言介入，并没有穷尽诗歌奥妙的奢望，倘能滴水润物，星光照野，本书的疏导任务即算完成。

最后，我当然要感谢佘晓灵先生与周骋先生的督促，感谢他们的信任，唯信诺还在，这部《历代名家诗品》才得以出版发行。

2020 年 7 月 11 日于敬安麦香小院

目 录

三国

北朝

五代

宋

古 逸 诗

无名氏

卿云歌①（节选）

卿云烂兮，纠缦缦兮②。
日月光华，旦复旦兮③。

【注释】

①此诗见于《尚书大传》。舜将禅禹，于时俊乂百工相和而歌《卿云》。帝乃唱之曰"卿云烂兮"；八伯咸进，稽首曰"明明上天"，帝乃再歌曰"日月有常"。卿云：庆云，古人谓祥瑞之云。②纠缦缦：连片而萦回舒卷状。③旦复旦："言明明相代"（郑玄注）。意谓光明再光明，暗喻禅代。

【鉴赏】

《卿云歌》就是"祥云之歌"。在中国古人朴素的哲学思维里，"吉"与"凶"的观念产生早，又因为相信天人感应，因而祥瑞现象总是与国家兴衰相连。舜将禅位于禹，这是大事、吉事，天公作美，祥云缭绕，好不开心，于是舜与禹、百工、八伯齐唱《卿云歌》。

歌中，包含着对"卿云"的礼赞，也包含着对天的敬畏，对日、月的膜拜。借此表达了对权力和平更迭的庆贺。

"日月光华，旦复旦兮"是传诵名句。"旦复旦"是好事，表明了发展与超越。这是中国政治的乐观主义。

周

无名氏

　　《诗经》收诗三百零五篇,作者均不可考。《诗经》的创作年限,距今约两千五百年,从周初至春秋中期,前后延续约五百年。其产生地包括今陕西、山西、河北、河南、山东及湖北等。《诗经》内容分三大类:"风"有十五国风(民歌),"雅"分《大雅》与《小雅》,"颂"有《周颂》《鲁颂》《商颂》。下选数首,可窥全豹。

周南·关雎

关关雎鸠①,在河之洲。
窈窕淑女②,君子好逑③。
参差荇菜,左右流之④。
窈窕淑女,寤寐求之。
求之不得,寤寐思服⑤。
悠哉悠哉,辗转反侧。
参差荇菜,左右采之。
窈窕淑女,琴瑟友之。
参差荇菜,左右芼之⑥。
窈窕淑女,钟鼓乐之。

【注释】

①关关：水鸟叫声。雎鸠：水鸟名，即鸥鸠。《尔雅》释为王鸥。郭璞注谓："雕类，今江东呼之为鸥。"闻一多则认为与鸤鸠、鹘鸠同类。②窈窕：一说"美心为窈，美状为窕"；一说"善心为窈，善念为窕"。③君子：一是妻对夫敬称，一是百姓对贵族尊称。④流：水行也。又释为择求。顺水之流而取之。⑤思：语气助词。服：思念。⑥芼：采或选择。

【鉴赏】

此为《诗经》开卷第一篇，中国最出名的恋歌、爱情诗。孔子删定《诗经》时将这首诗放在第一的位置上，与他"《诗》三百，一言以蔽之曰：思无邪"的观念相一致。河边，水鸟鸣唱。一位姑娘正在水边采摘荇菜。君子路过，被姑娘吸引，唱起这缠绵情歌。

"关雎"四句，为全诗序歌。比兴而起，有声有色，有情有义，可能要算最坦白、最直接，也最热烈的开头。"窈窕淑女，君子好逑"，八个字，一部中国爱情史！

最后四行，为正歌，是"君子"思念梦中情人，并设法"琴瑟友之""钟鼓乐之"以唤起姑娘响应的求爱程序。姑娘很美丽（窈窕），很勤劳（参差荇菜，左右流之，左右采之，左右芼之），又很庄重（求之不得），这反而激起"君子"无限的遐想、无限的相思以及一而再，再而三地上门求爱。

富有情趣的是，这首诗并没有揭示花好月圆的结局。它只将最有魅力的一段单相思展现出来，造成爱情悬念。而将答案留给"窈窕淑女"，也留给读者。"君子"永远"辗转反侧"着，"淑女"永远"左右采芼"着，"雎鸠"永远"关关"鸣叫着……

卫风·硕人

硕人其颀①，衣锦褧衣②。
齐侯之子③，卫侯之妻④，
东宫之妹⑤，邢侯之姨⑥，
谭公维私⑦。

手如柔荑，肤如凝脂，
领如蝤蛴，齿如瓠犀⑧，
螓首蛾眉⑨，巧笑倩兮⑩，
美目盼兮⑪。

硕人敖敖⑫，说于农郊⑬。
四牡有骄，朱幩镳镳⑭。
翟茀以朝⑮。大夫夙退，
无使君劳。

河水洋洋，北流活活。
施罛濊濊⑯，鳣鲔发发⑰，
葭菼揭揭⑱。庶姜孽孽⑲，
庶士有朅⑳。

【注释】

①硕人：美人。颀：修长的样子。②褧（jiǒng）：妇女出嫁时用麻布织成的罩衣，以御灰尘。③齐侯：齐庄公。④卫侯：卫庄公。⑤东宫：太子所住之地，这里指太子得臣。⑥邢侯：邢国的国君，"硕人"姊妹的夫婿。⑦谭公：谭国的国君，女子称姐妹之夫为私。⑧瓠犀：瓜子。⑨螓（qín）：似蝉而小，头宽广方正。蛾眉：蚕蛾的触须，细长而曲。⑩倩：笑靥美好貌。⑪盼：眼珠黑白分明。⑫敖敖：身长貌。⑬说于农郊：休息于城郊。⑭幩（fén）：装在马口的扇汗工具。镳（biāo）：马嚼子。⑮翟茀（dí fú）：雉羽之饰，装于车后围上。⑯罛（gū）：大渔网。濊（huò）濊：撒网入水声。⑰鳣（zhān）：鳇鱼。鲔：鲟鱼。⑱葭菼（jiā tǎn）：初生的芦、荻。揭揭：长貌。⑲庶姜：随嫁姜姓众女。庶，众多。孽（niè）孽：盛饰貌。⑳士：从嫁的滕臣。朅（qiè）：勇武貌。

【鉴赏】

《毛诗序》谓："《硕人》，闵庄姜也。庄公惑于嬖妾，使骄上僭，庄姜贤而不答，终以无子，国人闵而忧之。"史载，庄姜嫁卫庄公后，无子。美而不妒，育戴妫子如己出，是为公子完。完即位，为卫桓公。桓公懦弱，为异母弟州吁弑杀。大夫石碏大义灭亲，计杀从逆亲子石厚，与州吁演出一场宫廷大剧，此是庄姜后话。

这诗，是卫国无名诗人咏叹庄姜初嫁之仪的。第一节，介绍庄姜家世，言其出身正大。"东宫之妹"一句最关键，表示她是嫡妻所出。第二节，描写庄姜美艳倾国。第三节，描写婚礼之盛。第四节，表示夫妻欢娱与从嫁之丰。

欣赏此诗，有两处重点。一是第二节庄姜容颜描写，先用一组比喻句，逐一形容她的手、肤、颈、齿、眉、脸之美；接着又动态性地展示了庄姜的眼神和笑容。二十八个字，形神兼备，是中国诗文最早的肖像描写范例。二是第四节夫妻欢娱的描写。连用六个叠句句，写水之流、鱼之濯、芦荻之茂盛，半比喻、半象征地暗示了夫妻和悦，深得委婉曲折之妙。

可以说，《硕人》之写人，写女人，是有开创之功的。因而，"巧笑倩兮，美目盼兮"这近乎楚骚的文字，成为描写女性的经典。

魏风·硕鼠^①

硕鼠硕鼠，无食我黍。
三岁贯女^②，莫我肯顾。
逝将去女^③，适彼乐土。
乐土乐土，爰得我所。

硕鼠硕鼠，无食我麦。
三岁贯女，莫我肯德。
逝将去女，适彼乐国。
乐国乐国，爰得我直^④。

硕鼠硕鼠，无食我苗。
三岁贯女，莫我肯劳^⑤。

逝将去女，适彼乐郊。

乐郊乐郊，谁之永号⑥？

【注释】

①硕鼠：田鼠，土耗子。②贯：侍奉。③逝：同"誓"，发誓。女：同"汝"，人称代词"你"。④直：同"值"。⑤劳：慰劳。⑥永号：永叹，长叹。

【鉴赏】

《硕鼠》是《诗经》中较有批判精神的诗篇。将统治者比成"硕鼠"，数千年间，承袭不变，"鼠"之喻与"鼠"之害共存。

诗虽分三节，却并无太严格的递进关系。"硕鼠"之"食我黍""食我麦""食我苗"亦非分年工程。分三节叙述，意在表示"硕鼠"无所不食，断"我"活路。一忍再忍，三（约数）年之久，"硕鼠"却一点儿也"不顾"我，"不德"我，"不劳"我；万般无奈，只好"适彼乐土""适彼乐国""适彼乐郊"。

"逝将去女"，是清醒的选择。清醒，即进步。历史按它的程序发展，谁也无法超前。《硕鼠》所表现的，正是我们民族长成阶段的觉醒。

战国

屈原

　　屈原（约前340—约前278），名平，字原；又自云名正则，字灵均。战国时期楚国人。初辅怀王，为左徒、三闾大夫。遭贵族权奸排挤毁谤，被流放。流放途中，闻郢都破，自叹无力匡政，投汨罗江自尽。主要作品有《离骚》《九章》《九歌》《天问》等传世。

橘颂

后皇嘉树①，橘徕服兮②。

受命不迁，生南国兮。

深固难徙，更壹志兮。

绿叶素荣③，纷其可喜兮④。

曾枝剡棘⑤，圆果抟兮⑥。

青黄杂糅，文章烂兮。

精色内白⑦，类任道兮⑧。

纷缊宜修⑨，姱而不丑兮⑩。

嗟尔幼志，有以异兮？

独立不迁，岂不可喜兮。

深固难徙，廓其无求兮⑪。

苏世独立⑫，横而不流兮。

闭心自慎，终不失过兮。

秉德无私，参天地兮。

愿岁并谢^⑬，与长友兮。

淑离不淫^⑭，梗其有理兮^⑮。

年岁虽少，可师长兮。

行比伯夷^⑯，置以为像兮^⑰。

【注释】

①后皇：后，后土；皇，皇天。②徕：同"来"。服：习惯，适应。③素荣：白花。④纷：茂盛的样子。⑤曾：同"层"。剡（yǎn）：锐利。棘：刺。⑥抟：同"团"。⑦精：赤黄色。⑧任道：担当道义。⑨纷：同"芬"。缊：通"氲"。宜修：修饰合理。⑩丑：丑恶。不丑，即出类拔萃。⑪廓：广大空阔。特指心胸豁达。⑫苏世：对混浊世俗认识清醒。⑬谢：逝世，离世。⑭离：通"丽"。⑮梗：耿直。理：纹理。比喻道理。⑯伯夷：商孤竹国君之子，周灭商，不食周粟而死。⑰置：植。像：榜样。

【鉴赏】

《橘颂》是屈原早期作品。托物言志，借橘抒怀，写橘喻人，使这首咏物诗有了强烈的抒情色彩。

如果细细品味，这首诗的前段与后段，咏物与抒情又各有侧重。"后皇嘉树，橘徕服兮"二句，起势不凡，叙中有赞，对全诗的交糅写法作了自然引入。一路铺叙，橘树的根、叶、花、枝、果均得到详略不同的展示。至"姱而不丑兮"这种较客观的叙述，描写告一段落。归纳其旨，故名之曰"画橘"。

从"嗟尔幼志，有以异兮"二句始，诗人由"画橘"转入"颂橘"。这"颂"，不是空颂，是在前节"画橘"基础上，挑选可颂之"志"，逐一放笔骋怀，歌颂了橘"独立不迁""廓其无求""苏世独立""横而不流""闭心自慎""终不失过""秉德无私""参天地""淑离不淫""梗其有理"……以橘喻人。这些品德大抵只有圣人、贤人才有！因而，诗人以"伯夷"作比，以长友、师长相待，栽植于园，时时相对，作为榜样。

在《橘颂》流传的过程中，后世读者几乎众口一词地承认，《橘颂》是屈原的夫子自道。这很有道理。《橘颂》中橘的精神，确实与屈原精神有太多的共鸣。但我们也要承认，屈原笔下的那株充满人文精神的树，真的是橘树（不是杨柳松柏，也不是那种原本是橘而蜕变成枳的植物），有橘树之美为基础，屈原的升华才有可能！

秦

项羽

项羽（前232—前202），名籍，字羽，秦下相（今江苏宿迁市）人。项氏世为楚将。秦灭楚，项氏流寓江南。陈涉起义后，项羽与叔父项梁响应，巨鹿之战，灭秦河北主力。秦亡后，自立西楚霸王。与刘邦争天下，败而自刎于乌江。

垓下歌①

力拔山兮气盖世②。时不利兮骓不逝③。
骓不逝兮可奈何！虞兮虞兮奈若何④！

【注释】
①垓下：地名，一说在今河南鹿邑，一说在今安徽省灵璧县南沱河北岸。公元前202年初，刘邦军围项羽军于此，"四面楚歌"声中，项羽作《垓下歌》。②力拔山：极言力大。《史记·项羽本纪》谓羽"力能扛鼎"。③骓：项羽乘骑之骏马名"骓"，毛苍白相间。④虞：虞姬。项羽帐下美人，常从幸。闻项羽此歌，虞姬和句曰："汉兵已略地，四方楚歌声。大王意气尽，贱妾何聊生。"歌毕自刎而死。

【鉴赏】
英雄末路，项羽唱出这首悲情的垓下之歌。歌毕，"项王泣数行下，左右皆泣，莫能仰视"，由此可知这首歌的现场共鸣感是十分强烈的。当夜，项羽率八百骑从，突出汉军包围，向淮南奔驰。汉兵追者，五千骑。渡淮，项王从骑仅百余人；至阴陵，从者余二十八骑；乌江自刎时，江东子弟已无一人生还。以史证诗，这诗可谓项羽"绝命诗"。

俗语曰："英雄气短，儿女情长。"此诗入句写"力"写"气"，有自矜自夸色彩，正应了"气短"之兆。二、三句，归因于"时不利""骓不逝"，将失败推于客观，正是项羽个性。结句问"虞"呼"虞"，最无奈，最悲怆，最有"儿女情长"况味！

项羽一生，武功盖世，文治亏阙。令人料想不到的是，这样一名武夫，却留下了总结人生的诗章。虽然这首诗的主旨仍然跳不出"天之亡我，非战之罪"的主观框定而有违于历史真实，但从人性的、个性的、诗情的、爱情的真实性上衡量，此诗却是诗人项羽表里如一、至死不悔的绝唱。

在艺术性上，它还是将刚健与缠绵、自信与自疑、奋争与宿命融汇于一的天成之章。钱牧斋叹为"不学而成"，即是着眼于诗情真率。

汉

刘邦

　　刘邦（前256或前247—前195），字季，沛县丰邑中阳里（在今江苏丰县）人。初试而吏，为泗水亭长。秦二世元年（前209）九月起兵反秦，称沛公。与项羽西向击秦，先入关，受降秦王子婴；项羽称西楚霸王，封刘邦为汉王。楚汉相争，垓下之战破项羽。前202年即皇帝位，前195年平定英布之乱后，过沛县唱《大风歌》，当年病逝于长安。

大风歌①

大风起兮云飞扬，威加海内兮归故乡，
安得猛士兮守四方！

【注释】

　　①《大风歌》：汉代称《三侯之章》。《史记·乐书》："高祖过沛诗《三侯之章》，令小儿歌之。"司马贞《索隐》："过沛诗即《大风歌》也……侯，语辞也。"《诗》曰："侯其祎而者是也。兮亦语辞也。沛诗有三'兮'，故云'三侯'也。"至唐代欧阳询等编纂《艺文类聚》时，始改称《大风歌》。《乐府诗集》编入"琴曲歌辞"，题作《大风起》。

【鉴赏】

　　清人钱谦益在《〈梅村先生诗集〉序》中称："夫所谓不学而能者，《三侯》《垓下》《沧浪》《山水》，如天鼓谷音，称心冲口者是也。"刘邦不是诗人，但他读过《书》，与卢绾同学，又去大梁从张耳游学，"试"而为吏，会写诗是自然之事。

这首诗，是他平定了英布之乱，还归，过沛、留沛，置酒沛宫，悉召故人父老子弟纵酒；发沛中儿得百二十人，教之歌，酒酣，乃起舞，慷慨伤怀，泣下数行，即席咏歌的。在醉与醒之间，在悲与喜之间，在去与留之间，在乐与舞之间，灵魂是自由的，诗歌也是飘逸自由的！

欣赏此诗，可以浅诵，亦可以深思。浅诵之，三句诗，无典故，无晦语，一写风景，二写乡情，三写守业理想，可谓简洁直白，一览无余。深思之，三句诗则婉曲有致，含蓄浩然，言或有尽，意则无穷。"大风"句，以比兴起，"风"与"云"，暗喻群雄并起，角逐天下；"威加"句，家国相映，恩威相和，坦言功成之喜悦；"安得"句，居安思危，以"四方"为念，"猛士"为托，抒发了长治久安的帝王抱负。

诗贵情真，此诗得之。"悲"与"忧"，虽为主调，但英雄气、风云气摇撼人心，此或大汉雄风使然。

司马相如

司马相如（约前179—前118），字长卿，蜀郡成都（今属四川）人。初为郎，汉景帝时为武骑常侍，病免，客游梁，后归蜀。应武帝召，复为郎，拜中郎将，坐事免。复为郎，拜孝文园令，病免。西汉辞赋家，明人辑有《司马文园集》。

琴歌二首①

其一

凤兮凤兮归故乡，遨游四海求其凰。
时未遇兮无所将！何悟今兮升斯堂？
有艳淑女在此方，室迩人遐毒我肠！

何缘交颈为鸳鸯，胡颉颃兮共翱翔^②。

其二

凤兮凤兮从我栖，得托孳尾永为妃^③。
交情通意心和谐，中夜相从知者谁？
双翼俱起翻高飞，无感我思使余悲。

【注释】

①这两首诗属汉乐府"琴曲歌辞"。郭茂倩《乐府诗集》："《琴集》曰：
'司马相如客临邛，富人卓王孙有女文君新寡，窃于壁间见之。相如以琴心挑
之，为《琴歌》二章。'"此《琴歌》即后世所称名曲《凤求凰》。②颉颃（xié
háng）：鸟上下飞翔状，诗中喻比翼齐飞。③孳尾：语出《尚书·尧典》："鸟
兽孳尾。"意指禽兽交配。诗即以"凤凰"喻人，指男女相爱。

【鉴赏】

世人多以"龙""凤"相对而误读"凤凰"。作为百鸟之王的"凤凰"，"凤"
专指雄性，"凰"专指雌性。因而这首诗的"凤求凰"隐喻着司马相如对卓文
君的追求。

两首诗，两种视角立场。第一首，凤（司马相如）的立场；第二首，凰（卓
文君）的立场。两诗相照，自然可以视为男女二重奏，一呼一应，相得益彰，
男求女从，姻缘成双。

先看第一首。入句以"凤"自比，以"求凰"为使命，表白终无所"遇"，
"时未遇"是历史，而"今兮"遇到了"淑女"，好不激动！但碍于礼法，只
能隔帘操琴，借音传情。这便是《史记·司马相如列传》所谓的"弄琴"，"以
琴心挑之"！"室迩人遐"，男女授受不亲，终于也挡不住音乐的魅力；结句
之"交颈鸳鸯""颉颃翱翔"，是司马相如的梦，是司马相如的求爱宣言。

第二首是假托卓文君语，对上首"凤求凰"做出积极回应。虽起句仍用"凤
兮凤兮"，但这已是"凰"对"凤"的呼唤。"从我栖"，即"我从栖"，化
成今语，即"跟你跑"。而"永为妃"，则是终生相伴的许诺。以下数句，依
次描写了卓文君心动之后的心理活动，结尾收于"无使余悲"，等于又恢复了
女性理智。

这两首诗的共同特点是通篇比喻。以凤、凰喻男、女，"凤求凰"遂定格为千载不易的求爱程序。作为"琴歌"，这两首诗又是入乐的，为了传唱方便，它保留了楚骚风格。两首诗，转换视角，转换人称，也可以视为创造。最值得后人称道的是两首诗所张扬的爱情至上的人文精神。寡妇再爱、再嫁，曾经被封建人伦宣判为不贞不洁；这诗，却歌颂这再爱、再嫁，甚至将极端化的"私奔"，美化为才子佳人的韵事。不论从诗情、人情上衡量，这都是更符合人道主义的。

有人对司马相如的"琴挑"行为加以鞭挞，认为有勾引良家女子堕落之嫌。我以为此论有求全责备之疑。

李延年

李延年（? —前 87），中山（今河北定州市）人。出身于倡伎之家，坐法受腐刑，给事狗监中。善歌，可为新变声；能造诗，被之新曲，为汉武帝赏识。后女弟得幸于武帝，为李夫人，生昌邑王。延年亦显贵，为协律都尉。后李夫人卒，延年弟广利为贰师将军，复降于匈奴，另一弟乱于后宫，因此得罪族诛。

李延年歌[1]

北方有佳人，绝世而独立。
一顾倾人城，再顾倾人国。
宁不知倾城与倾国，佳人难再得。

【注释】

[1] 这首诗选自《汉书·外戚传》："延年性知音，善歌舞，武帝爱之。每为新声变曲，闻者莫不感动。延年侍上起舞，歌曰……上叹息曰：'善，世岂有此人乎？'平阳主因言延年有女弟，上乃召见之，实妙丽善舞，由是得幸。"这"女弟"，即李夫人。

【鉴赏】

《汉书》将李延年入"佞幸传",似乎责之过苛。李延年自赞其妹,是他的自由。其妹倘无倾城倾国之貌,任他怎么唱,汉武帝也不会动心的,《汉书》将李夫人得幸归于李延年的这首诗,显然忽略了李夫人的"妙丽"及汉武帝的一见钟情。

"倾城倾国"的成语,即出于这首诗。

此诗的"乐府"特征极为鲜明。"乐府"诗是要唱的,所以语言要求鲜明、生动、抑扬顿挫、朗朗上口。这首诗全做到了。而在更高的修辞层面上,此诗将夸张与含蓄并举,这在古诗中亦极为少见。

全诗围绕"佳人"的"美"展开。一、二句,在空间(北方)的、时间(绝世)的大背景下,总述"佳人"的旷世惊艳。三、四句,借渐次扩展的影响,表现"佳人"秋波顾盼的魅力。先"倾城"复"倾国",只要两次媚眼回眸,其面目、身段之美,何庸赘言?四句诗,极其夸张,又极其空灵,可谓不着丹青而七彩丽华!五、六句,语带慨叹和醒示,将对"佳人"的礼赞推向珍视或呵护,贯穿全诗的是对女性无须言表的崇拜之情,这"崇拜"是专对女性的美艳。谁能说"崇拜"美不是高尚的!

《诗经·大雅·瞻卬》曰:"哲夫成城,哲妇倾城。"此"倾城"指女性误国。李延年歌之"倾城""倾国",意在赞叹佳人之美具有倾城倾国的巨大魅力。由此可知,李延年也是善化古典的诗人。这首诗影响深远,杜甫《佳人》一诗中"绝代有佳人,幽居在空谷",即化用李诗。清人沈德潜在《古诗源》中评曰:"欲进女弟,而先为此歌,倡优下贱之技也,然写情自深。"进女弟事,还有平阳公主推荐,已成旧事;只有这诗,在流传中永葆魅力!

梁鸿

梁鸿,字伯鸾,生卒年不详,扶风平陵(今陕西咸阳西北)人。家贫好学,曾受业于太学,崇尚气节,与妻孟光隐居霸陵山中,耕织为生。因事过洛阳,作《五噫歌》,激怒汉章帝,下令缉捕之。梁鸿变姓名,隐于齐鲁。后南下吴郡(今江苏苏州),依大家皋伯通,佣工舂米。终客死江南,有集二卷,亦佚。

五噫歌 ①

陟彼北芒兮②，噫！顾览帝京兮，噫！
宫室崔嵬兮，噫！人之劬劳兮，噫！
辽辽未央兮③，噫！

【注释】

①"噫"为古代汉语中的叹词，表示悲愤、悲痛。全诗五句，用五个"噫"字，故以"五噫"称名。②北芒：又称北邙，山名，在今洛阳北，东汉及北魏王侯公卿多葬于此。③未央：未尽，未休。

【鉴赏】

《五噫歌》别具一格，五字成句，五句连珠，一句一叹，从形式到内容都表现了诗人的个性追求。

一、二句有叙事风，叙述诗人边走、边看、边叹的洛阳印象。这是居高临下的俯视，又是由近及远的览观，将墓地与帝京连举，似有不恭之意。

第三句乃是"顾览帝京"的延续，由"京"聚焦到"宫"，极言宫室壮丽，引人注目，"噫"字三叹，矛头已经指向中央皇权。第四、五句，脱离视觉，进入思考领域。叹百姓辛劳，叹徭役无休，忧民忧国，不能自已。

诗贵一唱三叹。这首诗亦有三叹五叹之妙。"噫"本无义，加于句后，其义自随句义而消长。一"噫"北芒丛冢，有鄙视义；二"噫"洛阳城阙，有惊诧义；三"噫"皇苑宫室，有愤慨义；四"噫"百姓劬劳，有同情义；五"噫"时役不休，有无奈义。可谓一以贯之，又曲折有致。

因为"诗"而触犯时忌，而埋名隐姓流亡他乡，梁鸿可算中国诗史上的一个先例性人物。诗文虽小道，却不可小视，《五噫歌》可证。

班婕妤

班婕妤，汉成帝刘骜妃子，古代著名才女之一。楼烦（今山西宁武）人。少以才貌送入汉成帝宫，立为婕妤。后受赵飞燕排挤，失宠，于鸿嘉年间（前20—前17）自求供养太后王政君于长信宫。现存诗赋三篇。

怨 歌 行①

新裂齐纨素②，鲜洁如霜雪。
裁为合欢扇，团团似明月。
出入君怀袖，动摇微风发。
常恐秋节至，凉飚夺炎热。
弃捐箧笥中③，恩情中道绝。

【注释】

①怨歌行：乐府"相和歌辞·楚调曲"名，又名"团扇歌"。真伪难辨，且系班氏名下。②齐纨素：齐地出产的素色丝绢。③箧笥：竹制的箱笼。

【鉴赏】

这是一首少妇怨诗。"怨"不直诉，借"团扇"以为喻，暑用而凉弃，表示"恩情"衰竭的苦恼，因而深得婉曲含蓄之妙。

前四句为一小节，描绘"合欢扇"的产地、色彩、形制，乃言其鲜洁明丽。扇与人相映，暗喻了少妇的美丽贤淑。中二句，写"扇"为"君"用。入怀袖，发微风，写扇写人，诗语双关，表现了"少妇"曾拥有的恩宠。"常恐"以下四句，写扇的忧虑和被弃置，连带着少妇的幽怀怨情。

《玉台新咏·序》曰："昔汉成帝班婕妤失宠，供养于长信宫，乃作赋自伤，并为怨诗一首。"果如此，"怨诗"必为《怨歌行》。因为这怨气针对着皇上，所以不能太显露、太张扬，只能用托物言志（情）之法。扇，自然成为女主人公的诗情写照。

"扇"入怀袖与"人"入罗帐，"扇"入箧笥与"人"入冷宫，是异质同构的命运参照。因而写尽了"扇"的热冷转变，也就写尽了"人"的亲疏易置。钟嵘《诗品》评"辞旨清捷，怨深文绮，得匹妇之致"，是较为中肯的。

张衡

张衡（78—139），字平子，南阳西鄂（今河南南阳市北）人。永元中，举孝廉不行，连辟公府不就。永初中，大将军邓骘累召不应。后公车特征，拜郎中，迁尚书郎，转太史令。顺帝阳嘉中迁侍中，又出为河间相，拜尚书。两度任太史令，执掌天文历法，创制了世界上最早的浑天仪与地动仪。明人辑有《张河间集》。

四愁诗

我所思兮在太山。
欲往从之梁父艰①，侧身东望涕沾翰。
美人赠我金错刀②，何以报之英琼瑶③。
路远莫致倚逍遥，何为怀忧心烦劳。

我所思兮在桂林。
欲往从之湘水深，侧身南望涕沾襟。
美人赠我琴琅玕④，何以报之双玉盘。
路远莫致倚惆怅，何为怀忧心烦伤。

我所思兮在汉阳。
欲往从之陇阪长，侧身西望涕沾裳。
美人赠我貂襜褕⑤，何以报之明月珠。
路远莫致倚踟蹰，何为怀忧心烦纡。

我所思兮在雁门。
欲往从之雪雰雰，侧身北望涕沾巾。
美人赠我锦绣段，何以报之青玉案⑥。
路远莫致倚增叹，何为怀忧心烦惋。

【注释】

①梁父：山名，在泰山东南。②金错刀：王莽铸币"一刀平五千"，因"一刀"两字用错金工艺，故称之为"金错刀"。③英、琼、瑶：据《诗经·卫风·木瓜》"投我以木桃，报之以琼瑶"知英、琼、瑶皆为美玉。④琴琅玕：饰以美玉的宝琴。琅玕，一种似玉的美石。⑤貂襜褕（chān yú）：貂皮短衣。⑥青玉案：青玉碗。

【鉴赏】

《四愁诗》的惆怅方向为东、南、西、北，这概括了天下家国。所以"自序"谓：此诗作于阳嘉任河间相时，"时天下渐弊，郁郁不得志，为四愁诗"。同时指出："效屈原以美人为君子，以珍宝为仁义，以水深雪雾为小人。思以道术相报贻于时君，而惧谗邪不得以通。"显然，序中自白，是领会此诗主题倾向的指南。

诗人的"所思"，在太山，在桂林，在汉阳，在雁门；诗人的前途障碍为梁父，为湘水，为陇阪，为风雪；诗人的心仪对象为美人，美人相赠之物为金错刀、琴琅玕、貂襜褕、锦绣段；诗人的回报之物则为英琼瑶、双玉盘、明月珠、青玉案……但这一切，都是假想性的。"路远莫致"是客观处境，"怀忧心烦"是主观情怀，因而四处向往，四处受阻，故"四愁"生焉。

诗歌以"我"与"美人"对举，目标始终如一；这"美人"，应当指的是君王。由此推定，这首诗的主题倾向是忠君报国。

《四愁诗》上法《诗经》，有框架已定、反复咏叹、层层递进、丝丝入扣之妙。在句式及比喻修辞上，它又师法屈赋楚骚，以美人、美玉作比，形象展示了诗人的高洁情怀。也许因为这首诗熔铸了南北诗骚之美，所以它兼有古拙与俏丽之姿。

赵壹

赵壹，生卒年不详，字元叔，汉阳西县（今甘肃天水西南）人。东汉灵帝时名士。光和初，举郡上计，十辟公府不就。遭诬陷，险至于死，赖朋友相救得免。有《刺世疾邪赋》等抒其不平。

秦客诗^①

河清不可俟^②，人命不可延。
顺风激靡草，富贵者称贤。
文籍虽满腹，不如一囊钱。
伊优北堂上^③，抗脏倚门边^④。

【注释】

① 本诗为《刺世疾邪赋》中"秦客"有感而吟。② 河清：黄河由浊变清。此句由《左传·襄公八年》之"俟河之清，人寿几何？"化出。③ 伊优："伊优（ōu）亚"的省语，象声词，指学语之声。诗中指说话无定见、曲意逢迎者。④ 抗脏：高尚刚正之貌。一作"肮脏"。

【鉴赏】

诗由比兴开篇，以黄河难清、人命难延表示"秦客"对社会与人生的冷静悲凉之思。这与周诗"俟河之清，人寿几何"的原意相符，而更为清醒。两个"不可"，是双重否定。三、四句仍然借比喻而发，"人随王法草随风"，"顺风"之"靡草"是描写"富贵"小人的。五、六句表现饱学之士的命运。"文籍虽满腹，不如一囊钱"，可作千秋名句警世。文章如土、学士如丐的现象历朝历代皆有。但自从秦始皇发明了纳粟赐爵，汉文帝又发扬了秦人的捐纳传统后，朝廷便为有钱人开了一条无才、无德也可以青云直上、飞黄腾达的捷径。因而，诗中的"不如一囊钱"是极有针对性的捐纳揭示。七、八两句，对比之下，带有总结全篇的意味。"伊优亚"之辈升官坐堂，文籍满腹者阶下为役，"北堂"与"门边"的对比，表现了颠倒的人生、颠倒的价值、颠倒的社会。不平之声，尽在其中。

这首诗，我们仍可归入"乐府"诗的范畴。但视其五言八句，起势自然，铺排有序，两相关照，弦外余音，已经有些五言律诗的气象。当然，它不是五言律诗。比之自由流畅的"乐府"，这首诗无疑开始了自觉的行文约束。

蔡邕

蔡邕（133—192），字伯喈。陈留圉（今河南杞县南）人。喜好辞章，精于音律，又通数术、天文。建宁三年（170），辟司徒乔玄府，出补河平长，召拜郎中，校书东观，迁议郎。光和初，坐忤宦官，徙五原，虽遇赦，亦知不免，遂亡命江湖，积十二年。董卓当政，征署祭酒，连升数级，拜左中郎将，封高阳乡侯。初平三年（192），董卓败，受株连，被王允杀死。后人辑《蔡中郎集》。

饮马长城窟行①

青青河畔草，绵绵思远道。
远道不可思，宿昔梦见之。
梦见在我傍，忽觉在他乡。
他乡各异县，辗转不相见。
枯桑知天风，海水知天寒。
入门各自媚，谁肯相为言？
客从远方来，遗我双鲤鱼②，
呼儿烹鲤鱼，中有尺素书。
长跪读素书，书中竟何如？
上言加餐饭，下言长相忆。

【注释】

①"饮马长城窟行"为古乐府古题。②双鲤鱼：指书信。或因盛信木函被雕成双鱼状而得名。

【鉴赏】

郦道元《水经注》言："余至长城，其下有泉窟，可饮马，古诗《饮马长城窟行》，信不虚也。"但考此诗，似无长城窟饮马事，故知蔡邕此诗非"乐府"古辞。

但这并不妨碍此诗成为咏叹幽思的佳篇。诗歌主人公为一女子，良人从役，期年不归,日思夜梦,终不可见,客来远方,遗我鱼书,长跪而读,倍增相忆。这便是全诗的脉线走向。

前八句以"青青河畔草"起兴,用"顶真"格,由近及远,渐次推出"远道""梦""他乡"诸境,结于"不相见",展示思念成空的心路历程。八句诗,两句一转,一转一进,足证女子思念之切。

中四句为全诗过渡,或顿挫。"枯桑""海水"皆自然之物;"入门"而"媚"者,为邻里团聚之人;物、人双照双映,越发突显了女主人的悲怀无慰。

后八句,女主人的处境出现转机,良人的家书(双鲤鱼)被"客"从"远方"捎来。于是剖书跪读,终得慰藉。妙在一连串的动作(来、遗、呼、烹、跪、读)都与前面的空"思"、空"梦"形成对比,结句设问,引出良人"加餐饭"的嘱咐及"长相忆"的叮咛。

一首诗,展示了一个思念、苦闷及终获慰藉的过程,体现了艺术构思的完整性。过程很长,空间很大,可以表现的侧面很多,而诗人重点吟咏的是"梦"与"书"。一个人的世界,两个人的思念,用"梦"搭一座桥,在"书"里重逢……

辛延年

辛延年,又作辛延寿,东汉时人,生卒年不详。

羽林郎①

昔有霍家奴,姓冯名子都②。

依倚将军势,调笑酒家胡。

胡姬年十五,春日独当垆③。

长裾连理带,广袖合欢襦。

头上蓝田玉,耳后大秦珠。

两鬟何窈窕,一世良所无。

一鬟五百万，两鬟千万余。

不意金吾子④，娉婷过我庐。

银鞍何煜爚⑤，翠盖空踟蹰。

就我求清酒，丝绳提玉壶。

就我求珍肴，金盘脍鲤鱼。

贻我青铜镜，结我红罗裾。

不惜红罗裂，何论轻贱躯。

男儿爱后妇，女子重前夫。

人生有新故，贵贱不相逾。

多谢金吾子，私爱徒区区。

【注释】

①羽林：汉皇家禁卫军。羽林郎为禁卫军高级军官，掌宿卫、侍从。此诗题"羽林郎"与冯子都无关，乃乐府旧题，属"杂曲歌辞"。②冯子都：名殷，汉昭帝时大将军霍光家奴。诗中暗喻东汉和帝时大将军窦宪家奴侯海。③当垆：卖酒。垆，放置酒瓮的土坯柜台。④金吾子："执金吾"的尊称，执金吾为掌京师治安长官，秦代称中尉，汉代称执金吾。金吾为两端饰金之铜棒，象征权威。⑤煜爚（yuè）：光亮夺目状。

【鉴赏】

这是一首规模不大却情节完整的叙事诗。全诗叙述"霍家奴"冯子都调笑卖酒胡姬，并遭拒绝的过程。两个人，一正一反，一女一男，通过服饰描写、动作描写、语言描写、心理描写等使其活灵活现于读者眼前。如果说冯子都的泼皮无赖相还差强人意，那么胡姬的高贵美丽、忠烈坚贞、落落大方、刚柔兼济则被描绘得呼之欲出。单凭塑造了栩栩如生的胡姬形象，这首诗即可不朽。

前四句，统领全诗，提出矛盾，蓄势而发，总写冯子都倚势调笑胡姬，着"倚势"、着"调笑"，大有意味。朱乾在《乐府正义》中指出，此诗针对大将军窦宪之弟"执金吾"窦景而发，而窦氏亦有家奴侯海仗势欺人。

接下十句，从各个侧面对胡姬的相貌、服饰加以描绘。相貌是虚化处理的，仅交代了年龄、身份。她的美丽，则由"连理带""合欢襦""蓝田玉""大秦珠"以及双鬟辉映而出。从穿着打扮，可以推定胡姬的富贵艳丽。两鬟之价，诗中写"千万余"。清人沈德潜在《古诗源》中特别注明:"须知不是论鬟。"有人就将"千万余"释为玉与珠的价格,似不当。沈注亦欠妥。"千万余"之数,极言胡姬头饰之珍贵。

"不意"以下十句,描写冯子都调笑胡姬过程。求酒送酒,求肴送肴,酒足饭饱,冯子都掏出一枚铜镜,要系在胡姬的红罗裙上。这是一幅滑稽可笑的画面。以"铜镜"与胡姬的"玉""珠"相比,何其贱也!礼贱而人贱,冯子都不堪品评。

结尾八句,描写胡姬拒绝纠缠。"不惜红罗裂,何论轻贱躯"二句最见刚烈;"多谢金吾子,私爱徒区区"二句最见大度。中夹四句议论,既是世风世情的展示,又是胡姬的爱情主见。

至于诗中"金吾子"称谓是否影射了"执金吾"窦景,看来已不重要。

王粲

王粲(177—217),字仲宣,山阳高平(今山东邹城西南)人。祖父王畅,为汉灵帝司空,号为"八俊"之一。王粲早慧,蔡邕赞为"有异才"。初辟司徒府,除黄门,不就。董卓乱国,王粲南奔荆州依刘表,居十五年之久。曹操平荆州,辟丞相掾,封关内侯,迁军谋祭酒,进侍中,为"建安七子"之"冠冕"人物。有《王侍中集》。

七哀诗①

西京乱无象,豺虎方遘患②。
复弃中国去③,委身适荆蛮④。
亲戚对我悲,朋友相追攀。
出门无所见,白骨蔽平原。
路有饥妇人,抱子弃草间。
顾闻号泣声,挥涕独不还。
未知身死处,何能两相完?
驱马弃之去,不忍听此言。

南登霸陵岸，回首望长安。

悟彼下泉人⑤，喟然伤心肝。

【注释】

①"七哀"为乐府旧题，多写战乱哀思。《韵语阳秋》："痛而哀，义而哀，感而哀，怨而哀，耳目闻见而哀，口叹而哀，鼻酸而哀，谓之七哀。"②遘患：作乱。遘，通"构"。③中国：泛指京洛中原地带。④荆蛮：诗中指荆州。⑤下泉：指《诗经·曹风》中《下泉》一篇。据《毛诗序》曰："（《下泉》）思治也。曹人疾（曹）共公侵削，下民不得其所，忧而思明王贤伯也。"故"下泉人"当指《下泉》一诗的作者。

【鉴赏】

王粲作《七哀》六首，今存三，为其代表作。这首又是三首之冠。此诗作于汉献帝初平三年（192），诗人虚龄才十六岁。

这一年四月，王允与吕布合谋，诛杀董卓。二人在长安共秉朝政。但因王允杀了不该杀的蔡邕而放走了该杀的董卓部曲，这才造成董卓旧部李傕、郭汜六月率兵血洗长安。王允与多名大臣被杀，吕布逃，吏民死者过万人，长安毁弃。王粲由长安南下荆州。在历史的理性记录之外，王粲以诗歌形态描绘了这次六月屠城。

开篇二句，概言西京动乱，交代离京原因。以"豺虎"比喻李傕、郭汜诸人，情感倾向已明。

"复弃中国去"以下两句，写即将远行，亲朋挽留。用"复弃"二字，极准。因为初平元年（190）董卓胁帝由洛阳西迁长安，并驱洛阳民百万口随迁。王粲一家即于其时"弃"旧京西行。事隔两年，又离长安，故曰"复弃"。因为前程难卜，故而亲朋难舍。如果扣住"七哀"而言，前六句已经表现了动乱之哀，离别之哀，耳闻目睹之亲历，不能尽述。

"出门"句以下，为全诗核心内容。"无所见"，为排他句式，即别的未见，唯见"白骨蔽平原"，唯见"路有饥妇人"。"白骨"句为全景描写，为惨死之相，为过去悲剧之印证；"路有"句为近景特写，为挣扎之相，为今日悲剧之现实。"白骨"句，一带而过；"路有"句，则还有下文。这便是饥妇"弃子"，饥妇"号泣"，饥妇"挥涕"，饥妇"不还"，饥妇行前不能与弃子言等。这"弃子"的见证人是诗人，爱莫能助，只有"驱马"而去。诗人"弃"中国，妇人"弃"子，诗人复"弃"妇人，表示了乱离人的命运。

结尾四句，写"回望"最合情理，写"伤心"最为无奈。以《下泉》一诗作古今照应，为"加一倍"拓展，将"哀"情推向渺茫的希望。

这是一首微型叙事诗。以少胜多，言简意广，不着议论，尽得臧否。

陈琳

陈琳（？—217），字孔璋，广陵射阳（今江苏宝应东北）人。初为大将军何进府主簿，后避乱冀州，依袁绍，为其典文章。绍败，归曹操，为司空军谋祭酒，管记室，徙门下督。"建安七子"之一，长于书檄表章，有《陈琳集》十卷，存诗四首。

饮马长城窟

饮马长城窟，水寒伤马骨。
往谓长城吏，慎莫稽留太原卒。
官作自有程，举筑谐汝声①！
男儿宁当格斗死，何能怫郁筑长城②？
长城何连连，连连三千里。
边城多健少，内舍多寡妇。
作书与内舍，便嫁莫留住。
善待新姑嫜③，时时念我故夫子！
报书往边地，君今出语一何鄙！
身在祸难中，何为稽留他家子？
生男慎莫举，生女哺用脯④。
君独不见长城下，死人骸骨相撑拄。
结发行事君，慊慊心意关。
明知边地苦，贱妾何能久自全？

①筑：即"夯"，众人齐举，用以砸实地面的工具。②怫郁：同"悒郁"，心情不畅。③姑嫜：亦称"姑章"，即公婆。④脯：干肉。

【鉴赏】

有人怀疑陈琳这首《饮马长城窟》即古乐府"古辞"。或许因为这首诗入笔即点及"饮马长城窟"，与之过于相似之故。

诗的主题是表现边塞之苦。这主题太大，诗人步步缩小，缩小到"太原卒"与"长城吏"的对话，以及"太原卒"与"内舍"的书信往还。通过双方各为对方筹谋的表态，展现了戍守长城者千辛万苦百无一还的悲剧命运。意外的艺术效果随双方信函撞击而迸射出人格火花："太原卒"是一血性男儿，"内舍"是一痴情女子。

书信往还，即是"对话"。借"对话"交代背景，抒发情感，塑造人物形象，是这首诗的艺术特征。性格层面之外，还有属于历史事实的内容。如长城边塞，水寒伤马（实为伤人）；边防战士，自筑长城；长城连连，连连千里；健少不归，寡妇空守；生男捐弃，生女哺肉；等等。

细品此诗，其诗情焦点似乎不拘于"反战""非攻""苛政"等政治批判内容。它阐明的，是一种不可回避的代价与牺牲，以及面对牺牲人与人的沟通和理解；总之，诗歌襃扬的是中国人自古至今都倍加珍视的家国观念与舍身情怀。一方是"男儿宁当格斗死"，一方是"贱妾何能久自全"，甚至"长城吏"也在举筑而谐声"筑长城"！面对这种崇高的壮烈，你能不感念古人吗？

刘桢

刘桢（？—217），字公幹，东平宁阳（今属山东）人，建安中曹操辟为丞相军谋祭酒掾，历平原侯庶子、五官中郎将文学。"建安七子"之一。今存诗十五首，曹丕赞为"妙绝时人"。有《毛诗义问》十卷，《刘公幹集》四卷。

赠从弟①

亭亭山上松，瑟瑟谷中风。

风声一何盛，松枝一何劲。

冰霜正惨凄，终岁常端正。

岂不罹凝寒，松柏有本性②！

【注释】

①诗人在此题下写诗三首，分别咏蘋藻、松、凤凰。此为第二首。②松柏句暗用《论语·子罕》"岁寒，然后知松柏之后凋也"意。

【鉴赏】

清人沈德潜评此诗："赠人之作，通用此体，亦是一格。"这首诗，以"松"喻人，以"松"励人，"松"之"本性"与人之本性在"凝寒"不凋的仪态上，十分相似；所以两相映照，各见精神。

写松树，不是孤立的。诗人先以"山"托举青松，状其"亭亭"之姿；继以"风"鼓荡之，状其"劲"挺；三以"冰霜"摧折之，状其"端正"；四以"凝寒"侵袭之，见其"本性"。

松如此，人亦如此，因而结句的"岂不罹凝寒，松柏有本性"，完全可以理解为"君子有本性"！

以物喻人，有婉曲之美，有含蓄之美，有言此及彼之美，有言已尽而意无穷之美。此诗得之。

徐幹

徐幹（171—218），字伟长，北海（郡治今山东潍坊西南）人。辟曹操司空府军谋祭酒，五官中郎将文学。"建安七子"之一。为人放达，不慕名利，唯以著述为乐。有《中论》六卷，为世称道。曹丕《典论·论文》称"徐幹时有齐气"，诸赋文"虽张、蔡不过也"，评价甚高。

于清河见挽船士新婚与妻别诗①

与君结新婚，宿昔当别离②。
凉风动秋草，蟋蟀鸣相随。
冽冽寒蝉吟，蝉吟抱枯枝。
枯枝时飞扬，身体忽迁移。
不悲身迁移，但惜岁月驰。
岁月无穷极，会合安可知。
愿为双黄鹄，比翼戏清池。

【注释】

①清河：淇水支流，源头在今河南内黄县。挽船士：拉纤兵士。②宿昔：即"夙夕"或"夙昔"，言朝夕之间。

【鉴赏】

从诗题可知，这是一首以旁观者立场代"妻"与"挽船士"话别的诗歌。唐代之后，多有"代作"，但那是受托而"代"，与徐幹"见"状生情，自为"代"作不同。

全诗仿拟女性口吻，故极尽缠绵之意。开篇无盘桓语，无规避语，直言"新婚"之"离别"。此法最拙，又最巧。拙于无遮拦，巧于无赘言。"凉风"以下十二句，一气呵成，大多为比喻语、比拟语、类比语，这就更加生动形象地再现了"新婚"之谐与"别离"之苦。"蟋蟀鸣相随"，喻夫妇相从，加一"凉风""秋草"背景，言其短暂也；"蝉吟抱枯枝"，喻妻守空房，加一"枯枝""飞扬"背景，言其艰难也。在"别离"（"迁移"）中梦想"会合"，于是又生出"愿为双黄鹄，比翼戏清池"的理想。因为有此一"愿"，这首诗也就有了一个恍惚的、光明的结局。

在诗句铺排上，它并不遵循严格的顶真格式，但一言既出，一语相随，"蝉吟""枯枝""迁移""岁月"诸词，皆连缀复出，有如一线贯珠，不失流丽之美，不失铿锵之韵。

阮瑀

阮瑀（约165—212），字元瑜，陈留尉氏（今属河南）人。曾师事蔡邕，建安中辟为曹操司空府军谋祭酒，管记室，曾为仓曹掾。"建安七子"之一。书檄表章与陈琳并称，享誉一时。诗文存世极少。

七哀诗①

丁年难再遇，富贵不重来。
良时忽一过，身体为土灰。
冥冥九泉室②，漫漫长夜台。
身尽气力索，精魂靡所能。
嘉肴设不御，旨酒盈觞杯。
出圹望故乡③，但见蒿与莱。

【注释】

①"七哀"：乐府旧题。另据清人俞樾言："古人之词，少则曰一，多则曰九，半则曰五，小半曰三，大半曰七。是以枚乘《七发》，至七而止，屈原《九歌》，何以不八乎？若欲举其实，则《管子》有《七臣》《七主》篇，可以释七。"（《文体通释叙》）②九泉：地下极深处，喻指阴间。③圹：墓穴。

【鉴赏】

这首诗的奇特，是写了一个亡灵的"哀"思。文辞质朴，构思诡谲，是古诗中少见的另类诗篇。

"丁年难再遇"以下四句，写某公丁年富贵，来不及享受，便突然死亡。"冥冥九泉室"以下八句，分写亡灵在"九泉"之下的诸种无奈情状：全身无力（气力索），精神委顿（靡所能），不能举箸（嘉肴不御），难以擎杯（旨酒盈觞），想望故乡，满径蒿莱……这与活着相比，真是一天一地。

无意有意之间，诗人借富贵丁壮之鬼的种种不如意，揭示了"阴间"孤冷；反问的思维，随"否定"而逼出"肯定"——明乎此，何不珍重年华、珍重财富、珍重亲情、珍生事业呢？

借"鬼"诫"人"，借"死"诫"生"，抓住"良时"，就是抓住了生命呵！

孔融

孔融（153—208），字文举，鲁国鲁县（今山东曲阜）人，孔子十九世孙。汉末名士，灵帝时辟为司徒杨赐府掾。中平初举高第，任侍御使，病免。后辟司空掾，拜北中军侯，迁虎贲中郎将。因忤董卓，迁北海相。建安初被征为将作大匠，迁少府，忤曹操免，复为太中大夫。被曹操杀害。"建安七子"之首，存诗仅七首。

临终诗①

言多令事败，器漏苦不密。
河溃蚁孔端，山坏由猿穴。
涓涓江汉流，天窗通冥室。
谗邪害公正②，浮云翳白日。
靡辞无忠诚，华繁竟不实。
人有两三心，安能合为一？
三人成市虎③，浸渍解胶漆。
生存多所虑，长寝万事毕。

【注释】

①建安十三年（208）八月壬子，孔融并妻、子被曹操诛杀。此诗写于囚禁中。②谗邪：诗中指御史大夫郗虑、丞相军谋祭酒路粹。③三人市虎：《战国策·魏策二》："夫市之无虎明矣，然而三人言而成虎。"《淮南子·说山训》："三人成市虎。"

032

【鉴赏】

孔融之死，为一历史冤案。

孔融或许因为年长于曹操（仅两岁），或许看不惯曹操的政客作为，曾经数次戏侮之。这让曹操甚为恼火。而新上任的御史大夫郗虑素与孔融有隙，令丞相军谋祭酒路粹上奏参劾孔融。路粹的奏状为："少府孔融，昔在北海，见王室不静，而招合徒众，欲规不轨，云：'我大圣之后，而见灭于宋，有天下者，何必卯金刀。'及与孙权使语，谤讪朝廷……又前与白衣祢衡跌荡放言……更相赞扬。衡谓融曰：'仲尼不死。'融答曰：'颜回得生。'大逆不道，宜极重诛。"（《后汉书·孔融传》）曹操见奏，立捕孔融杀之。

这一年，孔融五十六岁。以他的聪明才智，当知曹操杀机已起，不可免也，故有《临终诗》以抒怀。"言多令事败"四句中，有三个类比事物（器漏、河溃、山坏），皆用以烘托"事败"之因，因言致罪，罪而杀身，这是典型的"文字狱"。"涓涓"二句，是过渡，是议论，是总结，讲积渐成变，才有天堂地狱之灾。"谗邪害公正"以下八句，都是对自己生存环境的反思。有谴责，有愤怒，但主要的还是对"人"的失望。这说明，孔融面对"谗邪"之徒，已经出离愤怒了；所以，才能静下心来写这首诗。人之将死，其言也善；人之将亡，其智也明。全诗结于"生存多所虑，长寝万事毕"，大出读者意外。这不是阿Q式的自我安慰，实在是太累了。生命倘若也成了负担，放下真是轻松！

这首诗，不再是一个人悲剧命运的记录；分明，它是智者的智慧遗言。但是，领悟者太少，警诫者更少，致使后世的屠伯，一次次将钢刀砍向多嘴多舌的文人……

应场

应场（？—217），字德琏，汝南南顿（今属河南项城西）人。应劭从子。曹操辟为丞相掾，迁平原侯庶子，后为五官中郎将文学。与弟璩、侄贞，俱以文章名世。"建安七子"之一，有《应德琏集》。

侍五官中郎将建章台集诗①

朝雁鸣云中，音响一何哀！

问子游何乡？戢翼正徘徊②。

言我寒门来，将就衡阳栖。

往春翔北土，今冬客南淮。

远行蒙霜雪，毛羽日摧颓。

常恐伤肌骨，身陨沉黄泥。

简珠堕沙石③，何能中自谐？

欲因云雨会，濯羽陵高梯。

良遇不可值，伸眉路何阶？

公子敬爱客，乐饮不知疲。

和颜既已畅，乃肯顾细微。

赠诗见存慰，小子非所宜。

为且极欢情，不醉其无归。

凡百敬尔位，以副饥渴怀。

【注释】

① 曹丕在建安十六年（211）正月被任命为五官中郎将，在二十二年被立为魏太子，这一年应玚死。所以此诗的创作时间在建安十六年至二十二年间。建章台：或在邺城。② 戢翼：敛翼。③ 简珠：大珠。喻君子。

【鉴赏】

诗人是五官中郎将曹丕的文学属员，应约赴宴。应命写诗，是相当勉强的。但这首诗却有感而发，文采风流，成为"公宴诗"中的佳作。清人沈德潜说："魏人公宴，极为平庸"，唯此诗"代雁为词，音调悲切，异于众作"。另一清人张玉谷亦谓："公宴诗篇开应酬，收罗何事广萧楼。德琏别有超群笔，一雁云中独唤秋。"应酬之诗能于"应酬"之外写出灵性，十分难得。

从结构上分析，这首诗前十八句自述生平，后十句畅叙友情，做到了有情、有义、有礼。而大出风采处是自述文字托雁自喻，将"人语"化为"雁语"，让灵魂高翔云表。

"朝雁"四句，写云雁哀鸣，敛翼徘徊，迷于前路，失落乡关。跳出人寰写人，逸出雁阵写雁，拉开距离，正是为了迫近目标。果然，从第五句开始，读者听到了"朝雁"的自语："寒门"指出身，"北土"指北方，"衡阳""南淮"指南方，"远行"指漂泊，"霜雪"喻艰辛；尽管在"春"与"冬"的流徙中毛羽摧颓，肌骨损伤，但这只"朝雁"仍然以"沉黄泥""堕沙石"自诚，以"简珠"自比，以"云雨会""陵高梯"自励；当它说到"良遇不可值，伸眉路何阶"时，已经快要恢复了"人"的面目了。"路何阶"既是自问，又是他问，此问一出，全诗的诗情转折自然完成。

"公子"与"朝雁"对言，"公子"指曹丕。以下诸句，虽为当面美言，但美誉有节——敬客、乐饮、和颜、顾细微、赠诗存慰等，都还局限于饮宴的、友谊的、人情的层面上；诗人对曹丕，最终的表示，也只是尽醉而敬祝其固位顺遂。

含蓄，是极难实现的诗美。放之则"露"，收之则"晦"，以比喻出之，可得其"巧"。此诗可证。

汉乐府

汉设"乐府"，置"乐府令"，掌朝会宴飨、道路游行之乐歌，并征采民间之诗、乐。于是，在文人诗歌外，"乐府诗"兴焉。汉乐府诗，主要分郊庙歌辞、鼓吹曲辞、相和歌辞和杂曲歌辞等。

江南①

江南可采莲，莲叶何田田②，
鱼戏莲叶间。鱼戏莲叶东，
鱼戏莲叶西，鱼戏莲叶南，
鱼戏莲叶北。

【注释】

①"江南"为乐府诗题,属"相和歌辞"之"相和曲"。《乐府古题要解》:"《江南》古辞,盖美其芳晨丽景,嬉游得时也。"②田田:形容莲叶挺秀、茂盛。

【鉴赏】

莲生于中国,江南最盛。题标"江南",是符合莲的生长分布现状及江南采莲习俗的。又因为属"相和歌辞",故不论一人唱、一人和或一人唱、众人和,这首诗的主体部分(前三句)都可能是"唱"的内容。鱼戏四方四句,为"和"歌,副歌。多人加入,形式活泼,气氛热烈,自然易于流传。

"江南可采莲,莲叶何田田,鱼戏莲叶间"三句,画意盎然,诗意盎然,弦外之音飘然,一旦传唱,百世流行而不辍。原因很简单,它是爱情诗。"莲"与"田",都是谐音双关,"莲"同"怜","田"同"甜","采莲"就是求爱,"戏莲"就是甜蜜,鱼水欢情,更是男女相悦的婉辞。

长歌行①

青青园中葵,朝露待日晞②。
阳春布德泽,万物生光辉。
常恐秋节至,焜黄华叶衰③。
百川东到海,何时复西归?
少壮不努力,老大徒伤悲。

【注释】

①长歌行:乐府古题,属"相和歌辞"。原三首,今选第一首。②晞:干,干燥。③焜黄:色衰的样子,诗中形容"华叶"。

【鉴赏】

这是一首耳熟能详的诗篇。取喻也近,生发也远,借葵叶朝露易干而起"兴",引出万物盛衰有时之联想,最后激越起少壮努力的劝谕。主题当然是积极向上的。

生活中藏着真理，一滴露水，居然让细心的诗人映照出大千世界的奥秘。一、二句，朝露日晞，只是一天内的变化。三至六句，放大"一日"成"一年"，诗人则看到了"春"华"秋"衰。七、八句，跳出时间，观察空间，仍然是一个"东"水难以"西"归的事实。将时间与空间重叠，终于让诗人明白，人生不能逆转！

"少壮不努力，老大徒伤悲"，是一句警策，是两千年前的哲人警诫后生小子的慈悲之音。抓住了时间，就是抓住生命，有何疑焉？

从某种意义上看，人就是"园中葵"，人就是葵上的一滴"朝露"。

枯鱼过河泣①

枯鱼过河泣，何时悔复及。
作书与鲂鱮②，相教慎出入。

【注释】

①枯鱼：干枯之鱼。②鲂：鲂鱼，形似鳊鱼。鱮：鲢鱼。

【鉴赏】

清人沈德潜评此诗曰："汉人每有此种奇想。"所谓"奇想"，即让"枯鱼"做"过河"状、"悔"状、"作书"状、"相教"状。打一个比喻，这类似让骷髅行走、说话。

修辞有拟人手法，此诗即用了"拟人（或鱼）"，打通了生与死、人与鱼的界限，让死去的鱼教诲活着的鱼，进而教诲活着的人，构思之奇，匪夷所思。

主题是一"悔"字。变成"枯鱼"而生悔，晚矣。虽晚而能知悔，复"作书"，"相教"于活鱼，让别个以己为鉴，不再做"枯鱼"，故其"悔"虽晚而不晚矣！

孔子倡"诲人不倦"。这条"枯鱼"，死而知"悔"与"诲"，可谓"诲鱼不倦"！

社会上，人吃人；水中，鱼吃鱼。大鱼吃小鱼，是强梁社会的道理。不想被吃，只有听"枯鱼"的劝告，加一份小心，"慎出入"为上。

全诗通喻，这叫"大比兴"。诗中充满浪漫精神，以"悔"为鉴，又潜寓了乐观精神。

君子行①

君子防未然，不处嫌疑间。
瓜田不纳履，李下不正冠。
嫂叔不亲授，长幼不比肩。
劳谦得其柄②，和光甚独难③。
周公下白屋④，吐哺不及餐⑤。
一沐三握发，后世称圣贤。

【注释】

①"君子行"属乐府诗题，属"相和歌辞"之"平调曲"。《乐府解题》："古辞云：'君子防未然'，盖言远嫌疑也。"②劳谦：《易·谦》："劳谦，君子有终，吉。"劳即勤劳，谦即谦恭。③和光：出自《老子》第五十六章："和其光，同其尘，是谓玄同。"和光，即含敛光耀，与别人同享名禄。④白屋：白茅盖顶之屋，亦泛指庶人之居。⑤吐哺：又曰"周公吐哺"。出自《史记·鲁周公世家》："周公诫伯禽曰：'……然我一沐三握发，一饭三吐哺……'"吐哺，即吃饭间断。

【鉴赏】

诗题标"君子行"，开篇又言"君子防未然"，可见这是一首咏歌"君子"道德准则的劝诫诗。

"君子防未然，不处嫌疑间"二句，是全诗的关键，统领以下十句诗。防患于未然，不但靠"先见之明"的智慧，还是一个实践性的人生考验。"瓜田""李下"二句，已经固定为成语，"不纳履""不整冠"的自我约束，避免了摘瓜采李的偷窃之嫌，这很必要。"嫂叔""长幼"二句，展示的又是另一个层面的道德约束。男女授受不亲，长幼尊卑有序，才能避免人伦之乱。四句诗，两句说物质嫌疑，两句说精神嫌疑，概括了全方位的防范。"劳谦"二句，带总结前韵、开启后声之意。"劳"扣"瓜田"二句，"谦"扣"嫂叔"二句，表示只要勤劳持身，谦恭待人，"和光"虽难，可操其柄。而"周公"居"白屋"，有吐握之德，正是"和光""独难"的千古一人！"君子行"由一般劝勉起步，归结于对周公的歌颂。无疑，诗人是将周公作"君子"表率看待的。

箜篌引 ①

公无渡河，公竟渡河。
堕河而死，当奈公何。

【注释】

① "箜篌引"为乐府诗题，属"相和六引"之一。据崔豹《古今注》："朝鲜津卒霍里子高妻丽玉所作也。子高晨起，刺船而濯。有一白首狂夫，披发提壶，乱流而渡。其妻随呼，止之不及，遂堕河水死。于是援箜篌而鼓之，作《公无渡河》之歌，声甚凄怆，曲终，自投河而死。霍里子高还，以其语妻丽玉，玉伤之，乃引箜篌而写其声，闻者莫不堕泪饮泣焉。丽玉以其声传邻女丽容，名曰《箜篌引》焉。"箜篌：古弹拨乐器，又名"空侯""坎侯"，分竖式、卧式两种。

【鉴赏】

目睹了一个死亡过程，再将这过程吟唱出来，唱毕，自己又从容赴死。十六个字的一首诗，"公"三出，"渡"二出，"河"三出，反复咏歌，不厌其烦，"缠绵凄恻"，忧思无尽，真正做到了有事而发，有情而歌。

狂夫、"公"的死，是醉狂自蹈；歌者、其妻的死，则是失去依凭、悲不自胜的选择。这悲剧是双重的。

生命，是一种自然趋势。自己做主，别人挡不住，"妻"追呼，挡不住"公"堕河；子高亦挡不住"公"之"妻"投河。人走了，留下诗，吟咏悲哀，无补于事实。

这并不是一首叙事诗，却写活了两个个性极端化的人。

白头吟①

皑如山上雪，皎若云间月。

闻君有两意，故来相决绝。

今日斗酒会，明旦沟水头。

蹀躞御沟上②，沟水东西流。

凄凄复凄凄，嫁娶不须啼。

愿得一心人，白头不相离。

竹竿何袅袅③，鱼尾何簁簁④。

男儿重意气，何用钱刀为⑤?

【注释】

①"白头吟"为乐府旧题，属"相和歌辞"之"楚调曲"。《乐府诗集》谓："痴人相知，以新间旧，不能至于白首，故以为名。"《玉台新咏》题此诗为"皑如山上雪"。②蹀躞（xiè dié）：同躞蹀，小步趋行。③竹竿：《诗经·卫风·竹竿》："籊籊竹竿，以钓于淇。"以竹竿钓鱼喻男女求偶。④簁（shāi）簁：鱼甩尾声。⑤钱刀：指钱币。刀币流行于春秋战国齐、燕、赵各国，秦统一中国后废。王莽又制刀币，短期流行。

【鉴赏】

这是一首白发女性与丈夫"决绝"爱情的诗。

知道丈夫有"两意"，与自己"愿得一心人，白头不相离"的爱情初衷不符，她一不委曲求全，二不无理取闹，而是主动地、公开地表明"决绝"离异之意。化用今语，乃"炒丈夫"也！

仅凭记录下这位女性的坦荡言辞，并借此塑造了一位讲真爱、讲原则的女性形象，《白头吟》可不朽。若视《白头吟》为女性的"爱情宣言"，当不为过。

"皑如山上雪"二句，以白雪、明月起头，坦言自己青春已逝、白发满头。正视生命，傲然岁月，这在女性中十分难得。"闻君"二句，句意陡转，直言相绝，充满自信，充满正义。"相决绝"三字，统摄全诗，高屋建瓴。

以下，四句一节，每节各有重点。"今日斗酒会"一节，以"水"喻人，表示分道、分流，各不相干。"凄凄复凄凄"一节，追想初嫁时的爱情理想，本为一心一意、白首偕老，而如今，愿望成灰。"竹竿何袅袅"一节，是白发女的最后质问。弃旧图新的男人，与新人鱼水相欢，但这爱为何仍以金钱为基础？

十六句诗，如连珠，一气贯之而又张弛有度，据理而言，依情而发，因而被人誉为"妙口妙笔"。那位被"炒"了的丈夫，无声、无息、无色、无神。在婚姻上，白发女失败了；而在人品人格上，她是胜利者。

古诗十九诗

《古诗十九首》是中国文学史上最有名的组诗之一，始于《文选》。《古诗十九首》是在汉代汉族民歌基础上发展起来的五言诗，内容多写离愁别恨和彷徨失意，思想消极，情调低沉。但其艺术成就却很高，长于抒情，善用事物来烘托，寓情于景，情景交融。

行行重行行（之一）

行行重行行，与君生别离①。
相去万余里，各在天一涯。
道路阻且长②，会面安可知？
胡马依北风，越鸟巢南枝。
相去日已远，衣带日已缓。
浮云蔽白日③，游子不顾反。
思君令人老，岁月忽已晚。
弃捐勿复道，努力加餐饭④。

【注释】

①生别离：出自《楚辞·九歌·少司命》："悲莫悲兮生别离，乐莫乐兮新相知。"②阻且长：从《诗经·秦风·蒹葭》之"溯洄从之，道阻且长"化出。阻，指道路上的障碍。长，指道路间的距离很远。③白日：原是隐喻

君王的，这里喻指未归的丈夫。④加餐饭：古时一种亲切的安慰别人的词语。

【鉴赏】

这是一首思妇怀人之作。

前八句为一层意思，核心是一个"远"字。开篇一句"行行重行行"五字，有四"行"字，极言行之不止。结果与妻子"生别离"，离到"万余里""天一涯"，"阻且长""安可知"，犹如胡马在北，越鸟在南。离情如丝，愈远愈柔，几多留恋，几多无奈。

后八句为又一层意思，核心是一个"思"字。"相去日已远"的"远"字，一说距离，以总揽上段；一说时间，开启下段思念闸门。因思念而日渐消瘦，因思念而日显衰老，但这都没有阻碍对"君"的怀念——想到他们因谗言而远行不归，又生发出对他的提醒与劝勉，让他宽心，让他加餐，让他身心都康健。

"悲莫悲兮生别离"，这诗写"生离别"，无疑是一首悲情诗。由于采用了"妻"对"君"的对言形式，所以压抑悲情，多作自慰人语，悲而不伤。

青青河畔草（之二）

青青河畔草，郁郁园中柳。
盈盈楼上女①，皎皎当窗牖②。
娥娥红粉妆，纤纤出素手。
昔为倡家女③，今为荡子妇④，
荡子行不归，空床难独守。

【注释】

①盈盈：形容举止、仪态美好。②皎皎：皎洁，洁白。③倡：古代指歌舞艺人。④荡子：游子。指游宦异乡、久不归乡的人。

【鉴赏】

这也是一首思妇怀人之作。不同于上一首的是，它在主体情态的描写上花了很多工夫，因而体现了自赏、自怜、自慰、自哀的主题倾向。

"青青""郁郁"二句，写目中所见之生存环境。"盈盈""皎皎"二句，写居处之幽、主人之美。"娥娥""纤纤"二句，细写妆成之美。"昔为""今为"二句，追述女主人人生经历。"荡子""空床"二句，写思夫之苦。"空床难独守"一句，是诗情焦点。此为思念极限句，说得坦荡无隐，说得无可奈何，没有装腔作势，没有虚情假意；甚至对"荡子"的不归，还生出一丝怨愤。唯如此，这女主人才是真实的儿女之身，才有真实的儿女之情。

这首诗的叠字之美，他诗莫如。顾炎武《日知录》说："古诗'青青河畔草……'连用六叠字，亦极自然，下此即无人可继。"

三 国

诸葛亮

诸葛亮（181—234），字孔明，琅玡阳都（今山东沂南南）人。汉末隐居隆中（今湖北襄阳西），人称"卧龙"。建安十二年（207）受刘备三顾之请，出山辅之。后刘备称帝，任蜀汉丞相。刘禅即位，封武乡侯，领益州牧。南征北伐，安定蜀汉多有功。五次出兵攻魏，不胜，病故于五丈原。著有《出师表》《诫子书》等。

梁甫吟①

步出齐城门②，遥望荡阴里③。
里中有三坟，累累正相似。
问是谁家墓，田疆古冶子④。
力能排南山，文能绝地纪。
一朝被谗言，二桃杀三士。
谁能为此谋，相国齐晏子⑤。

【注释】

①《三国志·诸葛亮传》谓："亮躬耕陇亩，好为梁甫吟。"但未载《梁甫吟》诗句，亦未注"好为"是爱唱或原创。前人考证，《梁甫吟》或为悼念三勇士旧歌，后流传为葬歌，而系于诸葛亮名下。②齐城：齐都临淄。③荡阴里：地名，在临淄东南。《水经注》云："淄水又东北，迳荡阴里西。水东有冢，一基三

坟。东西八十步，是烈士公孙接、田开疆、古冶子之坟也。"④田疆古冶子：齐国勇士。⑤晏子：名婴，春秋时齐国大夫。

【鉴赏】

《梁甫吟》的悼念色彩很强。悼念对象即公孙接、田开疆、古冶子三人。三人为齐景公勇士。田开疆有伐徐之功，古冶子有斩鼋之功，公孙接有搏虎之功。三人结为兄弟，号"齐邦三杰"。因为他们恃功而骄，且与佞臣梁邱据结交，所以晏子设计了"二桃杀三士"的剪除方案。晏子入见景公，使人馈之二桃，让三人"计功而食桃"。三人各摆功，摆功毕，又发现自夸其功为"贪"，为"无勇"，故公孙接、田开疆先行自杀。古冶子见状，自责"不仁"，亦自杀。此事载于《晏子春秋》，当为有据。

"三士"有毛病，但罪不当诛。晏婴杀之，只证明他自己的小肚鸡肠。诸葛亮喜吟此诗，无疑表白了他的人文立场。"一朝被谗言，二桃杀三士"，点及"谗言"杀人，等于为"三士"平反。

诗由出游入笔，目见三坟，追怀古事，归罪于晏婴，可谓眉目清晰，臧否分明，符合诸葛亮性格。

曹操

曹操（155—220），字孟德，小名阿瞒，沛国谯县（今安徽亳州）人。东汉末年杰出的政治家、军事家、文学家，三国曹魏政权奠基人。建安元年（196）迎献帝于许昌，开始挟天子以令诸侯。后进位丞相，封魏公、魏王，削平群雄，统一北方，造成三国鼎立之势。曹操精通兵法，善为诗文，有《曹操集》传世。

短歌行①（其一）

对酒当歌，人生几何！譬如朝露，去日苦多。
慨当以慷，忧思难忘。何以解忧，惟有杜康②。
青青子衿，悠悠我心③。但为君故，沉吟至今。
呦呦鹿鸣，食野之苹。我有嘉宾，鼓瑟吹笙④。

明明如月，何时可掇？忧从中来，不可断绝。

越陌度阡，枉用相存。契阔谈宴⑤，心念旧恩。

月明星稀，乌鹊南飞。绕树三匝⑥，何枝可依？

山不厌高，水不厌深。周公吐哺⑦，天下归心。

【注释】

①"短歌行"为乐府旧题。曹操以旧题写汉末之事。②杜康：传说最早的造酒者，诗中作酒的代称。③"青青"二句：引自《诗经·郑风·子衿》。青衿为周代学子服装。④"呦呦"四句：引自《诗经·小雅·鹿鸣》。⑤契阔：久别。⑥匝：环绕一周。⑦周公：周武王弟姬旦。吐哺：吐出正在咀嚼的食物，指停止吃饭。

【鉴赏】

曹操存《短歌行》二首，今选其一。对于这首诗的主旨，前人有过争论。唐人吴兢说它是"言当及时为乐"（《乐府古题要解》卷上）。清人张玉谷认为："此叹流光易逝，欲得贤才以早建王业之诗。"（《古诗赏析》卷八）二者相较，张说为宜。

"对酒当歌"八句，为饮酒长歌的感性画面与感性情思；"忧"人生不永，借美酒"解忧"。

"青青子衿"八句，除"但为君故，沉吟至今"二句外，皆引自《诗经》。引《子衿》，叹求贤不得；引《鹿鸣》，写得贤尽礼。回应开篇八句，可知诗人"忧"怀还有另一个"事业"侧面。

"明明如月"八句，以反复吟歌的形式，跳出引用，以四句写求贤忧虑，以四句写得贤欢乐，进而将求贤主题强化为缠绵悱恻。

"月明星稀"八句，多为景物语，多为比喻语，以"乌鹊"喻贤才，以"绕树"喻贤才择主，以"山""水"自比，以"周公"自托，再一次表示了虚怀待贤的气度。

这是一首慨叹生命的诗，这又是一首渴求贤才、建功立业进而充实生命的诗。但后人往往从所谓道统的角度发议论，如诗评者陈沆说："鸟则择木，木岂能择鸟？天下三分，士不北走，择南驰耳。分奔蜀吴，栖皇未定。若非吐哺折节，何以来之？"（《诗比兴笺》）此论可能代表了多数人的倾向，出发点是以人发言。但曹操个人的评价官司，看来还有得打。即使以人发言，也是未定。

在艺术表现上，此诗重引用，重比喻，重反复吟歌，将悲怀与壮怀交融于一。《短歌行》是曹操的代表作，也是"国风"式乐府的杰作。

步出夏门行·观沧海①

东临碣石，以观沧海。水何澹澹②，山岛竦峙③，
树木丛生，百草丰茂。秋风萧瑟，洪波涌起，
日月之行，若出其中；星汉灿烂，若出其里。
幸甚至哉，歌以咏志。

【注释】

①"步出夏门行"为乐府曲调名。又称"陇西行"，属"相和歌辞·瑟调曲"，为大曲之一。借用此题曹操于建安十二年（207）九月北伐乌桓胜利班师时，连作五首诗。《观沧海》为《步出夏门行》组诗的正曲第一首。沧：通"苍"，青绿色。②澹澹：指海面辽阔。③竦峙：高高地耸立。竦，同"耸"，高起。峙，挺立。

【鉴赏】

全诗以写景为主。景为"海景"，故极言其大，大到包容日、月、星汉；而观海的立足点是山，又以"山景"之树木、百草、山岛、碣石与大海相映，构成高下相倾、纵横相交、动静相照的山海宏图。

但观海者并非无动于衷。在将目光投向大海时，诗人的胸怀早已随视觉扩展而包容八极。所以，海之洪波与心之情潮获得共振，海之吞吐日月与心之容纳万物趋向一致，在诗歌的反复吟咏中，"沧海"与"心海"波光对流。

如果我们要将这首诗视为山水诗，它当之无愧是后世山水诗的开山佳作，气魄之大，涵养之深，鲜有及之者。

步出夏门行·龟虽寿①

神龟虽寿②，犹有竟时。腾蛇乘雾③，终为土灰。
老骥伏枥④，志在千里；烈士暮年⑤，壮心不已。
盈缩之期⑥，不但在天；养怡之福，可得永年。
幸甚至哉，歌以咏志。

【注释】

①夏门：洛阳西北城门，汉称"夏门"，魏晋称"大夏门"。《龟虽寿》为《步出夏门行》组诗的第五首。②神龟：《庄子·秋水》谓："吾闻楚有神龟，死已三千岁矣。"古人以龟占卜，故视之为神物。③腾蛇：亦作"螣蛇"。《尔雅·释鱼》："螣，腾蛇。"郭璞注："能兴云龙，而游其中。"④老骥：亦作"骥老"。骥，千里马。枥：马槽。诗中指马棚。⑤烈士：重义轻生或有志功业者。⑥盈缩：本指进退、升沉、满亏、成败、福祸等，诗中指寿命长短。

【鉴赏】

这是一首将生命哲理与人生追求融汇于一的瑰丽诗篇。前四句，以神龟、腾蛇为喻，揭示有生必死的绝对性生命原则；中四句，以马喻人，抒发老当益壮的雄心；后四句，在承认客观约束的前提下，倡扬主观努力；尾二句，庆幸明智，发歌抒怀。

诗人目光深邃，思虑玄远，总是能在生命的关联性上，取法于万象，而定于一心。所以，他是智者、大智者。小智拳拳于一身一家，大智沁沁于天下国家。曹操的"烈士暮年，壮心不已"，当然与他要做周文王的政治设计相关。

诗在流传过程中，总要日益脱离原创者的感性规范，而依据文本张力化被万人。雄奇的诗，永远有积极引燃的阅读效果。《龟虽寿》的魅力与世推移。

曹丕

曹丕（187—226），字子桓，曹操次子。五岁习骑射，练剑，后读书，可谓文武全才。建安十六年（211）为五官中郎将、副丞相，二十二年（217）被立为魏太子。

建安二十五年（220）春，曹操死，嗣位丞相、魏王。同年十月，禅汉立魏，即帝位，改元黄初。诗文俱佳，有文集二十三卷，《列异议》二卷，《典论》五卷。作品多散佚，后人辑有《魏文帝集》。

燕歌行[①]

秋风萧瑟天气凉，草木摇落露为霜。
群燕辞归雁南翔，念君客游思断肠。
慊慊思归恋故乡[②]，君何淹留寄他方？
贱妾茕茕守空房[③]，忧来思君不敢忘。
不觉泪下沾衣裳。
援琴鸣弦发清商[④]，短歌微吟不能长。
明月皎皎照我床，星汉西流夜未央。
牵牛织女遥相望[⑤]，尔独何辜限河梁[⑥]？

【注释】

①"燕歌行"：乐府旧题，属"相和歌辞·平调曲"。因燕地偏远，征戍不断，燕歌多写辞别之悲。②慊慊：空虚，怨恨不满。③茕茕：孤独，寂寞。④清商：曲调名，其音节促迫。⑤牵牛织女：星名，处银河两岸。⑥河梁：诗中指银河鹊桥。

【鉴赏】

曹丕有《燕歌行》二首，此为第一首。以目前所见，这两首《燕歌行》是中国文学史上最早、最完整的七言诗篇。

主人公为一思念远行夫君的女性。

"秋风萧瑟"四句，描绘了一幅天气转凉，燕、雁南飞，草木摇落，白露为霜的秋色画图；女主人公触景生情，怀念远行的夫君。"景语"开篇，"情语"点染，"景"向"情"的过渡，自然天成，不留琢痕。

"慊慊思归"以下五句，上应第四句"思断肠"之"思"，铺排"思君不敢忘""泪下沾衣裳"的闺房种种相思情状。这一小节，写了两种"思"，一是夫君的"思归"，此推想之语；一是女性"思君"，此现实之态。两两相照，思情倍增，因而泪下沾衣极为自然。

"援琴鸣弦"以下六句，由纯然的"思君"，过渡到操琴吟歌；对明月而控弦，仰河汉以振音，睹织女而自比，叹牵牛以问夫，终于遥隔海天，向夫君发问："尔独何辜限河梁？"将"思念"变为"呼唤"，这又是情感酝酿的必然亮点。

情景交融，说而易，做到难；做到因景生情，寓情于景尤难。曹丕此诗，"景语"出色，"情语"有声，可以算情景交融的典范。另外从音韵流畅、诗意委婉上品评，它的一韵到底，它的幽"思"九回，都表示了文人诗歌的构思成熟。此诗一出，七言诗遂蔚成大观。

曹植

曹植（192—232），字子建，曹操第四子，曹丕同母弟。建安十六年（211）封平原侯，十九年（214）徙临菑侯；黄初二年（221）贬安乡侯，随即改鄄城侯，三年（222）进鄄城王，四年（223）徙雍丘；明帝太和三年（229），徙封东阿；六年（232），改封陈县。死谥"思"，史称陈思王。曹植一生，分为前后两个时期，曹操在世时，为其前期，较为优裕自由；曹操死后，为其后期，历受曹丕、曹叡疑忌迫害。文学成就巨大，有《曹植集》。

野田黄雀行①

高树多悲风，海水扬其波。
利剑不在掌②，结友何须多？
不见篱间雀，见鹞自投罗③。
罗家得雀喜，少年见雀悲。
拔剑捎罗网④，黄雀得飞飞。
飞飞摩苍天，下来谢少年。

【注释】

①本诗亦属乐府旧题，属"相和歌辞·瑟调曲"。②利剑：诗中比喻权势。

③鹞：又称鹞子，俗谓老雕，鸶鸟，较鹰小。④捎：削破，除去，诗中指挑破。

【鉴赏】

此诗叙述了一个颇有童话色彩的故事：黄雀入罗网，少年挥剑破网，黄雀得救，感谢少年。危机在前，平安在后，当然是皆大欢喜。但实际的境遇，与此正好相反。

建安二十四年（219）九月，曹操以"交关诸侯"罪诛杀杨修。"诸侯"，即指曹植。

建安二十五年（220）正月，曹操死，曹丕嗣魏王，二月即贬临菑侯曹植为安乡侯，并诛杀曹植挚友丁氏兄弟。曹植悲悼亡友，不能直言，遂托言于黄雀与罗网而曲尽其衷。从潜在的主旨分析，这首诗是阐发失友之悲的，不忍言悲，设想仗剑救雀，则又是对既成悲剧的幻想性补救。

"高树"二句写景，有政治隐喻色彩。"利剑"二句，直言挚友遇害，不能出手相救的无奈。挚友遇害是曹植永恒的愤怨与自责。"结交何须多"，是自悔语、自悟语。权力场中人，一荣俱荣，一损俱损，交友能不慎乎！

"不见"以下数句，与血腥的事实相游离，游离于童话幻梦。雀与鹞的对立，罗家与少年的对立，终因少年的拔剑捎网、黄雀解放而化解危机。这是曹植的理想，由此折射了诗人的人道同情。

清人沈德潜评曹植诗曰："陈思极工起调。"（《说诗晬语》）这是就开篇而言。这首诗，起势固妙，但出新处全在后面对黄雀重获自由的构想。化阴冷为炽烈，化死亡为再生，乐观的浪漫精神终究是胜利了。利剑（权势）可以杀人，但无力摧毁英雄主义。

七步诗①

煮豆持作羹，漉豉以为汁②。
萁在釜下燃③，豆在釜中泣。
本是同根生，相煎何太急？

【注释】

①据刘义庆《世说新语·文学》载："文帝尝令东阿王七步中作诗，不成者行大法。（植）应声便为诗。诗曰：'煮豆……'帝深有惭色。"后世虽

有人指为附会，但大多数人仍在感情上接受此诗出之曹植。②漉：过滤。豉：豆豉。③釜：锅。

【鉴赏】

让考据家去辨析此诗的真伪去吧！

我们是从曹丕与曹植的真实关系，从兄弟成仇的前鉴，从同根相煎的人性缺陷来接受曹植《七步诗》的。

煮豆燃豆萁，为生活中平常事。而能从釜中听到"豆"的泣诉，则为奇事、奇思、奇想。到底是在一种怎样昂奋的生命状态下，诗人才将"豆"与"人"的命运相互关照的呢？这是谜。前人不解，后人亦不解。

在很多时候，浅显的表象下都有深深的玄关妙机。豆子的哭泣，竟然被诗人连缀成千古不逝的人生之歌，不知它还能否唤醒"豆萁"的良知。

嵇康

嵇康（223—262 或 224—263），字叔夜，谯郡铚（今安徽濉溪西南）人。寓居山阳，锻以自给。为魏宗室女婿，拜中散大夫。对司马氏欲篡魏政不满，激言发之。司马昭不能容，杀之。三千太学生为其求情，不能免。为"竹林七贤"之一。有《嵇中散集》。

思亲诗

奈何愁兮愁无聊，恒恻恻兮心若抽。

愁奈何兮悲思多，情郁结兮不可化。

奄失恃兮孤茕茕，内自悼兮啼失声。

思报德兮邈已绝，感鞠育兮情剥裂。

嗟母兄兮永潜藏，想形容兮内摧伤。

感阳春兮思慈亲，欲一见兮路无因。

望南山兮发哀叹，感机杖兮涕汍澜①。

念畴昔兮母兄在，心逸豫兮寿四海。

忽已逝兮不可追，心穷约兮但有悲。

上空堂兮廓无依，睹遗物兮心崩摧。

中夜悲兮当告谁，独收泪兮抱哀戚。

日远迈兮思予心，恋所生兮泪流襟。

慈母没兮谁与骄，顾自怜兮心忉忉②。

诉苍天兮天不闻，泪如雨兮叹成云。

欲弃忧兮寻复来，痛殷殷兮不可裁。

【注释】

①汍澜：流泪。②忉忉：忧愁焦虑。

【鉴赏】

诗人自幼丧父，赖母、兄育成。母、兄又逝，举目无亲而成此诗。诗用楚骚体，盖谯郡属楚，悼亡宜用乡言乡音也。

全诗围绕"愁"与"思"展开，"不可化"而"化"之，逐一追述母、兄养育之德，"潜藏"之悲；尤以人去堂空、睹物思人、"形容"不见、涕泪"自怜"为反复吟歌的焦点。浸淫全诗而溶化不开者，是血浓于水的骨肉情怀，以及子欲养而亲不待的追悔。

从艺术构思上分析，几乎看不出人为的斧斫机巧。哀情如水，泻地无声；哀情如风，飞天成歌；起伏收放，皆成文章。采用楚骚，而无一般骚体晦涩叠沓之病，赖乎情真意切所致。

嵇康为人刚直，为言愤激，这首诗倒体现了更多的孝思缠绵。

阮籍

阮籍（210—263），字嗣宗，陈留尉氏（今属河南）人。阮瑀之子，"竹林七贤"之一。历官太尉司马懿的从事中郎、散骑常侍，封关内侯，迁步兵校尉。当魏晋鼎革之际，以不问世事，纵酒自醉保身。后人辑有《阮嗣宗集》。

咏怀诗①（之五）

平生少年时，轻薄好弦歌。

西游咸阳中，赵李相经过。

娱乐未终极，白日忽蹉跎②。

驱马复来归，反顾望三河③。

黄金百镒尽④，资用常苦多。

北临太行道，失路将如何？

【注释】

① 阮籍现存"咏怀诗"五言八十二首，四言十三首。此为五言第五首。
② 蹉跎：光阴虚度。③ 三河：指河东、河南、河内三郡之地。④ 镒：古代重量单位，一说合二十两，一说合二十四两。

【鉴赏】

在"竹林七贤"中，阮籍属折中派。他软弱，又聪明，不敢明目张胆地反对司马氏的篡权阴谋，便沉溺歌舞醇酒，消极反抗。但目睹友朋罹难，魏室削剥，心中又似有难言之悔、难言之恨，发而成诗，是为"咏怀"。

这一首"平生少年时"，归结于"失路"，似乎有追悔当初的醒悟。清人姚范以为"此为阮公自言实事"。"实事"只在恍惚间，"实情"却真的苦涩。

"平生"以下六句，追怀"西游咸阳""弦歌""娱乐"的生活经历。自贬自身，以对昔日生活的反思，隐含了对礼法伦理的嘲弄，但这也只是表象。诗人坦言的"轻薄"，坦言的"赵李"之交，都是"少年"生活。当将"轻薄"予以否定时，他实际上否定的是"生活"本身，以及自己对"生活"的选择失误。

"驱车"以下，写离开"咸阳"后的"反顾"怀想，金"尽"苦"多"，路"失"，耗尽年华，空空如也！不必借用古典，我们也已领略了诗人的悔悟。能不能知悔而改？这很难！阮籍此人，唱高调尚可一发清音；高蹈而行，胆气不足也！

晋

傅玄

傅玄（217—278），字休奕。北地郡泥阳（今陕西铜川市耀州区）人。举秀才，除郎中，历安东、卫将军参军，转温县令，迁弘农太守，领典农校尉。封鹑觚男，迁散骑常侍。晋国立，晋爵为子，加驸马都尉，迁侍中，因事免职。累迁司隶校尉。知音律，善属文，诗以乐府见长。

豫章行苦相篇①

苦相身为女，卑陋难再陈。
男儿当门户，堕地自生神。
雄心志四海，万里望风尘。
女育无欣爱，不为家所珍。
长大逃深室，藏头羞见人。
垂泪适他乡，忽如雨绝云。
低头和颜色，素齿结朱唇。
跪拜无复数，婢妾如严宾。
情合同云汉②，葵藿仰阳春③。
心乖甚水火，百恶集其身。
玉颜随年变，丈夫多好新。
昔为形与影，今为胡与秦④。

胡秦时相见，一绝逾参辰⑤！

【注释】

①苦相：苦命。②云汉：银河。③葵藿：向日葵与豆叶。④胡与秦：胡，胡人，指北方匈奴；秦，指汉族。诗中喻敌对关系。⑤参辰：参星、商星。两星一西一东，各不相照。

【鉴赏】

此诗用乐府"豫章行"旧题，但内容出新。诗歌题"苦相"，可作"苦命"释之，亦可视为女子姓名。全诗仿拟女子口吻，作自叙状，表现了女性从"娘家"到"婆家"遭逢的所有不幸。"苦相身为女，卑陋难再陈"二句，开篇破题，笼罩全诗。从第三句起，用对比手法，揭示女儿"苦相"。

一是男女对比。三至六句写男，七至十句写女，两两相对，勾勒出"男儿"与"女儿"在家中、在社会上的不同地位，不同价值。总之，在重男轻女的背景下，女人只能安于"苦相"。

二是新旧对比。女儿出嫁，垂泪他乡，新婚"情合"，久而情"绝"。在喜新厌旧的选择里，"玉颜"衰变，"百恶"集身，不是参商，即是胡秦，女人再一次遭到遗弃。

很明确，这首诗是替女性诉苦申冤的。说它是诗歌的女权宣言，不为过也！

潘岳

潘岳（247—300），字安仁，荥阳中牟（今属河南）人。少美姿容，举秀才为郎，出为河阳、怀县令，累迁给事黄门侍郎。躁进趋利，与石崇诸人谄事权贵贾谧，为"二十四友"之首。后诸王乱晋，为中书令孙秀诬杀。文长于哀诔，诗长于悼亡。

思子诗

造化甄品物①，天命代虚盈。
奈何念稚子，怀奇陨幼龄②。
追想存仿佛，感道伤中情。
一往何时还，千载不复生。

【注释】

① 甄：鉴别，选择。② 陨：死亡。

【鉴赏】

潘岳或因人太漂亮，而命运多舛。妻死，曾作《悼亡诗三首》。后人遂以"悼亡"二字专指悼念亡妻。一年后，子又死，再写《思子诗》。子死二年后，潘岳遇难。他留下的文字，最美是悼文！

"造化"二句，十分无奈。将幼子夭亡看成"天命"代筹，换一份麻木。麻木而不能忘情，才有"奈何"再叹。扣第三句"念"字，从第五句到第八句，都是"追想"内容。不相信已亡，是因为儿子还活在自己的"追想"里，"仿佛"往而能还。待发现往而不还，这才明白"千载不复生"。

诗的真挚，是十分真切地再现了悲剧发生后信疑参半的临时迷情；等到"事实"确定，人就开始用遗忘抚摸创痛了。

陆机

陆机（261—303），字士衡，吴郡华亭（今上海松江西）人。吴将陆逊孙、陆抗子。少有异才，文章冠世，吴亡，与弟云入洛。张华叹为："代吴之役，利获二俊。"累迁太子洗马、著作郎。赵王伦辅政时引为相国参军。成都王颖起兵讨长沙王司马乂，任为后将军、河北大都督。军败，为孟玖诬谮，被成都王收诛。有《晋纪》四卷，《洛阳记》一卷，文集四十七卷。

门有车马客行①

门有车马客，驾言发故乡。

念君久不归，濡迹涉江湘②。

投袂赴门涂③，揽衣不及裳。

拊膺携客泣，掩泪叙温凉。

借问邦族间，恻怆论存亡。

亲友多零落，旧齿皆凋丧。

市朝互迁易，城阙或丘荒。

坟垄日月多，松柏郁茫茫。

天道信崇替，人生安得长？

慷慨惟平生，俯仰独悲伤。

【注释】

①"门有车马客行"为乐府旧题，属"瑟调曲"。②濡迹：沾湿的意思。③涂：通"途"。

【鉴赏】

后人拟作乐府旧诗，多袭"旧题"而难摹"旧意"。陆机这首诗，袭旧题而摹旧意，借与门前车马客的交谈抒发了桑梓倾覆、人生无常、聚散难定、悲辛交并的情怀。

全诗以"车马客"突然光临为发端，依次描述了匆忙穿衣，急速相迎，相携而泣，掩泪而问，一问一答，将故乡人、故乡事、故乡景一一作了今昔对照。时间逝，空间转，远在东海之滨的家乡早已物是人非！思乡是一种饥渴，真的让你"吃饱"，又感到不对胃口！在"得"与"失"的落差中，人性是最难维持平衡的！陆机也只能慨叹："天道信崇替，人生安得长。"

诗，是一种可以燃烧且正在燃烧的情思。这首诗，是燃烧着的。引燃于"投袂赴门涂"，蔓延于"掩泪叙温凉"，五内俱焚于"俯仰独悲伤"。唯如此，这首诗才洋溢着少有的乡情感染！

左思

左思（约250—约305），字太冲，齐国临淄（今山东临淄市临淄区北）人。口讷，貌寝，不喜交游。《齐都赋》一年乃成，《三都赋》构思十年。晋惠帝永宁中，齐王囧召为记室督，不就。有集五卷。

咏 史 诗①

郁郁涧底松，离离山上苗。
以彼径寸茎，荫此百尺条。
世胄蹑高位②，英俊沉下僚。
地势使之然，由来非一朝。
金张藉旧业③，七叶珥汉貂④。
冯公岂不伟⑤，白首不见招。

【注释】

①左思存《咏史诗》八首，此为第二首。②世胄：世族子弟。③金张：汉金日磾、张汤二家族。据《汉书·金日磾传赞》，金家"七世内侍。何其盛也"；据《汉书·张汤》，张汤子孙，"自宣、元以来为侍中、中常侍……者凡十余人"。④七叶：七世。珥汉貂：指汉高官。汉制，侍中、常侍等高官官冠下插貂尾为饰，故称。珥，珠玉耳环。⑤冯公：冯唐。汉文帝时，冯唐好直言进谏，白首仍为郎署。

【鉴赏】

咏史，大都是为了"诫今"或"讽今"。此诗亦不例外。左思貌丑，言讷，又出身寒门，在"上品无寒门，下品无世族"的晋朝门阀时代，他命中注定要委身下品。不愿高升是一回事，不准高升又是另一回事。左思有感于门阀之限，而作此诗，在乎情理之中。

"郁郁"四句，以松为喻，揭示了世族小人凌压寒门子弟的普遍现实。"径寸茎"与"百尺条"的倒置，既是"山上苗"与"涧底松"的，又是世族子弟与寒门英才的。以树喻人，更为直观。

"世胄"四句，从自然景观转移到社会现实，剖论"世胄"高位、"英俊"下僚乃地位使然，已非一日。"非一朝"，为一过程，暗扣诗题"咏史"。

"金张"四句，上承"非一朝"，以汉朝史事，实证金张世胄累代高位、冯唐英伟终生为郎的不平。

思路清晰，对比鲜明，语言洗练，史实清楚，是这首咏史诗的成功之处。

张翰

张翰，字季鹰，吴郡（治今江苏苏州）人。有清才，善属文，纵任不拘，时号为"江东步兵"。齐王冏辟为大司马东曹掾。秋风起，思吴中菰菜、莼羹、鲈鱼之美，弃官东归。年五十七卒。有集二卷。

思吴江歌①

秋风起兮木叶飞，吴江水兮鲈正肥。
三千里兮家未归，恨难禁兮仰天悲。

【注释】

①吴江：指吴淞江。经吴江、苏州、昆山、嘉定、青浦入黄浦江，东达于海。江口为吴淞口。此指张翰家乡。

【鉴赏】

此诗短小隽永，却一往情深。借用《诗品》评价张翰另一首诗的话说，当是"虽不具美，而文采高丽"。

《世说新语·识鉴》载张翰东归事，时在晋惠帝太安元年（302）秋。文曰："（翰）在洛见秋风起，因思吴中菰菜羹、鲈鱼脍，曰：'人生贵得适意尔，何能羁宦数千里以要名爵！'遂命驾便归。"行前，吟歌上诗。张翰回乡当年十二月，齐王冏败，被杀。张翰远身避祸，世称明智。

诗中之"佳景"为想象中"吴江"鱼肥菜美之景。"三千里"，状其远。思乡，思亲，不能相见，故有"仰天"之悲。不再是空吟、空叹、空悲、空思，吟毕，张翰不辞而别。大司马府"以轺去，除吏名"。一首诗，救了主人一条命，谁说诗文戏言？

王献之

王献之（344—386），字子敬，王羲之之子。晋简文帝女婿。少负盛名，起家州主簿，迁秘书郎，后任建威将军、吴兴太守，征拜中书令。世称王大令。精书法，兼工诸体，与父并称"二王"。有《王大令集》。

桃叶歌①

桃叶映红花，无风自婀娜。
春花映何限，感郎独采我。

【注释】

①桃叶：人名，王献之妾。据《隋书·五行志》："陈时，江南盛歌王献之《桃叶词》。"

【鉴赏】

将女性比作"花"或"草"，是中国人的诗情创造。这诗，以"桃叶"为喻，又增加了几分新鲜。

"桃叶映红花，无风自婀娜"，是赋体描写，是较为客观的展示。拉开距离，几分欣赏，几分赞许，大抵皆含而不露。

"春花映何限，感郎独采我"，是"桃叶"自白，是直露的心灵披露。拟人、拟物，了不可分，画意诗情，交相辉映。

一首短诗，不能要求它面面俱到。倘能显现一抹人情的霞光，沟通双方阻滞的思念，也便足以让个中人吟哦一番。王献之将这首诗献于"桃叶"，"桃叶"幸矣！在诗中，"桃叶"永远映衬着"红花"，无风婀娜，有风更婀娜。

谢道韫

谢道韫，东晋陈郡阳夏（今河南太康）人，安西将军谢奕之女，谢安侄女，江州刺史王凝之之妻。聪识有才辩，能诗文，为中国古代才女之一。

泰 山 吟

峨峨东岳高，秀极冲青天。
岩中间虚宇，寂寞幽以元①。
非工复非匠，云构发自然②。
器象尔何物，遂令我屡迁。
逝将宅斯宇，可以尽天年。

【注释】

①元：又作"玄"，意为不可测。②云：虚词，无义。

【鉴赏】

史称谢道韫有"咏絮才"。某日，她与伯父谢安以及诸堂兄弟闲聚，忽然天空飘下雪花。"这像什么呀？"伯父问。某堂兄答："撒盐空中差可拟。"谢道韫则说："未若柳絮因风起。"谢安闻言，大加称赞，从此谢道韫得了"咏絮"雅名。

这首《泰山吟》，是神游泰山之作，故全诗以空灵飘逸见长。"峨峨"叠用，先声夺人，极言泰山高出云表的动势之美。"秀极冲青天"，着一"冲"字，坐实其动态性。"岩中"二句，景物迫近，身临其境，描写了泰山高岩幽谷错迭成趣的独特风貌。四句辉映，泰山一览！

"非工复非匠"二句，是赞叹，又是议论。这是总述泰山的神异形成和天下独尊。

"器象"以下四句，在一个更大的范围内和一个更悠长的生命过程中，审视"人"与"境"的关系，进而以终老泰山表示无言赞美。"斯宇"之"宇"，即泰山诸峰诸谷营造的生存空间。诗情拓展到这里已经超出了观照性的礼赞，一变而为拥抱大自然，陶醉于大自然——《泰山吟》竟有了几分《山居吟》的意味。

袁宏

袁宏（328—376），字彦伯，小字虎，陈郡阳夏（今河南太康）人。少有逸才，为谢尚参军，累迁桓温大司马记室。温北征，令宏倚马作露布，顷刻七纸，文辞可观。后以吏部郎出任东阳太守。有《后汉纪》三十卷，集二十卷。

咏 史 诗

无名困蝼蚁，有名世所疑。

中庸难为体，狂狷不及时。

杨恽非忌贵[①]，知及有余辞。

躬耕南山下，芜秽不遑治。

赵瑟奏哀音，秦声歌新诗。

吐音非凡唱，负此欲何之！

【注释】

①杨恽：字子幼，西汉华阴人，故丞相杨敞子，司马迁外孙。宣帝时，为左曹，因告发霍氏谋反，地节四年（前66）八月任中郎将，封平通侯。轻财好义，名于一时，后因受诬失爵。五凤四年（前54）四月，日有食，再遭诬告，坐"大

逆不道"罪腰斩，妻子徙酒泉。

【鉴赏】

杨恽之死，是汉宣帝时代的一场文字狱冤案所致。袁宏是第一个为杨恽鸣不平的诗人。这首《咏史诗》成为一个标志：在中国晋代，即有人开始关注因言获罪的非人道现象！

"无名"与"有名"二句，从对立的角度，提出了一个"两难"的问题。无名者，默默如蝼蚁，不为人知；有名者，嚣嚣于是非，常为世疑。这是低位者与高位者的两个极端，借此，显示世事不公，做人艰难。

"中庸"与"狂狷"二句，也是对言的，但不是从"地位"上（有名、无名），而是从处世态度上，再申"两难"意旨。"中庸"，本是儒家首倡的，在此遭到怀疑；"狂狷"，是自由士子的旗帜，诗人也不赞同。为什么不赞同？他不解释。但他举了一个例子印证了"狂狷"之误。

从第五句"杨恽非忌贵"始，一直到全诗终结，诗人都在申言"狂狷"之害，却又对"狂狷"之士的"非凡"之"吐音"，深表激赏；在看似矛盾的回叙中，已经潜述了诗人对直言之士的同情，以及对不容谔谔之音的社会的批判。

《汉书》有《杨恽传》。《杨恽传》中全文保留了他给孙会宗的信函。只是有几句牢骚，为此惹恼了那个不让人讲真话的汉宣帝。汉宣帝留下他杀文人的记录，杨恽留下他的绝命文章。内中，也保留了被袁宏再次吟咏的"赵瑟""哀音""秦声""新诗"。其诗曰："田彼南山，芜秽不治，种一顷豆，落而为萁。人生行乐耳，须富贵何时！"今日再吟，似乎连"狂狷"之气也寻觅不得了……

顾恺之

顾恺之（约345—409），字长康，小字虎头，晋陵无锡（今属江苏）人。东晋废帝时，曾为桓温大司马参军。孝武帝时，为荆州刺史殷仲堪参军。义熙初，为散骑常侍。才思敏捷，出口成章，却因多才而被人称"痴"。一生有"三绝"：才绝、画绝、痴绝。名画《女史箴图》传出自其手。

神情诗①

春水满四泽，夏云多奇峰。
秋月扬明辉，冬岭秀寒松。

【注释】

①诗题"神情"二字，或谓诗中四季皆入眼中之景。

【鉴赏】

顾恺之是画家，发而为诗，句句皆有"画"境，古人评诗，多以"诗中有画，画中有诗"相高，看这首诗，可谓诗画两得之！

四季景物，每季皆有特点。抓住特点，再现特点，这季节的画卷就是独一无二的。

春季，"水"胜，故以"满四泽"形容之；夏季，云浓，故以"多奇峰"比拟之；秋季，月朗，故以"扬明辉"赞叹之；冬季，冷峻，故以"秀寒松"烘托之。四季四景，景景不同，这既是自然的造化，又是诗人的主观选择，既合于气候冷暖变化的规律，又合于诗人美感生发的玄机，故一旦涉笔成画，无不美轮美奂。

一句诗，一个季节，可谓言简景阔。有人认为，此诗开后世"四季诗（歌）"之先河，顾恺之始料何及？

吴隐之

吴隐之（？—414），字处默，濮阳鄄城（今山东鄄城县北）人。历官晋陵太守、广州刺史，后迁中书侍郎。

酌贪泉赋诗①

古人云此水，一歃怀千金②。

试使夷齐饮③，终当不易心。

【注释】

①贪泉：又名石门泉，在今广州城区。传说为官者饮之，无不贪。②歃：用口吸饮。一作"饮"。③夷齐：伯夷、叔齐，商末孤竹国君二子。为让君位而西向入周，又因反对武王伐纣不食周粟而死。事在《史记·伯夷列传》。

【鉴赏】

中国之大，无奇不有。有贪泉，亦有盗泉；有鬼城，亦有迷谷。饮贪泉而生贪心，正如入迷谷而发迷意。一而十，十而百，传言成真，不证而证。

吴隐之似乎不信传言。在他就任广州刺史时，游贪泉，饮贪泉，吟诗赋贪泉，留下了为贪泉正名翻案的文字。可惜，中国人不愿意面对真理，贪泉流淌千年，旧名至今不易。或许，贪墨之徒太多，借贪泉以警之；或许，人间治贪无术，冤贪泉以代之。

诗很直白，先述自古及今之传言，再以伯夷、叔齐作一假定，以"不易心"，实证"贪"与"不贪"均与"水"无关。四句诗还省略了一项内容，即诗人"饮贪泉"。写在诗题中，以明不欺，以明清廉。

陶渊明

陶渊明（365或372或376—427），又名潜，字元亮。江州寻阳柴桑（今江西九江西南）人。少有高趣，博学善属文。起为州祭酒，旋辞归。后为刘裕镇军参军，迁建威参军，未几，求为彭泽令，在官八十日，因"不能为五斗米折腰向乡里小儿"，解绶去职。宋禅晋，不仕，以诗酒自娱。卒，颜延年诔之，谥"靖节先生"。

归园田居①（其一）

少无适俗韵，性本爱丘山。
误落尘网中②，一去三十年③。

羁鸟恋旧林，池鱼思故渊。

开荒南野际，守拙归园田。

方宅十余亩，草屋八九间。

榆柳荫后檐，桃李罗堂前。

暧暧远人村④，依依墟里烟⑤。

狗吠深巷中，鸡鸣桑树颠。

户庭无尘杂，虚室有余闲⑥。

久在樊笼里，复得返自然。

【注释】

①组诗作于义熙二年（406），为诗人辞官归里第二年。其时，诗人从上京里移居园田居（怀古田舍），执意躬耕自给，故有是作。②尘网：尘世之网。此指官场。③三十年：太元十八年（393），陶渊明初仕，为江州祭酒；至义熙元年辞官，恰为十三年。故知此处"三十年"乃谓三又十年之意。习惯该说"十又三年"，为谐声，故改此。④暧暧：昏暗，模糊。⑤墟：居地。墟里谓村落。⑥虚室：化自《庄子·人间世》"虚室生白"语，指室虚心净。

【鉴赏】

组诗五首，皆写归耕之乐，但各有侧重。首篇总述归耕之喜，次篇言交往之趣，三篇写耕种感受，四篇叙访遗之景，五篇抒耕余之乐。在陶诗中，这一组诗以情景真切、意趣自然见长。清人方东树给以极高评价曰："此五诗衣被后来，各大家无不受其孕育者，当与《三百篇》同为经，岂徒诗人云尔哉！"（《昭昧詹言》）

"少无适俗韵，性本爱丘山"，开篇言志，直抒"本性"，表示了与世俗不能两立的傲岸情操。爱"丘山"之"爱"，统笼全篇，为诗情基调。

"误落"二句，追怀误入仕途的人生曲折。用"尘网"形容官场，深表其厌恶。"羁鸟恋旧林，池鱼思故渊"，以物喻人，与"性本"句相应，又与"尘网"境相照，形象描绘了归家之喜悦，与归家之必然。待"开荒"二句推出，"归园田居"的目标即宣告实现。上八句，可视为一个层次。人生，画了一个圆，去而复归，其乐融融。

"方宅"四句，是"园田居"的景物描写。有田亩，有屋宇，有榆柳，有桃李，可耕，可息，充满了家的温馨。这一节，最有画意，最有逸韵，最让人心生向往之念。

"暧暧"四句，是"园田居"的环境展示。妙在有声有色，交相辉映。有色，在暧暧间，在依依间，其色也柔；有声，在深巷中，在桑树颠，其声也悠。拉开了距离，增加了灵感。

"户庭"四句，收拢目光，凝聚神思，再一次品尝虚室余闲、回归自然的恬静之乐。"樊笼"与"尘网"，前后呼应，都是与"园田居"相对的。一出再出，足见诗人对那个污浊世界的厌恶。

诗与生活的相通，皆贵在自然自由。

饮酒①（其五）

结庐在人境②，而无车马喧。
问君何能尔③？心远地自偏。
采菊东篱下，悠然见南山。
山气日夕佳④，飞鸟相与还。
此中有真意⑤，欲辨已忘言⑥。

【注释】

①陶渊明"饮酒"诗共二十首，此为第五首。总题下有序曰："余闲居寡欢，兼比夜已长，偶有名酒，无夕不饮。顾影独尽，忽焉复醉。既醉之后，辄题数句自娱，纸墨遂多。辞无诠次，聊命故人书之，以为欢笑尔。"②结庐：造屋。③君：诗人自谓。④"山气"句：用《诗经·王风·君子于役》中"日之夕矣，羊牛下来"句意。⑤真：自然本真。《庄子·渔父》："真者，所以受于天也，自然不可易也。"⑥忘言：意出《庄子·外物》："筌者所以在鱼，得鱼而忘筌；蹄者所以在兔，得兔而忘蹄；言者所以在意，得意而忘言。"

【鉴赏】

这是陶渊明的代表作，千秋传诵，脍炙人口，历久不衰。诗题"饮酒"，终篇不见"酒"字，但有"醉"意，这"醉"，又非酒之醉，实醉于隐居之生活。

"结庐在人境，而无车马喧"，大处入笔，用"闹境"推出"静境"。这便是诗人隐居的"人境"，突出一个"静"的氛围。"问君"二句，用"心远"、用"地偏"再一次强化境静、人静、心静。

经过这样的铺垫与准备，诗人自第五句"采菊东篱下"开始，才正面展示了自己的日常生活。"采菊东篱下，悠然见南山"，这两句诗的情韵之美，在于将所"做"与所"见"了无隙痕地濡化于一。只有极度的放松、休闲，人才可能"悠然"于此，又"悠然"于彼。"山气"句，"飞鸟"句，都是悠然"见"中之景。天净如洗，飞鸟相随，佳时佳景，其心可测。

全诗结于"此中有真意，欲辨已忘言"，语浅而意深，真的有得鱼忘筌、得兔忘蹄、得意忘言之味。只有细细品味"忘"字与"忘"境，我们才稍微接近了"饮酒"的、"醉"的况味。

读《山海经》①（其十）

精卫衔微木②，将以填沧海。
刑天舞干戚③，猛志故常在④。
同物既无虑⑤，化去不复悔⑥。
徒设在昔心⑦，良辰讵可待⑧！

【注释】

①《读〈山海经〉》共十三首，除第一首有序诗作用外，另十二首诗各以《山海经》涉及之神仙人物为题，分撰成章，此首吟精卫、刑天。②精卫：神话中鸟名。《山海经·北山经》："发鸠之山，其上多柘木。有鸟焉，其状如乌，文首，白喙，赤足，名曰精卫，其鸣自詨。是炎帝之少女曰女娃，女娃游于东海，溺而不返，故为精卫，常衔西山之木石，以堙于东海。"③刑天：神名。干：盾。戚：长柄斧。《山海经·海外西经》："刑天与帝至此争神，帝断其首，葬之常羊之山。乃以乳为目，以脐为口，操干戚以舞。"④故：又作"固"。⑤同物：自视同于万物。⑥化去：自消自化为彼。⑦徒设：空摆着。⑧讵：岂。

【鉴赏】

《读〈山海经〉》是一组诗体读后感。有感而发，发原书所未曾发，或发别人所不能发，始为思想之创造。

这首咏叹精卫与刑天的诗，先是缘《山海经》所提供的素材，作一般性、顺向性铺排，故有前四句的客观描述。因为是"借题发挥"，所以诗人在旧有的故事上着以主观色彩。写精卫，突出了"微木"与"沧海"的巨细之比；写刑天，突出了掉首犹战的"猛志"。虽为复述，创造已在其中。

"同物"以下四句，侧重议论。前二句，以"人"与"精卫"、"刑天"作比，同属万物之一，生命相通，存我形，固无虑，化为彼，亦不悔。这即诗人读懂了《山海经》。后二句，仍然将"人"与"精卫"、"刑天"作比，但这次不是比运命之"化"，而是在生命的维持状态下，探究雄心壮志与良辰机遇的关系。空怀大志，只有牺牲；抓住"良辰"，胜券可握。

后世的许多诗评者，因欣赏前四句而称赞陶渊明的"猛志常在"，对后四句不复深究。这是一个小小的误区。其实，这首诗前赞后议，主题正在后面。重要的，不是竞力，而是竞心，这是陶渊明的结论。知此，大可不必在"金刚怒目"（鲁迅评语）上对陶渊明多加虚誉。

南 朝

谢世基

　　谢世基，生卒年不详。陈郡阳夏（今河南太康）人。谢绚之子，荆州刺史，卫将军谢晦之侄。因谢晦曾参与废立大计，为宋文帝疑忌，发兵讨之。谢晦以兵拒，败，受诛。谢世基同难。

连句诗①

伟哉横海鲸②，壮矣垂天翼③。
一旦失风水，翻为蝼蚁食④。

【注释】

　　①这是谢世基的绝命诗。因为他咏四句后，叔父谢晦续吟四句，连成一体，故名"连句诗"。与后世"联句"相仿而不同。谢晦连句为："功遂侔昔人，保退无智力。既涉太行险，斯路信难陟。"②鲸：一作"鳞"。③垂天翼：《庄子·逍遥游》："鹏之背，不知其几千里也；怒而飞，其翼若垂天之云。"④蝼蚁食：《庄子·庚桑楚》："吞舟之鱼，砀而失水，则蚁能苦之。"又贾谊《吊屈原赋》："横江湖之鳣鲸兮，固将制于蝼蚁。"

【鉴赏】

　　《宋书·谢晦传》讲谢晦于元嘉三年（426）正月兵败被杀时，祸连谢世基。

临刑，谢世基吟诗四句，以抒悲愤。史家对谢世基的认识，仅为"有才气"三字，而这"才气"，只可印证于此诗。

全诗都取喻于《庄子》一书，那鲲鱼，那大鹏，那垂天之翼，那南溟之游，何其壮哉！这是英雄们的英雄之喻，英雄之梦！而一旦"鲸"（鲲）失水、"鹏"失风，游不动，飞不起，英雄末路，蝼蚁之食，又何其悲哉！

可惜，"有才气"的谢世基只留下这半首诗。半首诗，也足以烛照这位青年的壮怀激烈。谢晦的连吟，是从总结教训入手的，因而难免有自悔语、无奈语，这与世基的慷慨悲歌正好形成刚柔之映。

谢灵运

谢灵运（385—433），小名客儿，陈郡阳夏（今河南太康）人。谢玄之孙。少博学，工诗文，善书画，性奢侈。袭封康乐公。初为晋太尉参军、卫军从事中郎。入宋，降爵为侯，起为散骑常侍，出为永嘉太守，以疾去职，复为秘书监，迁侍中。再出为临川内史，为有司纠劾，徙广州，有言其谋反者，诛于广州。今存《谢康乐集》，系明人辑本。

登池上楼①

潜虬媚幽姿②，飞鸿响远音③。
薄霄愧云浮，栖川怍渊沉④。
进德智所拙，退耕力不任。
徇禄反穷海⑤，卧疴对空林。
衾枕昧节候，褰开暂窥临。
倾耳聆波澜，举目眺岖嵚⑥。
初景革绪风⑦，新阳改故阴。
池塘生春草，园柳变鸣禽。
祁祁伤豳歌⑧，萋萋感楚吟⑨。

索居易永久，离群难处心。

持操岂独古，无闷征在今⑩。

【注释】

①池：指永嘉"谢公池"。《太平寰宇记》："谢公池在温州西北三里，积谷山东。"《太平寰宇记》记方向有误，当为"东南三里"。今温州仍有谢池巷。②虬：传说中的一种龙。③鸿：雁。④怍（zuò）：惭愧。⑤徇禄：依赖官俸。⑥岖嵚（qīn）：山高不平。⑦绪风：余风。此指最后的冷风。⑧幽歌：《诗经·豳风·七月》："春日迟迟，采蘩祁祁。女心伤悲，殆及公子同归。"⑨楚吟：《楚辞·招隐士》："王孙游兮不归，春草生兮萋萋。"⑩无闷：从《易乾卦·文言初九》"遁世无闷，不见是而无闷，乐则行之，忧则违之"化出。

【鉴赏】

谢灵运仕永嘉（今浙江温州）太守一年。他赴任于永初三年（422）七月十六日，至郡日期虽不明，但肯定不见春光。《登池上楼》写初春风物，当作于景平元年（423）春。七月离任，正好一岁。

诗题为《登池上楼》，故知诗歌内容皆登楼临池所见、所感、所思。

"潜虬"与"飞鸿"对言而出，写法高妙，出手不凡，一写俯视，一写仰观，一写"池"中物，一写"楼"上雁，扣题而不露题，确有从容气度。三、四句，视角与一、二句相反，先写云霄，后写渊川，盖承"飞鸿"句化出。加一"愧"字、"怍"字，融入主观体认，人（诗）与潜虬、飞鸿的精神差距，不比而知。谢灵运拙于显隐、进退，确乎没有虬龙的幽潜自赏，或飞鸿的远扬风流！"进德"与"退耕"二句，是观景走神状态下的反思自忖，由于进退失据，"反穷海"与"对空林"成为必然，"昧节候"与"暂窥临"成为无奈。

从过分沉重的思虑中暂作解脱，诗人用他的眼与耳，感受春光。"聆波澜"，妙在先调动听觉，这是与池、与水的咫尺环境相应的；接着，"眺岖嵚"是为登楼远眺。"初景"句写风，"新阳"句写日，风暖日丽，诗人进入身心感受的怡然状态；故"池塘生春草，园柳变鸣禽"的佳句，不期而成。这两句诗最为后人激赏。唯叶梦得说法准确："此语之工，在无所用意，猝然与景相遇，备以成章，不假绳削，故非常情所能到。"（《石林诗话》）但毕竟诗人心事重重，"无所用意"的怡然一闪即逝。思想的重负又迫使诗人唱起"伤"与"感"

之歌。所谓"伤齿歌""感楚吟""索居""离群""持操""无闷"都是并不能对症的方剂！诗终，引《易》卦之辞，以遁世无闷自勉。其实，诗人是无法"无闷"的。因为，"无闷"的前提，不但能"遁世"、永不出头，而且能承受"不见是"、永受否定的精神自残。谁能做到呢？精神正常者谁也做不到。这预示谢灵运苦难无涯。

答谢惠连诗①

怀人行千里，我劳盈十旬②。
别时花灼灼③，别后叶蓁蓁④。

【注释】

①谢惠连：谢灵运从弟（即同祖父弟）。聪敏有才，与谢灵运志趣相投，文同赏，游联袂。此诗是答谢惠连《西陵遇风献康乐诗》的。②劳：诗中谓忧劳、思念。十旬：百日，或三月有余。③灼灼：花开繁盛。《诗经·周南·桃夭》："桃之夭夭，灼灼其华。"④蓁蓁：枝叶茂盛。《诗经·周南·桃夭》："桃之夭夭，其叶蓁蓁。"

【鉴赏】

谢灵运与谢惠连为同祖兄弟，因志趣相同而情同手足。钟嵘《诗品》评谢惠连时引《谢氏家录》甚至说道"康乐应对惠连，辄得佳语"，就连"池塘生春草"的佳句，也是谢灵运梦见谢惠连时神助偶得。此诗，可能是回应谢惠连《西陵遇风献康乐诗》的。"献诗"首句讲到时令"我行指孟春，春仲尚未发"，这正与"答诗"的"别时花灼灼"相合。而"西陵"（在浙江杭州萧山区西，古称固陵，六朝为西陵戍）离二人分手的"澄湖阴"，仅有二日船程，当不足二百里。谢灵运答诗却谓"千里""十旬"，似为夸张语。或接到"献诗"，辗转作答，又已时过境迁，惠连早在西陵之西。

诗虽短短二十字，却字斟句酌，文约情长。首句怀人，出距离；次句言我，点时间；三句忆别时，状花繁；四句写目前，状叶茂。地移、时移、景物变，唯思念不变。这么写，正有不着一字尽得风流之妙。

东阳溪中赠答诗二首^①

其一
可怜谁家妇，缘流洒素足。
明月在云间，迢迢不可得。

其二
可怜谁家郎，缘流乘素舸^②。
但问情若为，月就云中堕。

【注释】

　①东阳溪：指东阳江。又名婺溪、双溪。流经浙江金华，为钱塘江支流。
②素舸：不加装饰的船。

【鉴赏】

　　这两首诗，都是诗人仿拟南朝乐府民歌的形态创作的。民歌风是其基本特点。

　　两首诗，有如山歌（船歌）对唱。第一首，男唱；第二首，女答。唱答之间，完成了男求女应的情感交流。这让后人慨叹田园背景下的恋爱是那么纯朴自然。

　　"可怜谁家妇"，"可怜"为可爱意。"缘流洒素足"描绘女子临流涤足。不写面孔、身段之美，只写"素足"之美，出人意表。盖因临水而居，临水而涤也。以"明月"喻女性，既与夜会的时间相应，又与日阳月阴的五行观念相通，赞美自然，符合女性的清纯淡雅。

　　第二首，女答，"妇""郎"，都有爱意。因为"郎"已将自己比成了"明月"，所以这"妇"的回答，以喻答喻，"月就云中堕"，一个"堕"字，情已不能自拔。"云"是新喻，指"郎"。"云"遮"月"也罢，"月"堕于"云"也罢，总之是"云"与"月"的相融相合。

　　两首诗，一问一答，彩云追月，月堕入云，都是极美、极雅、极和谐的画面。爱情，原本单纯！

王微

王微（415—453），字景玄，琅琊临沂（今属山东）人。光禄大夫王孺子，太保王弘弟。少好学，善属文，能书画，兼解音律、医方、阴阳、术数。十六岁举秀才，起家司徒祭酒，除南平王谘议参军，官至中书侍郎。三十九岁卒。

四气诗①

蘅若首春华②，梧楸当夏翳。
鸣笙起秋风，置酒飞冬雪。

【注释】

①诗题"四气"，即四季。气，气候。②蘅：蘅芜，一种香草。若：杜若，俗称竹叶莲。

【鉴赏】

这是一首嵌字诗，每句嵌一字，得春、夏、秋、冬四字，与诗题"四气"相应。后世嵌字诗、嵌字联大盛，而不知其始。鉴于这是已知较早的嵌字诗，立此存照，以探其源。

诗中嵌字，称"嵌字诗"。但写诗的目的不唯嵌字，所以这首诗于恰当嵌字之外，还十分形象地描绘了四季风物。春之美，在"花"，故咏蘅若，有色有香。夏之美，在"叶"，故咏梧楸，绿荫沁人。秋之美，在"风"，故咏鸣笙，其音绵绵。冬之美，在"雪"，故咏酒会、酒阑观景。因而，从景物铺排上看，诗人还是巧于剪裁的。

王微喜读书，喜饮酒，曾自言："浊酒忘愁，图籍相慰，吾所以穷而不忧，实赖此耳。"本篇结于冬雪饮酒，大有意味。

袁淑

袁淑（408—453），字阳源，陈郡阳夏（今河南太康）人。丹阳尹袁豹子。少有风气，伯父袁湛赞曰："此非凡儿！"十余岁，为姑夫王弘赏识，博涉多通，但不喜章句之学，后为彭城王刘义康司徒祭酒，因不事攀附失官。累迁尚书吏部郎。太子刘劭将为逆，胁之不从，刘劭命左右杀淑于奉化门槐树下。

种兰诗①

种兰忌当门，怀璧莫向楚②。
楚少别玉人，门非植兰所。

【注释】

①兰：兰草。自屈原《离骚》后，文人总将"兰"比作君子。此诗亦以"兰"自喻。②璧：玉璧。因"璧"与"楚"相提并论，故此"璧"又隐指"和氏璧"。"楚"指楚国，以及楚厉王、楚武王。事见《韩非子·和氏》。

【鉴赏】

袁淑是南朝宋的"烈士"，他是怀忠斥奸而杀身成仁的。这首诗，有自况、自勉、自励、自诚色彩。具有宿命韵味的是，袁淑终于还是怀璧向楚，种兰当门，忠而见斥，贤而见戮。

这首诗，是针对刘湛拉拢而发。刘湛，是袁淑婶母的哥哥，曾居显职（平越中郎将、领军将军等），赏袁淑之才，意欲拉拢。淑拒之，二人关系遂疏。后刘湛因密助彭城王义康图谋大位，事泄被诛，祸连诸子。袁淑不附，十分明智。

"种兰忌当门，怀璧莫向楚"二句，以否定语式，申言做人处世的鉴诫。种兰当门，难免践踏；怀璧入楚，难免双足被刖之祸。立此为鉴，不要好心得恶报。

"楚少别玉人"二句，分析原因。楚厉王与楚武王，都不识玉，因而认玉为石，砍了卞和双足。"门非植兰所"，更为易解，即不占要津，不生嫌隙，不碍他人之路，"兰"便易于自存。

这诗的哲理性、议论性较强，但又始终不脱离"兰"与"玉"的形象体系，故而隽永有味。

鲍照

鲍照（约 414—466），字明远，东海（郡治今山东郯城北）人。少有大志，以诗谒临川王刘义庆，义庆奇之，擢为国侍郎，迁秣陵令。武帝以为中书舍人。后为临海王前军参军，掌书记。泰始二年（466），晋安王、临海王等割据寻阳，兵败，鲍照死于乱军中。钟嵘《诗品》称其诗"总四家而擅美，跨两代而孤出"。

拟行路难①（其四）

泻水置平地，各自东西南北流。
人生亦有命，安能行叹复坐愁。
酌酒以自宽，举杯断绝歌路难。
心非木石岂无感，吞声踯躅不敢言。

【注释】

①《行路难》本为汉代歌谣，《乐府诗集》列入杂曲歌谣，魏晋之际已亡佚。鲍照《拟行路难》十八首是现存最早的"行路难"歌谣。

【鉴赏】

人微言轻，信不信由你。

鲍照的社会地位很低，从临川王刘义庆的国侍郎做起，最终还只是临海王刘子顼的参军。诗虽然写得好，但"才秀人微，故取湮当代"。还是后来人，沙中拣金，给他以公正评价。南朝梁文艺评论家钟嵘，是第一个为鲍照宣扬诗名的人。清人沈德潜对他的乐府诗给以最高评价："明远乐府，如五丁凿山，开人世所未有，后太白往往效之。"

此诗以"泻水置平地"为喻开篇，言"人生"虽"有命"，但不能安于"行叹复坐愁"的无所作为。这是全诗的基调。沿着这一思路，较为自然地引出"酌酒"自宽、"举杯"自歌的情状。"酒"可醉人，醉而能醒；"歌"能悦人，悦后生悲。待到酒醒悲生，诗人又要面对更为深切的愁怨。"心非木石"句与"吞声踯躅"句，就是一扬一抑、一抗争一忍辱的矛盾写照。

语势短长相倚，诗情刚柔相济，是这首诗的构思特点。

拟行路难（其六）

对案不能食，拔剑击柱长叹息。

丈夫生世会几时，安能蹀躞垂羽翼^①？

弃置罢官去，还家自休息。

朝出与亲辞，暮还在亲侧。

弄儿床前戏，看妇机中织。

自古圣贤尽贫贱，何况我辈孤且直！

【注释】

① 蹀躞：小步趋行。

【鉴赏】

与上一首相比，本篇的基调明显高昂。这从一个侧面展示了诗人久受压抑、五内如焚、不吐不抒、难以寝食的狂躁心理。

"对案不能食，拔剑击柱长叹息"二句，突兀而起，有不可遏制之势。这是不平之气的喷发。"丈夫""安能"二句，补充交代"不能食"与"长叹息"的原因，又是"长叹息"的内容。联系诗人生平，可知"丈夫"蹀躞、鲲鹏"垂翼"，几乎已连缀为寒门英杰一生的蹉跎！当年，尚未入仕，鲍照已经浩叹："大丈夫岂可遂蕴智能，使兰艾不辨，终日碌碌，与燕雀相随乎？"多少年走下来，他真的"有愿而不遂，无怨以生离"了，这让他寝食难安，故有拔剑击柱式的发泄。

"弃置"以下诸句，皆想象中的"罢官""还家"之乐。层次分明，气度从容，诗情画意，乐乎其中，充满了自慰自勉韵味。这就与前面的金刚怒目形成观照。情绪万变，诗亦万变，这两首《拟行路难》都表现了在"行路难"背景下，一位精神的"大丈夫"不安平庸、追求功业、屈而求伸、振而复困的求索心路。

谢庄

谢庄（421—466），字希逸，陈郡阳夏（今河南大康）人。谢灵运从子。七岁能属文，宋文帝赞为："蓝田生玉，岂虚也哉！"为随王刘诞后军谘议，迁太子中庶子，历官吏部尚书、广陵太守、临淮太守，为光禄大夫，转侍中。某日南平王刘铄献鹦鹉，遍召群臣为赋。袁淑文冠当时，赋成，示庄。及见庄赋，乃曰："江东无我，卿当独秀；我若无卿，亦一时之杰。"有集十九卷。

喜 雨 诗

燕起知风舞①，础润识云流②。
冽泉承夜湛③，零雨望晨浮。
合颖行盛茂④，分穗方盈畴。

【注释】

①风：双关。一指风，一指风鸟。《禽经》："风，翔则风。"晋人张华注谓："风，禽，鸢类。越人谓之风伯，飞翔则天大风。"②础润：《淮南子·说林训》："山云蒸，柱础润。"③湛：在此读 chén，通"沉"。与下句"浮"相应。④合颖：禾芒含苞。下句"分穗"即芒开。

【鉴赏】

"喜雨"的概念，是在"重农"的背景下产生的。《穀梁传·僖公三年》："六月，雨。雨云者，喜雨也。喜雨者，有志乎民者也。"古人是将好雨、喜欢好雨与关心民众相提并论的。

这首诗以"喜雨"为题，主旨已十分明确，即通过对雨、雨后稼禾的欣赏性描绘，表达诗人对黎民百姓的关注。

形式也很特别，只有六句诗。六句诗，分为三个层次。一、二句，描写雨前景象：燕子穿梭、风禽高翔、柱础潮润、大雨将临。这既是动感波荡的画面，又包容了长期观察的智慧。喜雨将临，万众翘首！三、四句，描写雨中景象：好雨连"夜"，侵"晨"未停，以至于源泉下泻，水雾上浮。久旱逢甘雨，天地清新！五、六句，描写雨后景象："合颖"盛茂，"分穗"遍野，好雨知时，丰收在望。

"云"及于"雨"，"雨"及于"穗"，这是一个润雨化物的过程。虽然没写人，但"人"在雨中，"喜"在雨中，归根结底，"丰稔"亦在雨中之故。而字面上，却只有"雨"的诸种形态。或许，这叫"含而不露"；或许，这叫"象外有音"。

王融

王融（467—493），字元长，琅琊临沂（今属山东）人。侍中、中书令、南昌公王俭从子。举秀才，迁太子舍人，历秘书丞、丹阳丞、中书郎。虽有才辩，但躁于名利。齐武帝弥留之际，王融欲矫诏立竟陵王萧子良。皇太孙郁林王萧昭业即位十余日，收王融下狱，赐死。有集十卷。

后园作回文诗①

斜峰绕径曲，耸石带山连。
花余拂戏鸟，树密隐鸣蝉。

【注释】

① "回文诗"即可以倒置词序阅读的诗篇。清人朱存孝《回文类聚序》认为回文诗"自苏伯玉妻《盘中诗》为肇端"。但《盘中诗》不能回读。其实，回文诗之起，众说纷纭。刘勰认为始于道原，《冰川诗式》以为始于晋人温峤，或窦滔妻苏蕙。但王融回文诗亦属此诗体初创阶段成果。《诗记》题作梁元帝萧绎诗，恐系因风格相近而误。

【鉴赏】

将此诗逆向阅读，则为："蝉鸣隐密树，鸟戏拂余花。连山带石耸，曲径绕峰斜。"韵已不同，但意境相近，皆扣住"后园"风物而发。

这是汉语用字造词之妙，亦是诗人精心运作之妙。语言本身，早已预留下广阔的空间；而诗人，则是充分享受这空间自由的人。

面对这种可以正插、倒插的奇花异草，我们最好不要用一句"文字游戏"加以棒杀。不然，这样的"游戏"，你也玩一次？

张融

张融（444—497），字思光，吴郡（今江苏苏州）人。少有文名，初为宋新安王刘子鸾行参军，出为封溪令。后举秀才，对策中等，为尚书殿中郎，改为仪曹郎。辟齐太傅掾，迁中书郎。为人风止诡越，坐常危膝，行则曳步，翘身仰首，意制甚多，见者惊异，聚观成市。齐高帝见而笑曰："此人不可无一，不可有二。"善草书，有集二十七卷，又有《玉海集》《大泽集》《金波集》诸作。

别 诗

白云山上尽，清风松下歇。
欲识离人悲，孤台见明月。

【鉴赏】

吟咏此诗，读者或可以想见唐宋人送别佳作之所由来。不论写景（山水清景），不论抒情（离情别绪），这首诗都为后世同类作品提供了一种绝高、绝美的范本。

"白云山上尽，清风松下歇"，二语取势高远但得意目前，在"上"与"下"、"云"与"风"、"山"与"松"的对映中，已经潜含了相离相别的氛围。

"欲识离人悲"，点题。"离"即"别"也。故意绕过"别"字，或谓不忍言"别"乎！"孤台见明月"，收句出人意表。"孤台"之"孤"，"明月"之"孤"，与离别后的诗人之"孤"、友人之"孤"，通感化一，不再分彼与此。月照离人，月照孤台，有光有影而无声，这是用寥廓的天宇寂寞与离人的心灵寂寞上下相映的神来之笔呢，还是无奈之笔？

谢朓

　　谢朓（464—499），一作谢眺，字玄晖，陈郡阳夏（今河南太康）人。少好学，有美名，为齐随王萧子隆镇西功曹，除新安王中军记室，以本官兼尚书殿中郎，历南东海太守，行南徐州事。因揭发岳父王敬则反谋，迁尚书吏部郎。后为始安王遥光杀。诗长于五言，沈约叹为"二百年来无此诗也"。有集十二卷，逸集一卷。

入朝曲①

江南佳丽地，金陵帝王州。
逶迤带绿水，迢递起朱楼。
飞甍夹驰道②，垂杨荫御沟。
凝笳翼高盖③，叠鼓送华辀。
献纳云台表④，功名良可收。

【注释】
　　①本诗为《齐随王鼓吹曲》八首之四。齐随王萧子隆为齐武帝第八子，后为齐明帝萧鸾诛杀。②飞甍（méng）：飞檐，借指高楼。③笳：胡笳，古代管乐器。④献纳：献忠言以供采纳。云台：汉宫中高台。汉明帝曾于台上将功臣绘貌彰功。

【鉴赏】
　　齐武帝永明八年（490），谢朓随郡王萧子隆出为荆州刺史，并以镇西将军身份使持节都督荆、雍、梁、宁、南北秦六州诸军事。谢朓成为随郡王镇西功曹。就在这一年，他写下《齐随王鼓吹曲》八首。"鼓吹曲"在汉属短箫铙歌之曲。三国时代魏与吴，皆有"鼓吹曲"新作，大抵改易汉曲旧辞而成，多为颂功乐府。谢朓作"鼓吹曲"，基本倾向是颂齐随王功德。
　　《入朝曲》颂功主要在结句上，而且不甚肉麻，因而并不影响全诗的状物写景之美。欣赏此诗，等于在浏览一幅早已消逝了实证的"金陵繁华图"。前六句诗，都是围绕金陵形胜展开的。从大背景（江南），到大全景（金陵），再逐一展示"绿水""朱楼""飞甍""驰道""垂杨""御沟"的多姿多彩画面。七、八句,加进了人的活动,这"人",并不是庶民百姓。从笳鼓开道,从高盖华辀,可以推测是随郡王一流人物。景与人的映照,再现了一座活力四射的帝王之都。

欣赏此诗的第二个重点,是领略排偶句的音调铿锵,对偶谐和。全诗十句,八句排偶,因而它超前地具有唐人绝律的风范。宋人严羽已经注意:"谢朓之诗,已有全篇似唐人者。"说"似唐人",欠妥;应该说谢朓诗风,最为唐人接受、仿拟。

谢朓在诗歌形态上,是一个探索者。他踏出的小径,在唐宋成为大道。

玉 阶 怨 ①

夕殿下珠帘,流萤飞复息。
长夜缝罗衣,思君此何极。

【注释】

①"玉阶怨"为汉乐府旧题,属"相和歌辞",又名"有所思",多述宫怨相思内容。

【鉴赏】

"怨"情最易写。唯其"易",故易于陈陈相因而成俗调。

这首诗,好在不俗。开篇,注一"夕"字;"夕"字一下,夜景定,夜情亦定。从浑然无思处落笔(下珠帘),以浑然无思物(萤)收势,在流萤"飞复息"的变化中,夜深了。诗中之下珠帘人,看流萤人,缝衣人,也就是"思君"人!不写"怨",写"思";不是空思,而是边缝衣边思,因而"思"的关爱成分一针针、一线线抽绎不绝!结于"思君此何极",倍增"思"(怨、恨)的无望况味。"萤"也知"息","人"不知"息",痴情可哀可叹。

李白、杜甫都推崇谢朓,那一定是基于某种诗歌灵性的共鸣。读一下李白的《玉阶怨》,我们看到了一脉相承的同情。

范云

范云(451—503)，字彦龙，南乡舞阴(今河南泌阳西北)人。仕宋，为郢州西曹书佐；仕齐，为竟陵王府主簿，与沈约等并游，号曰"八友"，迁尚书殿中郎、始兴内史；梁受禅，迁散骑常侍、吏部尚书，封霄城县侯，迁尚书右仆射。有集十一卷。

送 别 诗

东风柳线长，送郎上河梁①。

未尽樽前酒，妾泪已千行。

不愁书难寄，但恐鬓将霜。

空怀白首约，江上早归航。

【注释】

① 梁：桥。古时多为送别之所，故成送别之词。

【鉴赏】

钟嵘《诗品》认为："范诗清便宛转，如流风回雪。"用这首诗印证，可知钟氏之评不误。

诗题"送别"，不知谁送谁别。第二句，"送郎上河梁"，方告知是"女"送"男"。前二句，感情含蓄，仅从"柳线长"的"长"字上，便透露出离情绵柔。第三句的"酒"字，引燃思情；"泪""愁""难""恐""空""怀""约""归"，一步步将别情推向难割难舍。

别致之处，是将离情安置在"时"与"空"的交会点"河梁"上。空间是渐行渐远，远则"书难寄"；时间是白驹过隙，"鬓霜""白首"，面目全非。唯渐行渐远、相逢遥遥，女主人在"愁"过、"恐"过后，才要与郎君再订"白首约""早归"约。让空间回程，让时间倒流，夫妇相逢，"河梁"为证。

在品味中，男女主人公向我们走来。

宗夬

宗夬（456—504），字明扬，南阳涅阳（今河南南阳）人。少勤学，有干才，举郢州秀才。仕齐为临川王常侍、骠骑行参军、秣陵令、都官尚书郎、御史中丞。齐明帝时，任郢州治中、荆州别驾。入梁，官至五兵尚书，参掌大选。其诗清新活泼，有民歌风。

遥夜吟

遥夜复遥夜，遥夜忧未歇。
坐对风动帷，卧见云间月。

【鉴赏】

"忧"是一种不招自来、挥之不去的思虑。因为"忧"，诗人失眠了。留下这首诗，失眠的诗人永远活在他的诗里。

"遥夜复遥夜"，开篇应题，极言长夜无眠的落寞。"遥夜忧未歇"，在反复后，"遥夜"又顶真而出，不过这次它已染上"忧"的色彩。依常规思维，诗人该向读者诉说忧烦了。但诗人没有，放下忧烦，他写出了"风动帷""云间月"的身外景物，诗随之戛然而止。当然，诗人的"忧"一点儿也没消融，在"坐""卧"难眠中，在"风"中，在"云"中，在"月"下，他已将一腔忧烦挥洒。"坐""卧"二句的高妙处在于"不着一字，尽得风流"。说"寓情于景"或"以景待情"均不确，那是一种无可名状又无所诉求的状态！写状态难在有意无意。有意则失之"露"，无意则失之"晦"。因为第二句埋一"忧"字，故三、四句可以翻覆其手而云雨自作。

江淹

江淹（444—505），字文通，济阳考城（今河南商丘民权县东北）人。少孤贫，好学沉静，起家南徐州从事，随宋建平王景素为镇军参军，领南东海郡丞，又黜为建安吴兴令。齐高帝辅政，召为尚书驾部郎、骠骑参军事，后迁中书侍郎、骠骑将军、御史中丞。入梁官至散骑常侍、左卫将军，封醴陵侯。晚年才思大减，人称"江郎才尽"。诗、文俱佳，有《江文通集》。

铜爵妓①

武皇去金阁②，英威长寂寞。
雄剑顿无光，杂佩亦销烁③。
秋至明月圆，风伤白露落。
清夜何湛湛，孤烛映兰幕。
抚影怆无从，惟怀忧不薄。
瑶色行应罢④，红芳几为乐？
徒登歌舞台，终成蝼蚁郭。

【注释】

①题又作《铜雀妓》，乐曲名。铜雀台在邺城，建安十五年曹操建。楼上铸铜雀，状欲飞，故名。②武皇：魏武帝曹操。操死，有《遗令》曰："吾死之后……葬于邺之西冈……无藏金玉珍宝。吾婢妾与伎人皆勤苦，使著铜雀台，善待之。于台堂上安六尺床，下施繐帐，朝晡设脯糒之属，月旦、十五日，自朝至午，辄向帐中作伎乐。汝等时时登铜雀台，望吾西陵墓田。"江淹此诗，即针对曹操遗言而发。③杂佩：女性佩饰之物，如珩、琚、璜、瑀等。④瑶色：瑶玉。此指美色。与下句"红芳"，皆指女乐之伎。

【鉴赏】

注释中已引曹操遗言。他的死后安排，周详琐细，一厢情愿。死人为活人筹，前人对后人规范，用心良苦，一何愚哉！

前四句，写曹操人死如灯灭。这"寂寞""无光""销烁"都是永恒的，不可逆转的。

"秋至"四句，写景为主。由景物的内部联系，逗引出世事的因果相生，正如"秋至"月明，"风"劲"露"滴，铜雀台亦兴在魏武，衰在魏武。

"抚影"四句，是诗人正面陈述看法的点题文字。既然伎人们在曹操死后已失却依从，何必再让她们顾影悲怆、追怀成忧呢？"瑶色行应罢，红芳几为乐"二句，慨叹中有主张，有立场，实际上也寄寓了批判、否定。

以"徒登歌舞台，终成蝼蚁郭"终结全诗，这是颇有对比效应的历史判断。明白了时间的伟力，后人无须顶礼亡灵，前人亦无须吩咐子孙。

曹操其人，固一世之雄。一世之雄，就在你的"一世"里折腾罢了，何必跨越生命维度，在一个永远不属于你的世界延续热闹！

沈约

沈约（441—513），字休文，吴兴武康（今浙江德清）人。少孤贫好学，博通群籍，善属文。仕宋、齐，累官至司徒左长史。曾在齐竟陵王萧子良西邸与诸文士游，为"竟陵八友"之一。后参与萧衍禅代机密，官至梁侍中、中书令、尚书令。后触怒受谴，忧惧而卒。首创"四声"之说，与谢朓诸人开"永明体"。撰《宋书》一百卷，《晋书》一百一十卷，《四声谱》一卷。今存明辑本《沈隐侯集》。

悼亡诗

去秋三五月①，今秋还照梁。
今春兰蕙草，来春复吐芳。
悲哉人道异，一谢永销亡。
帘屏既毁撤，帷席更施张。
游尘掩虚座，孤帐覆空床。
万事无不尽，徒令存者伤。

【注释】

① 三五月：指农历十五日夜里的月亮。

【鉴赏】

沈德潜评沈约诗"边幅尚阔，词气尚厚，能存古诗一脉"。古诗一脉，即言之有物，情景焕然。这首《悼亡诗》可以为证。

从诗情生发看，此诗缘于睹物思人，物在人亡，伤情生焉；但从诗句演绎看，又将睹物思人放于后，先写人与"月"、人与"兰"的差异性，借月可"还照"，"兰"能"复芳"，强化人的"一谢""永亡"之悲。

很自然地，欣赏这首诗有两个方面。一是前六句的比喻之美，以及生发比喻而形成的哲理慨叹。去秋、今秋、今春、来春，四个时段，月缺复明，草衰复荣，人却有"异"于此，可见生命的脆弱！"悲哉人道异，一谢永销亡"，既悲亡妻又悲所有的生命，是痛定思痛后的绝望之叹。二是后六句人亡物在的闺阁描绘，以及寓情于物的无言哀思。帘屏毁撤，帷席更张，游尘掩座，孤帐空床，我在妻行，天各一方，万事难全，岂不忧伤？

通观此诗，诗人巧于设喻，精于体物，连"死亡"的主题都放置在"人道""万事"的背景下加以思索，所以"悼亡"的悲哀终于获得了再进一层的揭示。

何逊

何逊（？—约518），字仲言，东海郯（今山东郯城北）人。出生于仕宦之家。八岁能赋诗，弱冠州举秀才。南乡范云见其对策，大相赞赏，结为忘年交。沈约亦爱其文，曾说："吾每读卿诗，一日三复犹不能已。"梁天监中，兼尚书水部郎，南平王萧伟引为宾客，掌记室事，后荐于武帝。与吴均俱进倖，后稍失德。武帝曰："吴均不均，何逊不逊，未若吾有朱异，信则异矣。"后卒于庐陵王江州治所。有集七卷。

夜梦故人诗

客心惊夜魂，言与故人同。

开帘觉水动，映竹见床空。

浦口望斜月，洲外闻长风。

九秋时未晚，千里路难穷。
已如臃肿木①，复似飘摇蓬②。
相思不可寄，直在寸心中。

【注释】

①臃肿木：《庄子·逍遥游》："惠子谓庄子曰：'吾有大树，人谓之樗。其大本臃肿而不中绳墨，其小枝卷曲而不中规矩……'"②飘蓬：蓬蒿。风折断其根后，随风旋转。喻流浪。

【鉴赏】

如果依文学史家判定，这首诗写于诗人在江州庐陵王记室任上，必在梁武帝天监十六年（517）或十七年。因为前一年是庐陵王萧续受任都督江州诸军事、云麾将军、江州刺史的年份；后一年，是何逊卒年。又因何逊"随府江州，未几卒"，我判断何逊可能卒于天监十七年的上半年。这首诗的物候时令既为"九秋"，那只有天监十六年初到江州会有咏秋之作。如果这判断成立，何逊诗中所谓"惊魂""路穷""相思"等，也都是逝世前再难弥补的终生之憾了！

虽然不是绝命诗，但生命之路已经很短。知此，我们不能不多了一份悲悯。

诗题标"夜梦故人"，写故人则仅有四句：首二句，以"心惊"入梦；尾二句，以"寸心"怀友。中间八句，皆梦醒无眠时对个人孤处他乡羁旅环境和心境的白描。这八句诗，前四句为环境，后四句为心境，皆有"夜"的孤寂、"梦"的飘忽。

"情词婉转，浅语俱深"，这八个字的评价还是很准确的。"浅语"好作，"深意"难求。"深"是情，是怨，是对生命悲剧的感知。何逊不傻，他一定预感到前路无欢。

吴均

吴均（469—520），一作吴筠，字叔庠，吴兴故鄣（今浙江安吉）人。世贫贱，至均好学有俊才。沈约见其文，而称誉之。天监初，柳恽为吴兴刺史，辟为郡主簿。

日与赋诗，士多效之，号为"吴均体"。历建安王萧伟记室，补国侍郎，兼府城局，仕至奉朝请。有《齐春秋》三十卷、《十二州记》十六卷、集二十卷。

咏宝剑诗

我有一宝剑，出自昆吾溪①。
照人如照水，切玉如切泥。
锷边霜凛凛，匣上风凄凄。
寄语张公子，何当来相携？

【注释】

① 昆吾：山名。《山海经·中山经》："昆吾之山，其上多赤铜。"郭璞传："此山出名铜，色赤如火，以之作刃，切玉如割泥也。"

【鉴赏】

吴均因私撰《齐春秋》被免官。此诗或为免官后作。诗结于"寄语张公子，何当来相携"，有"携"剑意，岂无"携"人意？

前六句，皆咏宝剑之"宝"。出于昆吾，先天良质，剑光炫目，其利切玉，抽出透寒，匣之生风，真可谓造化之物！后二句，语意突转，推出赠剑待主之问。虽然俗语有"宝剑赠壮士，红粉送佳人"之说，但"红粉"之送常有，"宝剑"之赠恒无，寄语公子取剑，为有重托深寄也！

有人指明"张公子"即汉富平侯张放。我以为此说不妥。"张公子"仅指识剑识人有胆有容之辈。

"宝剑"有自喻义，故赞剑为自赞，叹剑为自叹。"张公子"者，必吴均之伯乐也！

即使这么"曲说"一通，我仍然相信诗人描摹的那把宝剑是存在着的。那么凛凛生寒，那么凄凄生风，"张公子"携去，可以削去多少人间不平！

陶弘景

陶弘景（456—536），字通明，丹阳秣陵（今江苏南京）人。家世奉天师道，少受熏陶，潜研葛洪《神仙传》。后隐居茅山，从孙游岳受符图经法。梁受禅，进献图谶，为武帝重，时谓其"山中宰相"。除通道教经典外，兼通阴阳五行、天文地理、风角星算、文学书法。曾撰《本草经集注》七卷、《论语集注》十卷。有集三十卷，内集十五卷。

诏问山中何所有赋诗以答[①]

山中何所有？岭上多白云。
只可自怡悦，不堪持寄君。

【注释】

① 问：当指梁武帝萧衍问询陶弘景语。

【鉴赏】

陶弘景爱山水。《南史》谓本诗："性爱山水，每经涧谷，必坐卧其间，吟咏盘桓，不能已已。"《梁书》则谓本诗："特爱松风……每闻其响，欣然为乐。"

这么一个爱好大自然的人，接到皇帝的问询，没有感到什么特殊关怀，仍然以山里人的所见所闻如实回答，这"口径"自然与庙堂人语不能一致。唯有山野乡风，这回答才是真实的、富有美感的。

"山中何所有？"是诏问中语。"岭上多白云"是诗人实话实说。到这儿，问答已经完毕，三、四句，于"答"外加"议"，或加"叹"。只可自赏，不堪持寄。说"不堪"是客气，说"不能"才是准确的。

帝王可以威压百姓，但他管不住"白云"。"白云"是自由的，陶弘景也是自由的。

诗很短，却因有问、有答、有议而婉转曲折，活泼流丽，尤其因为回答的是"诏问"，所以语气上又多了几分礼貌、客气——客套却是绝对没有的。

萧纲

萧纲（503—551），字世缵，小字六通，南兰陵（治今江苏常州西北）人。梁武帝萧衍第三子。天监六年（507）封晋安王，历南兖州、荆州、江州、南徐州、扬州刺史。中大通三年（531）萧统死，被立为皇太子。太清三年（549）即位，次年改元大宝。大宝二年（551）为侯景所弒，追谥简文皇帝。六岁能文，被武帝誉为"吾家之东阿（曹植）"。他主张"文章且须放荡"。为太子时，与同代文人倡"宫体诗"。明人辑有《梁简文帝集》。

咏 朝 日 诗

团团出天外，煜煜上层峰①。
光随浪高下，影逐树轻浓。

【注释】

① 煜煜：明亮的样子。

【鉴赏】

用二十个字，描绘太阳初升，有过程，有形状，有色彩，有动感，有对比，当然还有一份好情致。

"团团出天外"，是形状与动势合一的神来之笔。"煜煜上层峰"，光亮增强，位置增高，一"出"，一"上"，展现了朝日喷薄、四海同辉的壮丽。这都是大处着笔的。三、四句，一用波光，一用树影，从明与暗两个角度，描写太阳的动态之美。着一"随"字，又着一"逐"字，给太阳的光与影以主体意识；于是，太阳被"人化"了，被"神化"了！

无所师法，就师法于造物的千变万化。追着太阳写，这诗与太阳一起向光！

庾肩吾

庾肩吾（487—约552），字子慎，一作慎之，南阳新野（今属河南）人。八岁能文。初为晋安王常侍，与刘孝威、徐摛诸人号称"高斋学士"。萧纲为太子，肩吾兼东宫通事舍人，迁太子率更令、中庶子。萧纲即位，进度支尚书。侯景之乱，侯景矫诏遣肩吾使江州，谕当阳公萧大心。大心降景，肩吾逃建昌界，寻赴江陵，任江州刺史，领义阳太守，封武康县侯。明人辑有《庾度支集》。为"宫体诗"开创者之一。

被执作诗①

发与年俱暮，愁将罪共深。
聊持转风烛，暂映广陵琴②。

【注释】

①本诗作于太清三年（549）。侯景作乱，入台城，梁武帝已成傀儡。景矫诏遣庾肩吾使江州。庾途中逃于建昌。后景将宋子仙捉住庾肩吾，谓之曰："昔闻汝能诗，今可作；若能，当贳汝命。"肩吾操笔立成，子仙释之。②广陵琴：事见《晋书·嵇康传》。嵇康善琴，精《广陵散》一曲，客欲学，不授。后被杀，《广陵散》成绝唱。

【鉴赏】

一首诗，救一条命，与曹植《七步诗》价值等观。

庾肩吾的诗，大部喜雕琢，拘声律，意浅辞繁；这首诗，却不事雕琢，不拘声律，意深辞质。诗风随遇而变，又多了一个实证。

这诗，当然是应了宋子仙的活命允诺而作的。其实，年过花甲，颠沛流离，目睹京华喋血、四垂干戈，庾肩吾早就有洞察生死的体验了。宋子仙的要挟，只不过给他写诗增加了一点刺激。

"发与年俱暮，愁将罪共深"，依然十分讲究对仗与声律；只是少了雕饰，多了沉郁。"愁"是真的，为己、为家、为国、为帝，何事不愁！"罪"也是真的，逃离侯景是罪，重新被抓是罪，远离朝廷不能效命也是罪。直陈"愁"

与"罪"，倒没有乞怜之意。因为他不相信宋子仙的许诺，这才有三、四句"转风烛""广陵琴"之喻。毕竟，《广陵散》成了绝唱，《广陵散》没有救嵇康的命，即加引用，仅表痛惜之意，何来对宋子仙的感动？再说，宋子仙只要他证明"能诗"，并未要他借诗乞活。因为有言在先，宋子仙释放庾肩吾。生死关头，这诗是真的。

王僧孺

王僧孺（465—522），字僧儒，东海郯（今山东郯城北）人。家贫，常佣书养母，仕齐为太学博士，建武初除仪曹郎，迁治书侍御史，出为钱塘令。梁天监初，除陵川王后军记室，待诏文德省，出为南海太守，后历少府卿、尚书吏部郎等。转北中郎谘议参军，入值西省，知撰谱事。有《十八州谱》《百家谱集抄》《东南谱集抄》等，有文集三十卷。

春思诗

雪罢枝即青，冰开水便绿。
复闻黄鸟声^①，全作相思曲。

【注释】
① 黄鸟：指黄鹂、黄莺、鸧鹒，其声婉转。

【鉴赏】
这是一首抒情小诗，由诗题"春思"可知。
但以"景语"为主，四句中竟有三句写景，只有一句抒情，还是附丽于"景语"之后的。通篇而咏歌之，浸淫于雪、枝、冰、水、黄鸟声中的相思情语，还是让人心醉。
融情于景，触景生情，是这首诗的抒情特点。一、二句，为融情于景笔法。

"雪罢枝即青，冰开水便绿"，是一个冰消雪化的过程，是一个恢复生机的过程。随着"青"与"绿"的生命复苏，人心活了，相思浓了！一声又一声的黄鸟啼叫，连缀成呼唤，"嘤其鸣矣，求其友声"，鸟尚如此，而况人乎！"全作相思曲"，是判断，又是接受与传递！这是典型的触景生情。

一切"景语"，均化为"情语"，"春思"能不浓烈？

阴铿

阴铿（约511—约563），字子坚，祖籍武威姑臧（今甘肃武威）人。自高祖于东晋末南迁南平（今湖北荆州南平镇），至铿已历五世。在梁曾为湘东王法曹行参军。入陈，为始兴王中录事参军，累迁晋陵太守、员外散骑常侍。长于五言诗，为当时所重。有集三卷。

晚出新亭①

大江一浩荡，离悲足几重。
潮落犹如盖，云昏不作峰。
远戍唯闻鼓，寒山但见松。
九十方称半②，归途讵有踪。

【注释】

①新亭：故址在今南京南郊，依山临江，为军事要地和交通枢纽。南朝宋一度改"中兴亭"，后仍称新亭。南朝成朝士游宴处。②"九十"句：典出《战国策·秦策五》，某客劝谏秦王："诗云：'行百里者半九十。'此言末路之难也。"

【鉴赏】

杜甫诗学阴（铿）何（逊）。此诗一开篇，气象浩然，情景融贯，让熟读杜诗的人即已知杜诗之所从来。"大江一浩荡，离悲足几重"，出语不凡处在于充分借用"大江"及江波的背景，推衍出重重（几重）"离悲"。一波一重悲，"离悲"的主题一开始就呈现了自然扩大的趋势。

"潮落"以下四句，皆暗扣诗题"新亭"二字，展示"出新亭"所见。"潮""云"二句，一用比喻，一用拟人，看似相近，实不相同；"远""寒"二句，则一写听觉，一写视觉，又各有姿。或许是因为要离开建康城之故，诗人写景时，不自觉地渲染了"远戍"之行与"寒山"之恋。一"远"一"寒"，紧紧地回应了第二句的"离悲"主题，这是不露痕迹的关照。

结语出人意料处，是方"离"（出）即预言"归"。不是言早归、速归，而是引"行百里者半九十"自诫，将"归途"之"踪"定在大功告成之日。尽管玄远无期，但诗人相信它会到来。

评诗者每每转言"情景交融"，其实这是一个极难实现的创作目标。阴铿此诗，深得情景交融之趣。景在眼中，情在心中，故而触目之景皆含情，悲喜之情皆成景。

徐陵

徐陵（507—583），字孝穆，东海郯（今山东郯城北）人。八岁能诗，仕梁，历尚书度支郎、上虞令、通直散骑侍郎、尚书左丞秘书监。陈受禅，为太府卿、五兵尚书、御史中丞，封建昌县侯，终太子少府。诗文与庾信齐名，号"徐庾体"。编有《玉台新咏》十卷行世，又有集三十卷。

乌 栖 曲①

绣帐罗帷隐灯烛，一夜千年犹不足。
唯憎无赖汝南鸡，天河未落犹争啼。

【注释】

① "乌栖曲"创始于梁简文帝和梁元帝。因梁简文帝曲中有"倡家高树乌

欲栖，罗帷翠被任君低"得名，属乐府清商曲辞之西曲歌。徐陵此题二首，今选其一。

【鉴赏】

这是一首离别诗。全篇不着一字离别，却极言离别前一夕夫妻绸缪之短、之美。这叫不着一字，尽得缠绵。

"绣帐"句，写新房陈设，以表华贵。"一夜"句，写夫妻恩爱，强调谐和。"唯憎"句急转，由爱生憎，憎恨"汝南鸡"打搅了夫妻美梦。憎鸡啼，其实是憎夜短、憎离长。天晓一别，相会无期，"一夜千年"的幸福感受，难道真的化为幻梦？

"宫体诗"将韵律谐和到抑扬顿挫，将诗情编织到巧夺天工。这份语言链接的功劳，不容低估。数典忘祖者，可以不必写诗、观诗。

徐德言

徐德言，生卒年不详。陈太子舍人。陈后主（叔宝）之妹乐昌公主之夫。陈政日衰，徐知陈必亡，并预言陈亡后妻必入豪门，遂破镜为二，各持一半，以作他日相逢信物。临别相约，可于正月望日（十五）卖镜于市。后果"破镜重圆"。

破镜诗①

镜与人俱去，镜归人未归。
无复姮娥影②，空留明月辉。

【注释】

①此诗即徐德言与妻分手时所作。破镜，即半镜。成语"破镜重圆"，即起于徐氏夫妻团圆经历。②姮娥：嫦娥。

【鉴赏】

陈亡，乐昌公主为隋越国公杨素得。杨素察知其情，召徐德言，还其妻。乐昌公主离别杨府日，作《伐别自解诗》曰："今日何迁次，新官对旧官。笑啼俱不敢，方信做人难。"夫妻团圆后，偕老江南，成就一则人间佳话。

而当徐德言分镜别妻之日，他想象不到会有如此美满的结局，因而《破镜诗》中保留了太多的失落与悬念。"镜与人俱去"，是双重失落。"镜归人未归"中的"镜"，指自持一半残镜。姮嫦，诗中指代乐昌公主。连镜中的"影"也飘走了，因而，只留一影月光。用"姮娥"典，在疑是之间，让人追怀起后羿失去妻子的永恒悲剧。希冀还有嫦娥在月亮里，月亮在，希冀也在。

江总

江总（519—594），字总持，济阳考城（今河南商丘民权县东北）人。幼聪颖好学，梁时为武陵王法曹参军，历丹阳佐史、尚书殿中郎、太子洗马、临安令、太子中舍人。入陈，为中书侍郎，迁司徒左长史，后主时为尚书令，故世称"江令"。日与后主游，时号"狎客"。但诗文为当时大家。今传《江令君集》为明人辑。

于长安归还扬州九月九日行薇山亭赋韵诗

> 心逐南云逝，形随北雁来。
> 故乡篱下菊，今日几花开？

【鉴赏】

江总诗，多吟艳情。这首羁旅思乡之作，却是回归质朴，一派真情，短而有味，曲折有致。

薇山亭具体在何处，待考。但诗人已交代在长安返扬州途中。走累了，歇一歇，正逢重阳佳节，于是极目远望，看"云逝""雁来"。故"心逐""形随"二句，为途中即情即景，信手写来，无不自然。三、四句，语势一变，突发转折，由"眼前景"转入对"故乡情"的追忆，忆及"篱"，忆及"菊"，自然又关心起"几花开"的细枝末节。思乡情怀，因牵挂而趋向陶醉。

这首诗，从构思上看有两个闪光点：一是含情写景，一是千里暗渡。"云逝"于高山，"雁"去于岭表，云与雁都有归宿，何况人乎？故前两句已经情景交融，并为思乡做好了铺垫。而"千里暗渡"的动力，即在割舍不了的乡情。

北 朝

王褒

　　王褒（约513—576），字子渊，琅琊临沂（今属山东）人。七岁属文，博览史传，梁元帝时召为吏部尚书、左仆射。荆州破，入周，授车骑大将军。明帝即位，加开府仪同三司。武帝时为太子少保，迁小司空，出为宜州刺史。有集二十一卷。

关山月①

关山夜月明，秋色照孤城。
影亏同汉阵，轮满逐胡兵。
天寒光转白，风多晕欲生。
寄言亭上吏，游客解鸡鸣②。

【注释】

　　①"关山月"为乐府旧题，属"横吹曲"，多写边塞久戍之事。②鸡鸣：典出《史记·孟尝君列传》。孟尝君入秦被留，赖门下客夜入秦宫，盗出狐裘，献于幸姬；又赖一客，学为鸡鸣，骗开城门，得以脱险。

【鉴赏】

　　在中国古代的写月诗中，很少见像此诗一样这么全面描绘月光的作品，八句诗，六句紧扣"月"字，依次描写"月"照"关山"、"月"照"孤城"、

"月"亏之"影"、"月"满之"轮"、"月"白生"寒"、"月"晕生"风",可以说已极尽明月风采。描写源于关注,关注"月",即关注"乡",因为:天下万里,明月一轮!北国之"月",亦南乡之"月"!

可叹的是,王褒于写"月"(景)的过程中,还托物(月)言志,用"影亏同汉阵,轮满逐胡兵"表达了他的故国爱恋。所幸,北朝皇帝都很单纯,他们还没有认可那种叫"文字狱"的东西,否则王褒险矣!

六句写"月"之外,结尾二句引用孟尝君身在西秦、心在东齐之旧典,曲折表现了南归之念。

我以为,南北朝历史颇复杂,不宜套用"爱国主义"或"叛国投敌"来臧否那时的人物。基于还能思乡恋国,我认为王褒有情有义。

庾信

庾信(513—581),字子山,小字兰成,南阳新野(今属河南)人。初仕梁,为抄撰学士、东宫学士、建康令等。诗文与徐陵齐名,其作号"徐庾体"。侯景之乱,奔江陵,仕元帝,出使西魏,被留不遣;江陵陷,仕周,受明帝、武帝恩遇,迁骠骑大将军、开府仪同三司、洛州刺史,故世称"庾开府"。有集二十一卷。

拟咏怀诗①(其五)

惟忠且惟孝,为子复为臣。

一朝人事尽,身名不足亲。

吴起尝辞魏②,韩非遂入秦③。

壮情已消歇,雄图不复申。

移住华阴下,终为关外人。

【注释】

①《拟咏怀诗》是以阮籍《咏怀》八十二首为参照创作的。庾信《拟咏怀

诗》共二十七首，集中抒发了他羁留北朝的故土之思、离国之痛。本诗为《拟咏怀诗》第五首。②吴起：战国卫人，初为鲁将，后为魏西河守，受谗毁奔楚。为楚悼王令尹，协楚变法，楚强。③韩非：战国末韩人，韩王不用，入秦，协助变法，被李斯、姚贾陷害，死狱中。

【鉴赏】

庾信滞留北朝，虽然享受高官厚禄，但精神压力一直很大，他的《拟咏怀诗》便是苦闷的象征！唯如此，有自辩、自解，或自悔、自愧，才是正常的。

这首诗，虽然引吴起、韩非事以自解，但入题四句，即已将自己不臣、不孝、不忠的人生选择作了"负责"的道义坦承。诗，是最具有粉饰功能的，但庾信不以诗自饰，这坦荡、坦白的诗句，还是激起了后来人的钦敬。

尤其可贵、可爱处，是他申明"壮情已消歇，雄图不复申"，这是最实事求是的态度。毕竟，他的故国——梁——早已不复存在；继"梁"而立者"陈"，那是一个他不必效忠的权力实体。"国"已不存在，"爱国"便无所诉求！可悲！

最后剩下的，只有对家的怀念。"移住华阴下，终为关外人"。"移住"的，是新家；归家，还在"关内"（站在南朝立场上看）；这"华阴"新家，只能是"关外"！

庾信心很痛，经历使然，一首诗，一个疼痛点。

寄王琳诗①

玉关道路远②，金陵信使疏③。
独下千行泪，开君万里书。

【注释】

①王琳：字子珩，会稽山阴（今浙江绍兴）人。出身兵家，妹为梁元帝萧绎妃嫔。平侯景有一等大功，封建宁县侯，后为广州刺史。元帝被西魏捕杀，王琳率兵讨伐西魏人所立梁王萧詧。敬帝即位，封其车骑将军、开府仪同三司。陈霸先禅位，王琳拥兵拒陈，直到陈武帝死，王琳仍忠于梁朝。陈文帝天嘉元年（560），陈朝全力攻琳，琳败北走北齐，被封为巴陵郡王，在寿阳与陈兵对垒。

因大水围城而败，被杀。齐迎葬北朝。庾信得王琳书，当在天嘉元年前。②玉关：玉门关，此处借指长安。③金陵：建康，梁国都。

【鉴赏】

王琳是诗人的旧友，初识于梁元帝为东宫太子时。侯景之乱，元帝奔江陵，庾信任御史中丞时，王琳正任衡州刺史（后改任广州刺史）。庾信出使西魏不得归时，王琳则因不受信任远居广州。危难中，元帝诏王琳勤王，王琳至，元帝已死。此元帝承圣三年（554）十二月事也。计算一下，从这时到王琳奔北齐，有六年之久。王琳与庾信信及庾信与王琳诗，只会在这个时段内。

王琳写了什么，已不可考。庾信的诗在，他的悲喜交并之情，则借诗永存。

"玉关""金陵"对言，一言"路远"，一言"信疏"，思念渊深，信函等金，自在言外。"独下千行泪，开君万里书"，则是无言的情状描写。"独下"，言孤独；"千行泪"，言悲怆；"万里书"，言"君"情珍贵。无待烦言，两句诗即将诗人久蓄心头的思念一次性引燃爆发。从另一个比喻看，"万里书"是闸门，"千行泪"是洪流，闸门一启，洪流奔泻，诗人平衡了，天地亦为之平衡。

诗要酝酿。最感人的诗，其实是由诗人的痛苦酝酿而成的。庾信，用他的痛苦，酝酿他的诗，痛苦是唯一的，诗也是唯一的。杜甫说："庾信平生最萧瑟，暮年诗赋动江关。"确乎如此。

杨坚

杨坚（541—604），弘农华阴（今属陕西）人。仕周，袭父爵为隋国公，历拜上柱国、大司马。周静帝时封隋王。静帝大定元年（581）二月，周主下诏，禅位于隋王。杨坚即帝位，改国号隋，改元开皇，是为文帝。开皇九年（589）灭陈，统一中国。在位二十四年。

宴秦孝王于并州作诗^①

红颜讵几^②，玉貌须臾。
一朝花落，白发难除。
明年后岁，谁有谁无？

【注释】

①本诗作于开皇十年（590）二月。隋文帝幸晋阳（并州，今太原），在与第三子杨俊（秦孝王）宴会上有感而作此诗。②讵（jù）：岂，怎。

【鉴赏】

写这首诗的时候，正是隋文帝杨坚的帝王之业登峰造极、如日中天之际。胜利者，也清醒，这极为难得。

诗的主旨，是阐明生命难测。这与曹操的"对酒当歌，人生几何"颇为接近。

"红颜讵几，玉貌须臾"，从女性写起，让人较易心生怜惜。开篇二句，即是将极美极妍撕毁了给人看。"一朝"与"白发"二句，将范围扩大，用"花"与"发"的对比，揭示衰亡不可逆转；"花落"，还有承上启下意。"明年""谁有"二句，为主旨所在；语浅意深，不可测而测，不可知而知，是问，是答，是智慧，是伤怀，尽在其中。

卢思道

卢思道（535—586），字子行，范阳（治今河北涿州）人。少时求学于邢邵，北齐时为给事黄门侍郎，北周时官至仪同三司，出为武阳太守。入隋官散骑侍郎。诗学南朝，有绮靡余风，但祖居北地，毕竟以清切雄劲为本。在齐，因诗有捷才，被誉为"八米卢郎"。入周，诗为庾信叹美。先工五言，后工七言，开唐代诗风。有《卢武阳集》传世。

从军行①

朔方烽火照甘泉，长安飞将出祁连②。

犀渠玉剑良家子③，白马金羁侠少年。

平明偃月屯右地④，薄暮鱼丽逐左贤。

谷中石虎经衔箭⑤，山上金人曾祭天⑥。

天涯一去无穷已，蓟门迢递三千里⑦。

朝见马岭黄沙合⑧，夕望龙城阵云起⑨。

庭中奇树已堪攀，塞外征人殊未还。

白雪初下天山外，浮云直向五原间⑩。

关山万里不可越，谁能坐对芳菲月。

流水本自断人肠，坚冰旧来伤马骨。

边庭节物与华异，冬霰秋霜春不歇。

长风萧萧渡水来，归雁连连映天没。

从军行，军行万里出龙庭。

单于渭桥今已拜，将军何处觅功名。

【注释】

①"从军行"为乐府古题，属"相和歌辞"之"平调曲"。内容多写军旅争战。②出祁连：指汉大将军霍去病攻祁连山匈奴事。见《史记·匈奴列传》。③犀渠：兽名，见《山海经·中山经》。此指盾牌。玉剑：玉具剑。代指宝剑。④右地：匈奴领地三分，单于居中，称龙庭；东为左地，由左贤王领；西为右地，由右贤王领。偃月：与下句"鱼丽"，皆古阵名。⑤"谷中"句：用汉将李广深夜射虎，箭镞入石典，见《史记·李将军列传》。⑥金人祭天：指匈奴祭天用金人做神主事。见《汉书·匈奴列传》。⑦蓟门：指蓟丘，在今北京市德胜门外。⑧马岭：在今甘肃庆阳市西北。⑨龙城：龙庭。一说在内蒙古锡林郭勒盟境内，一说在蒙古国车车尔勒格东。⑩五原：汉郡名，治所在今包头北。

【鉴赏】

用"雄思英发"四字可以概括卢思道的《从军行》。

这首七言乐府，上承汉韵，下开唐风，不可小视。

全诗可分两个层面。从开篇至"夕望龙城阵云起"十二句，写汉将"从军"生活；从"庭中奇树已堪攀"至结尾，写思妇怀念征人。

构思机巧在于：不是追踪一人作单线条叙述，而是以多主体、多空间、多时段交融的复杂描写，展示"从军行"的历史特征。切割后的征战画面，进行了新的组合，故"飞将军""侠少年""良家子"都是具有广泛代表意义的人物，而"甘泉""祁连""右地""蓟门""马岭""龙城"都是具有典型特色的战场。诗人笔力千钧，对战争的描绘让人热血沸腾。

构思的机巧还在于：思妇怀想常与边塞实况相融，以"双视角"立场，将"思人者"与"被思者"作连带展示，这便促成了情景交融，寄托深远。如"白雪初下天山外，浮云直向五原间""边庭节物与华异，冬霰秋霜春不歇"等句，即可两观两解，将臆想与实际、思妇与征人维系于一。

"从军行，军行万里出龙庭"以下数句，固然可以单独抽出，作为对"将军"争功的批判。如果不予析出，仍以思妇立场、思妇口吻表现，岂不更为自然！毕竟，军人家属最有权利评说战争。

诗易铺陈，气象难为。边塞诗更以抒发"英雄气"为长。这诗，虽然归结于批判穷兵黩武，但通篇的壮士豪情终让人奋然欲搏。

唐

王绩

　　王绩（约589—644），字无功，绛州龙门（今山西河津）人。因尝居东皋，故自号东皋子。仕隋为秘书省正字，初唐以原官待诏门下省。在隋，曾不乐居朝，求为六合丞，嗜酒不任事。入唐，因太乐署史焦革家善酿，绩复求为丞，以便陶醉。焦革死，遂弃官归东皋，著书饮酒自娱。

野 望

东皋薄暮望①，徙倚欲何依②。
树树皆秋色，山山唯落晖。
牧人驱犊返，猎马带禽归。
相顾无相识，长歌怀采薇③。

【注释】
　　①东皋：诗人隐居的地方，在诗人家乡龙门附近。②徙倚：徘徊，彷徨。③采薇：薇，又名巢菜或野豌豆，花紫红，籽可食。采薇乃引商、周之交伯夷、叔齐事。二人为孤竹君之子，父死，互让君位，最后弃国奔周。至周，又反对周武王伐商，隐居首阳山，不食周粟，仅采薇而延命，终至饿死。生前二人曾作《采薇歌》。

【鉴赏】

　　王绩这首诗，好在朴素无华，不假雕饰，紧扣一"望"字，铺展视觉印象。这"望"，是黄昏之望，是徘徊之望，是孤独之望，所以与被"望"之景物，保持了一段距离。距离生美，颔、颈二联四句诗，便有了超然气韵与趋功利之美。树树秋色、山山落晖为大背景，牧人驱犊、猎马带禽为中近景，二景相融而有生活之美。结语陡转，又拉开了时空距离。这是诗人太坚持自我造成的。"长歌"的内容，或为伯夷、叔齐的《采薇歌》："登彼西山兮，采其薇矣。以暴易暴兮，不知其非矣。神农虞夏忽焉没兮，我适安归矣？吁嗟徂兮，命之衰矣！"

王梵志

　　王梵志，生卒年不详，僧人，原名梵天，卫州黎阳（今河南浚县东）人。诗语浅近，类乎白话，大半为佛家偈语。有集，已佚。《全唐诗》亦未收其诗。

诗 二 首

　　我有一方便①，价值百匹练②。
　　相打长伏弱，至死不入县。

　　他人骑大马，我独跨驴子。
　　回顾担柴汉，心下较些子。

【注释】

　　①方便：佛家语，谓因人施教，诱导使之领悟佛学真义。诗中指某种指导做人的诀窍。②练：素色绢。

【鉴赏】

　　这是一首用第一人称写成的白话诗。虽为五言四句，却非古非绝，所以仅以"五言"称之。

表面上在劝世劝忍，好似精神鸦片，但有意无意，又杂以幽默、讽刺。第一首，先以自夸语气，陈述自家有"宝"（方便），这"宝"价值"百匹练"。待问"宝"为何物，答曰：打不还手，服弱到底，死也不到县衙告状。"不入县"，是对官府彻底拒绝，彻底否定。第二首，应了一句俗话："比上不足，比下有余。"我以为，老百姓生活在社会底层，最易于诱发"中庸"情绪，无须严加批判。生在夹缝，便有夹缝哲学；未到反抗爆发期，隐忍也是为了生存。

寒山

寒山，僧人，不知何许人，有言生活于贞观时，有言生活于大历时。居浙江天台寒岩，与国清寺僧拾得友善，时相往还。每以桦树皮为冠，布裘敝屣，长歌而行。好吟诗偈，每书于竹、木、石壁之上，累三百余首，后人辑为《寒山子诗集》。

杳杳寒山道①

杳杳寒山道，落落冷涧滨。
啾啾常有鸟②，寂寂更无人。
淅淅风吹面③，纷纷雪积身。
朝朝不见日，岁岁不知春。

【注释】

①寒山道：诗人隐居寒岩左近的山道。②啾啾：鸟兽虫鸣声。《古乐府·陇西行》："凤凰鸣啾啾，一母将九雏。"③淅淅：象声词，拟风雨声或落叶声。

【鉴赏】

寒岩，寒山道，又遇到冬寒风雪，这画面浸透了"寒意"。自然的"寒"，体现为气温下降；人心的"寒"，却经常升华着智慧的清明。吟咏此诗，减一份浮躁，少一份心火，怀一份自然，多一份沉静，或近乎诗人本意。虽然在诗款形态上是五言八句，讲对仗，协平仄，我仍然不好当成"五律"。因为，自由的诗风是上接乐府民歌的。最有意味的，是全诗八句，起势皆用叠词。复而不厌，叠而不乱，每一叠，都状摹一种独特的景物："杳杳"状色彩，"落落"状空间，"啾啾"有声，"寂寂"无音，"浙浙"为风，"纷纷"为雪，"朝朝"时短，"岁岁"时长。诗人拥抱的，是一个纯粹天然的空间。这是诗人的无形财富。

卢照邻

　　卢照邻（约630—680后），字昇之，号幽忧子，幽州范阳（今河北涿州）人。十岁时，游学南下，从王义方、曹宪学经史艺文。弱冠求仕，授邓王府典签。后入朝到秘书省任职。下狱，获救，曾任新都尉，故得三次入蜀。宦海风波，沉浮十年，长安典选不果，回太白山下居住。此后患风疾，京洛问疾不愈，归卧东龙门山。疾甚，手足偏瘫，迁居阳翟（今河南禹州）具茨山下。买园数十亩，疏颍水绕宅而流，又预作一墓穴，卧于其中，病日重，与亲人诀别，自投颍水死。有集二十卷，《幽忧子》三卷，诗二卷。被后人称为"初唐四杰"之一。

九月九日登玄武山旅眺①

九月九日眺山川，归心归望积风烟。
他乡共酌金花酒②，万里同悲鸿雁天。

【注释】
　　①玄武山：在今四川省中江县城东。②金花酒：金花即菊花。《西京杂记》卷三："九月九日，佩茱萸，食蓬饵，饮菊花酒，令人长寿。菊花舒时，并采茎叶，杂黍米酿之，至来年九月九日始熟，就饮焉，故谓之菊花酒。"

【鉴赏】

卢照邻一生留下七言绝句仅五首。这首诗,是他在新都(今属四川)尉任上接待王勃时而作。同行共三人,每人一绝,可以对照欣赏。唐高宗总章二年(669)秋或咸亨元年(670)秋,王勃以"檄鸡文"被斥,出沛王府,游剑门,入川与卢照邻相会,同游玄武山。

四句诗,两两对仗,尤以一、二句对仗为自然。登高远望,思乡情生,本属天性使然。而这次登临,又与天涯沦落的朋友相伴,惺惺之惜,更促怅怀。他乡酌酒,万里同悲,都是双重的!酒能浇愁,故饮之;雁不传书,故悲之。王勃诗谓:"九月九日望乡台,他席他乡送客杯。人情已厌南中苦,鸿雁那从北地来?"同行邵大震诗谓:"九月九日望遥空,秋水秋天生夕风。寒雁一向南去远,游人几度菊花丛。"

骆宾王

骆宾王(约638—?),婺州义乌(今属浙江)人。七岁能属文。初为道王府属吏,历武功主簿、长安主簿,武后时左迁临海丞。怏怏失志,弃官而去。徐敬业起兵讨武则天,举为府属,并为徐氏起草《讨武曌檄》。武后读文至"蛾眉不肯让人,狐媚偏能惑主",仅仅一笑;及读至"一抔之土未干,六尺之孤安在",面带不悦,叹问:"宰相何得失如此人!"讨武后败,骆宾王下落不明,或言被杀,或言为僧。而诗在天地,人皆知其为"初唐四杰"之一。

咏 蝉

西陆蝉声唱①,南冠客思深②。
不堪玄鬓影③,来对白头吟④。
露重飞难进,风多响易沉。
无人信高洁,谁为表予心?

① 西陆：特指秋天。西陆在中国古天文学上指昴宿所在方位。"日行西方白道曰西陆"，故以西陆称"秋"。② 南冠：指囚徒。《左传·成公九年》："晋侯观于军府，见钟仪，问之曰：'南冠而絷者谁也？'有司对曰：'郑人所献楚囚也。'"③ 玄鬓：原指黑发，因诗中借指蝉翼，故后世皆指蝉。④ 白头：白发。又暗指乐府"白头吟"。

【鉴赏】

这首诗作于唐高宗仪凤三年（678）。诗人任侍御史，上书言事，忤武后，却以贪赃罪下狱。狱中闻蝉鸣，充耳惊人，有是作。用双关语，表双关意，为此诗特色。西陆蝉唱，南冠思深，这是连带性地写蝉及人。第三句写蝉，第四句写人，以下皆明写蝉，暗写人也。"露重""风多"是蝉的逆境，也是人的逆境；"高洁"，自励，是蝉的品格，也是人的品格。终于，蝉与诗人在精神上可以共鸣，进而共勉了。诗末一问，已有答案，当蝉向诗人表白心迹时，诗人也已向蝉表示了信任；当诗人与蝉融为一体时，人与人的隔膜遂成为不必明说的反讽对象。

所以，这首诗看标题似咏物诗，其实质却是抒怀言志诗。

杜审言

杜审言（约 645—708），字必简，祖籍襄阳（今属湖北），迁居河南巩县（今巩义市西南）。杜甫祖父。唐高宗咸亨年间进士，为隰城（今属山西）尉。因为善诗工书，颇为自大。他曾对别人说："吾文章，合得屈（原）宋（玉）作衙官；吾之书迹，合得王羲之北面。"但宦途多艰，屡贬屡免，至中宗时复因曾结交武后宠臣张易之兄弟而流放峰州（今在越南境）。后入为国子监主簿、修文馆直学士。少与李峤、崔融、苏味道为"文章四友"。有文集十卷，后人编诗一卷。

和晋陵陆丞早春游望^①

独有宦游人^②，偏惊物候新。

云霞出海曙，梅柳渡江春。

淑气催黄鸟^③，晴光转绿蘋^④。

忽闻歌古调，归思欲沾襟。

【注释】

①晋陵：即今江苏常州。陆丞：姓陆的晋陵县丞，为杜审言好友。《早春游望》是陆丞寄给杜审言的诗，已佚。②宦游人：离乡在外做官的人。③黄鸟：黄莺。④绿蘋：浮萍。

【鉴赏】

这首诗大约作于武后永昌元年（689）前后，杜审言在江阴县（今江阴市）任职，陆某在同郡邻县任县丞。陆有诗来，杜有诗答，遂勾起一番心思。早春江南，美景不胜收。写美景，寄美思，这是常格。杜审言此诗，别致在借铺展早春新景，而抒发落寞情怀，可谓句句惊新，又句句恋归。这个"归"，即故乡归情和京华归梦。

诗落笔一"独"字，突现宦游寂寥。太寂寥了，连物候更新都是在老友诗的提醒下才惊奇发现。"云霞"以下四句，皆早春新景。每句锤炼一个动词，出、渡、催、转，寄寓了时不我待的焦虑。年年春光，年年归职，宦游二十年，依然是州县小吏，诗人能不逢春景而添寂寥？"歌古调"是指陆丞的诗，那诗，起着点化作用。一经点化，则满眼皆是伤心景。"归思"，是近乎陶渊明"归去来"的感情。

以"乐景"写"哀情"，此诗或得之。

王勃

王勃（650或649—676），字子安，绛州龙门（今山西河津）人。六岁善文辞，未冠应举而第，授朝散郎。沛王闻其名，署为府修撰。其时诸王喜斗鸡，王勃戏作"檄鸡文"，高宗斥之。王勃既废，出游蜀中。后补虢州参军，又除名。父因王勃故，亦左迁交趾（今越南河内附近）令。勃往省父，渡海溺水，受惊而死。王勃幼好读书属文，初不精思，先磨墨数升，引被覆西而卧，忽起挥毫，一字不易，时人谓之"腹稿"。与卢照邻、杨炯、骆宾王以文辞齐名天下，号"初唐四杰"。有诗二卷。

送杜少府之任蜀州①

城阙辅三秦②，风烟望五津③。
与君离别意，同是宦游人。
海内存知己，天涯若比邻。
无为在歧路④，儿女共沾巾。

【注释】

①杜少府：襄阳人。少府，此指县尉。蜀州：四川。②三秦：项羽灭秦，将关内地分王三人：雍王章邯、翟王董翳、塞王司马欣，号三秦。③五津：据《华阳国志》："蜀大江自湔堰下至犍为，有五津：始曰白华津，二曰万里津，三曰江首津，四曰涉头津，五曰江南津。"④歧路：岔道，喻分手。

【鉴赏】

远别生悲，故古人送别诗多伤感。王勃送杜少府去四川，临歧不言悲，一路旷达语，又别有风姿。起句之妙，全不言别，仅以"三秦"与"五津"相呼应。这是两个空间，隔着巴山秦岭，居然相"望"；分处两地的朋友，自然相思。三、四句虽言别，却又同命相怜，因而可以互勉。五、六句直书别后怀想，"海内存知己，天涯若比邻"，如此，空间万里，也将化为"零距离"。这两句诗，是为千秋慰人语。结语以"无为"与上意相连，殷殷之嘱，款款之情，无复多言。

王勃过早的成熟，让这首少年之作也洋溢着理性的清纯。

杨炯

杨炯（650-？），华阴（今属陕西）人。十岁举神童。上元三年（676）应制举及第，授校书郎，为崇文馆学士，迁詹事司直。因恃才傲物，人不容之。武后朝转梓州司法参军，又迁衢州盈川令，卒于官。擅长五律，以边塞诗较优。为"初唐四杰"之一，明人辑有《盈川集》。

从军行①

烽火照西京②，心中自不平。
牙璋辞凤阙③，铁骑绕龙城④。
雪暗凋旗画，风多杂鼓声。
宁为百夫长⑤，胜作一书生。

【注释】

①从军行：乐府"相和歌辞·平调曲"名。后人用此题，多写边塞征战内容。②西京：长安。③牙璋：古代兵符。分凹凸两块，分掌将帅与帝王手中，合验则行。凤阙：指皇宫。④龙城：一作"茏城"，又作"龙庭"，匈奴祭天、大会诸部处。⑤百夫长：泛指低级军官。

【鉴赏】

可以将这首诗视为一则叙事诗，八句四十字，却完整地叙述（插以描写、议论）了边患、从军、出征、决战、获胜的全过程。诗风简劲而苍凉，诗情炽烈而倜傥，在初唐诗坛殊为少见。

起势用"烽火"，警照天下。国家有难，匹夫奋起，"不平"是因国事而兴。颔、颈两联四句，皆选用有声、有色、有寒暖、有动感的物景，连绵为又具象、又抽象的征战画面，以紧紧呼应"从军行"诗题。收句"宁为百夫长，胜作一书生"，不但肯定了军人的职业、战争的合理，而且也从人生选择上强调了抑文扬武。"百无一用是书生"，这判定或有偏颇，但"书生"以"书生"自豪则大可不必。生于人世，你是否也会因"不平"而振作？

贺知章

贺知章（659—约744），字季真，自号四明狂客，越州永兴（今浙江杭州市萧山区西）人。少年即以文辞知名。证圣元年（695）擢进士第，超拔群类，迁太常博士。受张说荐，入丽正殿撰《六典》。开元十三年（725）迁礼部侍郎，兼集贤院学士。复授工部侍郎，迁秘书监。知章性旷夷，善谈说，其姑表弟陆象先与之友善，曾对人说："季真清谈风流，吾一日不见，则鄙吝生矣。"好酒，善书，尤精草书、隶书。好事者每备纸墨，求之必应，上品不让张旭，世传为宝。天宝初请为道士还乡，无疾而终。

咏　柳

碧玉妆成一树高①，万条垂下绿丝绦。
不知细叶谁裁出，二月春风似剪刀。

【注释】

①碧玉：青绿色的美玉。这里用以比喻春天嫩绿的柳叶。又隐用《碧玉歌》中碧玉故事。晋汝南王司马义有妾名碧玉，宠爱甚之，作《碧玉歌》以赞之。此歌遂成乐府"吴声歌曲"名。

【鉴赏】

中国诗歌有咏柳传统。《诗经》有"有菀者柳，不尚息焉"，有"杨柳依依……雨雪霏霏"，足可印证诗柳结合已久。但咏好不易。这首诗，可视为咏柳千秋佳作。用"碧玉"形容绿柳，落笔即暗用拟人。柳是人，柳是女人，柳是俏女人。不动声色，在意会之间，这便是诗的含蓄。"万条"句，正面写柳丝、柳叶。用"垂"字，神拟出几多柔媚，几多娇羞。照应"碧玉"这美女的芳名，自然又让人联想到女性。柳树，真的是女性化的造物吗？"不知"一问，突兀转奇；"剪刀"之答，出人意想。春风裁衣，美女着装，诗人抛个圈套，又将读者拉入他预设的柳眉桃面之梦。

回乡偶书①（其一）

少小离家老大回，乡音无改鬓毛衰。
儿童相见不相识，笑问客从何处来。

【注释】

①回乡：贺知章于天宝三年（744）辞官归越州永兴故里，距他离家出仕，已有五十多年。

【鉴赏】

悲凉不动声色，谓真悲凉，此诗得之。

衣锦还乡，是项羽的美梦；老而还乡，是游子的真梦。这叫落叶归根，该让人安心了，但贺知章却意外心生悲凉。不是他不知足，是他太爱观察生活、琢磨生命了。诗的触媒，可能是"儿童""笑问"。"问"者无心，可以"笑"；被问者惊心故而思。思的结果，发现了自己"无改"的成分已经很小，生活的岁月催人面目全非。年龄改变了，"少小"变"老大"；容貌改变了，青丝变白发。上上下下，里里外外，变了另一个人儿；莫说"儿童"，即便亲戚故旧，又有谁能识得？

到老莫还乡，还乡须断肠。我识乡，乡不识我，奈何？

张若虚

张若虚（约647—约730），扬州（今属江苏）人，曾官兖州兵曹。与贺知章、张旭、包融齐名，号"吴中四士"。《全唐诗》仅存其诗二首。

春江花月夜①

春江潮水连海平，海上明月共潮生。
滟滟随波千万里②，何处春江无月明。

江流宛转绕芳甸③，月照花林皆似霰④。

空里流霜不觉飞，汀上白沙看不见⑤。

江天一色无纤尘，皎皎空中孤月轮。

江畔何人初见月？江月何年初照人？

人生代代无穷已，江月年年只相似。

不知江月待何人，但见长江送流水。

白云一片去悠悠，青枫浦上不胜愁⑥。

谁家今夜扁舟子？何处相思明月楼？

可怜楼上月徘徊，应照离人妆镜台。

玉户帘中卷不去⑦，捣衣砧上拂还来。

此时相望不相闻，愿逐月华流照君。

鸿雁长飞光不度，鱼龙潜跃水成文。

昨夜闲潭梦落花，可怜春半不还家。

江水流春去欲尽，江潭落月复西斜。

斜月沉沉藏海雾，碣石潇湘无限路⑧。

不知乘月几人归，落月摇情满江树。

【注释】

①"春江花月夜"：乐府旧题，属"清商曲·吴歌声"。《旧唐书·音乐志》："《春江花月夜》《玉树后庭花》……并陈后主所作。"②滟滟：波光荡漾的样子。③芳甸：遍生芳草之野。④霰：雪珠。⑤汀：水边小洲或平地。⑥青枫浦：本为地名，在今湖南省浏阳市南，杜甫《双枫浦》曾经吟到。本诗仅泛指长满枫林的水滨。⑦玉户：玉饰的门户。此处作门户美称。⑧碣石：山名，在今河北昌黎县北，距海二十多公里。潇湘：潇水、湘水，均在湖南。

【鉴赏】

一首诗，足以让张若虚不朽。

诗太美，反而让评诗者陷入尴尬。最好是不再多言多语。因为，我担心，任何陈旧的、冬烘式的评诗，或新派的、学院式的鉴赏都可能破坏张若虚妙手偶得的艺术圆融。

月在，江在，思念在，张若虚之后，却没有人再能写出如此流丽、浑然、率意、真纯、缠绵的好诗。你必须得承认：绝美的诗趋于唯一。

思念，先被"明月"触动，又被"春江"托举，于是在月光与江波的交映交动中，作上天下地的寻觅。发于"扁舟子"，归于"明月楼"，鸿雁传书，鱼龙成文，闲潭梦醒，落月摇情，而那一份对玉户、镜台的思念，仍然浮荡于春、江、花、月、夜之上。因而，我恍然于这是一个梦境的、思念的夜歌。在绝美又逗人怀想的春、江、花、月、夜大环境之外，一定还有一个绝美的，让人不能不想的亲人或友人。

月亮会落，江潮会歇，春会归去，花会枯萎，"相思明月楼"者，依然相思。

陈子昂

陈子昂（659—700），字伯玉，梓州射洪（今属四川）人。少以富家子，尚气决，好弋博。后游乡校，乃感悟向学。初举进士，入京不为人知。有卖胡琴者，价百万。陈子昂以车载钱千缗，买下此琴。众惊问，则答：我喜欢。众说：让我等听听如何？答曰：明日宣阳里恭候。次日，酒肴毕具，众人争赴。陈子昂手捧胡琴发话：蜀人陈子昂有文百轴，不为人知；此琴乃贱工之伎，岂宜留心！话毕，举而碎之，以其文百轴遍赠与会者。一日之内，名满都下。后擢进士第，武后朝为麟台正字，数上书言事，迁右拾遗。万岁通天元年（696），从武攸宜北征契丹，因进言受降职处分。圣历元年（698）辞官回乡，武三思嘱令县令段简诬陷之，下狱死。有《陈拾遗集》行世。

感遇[①]（三十四）

朔风吹海树，萧条边已秋。
亭上谁家子，哀哀明月楼[②]。
自言幽燕客[③]，结发事远游[④]。
赤丸杀公吏[⑤]，白刃报私仇。
避仇至海上，被役此边州。
故乡三千里，辽水复悠悠。

每愤胡兵入，常为汉国羞。

何知七十战，白首未封侯⑥。

【注释】

①诗人共作《感遇》诗三十八首，各篇非作一时，非吟一事，大抵皆牵涉当时政治、经济、军事、文化诸方面。因为有感而发，故多言之有物，畅而有情。杜甫《陈拾遗故宅》诗："公生扬马后，名与日月悬……终古立忠义，《感遇》有遗编。"白居易《与元九书》："唐兴二百年，其间诗人不可胜数，所可举者，陈子昂有《感遇》诗二十首，鲍防有《感兴》诗十五首。"此可见陈诗地位。②亭、楼：同指边防军队的戍楼。③幽燕：幽州、燕州。唐幽州治所在今北京大兴，燕州治所在今北京顺义。④结发：犹"束发"。古代男子自成童开始束发，因指童年或年轻时为"结发"。⑤赤丸：据《汉书·尹赏传》载，长安少年有专杀官吏、替人报仇的组织。行动前，设三色丸任其摸取，取赤丸者去杀武吏，取黑丸者杀文吏，取白丸者为行动中死去的同伙治丧。⑥白首未封侯：用汉代李广典。《史记·李将军列传》："广结发与匈奴大小七十余战"，但到六十多岁，仍得不到封侯酬赏，悲愤自杀。

【鉴赏】

陈子昂有一段随人北征契丹的经历，所以这首《感遇》诗可以视为他战场采风之作。"幽燕客"的自述，是全诗主体。线索分明，毋庸细讲，"感遇"之"感"，则是欣赏者最应关注的。粗略剖析，这"感"有三层：最表层，思乡怀亲，由"故乡三千里，辽水复悠悠"印证；浅层，有功不封之憾，由"七十战""未封侯"可知；深层，国家忧患感，"每愤胡兵入，常为汉国羞"，已非一日矣！

如果将思路颠倒一下，问为什么"胡兵入"？为什么"未封侯"？为什么"役边州"？为什么"杀公吏"？为什么"事远游"？为什么"哀明月楼"？那么国家、社会所暴露的问题则均被揭示，这首诗的批判方向与批判力度，将会更加清晰。而诗人的批判是诗的批判，形象的批判；反视此诗，它的朴实无华，它的风骨劲健，它的炼字如金，它的音韵铿锵，则一扫六朝绮靡诗风，张扬为一种号召。

登幽州台歌①

前不见古人，后不见来者。
念天地之悠悠，独怆然而涕下②。

【注释】

① 幽州台：北蓟北楼，又称蓟丘，为战国时燕国都城旧址，在今北京市德胜门西北，今又称土城关。② 怆然：伤感状。

【鉴赏】

这首诗作于万岁通天元年（696）随武攸宜北御契丹时。到达幽州，诗人曾多次登临幽州台，且有诗志之。如《蓟丘览古赠卢居士藏用七首》《登蓟丘楼送贾兵曹入都》《登蓟楼送崔子云尔》等。其中，赠卢居士七首，皆为登台思古之作。怀念对象分别为黄帝轩辕氏、燕昭王、乐毅、燕太子、田光、邹衍、郭隗等。一人一诗，尚感诗意不尽，于是再作《登幽州台歌》。这诗，带有上述七首怀古诗的总结色彩。

同一个空间，在不同的时段，是不同的舞台。人去台空，后来者已不闻管弦呕哑。因而"前不见古人"是一句大实话。"后不见来者"则是陈子昂代后人生悲的转换语式——我不见我之前人，后人亦不见我。一代代，成断裂状态。想想，不能与前贤后生对话，人生多寂寥！但天长地久，地久天长，人生短暂，寄如蜉蝣，越思（念）越让人悲从中来，"怆然涕下"，亦无可如何。

这是超越生存忧虑的历史忧虑！

这是漠然功名利禄的人文关怀！

或许可以让人联想起《楚辞》的名句："惟天地之无穷兮，哀人生之长勤。往者余弗及兮，来者吾不闻。"比之古人，陈子昂多了一份感动。

张说

张说（667—731），字道济，一字说之，洛阳人。武后朝策贤良方正，张说所对第一，

122

授左补阙，擢凤阁舍人，因不附张易之兄弟，忤旨流配钦州。中宗复位，召还，累迁工部、兵部侍郎，修文馆学士，拜为中书侍郎知政事。开元初，进中书令，封燕国公。为人敦义气，重然诺，喜延纳后进，朝中大文章多出其手，与苏颋（袭封许国公）并号为"燕许大手笔"。诗风在后期转为凄婉。有诗集行世。

蜀 道 后 期^①

客心争日月，来往预期程^②。
秋风不相待，先至洛阳城。

【注释】

①蜀道后期：从蜀中归洛阳，落后于预定的日期。诗人有《被使在蜀》《再使蜀道》等数首诗，证明曾两次入蜀。此诗或首次入蜀作。②预期程：与诗中"争日月"相应，谓一至蜀中，便定下返乡日程。

【鉴赏】

与此篇作于同一时期的有《被使在蜀》，诗谓："即今三伏尽，尚自在临邛。归途千里外，秋月定相逢。"诗中"秋月"，便是诗人"预期"的时限。因为想赶在"秋月"回到京中诗人匆匆处理公务；但事与愿违，行期推后，故有"后期"之作。

前两句，已经出新。"争日月""预期程"，他人都不曾道过，表示归心似箭。箭虽快，仍不如"秋风"快；秋风在前，浩浩东吹，"我"在中途，"秋风"已进洛阳。两句之妙，全在合理设想。诗虽短小，一句一折，可谓尽其跌宕起伏之趣。

张敬忠

张敬忠，生卒年不详，京兆（今陕西西安）人。官监察御史，以文吏著称。张仁愿以御史大夫摄朔方总管时，奏用其为判军事。回京，迁吏部郎中，开元七年（719）

拜平卢节度使。《全唐诗》仅存其诗二首。

边 词

五原春色旧来迟^①，二月垂杨未挂丝。
即今河畔冰开日，正是长安花落时。

【注释】

① 五原：今内蒙古自治区五原县。张仁愿任朔方总管时，为防突厥进犯，曾在五原西北筑西受降城。本诗题"边词"，五原即边城。

【鉴赏】

诗写边塞春迟，由此表现戍边之苦。四句诗，句句点及时间，而同一时间，在边城与长安二地，气候迥异。边城"冰开日"，长安"花落时"，迟了整整一个季节。"春迟"是比较而言的，这是人的比较，反映了人的积极思索。迟到终归要到，诗人一点也不悲观，此之谓盛唐气度。至于选词精当，对仗工准，无复絮语。

张九龄

张九龄（673 或 678—740），一名博物，字子寿，韶州曲江（今属广东）人。七岁知属文，擢进士，调校书郎，以"道侔伊吕科"策高第，为右拾遗，进中书舍人，出为冀州刺史，后拜中书侍郎、同平章事，迁中书令。立朝敢谏，曾预言安禄山必反，后玄宗深悔未听其言。被李林甫排挤，罢政事，贬荆州长史。其文"实济时用"，其诗和雅清淡。有《曲江集》。

感　遇^①

　　兰叶春葳蕤^②，桂华秋皎洁^③。
　　欣欣此生意，自尔为佳节。
　　谁知林栖者^④，闻风坐相悦。
　　草木有本心^⑤，何求美人折。

【注释】

　　①诗人作《感遇》诗共十二首，此为第一首。②兰：兰草或泽兰，菊科。这一种兰叶部有香气。葳蕤：枝叶茂盛。③桂：指秋桂、八月桂。④林栖者：山林隐逸之人。⑤本心：指草木的根本与主茎。诗中双关，又指"本性"。

【鉴赏】

　　以兰、桂高洁香远为比，自勉自励，不求闻达，此固托物言志佳作。张九龄位至宰相，于国有功，依旧防不住李林甫的口蜜腹剑而遭贬斥。《感遇》诗写于被贬谪后，故能参破繁华而抱其本真。起首四句，全写兰桂。兰叶香，桂花美，仅举一端，但所指已顾及整体。出神的是"自尔为佳节"一句，赞美兰、桂各自固恋天造地设的生命季节，在有限的周期内吐露芳华。"谁知"句后，平静打破，"林栖者"闯入兰、桂的世界。即便出于"相悦"的美意，"折"花也是一种伤害，所以，结句"草木有本心，何求美人折"，便成了兰、桂的品格宣言。"闻风"用《孟子·尽心》典。孟子曰："圣人百世之师也，伯夷、柳下惠是也，故闻伯夷之风者，顽夫廉，懦夫有立志；闻柳下惠之风者，薄夫敦，鄙夫宽。奋乎百世之上，百世之下闻者莫不兴起也。"兰、桂让隐逸者"闻风""相悦"，证明兰、桂也可以成圣人之业，为百世之师。写到诗语尽，诗情已经周而复始，回归了对诗人的自我安慰。

王之涣

　　王之涣（688—742），字季凌，晋阳（今山西太原市西南）人，后徙绛（今山西新绛）。

曾官文安郡文安县（今属河北）尉。性豪放，常与乐工制曲歌唱，名动一时。《全唐诗》
存其诗六首。

凉 州 词①

黄河远上白云间②，一片孤城万仞山。
羌笛何须怨杨柳③，春风不度玉门关④。

【注释】

　　①凉州词：乐府诗题。唐开元中西凉府都督郭知运收集塞外流行乐府歌
词献上，其中就有"凉州"宫调曲。郭茂倩《乐府诗集》载有《凉州歌》。凉
州，唐属陇右道，治姑臧（今甘肃武威）。②黄河远上：一作"黄沙直上"。
③杨柳：一指杨柳树；一指"折杨柳枝"乐府曲，此曲属北朝乐府"鼓角横吹曲"。
词云："上马不捉鞭，反拗杨柳枝。下马吹横笛，愁杀行客儿。"④玉门关：
在今甘肃敦煌市西，为通西域要道。

【鉴赏】

　　名诗千秋，可作仁智之赏。赏其景语，通篇皆景语，尤以一、二句为雄奇
苍凉。色彩对比，云水对比，远近对比，山城对比，相次迭出，兀然天外。三、
四句以问疑、相答作结，仍然景语、情语交融，但景情转换了无痕迹。不怨杨
柳是一种宽容。而"春风"的意象，是自然的，又是社会的。不必坐实说朝廷
恩泽不及边州，但对边塞的热爱与戍边人的理解，尽在本诗之中。

登 鹳 雀 楼①

白日依山尽，黄河入海流。
欲穷千里目，更上一层楼。

【注释】

　　①鹳雀楼：一作"鹳鹊楼"，旧址位于今山西永济西南。因临黄河，而

黄河高阜处时有鹳雀飞临栖上，故名。楼高三层，人谓可以"前瞻中条（山），下瞰大（黄）河"。

【鉴赏】

这是一首登高抒怀的绝唱。先写登高所见，后写登高所思，见与思交融，呼应了一个似乎真理性的哲学命题：站得高，看得远。但又不是枯燥说理，倒像一个智者，引你登高，引你观景，再指点你一个新的高度。

"白日"两句，画面壮阔，对仗也自然工谨，尤应注意的，是景中有人。因为看落日而西向，观黄河而东指，诗人有一个转身过程，复又有一个登楼动作，这才有"欲穷千里目，更上一层楼"之叹。未曾写入诗行的，或许还应有飞旋而鸣叫的鹳雀呢！

沈德潜评之曰："四语皆对，读来不嫌其排，骨高故也。"沈括认为唐人在鹳雀楼留诗唯王之涣、李益、畅当三人"能状其景"。但李诗境界逊于王诗。

李颀

李颀（？—约753），望出赵郡（治今河北赵县）人。少时居颍阳（今河南登封西）。开元十三年（725）中进士，曾任新乡县尉。诗歌曾与高适、王维、王昌龄相唱酬。殷璠《河岳英灵集》称其"伟才"。后官不升迁，归故乡隐居。诗见于《全唐诗》，以七言歌行为优。

古从军行①

白日登山望烽火②，黄昏饮马傍交河③。
行人刁斗风沙暗④，公主琵琶幽怨多⑤。
野云万里无城郭，雨雪纷纷连大漠。
胡雁哀鸣夜夜飞，胡儿眼泪双双落。
闻道玉门犹被遮⑥，应将性命逐轻车。

年年战骨埋荒外，空见蒲桃入汉家⑦。

【注释】

①从军行："从军行"为古乐府诗题，属"相和歌辞·平调曲"。加一"古"字，似写古事，怕触犯时讳。②烽火：又称烽烟或烽燧，古代一种警报。据《后汉书·光武帝纪》李贤注谓："边方备警急，作高土台，台上作桔槔，桔槔头有兜零，以薪草置其中，常低之，有寇即燃火，举之以相告，曰烽。又多积薪，寇至，即燔之，望其烟，曰燧。昼则燔燧，夜乃举火。"③交河：汉交河故城在今新疆吐鲁番西边五公里处。④刁斗：古代军中炊具，容量一斗，夜间敲击以代替更柝。⑤琵琶：西域传入的弦乐器，本为马上所弹。因汉代远嫁于乌孙国的公主刘细君西行曾弹奏过，故曰"公主琵琶"。⑥玉门犹被遮：即遮断玉门关（归路）。据《史记·大宛列传》，汉武帝太初元年，命李广利攻大宛，欲至贰师城取善马。战不利，请罢兵。武帝大怒，"使使遮玉门曰：'军有敢入者辄斩之。'"⑦蒲桃：即葡萄。《汉书·西域传》："宛王蝉封与汉约，岁献天马二匹，汉使采蒲陶、苜蓿种归。天子以天马多，又外国使来众，益种蒲陶苜蓿离宫馆旁。"

【鉴赏】

不要被"古"字迷惑。此诗明写"汉家"事，暗写"唐家"事，一切的揭露与批判都是针对着唐王朝的穷兵黩武。

欣赏此诗，宜分段感悟。前八句，以叙述描写为主，多侧面、多角度展现劳师远征的艰苦。"白日登山""黄昏饮马"，这还是较常规的备战。敌人并没有出现，而自然环境的酷劣，却让人无法承受。"幽怨多"的琵琶声，实为将士心声。"胡雁""胡儿"二句流水对，起反衬作用。在胡雁、胡儿都无法生存之地，汉兵汉将又欲何求？"闻道"以下四句，议论为主。遮断玉门关，等于驱兵就死，"年年荒骨"的杀手，不是胡人，而是朝廷。生命换回的，仅仅是一串葡萄。

色彩效应、动态效应是被诗人的人道联想触发而成的。我尤其惊叹于诗人跳出狭隘的颂战思想，而对边塞之战的真实效果提出质疑。人是第一位的，活生生的男儿化成白骨，谁负这个责？

王湾

王湾，洛阳人，先天年间（712—713）进士。开元初，为荥阳主簿。开元时，马怀素召饱学之士校正群籍，王湾参与校阅，此役毕，又与陆伯钊等同校丽正院书。仕终洛阳尉。其诗名早著，下选诗中"海日生残夜，江春入旧年"一联，为时传赏，宰相张说曾亲笔书之政事堂，示其能文，令众官引为楷模。《全唐诗》存诗十首。

次北固山下①

客路青山外②，行舟绿水前。
潮平两岸阔，风正一帆悬③。
海日生残夜④，江春入旧年。
乡书何处达⑤，归雁洛阳边。

【注释】

①次：停宿。北固山：在今江苏镇江市，北临大江，上有甘露寺。与金、焦二山并称"京口三山"。②客路：行客前进的路。③风正：风顺，顺风。④残夜：夜将尽之时。⑤乡书：家信。

【鉴赏】

八句诗，六句偶对，无不妙手偶得，自然天成。锤词炼句，不留痕迹，是这首诗的成熟之处。"客路"二句入题，虽流丽，但色彩太浓；"潮平"二句，已入佳境。"海日生残夜，江春入旧年"，确是无可挑剔的名句。由此，也可以推测诗人旅次北固山的具体时间可能在岁尾年头。"乡书"句，抒发怀乡之念。用雁书，是老例，难以出新，在意料中。

好诗句，能推出好意境。有时，孤立着的断续着的意境，也能自成气象，辉映得全诗皆美。这首诗，中间四句，句句可以不朽。

王翰

王翰，即王瀚，字子羽，晋阳（今山西太原市西南）人。少时豪放不羁，为并州长史张嘉贞激赏。翰感其知遇，撰乐词，于席上自唱自舞。景云元年（710）进士。张说为相，以翰为秘书正字，拜通事舍人，迁驾部员外郎。翰家久富，枥多名马，家有妓乐，故其发言立意，自比王侯，颐指侪类，人多嫉之。张说罢相，翰出为汝州长史，改仙州别驾。至郡，积习不改，仍聚豪徒，纵禽击鼓为乐。再贬道州司马，卒于途中。《全唐诗》存诗十三首。

凉 州 词

葡萄美酒夜光杯①，欲饮琵琶马上催②。
醉卧沙场君莫笑，古来征战几人回？

【注释】

①夜光杯：白玉制成的酒杯，夜间生光。汉东方朔《海内十洲记》云："周穆王时，西胡献昆吾割玉刀及夜光常满杯……杯是白玉之精，光明夜照。"诗中指精美的酒杯。②催：催饮。

【鉴赏】

杜甫推崇王翰，将他与李邕并列，说以"王翰愿卜邻"为荣。王翰用他的诗人气质写诗，可以视为与李白一路的唐代性灵派。《凉州词》一曲，将浪漫豪情与现实血色相应，是富有历史厚重感的咏叹词。

起句富丽、豪放。葡萄酒，美酒；夜光杯，珍杯；琵琶乐，西域乐；骏马宝刀，壮士所爱。在"沙场"的背景下，安排这样的酒宴，一定洋溢着浓烈的胜利庆功氛围。着一"催"字，不是"止饮"，而是"伴饮""劝饮"，"催"其尽兴狂欢。"琵琶"弹于"马上"，再一次强化战场特征。催饮的结果，只有一个，即"醉"。故三、四句紧承第二句之"饮"，推出"醉卧"之态。"醉"而不迷，复有"君莫笑"的劝告与"几人回"的慨叹。你想象不到醉酒者的思虑竟然清醒到思接千古。这是跨越时间的生命相怜。与一般酒徒的花钱买醉完全不同，战士的醉卧，是战斗的间歇，甚至是牺牲前的有限享受。"古来征战"回者稀，今日征战亦如此。

饮酒的战士并不自悲。倒是后世读者，吟歌《凉州词》，屡生悲凉。

王昌龄

王昌龄（？—约756），字少伯，京兆长安（今陕西西安）人，一说太原（今属山西）人。开元十五年（727）进士，补秘书郎；二十二年中宏词科，调汜水尉，因"不护细行"，贬岭南。北还后又于开元末贬江宁丞。天宝七年（748）再贬龙标尉，故世称王江宁或王龙标。安史乱起，辞官还乡，道出亳州，为刺史闾丘晓所杀。存诗一百八十余首。其七绝可与李白比美。生前与王之涣、高适、岑参、王维、李白皆有交往。

出 塞①

秦时明月汉时关，万里长征人未还。
但使卢城飞将在②，不教胡马度阴山③。

【注释】

① 出塞：题一作"从军行"。原二首，选一。"出塞"，乐府诗题，属"横吹曲辞·汉横吹曲"。② 卢城：通行本作"龙城"。据阎若璩《潜丘札记》考证，汉将李广为右北平太守，匈奴号为"飞将军"，避不敢入塞。右北平，唐为北平郡，又名平州，治卢龙县。故称"卢城"为当。"龙城"本在匈奴境，称李广不宜。③ 阴山：指今横亘于内蒙古自治区南境，东北连接内兴安岭的阴山山脉。汉时匈奴据此扰汉。

【鉴赏】

首二句即言设关已久、牺牲已久。"秦"与"汉"，距唐千年。千年间，明月照边关；万里戍，征人犹未还。这是历史，王昌龄两句诗写完了。用描述的口气，回顾中国边防史，可谓生动而简括。"但使"二句，为假设性议论。倘若卢城飞将军李广还在，胡骑怎能度过阴山？大抵，这不是为李广翻案，而是慨叹后世缺乏李广那样的将军。写明月，写边关，写牺牲，写边患，目的都是对良将的呼唤。

王昌龄诗多议论，这是他的理性精神。

芙蓉楼送辛渐①

寒雨连江夜入吴，平明送客楚山孤②。
洛阳亲友如相问，一片冰心在玉壶③。

【注释】

①芙蓉楼：故址在今江苏镇江市。《元和郡县志》卷二十五《江南道·润州》："晋王恭为刺史，改创西南楼名万岁楼，西北楼名芙蓉楼。"原作二首，今选第一首。辛渐：诗人朋友。②楚山："楚"与上句"吴"，成互文。镇江南行不足百里，即入吴语区。故芙蓉楼当处吴、楚之交。楚山：泛指镇江一带的山。③玉壶：由"冰""冰壶""玉壶冰"衍化而出。陆机用"心若怀冰"之"冰"比喻"心"，鲍照用"清如玉壶冰"比喻清白，王昌龄则用"玉壶""冰心"表白清正廉洁。

【鉴赏】

此诗约作于开元二十九年（741）以后。王昌龄时任江宁丞。辛渐北上洛阳，由润州渡江，取道扬州，沿运溯汴而进。王昌龄由江宁送至润州，清晨挥别。一、二句写"送客"。寒雨连江，夜色入吴，楚山孤峙，友人相别，总体气氛是萧然落寞的。但诗人视野宏阔，由"吴""楚"二字可加印证。落于"孤"字，状山亦写意。三、四句转折之妙，不是嘱咐朋友路上如何，而是托以到达目的地后的广泛回复。"如"，假设语，又是意想中的必然。"一片冰心在玉壶"，活用旧典，自表高洁，是自励，也是励人。

若用惯常赏析，则前二句为"景语"，景中含情；后二句为"情语"，情带景出。

闺怨

闺中少妇不知愁^①，春日凝妆上翠楼^②。
忽见陌头杨柳色，悔教夫婿觅封侯^③。

【注释】

①不知：一作"不曾"。②翠楼：青楼，为协律用"翠"。古代显贵之家，楼多饰青色。非后世烟花地青楼。③觅封侯：从军立功，求取封侯。

【鉴赏】

这是一首闺怨名作。一、二句为特写性描写，展现"少妇"盛妆登楼，不知愁怨。三、四句为掉转视角的心理描绘，见柳色而思远人。结句用"悔"字呼应首句"不知愁"，表现了瞬间心理变化。分离的光彩，哪有相守的安谧？好在，这诗怨而不怒。全诗仍焕发着青春、美艳、热情、乐观的气息。"忽见"，是瞬息间事；谁知这少妇的"悔"意能维持多久？

长信秋词^①（其三）

奉帚平明金殿开^②，且将团扇共徘徊。
玉颜不及寒鸦色，犹带昭阳日影来^③。

【注释】

①长信秋词共五首，皆为拟汉代班婕妤在长信宫秋居事兴叹。此为第三首。长信：汉宫名，太后所居。②平明：天刚明。③昭阳：汉宫名，赵飞燕姊妹所居。

【鉴赏】

汉乐府有《怨歌行》，词曰："新裂齐纨素，鲜洁如霜雪。裁为合欢扇，团团似明月。出入君怀袖，动摇微风发。常恐秋节至，凉飙夺炎热。弃捐箧笥中，恩情中道绝。"传为班婕妤作。班氏初为汉孝成帝宠幸，后赵氏姊妹日盛，恐久见危，求供养太后于长信宫。以团扇秋凉被弃为喻，抒发哀怨。王昌龄以秋词咏班婕妤颇得婉曲之妙。前两句写天明洒扫，洒扫毕，百无聊赖，唯执纨扇徘徊殿中。这是愁状的外部描绘。三、四句写昭阳殿飞来一只乌鸦，玉颜与鸦色相比，引出班婕妤怨苦之情。"日影"双关，可谓太阳光影与帝王恩泽。人（婕妤）不与人（赵飞燕）比，人与鸦比，连鸦也比不上，更落人千里。此为转移且加倍写法。鸦陋人美，因为沾濡君恩，陋者不陋，这是美丑倒置。有批判，有否定，有怨愤发泄，有恩泽幻梦，但将这一切都付之鸦色日影的炫惑；不求含蓄，含蓄之境出焉。

孟浩然

孟浩然（689—740），字浩然，襄阳（今属湖北）人。少隐鹿门山，四十岁始游长安。于太学赋诗，举座皆惊。王维、张九龄礼遇友善之。一日，王维私邀其至内署，适玄宗至，仓促不及躲避，浩然匿于床下。王维以实情禀玄宗，玄宗喜曰："朕闻其人而未见也。"诏浩然出，命赋诗。浩然诵至"不才明主弃"，玄宗不悦道："卿不求仕，朕未尝弃卿，奈何证我！"遂放还。再后来，采访使韩朝宗约浩然进京，欲荐当道。碰巧浩然与友会饮，未赴约。韩朝宗怒而辞行，浩然却不以为意。大抵只在张九龄镇荆州时，曾辟浩然为幕僚。张氏辞官，浩然亦归。诗虽高妙，浩然却保持了终生布衣的本色。居襄阳，背生疽疮。病情稍轻，王昌龄来访，相聚甚欢，"食鲜疾动"，安然去世。纵观孟浩然一生，求仕不达，归隐有诗，唐朝少一官吏，中国多一诗人，可谓得大于失。有《孟浩然集》行世。

望洞庭湖赠张丞相[①]

八月湖水平，涵虚混太清[②]。
气蒸云梦泽[③]，波撼岳阳城[④]。
欲济无舟楫，端居耻圣明[⑤]。
坐观垂钓者，徒有羡鱼情[⑥]。

【注释】

①张丞相：张九龄。开元二十一年（733），孟浩然西游长安，以此诗相赠，希望得到引荐。②太清：天空。③云梦泽：泛指古代湖北省濒临长江的大片湿地，后因淤积，多已成陆。④岳阳：今属湖南，滨洞庭湖东岸。⑤端居：闲居，隐居。⑥羡鱼：临渊羡鱼略语。《淮南子·说林训》："临河而羡鱼，不若归家织网。"此处隐喻出仕愿望。

【鉴赏】

不读这首诗，我们便不能想象一首纯然的景物（山水）诗也能负托起政治自荐的使命。

前四句，皆从大处落笔，渲染洞庭湖千百里烟景。先铺展静态，"八月湖水平"，一谓满岸，一谓波平。"平"了，水才如镜，才能映照天光云影，此"涵虚混太清"之谓。再描绘动势，"气蒸云梦泽"，为虚势；"波撼岳阳城"，为实势。四句诗，完成了一幅动态的洞庭画卷。读到这儿打住，人们或认为诗人在倾力写景。岂知第五句"欲济"一转，诗笔却由"江湖"滑向了"朝廷"。如果"端居"句还有些欲言又止，"坐观垂钓者，徒有羡鱼情"则已经是较为急迫的结网捕鱼宣言。中国历史上最成功、最有名的"垂钓者"是姜尚。"太公钓鱼，愿者上钩"，那是特例。多数人，要有指点，要有引荐。诗人将这诗赠给张九龄，目的性毋庸置疑。

孟浩然没有做上官。这首诗的后四句没有落到实处。而前四句，则成了千秋吟诵的佳句。"气蒸云梦泽，波撼岳阳城"，大自然的伟力，被一位山水诗人感受而表现之，洞庭湖活了！

春晓①

春眠不觉晓，处处闻啼鸟。
夜来风雨声②，花落知多少？

【注释】

①春晓：春天的早晨。由时间命题，表示特定时间的景物与感受。②夜来：

昨夜。

本诗朗朗上口，诗情画意，可谓情景交融。

昔人多以"惜春"解释此诗，证据在三、四句，这有道理。"落花"的意象，往往让人更为"惜花"。因而我们不能排斥诗人的惜春情结。但通篇把玩，尤其对照诗题的"春"字与"晓"字，"惜"的成分显然已被稀释。从"春眠不觉晓"看，诗人昨夜睡眠状况极佳。心无妄求，意无忧烦，不趋早朝，不赶利市，此乃隐者之小康佳境，这才有"不觉晓"之状。"不觉晓"是与辗转反侧、夜不能寐的"失眠"状态对立的。"啼鸟"一句，有热闹气象。人醒了，鸟也醒了。"处处"，状其八方鸣唱。由此又让人联想到鸟语花香的环境，自然也为结句的"花落"埋下伏笔。鸟正在啼鸣，鸟早已啼鸣，鸟还要啼鸣，所以"啼鸟"句的高妙，在于能够上下延伸意象。被鸟鸣唤醒的诗人，并没有立即起床，他想起了昨夜风声雨声，雨催花发，雨打花落，不知今晨情况如何，故有"花落知多少"一问。

跳出对诗人主观情绪的解析，我们面前是一帧"春晓"图画，充满生机与和谐。

宿建德江①

移舟泊烟渚，日暮客愁新②。
野旷天低树，江清月近人。

【注释】

①建德江：今新安江，源出安徽休宁、祁门两县，经浙江建德入钱塘江。
②新：添。

【鉴赏】

羁旅易愁，离家的孤独与行路的艰难，最易触发一个人无助的悲凉。这首诗，也是写"客愁"的，但一点即过，大量笔墨濡染景物；待景物构成了一个天地环合，"客愁"便寻到了自我安慰的居所。因而，好的旅愁诗，总能跨越愁苦的展示，进入愁苦的自我调适。

"移舟"，"泊"于"烟渚"，入句紧扣诗题。"日暮"句，除顺延起句之"泊"，又扣诗题之"宿"；"宿"而生"愁"，"愁"而无眠，也才有天、树、江、月的仰观与俯察。三、四句景语，皆舟中所见，不但对仗极其贴切，而且别有所见，别有所感。天低于树，为别有见；月近乎人，为别有感。这都是由"野旷""江清"而形成的水天一色视像所促成的。天在水中，月在水中，都好像触手可及。距离近了，感觉、感情也近了。"月近人"三字一出，浅层的"客愁"得以缓解；而在人与人的依存上，尚无岸壁可"泊"。沈德潜评"下半写景，而客愁自见"，无疑也。但愁境已经延伸，苦中有饴，饴中有酸，味外有味，难以名状。

过故人庄

故人具鸡黍^①，邀我至田家。
绿树村边合，青山郭外斜。
开轩面场圃^②，把酒话桑麻。
待到重阳日，还来就菊花。

【注释】

① 鸡黍：泛指待客饭菜。② 开轩：开窗。开，打开，开启。轩，窗户。

【鉴赏】

故人，诗人的老朋友，失其名，但身份趋向于仍然从事农耕的隐者。诗题作"过"，看似偶然路过，其实是应邀做客。联系结句"还来就菊花"，可证此诗写了两次邀请，一邀再邀，更知"故人"确是诗人挚友。这是我们在题解层面上便应明晰的情感基调。

全诗平叙，少波澜。正因未曾装腔作势，顺应自然，舒缓展开，它的清新与真挚，才别有一番田园风味。"故人具鸡黍，邀我至田家"，起势如风吹镜水，自然成纹。"鸡黍"常有，嘉宾不常有；嘉宾一至，"鸡黍"也便成了美食。颔联二句，宕开一笔，铺排"田家"背景，真有桃源气象。颈联、尾联则将酒宴、客话一并写出。"话桑麻"与"就菊花"同步，"这次酒"与"重阳酒"相应，一例归入故人与诗人的和谐情谊。言尽，意未尽；酒终，情不终。一个"待"字，将未来的生活之门、友谊之门开启。吟诵这首诗，或可以让人体验什么是从容，什么是逍遥，什么是田家乐与山水情。

洛中访袁拾遗不遇[①]

洛阳访才子，江岭作流人[②]。
闻说梅花早，何如北地春。

【注释】

①袁拾遗：名不详。拾遗，谏官名，武则天时置，属门下、中书两省，职掌与左、右补阙相同。②江岭：泛指湖南、江西、广东一带地方。

【鉴赏】

诗人访友不遇，询问之，方知已因言获罪，长流江岭。怅然间，作此诗。一、二句，直叙访友过程，对句转折，出人意料。三、四句抒发感慨，用"闻说"领起，带有传闻色彩，所以"梅花早"在可否之间。即便江岭梅花真的早于洛阳，异乡春色哪儿有东都春色温暖！"春"，有两层含义，自然的与社会的。诗题"不遇"，既表意外，又表怀念。

王维

王维（701？—761），字摩诘，原籍祁（今属山西），其父迁居蒲州（治今山西永济西南蒲州镇），遂称河东人。十五六岁，诗文之名远播；开元九年（721）中进士。天宝末累迁给事中。安禄山陷两都，王维被贼获，服药佯瘖，拘于菩提寺。贼平，未加罪，责授太子中允，复拜给事中，转尚书右丞。终生事佛，晚年长斋。在南蓝田山麓修一别墅，名为"辋川庄"。公事余，常在此优游岁月。有《王右丞集》。诗与孟浩然齐名，并称"王孟"。

送 别

下马饮君酒，问君何所之？
君言不得意，归卧南山陲①。
但去莫复问，白云无尽时。

【注释】

①归卧：指隐居。晋谢安退居会稽东山时，时人称"高卧东山"。南山：终南山。

【鉴赏】

诗题"送别"，并不一定真的"送别"。这个"君"极有可能是诗人自况，说一种心绪，说一种理想，说一种人与人的精神对话。一、二句，写饯别。"饮"，使动用法。即一下马，就让君饮酒。君既骑马来，所以"何所之"一问，很有道理。三、四句为君答语。"不得意"，说来很轻，其实精神束缚或精神痛苦很重，否则不会辞官隐居。五、六句又转换主体，说话人转成主人。君去矣，吾不问矣，山中白云无尽，足以供君赏娱！

结句之妙，在于展示了一种空阔的、无拘无束的环境。空间无限，寄托亦无限。这或许可以叫言近而意远，不言胜于言。

山 居 秋 暝①

空山新雨后，天气晚来秋。
明月松间照，清泉石上流。
竹喧归浣女②，莲动下渔舟。
随意春芳歇，王孙自可留③。

①山居：山庄。②浣女：河边洗衣女。又有"浣纱女"之意，让人联想到浣纱美女西施。③王孙：公子，少爷。

【鉴赏】

诗为王维隐居生活写照。题目限制很严：山庄，秋天，黄昏。写什么呢？先写"新雨"，一场秋雨一场寒，故"晚来秋"一语点题。由"晚"字，引带出下面四句写景："月"照"松"，"泉"流"石"，"浣女"归，"渔舟"下。这就应了苏东坡的评价："诗中有画，画中有诗。"还多了两样——"竹喧"（女儿笑声）与"莲动"（渔人笑声），因而可以补说"诗中有乐"。这四句诗，展示的是诗人生存的自然环境与人文环境。由此铺排，结句一反《楚辞》"王孙兮归来，山中兮不可久留"意，推出"随意春芳歇，王孙自可留"的邀约。

自然美好摹，社会美难状。此诗二美兼收。君子爱竹，君子亦爱莲，用"竹""莲"点缀环境，选浣女、渔夫以为邻，让人想起范蠡之隐与屈子之放。

观 猎①

风劲角弓鸣，将军猎渭城②。
草枯鹰眼疾，雪尽马蹄轻。
忽过新丰市③，还归细柳营④。
回看射雕处，千里暮云平。

【注释】

①观猎：诗题一作"猎骑"。也有仅取前四句，标以"戎浑"这样的乐府诗题。②渭城：位于长安西北、滨渭水的城镇。③新丰：长安城东城镇，多产酒。④细柳：长安西北城镇。周亚夫曾屯兵于此，称"细柳营"。

【鉴赏】

观其诗风，似为诗人早期作品。着一"观"字，意味是看别人狩猎。猎者为谁？仅知为一"将军"。将军出场，未见其人，先闻其声。"风劲"写风声；

"角弓鸣"，则又超过风声。角弓响处，将军飞马横出。接下数句，句句无将军，句句有将军，飞鹰飞马，忽东忽西，飘忽间，道出将军的猎姿劲健。"草枯""雪尽"二句，精于炼字，但又暗示了狩猎季节是秋冬。"忽过""还归"二句，巧于呼应，"过"处是猎场，"归"处是营房。"回看"之人，仍是"将军"。"千里暮云"，又是空镜头。收一"平"字，有暗示心情之意。满载而归，将军与随从，无不心欢！

通篇气势一贯，无阻无滞；在"疾"与"轻"上着力甚多。这是律诗的构思要求，又与题材保持了相同节律。

鹿柴①

空山不见人，但闻人语响。
返景入深林②，复照青苔上。

【注释】

①鹿柴：辋川地名，"柴"读"寨"。这首诗是王维五言组诗《辋川集》二十首中第五首。②返景：夕阳返照的光与影。景，读 yǐng，同"影"，指阳光。

【鉴赏】

借空谷传音，表现山林之静寂。"空山不见人"，起势自然藏锋。"但闻人语响"转折，画面出音，但这"人语"之"声"太微、太远、太不可捕捉，自然又归于寂静。寂静过滤了最后一抹夕阳余晖，探照入深林，只有一片青苔显现苍翠。"景"毋庸评说。可贵的，是诗人有一颗拥抱自然的平静平常之心。心无纤尘，一光一影都得到毫发不爽的反射。静景，就是心景。诗的意境，被一派平和之气烘托而出。

竹里馆①

独坐幽篁里，弹琴复长啸②。
深林人不知，明月来相照。

【注释】

　　①竹里馆：辋川地名。此诗为王维《辋川集》二十首中第十七首。②长啸：原为吐纳养生之术，要领为先吸足一口气，再徐徐吐出，并发出吼声。诗中则指长声吟诗。

【鉴赏】

　　没有名句，却有佳境；没有警策，却有幽思，是这首诗的趣旨所归。环境之"幽"，体现为"幽篁""深林""明月"无声；诗人之趣，体现为"独坐""弹琴""长啸"绵绵。情与景的结合，不是简单叠加，而是相互映照与吸引。"独坐幽篁里"，是确定基调的开篇。"独坐"，安于独坐，敢于独坐，乐于独坐，是一种生命方式的主动选择。不写情，情已满。"明月来相照"，则是升华诗情的收煞。"相照"，主动在月，情意在月，有月相伴，"独坐"者不再"独"。因而，设身处地地感受竹里馆之美，那一定是天人相通的和谐。这是诗境，也是人境，只有心境无垢的赤子，才有机会偶一驻足。理解了这诗，也便理解了王维。

杂诗①

君自故乡来，应知故乡事。
来日绮窗前②，寒梅著花未？

【注释】

　　①杂诗：王维杂诗共三首，此为第二首。②绮窗：雕镂花饰的窗户。

【鉴赏】

　　全篇以问话入诗。见故乡人，问故乡事，极自然而合乎情理。可问事极多，偏问家乡窗前寒梅开花未开。这叫舍大而取小，或舍一般而取特殊。梅花，久植窗前，因而梅花早已成为家的象征。这是诗化、美化的象征。问梅花，即问家；问梅花，即问人。梅花著花时，家院充满春色，这正是游子的祝愿。

相思

红豆生南国①，春来发几枝？
愿君多采撷②，此物最相思。

【注释】

①红豆：红豆树、海红豆及相思豆等植物种子的统称。其色鲜红，古人将它作为爱情或相思的象征。②采撷：采摘。

【鉴赏】

相传，古代有一女子，因丈夫死于边地，树下哭之而死，化为红豆。红豆，是泣血的灵魂。"红豆生南国"，起句平实，且推向遥远；"春来发几枝"，突然拉近，关切之情生焉；"愿君多采撷"，将对红豆的关切波及朋友；"此物最相思"则点化诗题，复将关切放大为绵绵相思。这首诗的构思之巧，是借物寓情。物之可"借"，在于物与情之间有通接之点。红豆的"红"，红豆的晶莹圆润，红豆的坚刚不破，都促使有情有义者对它生发联想。

九月九日忆山东兄弟①

独在异乡为异客，每逢佳节倍思亲。
遥知兄弟登高处，遍插茱萸少一人②。

【注释】

①山东：王维家乡蒲州在华山以东，故云山东。②茱萸：一名越椒。一种有香味的植物，结籽红色，制成香囊，传说可以辟邪消灾。诗中所"插"为茱萸穗，插于腰间或袋中。

【鉴赏】

此诗王维自注"时年十七"，证为初入长安不久写成。虽然以诗、书、画、乐之才名动京师，王维毕竟年轻善感。思家怀亲，人之常情，诗情咏叹，则千古不朽。"独在异乡为异客",为加一倍写法。一"独"字,二"异"字,写尽少年孤独况味,自然逼出"倍思亲"之叹。第三句用"遥知"领起,想象语,推测语也。登高乃是王维当年居家时的必然活动,所以这又是以一个家乡兄弟的视角的真实存在。如此,"遍插茱萸少一人"反而化成了山东兄弟的慨叹。诗句是有翅膀的,从长安飞到蒲州,从王维心海飞到兄弟仙灵台,这边那边,同时相望,都是思念。诗题用"忆",不是回忆或想念,而是此时此地的即刻怀想。

送元二使安西①

渭城朝雨浥清尘,客舍青青柳色新。
劝君更尽一杯酒,西出阳关无故人②。

【注释】

① 元二:姓元,行二,名不详。安西:指唐安西都护府治所。② 阳关:在敦煌以西的边防关隘。

【鉴赏】

唐在西域边疆曾设安西都护府,行使国家权力。从长安出发,数千里遥远,数月行程,一别经年,故而人多视为畏途。元二为王维好友,今要西行,特送之于渭城。开篇二句,全是景色描写。渭城、朝雨、客舍、柳色,都显现了春和景明之象,远远回避了"送"而别之的伤神。这叫逆向入题,有蓄势待发之效。三、四句,正面切入送别,省去一切烦言琐务,已讲饮酒,饮而再饮,故曰"劝君更尽一杯酒"。劝酒的说辞亦很简单,"西山阳关无故人"。故人日以远,故乡日以远,这都是带不走的。可以带走的,只是一杯美酒,以及酒中美意。

"劝君"二句,将酒与人、酒与情合而为一,升华了酒,也酝酿了情,故能千载流传不衰。

此诗宜于宴别吟唱,后被编入乐府,连唱三遍,故有"阳关三叠"之名。

张旭

张旭，字伯高，苏州吴县（今江苏苏州）人。曾为常熟尉、金吾长史，故世称张长史。工书，精通楷法，犹以草书最知名。传往往大醉呼喊狂走，然后落笔，时人称为张颠。存诗六首，皆绝句。

山中留客

山光物态弄春晖，莫为轻阴便拟归①。
纵使晴明无雨色，入云深处亦沾衣。

【注释】

① 轻阴：天气转阴。

【鉴赏】

这是一首挽留客人的绝句。走有走的理由，留有留的借口，留客之妙，在乎入情入理。客走的理由，是天气转阴，不好看山。故落笔便写山景美丽："山光物态弄春晖"。这是从"山"的全貌入手，以展示"光"与"晖"为主的。此即"晴"山"晴"景。次句以"莫为"领起，劝慰之意紧扣诗题之"留"字。"轻阴"，最多算晴转多云，无碍游览也。巧妙的是三、四句，"纵使"且放一笔，"沾衣"收势自然。诗贵直而曲、曲而直。此诗一句一转折，充满辩证的机巧，做到景、情、理的融合无间。

跳出山景游览，这诗所表述的无常阴、无常晴的观念，又可放大到人生万物，不拘成见，而自由进退。

崔颢

崔颢（？—754），汴州（治今河南开封）人，开元十一年（723）登进士，有俊才，但耽于醇酒美人。早年作诗，较为浮艳；晚岁诗风大变，格调高雅。有时，苦于吟咏索句，以致患病；朋友戏言曰："非子病如此，乃苦吟诗瘦耳。"存诗一卷。因《黄鹤楼》一诗为李白推崇，诗名在唐已著。

黄鹤楼①

昔人已乘黄鹤去，此地空余黄鹤楼。
黄鹤一去不复返，白云千载空悠悠。
晴川历历汉阳树②，芳草萋萋鹦鹉洲③。
日暮乡关何处是，烟波江上使人愁。

【注释】

①黄鹤楼：在今湖北省武汉市蛇山之上，下临长江。建造黄鹤楼传说有三：一是仙人子安曾乘黄鹤过此（《齐谐志》）。二是蜀人费祎登仙，驾鹤过此（《太平寰宇记》引《图经》）。三是有老者在辛家酒店饮酒，在壁上画一鹤以代酒资。后此鹤每闻掌声即翩然起舞，酒店以是出名。十年后，老者复至，以手招鹤，乘之而去。辛氏为此筑黄鹤楼以志奇异。②汉阳：武汉三镇之一，隔江与武昌相望。③鹦鹉洲：洲名，在长江中，当武昌西南。汉末魏初，江夏太守黄祖曾在此处诛杀祢衡，祢衡曾作《鹦鹉赋》，洲得是名。

【鉴赏】

宋严羽《沧浪诗话》曾说："唐人七言律诗，当以崔颢《黄鹤楼》为第一。"虽为一家言，但影响巨大。是否"第一"，不必理论，诗写得好，倒是真的。

首先，是气韵不凡。这气韵，先于诗句，存乎胸中。将今与昔、人与鹤、仙与凡的相隔之境打通；而黄鹤楼则是诸境相切的焦点。"昔人"已去，"黄鹤"已去，所以"黄鹤楼"也自然人（鹤）去楼空；唯其"空"，才让诗人畅怀，才让诗思有了自由的空间。因而，首、颔二联最妙就是在"空悠悠"上做了文章。当然，这"空"不是一无所有。它是在时空切换中可以前见古人、后见来者的视觉之窗。

其次，是收放自如。首、颔二联为"放"，放飞一切，渺入云烟；颈、尾二联为"收",收入眼底,存诸心海。"晴川""芳草"二句极美,极为具象,皆目中实景;但这也填补不了诗人的茕茕空怀。在"日暮"时分,"乡关"遥远,江上烟波,徒增哀愁。让人联想到的是王粲《登楼赋》的叹息:"虽信美而非吾土兮,曾何足以少留?"结句还是:一去不复返,空余黄鹤楼!

李白

李白(701—762),字太白,号青莲居士。绵州昌隆(今四川江油)人。《新唐书》本传谓李白乃"兴圣皇帝(李暠)九世孙",果如此,则脉系贵胄,与唐高宗李治同辈。父李客世传于西域经商致富,但乏确证;而神龙元年(705)李家由西域"遁还"蜀中时,李白方五龄。传载,李白出生时,母亲梦长庚星入怀,因以"太白"名之。

蜀中二十年,是李白的学习时代。五岁诵六甲,十岁观百家,十五览奇书,二十慕游侠,到他二十五岁"仗剑去国,辞亲远游"时,李白已经是一个博通经史、驰骋诗文的"天才奇特"(苏颋赞语)之士。眉州象耳山下有磨针溪,世传李白读书山中,未成,思辍,过是溪逢老媪方磨铁杵。问之,答曰:"欲作针。"李白感其意,遂还山读书,直至卒业。

李白沿江出蜀,历游江陵、长沙、金陵等地,至安陆(今属湖北)与原宰相许圉师孙女结婚,故安家于此。开元十八年(730)曾西上长安,"历抵卿相";求仕不果,无颜回家,乃东游梁宋,北游太原,南游江淮,并移家任城(今山东济宁),与孔巢父、裴政等五人诗酒相会,结成"竹溪六逸"。天宝元年(742),受玉真公主之荐,被玄宗召入长安,任翰林供奉。此乃文学侍臣,难有作为。"丑正同列,害能成谤",不满两年,李白即请求"还山"。史谓"赐金放还"。此美言也,实则给钱走人。谁让李白酒醉放达,以至宫嫔呵笔、力士脱靴呢!

"点额不成龙,归来伴凡鱼。"李白重回江湖,过洛阳,认识杜甫。"诗仙"与"诗圣"定交,中国诗坛多一佳话。在周游天下中,遭逢"安史之乱",李白爱国心切,参加了玄宗子永王李璘的勤王部队。璘与肃宗不协,被目为叛逆。李白遭牵连入狱,押于浔阳(今江西九江),后判长流夜郎(今属贵州)。溯江而上,至巫山,于乾元二年(759)遇赦。后沿江东下,游历于金陵、宣城一带。晚岁染病,寄身于当涂县今李阳冰家。宝应元年(762)十一月逝世。世传李白长江泛舟,酒醉,见江心月影,欲捞之，溺水死。故当涂县今仍有"捉月台"。但李白有《临终歌》可以确证是病故。

峨眉山月歌①

峨眉山月半轮秋，影入平羌江水流②。
夜发清溪向三峡③，思君不见下渝州④。

【注释】

①峨眉山：位于四川省峨眉山市西南，因山势逶迤，状如蚕首蛾眉而得名。有"峨眉天下秀"之称，为中国佛教四大名山之一。②平羌江：又称青衣江，流经峨眉山北，注入大渡河，复与岷江合流入长江。③清溪：驿名。唐称清溪驿，宋称平羌驿，今人考即乐山板桥溪之板桥驿。在大渡河与岷江合流处的下游。三峡：长江流经川鄂交界处的三处险隘峡口，名瞿塘峡、巫峡、西陵峡。④渝州：重庆。因为隋改嘉陵江为渝水，"巴州"改称"渝州"。

【鉴赏】

此诗为李白出蜀第一首诗。虽然抱定了"大丈夫必有四方之志"的理想，"仗剑去国，辞亲远游"，临行之际，仍有对家、对亲、对友的留恋之情。故第四句"思"字，乃一诗之"眼"，不可轻轻放过。历史上的诗评家（王世贞、王世懋、金献之等）都已注意这首诗二十八字中连用峨眉山、平羌江、清溪、三峡、渝州等五个地名，"目为绝唱，殊不厌重"。绝唱之绝，还在于写活了"月"。月为"秋月"，仅"半轮"，从峨眉山巅斜照而下；月影入江，江流影动，亦如诗心。水不留痕，月不留影，思念却在人心。思"君"之"君"，指月亮。月是故乡明，所以思月亮，又是思故乡。待到《静夜思》低头而"思"时，《峨眉山月歌》终于得到达诂之解。另外，还须品味"夜发"二字。"夜"除点明离乡时间外，还对诗中所有景物作了氛围规范：夜月、夜影、夜波、夜行人、夜的思念……诗的格调，趋于婉曲含蓄。

静 夜 思①

床前明月光②，疑是地上霜。
举头望明月③，低头思故乡。

【注释】

　　①静夜思：乐府诗题。唐以前无此题，自李白此诗后，遂成乐府题名。
②明月光：一作"看月亮"。③望明月：一作"望山月"。

【鉴赏】

　　这是李白二十七岁入赘许家、寓居安陆小寿山时所作。诗题"静夜思"，表示夜深人静，幽思无眠，而动乡关之念。有人认为，这首五绝有《子夜歌》的民歌本色，"绝去雕饰，纯出天真"，此论较为中肯。诗贵有情，诗贵自然，这两点《静夜思》全做到了。一、三句写实景，二、四句摹神情。景变，由床前到天上；情变，由恍惚到凝思。"疑是霜"为感觉，"思故乡"乃理性。短短二十字，两看两思，星月无声，心中已有浩然之叹。

黄鹤楼送孟浩然之广陵①

故人西辞黄鹤楼，烟花三月下扬州。
孤帆远影碧空尽②，唯见长江天际流。

【注释】

　　①广陵：扬州别名，因扬州曾为广陵国、广陵郡治所而得名。②碧空尽：一作"碧山尽"。

【鉴赏】

　　江淹《别赋》曰："黯然销魂者，唯别而已矣。"这首诗，却反其道而歌之，将离别表现为一种融入烟花美景的发端。不再悲哀，不再留恋，几多憧憬，几多艳羡，送别诗焕发出对天、地、人间的热爱。一、二句虽写景物，但有西与东、实与虚的对照。二地皆美，但扬州烟花更激人想象。三、四句描摹诗人独立眺望情状，缩小的是"孤帆"，不变的是"长江"，而放大的则是在时间脉流中依依惜别之情。

扬州为自古繁华地。唐无名氏《商芸小说》载："有客相从，各言所志，或愿为扬州刺史，或愿多赀财，或愿骑鹤上升。其一人曰：'腰缠十万贯，骑鹤上扬州。'欲兼三者。"孟浩然，为一耿介之士、清贫之士，看来无福消受扬州的繁华。

月下独酌①

花间一壶酒②，独酌无相亲。
举杯邀明月，对影成三人③。
月既不解饮，影徒随我身。
暂伴月将影，行乐须及春。
我歌月徘徊，我舞影零乱。
醒时同交欢，醉后各分散。
永结无情游④，相期邈云汉⑤。

【注释】

①"月下独酌"组诗共四首，今选第一首。从第三首"三月咸阳城，千花昼如锦"推断，当写于天宝三年（744）。②花间：一作"花下"或"花前"。③三人：指月亮（或杯中明月）、诗人、诗人之影。④无情游：非人情世俗的交游。⑤云汉：银河。

【鉴赏】

《月下独酌》描摹了诗人的孤独之饮。俗语道：酒逢知己千杯少。今无知己，亦无酒友，做孤独之饮，印证了诗人在京中做翰林供奉的冷落。将冷落写成热闹，多亏诗人有一份点化万物的童真。一时，月也照我，影也随我，一人化而为三。此乃孤独者的灵魂呼唤也！

醉眼蒙眬中的"醒"，也许是最能捕捉电光石火的。因而，诗人抓住了月亮与影子。其实，不饮酒，十分清醒，又能抓住什么？读此诗，让人明白：乐趣也是自找的。

将进酒①

君不见黄河之水天上来，奔流到海不复回。

君不见高堂明镜悲白发，朝如青丝暮成雪②。

人生得意须尽欢，莫使金樽空对月③。

天生我材必有用，千金散尽还复来。

烹羊宰牛且为乐，会须一饮三百杯④。

岑夫子，丹丘生⑤，将进酒，杯莫停。

与君歌一曲，请君为我倾耳听。

钟鼓馔玉不足贵⑥，但愿长醉不复醒。

古来圣贤皆寂寞，惟有饮者留其名。

陈王昔时宴平乐⑦，斗酒十千恣欢谑⑧。

主人何为言少钱⑨，径须沽取对君酌。

五花马⑩，千金裘，呼儿将出换美酒，

与尔同销万古愁。

【注释】

①将进酒：乐府诗题。原为汉乐府《铙歌》十八曲之一，大略以饮酒放歌为言。②青丝：黑发。③金樽：珍贵的酒器。④三百杯：典出汉末郑玄故事。袁绍为郑玄饯行，三百人敬酒，郑玄由晨至昏三百杯不醉。⑤岑夫子：岑勋君。丹丘生：道士元丹丘。二人一长辈，一晚辈，皆李白好友。⑥钟鼓：乐器，指音乐；馔玉：美食。⑦陈王：曹植。曹丕称帝后，封其为陈王。平乐，指洛阳平乐观。曹植《名都篇》有"归来宴平乐，美酒斗十千"句。⑧斗酒十千：一斗（约二公斤）酒价万钱，言酒好价高。⑨主人：酒席主人，李白自谓。⑩五花马：亦称五花骢。一指有青白斑纹之马，一指将马鬃剪成五朵花瓣形状之马。

【鉴赏】

这是一首劝酒诗。《诗经·大雅·既醉》："尔肴既将。"此"将"字，即奉持而进之意。既为"劝酒",便要有"劝"的理由,故全诗天上、地下、古往、今来之铺排,皆为劝人一醉方休。为什么非要"长醉不醒"呢?诗终一句,"与尔同销万古愁",点题收煞,于一场热闹之后留下无尽悲凉。

从"醉"中读出"醒"来,从"热"中读出"冷"来,方近乎诗人本意。

作为诗,以形象说话,以美感动人,我们还十分欣赏李白的想象丰富、设喻生动。如开篇两句"君不见",起势突兀,棒喝人生,以"水"与"时"的不可逆转,暗喻"我材"不用的无奈。不能安于金散材弃的现状,故又有"必有用"与"还复来"的自勉自励。诗无达诂,因而不为坐实诗人"万古愁"的切实含义。有人认为李白的"万古愁"一指政途受阻,一指诗名不扬,得其仿佛,略显局促。大抵,我们只能从人类的生命之忧方面接近诗人原旨。

登金陵凤凰台①

凤凰台上凤凰游,凤去台空江自流。
吴宫花草埋幽径,晋代衣冠成古丘。
三山半落青天外②,二水中分白鹭洲③。
总为浮云能蔽日,长安不见使人愁。

【注释】

①凤凰台:传南朝宋元嘉年间有三只五色大鸟飞来,鸣声优美,百鸟翔集,人以为凤凰,故筑台以庆。台址在今南京市中华门内以西。②三山:在南京市西南部,临长江而立,又名护国山。因三峰并峙而得名。③二水:秦淮河流经白鹭洲分为两股支流。

【鉴赏】

李白律诗不多,此为难得的佳作。

据《唐诗纪事》等书载,写作此诗,了却了李白一桩心事。某年游黄鹤楼,欲题诗,但见壁上崔颢题诗,叹为观止,仅说:"眼前有景道不得,崔颢题诗在上头。"后来,李白总想写一首诗超过崔颢的《黄鹤楼》,久不得。及至金陵(一说四十七岁,一说六十一岁),登凤凰台,诗情焕发,遂有是作。

这首诗与崔颢《黄鹤楼》相同的修辞手法是首句、二句巧用叠字。"凤凰台上凤凰游,凤去台空江自流","凤"字三出,算题目,则四出。这与崔诗类似,更显简约。二诗的结构特点亦相近,即先推"空"景(凤去台空、空余黄鹤楼),再辅实景,后展"愁"怀。"愁"的内涵,崔颢是乡愁,李白是国愁,小有差别。至于颔、颈二联对仗工整,自然天成,又非常人可为。

子夜吴歌·秋歌①

长安一片月,万户捣衣声②。
秋风吹不尽,总是玉关情③。
何日平胡虏,良人罢远征④?

【注释】

①子夜吴歌:乐府题名。相传晋代有女子名子夜,作歌称"子夜歌"。据《宋书·乐志》载,此歌在东晋孝武帝时代已经流行。到李白时代,曲调已失传。李白模仿原歌词而为之。②捣衣:以木棒在砧石上敲击衣服(洗净后),使之平展有光泽。③玉关:玉门关,在今甘肃省敦煌西,距长安(今西安)一千五百公里。④良人:妇人对丈夫的称呼。

【鉴赏】

这歌约作于天宝元年(742)李白在长安任翰林时。全歌四首,此为第三首。以戍妇口吻,发怀远之叹,思情绵绵,遗恨悠悠,在一脉平实的语调中,隐含了几多厌战、反战意绪。

王夫之《姜斋诗话》说:"情景名为二,而实不可离,神于诗者,妙合无垠;巧者则有情中景,景中情。景中情者,如'长安一片月',自然是孤楼忆远之情。"万户砧声,风吹不尽;千里征夫,可得闻否?李白代人抒情,又必出于诗人之体察世情、感同身受的人道精神。

独坐敬亭山①

众鸟高飞尽，孤云独去闲。
相看两不厌，只有敬亭山。

【注释】

①敬亭山：一名昭亭山，一名查山，在今安徽宣城市北十里许。

【鉴赏】

李白在宣城住了好长时间，游敬亭山的诗写了七八首。这首独短、独美、独静、独闲适。其风格，倒与王维山水诗异常相近。李白竟也有潜心沉思时！

一、二句写景，"独"字是精神，"闲"字是仪态。三、四句却又从"不独"处落笔。"两不厌"者，山不厌人、人不厌山之谓。"不厌"，是中性表述；其实，是人爱山景，山景娱人。这越发显现了诗人的人间孤独与孤愤。

火气压下了，示人以闲适。这份闲适，是经历过大动荡、大磨难后的自我调节。所以俞陛云在《诗境浅说续篇》中说："乃太白愤世之深，愿遗世独立，索知音于无情之物也。"

早发白帝城①

朝辞白帝彩云间，千里江陵一日还②。
两岸猿声啼不住③，轻舟已过万重山。

【注释】

①白帝城：在今重庆市奉节县东十三里瞿塘峡口。旧名鱼复。东汉公孙述至此，见井中白气如龙，以为瑞，改鱼复为白帝。三国时，蜀汉以此地为防吴重镇，改名永安。②江陵：今湖北省荆州市。白帝城距江陵约六百公里，故有"千里"一说。③猿声：据《水经注·江水》载："三峡七百里中，两岸连山……每至晴初霜旦，林寒涧肃，常有高猿长啸，属引凄异，空谷传响，哀转久绝。故渔者歌曰：'巴东三峡巫峡长，猿鸣三声泪沾裳。'"

【鉴赏】

有人说此诗作于李白初出川时,有人认为是暮年流放夜郎、遇赦东归时作。我倾于后者。

全诗写景。一日间,景移千里。速度得之于大江东去。有人考证,江水一小时最快流速为二十四公里,径流一天,从白帝到不了江陵。这是呆算。水快,船快,还有归心更快。李白的"千里江陵一日还",是立足于重获解放的意念。因为时间浓缩在"一日",画面的切换便极迅捷。白帝城、彩云、青山、帆影、跳猿诸景物皆浮托于波涛之上,再也分不清云动、水动、船动、心动了。

感情不再外露。写入"猿声"一句,荡出一笔,喜也在兹,悲也在兹,因人领悟,可深可浅。或誉为"绝句"典范,确有道理。

忆秦娥①

箫声咽,秦娥梦断秦楼月。秦楼月,年年柳色,灞陵伤别②。

乐游原上清秋节③,咸阳古道音尘绝。音尘绝,西风残照,汉家陵阙。

【注释】

①忆秦娥:词牌名。双调,四十六字。上下片各五句,三仄韵、一叠韵,通常用入声韵。又名"双荷叶""秦楼月""蓬莱阁""碧云深""花深深"等。宋·黄昇《唐宋诸贤绝妙词选》称"(李白)菩萨蛮、忆秦娥二词,为百代词曲之祖"。②灞陵:在今陕西西安市东,古人折柳送别处。③乐游原:地名,在西安市南。《长安志》谓:"乐游原居京城之最高,四望宽敞,城内了如指掌。"

【鉴赏】

"忆秦娥"为李白创制。"秦娥",不必与"齐憧"相对,指为歌女;亦不必因词中有"秦楼"而证为秦穆公之女"弄玉"。秦娥、秦楼,皆因长安处三秦故地而称。唯不专指,才便于借来作诗人代言人抒发那一腔超出"秦娥"女性忧愁的叹古伤今之情。

上片"箫声咽,秦娥梦断秦楼月",起势悲声,其声断梦,哀婉之情自现。

下接三句，为秦娥续梦、释梦，但无力"圆梦"。因为，"年年柳色"，年年"伤别"，既"伤别"，何团圆？

下片，"景"由"秦楼""霸陵"转上"乐游原"。登原一望，咸阳古道、汉家陵阙，尽收眼底。诗人虽再三强调"音尘绝"，但"伤别"的"音尘"虽"绝"，思古的幽情又生：活生生一代代帝王变为尘土，"今"之叹"昔"，"人"之叹"我"，其情一也。

很明显，这词虽短，却抒发了两种"情"：上阕"伤别"，下阕"叹古"，一近一远，一浅一深，真是如箫声之咽、秋月之冷。王国维《人间词话》说："太白纯以气象胜，'西风残照，汉家陵阙'，寥寥八字，遂关千古登临之口。后世唯范文正之渔家傲、夏英公之喜迁莺，差足继武，然气象已不逮矣！"

戎昱

戎昱，岐州（治今陕西凤翔）人，少举进士不第，漫游湘、桂间，又曾客居陇西、剑南。唐代宗大历年间（766—779）卫伯玉镇荆南，辟其为从事。唐德宗建中年间（780—783）谪为辰州刺史，后又任虔州刺史。诗多吟咏客游景状。后人辑有《戎昱诗集》。《全唐诗》编诗一卷。

移 家 别 湖 上 亭

好是春风湖上亭，柳条藤蔓系离情。
黄莺久住浑相识，欲别频啼四五声。

【鉴赏】

戎昱仕宦前，有一段漫游生活，搬家亦属常事。但常事无常情，他的"离情"似较一般人为重。太重，担不起，便让别的东西代为承载。这首诗通篇用"移情"，故臻于妙境。诗题用"移家"而"别""亭"，开篇即描绘"湖上亭"。写亭，全用侧笔，不着痕迹，自显风采。次句，虽用"离情"二字呼应诗题，但却将这份"离情"转嫁于"柳条藤蔓"；人"不忍离"，化为物"不让离"，"系"字最准。绝佳是三、四句。反客为主，写黄莺识我、恋我、不忍别我。终于将单方面的告别，变成了双方面的牵系。当黄莺啼声暂歇，读者也真的分不清是人恋物，还是物恋人。古诗中不乏"莺啼"（"千里莺啼绿映红"等），戎昱所闻四五声最有情味！苟能和乐而处，必能灵犀相通，诗内诗外，何处无情？

高适

高适（约700—765），字达夫，渤海蓨（今河北景县）人。天宝八年（749），一说开元二十三年（735）始为宋州刺史张九皋推荐，举有道科，任封丘尉。不得意，去职，游河西。天宝十一年（752）被河西节度使哥舒翰表为左骁卫兵曹掌书记，进为左拾遗，转监察御史。安史乱起，奔行在，擢谏议大夫，节度淮南。为李国辅排挤，出为蜀、彭二州刺史，复进成都尹，剑南、西川节度使。广德二年（764），召为刑部侍郎，转散骑常侍，封渤海县侯。永泰元年（765）卒，赠礼部尚书。高适喜功名，尚节义，人到中年始学为诗，以气质自高。边塞诗与岑参齐名，并称"高岑"。有《高常侍集》。

燕歌行①

开元二十六年，客有从御史大夫张公出塞而还者，作《燕歌行》以示适，感征戍之事，因而和焉。

> 汉家烟尘在东北，汉将辞家破残贼。
> 男儿本自重横行，天子非常赐颜色②。
> 摐金伐鼓下榆关③，旌旆逶迤碣石间。
> 校尉羽书飞瀚海④，单于猎火照狼山⑤。
> 山川萧条极边土，胡骑凭陵杂风雨⑥。
> 战士军前半死生，美人帐下犹歌舞！
> 大漠穷秋塞草腓⑦，孤城落日斗兵稀。

身当恩遇恒轻敌⑧，力尽关山未解围。

铁衣远戍辛勤久，玉箸应啼别离后。

少妇城南欲断肠，征人蓟北空回首⑨。

边庭飘飖那可度，绝域苍茫更何有！

杀气三时作战云⑩，寒声一夜传刁斗。

相看白刃血纷纷，死节从来岂顾勋？

君不见沙场征战苦，至今犹忆李将军⑪！

【注释】

　　①燕歌行：乐府题名。属"相和歌辞·平调曲"。序中所谓"御史大夫张公"，指河北节度副大使张守珪。与契丹作战有功，拜辅国大将军兼御史大夫。后部下败于契丹余部，守珪掩盖败绩。"客"向高适言其实情，故写此诗以讽喻之。②赐颜色：指皇帝赐赠金帛。据《新唐书·张守珪传》，守珪开元二十三年胜契丹，"帝赋诗……赐金彩"。③摐金：撞击铃、钲等响器。榆关：山海关。④瀚海：沙漠。⑤单于：古代匈奴称其王为单于。狼山：泛指与敌交战处。⑥凭陵：逼压。风雨：形容胡骑来势迅猛。刘向《新序·善谋》："匈奴者，轻疾悍极之兵也，来若风雨，解若收电。"⑦腓：变黄。一作"衰"。⑧轻敌：指张守珪部下裨将赵堪、白真陀罗矫诏胁迫平卢军使乌知义与契丹余部作战事。因轻敌，不胜。下句"未解围"即指此。⑨蓟北：指唐蓟州（今天津蓟县以北地区）。⑩三时：晨、午、晚，指一整天。⑪李将军：汉将军李广。

【鉴赏】

　　《燕歌行》的"燕"，原指古燕地、燕州。而诗中所咏，为蓟北战事，正与乐府诗题匹合。

　　不平则鸣，诗人有感于将军与士兵、恩遇与牺牲的不平，作此诗。这就决定了此诗在坚持"叙事"为主的前提下，洋溢着强烈的抒情风格。

　　开篇"汉家""汉将"二句，故布疑阵，唐事汉名，这是唐人一贯的借古讽今套路。

　　自"男儿"句以下，直至"死节"句，二十四句皆以张守珪对契丹战事为内容。张守珪开元二十三年、二十五年各有对契丹作战事，皆胜。胜兵易骄，诗中"身当恩遇恒轻敌"，即发生在二十五年春二月破契丹于捺禄山以后不久。

战场失利的深层原因，则是军官腐败。诗中揭示，仅二句："战士军前半死生，美人帐下犹歌舞。"上下不同利，不同赏，不同欲，相互异心，何胜利之有？但是诗人似乎不想在批判将军的腐败上多说话，因为，当掩盖他的败绩露馅后，张守珪已经被免去了河北节度副大使的职务，改任括州刺史；那个帮助掩盖真相的牛仙童也已被杖毙剐心。诗人关心的是兵士的命运，所以此诗的重点便是浓墨重彩地为战斗着、牺牲了的兵士摹写英姿。"铁衣""征人""杀气""寒声""相看""死节"诸句，都是"斗兵"剪影。

《燕歌行》的主题深化是与它的士兵歌颂分不开的。写士兵，兼及他们的家人，这相顾性的一笔（"玉箸""少妇"句），强化了"半死生"的悲剧效应。

结尾二句，借思念李将军，再一次表明了朝中无将。批判范围，远远超过了张守珪一帮人。

"边塞诗"并非一味黩武。《燕歌行》用它的铿然诗声，表现的是一个充满悲虔的人道主题。

别董大①（其一）

千里黄云白日曛②，北风吹雁雪纷纷。
莫愁前路无知己，天下谁人不识君？

【注释】

①董大：指唐玄宗时代的著名乐师董庭兰。李颀曾作《听董大弹胡笳弄兼寄语房给事》咏之。高适《别董大》共二首，今选其一。②黄云：风卷黄沙形成的黄色云尘。曛：日光暗淡。

【鉴赏】

这是一首送别诗。前二句描写环境，后二句是临行寄语。环境是昏暗而寒冷，寄语是体贴而温暖。在比较中，强化了人不向逆境低头的自信与自强。《易》曰："天行健，君子以自强不息。"或可为本诗主题。前人论高适诗，赞之"气质自高"，确乎如此。此诗写作时，董大不得意，高适亦不得意，故其安慰董大旷达语，亦皆自励语。今录《别董大》其二："六翮飘飖私自怜，一离京洛十余年。丈夫贫贱应未足，今日相逢无酒钱。"穷到如此，还相信贫贱不会长久且慰及朋友，难得。

张志和

张志和，字子同，婺州金华（今属浙江）人。博学能文，擢进士第，肃宗朝官至左金吾卫录事参军，待诏翰林，坐贬，遂不复仕，自号"烟波钓徒"。著《玄真子》十卷，亦以为号。善画，随句赋象，深得其态。每垂钓，不设饵，志不在鱼。与颜真卿、陆羽善。本名龟龄，诏改之。

渔 歌 子[①]

西塞山前白鹭飞，桃花流水鳜鱼肥[②]。
青箬笠[③]，绿蓑衣，斜风细雨不须归。

【注释】

① 渔歌子，《古今诗话》载颜真卿为潮州刺史，与门客会饮，乃唱和为《渔父词》，其首唱即张志和之词，曰："西塞山前……"颜真卿、陆鸿渐、徐士衡、李成矩诸人共和二十五首。志和复以丹青描绘，山水景象，古今无伦。可知此《渔歌子》为词、画并创。又，此《渔歌子》为张志和自创，与唐教坊曲、后改词牌的《渔歌子》不同。② 桃花流水：桃花盛开的季节正是春水盛涨的时候，俗称桃花汛或桃花水。一在浙江吴兴，此张志和词中所指。③ 箬（ruò）笠：用叶子宽大的箬竹编制的竹笠。

【鉴赏】

刘熙载《艺概》对张志和《渔歌子》评价极高。刘氏曰："张志和渔歌子'西塞山前白鹭飞'一阕，风流千古……太白菩萨蛮、忆秦娥，张志和渔歌子，两家一忧一乐，归趣难名。或灵均思美人、哀郢，庄叟濠上近之耳。"

这阕《渔歌子》比于李白二词，确是乐景展示其"归趣"，却并不"难名"。它是写渔家春汛捕捞之乐的。诗人自称"烟波钓徒"，与渔人为伍，当然也包括了他的一份快乐。

"西塞山前白鹭飞，桃花流水鳜鱼肥。"这是妙通造化之句。山水相依，鱼鸟相戏，桃花夹岸，轻舟徜徉，捕鱼者几如武陵源中人也！而点睛之笔，为"鳜鱼肥"三字。这"肥"字，并非盘中餐的肥腻，而是水美、鱼肥、人寿、年丰的乐景显现。三字一出，则"青箬笠"诸句便有了照应起伏的波荡之势。

"青箬笠，绿蓑衣"二句，开始聚焦渔人。但渔人兀自捕鱼（极像垂钓，也不排斥撒网），兀自乐在其中，并不理会有一位诗人在将他们的身影摄入诗行。"青箬笠"遮面，"绿蓑衣"护身，我们始终不知渔人的年岁、面容。唯一可知的是他们不想回去。"斜风细雨不须归"，是景语，又是情语，既补述了披蓑戴笠的原因，又强调了捕鱼的乐趣，情景交融，不归何憾！

这江南春景让人迷醉。如果一个人能够沉醉于白鹭飞天、桃花逐水、箬笠冠顶、蓑衣加身的逍遥生活而厌弃庙堂之思，那才能最充分地领受这阕小词的意境：青绿山水自由人。

杜甫

杜甫（712—770），字子美，自号少陵野老，襄州襄阳（今属湖北）人。生于巩县（今属河南）。杜家世代为官。远祖杜预，晋代名将；祖杜审言初为唐诗人；父杜闲为地方官吏。家教敦睦，杜甫早慧，"七龄思即壮，开口咏凤凰"，见乎一斑。青年时代，开始壮游各地，南吴越，北齐赵，裘马清狂，文采风流，好不得意。天宝五年（746），西入长安，困顿十年，因献三大赋，为玄宗赏识，才得到右卫率府胄曹参军的微职。安史乱起，杜甫被贼俘，逃出后西奔肃宗行在（凤翔），授左拾遗，不久又贬为华州司功参军。乾元二年（759），弃官西行，辗转入川，定居成都浣花溪草堂。在剑南节度使严武幕中任参谋，被严武表荐为检校工部员外郎。永泰元年（765）离成都沿江东下，于夔州滞留二年。大历三年（768），举家出三峡。因江陵乱，乃沿湘江赴衡阳，且卜居耒阳。后于赴郴州途中病故。四十多年后，遗骨才归葬于偃师（今属河南）首阳山。

生逢由盛世转乱世的社会激变时期，杜甫由"致君尧舜上，再使风俗淳"的政治天真，转变为"儒术于我何有哉，孔丘盗跖俱尘埃"的思想清醒；而他的诗，则忠实记录了自己思想的巨变和大唐天下的社会危机，被人称为一代"诗史"。

杜甫与李白、高适生活于同一时代，且有交往。他们的诗歌创作构筑了盛唐诗坛的奇观。诗集有《杜工部集》，存诗一千四百五十余首。

望 岳①

岱宗夫如何②？齐鲁青未了③。
造化钟神秀④，阴阳割昏晓。
荡胸生层云⑤，决眦入归鸟⑥。
会当凌绝顶⑦，一览众山小。

【注释】

①望岳：杜甫曾写《望岳》诗三首，分别咏东岳、南岳、西岳。本诗咏东岳泰山。②岱宗：是对五岳之首泰山的尊称。③齐鲁：指春秋时齐国、鲁国，均在山东境内。④造化：大自然。⑤层：一作"曾"。⑥决眦：睁大眼睛。决，裂开；眦，眼眶。⑦会当：定要，应当。凌：一作"临"。

【鉴赏】

诗写于唐玄宗开元二十五年至二十八年（737—740）间。杜甫长安举进士不第，漫游齐赵，有泰山之观。诗题为"望岳"，全诗无一"望"字，但句句写"望岳"情景。写"望"，又从"问"开始，故首句"岱宗夫如何"有统领全诗、提起关注、引发向往的作用。下数句，皆以"望"中视像代为答复，但又有层次，有侧重。"青未了"句状泰山之绵延青葱，"造化"二句状泰山之神秀高峻，这还是静态的；"荡胸"二句，转入动态，层云绕山，飞鸟归林，泰山充满生命活力。"胸"是我心，"眦"是我目，目视而神动，泰山皆注我之色彩。"会当凌绝顶，一览众山小"，这千古名句虽然仍紧扣"望岳"诗题，但这"览"字，已经是臆想中的登顶视觉。"登东山而小鲁，登泰山而小天下"，杜甫在这儿找到了孔子当年的感觉。

泰山以它的立体状态呈现目前。在泰山之巅，还立着一位诗人。一览众山小，一览天下小。

作为杜甫早期的律诗创作，《望岳》带有它的尝试性与展示性：精于炼字（尤其动词），长于谋篇，惯于顿挫，善于生发……都在这首诗里露其先机。

前出塞①（其六）

挽弓当挽强，用箭当用长。
射人先射马，擒贼先擒王。
杀人亦有限，列国自有疆②。
苟能制侵陵③，岂在多杀伤？

【注释】

①前出塞：杜甫先写《出塞》诗九首，又写五首。加"前""后"以示区别。《前出塞》写天宝末年哥舒翰征吐蕃事，亦有人认为是唐肃宗乾元时作。组诗通过一征夫自述，展现征戍历程。本篇为第六首。②列国：一作"立国"。③侵陵：侵略。

【鉴赏】

这首诗用层层推进的选择句式，由对战具（弓、箭）的选择、战斗目标（人、马、贼、王）的选择，推衍出对杀人（杀伤）与列国保疆关系的重新思索，最后得出结论："苟能制侵陵，岂在多杀伤？"诗人主张，即便卫国，也要防止滥杀。这是出之于爱国清醒，还是出之于人道主义呢？诗的节奏感很强，倾向性亦很强，"擒贼"句成了千秋名句，这又在诗的主导意念之外。

前四句，似谣似谚，得乐府妙趣；后四句，似叙似议，见仁者风采。

春望①

国破山河在，城春草木深。
感时花溅泪，恨别鸟惊心。
烽火连三月，家书抵万金。

白头搔更短，浑欲不胜簪②。

【注释】

①春望：此诗作于唐肃宗至德二年（757）三月，时杜甫羁留长安。②簪：发簪。

【鉴赏】

至德元年（即天宝十五年）六月十二日，唐玄宗西幸蜀。十日后，约为六月二十三日，安禄山叛军先头部队占长安。七月、八月，是长安大流血时期。杜甫只身从鄜州（今陕西富县）羌村西奔灵武，欲投肃宗，中途为叛军截获，送往长安。从这年八月到次年三月，是杜甫滞留长安的艰难岁月。《春望》即写于他逃离长安前夕。宫殿锁千门，胡骑尘满城，形势极端险恶，但诗人的忧国之情是压抑不住的，发而为诗，是有《春望》。这诗题，是写实的，又是写意的。"国破"句，直揭时势，是一切诗情的催化土壤。"国破"无物，"城春"无人，花与鸟，本为逸情之物，今皆化为"惊心""溅泪"之景。伤春忧时，更思亲人，故后四句由"春望"转入"春思"，白首搔短，家书万金，极言思亲之苦。其实，前四句已经是"望"中有"思"。"感时花溅泪，恨别鸟惊心"，移情花鸟，花鸟都知悲，何况乎人？

写完这首诗，杜甫在长安一天也待不下去了。一日，冒险出城，踏上凤翔面君之路……

石壕吏①

暮投石壕村，有吏夜捉人。
老翁逾墙走，老妇出门看②。
吏呼一何怒！妇啼一何苦！
听妇前致词：三男邺城戍③。
一男附书至，二男新战死。
存者且偷生，死者长已矣！
室中更无人，惟有乳下孙④。

有孙母未去，出入无完裙⑤。

老妪力虽衰⑥，请从吏夜归。

急应河阳役，犹得备晨炊。

夜久语声绝，如闻泣幽咽。

天明登前途，独与老翁别。

【注释】

① 石壕：村名，在今河南三门峡市陕州区东七十里。② 出门看：又作"出看门""出门守""出门首"。③ 邺城戍：守卫邺城。邺城：在今河北临漳县。乾元二年（759），官军与安庆绪、史思明叛军曾于此作战，官军大败。④ 乳下孙：吃奶的孙子。⑤ 裙：裙。⑥ 老妪：老妇人。

【鉴赏】

此诗作于乾元二年。时杜甫任华州（今陕西华县）司功参军。此前，诗人曾在洛阳住了半年。从洛阳回华州，过石壕村，见到官吏捉人事，成《石壕吏》一诗。从诗题看，主角为"石壕吏"。从内容看，主角为老妪。从主题看，则是超出了"老妪"一家的百姓悲剧。

诗中有老妪的大段自白。这是一曲生离死别的"家史"之歌。由对"吏"的谴责，已经过渡到对战争、对唐王朝统治的谴责。

诗人没有说话，情感倾向都已在客观叙述中透露无遗。用事实说话，用百姓的命运说话，将思考权与结论都交给读者，使这首诗的风格表现为含蓄与冷峻。而诗中诸人（吏、翁、妪）之状，有言无言，皆栩栩如生。

蜀相①

蜀相祠堂何处寻②，锦官城外柏森森③。

映阶碧草自春色，隔叶黄鹂空好音。

三顾频烦天下计④，两朝开济老臣心⑤。

出师未捷身先死⑥，长使英雄泪满襟。

①蜀相：指蜀丞相诸葛亮。诗咏诸葛亮庙。此庙为晋时李雄称王成都时建。今名"武侯祠"。②此句开头，一作"丞相"。③锦官城：成都别称。古锦官城是成都大城西"少城"之名，毁于晋桓温平蜀时。④三顾：指建安十二年（207）冬刘备三访诸葛亮于襄阳隆中事，后以"三顾"借指帝王知遇之恩。⑤两朝：蜀汉刘备、刘禅二主时代。⑥出师：指诸葛亮建兴十二年（234）春出兵伐魏，在渭水南五丈原与魏军相持百余日，当年八月病故于军中。

【鉴赏】

杜甫于乾元二年（759）年底到达成都，上元元年（760）春在城西浣花溪边筑成草堂，终于在流落四年后有了一个安定居所。草堂成后，第一次郊游便是拜谒蜀相祠堂。

八句诗，前四句写祠堂之景，后四句写丞相之事，可谓了然分明。但景中含情，事中蕴意，全诗以意在言外为特征，越发显得沉郁悲壮。

"何处寻"，自为问句；"柏森森"，自作答句。这是大处着墨，烘托气氛。"映阶"二句，对仗极其工整天成，尤以"自""空"二字点化最有分寸。寂寥景象，因碧草黄鹂而更趋寂寥。亲临其境，谁不伤神？"三顾"二句，概述诸葛亮一生功业，时间跨度二十八年，空间跨度由鄂入蜀，用语至简而至精。祠堂是亡者灵堂，所以诗人不能讳言"身先死"；身死而功不成，这让所有怀抱功名梦的英雄，到此都要洒一掬同情之泪。"英雄"指凭吊者，指诸葛亮，也包括诗人自己。"泪满襟"，与"自""空"相照应，又显现了蜀相祠堂永存的人文魅力。

客至①

舍南舍北皆春水，但见群鸥日日来。
花径不曾缘客扫，蓬门今始为君开。
盘飧市远无兼味②，樽酒家贫只旧醅③。
肯与邻翁相对饮，隔篱呼取尽余杯。

① 客至：原注有"喜崔明府相过"。明府，唐人对县令的称呼。② 飧：原指晚餐，泛指熟食。无兼味：没有第二样。③ 旧醅（pēi）：隔年陈酒。未过滤的米酒称"醅"。

【鉴赏】

这诗作于上元二年（761）春。杜甫在草堂定居已经一年。环境清幽，飞鸟翔集，落满花的小径还未打扫，客人已经叩响蓬门。这是一幅恬静而和谐的乡村画图。菜少而酒薄，情真而意切；嘉宾莅临，主人欢悦，也就顾不上酒菜何如了。有客，必有陪客者，您只要高兴，隔篱"邻翁"，我喊一声就来呵！客人欣然诺，"邻翁"呼至，三人对饮，其乐融融！

主与客，客与邻，官与官，官与民，相互无芥蒂，大口吃菜，大杯饮酒，同乐之境，在浣花溪边定格为千载不灭的田园美景。放大了这快乐，则水也清，鸟也鸣，花也香，草堂也含笑。

诗之美，妙在照应。这首诗前以鸥鸟引端，后以邻翁陪结；一引一陪，弥补了菜无兼味、酒只旧醅的缺憾。照应出和谐，和谐则至美至情出焉！

春夜喜雨①

好雨知时节，当春乃发生。
随风潜入夜，润物细无声。
野径云俱黑，江船火独明。
晓看红湿处②，花重锦官城。

【注释】

① 本诗作于上元二年（761）春。② 红湿处：指枝头花朵淋雨后红润一片。

【鉴赏】

杜甫写于成都草堂的诗，大都气韵平和。这首诗可为一证。诗题着一"喜"字，又不好直接写我喜我乐，故只能从诗人对夜雨的感受中侧面释放。"好雨"

二句，已经暗寓心喜。"好雨"之"好"，在于雨有性灵，它"知"时节，当春而发。三、四句，缘"知"的思路，写雨有意"随风"，着意"润物"，悄悄地，不露声色，不事张扬。雨活了，在诗人的喜悦里，与春天同至。"野径"二句，是在"听雨"无声后的"寻雨"。寻的结果，是发现了云黑火明，雨呢，已隐身于这光与影的柔和里。无奈，诗人睡去了。次日清晨，举目四望，雨润花红，锦官城被鲜花簇拥！

此诗状春雨最为传神，"随风潜入夜，润物细无声"十个字，写尽千滴万滴春雨风姿。不知这位年过五十的诗人，何以有如此体察细微的感觉！而春雨带来的变化，用"红湿""花重"表现之，也让后人不敢试笔。

天末怀李白①

凉风起天末，君子意如何？
鸿雁几时到，江湖秋水多。
文章憎命达②，魑魅喜人过③。
应共冤魂语④，投诗赠汨罗。

【注释】

①天末：天之穷处、尽头。诗中指大西北。②"文章"句：言文人多薄命遭忌。③魑魅：山鬼。④冤魂：指屈原。

【鉴赏】

李白与杜甫的相识，是中国文学史上最让人产生联想的佳话。天宝三年（744）春，李白请求"还山"，结束了愤懑难挨的"翰林供奉"的生活，离京东下。在洛阳，认识了入仕无门、正在漫游的杜甫，李白四十四岁，杜甫三十三岁，二人结伴，畅游齐鲁，寻道访友，谈诗论文，朝夕砥砺，切磋达一年有余。天宝四年秋，杜甫西上长安，李白南下吴越，二人分手于兖州，从此两地相忆，再也无机会谋面。

杜甫走向成熟，李白走向巅峰。

安史乱起，永王璘奉唐玄宗"制置"，出镇江陵。闻李白大名，特派人去庐山征聘。为了救国，李白入永王幕。又因肃宗与永王争权，李白以"附逆"之罪，长流夜郎。

此诗，便是乾元二年（759）杜甫客秦州（今甘肃天水）闻李白流放故事而作。作此诗时，李白已经中途遇赦还至湖南。杜甫不知，仍为朋友操着心。

秋风起兴，天凉生悲，我冷念及你冷，故有"君子意如何"之探问。问而无答，也只好畅怀而思之。"鸿雁"以下三联，皆杜甫系念语。颔联，讲音讯难通的担心；颈联，是命运不公的叹息；尾联，则是超越生死界限的鼓励，让李白投诗汨罗，与屈原对话。李白不唯不死，屈原反而得生！这是杜甫的诗情精诚所在。

唐诗的卓绝处，在于纯出自然，绝不造作，用杜甫的这首诗可作印证。另，这首诗虽以"兴"起，但通篇"比""赋"交织，尤其它以"风"带"水"的遥天意境，更将朋友情谊渲染到极致。"江湖秋水"阻人，水中"魑魅"害人，汨罗水中，卧着一个爱诗的"冤魂"，李白舟行水上，有无归程，实属难料。如果对照杜甫写于同一时期的《梦李白二首》，自然可以体会李白在杜甫心中的分量。

闻官军收河南河北①

剑外忽传收蓟北②，初闻涕泪满衣裳。
却看妻子愁何在，漫卷诗书喜欲狂。
白日放歌须纵酒，青春作伴好还乡③。
即从巴峡穿巫峡④，便下襄阳向洛阳⑤。

【注释】

①这首诗作于唐代宗广德元年（763）春，诗人时在梓州（今四川三台县）。宝应元年（762）十月，仆固怀恩等分道并攻洛阳史朝义叛军，朝义轻骑遁走。次年正月，史部兵变，朝义自缢死，延续了八年的"安史之乱"结束。河南河北：泛指洛阳一带及河北省北部。②剑外：剑门关外，指蜀中。③青春：春天。④巴峡：泛指巴东江峡。⑤洛阳：诗末原注谓："余有田园在东京。"

【鉴赏】

因战争压抑八年，胜利消息让诗人精神解放。上四句，写听到收复河南河北的喜悦；下四句，写急于回乡的筹划。诗情奔涌，诗势如潮，前浪后浪，推波而下，是这首诗在形态结构与思想内容上最显著的特色。"忽传""初闻"，用词准确，表示消息突然。突然的消息，引起突发性情感："涕泪满衣裳"。喜极而悲，这涕泪流得自然自在。受到诗人的感染，妻与子皆喜皆狂；插一"漫卷诗书"的动作，回乡之情已不可按捺。"放歌"与"纵酒"，是"喜"情的发展、转移。上承"漫卷诗书"句，自然逗出"青春作伴好还乡"的急迫。结句之妙，不单是巧用、连用地名两"峡"连两"阳"，而且营造了一个水路连旱路、顺风顺水、高屋建瓴的回乡动势。路通了，气脉也畅了，谁说这是白日梦？

旅夜书怀[①]

细草微风岸，危樯独夜舟[②]。
星垂平野阔，月涌大江流。
名岂文章著，官应老病休[③]。
飘飘何所似？天地一沙鸥。

【注释】

①杜甫是永泰元年（765）五月率全家离开草堂乘舟东下的。这首诗大约作于舟行渝州（今重庆）、忠州（今忠县）途中。②危樯：高高的樯杆。③老病休：杜甫在永泰元年正月辞去剑南节度参谋职。

【鉴赏】

在杜甫的五言律诗中，这首诗写得诗情焕然、文辞雅驯，少有可比者。得之于水？得之于月？得之于风？得之于舟？或者，得之于一个自由人的归家的逍遥感？

诗题为"书怀"，并不注明这"怀"是喜是忧。这似乎只能增加诗情的深沉含蓄。简单剖分，上四句写"旅夜"，下四句扣"书怀"，诗题已字字落实。细品之，"旅夜"景从岸上波及水上，从细微扩为浩然，已经意随景飞，心潮澎湃。"书怀"有了如此铺垫，反而先低调抒发，自谦"文章"不"著"，自解"老病"宜"休"，最终自伤如"沙鸥"飘零于天地间。反复吟咏之，我们似乎有点儿明白什么叫"怨而不怒"了。

情怀如影，光不同，则影不同。暗夜，舟中，星明，月出，大江流，沙鸥飞，当此之时，诗人情怀必然与水月相俯仰。顺其自然，而归于必然。"穷年忧黎元，叹息肠内热"，已成过去；"致君尧舜上，再使风俗淳"，也成为过去。沙鸥飘飘，前程渺渺，人生之"旅"，"夜"氛正浓，"天地"真的辽阔无垠吗？

上四句景语，千锤百炼而又妙手偶得，诗中有画，画中有梦，不可多得。

江南逢李龟年①

岐王宅里寻常见②，崔九堂前几度闻。
正是江南好风景，落花时节又逢君。

【注释】

①江南：此诗指洞庭湖以南地方。李龟年是唐玄宗时期的宫廷乐师。②岐王：唐玄宗之弟李范。李范好学工书，雅好文章。杜甫曾在洛阳李范府中听李龟年奏乐。崔九：本诗原注："崔九即殿中监崔涤，中书令湜之弟。"

【鉴赏】

理解这首诗，先要算一笔时间账。岐王死于开元十四年（726），那时杜甫虚龄十五，随父亲进洛阳岐王宅与崔涤宅；而这次"江南"逢李龟年，杜甫已五十九岁，李龟年若长杜甫十岁，也已年近七旬。少年相识，垂老重逢，此中况味，可想而知。

大历五年（770），杜甫的生命即将走到尽头。异乡异客，不知何处是归程。而李龟年，亦在漂泊中。这样的背景下，故人见面，要说什么？

那就从相识说起。"岐王""崔九"二句，将逝去的岁月拉近。"岐王宅""崔九堂"，锁住无限繁华。无须细述，富贵在其中矣！风光在其中矣！"正是"二句，回到眼前，"好风景""又逢君"，喜不自胜，悲亦在其中。好在全诗无苦语。美景反衬的人生凄凉，可以意会，不必言传。

李龟年由宫廷乐师变为走街串巷的江湖艺人，杜甫由检校工部员外郎离官为民，飞涧注坡的人生跌落，注定是无所反弹的。尽展乐景，忌言苦语，正是诗人直面命运的安然。

天有无数个春回冬去，人无第二春。

秋兴八首（其一）

玉露凋伤枫树林^①，巫山巫峡气萧森^②。
江间波浪兼天涌，塞上风云接地阴。
丛菊两开他日泪^③，孤舟一系故园心^④。
寒衣处处催刀尺^⑤，白帝城高急暮砧^⑥。

【注释】

① 玉露：白露，指秋霜。② 巫山巫峡：巫山在今重庆市巫山县境，属巴山支脉，绵延一百六十里。长江流经山崖间，峭壁激流，称为巫峡。萧森：萧瑟阴森。③ 丛菊两开：唐代宗永泰元年（765）五月，诗人离开成都，当年秋，居云安，翌年秋，淹留夔州，前后近二年，故见"丛菊两开"，在此作《秋兴》八首。④ 一系：永系，紧系。故园心：特指返乡愿望。诗中"故园"指长安和洛阳。⑤ 刀尺：剪裁衣服用的剪刀和尺子。⑥ 砧：捣捶衣服用的石具。

【鉴赏】

《秋兴八首》作为杜甫一生诗歌创作巅峰期的组诗，应该视为一个艺术整体加以欣赏、评价。择其一首，管窥蠡测，自不能尽"秋兴"之意，立此存照，将空间留于读者。"秋兴"二字，即目睹秋景，而兴忧思。"兴"为《诗经》赋、比、兴之"兴"。宋人朱熹的表述是"兴者，先言他物以引起所咏之词也"。笔者的解析是："兴"即"触景生情"之过程。

此诗作为《秋兴》八首的第一首诗，"秋"之景与"兴"之情，已经营造了笼罩八首诗的"情景交融"氛围。首联与颔联，依次铺开百里长江画卷、千里边塞风云。句句"景语"，亦句句"情语"。颈联"丛菊""孤舟"二句，为本诗"秋兴"之焦点，待"他日泪""故园心"出，诗人之家国情怀焕然天地，可映日月。尾联，以秋声写心，将一人之忧虑，推向社会之祈盼。

故而查慎行曾评说："身在巫峡，心望京华，为八诗之大旨。"清人梁运昌说得更具体:"首句领秋字起,次句即紧贴夔地,三四江间塞上,末句白帝城,皆紧顶此意,为三四章夔府作引,他日泪,领次章、三章,故园心领五六七八章,七八句乃收列秋,兼扣定夔字。"

要提醒读者的是,此诗放眼天地而收心一点,是超越技巧的心史华章。

登高①

风急天高猿啸哀,渚清沙白鸟飞回。

无边落木萧萧下,不尽长江滚滚来。

万里悲秋常作客,百年多病独登台②。

艰难苦恨繁霜鬓③,潦倒新停浊酒杯④。

【注释】

①此诗为大历二年(767)在夔州重阳登高作。②百年:犹言一生。③繁霜:严霜。此处形容双鬓如霜。④新停:刚刚戒酒。

【鉴赏】

杜甫出蜀的行程很慢。初病住云安,再病住夔州,一晃离开成都已是两年又四个月。贫病交迫,离乡万里,重阳登高,百感交集,遂有《登高》之作。

依他惯常的构思,此诗仍由"景语"开篇。前四句,登高之景。景中,"猿""鸟"先出,继之以"无边落木"与"不尽长江"。以视角论,为由小及大,由近及远,由特写之清晰到大全景之苍莽。这一切,都紧扣诗题"登高"二字。后四句,登高之情。抒情,先依托于"景",故"万里"与"百年"二句,并未洗尽景语;直到尾联二句,抒情中仍杂有叙事成分。这是诗人的高明处:不单纯抒情,以避空泛。

这诗,抒发的是衰病苦情。由于场面宏大、景物壮美,"情"被"景"染,而增加了豪健自强之色。"独登台"意象,或可雄视万里!

后人评李杜诗,有"李绝杜律"之赞。律诗到杜甫,规矩全部化为自由。此诗八句四联,全部对仗工整。这"全对格",了无斧斫迹,诚为难得!

岑参

岑参（约715—770），荆州江陵（今属湖北）人。先世居邓州棘阳（今河南新野县东北）。曾祖岑文本初唐宰相。此后其祖父堂兄及其伯父亦为相。岑参幼年丧父，家境转贫，勤苦读书，于天宝三年（744）举进士（第二名）。天宝八年在安西节度使高仙芝幕中任掌书记。天宝十三年充任安西都护府节度判官，有西域之行。安史叛乱，至德二年（757）由杜甫等人推荐任右补阙，后出为虢州长史。永泰元年（765）任嘉州（今四川乐山）刺史。因于蜀道之险，两年后才莅任。翌年，任满，准备回京述职，遇盗而止于成都，客死旅舍。

其诗以七言歌行见长，与高适齐名，称边塞诗人。陆游赞他"以为太白、子美之后一人而已"。

逢入京使

故园东望路漫漫①，双袖龙钟泪不干②。
马上逢君无纸笔，凭君传语报平安。

【注释】

①故园：特指诗人长安之家。②龙钟：诗中指泪流满面。常指年老体衰。

【鉴赏】

这诗大约写于诗人在西域充安西都护府幕僚时，道逢入京使者，勾起怀乡恋情，不觉泪湿双袖。男儿有泪不轻弹，为思乡怀亲，一洒也不为过。

"马上相逢"最传神。一是表现擦肩偶遇，二是为诗意转折做好准备。马上相逢，行色匆匆，无纸无笔，也只好"带个话儿"——"凭君传语报平安"。"平安是福"，可以想见当入京使者真的将"平安"二字"传语"诗人家人时，这不也是万金家书？

思乡情，人人有，时时有。平时埋藏着，偶尔才泛滥。见人归京，已不能归，因而思乡之情压抑不住。诗情，有时是不招而至的。这首诗，贵在自然而起，自然而结。

录诗人《行军九日思长安故园》于此，以备参照："强欲登高去，无人送酒来。遥怜故园菊，应傍战场开。"

白雪歌送武判官归京[①]

北风卷地白草折[②]，胡天八月即飞雪。

忽如一夜春风来，千树万树梨花开。

散入珠帘湿罗幕，狐裘不暖锦衾薄。

将军角弓不得控，都护铁衣冷难着。

瀚海阑干百丈冰[③]，愁云惨淡万里凝。

中军置酒饮归客[④]，胡琴琵琶与羌笛。

纷纷暮雪下辕门，风掣红旗冻不翻。

轮台东门送君去[⑤]，去时雪满天山路。

山回路转不见君，雪上空留马行处。

【注释】

①此诗作于天宝十三年（754），岑参任安西都护府的北庭节度判官。武判官指其前任。②白草：据《汉书·西域传》颜师古注："白草似莠而细，无芒，其干熟时正白色，牛马所嗜也。"王先谦补注谓白草"春兴新苗与诸草无异，冬枯而不萎，性至坚韧"。③瀚海：沙漠。阑干：纵横交错的样子。④中军：古时多分兵为左、右、中三军，中军在这里指主帅的营帐。⑤轮台：在今新疆维吾尔自治区库车县东，唐时属庭州，隶北庭都护府。

【鉴赏】

这是岑参第二次出塞任职时留下的诗篇。

"奇景豪情"，这四个字，为全诗主脑。

奇景之奇，为"八月飞雪"。围绕这八月天山雪，诗人通过细致观察，传神描摹，展示了一幅壮美的边疆卫戍图。为了写"雪"，一再写"风"："北风卷地""一夜春风""风掣红旗"。而在"风"的作用下，"雪"也活了："飞雪""纷纷下"，"雪满天山路"，"雪"上留蹄痕，"雪"入珠帘，"雪"

湿罗幕；尤其是"雪"还能变成"梨花"，"千树万树"开放！由于诗人对塞外严酷的自然环境抱了一份超然的欣赏态度，所以一切不宜于生存的环境因素（风、雪、严寒）都被"诗化"为奇异之美！这是诗人的创造，这是人化了的景物。

豪情之豪，为"置酒饮客"。中军大帐，酒宴高张，胡琴悠扬，琵琶急切，羌笛幽怨，伴着千言万语，为武判官壮行。极寒的外部风雪，极暖的中军酒宴，相峙而存，这就是人的胜利。角弓难控，仍要控；铁衣难着，仍要着；酒宴已罢，战友送出中军，送出东门，送到天山峰回路转，直至望不到人影……

奇景与豪情，都紧扣诗题。而在具体的铺排中，则情景交融，不可析离。通篇吟诵，气脉贯达，摹写传神，设喻灵动，情随景生，韵循句转，可谓极尽歌行体的自由自在。我欣赏的，最是开篇声色：北风卷地白草折，胡天八月即飞雪……意境之奇，不由你不梦绕天山！

刘长卿

刘长卿（？—约 789），字文房，河间（今属河北）人。开元二十一年（733）进士，肃宗至德中时曾任监察御史，以检校祠部员外郎为转运使判官，受诬贬潘州南巴尉。有人为其申诉，除睦州司马，官终随州刺史。与杜甫同时，诗多五言，曾自诩为"五言长城"。有《刘随州集》。

逢雪宿芙蓉山主人[①]

日暮苍山远，天寒白屋贫[②]。
柴门闻犬吠，风雪夜归人。

【注释】

①芙蓉山：中国以"芙蓉山"命名的山很多，鲁、闽、赣、粤各地皆有。诗中所咏不详。②白屋：贫家住所，传为上覆白茅或不加油漆木板，故称。

暮雪投宿，清凄无限。二十个字，却也画出了投宿与夜闻两个画面。用笔简括，诗意连缀，意境又是统一的。"日暮"二句，点及时间、景物、事件（投宿）、人物（白屋主人）等，不再枝蔓。"柴门"二句，突发犬声（当然还有叩门、开门、对话声），插入"白屋"某家庭成员"风雪夜归"事。妙在都是借宿人听到的。只闻其声，想见其人，留下了较为裕如的想象空间。诗人惜墨如金，精于炼字，这从"日暮""天寒""苍山""白屋""远""贫"诸字的对应选择上可以判定。虽有犬吠，诗境却仍然是静寂的。

张谓

张谓（？—约778），字正言，河内（治今河南沁阳）人。天宝二年（743）进士。青年时从军十载，稍有边功。乾元中以尚书郎使夏口，曾与李白在江城南湖宴饮。席间，张谓感叹佳景寂寞，请李白为南湖命名，以传不朽。李白举杯酹水，号之为"郎官湖"，并刻石湖侧。后来，张谓官至礼部侍郎，出为潭州刺史。《全唐诗》存诗一卷。

题长安壁主人①

世人结交须黄金，黄金不多交不深。
纵令然诺暂相许，终是悠悠行路心。

【注释】

① 长安壁主人：一个视钱如命的市侩人物。此诗即为其画像。

【鉴赏】

中国古代咏金钱诗不多，这首诗以近乎歌谣的开篇，形象揭露了长安壁主人虚情假意、唯金是亲的嘴脸。四句两联，都可以视为警世格言。选诗时，本拟录其《早梅》，其诗曰："一树寒梅白玉条，迥临村路傍溪桥。不知近水花先发，疑是经冬雪未销。"我喜其诗景俏丽而诗情跌宕，但为了触及千秋金钱世态，而选前诗。今两存之，以供欣赏。

张继

张继（生卒年不详），字懿孙，襄州（今湖北襄阳）人，一说南阳（今属河南）人。天宝十二年（753）进士。大历末，官检校祠部员外郎，又任洪州（今江西南昌）盐铁判官。博学有识，关心民瘼，为诗有禅韵道风。有《张祠部诗集》。

枫桥夜泊①

月落乌啼霜满天，江枫渔火对愁眠②。
姑苏城外寒山寺③，夜半钟声到客船④。

【注释】
① 枫桥：在今苏州市西郊。② 江枫：江边枫林，一作"江村"。又有释江枫为二桥之名者。③ 寒山寺：在今苏州西郊枫桥镇，相传唐寒山、拾得二僧曾住此寺。④ 夜半钟声：宋欧阳修《六一诗话》曾对夜半敲钟产生质疑，但唐人诗中屡有吟咏。于鹄有"遥听缑山半夜钟"，白居易有"新秋松影下，半夜钟声后"。

【鉴赏】
夜色最难模拟。此诗写夜氛，巧于设色，巧于拟声，又巧于点染诸景，故得其神韵。月落之夜，一片漆黑，诗人设银霜、渔火烛照之；夜半无声，一片静寂，诗人纳乌啼、钟声交应之；声、色一出，则霜、鸟、树、水、灯、钟、寺、船，俱有生机。这是夜的歌舞，随起而随灭，只有不眠者与夜共俯仰。特殊的空间，特殊的时间，点燃了诗人特殊的诗情——"愁眠"二字，仿佛近在眼前。这愁绪太缥缈，是江枫渔火勾起的，待到天晓，或又消失得无影无踪。

钱起

钱起（约720—约782），字仲文，吴兴（今属浙江）人。天宝十年（751）进士，曾任蓝田尉、秘书省校书郎、尚书考功郎中。大历中，为翰林学士。是"大历十才子"（钱起、卢纶、吉中孚、夏侯审、李端、苗发、司空曙、韩翃、耶湋、崔峒）之一。与刘长卿齐名，也与郎士元并称。诗长于写景，为人称道。有《钱考功集》。

暮春归故山草堂

谷口春残黄鸟稀，辛夷花尽杏花飞①。
始怜幽竹山窗下，不改清阴待我归。

【注释】

①辛夷：一名"木笔"，木兰树的花。人又称"玉兰"。辛夷色紫，内面近白，先花后叶。

【鉴赏】

开篇入题，"谷口春残"四字以时空交映，略略画出"暮色""草堂"写意图景。"黄鸟稀"，意在有鸟，不问多少。鸟是又啼又飞，所以引得杏花也不再安分于枝头，纷纷飞落。而在杏花之先，木兰花早已凋残。这两句诗，写春天的动势与变势。"稀""尽""飞"三字，一气而下，让人联想到逝水东流。三、四句，画面推进，出现"山窗"下的"幽竹"。"清阴"依旧，风姿如昔，作迎我归家之状。转描写为慨叹，化无声为有情，"幽竹"与"我"的相盼相依，由我之"怜"、竹之"待"得以充分诠释。

人之归家，出于恋情。有所恋，有所依，家才温馨；无所恋，无所依，故园如寄，回去做甚？君子居不可无竹，有竹，则清明永恒。

郎士元

郎士元，生卒年不详，字君胄，中山（治今河北定州）人。天宝十五年（756）进士，补渭南尉，历右拾遗，出为郢州刺史。与钱起齐名，有《郎士元集》。

柏林寺南望①

溪上遥闻精舍钟，泊舟微径度深松。
青山霁后云犹在，画出西南四五峰。

【注释】

①柏林寺：在今河北赵县城内。始建于汉末，隋唐为观音院。从诗意推测，恐非此处。

【鉴赏】

诗中有画，画中有音，是这首诗的意境绝佳之处。诗题着一"望"字，落笔偏不从"望"字开始，而是写听觉，写钟声。景随声近，清溪、精舍无不在船行中映入眼帘。舍舟登岸，缘小径，入深林，终于到达柏林寺所在。"青山霁后云犹在，画出西南四五峰"，二句无"望"字，却尽是"望"中景色。青山、白云、蓝天、绿树，因被雨水洗过，皆清新无尘；在这清新的背景映衬之下，西南诸峰宛在画中。"画"字之妙，极言景色优美，极言出乎想象，极言造物主之神功绝伦。若前三句为"画龙"，"画出"句必为"点睛"之笔无疑。

韩翃

韩翃，生卒年不详，字君平，南阳（今属河南）人。天宝十三年（754）进士，曾充淄青、宣武二节度使幕僚。诗为唐德宗赏识，任驾部郎中、中书舍人，负责为帝王起草诏令。"大历十才子"之一。诗多送别内容，约占十之八九。其诗重写景而轻抒情，别具一格。明人辑有《韩君平集》。

寒食①

春城无处不飞花，寒食东风御柳斜②。
日暮汉宫传蜡烛③，轻烟散入五侯家④。

【注释】

①寒食：节令名，在清明前一日，此日禁火寒食，故名。史传春秋时介子推随晋文公重耳流亡十九年，重耳归国，遍赏从者而遗子推。介子推与母同隐绵山（今山西介休）。重耳寻访不出，以为焚山可以逼他出山。而介子推竟抱树被烧死。后人为纪念他，约定每年冬至后一百零五日禁焚火，吃寒食。②御柳：御苑之柳。旧俗，每于寒食日折柳插于门。③传蜡烛：传蜡烛以分火。古有"改火"之制。钻木取火，四季用不同之木（春用榆柳，夏用枣杏，季夏用桑柘，秋用柞楢，冬用槐檀）。每次改火，先由宫中取火以赐近臣，由此波及万姓。寒食禁火，故允从宫中传烛分火。④五侯：据《后汉书·单超传》：宦官单超、徐璜、具瑗、左悺、唐衡五人以诛梁冀有功，同日封侯，世谓五侯。

【鉴赏】

"春城无处不飞花，寒食东风御柳斜"，二句景语，括天括地，尽现春景融融，无所不染。拈出"花"与"柳"，一红一绿，一香一淡，求其谐和而已。因为恰逢寒食节令，白日禁火，所以到了晚上，传烛赐火开始。"汉宫""五侯"，皆属"汉"，此谓讽喻诗障眼法，指"汉"骂"唐"；"轻烟散入五侯家"，在句义上，是"日暮"句的发挥，而在诗艺上，则与"东风"构成隔句呼应。"轻烟"一词双义，指烛火之烟，又指皇家恩泽。唐肃宗、代宗后，宦官乱政，权倾当路，诗人嘲讽汉朝"五侯"，盖有深意焉。全诗皆描写铺叙语，但情寓其中，论寓其中，这是韩翃写诗的本领。

司空曙

司空曙（720？—790？），字文明，一曰文初，洺州（治今河北永年东南）人。登进士第，入剑南节度使韦皋幕府。贞元中为水部郎中，官终虞部郎中。为"大历十才子"之一。才力与李端相仿，高于钱起、郎士元，低于卢纶。作诗常有质朴率真语。诗见《全唐诗》。

江村即事

钓罢归来不系船①，江村月落正堪眠。
纵然一夜风吹去，只在芦花浅水边。

【注释】

① 系船：用缆索将船系在岸上。

【鉴赏】

身如不系之舟，这是一种自由自在的境遇。这诗，是写"不系船"的，给船以自由，任它随风飘去；但是，它飘不远。同样，你也给人以自由，让他与世俯仰，大抵他也不会跳出三界外，不在五行中。船与人的归宿是一样的，即"只在芦花浅水边"。

放而能收，逸而能归，失而复得，迷途知返，都是一个理儿。你如果也敢于"钓罢归来不系船"，而且不因"不系船"而辗转反侧，你就是一位乐天知命的人。

可喜的是，司空曙没有絮絮于理。他很偶然地描绘了为赶着睡觉而不再麻烦系船的闲散，意外推出空舟逍遥的画面。意境之美，在于物我各自相安。

皎然

皎然，僧人，字清昼，俗家姓谢，湖州（今属浙江）人。为南朝宋谢灵运十世孙。久居吴兴杼山妙喜寺。诗风淡雅，上攀六朝。有《皎然集》，另有论诗专著《诗式》。

寻陆鸿渐不遇①

移家虽带郭，野径入桑麻。

近种篱边菊，秋来未着花。

叩门无犬吠，欲去问西家。

报道山中去，归时每日斜。

【注释】

①陆鸿渐：陆羽，字鸿渐，竟陵（今湖北天门）人。又号竟陵子。著有《茶经》，被后人尊为"茶圣"。

【鉴赏】

此诗通篇不用对偶，但合于平仄，故称之"散律"。访人不遇，本是遗憾事。但看皎然，不温不火，不急不躁，将访友所见，一一写下。这就构成了一幅陆羽家园图。主人虽不在，但主人的生活情趣，都叠印在景物里，呼之欲出，"移家"者陆羽，辟"径"者陆羽，"种菊"者陆羽，养"犬"者陆羽，"山中去"者陆羽，"日斜归"者亦陆羽。景在如人在，所以皎然怀着一份亲切，浏览陆氏田庄。

从写法上讲，委婉曲折是诗人的追求。可以这么认定：此诗前四句为两句一转折，后四句为一句一转折。因为多转折，诗意逶迤有致，不断收，不断放，以至新句新意间出。

李端

李端，生卒年不详，字正己，赵州（治今河北赵县）人。大历五年（770）进士，初授秘书省校书郎，后官杭州司马，为"大历十才子"之一。才思敏捷，精于弈棋，在"大历十才子"中以七言歌行见长。《全唐诗》录其诗三卷。

拜 新 月①

开帘见新月，便即下阶拜。

细雨人不闻，北风吹裙带。

【注释】

① 拜新月：唐代习俗，新月出，向月行跪拜礼。传说月老司人间姻缘事，故拜之以乞美满婚姻。

【鉴赏】

以少少字，绘多多景，抒多多情，是寸诗短章的艺术要求。《拜新月》一诗，言简景新，词约意长，二十个字再现了清纯少女拜月祈福的过程。避实就虚，举重若轻，形神兼备，人景俱活。"开帘见新月"，起势自然而意境淡远；"便即下阶拜"，意绪急转但合情合理。两句诗，紧扣诗题，描写了见月而拜的急迫神态。"拜"是由"月"引发的，"月"又是"拜"的对象，而"拜月"的冲动则早已心中藏之，无日忘之！所以，看似无备而发的动作，对拜月少女而言，是一诚心选择。后二句，是"拜月"的拓展或补充形式。"拜"而有所祈求，故有"细语"；"细语"既然听不清，大抵只好从风吹"裙带"的飘举，探知一丝秘密！

"北风吹裙带"之妙，暗示季节，又呼应月光。"月"受人"拜"，反照其人，似乎多了一分柔媚。

胡令能

胡令能，唐德宗贞元、唐宪宗元和年间人。生平事迹已不可考，仅知早年为一手工工匠（"少为负局镀钉之业"），故诗名远扬后人们仍称他"胡钉铰"。喜读《列子》，又受神学影响，后隐居圃田。其诗仅存四首，录于《全唐诗》。

小儿垂钓

蓬头稚子学垂纶①，侧坐莓苔草映身②。
路人借问遥招手，怕得鱼惊不应人。

【注释】

①垂纶：垂钓。纶，钓鱼用的丝线。②莓苔：泛指水边生长的各种矮小隐花植物。

【鉴赏】

唐诗中描写儿童生活的诗很少。这首诗写儿童初学垂钓，情态逼真，生趣盎然，所以尤显珍贵。"蓬头稚子学垂纶，侧坐莓苔草映身"，二句全用白描。"蓬头"，状其天真；"侧坐"，状其自由；"草映身"，状其小不点的身材。二句一出，则垂钓者情态俨然。三、四句因"路人借问"而打破平静。垂钓小儿却以钓鱼为要，竭力维持这种平静，于是"遥招手"，不以语言相答。这里的"遥招手"不能误认是"路人"所为，也不能误认是小儿摇手相拒，那是对"借问"的答复。结语是对"遥招手"的补充性解释，"怕得鱼惊不应人"，而且回应与强化了诗题"垂钓"。

不假言语，纯用动作，描绘出儿童天趣；人在景中，声在景外，也能情景交融。朴素的诗，天然的画，自由的儿童，就是这首诗的意境。

张潮

张潮，一作张朝，曲阿（今江苏丹阳）人。主要活动于唐肃宗李亨、唐代宗李豫时代。《唐诗纪事》与《全唐诗》称其为"大历中处士"，可证未入宦途。《全唐诗》存诗五首。

江南行①

茨菰叶烂别西湾②，莲子花开不见还。

妾梦不离江上水，人传郎在凤凰山。

【注释】

　　①江南行：乐府诗题。②茨菰：即慈姑，多年生草本植物，可食用。

【鉴赏】

　　这是一首商妇思夫诗。思念诗，易写难工。难点在于选取的思念意象容易近似或重复。因而，寻找独特的甚至唯一性的意象，是诗人的构思关键。这首诗，以"茨菰叶烂"与"莲子花开"对言，锁定了"别"与"不见"的时间，可谓形象鲜明，寓意深刻。"茨菰叶烂"，在秋末冬初，气候趋寒，与"别"绪一致；"莲子花开"，在春末夏初，气候转暖，复思念一致。借用两种植物，指代两个时间，铺陈两种画面，暗示两种心境，真是巧于言事言情。第三句"妾梦不离江上水"，紧承第一句的"别"与第二句的"不见"，又补说了"别西湾"的"江"的背景。有梦，则思深；梦不离"江上水"，则显示了"梦"的方向性、对象性。这"梦"，到底内容如何呢？让人意想不到的是，结句星移斗转，横空一笔，"人传郎在凤凰山"！"人传"消息，是虚？是实？我闻"人传"，是喜？是悲？"凤凰山"，真也？幻也？一概不露蛛丝之迹。如此结尾，言尽而意不尽，不言而胜于言，确是出人意表。

　　虽为文人绝句，却有江南民歌之风。所以上下两联虽以意对，却并不津津于词字对仗，故能借浅语而发深情。

柳中庸

　　柳中庸，生卒年不详，名淡，以字行，河东（今山西永济）人。曾授洪府户曹，不就。与"大历十才子"之一的李端有交往，《全唐诗》存其诗十三首。

征人怨①

岁岁金河复玉关②，朝朝马策与刀环。

三春白雪归青冢③，万里黄河绕黑山④。

【注释】

①征人怨：一作"征怨"。②金河：指黑河，唐时在此设金河县。故址在今内蒙古自治区呼和浩特市南。③青冢：诗中指汉王昭君墓。④黑山：一名"杀虎山"，在今呼和浩特市境内。

【鉴赏】

注意，这首诗虽然标题为"征人怨"（征怨），但诗中并不着"怨"字。展示的，都是"征人"生活或行踪。"怨"字，藏在句后，唯如此，"征人"之"怨"才更不易于化解；"怨"入肺腑，"征"不止，"怨"亦不止。

四句两联，皆为偶句。不但对偶工整，而且音韵铿锵，色彩鲜明，动势起伏，连缀成急骤切换的画面。两联比较，又有不同，上联之"岁岁金河复玉关，朝朝马策与刀环"，紧扣"征人"二字展开。大时间（年年）对小时间（朝朝），大空间（金河、玉关）对小战具（马策、刀环），表现了"征人"穷年累月，转战万里的艰辛。下一联之"三春白雪归青冢，万里黄河绕黑山"句，可以继续呼应"征人"二字索解，说他"三春白雪"时来到青冢，万里征战有如黄河绕山。也可以跳出现实征战，而视为一种历史状况的观照。须知自秦汉以来的北疆征战是一串无止休的噩梦，而担负了和亲使命的王昭君埋骨"青冢"，也不能无怨（乐府便有《昭君怨》琴曲）。这么解释，已不必坐实征人是否到了"青冢"，绕了"黑山"。而他的"征怨"，却已和历史沟通，不再是一个人的，而是民族的、历史的。

欣赏此诗，还不可忽略对偶句的句内相对。四句诗，每句都有内对，这是一奇。

戴叔伦

戴叔伦（732—789），字幼公，一作次公，金坛（今属江苏）人。举进士。曾被刘晏表奏管理湖南盐铁，又为曹王幕僚，后任抚州刺史、容管经略使。他治理地方有方，做到"耕饷岁广，狱无系囚"。并因"其治清明，仁智，多方略"，为唐德宗所闻。

贞元五年（789）中和节，德宗将《中和节赐群臣宴赋七韵》诗写成赐予远在容州的戴叔伦，一时传为佳话。就在这一年还京时，病卒于道。明人辑有《戴叔伦集》。

兰溪棹歌①

凉月如眉挂柳湾，越中山色镜中看。
兰溪三月桃花雨，半夜鲤鱼来上滩。

【注释】

① 兰溪：在浙江兰溪市西南。棹歌：船歌，渔歌。

【鉴赏】

诗题"兰溪棹歌"，并不是真的渔歌、船歌，表示仿拟船歌、渔歌而为之。既声言仿，便要有些相像，这就决定了本篇的民歌色彩。

全诗皆景语。"景"随"时"移，四句诗展示了不同时段的景物。一、二句黄昏景，三句三月雨景，四句雨中半夜景。黄昏景，突出柔媚，突出水天一色，故用"凉月如眉""柳湾""山色""镜"诸词。黄昏景虽未出"兰溪"二字，但处处是"兰溪"。"眉"喻"月"，"镜"喻"水"，最有人情风味！写三月雨景，以"桃花"形容之，一是出之习称，春雨多称"桃花雨"；二是出之写实，兰溪夹岸桃花，雨润更娇。雨中半夜景最难描摹，诗人意外地捕捉到鲤鱼抢水的镜头，鲤鱼一跳，画面皆活。晴景、雨景、静景、动景、黄昏景、子夜景，景都在兰溪上，景景都在"人"（诗中未写，实际存在的渔人和诗人）眼中。身在如此美丽的兰溪江上，谁能不陶然忘归？

韦应物

韦应物（约737—791），京兆万年（今陕西西安）人。少任侠，充任宿卫内廷，为"三卫郎"。安史之乱后，折节读书，习于吟咏，渐成诗人。唐代宗永泰元年（765）授京兆功曹，迁洛阳丞。大历十四年（779）除栎阳令，建中三年（782）拜比部员外郎，出为滁州刺史，调江州刺史、苏州刺史。故史称"韦江州"或"韦苏州"。一生爱洁，所在必焚香扫地。诗风恬淡中时露豪放，以陶渊明、王维为楷模。有《韦苏州集》。

寄全椒山中道士①

今朝郡斋冷，忽念山中客。
涧底束荆薪，归来煮白石②。
欲持一瓢酒，远慰风雨夕。
落叶满空山，何处寻行迹。

【注释】

① 全椒：今安徽全椒县，唐属滁州。此诗可能作于诗人任滁州刺史时。
② 煮白石：有二说。一说有白石先生，尝煮白石为粮（葛洪《神仙传》）；二说道家修炼，要服食"石英"（详见鉴赏）。

【鉴赏】

全椒山中道士，失其名。但能让滁州刺史惦念，想来非等闲道士。这想念，看似无来由。"今朝郡斋冷，忽念山中客"，我在"郡斋"，尚感寒冷；"客"在山中，其冷若何？这叫推己及人。"冷"而生"念"，正因心中有一份"热"肠。颔联以下六句，皆是"念"的具体化，但角度又一联一变。"涧底"二句，推想山中道人正在打柴煮石。"束薪"与"煮石"，有因果，是前后关系，它展示的却是道士的主要生活形态。艰苦自不待言，信仰的坚贞亦在行动中。单看"煮白石"，就很复杂：先种薤菜，五年取薤白，再取黑芝麻一斛五斗，取蜂蜜五斗，取山泉水二十四斛，取白石英五枚，于九月九日筑土做灶而煮之。边煮边祝，连煮五日。五拜五方之神后，取石服之……据说，煮白石而食之，可以五脏生华，白骨不朽（见《云笈七签》）。这些，韦应物也许都未曾看到，他想到的是"煮白石"太苦。于是颈联"欲持"二句，想象着自己在风雨之夕，持酒相赠。尾联，延续这一思路，想象到了山中，想象落叶满径，想象"客"入深山，想象相寻无迹。诗的灵动，其实是思念的灵动，"念"起无迹，"念"行无迹，所以有人赞为"一片神行"。

结句最妙，将"念"推入幻境。这比持酒相赠、一醉方休要有韵致。苏东坡化用"落叶满空山，何处寻行迹"为"寄语庵中人，飞空本无迹"，证明苏东坡对韦诗的推崇。

滁州西涧①

独怜幽草涧边生，上有黄鹂深树鸣。
春潮带雨晚来急，野渡无人舟自横。

【注释】

① 此诗当作于建中三年（782）诗人任滁州刺史后。

【鉴赏】

读山水诗，不可求之过深。有人读这首诗认为通篇比兴，是讽"君子在下，小人在上"。这离诗太远。无论如何，读者的联想，都不能回归为诗人的寄托，何况有的诗还没有寄托呢！

这首诗，是山水诗。我赞成：诗有其趣，而无深寄。诗人写山水，我们为什么不乐在山水、醉在山水呢？

全诗紧扣"涧"字而写景。"独怜幽草涧边生，上有黄鹂深树鸣"，这是一景。这一景，是看到的，也是听到的，但不着"看"字、"听"字，独用"怜"字。"怜"，在此不作"可怜"，只能释为"爱"；"独怜"，即"独爱"。诗人作牧滁州，而爱滁山、滁水是很正常的。幽草，不知何草。我最先想到的是幽兰，因为兰草芬芳，虽藏于茂草丛中，幽处不显，人们还是能够寻访而得之。韦应物"独怜"之"幽草"，大抵也是有花有香之草，探而得之，才会生"怜"。黄鹂之鸣，起到丰富画面的作用；不必视"黄鹂"为与"幽草"对立的、诗人一点儿也不"怜"的生灵。

岸上景写完，转入涧中景。"春潮带雨晚来急，野渡无人舟自横"，这二句，景随时（晚来）转，景随"雨"转，无人之舟也随"春潮"摇曳如舞。妙在渡口无人，妙在轻舟自横，在排除了人为驾驭之后，"舟"的随波纵横或许可以视为"舟"的自由！如果我们对诗作此理解，也便接近了诗人的一份珍爱之情和旷达之意。

调笑令①（二首）

胡马，胡马，远放燕支山下②。跑沙跑雪独嘶，
东望西望路迷。迷路，迷路，边草无穷日暮。

河汉，河汉，晓挂秋城漫漫。愁人起望相思，
江南塞北别离。离别，离别，河汉虽同路绝。

【注释】

①调笑令：词牌名。单调，三十二字。八句、四仄韵、两平韵、两叠韵。
又名"宫中调笑""转应曲""三台令""调啸词"等。②燕支山：又称焉支山、
胭脂山，在今甘肃永昌县西、山丹县东南。因产大黄与松木，又名大黄山、青
松山。

【鉴赏】

两首词，各自独立成章。但景物（边塞景物）有关联性，情思有呼应性，
可作一组赏析。第一首词写胡马独嘶迷路，兴边塞穷愁之思；第二首词写河汉
晓挂秋城，兴江南相思之情。如果按排列顺序确定构思顺序，第一首对"燕支
山"下穷边暮景的描写真的便有了铺垫意味。在一个连"胡马"都可能"迷路"
的地方，"江南""愁人"怎么能不唤起"离别"之忧？马的"迷路"与人的
"路绝"上下呼应，都在强化失群、离乡的"孤单"之悲。

两首词，都写到"路"。"独嘶"的"胡马"，在地上"迷"了路；"相
思"的"愁人"，在河汉"绝"了路。天上地下都无路可行，这或许就是两首
《调笑令》显现出几多绝望色彩的原因。

轻松色彩的词牌，承载了不轻松的主题，让我们知道：小令不小。

李益

李益（748—约829），字君虞，陇西姑臧（今甘肃武威）人。大历四年（769）进士，

授郑县尉，久不调。不得意，北游河朔，幽州节度使刘济辟为从事。唐宪宗闻其诗名，召为秘书少监、集贤殿学士。因诗涉怨望被谏官弹劾降职，复起秘书监，迁太子宾客、集贤学士、判院事，转右散骑常侍。太和初年以礼部尚书致仕。诗长于七绝，以边塞诗知名。因其诗音律和美，每一诗出，教坊乐工以略求之，唱为供奉歌辞。诗与李贺齐名。其七绝近于王昌龄。诗有《李益集》。

夜上受降城闻笛[①]

回乐烽前沙似雪[②]，受降城上月如霜。
不知何处吹芦管[③]，一夜征人尽望乡。

【注释】

①受降城：唐代受降城有东、中、西三城，唐代名将朔方军总管张仁愿为抵御突厥所筑。本篇受降城指中受降城，在今内蒙古自治区五原西北。开元十年，在此置安北大都护府。②回乐烽：回乐县烽火台。回乐故址在今宁夏回族自治区灵武县西南。"烽"，一作"峰"。③芦管：乐器名。与觱篥、芦笳相类，以芦叶为管，管面有孔，管口有哨簧，下端有铜喇叭嘴，至清代兵营巡哨犹多用之。

【鉴赏】

有人将"回乐烽"与"受降城"视为一地。依据是贞观二十年（646）九月唐太宗曾在灵州接受突厥一部的投降，故称灵州为"受降城"。这段历史，李益定然知道。从李益存诗，如《过五原胡儿饮马泉》印证，他去的受降城确是诗中受降城五原。确定了受降城为五原，对于理解这首诗的一、二句仍不会造成矛盾："回乐烽"句是虚写、铺垫，"受降城"句是实写、正出。从西向东，接近千里的边防线，一律在明月照耀之下。

诗情的激越，在三、四句。"不知何处吹芦管"，妙在"不知"。夜中听音，大抵只能辨别方向而难以确定坐标。"不知"在乎情理之中，"一夜征人尽望乡"是由自己"望乡"而推己及人的判断。"一夜"框定时间，"尽"框定范围，"望乡"框定思念。看起来，怪绝对的。设若离乡背井，身处其境，见望明月，耳听芦管，相信没有人不动思乡怀亲之念。用"望乡"，极传神，含望眼欲穿义。诗的意境之美，从来是"意"与"境"的交织之美。"境"，要勾画，要润染，要铺排，最好达到声、色交融；"意"，则要靠神来之笔的点化，愈出人意表、愈迅捷、愈简括愈好。反观此诗，"意"与"境"俱佳，被之管弦，传唱天下，固其宜也。

江南曲①

嫁得瞿塘贾②，朝朝误妾期。
早知潮有信③，嫁与弄潮儿。

【注释】

①江南曲：乐府诗题，一作"江南可采莲"。②瞿塘贾：走瞿塘峡的商贾。③信：潮信，潮涨潮落的周期。

【鉴赏】

此为怨诗。以商人妇口吻，抒商人妇哀怨，思极怨极，突生悔意，才感到嫁错郎："早知潮有信，嫁与弄潮儿。"俗语常说："早知今日，何必当初？"但人很难"早知"。即便你"早知"潮有"信"，"弄潮儿"是否有"信"，也难确知。所以"嫁与弄潮儿"一语，仅是一时怨语、痴语、意气语而已。这句话的真实性，是心境的真实，痛苦与寂寥感的真实。诗传千年，人诵人喜，既得之语言的"无理而妙"（贺裳《皱水轩词筌》），又得之怨妇的"怨情真切"（钟惺、谭元春《唐诗归》）。语妙情切，让哀怨诗而有"天真气"，故能生生不息于天下人口中。民歌常葆其"天真气"，学民歌得"天真气"而出佳作，几乎无一例外。

卢纶

卢纶（约742—约799），字允言，河中蒲（今山西永济西南）人。大历初数举进士不第。元载取其文以进，补阌乡尉，累迁监察御史，因受人牵连久不调。建中初为昭应令。浑瑊任河中府元帅时辟为元帅府判官，官至检校户部郎中。为"大历十才子"之一。诗工于写景，雄放苍老。明人辑有《卢纶集》。

塞下曲①（其二）

林暗草惊风，将军夜引弓。
平明寻白羽②，没在石棱中。

【注释】

①塞下曲：卢纶作组诗，共六首，分别写军营生活各侧面。此为第二首。②白羽：指箭。因箭杆尾部饰以白色羽毛而得名。

【鉴赏】

此诗取材本有所典。据《史记·李将军列传》载，汉将李广猿臂善射，任右北平太守时，"出猎，见草中石，以为虎而射之。中石没镞，视之石也。因复更射之，终不能复入石矣。"

近千年后，卢纶以一首短诗再现飞将军李广英姿。由于他对故事的时间、空间作了艺术调度，射石之举更为传奇。"林暗草惊风"句，暗写虎势，俗谓"龙从云，虎从风"是也。"将军夜引弓"，着一"夜"字，使行为更趋合理。一夜无话，才好"平明寻白羽"。"白羽"寻到了，"没在石棱中"，大大出人意料。"石棱"不是"石缝"，"没在"也不是浅浅插在；五字一出，将军神力神勇不呼已出。

诗，平白如话，示人以单纯之美。单纯而有烈度，而有醇香，正如美酒一杯。饮一口，醇；饮二口，香；饮三口，晕；饮四口，醉在其中矣。"没羽"之功，天下一人，对将军的千秋礼赞，毋庸再言！

塞下曲（其三）

月黑雁飞高，单于夜遁逃①。

欲将轻骑逐，大雪满弓刀。

【注释】

① 单于：古代匈奴最高首领。诗中当指入侵者统帅。

【鉴赏】

这首诗表现的是胜利与追击，但胜利的过程未写。战幕拉开，大局已定，敌人趁夜色掩护悄然远遁。"月黑雁飞高，单于夜遁逃"，二句景物，皆来自听闻，背景则是"月黑"之"夜"。"雁飞"与"单于"的"逃"，起相互烘托作用。联系下句，我们又可以判定雁飞的方向：南。天寒，最后一拨雁南迁，雁阵传警，或许由此而侦知"单于"夜遁。留下的想象空间都在此夜之前，战斗如何，牺牲如何，可以想见。三、四句上承"遁逃"，而展示追击。"欲将"不是臆想中的行为，而是选择后的行为，表示了一种合理性的战术选择。敌逃在前，"我"追在后，欲追及之，舍"轻骑"无功矣！"大雪满弓刀"，为"轻骑"列队追击情状。弓在手，刀出鞘，瞬间便积满雪花，飞骑而进，勇往直前，这是一幅异常惊心动魄的奔袭画图。

结尾又留下一片欣赏空间，即关于追击的、应战的、单于命运的、轻骑命运的怀想。

全诗充满了动态描写，富有紧张感和浪漫激情，不宜低吟，更宜啸诵。

于鹄

于鹄，唐代宗大历、唐德宗贞元间人。曾隐居于汉阳（今湖北武汉）山中，并在荆南、襄阳一带漫游，诗篇多反映与和尚、道士的交游，而其表现现实生活的诗篇则倾于冷隽。《全唐诗》存其诗七十多首。

巴女谣①

巴女骑牛唱竹枝②，藕丝菱叶傍江时。
不愁日暮还家错，记得芭蕉出槿篱③。

【注释】

①巴女：巴中少女。古代巴蜀并称，"巴"地当指今川东、鄂西范围。②竹枝：巴渝民歌《竹枝词》。③槿：木槿，密插可以为篱。

【鉴赏】

此诗近乎民谣，以平易近人胜，以情态惟妙惟肖胜。写的是一位牧牛巴女，出场即有声有色："巴女骑牛唱竹枝"。一"骑"字，一"唱"字，悠然自得貌尽出。"藕丝菱叶傍江时"，上应"骑牛"二字，描绘放牧路线。"藕"虽有"丝"，但活鲜鲜的藕是看不到"丝"的，所以此处的"藕丝"或为特征替代用法，实指莲叶或莲花。不论藕、莲叶、莲花、菱叶、菱花，都是水生植物，它们点缀的都是夏日美景。前二句，描写的是"人在画中行"。

由于骑牛放牧带有闲适性、随景（人随牛意）性，自然引出下二句的"巴女"表白："不愁日暮还家错，记得芭蕉出槿篱。"二句之前，空一过程，即旁观者的提醒或劝告；那提醒或劝告，又一定是关于"巴女"与"家"的。人"愁"她"不愁"，理由是她知道自己的家在芭蕉叶伸出槿树篱笆的地方。以"芭蕉""槿篱"认家，纯属感性认识，纯属儿童心态，但这是真实的。中国许多地名，以树标识，以花标识，就在于易认易识。

人在画中，画（家）又在人心中；诗的真趣，常常在诗情画意处。一首小诗，若能唤醒一丝童心，那一定是诗人最先体认了赤子情怀！

孟郊

孟郊（751—814），字东野，湖州武康（今属浙江）人。少隐于嵩山，性耿介。韩愈一见而赏识之，为忘年之交。四十六岁始中进士，曾任溧阳尉。后郑余庆为东都留守，署郊为水陆转运判官。余庆镇兴元，又奏为参谋。职微薪薄，孟郊一生不能免于冻馁，人称"寒酸孟夫子"。六十四岁时赴山南任官，行至阌乡（今河南灵宝）暴卒。诗风朴质深挚，多吟穷愁。苏轼说他"诗从肺腑出，出辄愁肺腑"，很恰当。他与贾岛齐名，号"郊寒岛瘦"。存诗四百余首，有《孟东野诗集》。

游 子 吟①

慈母手中线，游子身上衣。
临行密密缝，意恐迟迟归。
谁言寸草心②，报得三春晖③。

【注释】

①题下自注："迎母溧上作。"可知此诗作于诗人四十六岁中进士，且被委以溧阳尉时。②寸草心：儿女之心。寸草喻儿女。③三春：指孟春、仲春、季春三个时节。喻指慈母之恩。

【鉴赏】

落笔即"慈母"二字，与诗题"游子吟"结合紧密。"慈母手中线，游子身上衣"，二句对出，为两个画面。虽无动词，构不成主动宾的句式，并列的名词依然连缀成生动画幅。"线"与"衣"的递变，包含了"慈母"对"游子"的全部疼爱。如果一、二句还是较为冷静的展示，三、四句则将"慈母"的行动与心理一齐刻画。"密密缝"状其辛苦，又状其认真；"迟迟归"使其思念，又使其担心。但这一切，皆付之无语。因为知子莫若母，知母莫若子，双方沟通，已不待言辞。收句荡开一笔，从屋内"游子"到室外青草，从家中"慈母"到三春阳光，类比升华，赞颂母爱亦表达孝心。

至爱无言。"慈母"用行动表示舐犊之爱，"游子"用感慨表现爱母之情。"寸草心"与"三春晖"的设喻，说尽了母子双方的情思。这诗的千古不朽一直与人间至情相照。

惜墨如金。行于当行，止于当止，多一点则赘，少一字则晦，想此评不为过誉。

登科后^①

昔日龌龊不足夸^②，今朝放荡思无涯^③。

春风得意马蹄疾，一日看尽长安花。

【注释】

①登科：指诗人考中进士。②龌龊：原意是肮脏，本诗指不如意的处境。③放荡：自由自在，不受约束。

【鉴赏】

孟郊一生多作"苦语"，此诗则作"喜语"。人无生而恋苦者，处苦境不得已罢。苦吟者孟郊都笑了，一定遇到了该笑的事。诗题直书"登科后"表示了科举高中的由衷之喜。

开头二句，似对非对，展示了以"登科"为分水岭的"昔日"与"今朝"的不同生活状况。"不足夸"是一定的，"思无涯"则仍是个未知数。总之，这两句诗完成一个铺垫，表明今非昔比。三、四句出人意料，"春风得意马蹄疾，一日看尽长安花"，将新科老进士的"放荡"与"得意"，活灵活现画出。两句诗问世后，诞生了两个成语："春风得意""走马观花"。一日看尽长安春花，这是绝对不可能的。将"不可能"事写成"可能"，这叫逆写或反衬。结果，正应了"得意忘形"四字，"得意"中的"忘形"，正是真的"得意"。胜利者有权"得意"，我们与他一起"得意"，岂非分享胜利？

杨巨源

杨巨源（755—?），字景山，河中（今山西永济）人。贞元五年（789）进士，由秘书郎擢太常博士、礼部员外郎，出为凤翔少尹。复召除国子司业，年七十致仕。归乡后，郡宰以其为河中少尹食禄终身。《全唐诗》存诗一卷。

城东早春①

诗家清景在新春，绿柳才黄半未匀。
若待上林花似锦②，出门俱是看花人。

【注释】

①城：指唐都城长安。②上林：上林苑。秦宫苑名，汉初废置，汉武帝又重建，扩充至周二百里。

【鉴赏】

这诗应作于诗人于长安任职时。诗题为"城东早春"，故全诗扣"早"字拓展。入句"新春"即"早春"，"清景"即"早春"清新可人之景；点及"诗家"，特特凸显欣赏早春清景的主体。"绿柳才黄半未匀"为"早春"景语，用工笔，用彩描，一枝一叶，皆有韵致。柳芽初绽，其色也嫩，故有"才黄"；半绽半闭，半芽半叶，故有"半未匀"。不早看，不细观，无此印象。早春早在柳梢头，其余勿论也。

三、四句，为春浓时日想象语，有假设意味。"若待上林花似锦，出门俱是看花人"，景艳极，味寡极，万人空巷，庸众之乐，自与诗人独赏"清景"情调有天壤之别。

诗内部充满比较。在更深的层面上，或许表达的是对抢占先机的渴望。诗家眼光、诗家追求，超乎媚俗之上。

武元衡

武元衡（758—815），字伯苍，河南缑氏（今河南偃师东南）人。建中四年（783）进士，累迁监察御史、华原令、比部员外郎、右司郎中、御史中丞、户部侍郎。元和二年（807）拜门下侍郎平章事，后出为剑南节度使。元和八年征还复为宰相。元和十年六月，武元衡骑马上朝，突被人击杀，枭首而去。这是中国历史上少有的袭杀宰相事件。后查，杀手为平卢节度使李师道派遣。有诗二卷。

春兴

杨柳阴阴细雨晴，残花落尽见流莺。

春风一夜吹乡梦，又逐春风到洛城。

【鉴赏】

诗题"春兴"，即由春景而生发的情思。这是比较浮泛的题目。读后才知，诗人"兴"起的情感是怀念家乡。反思其题，又知是诗人故意回避。这正如杜甫"秋兴"八首，兴会因诗而异。

前两句，写春景。细雨初晴，花落莺飞，正是暮春时节。暮春景物，最易生悲。以此诗论，"残花""流莺"，都是让人把握不住的景物，也是易于使人联想的景物，所以景语中已经暗藏幽怀。三、四句，似写景，似叙事，似抒情，但到底还是思乡之梦的形象描绘："春风一夜吹乡梦，又逐春风到洛城。""春风"两出，"乡梦"其实也两出。那被春风吹起，又逐春风而飞到"洛城"的，正是乡梦与梦中人。"春风一夜吹乡梦"，奇而不奇；"又逐春风到洛城"，奇而不奇。从情感抒发来讲，这叫进一步加一倍写法。

刘采春

刘采春，淮甸（今江苏淮安一带）人。一说越州（今浙江绍兴）人。某乐工之妻，善歌唱，为诗人元稹所赏识，有《赠刘采春》诗曰："新妆巧样画双蛾，谩裹常州透额罗。正面偷匀光滑笏，缓行轻踏破纹波。言辞雅措风流足，举止低回秀媚多。更有恼人肠断处，选词能唱望夫歌。"望夫歌，元稹注为"即啰唝之曲也"。《全唐诗》录《啰唝曲》六首，标刘采春为作者。是否确实，文学史家意见不同。

啰唝曲①（二首）

其一

不喜秦淮水，生憎江上船。

载儿夫婿去，经岁又经年。

其四
那年离别日，只道住桐庐②。
桐庐人不见，今得广州书。

【注释】

①啰唝（luó hǒng）曲：元稹注为"望夫歌"。方以智《通雅》卷二十九《乐曲》谓："啰唝犹来罗。""来罗（喽）"乃呼人语，有招呼游人回乡之意。当年刘采春一唱是曲，闺妇行人莫不掩泣。②桐庐：在今浙江富春江边。

【鉴赏】

《啰唝曲》六首，都是"望夫"主题。这是一个陈旧、平常的主题，只有推陈出新、平中见奇者，才能立于"望夫"诗之林。刘采春的《啰唝曲》被人赞为杰作，自有其独到之处。

先看第一首。从"不喜""生憎"说起，跳到对"夫婿"的怀念；而将怀念之情，反向逼出。不喜的是"秦淮水"，生憎的是"江上船"，原因即水与船"载"去了"儿"的"夫婿"。因"爱"夫婿而生"思念"，因"思念"而反"恨"水与船，这情感连带有迹可寻，有理可陈——尽管这是"歪理"！由此，反窥了女主人公的任性与俏皮。"不喜"与"生憎"是明说的，"爱"与"思念"都是暗寓诗中的。"经岁又经年"，是补说离别长久，其实也表示了"不喜"、"生憎"与"思念"的长度。沈德潜在《唐诗别裁集》中评道："'不喜''生憎''经岁''经年'，重复可笑，的是儿女子口角。"管世铭《读雪山房唐诗钞》中评："司空曙之'知有前期在'、金昌绪之'打起黄莺儿'……刘采春所歌之'不喜秦淮水'、盖嘉运所进之'北斗七星高'，或天真烂漫，或寄意深微，虽使王维、李白为之，未能远过。"潘德舆在《养一斋诗语》中推许此曲为"天下之奇作"，都是有见地的。

再看第四首，是从"那年离别日"写起，将时间推远的同时，又将距离推远。在"那年"与"今"的时段里，只得了"书"，而未见"人"，写出了空望中的一次次失落。桐庐，在近处，见面尚不得；广州，在远方，相见亦何得？距离，产生隔阂，亦产生绝望。此诗的怨妇之悲，又逾上一诗。高妙之处，这

"绝望"在文字上又不露痕迹。如果以《啰唝曲》其五作参照，这首的"绝望"情绪还算含蓄。其诗曰："昨日胜今日，今年老去年。黄河清有日，白发黑无缘。"盼夫望夫，青丝染霜，音问虚通，相见成梦，能不心寒如灰！好在还有"广州书"，因而尚不甘心彻底放弃。

崔护

崔护（？—831），字殷功，博陵（今河北定州）人。贞元十二年（796）进士，官至岭南节度使。《全唐诗》存诗六首。

题都城南庄①

去年今日此门中，人面桃花相映红。
人面不知何处去，桃花依旧笑春风②。

【注释】

①都城：指唐王朝京都长安。②笑春风：指（桃花）迎春风开放。

【鉴赏】

据《太平广记》载："博陵崔护，资质甚美，而孤洁寡合，举进士第。清明日，独游都城南，得居人庄。一亩之宫，花木丛萃，寂若无人。叩门久之，有女子自门隙窥之，问曰：'谁耶？'护以姓字对，曰：'寻春独行，酒渴求饮。'女入，以杯水至。开门，设床命坐。独倚小桃斜柯伫立，而意属殊厚，妖姿媚态，绰有余妍。崔以言挑之，不对，彼此目注者久之。崔辞去，送至门，如不胜情而入。崔亦眷盼而归，尔后绝不复至。及来岁清明，忽思之，情不可抑，径往寻之。门院如故，而已扃锁之。崔因题诗于左扉曰……"

崔护题于门左扉的，就是此诗。前二句追述"去年"事，"人面桃花"是记忆中的印象焦点。后二句记述目前景，"人面"消失，"桃花"独在。这真是让诗人与读者都大失所望的结局。

　　这是"诗化"的结局，留给读者不尽的怀想。"人面桃花"化为一句成语，脱离原诗，继续传播美的信息。而"小说化"的结局呢，《太平广记》虽巧于曲折，仍然让崔护与城南姑娘结为夫妻，将"洞房花烛夜"与"金榜题名时"一并实现。再补述故事：多日后，崔护再来。老者应门，言女儿已死。盖见门扉题诗而不思茶饭，绝食而亡。崔护入，泣而呼之，女醒，遂成美缘……

权德舆

　　权德舆（759—818），字载之，天水略阳（今甘肃天水东北）人。未冠即以文章成名，唐德宗召为太常博士，改左补阙，兼制诰，进中书舍人、吏部侍郎，三知贡举之任。唐宪宗初历任兵部、吏部侍郎，后迁太常卿，拜礼部尚书、同平章事。终山南道节度使。文章蕴藉风流，有文集五十卷，诗十卷。

岭上逢久别者又别

十年曾一别，征路此相逢。
马首向何处，夕阳千万峰。

【鉴赏】

　　权德舆还有一首与此诗意境相近的送别诗，题为《余干赠别张二十二侍御》，诗曰："芜城陌上春风别，干越亭边岁暮逢。驱车又怅南北路，返照寒江千万峰。"两诗比较，后诗虽渲染之语增多，但怅然之气已减，这使我们有理由相信言简不碍意深。

　　"十年曾一别，征路此相逢"，"一别"与"相逢"，中间竟隔了十年！"别"之悲或已淡化，"逢"之喜此喜何极！十个字，描写了十年离合，可谓字字有力透纸背之效。第三句，"马首向何处"，意绪暗变；第四句，"夕阳千万峰"，又是新别！"千万峰"极言山高路远、水长路险，又与诗题的"岭

203

上"二字紧扣。相遇既在"岭上","岭上"望岭,自然群山入目,白云环绕,夕阳都好像在人足下。"岭"的特殊性,经常表示为"分","分水岭","分界岭",而今文是"分手岭"!"夕阳千万峰"的再分别,实际照应了"十年曾一别"的旧别,或者,它简直是向旧伤口上增添新伤痛!

友谊总是被分别考验。分别而不能忘,才是真友谊。何况,诗人"又别"的还是十年前"久别"的挚友!一个题目用了两个"别"字,心情沉重,自可掂量得出。

常建

常建(708—765),长安(今陕西西安)人。开元十五年(727)进士,做过盱眙县尉。仕途失意,后隐于鄂州武昌。多五言诗,以山林、寺院或边塞为题。有《常建集》。

三日寻李九庄①

雨歇杨林东渡头,永和三日荡轻舟②。
故人家在桃花岸,直到门前溪水流。

【注释】

①三日:农历三月三日。古俗于农历三月上巳日(上旬巳日,魏以后定于三月三日)就水边宴饮,被除不祥。后曲水流觞,相与为乐。②永和:东晋穆帝年号。王羲之永和九年(353)于山阴兰亭宴集名士。

【鉴赏】

诗题着一"寻"字,为全诗动力所在。"寻"朋友居处,有两种,一是不识路,亦无预约,走一路打听一路;一是有约在先,虽不识路,但朋友告以寻觅标志,边走边加印证即可。看这首诗,必属第二种。

"雨歇杨林东渡头",首句点及出发地:东渡头。第三句,"故人家在桃花岸"，点及目的地及目的地特征性景物。一始一终明确了，"寻"李九庄遂成易事。诗的起波澜处，恰恰又不在一、三两句处。一波起于第二句，"永和三日荡轻舟"，引入王羲之兰亭韵事，或有预示与李九相见也是一次"群贤毕至，少长咸集"的"修禊事也"！"轻舟"用"荡"字，表现逍遥自在，不急于赶路状。再一波起于第四句，"直到门前溪水流"，水还在流，舟还在走，人还想游，而李九家已到，只好弃舟登岸，叩门入院了。这一句，既惊异于李九家门临水、来去方便，又惊异于溪流潺湲、游程有限。全诗表现的，是"寻"觅之乐，由此暗示与李九交谊之深。

如果用"诗中有画，画中有诗"形容之，当是十分贴切的。这画的美，在其流动，在其有声、有色、有情……

张籍

张籍（约767—约830），字文昌，苏州（今江苏苏州）人，少时侨寓和州乌江（今安徽和县乌江镇）。唐德宗贞元十五年（799）进士，授太常寺太祝，久之迁秘书郎，韩愈荐为国子博士。历水部员外郎、主客郎中，终国子司业。诗文为当时名流赏识兼结交，尤为韩愈看重。诗长于乐府，多警句，与王建齐名，称"张王"。有《张司业集》。

成都曲①

锦江近西烟水绿②，新雨山头荔枝熟。
万里桥边多酒家③，游人爱向谁家宿？

【注释】

①成都曲：标题"曲"，表示仿拟乐府形式，不拘平仄。②锦江：岷江分支，又名流江、汶江，当地人称府河。自郫县西从岷江分出，流经成都，再入郫江。③万里桥：在成都南门外。据《诸葛孔明全集》卷九载，万里桥，亦名笃泉桥，桥之南，有笃泉矣。蜀使费祎聘吴，武侯饯之日："万里之行，始于此桥。"

故曰万里桥。

【鉴赏】

这是一首描写唐代成都风物的诗。重点在郊外。"锦江近西"之"西"，实指锦江南岸。因锦江西北东南流，这江南又是江之西南，故称。"烟水绿"，泛写全貌，以色代景。"荔枝熟"，以一种物产标举气候及季节。三、四句由自然景物转入社会风情。聚焦"万里桥"，由"多酒家"表现商旅繁盛，归结为政通人和。结句妙在设问，将店家与旅人拉近，以人情纯美定义成都。这又暗暗与"万里桥"形成照应，"万里桥"，"万里家"，处处都是家。"谁家"的选择权在旅人，自然要选择宾至如归的一家。意在言外，情在景外，这短小的一首诗，谁也没想到它的归结放置在成都宜人、宜家之上。一句收煞，峰回路转，意境全新。

秋 思

洛阳城里见秋风①，欲作家书意万重。
复恐匆匆说不尽，行人临发又开封。

【注释】

①见秋风：用晋人张翰典。"因见秋风起，乃思吴中菰菜、莼羹、鲈鱼脍。曰：'人生贵得适志，何能羁宦数千里，以要名爵乎？'遂命驾而归。"（见《晋书·张翰传》）。

【鉴赏】

首句是洛阳秋景，暗用张翰事典。张翰的聪明，明看是怀念家乡美食，喜欢隐居，其实是对身任大司马曹掾的忧虑。张翰回了吴地，当年十二月，大司马司马冏被杀，京城人人都说张翰有先机之明。张籍诗用张翰典，并不能排斥他一点也没有政治忧虑。

思家，则作"家书"可也！故第二句写及作家书事。依常规，家书成，托于驿传即可。变数在于写成了，又感到未写完，这才有"复恐匆匆说不尽，行人临发又开封"的补写、补封。事,出乎意外;情,入乎意中。"复恐"的疑虑,印证了思家心切;又是"意万重"的必然。"意万重",太多太多,故而怕"匆匆说不尽"。诗贵别开生面,这诗做到了。王安石在《题张司业诗》中,称这首诗是"看似寻常最奇崛,成如容易却艰辛"。其实,"奇崛"有之,"艰辛"未必。诗题为"秋思","思"为全诗精髓。见秋风"起思",作家书"叙思",封家书"怅思",复开书"了思"也!我用"了思",是指了却了一桩心愿。思行则诗行,思转则诗转,循乎思路,吟诗何"艰辛"之有?

王建

王建(约767—约830),字仲初,许州(治今河南许昌)人。幼家贫。大历十年(775)进士,初为渭南县尉,历秘书丞、侍御史,太和年间出任陕州司马,又从军塞上。晚年归咸阳,卜居原上。其诗与张籍齐名,世称"张王"。长于乐府诗,内容以田家、蚕妇、织女、水夫为主,其中《宫词》最为出名。有《王司马集》。

新嫁娘词三首①(其三)

三日入厨下,洗手做羹汤。
未谙姑食性②,先遣小姑尝。

【注释】

①新嫁娘:新婚女子。诗题一作"新嫁娘诗"。②谙:熟悉。姑:婆母。

【鉴赏】

风俗之美、风情之美,二十字活活画出。"三日入厨",这是传统婚俗对新娘的要求,俗谓"过三朝"。入厨做饭,表示新娘被视为一家人融入新家。二句以后,写做羹、尝羹事。主角新嫁娘,配角小姑,未出场被主角侍奉的是"姑"(婆婆)。诗人展示做羹,仅用一句,且仅写了准备动作:洗手。"洗手"

二字，既表清洁、清爽，又表敬重、认真。一句诗，写活了一个勤劳爽利的新嫁娘。羹做好了，照理任务已经完成，新嫁娘也可以放心轻松一下。但她不放心，于是有"先遣小姑尝"的剧情。一碗羹联系着最少三个人：新嫁娘、小姑与姑。安排尝羹，惠心无限，爱心无限；选择"小姑"，极聪明，极正确。人的关爱，体现于细微处；人的误解，也往往起于细微处。做羹、尝羹的三日之厨，带有预兆色彩地展示了一家之亲的初融状态，人情美，也有智慧因素。作为诗，它的从容叙事、以事蕴情的自信，是贯穿始终的。所谓举重若轻，所谓避实就虚，此诗尽得之。沈德潜评此诗，谓"诗到真处，一字不可易"。"小"不可易的是字，"大"不可易的是构思机巧。

宫词①（之九十）

树头树底觅残红，一片西飞一片东。
自是桃花贪结子，错教人恨五更风。

【注释】

①宫词：王建有描写宫女生活的绝句一百首，总题曰"宫词"。实一百零二首，此第九十首。

【鉴赏】

王建《宫词》百首，据说素材得之于同宗族兄王守澄。王守澄充任内侍，知官中传闻颇多。《宫词》成，天下流传，王建与王守澄却因"彼我不均"产生矛盾，甚至闹到要以讥讽朝廷相威胁的境地。千年后读之，文辞焕然，却不知当日皆是诗有所指的"写实"之作。

这首诗写暮春清晨，宫女于桃树下捡拾落花情景。"树头"花渐稀，"树底""残红"多，望花生惜心，于是有西一片、东一片捡拾之举。前二句，句内有对，表现宫女"树头""树底""一片西""一片东"先看花、后捡花的多情风姿。"觅"字，含爱，含惜，含怜且含自叹。

"自是桃花贪结子，错教人恨五更风"一转，转入了超越宫女而又不离宫女视线的方位。换一思路看桃花，桃花飘落原来是贪于结子！花落子成，于花何失？花而孕子，于子有得！这正与《诗经》所咏"桃之夭夭，有蒉有实"相映。而在桃花辉映的世俗人间，则正是"之子于归，宜其家室"！"桃花结子"的自然表象，早已被含蓄的中国人规范为结婚、生育的代称。到这儿，诗情陡转，宫女由惜花的强者，一变而为自怜的弱者：人之惜花，却原来不如"残红"自由！结语那个"恨"字，原是"五更"时对"风"而发；缘那个"恨"，才派生出"觅残红"的惜花之举。而今，"风"不必"恨"，"花"无须"惜"，倒是要对自己无花的生命作些思索了。无"恨"而有"恨"，在不能了然之间。

有如民歌，此诗用口语，用重叠，用隐喻，有急速逆转，表现变化中的情思，高人一筹。

薛涛

薛涛（？—832），字洪渡，长安（今陕西西安）人。随父宦入蜀，流落乐籍。辨惠工诗，有林下风致。韦皋镇蜀，令其侍酒赋诗，称为女校书。此后，出入幕府，历十一镇，皆以诗文受知，暮年屏居浣花溪，着女道士装，并创制松花小笺用以写诗，号"薛涛笺"。存诗多为赠人之作。明人辑有《薛涛诗》。

筹边楼①

平临云鸟八窗秋，壮压西川四十州②。
诸将莫贪羌族马，最高层处见边头。

【注释】

①筹边楼：唐文宗太和四年（830）冬十月李德裕出任西川节度使时所建的成都城楼。②四十：约数。据《新唐书·地理志》剑南道下属府一、都护府一、州二十八。

【鉴赏】

李德裕的前任是郭剑。郭剑任西川节度使时，因其多病，边备残弊。李德裕于太和四年十月上任，年底即在成都西城墙上修起了筹边楼。楼如其名，是为边防而设的。

薛涛登筹边楼难以确定时间，视其语气，好像作于太和六年（832）李德裕离任回京后。李德裕任职时，由于访以山川，募兵修城，南诏与吐蕃的侵扰基本消弭。李氏一走，形势或变，故薛涛诗中已有忧虑之情。

前二句极言筹边楼的高危气势。"平临云鸟"，言其高；"壮压西川"，言其雄。"八窗秋"的"秋"字，不一定确指时间，或是一种悲壮景观。两句虽为景语，诗人豪情间有流露。年过七十，又为一女性，登高临远，豁然天外，自非小儿女可以比拟。后二句，仍然是立于楼头的劝告与提醒。诸将或在身边，或不在身边，都无碍诗人这样表白。因为边事纠纷多是由物质利益引发的，不贪"羌族马"，即不要首先挑起事端。结句收在"见边头"三字，暗示边疆就在眼前，边患就在顷刻。时代幽怀，显而易见。

这不是诗人的夸张。就在李德裕筑筹边楼时，与成都近在咫尺的维州（今四川理县境）还是吐蕃人东下的桥头堡。

诗有大丈夫气，"八窗秋""四十州"可证。诗又有巾帼含蓄，"最高层""见边头"可证。诗有寄托，寄而不露，是为委婉深浑。

韩愈

韩愈（768—824），字退之，河南河阳（今河南孟州南）人。因自称郡望昌黎，故世称韩昌黎。少孤，刻苦为学，尽通六经百家。贞元八年（792）进士，三次试博学宏词科不中，先后入汴州董晋、徐州张建封幕为僚。至京师，官四门博士。迁监察御史，因上书请减免徭役被贬山阳令。顺宗即位，遇赦北还，为国子博士。改河南令，迁职方员外郎，历官太子右庶子，后随裴度征讨淮西吴元济叛乱，任行军司马，凯旋升刑部侍郎。元和十四年（819）宪宗迎佛骨，上表反对，贬为潮州刺史，后移袁州。回朝后任国子祭酒、兵部侍郎、吏部侍郎、京兆尹。在文学上，韩愈倡古文运动，与柳宗元齐名，并称"韩柳"。诗则宏伟奇崛，喜"以文为诗"。有《韩昌黎集》。

春雪

新年都未有芳华，二月初惊见草芽。
白雪却嫌春色晚，故穿庭树作落花。

【鉴赏】

农历正月初一，是谓新年，现代又改称春节。称春节，是立春在此前后。立了春，冻断筋，这是真实的俗语。就中国之大，新年而有春意的地方大抵只能限于岭南。

诗入笔即写新年无春意。不但无"芳华"，甚至连"草芽"也少见。在这时候，落了一场春雪。"白雪"，就是诗题所谓"春雪"。"白雪却嫌春色晚，故穿庭树作落花"，这真是匪夷所思！连雪都嫌春晚花开迟，而穿越枯枝，作落花纷飞之状。

物我相通之境，是由诗人凭借想象建构的。将"诗心"化为"雪心"，雪便有了人的情思。古人有点石成金者，韩愈却点雪成花，谁还能说这是"以文为诗"呢？欣赏这首诗，我们似乎不能简单地用"拟人化"三个字作为艺术结论；这首诗所显示的，是诗人对春天、对美、对万物和谐的渴望。

晚春

草树知春不久归，百般红紫斗芳菲。
杨花榆荚无才思，惟解漫天作雪飞。

【鉴赏】

如果将这首诗与《春雪》对照，可以发现一个有趣的相通点，即都写到"此物"变"彼物"。《春雪》写"雪"变为"花"，此诗写"花"变为"雪"。一来一往，都用拟物拟人，但意境与旨趣则各有面目。

"草树知春不久归，百般红紫斗芳菲"，是"花草闹春图"。起势突然，热闹异常。这"热闹"，是草与树有意为之，因为它们知道"春不久归"！首句着一"知"字，给一切"草树"以灵性。次句"百般""斗"，都是这灵性的体现。三、四句，又一变势，选出"杨花榆荚"作个案，从它们"漫天""雪飞"的外表，解读其"无才思"的心灵。我以为，这是诗人穿透物障对自然之物的"人化"理解。一时景观，一时感受，万勿滞解不化。

但赏诗者总想探个究竟。有人认为这是劝人勤学，以免如"杨花榆荚"般白首无成；有人认为这是讽刺某些人抢占高枝却空有虚张。我欣赏清人朱彝尊的浅尝即止："此意作何解？然情景只是如此。"

春天很短，桃红柳绿是美，"杨花榆荚"也是美。

左迁至蓝关示侄孙湘①

一封朝奏九重天②，夕贬潮州路八千。
欲为圣明除弊事，肯将衰朽惜残年！
云横秦岭家何在，雪拥蓝关马不前。
知汝远来应有意，好收吾骨瘴江边。

【注释】

①这首诗作于元和十四年（819）正月，诗人因谏迎佛骨遭贬潮州路过蓝关时。蓝关：秦岭蓝田关。侄孙：指侄十二郎韩老成之子，名韩湘。民间传说"八仙"之一的"韩湘子"，即为韩湘。②朝奏：指《论佛骨表》。

【鉴赏】

唐宪宗晚年好神仙，诏求天下方士，合长生不老之药。元和十三年（818）十一月，闻人奏报凤翔法门寺塔有佛骨，相传三十年一开，开则岁丰人安。宪宗遂在十二月初一遣中使率僧众往迎之。韩愈时任刑部侍郎，上表切谏之，直言："佛不足信！"宪宗大怒，将加极刑。幸亏裴度、崔群相救，免死，正月十四日贬潮州刺史。

首联二句，一言上表，一言遭贬。两句诗用了三个数字，增强了对比效果。颔联二句，皆写心境，一句写上表时愿望，一句写遭贬后信念。四句诗，意蕴对出，有反复咏叹之妙。而对于送行而言，这都是"前时态"的经历；当下一刻，"左迁者"与送行者都处在蓝关临口，所以回到目前，风景惨然："云横秦岭家何在，雪拥蓝关马不前。"时在正月，岭头云雪不散，气候的酷寒与人心的悲凉正好相应。"马不前"对"家何在"，都有象外象、味外味。因为这次遭贬，先是自己单身南行，妻儿尚在京师；而诗人深知，依例，自己走后不久，妻儿亦将遭遣逐行。前无家，后亦无家，故曰"家何在"。"马不前"者，实英雄失路之悲！前既无路，前往何方？前六句，句句有情，独颈联二句含蓄沉着，不露形迹。尾联直面韩湘，托以身后事，虽是臆想中语，终也表现了诗人必死其志的冷静与坚定。《笔墨闲录》评此诗："此诗仁且有礼，非志仁义者不能也。"较为中肯。诗骚之作，允以气盛，但此诗扫尽浮气，独留沉着冷隽，大有九死不悔之慨。

早春呈水部张十八员外二首[①]（其一）

天街小雨润如酥[②]，草色遥看近却无。
最是一年春好处，绝胜烟柳满皇都。

【注释】

①张十八：张籍，行十八，故称。②酥：酥油。牛羊乳制成的食品。

【鉴赏】

全诗礼赞"早春"。有两首，今选第一首。既为"呈"视之诗，便含有专指之意。这意思在第二首里体现较明白，故先录于此，作鉴赏铺垫。第二首为："莫道官忙身老大，即无年少逐春心。凭君先到江头看，柳色如今深未深？"

第一首诗，明劝的痕迹未露，只是如痴如醉地描写早春景物，赞美早春妙趣。一、二句，写早春雨、早春草。"润如酥"出语新鲜，状春雨甜润最美；"近却无"用词口语，状春草嫩色最佳。相比而言，"草色遥看近却无"尤有独见。早春之美，在有无之间；几分恍惚，让早春之美虚实相生相离。三、四句在比较中称赞，用"最是"，用"绝胜"，表示诗人的倾心之誉。自醉自赞后复又推荐于人，第二首遂自然成章。

如果将这首诗与诗人的《春雪》连读，更可以了解诗人对早春景物独特的观察与发现。从"新年都未有芳华，二月初惊见草芽"，到"天街小雨润如酥，草色遥看近却无", 是一脉相承的超前赏春。这就是诗风, 这就是人性。

调 张 籍[①]

李杜文章在, 光焰万丈长。
不知群儿愚, 那用故谤伤!
蚍蜉撼大树[②], 可笑不自量。
伊我生其后[③], 举颈遥相望。
夜梦多见之, 昼思反微茫。
徒观斧凿痕, 不瞩治水航[④]。
想当施手时, 巨刃磨天扬。
垠崖划崩豁[⑤], 乾坤摆雷硠[⑥]。
惟此两夫子, 家居率荒凉。
帝欲长吟哦, 故遣起且僵。
剪翎送笼中, 使看百鸟翔。
平生千万篇, 金薤垂琳琅[⑦]。
仙官敕六丁[⑧], 雷电下取将。
流落人间者, 太山一毫芒。
我愿生两翅, 捕逐出八荒。
精诚忽交通, 百怪入我肠。
刺手拔鲸牙, 举瓢酌天浆。
腾身跨汗漫, 不着织女襄[⑨]。
顾语地上友, 经营无太忙。
乞君飞霞佩, 与我高颉颃[⑩]。

【注释】

①调: 调侃, 戏谑。②蚍蜉: 一种大蚂蚁, 常在松根营巢。③伊: 发语词, 无义。④"徒观"二句: 以大禹凿山治水为喻, 言仅见斧凿之痕, 而不知治水通航的宏图。⑤垠崖: 山崖。划: 截断。⑥雷硠(láng): 山崩声。⑦金薤(xiè): 薤叶形金片, 俗谓"金叶子"。⑧六丁: 道书中天神名, 有六甲、六丁之说。

⑨织女襄：语出《诗经·小雅·大东》："跂彼织女，终日七襄。虽则七襄，不成报章。"襄，原义更移，此指纺织。⑩颉颃：上下飞翔。上飞为"颉"，下飞为"颃"。

【鉴赏】

诗文代变，世风使然。盛唐的李、杜，到了中唐的王、孟及元、白时代，不受重视，期乎必然。但人为的"谤伤"，总是伤害不了前人，却使后人失去了鉴昔知今的机会。韩愈与张籍，诗文同志，故借调侃之名，抨击"群儿"，褒扬李、杜，且表达了师法李、杜，高翔诗坛的愿望。

因为借用了古乐府形态，不再津津于平仄对仗，这诗写得直白率真。即便"鉴赏"，亦无须逐句串通。大而分之，按以下几个层次理解较易：

第一层，前二句"李杜文章在，光焰万丈长"，总的推许李白、杜甫，为全诗立主脑。

第二层，三到六句，写"群儿"愚劣，"谤伤"李、杜。

第三层，七句到二十八句，对李、杜表示景仰，且赞其诗歌成就。

第四层，二十九句到三十六句，以"我愿"领起，表示自己追随李、杜，以期达到自由之境。

第五层，末四句，劝告老友张籍与自己一起学习李、杜，共同高飞。

捍卫李、杜，无疑是个大命题。让人不解的是，诗人为什么用"调张籍"这么一个轻松的诗题呢？解释只有一个：诗人不想施教天下，只想以"私人化"的方式，发表一家之言，促成友人之醒。换言之，他不想回到李、杜时代，完全站在李、杜的立场上陈述李、杜，而更愿借对李、杜的再认识、再评价、再学习，去厘清继承前贤与成就自我的关系。如果理解到这个层面上，我们对这首诗的价值认识也就超出了捍卫李、杜，而归为促成诗学发展。

这首诗，不像是"诗评诗"，倒像抒情大赋。从一落笔，就极尽夸张、想象、比喻之能事。正面褒扬，则扬之上天，出神入化（如"光焰万丈长""巨刃磨天扬""乾坤摆雷硠""金薤垂琳琅"诸句是也）；反面抨击，则抑之于地，形若虫豸（"蚍蜉撼大树，可笑不自量"等是也）；写追随，则上天下地求索；写景仰，则梦魂绕缠不忘……看句式，想情致，倒有几分李太白风格。或许，这叫心中藏之，无日忘之，举手投足，形神拟之！

韩愈在调侃的心态下，一时解放了自己，这首诗便表现了气贯长虹的韵致。

刘禹锡

刘禹锡（772—842），字梦得，洛阳（今河南洛阳）人，一说彭城（今江苏徐州）人。自称汉代中山王刘胜后裔，其七世祖刘亮随魏文帝迁于洛阳，始改姓刘。父刘绪因避安史之乱举族东迁，寓居嘉兴，刘禹锡即生于此。少年时代，刘禹锡熟读儒家经典，浏览诸子百家，十九岁始离开江南游学长安。贞元九年（793）与柳宗元同榜进士，接着登宏词科。贞元十一年登吏部取士科，授太子校书。贞元十六年入杜佑幕掌书记，后又任渭南县主簿、监察御史。贞元二十一年一月德宗死，顺宗即位，用王叔文等人改革弊政，刘禹锡为屯田员外郎、判度节盐铁案，与王叔文、王伾、柳宗元同为政治革新核心人物，称"二王刘柳"。革新仅进行半年，顺宗退位，宪宗即位，王叔文被赐死，刘禹锡初贬连州刺史，途中改贬朗州司马。同贬边州任司马者八人，史称"八司马"。

谪贬生活持续了二十二年。文宗太和元年（827）刘禹锡回京，任东都尚书省主客郎中，以后又历任苏州、汝州、同州刺史，迁太子宾客，加检校礼部尚书衔，故世称刘宾客、刘尚书。

一生沉浮，政治无所施为，发而为诗，则多有佳作。有《刘宾客集》，又称《刘中山集》《刘梦得文集》。

戏赠看花诸君子

紫陌红尘拂面来，无人不道看花回。
玄都观里桃千树[①]，尽是刘郎去后栽[②]。

【注释】
　①玄都观：长安道教庙宇名。②刘郎：刘禹锡自称。

【鉴赏】
　这一次，让我们再行"捆绑欣赏"。刘禹锡一生写玄都观诗有二首，此为第一首。而第二首前有小序，言及第一首本事。今录于兹，便于理解。诗题为"再游玄都观"，"并引"之语为："余贞元二十一年为屯田员外郎时，此观未有花。是岁出牧连州，寻改朗州司马，居十年，召至京师。人人皆言有道士手植仙桃满观，如红霞，遂有前篇，以志一时之事。旋又出牧。今十有四年，复为主客郎中，重游玄都观。荡然无复一树，唯兔葵燕麦动摇于春风耳。因再题二十八字，以俟后游。时大和二年三月。"再游诗谓："百亩庭中半是苔，桃花净尽菜花开。种桃道士归何处，前度刘郎今又来。"

景物诗就是景物诗，虽题为"戏赠"，但玄都观的"千树"桃花，的确不是刘禹锡凭空幻造的。一晃十年，玄都观由无桃花到有桃花，变为长安一景，这让贬官回京的诗人闻风而游，心生感慨，想来在情理之中。影射与否，皆属估猜。

这首诗描写的景色迷人，读诗者随读随迷，当年的长安人，则出游必玄都观！"无人不道"，证明游人如织。诗一出，传于都下。有人打小报告，"诬其有怨愤"，连宰相都爱莫能助，说："近者新诗，未免为累，奈何？"不数日，出为连州刺史。这是《本事诗》所载，考于正史，不合。因为没写诗的柳宗元等人，也一同被再贬荒州。唐宪宗当年的指示是："纵逢恩赦，不在量移之限。"可见命运与诗无关，若刘禹锡出牧连州真是诗惹的麻烦，那这又是一件"文字狱"证！

但《再游玄都观》一诗，却是真有些寄托了。玄都观的冷落，与种桃道士有关。道士在，桃在；道士不在，桃毁。人事已非，风景自异，写这两首诗的刘郎，颇有逍遥气象。这就是刘禹锡，边州砥砺，更为潇洒。

再授连州至衡阳酬柳柳州赠别[①]

去国十年同赴召[②]，渡湘千里又分歧[③]。
重临事异黄丞相[④]，三黜名惭柳士师[⑤]。
归目并随雁尽，愁肠正遇断猿时。
桂江东过连山下，相望长吟有所思。

【注释】

① 柳州：柳宗元自称。此次出京，贬柳州刺史，故称。② 十年：从贞元二十一年（805）九月被贬出京，至元和九年（814）十二月奉召回京，共十年。

居京仅三个月，元和十年三月，又同贬南方边州。③分歧：分路。刘去连州，柳去柳州，二人分手于衡阳。④黄丞相：黄霸，西汉宣帝时丞相。为相前两任颍川太守，故曰"重临"。⑤三黜：三次贬斥。柳士师：柳下惠。春秋时鲁国人，因居柳下，死后又谥"惠"，后人遂称之柳下惠。士师，狱官。柳下惠为士师时三次遭贬，事见《论语·微子》。

【鉴赏】

这诗是刘禹锡对柳宗元《衡阳与梦得分路赠别》的答诗。柳诗谓："十年憔悴到秦京，谁料翻作岭外行。伏波故道风烟在，翁仲遗墟草树平。直以慵疏招物议，休将文字占时名。今朝不用临河别，垂泪千行便濯缨。"共同的功名路，共同的贬斥命，使二人有了更多相近或相同的人生感悟。柳宗元因"招物议"发不"占时名"的慨叹，真是痛定思痛语。刘禹锡的答诗，沉着顿挫，亦如柳诗，但基调似又较柳诗高昂一些。

让我们看刘、柳二诗异同。

首联，诗句小异，内容一致，都表示了对十年贬谪后再次遭贬的不能理解。颔联，刘诗将自己和柳宗元分别与两位古人相比，虽有不平，期许自在。而柳诗是在景物点染中暗示追怀，难释遗恨。颈联，刘诗写二人盼归之情、离别之愁。柳诗则回顾总结人生的历史教训。尾联，刘诗写分手与相思，柳诗写同一内容，意绪哀婉又过于刘。总的比较，刘禹锡对未来的期待要比柳宗元明亮不少。

衡阳分手后，刘、柳虽互通音问，但再也未曾相聚。因为，四年以后柳宗元病逝于柳州。这就使刘禹锡的"相望长吟"中辍失声。而纯从诗艺衡量，这诗又是刘禹锡七律中抒情风格最为浓郁顿挫的。咏古诗再高妙，都有超然气象；唯咏叹自己，字字切肤，声声痛心。我怀疑，这是受了柳宗元赠诗的暗示，使刘诗也有了苍劲冷峻之美。

西塞山怀古①

王濬楼船下益州②，金陵王气黯然收③。
千寻铁锁沉江底④，一片降幡出石头。
人世几回伤往事，山形依旧枕寒流。

今逢四海为家日，故垒萧萧芦荻秋。

【注释】

① 西塞山：在今湖北黄石市东长江边。因三国吴于此设西关江防，故名。② 王濬：晋益州刺史，从益州出发伐吴而灭之。③ 金陵王气：指吴国国运。金陵，吴国都城。④ 铁锁：指吴人为防止上游入侵而在长江上横拉的铁链。晋人用火热熔而断裂之。

【鉴赏】

西塞山为长江防务要塞，海拔五百多米，绵延三十里，足以形成御上控下之势。但王濬楼船一下，则江防失陷，金陵不保。凭险而守者，可以为诫也！这首诗，咏古而讽今，盖有意焉。诗的前四句，追怀王濬灭吴之战，有一泻千里、摧枯拉朽之势。这得力于起句雄奇，一个"下"字，如飞涧注坡，其势难扼。"千寻"与"一片"句对应，点明天险不足恃。颈联二句，虽然情系千载兴废，但是景物已在目前。"人世"与"山形"正与诗题相应。尾联二句，看似漫不经心，形势一派大好，但"故垒萧萧"的存在，依然让人生发登临而忧天下安危。苏辙晚年令人多学刘禹锡诗，以为"用意深远，有曲折处"，此诗可以证其"深远"与"曲折"。明而言之，刘禹锡此诗以"西塞山怀古"为题，却不是礼赞江山形胜；恰恰相反，他要表白的倒是"形胜空置，天险虚设"。总之，千秋兴废，人谋为上。对于王濬，是不经意而赞誉之。

竹枝词二首①（其一）

杨柳青青江水平，闻郎江上唱歌声②。
东边日出西边雨，道是无晴却有晴③。

【注释】

① 本篇是诗人《竹枝词二首》第一首。② 唱：一作"踏"。"踏歌"是歌唱时以脚踏地为节拍的歌曲。③ 晴：与"情"同音，诗中作双关隐语。"晴"一作"情"。

【鉴赏】

诗以少女口吻唱出。"杨柳"句，写景，又是起兴，引出"郎"的"唱歌声"。这是由视觉向听觉的转变。第三句"东边日出西边雨"，回到景语。这是奇景，一天作两种气候。"奇景"引发"奇思"，故"道是无晴却有晴"完成了诗歌主题的点化。有晴无晴说天气，无情有情说歌声，这才是心有灵犀，一点即通。

虽说是向民歌的借鉴，但"竹枝词"已经完成了去粗取精的艺术转化。三、四句几成中国人的情语格言。

秋 词 ①

自古逢秋悲寂寥，我言秋日胜春朝。
晴空一鹤排云上，便引诗情到碧霄。

【注释】

① 秋词：原二首，今选第一首。

【鉴赏】

一反传统的"悲秋"主题，这首诗抒发了秋日豪情。首句申言"自古"以来的"秋悲"大势，立一目的，便于有的放矢。此句，"我言秋日胜春朝"，与首句对出，形成截然相反的诗情观念。当然，这还是理性的、抽象的。三、四句，将目光引向秋日"晴空"，"一鹤"冲天，"排云"而上，视其英姿，想其前程，自己的一腔"诗情"都随之上了"碧霄"！

"寂寥"而"悲"，与"寂寥"或跳出"寂寥"而"上"，是两种"志"、两种"气"。诗人的"诗情"显然属于后者。

从"诗情"酝酿过程看，这首诗并未曲意掩盖。诗人是先看到了孤鹤飞天的壮景，并反思"自古"悲秋之谬，奋然而悟，写下此诗的。"鹤"是诗人的榜样，"鹤"又可以是诗人！春色易让人迷，秋色易让人醒，这首诗是秋天的清醒振奋之曲！

竹枝词九首（其二）

山桃红花满上头，蜀江春水拍山流。
花红易衰似郎意，水流无限似侬愁。

【鉴赏】

这首诗的高妙之处，在于将"眼中景"与"心中事"作了最天衣无缝的结合。

一、二句，为农家少女眼中景。那是高处的"红花"与低处的"春水"。"红花"缀满山头，"春水"拍山而流。色彩的热烈与动感的强烈，都使人联想到爱情境界。这两句起到比兴作用。

三、四句，为农家少女心中事。这是因爱而生的忧虑。花易衰，似郎；水无限，似侬；男女之爱，竟也如此易变而不能等质等量。这两句，由比兴过渡到比喻，十分形象，十分贴切；即闻此言，必曰：鬼丫头，真精！

爱，每每被人视为一个轻松的、诗意的话题；即使浸透了诗意，也仍然不能掩饰它本身的不平衡性（姑且回避"不平等"三字）或沉重性。千年前的诗如此，千年后的歌亦如此。

石头城①

山围故国周遭在，潮打空城寂寞回。
淮水东边旧时月②，夜深还过女墙来③。

【注释】

①本诗是诗人《金陵五题》的第一首诗。五题下有序曰：余少为江南客，而未游秣陵，尝有遗恨。后为历阳守，跂而望之。适有客以《金陵五题》相示，逌尔生思，欻然有得。他日友人白乐天掉头苦吟，叹赏良久，且曰："石头诗云：'潮打空城寂寞回'，吾知后之诗人，不复措辞矣！"余四咏虽不及此，亦不孤乐天之言耳。②淮水：秦淮河，长江下游支流。东源出句容大茅山，西源出溧水东庐山，在江宁秣陵附近汇合北流，经南京入江。③女墙：石头城墙上的矮墙。

【鉴赏】

千秋兴亡感，均付不言中。这首诗得深婉之妙。白居易读后，说"后之诗人不复措辞"，并非虚誉。白居易还说："在在处处当有神物护持。"让我们看"神物"何在。

诗题"石头城"，"石头城"又是六朝古都，所以从诗题上透露的信息是追怀六朝历史。一首诗，二十八字，要写六朝兴衰繁华，分写则一朝不足五字，如何下笔？

诗人构思奇绝处在于，他抓住不逝的历史见证物，让它们哭诉未来。好了，被他抓住的有"山""潮""城""淮水""月"诸物。人有人言，物有物语，这首诗就是写石头城"物语"的不逝。

依我上述浅知，读者从头诵读此诗，或可发现："山"以"围"代语，"潮"以"打"代语，"空城"以被打沉默代语，"淮水"以流淌代语，"月"以爬上"女墙"窥望代语……千秋繁华，化为寂寂，石城生命，以另一种形态告诫后生。

诗人没说话，他是无所褒贬的。但我们认识了在他的超然之上，似乎并没有断绝打通古今的意愿。套用王国维的定义，这也叫"无我之境"的"有我之境"！

乌衣巷①

朱雀桥边野草花②，乌衣巷口夕阳斜。
旧时王谢堂前燕，飞入寻常百姓家。

【注释】

①本诗为诗人《金陵五题》第二首诗。乌衣巷在南京城区东南。东晋以来，王、谢两大世族都居住于此。②朱雀桥：在乌衣巷附近，是六朝时都城正南门（朱雀门）外的大桥。

【鉴赏】

作为《金陵五题》之一，《乌衣巷》以今昔之叹的思想力度引人注目。时间对所有的事物都一视同仁，这就决定了所有的自然存在与社会存在都是阶段性的。金陵乌衣巷的旧住户，也不能超然时间而永存。今天感叹昨天，明天感叹今天，悠悠时间长河，一人只不过是一朵浪花。

诗前二句紧扣诗题，描画乌衣巷、朱雀桥今日（唐代）景观。"花"与"斜"，都有"动词化"意味。转折在第三句，慨叹在第四句。物是人非，沧桑巨变，王、谢远去，百姓驻足，一条巷子，居然折射了六代兴亡史！

有人读出了讽刺、批判，那是求之过深。诗人与王、谢巨族无冤无仇，他没有心思具体评说王、谢二族（还有其他望族）的是非功过。让他心生感慨的是时代变迁，再大的树也留不下永恒阴凉！

旁观者，易清醒。清醒者的诗，还原朦胧，这又让另外的旁观者糊涂。

酬乐天扬州初逢席上见赠[①]

巴山楚水凄凉地，二十三年弃置身[②]。
怀旧空吟闻笛赋[③]，到乡翻似烂柯人[④]。
沉舟侧畔千帆过，病树前头万木春。
今日听君歌一曲，暂凭杯酒长精神。

【注释】

①唐敬宗宝历二年（826），刘禹锡罢和州刺史，白居易罢苏州刺史，二人相遇相识于扬州。白有赠诗，刘以此诗答。②二十三年：指刘禹锡从永贞元年（805）被贬出京，至宝历二年奉调回京任主客郎中，约二十二年，因贬地离京遥远，实际上第二年才回到京城。所以说二十三年。③闻笛赋：指晋人向秀《思旧赋》。向秀访嵇康旧居，闻邻人吹笛，不胜其悲，作《思旧赋》。④任昉《述异记》载王质入山斫木，看二童子弈棋，棋终，视其斧柄已烂。回村，始知已过百年。

【鉴赏】

这一年，两位诗人都已五十五岁。久闻彼名，未见彼面。及相识，都已两鬓生霜，惺惺相惜。你赠我答，两首名作问世。先录白居易赠诗如下："为我引杯添酒饮，与君把箸击盘歌。诗称国手徒为尔，命压人头不奈何。举眼风光

223

长寂寞，满朝官职独蹉跎。亦知合被才名折，二十三年折太多。"白诗的主旨有两方面，一是赞扬刘禹锡（"诗称国手""合被才名折"），二是为刘禹锡鸣不平（"命压人头""独蹉跎""折太多"）。

刘禹锡答诗，是从白诗的结句二十三年"折太多"入笔的。首联二句，概述二十三年贬谪经历。"巴山楚水"指贬谪地，"二十三年"指贬谪时间，分别用"凄凉""弃置"二字形容之，大有不堪回首之慨。以下各联，虽在诗情上仍然呼应白诗，但已较为自由。颔、颈二联容量最大，但点到即止，言外意颇多。如"怀旧空吟闻笛赋"七字，包含了对"二王""八司马"中所有已经死难挚友的追怀（王叔文被"赐死"，王伾、凌准、韦执谊死于"司马"贬所，柳宗元死于"刺史"贬所……）。当日向秀作《思旧赋》时，不准讲话，也不敢讲话，怀念好友的话也仅仅是"感音而叹"，"援翰写心"。"心"里想什么？口中"叹"什么？不知也。刘禹锡亦如此，因而用"空吟"二字，悲在不言中。二十三年虽长，经过回首，感到只是一瞬；"烂柯人"的眼中，早已不见故人模样。两典呼应，诗人的忆念之情又加一倍。"沉舟"二句，有我无我，看人看事，都异常达观。这表明诗人已经从前后之承续，来看待人生之超越。"舟"与"树"的比喻，或可垂之千秋。尾联回到白诗的善意，举酒痛饮，精神一振。

尽管是酒宴上的酬答诗，亦无应景语。这是诗意的人生追怀，还是达观的命运瞭望。大抵，只要心头的春晖不灭，"弃置"也仅是让你养其浩然之气而已。

白居易

白居易（772—846），字乐天，号香山居士，下邽（音 guī，在今陕西渭南县境）人。生于河南新郑。早慧，九岁即熟悉声韵。十一岁因避战乱由荥阳逃难徐州符离，不久又南下越中投靠堂兄。父死母病，仅靠长兄白幼文微俸维持生计。贞元十六年（800）进士及第，十八年又与元稹同时考中"书判拔萃科"，二人定交，后在诗坛齐名，称"元白"。初授校书郎，又任盩厔（今陕西周至）县尉，授翰林学士、左拾遗，改京兆府户曹参军，依充翰林学士草拟诏书，参与国家机密。元和六年（811）母丧家居，服满充太子左赞善大夫。元和十年因宰相武元衡被刺杀而上疏请捕凶手，以雪国耻，获罪贬江州（今江西九江）司马。元和十三年改忠州刺史，十五年还京，拜尚书司门员外郎，迁主客郎中，知制诰，进中书舍人。求外任，出为杭州刺史、苏州刺史，唐文宗大和元年（827）拜秘书监，次年转刑部侍郎。从大和三年至会昌六年（846），白居易定居洛阳，先后任太子宾客、河南尹、太子少傅等职。会昌二年以刑部尚书致仕。

白居易思想兼儒、释、道三家，诗歌上提倡新乐府运动，写下许多揭示社会黑暗、同情人民疾苦的佳作。留下诗作三千多首，收入《白氏文集》。

赋得古原草送别①

离离原上草②，一岁一枯荣。
野火烧不尽，春风吹又生。
远芳侵古道，晴翠接荒城③。
又送王孙去④，萋萋满别情。

【注释】

①旧传此诗作于诗人十六岁时。唐张固《幽闲鼓吹》云："白尚书应举，初至京，以诗谒顾著作况。顾睹姓名，熟视白公，曰：'米价方贵，居亦弗易。'乃披卷首篇（指此诗），即嗟赏曰：'道得个语，居即易矣。'因为之延誉，声名大振。"白居易十一岁（建中三年）至十八岁（贞元五年）均在江南，贞元五年后顾况又贬官饶州，不久转苏州，故二人不可能在长安相见。"赋得"二字，皆加于指定、限定诗题之前，与咏物诗之"咏"用法略同。白此诗为举试诗。②离离：长貌。③远芳、晴翠：皆指草色及草色铺展的原野。④王孙：贵族。诗中指作者朋友。

【鉴赏】

这是一首充分体现诗人天赋的作品。诗人年十六，怀抱一份天真眺望春景，却看到了超季节、跨年度的"古原"之变。"枯荣"相继，苍黄反复，终也抵挡不住眼前春色对情感的诱惑，"萋萋""远芳"，遥接"荒城"，送行者与被送者都已别情凄然。

"离离"二句，有古乐府风。描写眼中景（草）的同时，心里已生慨叹（枯荣）。"野火烧不尽，春风吹又生"句，呼应"枯荣"而发，但展示了更为具象的生死相搏的画面。生命胜利了！野火奈它不得；故而"远芳""晴翠"皆又是"生"如灿烂！"古道"与"荒城"的意象，又为尾联的"送"字预设铺垫。"萋萋"二字，语义双关，是草色，又是别情。

诗眼在"生"字。草生、风生、意生、情生，唯"生"而"又生"，才有希望。

杜陵叟①

杜陵叟，杜陵居，岁种薄田一顷余。
三月无雨旱风起，麦苗不秀多黄死②。
九月霜降秋早寒，禾穗未熟皆青乾。
长吏明知不申破，急敛暴征求考课。
典桑卖地纳官租，明年衣食将何如？
剥我身上帛，夺我口中粟。
虐人害物即豺狼，何必钩爪锯牙食人肉？
不知何人奏皇帝，帝心恻隐知人弊。
白麻纸上书德音③，京畿尽放今年税。
昨日里胥方到门，手持尺牒膀乡村④。
十家租税九家毕，虚受吾君蠲免恩⑤。

【注释】

① 这是白居易《新乐府》五十篇的第三十篇。唐宪宗元和三年（808）冬到次年春，江南与关中大旱，庄稼十种九不收。白居易新任左拾遗，察知民苦，上疏请"减免租税"。宪宗批准此请，还下了罪己诏。但实际上诏书下时，地方官吏已经征敛完毕，民在水火，虚受君恩。杜陵：汉宣帝陵，在今西安东南郊。② 不秀：不出穗。③ 白麻纸：唐制，中书省所用公文纸分黄白二种，原料皆为麻。有关任命将相、赦宥、豁免等重要命令，用白麻纸；黄麻纸则写一般诏令。④ 尺牒：诗中指免税公文。膀：贴榜，作动词。⑤ 蠲：免除。

【鉴赏】

    白居易的一组《新乐府》皆作于元和四年（809）。《新乐府》的创制，有艺术形态的突破，亦有传统诗教的突破。要之，白氏新乐府更为关注社会人生。让我们将《新乐府》序录于下文："序曰：凡九千二百五十二言，断为五十篇。篇无定句，句无定字，系于意不系于文。首句标其目，卒彰显其志，《诗三百》之义也。其辞质而径，欲见之者易喻也。其言直而切，欲闻之者深诚也。其事核而实，使采之者传信也。其体顺而肆，可以播于乐章歌曲也。总而言之，为君为臣为民为物为事而作不为文而作也。"《杜陵叟》描写一个农夫的困苦。诗前自注"伤农夫之困"。"困"从何来？此诗逐一罗列之：一困于天灾（一至六句），二困于"长吏"，三困于"里胥"。"长吏"与"里胥"上令下行，形同一体，故从第七句起至结句，几乎句句揭露官吏对农民的压榨，甚至连皇帝的"恻隐"与"德音"都被他们扣留了。三"困"相比，"长吏"与"里胥"造成的困厄是主要的。这是一种雪上加霜的煎迫。

    为了表达对"长吏"与"里胥"狼狈为奸剥夺农民的愤怒，诗人调动了各种艺术手段：有直言痛诋（如"剥我身上帛，夺我口中粟"等语），有比喻谴责（如"即豺狼""食人肉"等语），有对比揭露（如"书德音""租税毕"等语）。总之，在思想认识的高度，这首诗遥遥呼应了儒家"苛政猛于虎"的判断。

    刘熙载评白居易诗，谓"代匹夫匹妇语最难"。而这一首叙事诗，叙当前之事，揭当前之弊，时过境迁，此诗也便成为原始的历史记录。白居易作为诗人的伟大之处，正在于此。

琵琶行

    元和十年，予左迁九江郡司马。明年秋，送客湓浦口，闻舟中夜弹琵琶者，听其音，铮铮然有京都声。问其人，本长安倡女。尝学琵琶于穆、曹二善才，年长色衰，委身为贾人妇。遂命酒，使快弹数曲，曲罢悯然。自叙少小时欢乐事，今漂沦憔悴，转徙于江湖间。予出官二年，恬然自安，感斯人言，是夕始觉有迁谪意。因为长句，歌以赠之，凡六百一十二言，命曰《琵琶行》。[①]

浔阳江头夜送客②，枫叶荻花秋瑟瑟。
主人下马客在船，举酒欲饮无管弦。
醉不成欢惨将别，别时茫茫江浸月。
忽闻水上琵琶声，主人忘归客不发。
寻声暗问弹者谁，琵琶声停欲语迟。
移船相近邀相见，添酒回灯重开宴③。
千呼万唤始出来，犹抱琵琶半遮面。
转轴拨弦三两声，未成曲调先有情。
弦弦掩抑声声思，似诉平生不得志。
低眉信手续续弹，说尽心中无限事。
轻拢慢捻抹复挑，初为霓裳后六幺④。
大弦嘈嘈如急雨，小弦切切如私语。
嘈嘈切切错杂弹，大珠小珠落玉盘。
间关莺语花底滑，幽咽泉流冰下难。
冰泉冷涩弦凝绝，凝绝不通声暂歇。
别有幽愁暗恨生，此时无声胜有声。
银瓶乍破水浆迸，铁骑突出刀枪鸣。
曲终收拨当心画，四弦一声如裂帛。
东船西舫悄无言，唯见江心秋月白。
沉吟放拨插弦中，整顿衣裳起敛容。
自言本是京城女，家在虾蟆陵下住⑤。
十三学得琵琶成，名属教坊第一部⑥。
曲罢曾教善才伏，妆成每被秋娘妒⑦。
五陵年少争缠头⑧，一曲红绡不知数。
钿头云篦击节碎，血色罗裙翻酒污。
今年欢笑复明年，秋月春风等闲度。
弟走从军阿姨死，暮去朝来颜色故。
门前冷落车马稀，老大嫁作商人妇。
商人重利轻别离，前月浮梁买茶去⑨。
去来江口守空船，绕船月明江水寒。
夜深忽梦少年事，梦啼妆泪红阑干。

我闻琵琶已叹息，又闻此语重唧唧。

同是天涯沦落人，相逢何必曾相识！

我从去年辞帝京，谪居卧病浔阳城。

浔阳地僻无音乐，终岁不闻丝竹声。

住近湓江地低湿，黄芦苦竹绕宅生。

其间旦暮闻何物？杜鹃啼血猿哀鸣。

春江花朝秋月夜，往往取酒还独倾。

岂无山歌与村笛，呕哑嘲哳难为听。

今夜闻君琵琶语，如听仙乐耳暂明。

莫辞更坐弹一曲，为君翻作琵琶行。

感我此言良久立，却坐促弦弦转急。

凄凄不似向前声，满座重闻皆掩泣。

座中泣下谁最多？江州司马青衫湿⑩。

【注释】

①序中言送客遇琵琶女事，宋洪迈《容斋随笔》卷七中曾说："予窃疑之……乐天之意，直欲抒写天涯沦落之恨尔。"故序中叙事，不必坐实。另"六百一十二言"为"六百一十六言"之误。湓浦口：湓水入江处。善才：唐代对琵琶艺人或乐师的通称。②浔阳江：流经浔阳（九江，唐称江州或浔阳郡）境内的长江。③回灯：移灯。④霓裳：《霓裳羽衣曲》。起于开元年间，盛于天宝年间的大曲。六幺：亦大曲名，又名《乐世》《绿腰》《录要》。⑤虾蟆陵：在长安城东南，曲江附近，为游乐区。⑥教坊：唐代官办管理音乐杂技、教练歌舞的机关。⑦秋娘：唐代歌舞伎常用名。⑧五陵：长安城外汉代五个帝王的陵墓。后成贵族居住区。缠头：以锦帛之类的财物送歌舞伎者称"缠头"。⑨浮梁：古县名，属饶州，在今江西景德镇市。⑩青衫：唐朝八品、九品官员的服色。白居易为江州司马，遭贬，降至从九品，故着青衫。

【鉴赏】

白居易去世时，有人以诗吊之，中有句云："童子解吟长恨曲，胡儿能唱琵琶篇。"这证明，《琵琶行》与《长歌恨》是白居易长篇叙事诗的双璧，一问世即传扬天下。

从结构上看，此诗又是单线索延伸，较为单纯。略而剖分，分三部分为宜。第一部分三十八句，至"秋月白"，为夜听琵琶曲。第二部分二十四句，至"红阑干"，写琵琶女身世。第三部分二十六句，至最后，是诗人感怀。纵观全诗，它写了两个人的命运沉浮，作了一虚一实、一主一客的艺术处理。

理解这首诗的钥匙是"琵琶"二字。"琵琶"是全诗的唯一道具，"琵琶曲"是全诗的主题曲，"琵琶泪"是主客不分的伤心泪，"琵琶情"是同病相怜的"惺惺之惜"，"琵琶魂"则是浔阳江头招不回的迷绪……

诗若立主脑，"琵琶传奇"与"琵琶情思"或可谓本篇之"主脑"。让我们缘琵琶线索略作铺排："夜送客"而"无管弦"，"忽闻水上琵琶声"，此琵琶声现；"寻声暗问"，此问琵琶；"移船相近"，此寻琵琶；"犹抱琵琶"，此琵琶女与琵琶同时出现；"转轴拨弦"，此将弹未弹琵琶；"霓裳""六幺"，此琵琶曲目；"轻拢慢捻"，此弹琵琶仪态；它如"急雨""私语""莺语""冰泉""大珠小珠落玉盘"等，均琵琶声韵之美也！"冰下难""弦凝绝"，此琵琶曲顿挫处；"水浆迸""刀枪鸣"，此琵琶曲昂扬处；"当心画""如裂帛"，此又琵琶曲收煞之妙！"自言"者，琵琶女；"我闻"而"又闻"者，诗人；"如听仙乐"，为听琵琶感受；"却坐促弦"，为重弹琵琶；"满座""掩泣"，则哭人、哭己、哭琵琶浑然不分。

跳出寻章摘句式的分析，我们在《琵琶行》中看到了那因琵琶而响的"音乐线"，以及那因音乐而共鸣的"情感线"。音乐对情感壁障的突破，让人领悟音乐的魔力。荀子说："声乐之入人也深，其化人也速。"江州司马与琵琶女的情感共鸣，其实是被音乐唤醒的命运认同！唯音乐如此涵育人心，本篇对乐声的描写亦曲尽其妙。

同李十一醉忆元九①

花时同醉破春愁，醉折花枝作酒筹。
忽忆故人天际去，计程今日到梁州②。

【注释】

①李十一：李杓直，诗人朋友。元九：元稹，诗人挚友。②梁州：在今

陕西汉中。

【鉴赏】

元和四年（809），元稹以监察御史身份出使剑南东川，弹劾不法官吏。白居易在长安任左拾遗。一日与弟弟白行简和李杓直同游曲江及慈恩寺，又到李杓直家饮酒，席上忽忆元稹，写下这首诗。

诗情真挚处在"醉"而"忆"人。全诗有三个"醉"字，但仍然没有模糊对故人的"忆"念。用"醉"来强化"忆"，使"忆"更深一层。

一、二句写醉态、醉意。折花枝，作酒筹，是十分形象的醉态描写。"春愁"已为下句"忆"字做了铺垫。但"忽忆"还是让人感到突然。这也暗暗回应第一句，表示"忆故人"早已是"春愁"中不可名状的情结。"计程"照常理该是清醒者的事，但醉意蒙眬的诗人居然算得那么准。白居易忆元稹时，元稹正在梁州。当天，他写了一首《梁州梦》，吟道："梦君同绕曲江头，也向慈恩院院游。亭吏呼人排去马，忽惊身在古梁州。"元稹在诗题下注谓："是夜宿汉川驿，梦与杓直、乐天同游曲江，兼入慈恩寺诸院。倏然而寤，则递乘及阶，邮吏已传呼报晓矣。"元稹梦中事竟与白居易诗中事相合，这种千里感应，虽神秘又可以理解。一醒诗，一梦诗，咏一事，用一韵，《本事诗》谓"合若符契"，这确是诗坛佳话。而白诗由"醉"入笔，"醉"而"愁"，"醉"而"折花"，"醉"而"忆人"，"醉"而计算行程，加一判断，则"醉"极而"醒"。诗短小而摇曳多姿，有风致之美。

花非花①

花非花，雾非雾。夜半来，天明去。
来如春梦几多时，去似朝云无觅处。

【注释】

① 诗题用诗前三字，近乎标"无题"。

朦胧诗古已有之，本篇为一例。

"花非花，雾非雾"，为否定句。粗读，不通。细读，始知这不是对"花"与"雾"的否定，而是对"似花""似雾"存在的否定判断。数百年后，苏东坡《水龙吟》吟出"似花还似非花"的句子，或是对白居易名句的借鉴。"夜半来，天明去"，是对这一不明存在物行踪的捕捉。仅知行踪，仍未锁定目标，才有三、四句进一步的状态模拟。"春梦"与"朝云"的模拟，一拟其短暂，一拟其无影踪，这几乎是推向更不可知的努力。考此诗被编于"感伤"之类，或为不可名状感伤情绪的吟哦。有人以《真娘墓》《简简吟》与此诗互释，意在暗示此诗也是近似"悼亡"之作。我以为不确指最好。有一种感伤，不可名状，似见似不见，似有又似无，挥之不去，觅之无踪，大抵就是"花非花，雾非雾"的情怀。雾中看花，何能真真！

大林寺桃花①

人间四月芳菲尽，山寺桃花始盛开。
长恨春归无觅处，不知转入此中来。

【注释】

①大林寺：在庐山大林峰南。晋僧人昙诜建，今已毁。现大林寺原址辟有"白司马花径"，为赏桃花去处。

【鉴赏】

"人间四月芳菲尽，山寺桃花始盛开"，诗一落笔，就展示了山下、山上两种景观。这种一山有两景，十里不同天的差别，是由海拔落差造成的。大林寺海拔一千一百多米，以每上升二百米降一摄氏度计，此处当低于山下五六度。气温低，花发迟，自然是山下花"尽"，山上"始"开。

白居易此时已在庐山香炉峰下营建了"五架三间"的草堂，过上了山居生活。唯如此，他才可能在饱览山下春色后，又发现山上迟到的春天。诗人的注意力并没有停留在桃花上，从桃花的"芳菲"，他嗅到了春天的清新，故而亦将思维转移到对春天的追寻上来："长恨春归无觅处，不知转入此中来。"而今找到了，追上了春天，与春天同驻山寺，同歇桃花枝头，这份快意，言之不尽矣。

诗之"巧"，在于"思巧"，同一物变化，有视而不见者，有见而不思者，有思而不巧者，故永处相离相隔之境。此诗出奇出巧处，在于时刻怀抱寻春之恋。心与春通，春即相候于前路。

诗化的人情，人化的春色，不是一个简单的"拟人化"修辞格所能概括。

问刘十九①

绿蚁新醅酒②，红泥小火炉。
晚来天欲雪，能饮一杯无③？

【注释】

①刘十九：名不详，应为白居易在江州司马任上结识的朋友。据《刘十九同宿》诗句"唯共嵩阳刘处士"推断，刘十九当为河南登封人。②绿蚁：新酿的米酒，未经过滤，酒面浮渣，呈绿色，细如蚁，故名。③无：语气词，相当于"吗"。

【鉴赏】

这首诗作于元和十二年（817）冬天江州司马任上。贬官谪居，已是第三个年头。人总要生活，生活便可能交朋友，刘十九即江州任上相识者。从几首与刘十九相关的诗看，刘十九是一位可以与白居易同宿一室，且"围棋赌酒到天明"的好友；因为通诗，白居易还会"试将诗句相招去"。这首《问刘十九》，就是诗式"请柬"，熟人、熟地，故而也就不必详言时间、地点了。

诗虽短，却因情趣真挚而感人。"绿蚁新醅酒"，先说酒好；"红泥小火炉"，再说炉暖；围炉饮酒，只欠嘉宾了！两句诗，明写美酒、火炉待客，暗写的是主人盼客。"晚来天欲雪"，加一份寒冷，加一份寂寥，更突显了酒与炉的甜蜜温馨；所以追上一句"能饮一杯无"，客人是想逃也迈不开腿了！妙在"一杯"之诺，这是极口语化、极客气、极举重若轻的口吻。

诗，也有"小品"。文字很短，所叙事也小，小到轻如鸿毛；但诗情、诗境的容量却很大。这就是诗中小品。小品而不让鸿篇巨制，其实是个"浓度"问题。《问刘十九》的魅力，在于它展示了真正友情的朴素与单纯。

杨柳枝词①

一树春风千万枝，嫩于金色软于丝。
永丰西角荒园里②，尽日无人属阿谁?

【注释】

①杨柳枝：唐教坊曲名，形如七言绝句，专用于咏柳。②永丰：永丰园，洛阳永丰坊西南角之园。

【鉴赏】

这是一首咏物诗。此"物"，即永丰西园的一株老柳。柳虽老迈，但枝条柔顺，可惜无人赏识，只能困居废园一角。托物言志，诗人自慨之意自不能免。

意外的是，此诗一出，人们并没有读懂它的弦外之音，倒真的关心起永丰柳的命运。

据卢贞《和白尚书赋永丰柳》序言："永丰坊西南角有垂柳一株，柔条极茂。白尚书曾赋诗，传入乐府，遍流京都。近有诏旨，取两枝植于禁苑。乃知一顾增十倍之价，非虚言也。因此偶成绝句，非敢继和前篇。"卢诗曰："一树依依在永丰，两枝飞去杳无踪。玉皇曾采人间曲，应逐歌声入九重。"卢贞任河南尹（治洛阳）在会昌四年（844）七月，估计白诗当作于会昌三年至五年之间。待永丰柳植于禁苑后，白居易还写了一首《诏取永丰柳植禁苑感赋》，诗曰："一树衰残委泥土，双枝荣耀植天庭。定知玄象今春后，柳宿光中添两星。"

这插曲虽与赏诗无关，但是反映了白居易诗歌的影响已由江湖上达天听。对永丰柳而言，剪枝扦插，后继有色，未尝不是好事。

作为咏物诗，对物的描述各有千秋。此诗重点写垂柳的"垂态"。由"一树"写到"千万枝"，再落脚于"枝"的"嫩"和"软"；"嫩"和"软"又比喻出之，才有"金色"的明艳和"丝"的柔美。白居易此诗对柳枝的彩绘，独步诗坛。三、四句补叙永丰柳的生存环境，叹其寂寞无主。叹柳，暗寓叹人。但不必坐实为诗人自况。景语蕴含的风致之美，是一个让人神游的空间。一旦归于理性寄托，深则深矣，但又让遐想止步。后来，苏轼《洞仙歌·咏柳》，发机于此诗。苏词曰："永丰坊那畔，尽日无人，谁见金丝弄晴昼？"诗与词相映生辉，永丰柳幻化为一种超时空的存在。

对酒（其一）

蜗牛角上争何事①，石火光中寄此身。
随富随贫且欢乐，不开口笑是痴人②。

【注释】

①"蜗牛"句：典出《庄子·则阳》："有国于蜗之左角者，曰触氏；有国于蜗之右角者，曰蛮氏。时相与争地而战……"比喻为了极小的事物而引起大的争执。②开口笑：大笑。《庄子·盗跖》："人上寿百岁，中寿八十，下寿六十。除病瘐、死丧、忧患，其中开口而笑者，一月之中，不过四五日而已矣。"

【鉴赏】

这首诗极像佛禅偈语，以理性胜，故称哲理诗也可。平时话，平常理，近在耳边、身边，但能明悟者少。故而蜗牛角上抢地盘、蜉蝣翅上庆寿典者比于世。劝不得，喻不明，昏昏一世、自以为昭昭终生而昏昏百年者朝野遍布。白居易作此诗时行年五十有八，尚不达庄子设定的"下寿"目标，但他明白过来了，故有是作。

四句诗，用了《庄子》二典。这与诗人喜读《庄子》有关。在人格上，白居易亦近庄周。其《读庄子》吟道："去国辞家谪异方，中心自怪少忧伤。为寻庄子知归处，认得无何是本乡。"这首诗又用了三个庄子典故。

忆江南①（三首）

江南好，风景旧曾谙②。日出江花红胜火，春来江水绿如蓝。能不忆江南？

江南忆，最忆是杭州。山寺月中寻桂子③，郡亭枕上看潮头④。何日更重游？

江南忆，其次忆吴宫⑤。吴酒一杯春竹叶⑥，吴娃双舞醉芙蓉⑦。早晚复相逢。

【注释】

①忆江南：又名"谢秋娘""江南好""春去也""望江南""梦江南""梦江口""望江梅"。有单调双调两体。此为单调。二十七字，五句，三平韵。②谙：熟悉。③山寺：指杭州天竺寺。古代传说天竺寺秋夜有桂子从月中飘落。④郡亭：指杭州刺史衙署中的虚白亭。⑤吴宫：吴王夫差宫殿，故址在苏州。⑥春竹叶：春天酿熟的酒，称吴酒。⑦吴娃：一指西施，一指吴中美女。

【鉴赏】

三阕《忆江南》，忆三景，可以分章细述，也可以在"江南"的总背景下合而略述。

一忆春江日出景。诗人虽未指明何城何江，依句意推，当为杭州钱江景。红的江边花，绿的江中水，红绿相映，最有江南特征。这一忆念，是由斑斓的春色引发的。

二忆赏月观潮景。地点仍在杭州。一"山寺"，一"郡亭"；一"寻桂子"，一"看潮头"，一静一动，相得益彰。这"最忆"，是由神话的魅力和山水的形胜交互激发的。

三忆吴宫歌舞景。地点在苏州。吴酒、吴娃、双醉、双舞，这是对人的怀念。因而"早晚复相逢"成为新的精神牵挂。

俗语有："上有天堂，下有苏杭。"白词将苏杭并咏，而且作为"江南"的代表，这对苏、杭二州的文化定位影响深远。

三阕小词，以相近的句式开头，易于前后呼应，增强了整体感。各阕又紧扣"忆"字铺排，是谓以情御景，情景交融。词有流丽之华，韵有铿锵之美，朗朗上口，过目易诵，是这组的又一特征。

李绅

李绅（772—846），字公垂，亳州（今安徽亳州）人。元和初进士及第，补国子助教，不乐而去。唐穆宗时召为右拾遗、翰林学士，与李德裕、元稹同时，号"三俊"，是"新乐府"的倡导者。历中书舍人、御史中丞、户部侍郎。敬宗立，受构陷贬端州司马，徙江州长史，迁滁州、寿州刺史。以太子宾客分司东都，擢浙东观察使，迁河南尹、宣武节度使。武宗立，召拜中书侍郎、同平章事，进尚书右仆射，封赵郡公。居位四年，以检校右仆射同平章事节度淮南，卒于任。为人短小精悍，诗最有名，时号"短李"。《全唐诗》存其诗四卷。

悯农二首①

春种一粒粟，秋收万颗子。
四海无闲田，农夫犹饿死。

锄禾日当午，汗滴禾下土。
谁知盘中餐，粒粒皆辛苦。

【注释】

① 诗题亦称《古风二首》。

【鉴赏】

诗题"悯农"二字，其实是点化主题。

第一首，从农民的"春种"落笔，句句推进，展示农民劳动的创造价值；结句陡转，揭示农民命运的悲惨。在对比中，强化"悯农"情绪。为表现农民的创造，诗人巧用了一系列数字，"一粒粟"变为"万颗子"，进而"四海无闲田"。借数字，折射农民劳动艰辛、创造伟大。伟大的劳动，换不来幸福，命运的普遍不公正，当然是社会造成的。

第二首，最先展示的是一种劳动场面："锄禾日当午，汗滴禾下土。"呼应第一首诗，这是将"一粒粟"变成"万颗子"的理性概括回复为具体劳动。

"汗滴禾下土"最真实，最无奈，也最富有典型意义。三、四句在时空转移后，劈空设问，点明"盘中餐""粒粒皆"农民"辛苦"所得。"辛苦"二字，总括两首诗的所有劳动，同情在其中，不平亦在其中。

诗的朴素之美，在本质上是真实之美。这两首诗，仅四十字，却概括了千百万农民千百年来的创造与命运。诗的容量，不假虚言，所谓"一粒米"反映"万顷田"，此诗尽得之。诗题的那个"悯"字，融在叙述里，融在慨叹里，不着形迹，而又无所不在。李绅走后，留下人道主义在人间。

在唐代的"新乐府"运动中，李绅是最早的实践者。李绅写新乐府二十首，赠给元稹。元稹和了十二首，白居易又和了五十首，"新乐府"运动成绩斐然。所以元稹曾说："予友李公垂，贶予乐府新题二十首。雅有所谓，不虚为文。予取其病时之尤者，列而和之，盖十二而已。"可惜，李绅"新乐府"二十首今已不传，《悯农二首》或为其"新乐府"遗音！

柳宗元

柳宗元（773—819），字子厚，河东解（今山西运城市西南）人。世称"柳河东"。因官终柳州刺史，又称柳柳州。幼承母亲卢氏教诲，四岁即能诵古赋十四篇，十三岁写《为崔中丞贺平李怀光表》而有"奇名"。贞元九年（793）中进士，十四年登博学宏词科，授集贤殿正字，一度调任蓝田尉，回朝任监察御史里行。与韩愈、刘禹锡同官。贞元二十一年顺宗即位，王叔文集团当政，柳宗元被擢为礼部员外郎，协助王叔文推行新政。由于宦官、藩镇及保守派反对，同年八月，顺宗让位给太子李纯，是为宪宗。宪宗改元元和，九月相继贬王叔文集团诸成员。王叔文贬渝州司户，不久被赐死；王伾贬开州司马，后死任所。另贬韩泰、韩晔、柳宗元、刘禹锡、程异、凌准、陈谏、韦执谊为边州司马（此前贬刺史，再贬）。

柳宗元先贬邵州（今湖南邵阳）刺史，路上追贬永州（今属湖南）司马。在永州十年，柳宗元得以深入了解民间疾苦，感受命运沧桑，思想与诗文均有大长进。元和十年（815）春，奉命至京师，三月又出为柳州刺史，六月至任所。官稍升，而地更偏。在柳州四年，他做了不少兴利除弊之事，故为柳州人民称道。元和十四年十一月，卒于柳州任上。百姓于罗池建庙纪念之。

柳宗元既与韩愈并肩，是古文运动的倡导者，又与白居易主张呼应，是讽喻诗的倡导者。其"文"的成就大于"诗"，在"诗"上继承陶渊明传统，与王维、孟浩然、韦应物并称"王孟韦柳"。

江雪

千山鸟飞绝，万径人踪灭。
孤舟蓑笠翁[①]，独钓寒江雪。

【注释】

① 蓑笠：蓑衣与斗笠。

【鉴赏】

这首诗作于诗人贬谪永州后。千山、万径、一舟、一翁，独钓于寒江之上，景清意孤，画淡诗浓，可谓炼字锤意佳作。

诗境由大背景展开，"千山""万径"，极言其大，大而空，空到"鸟飞绝""人踪灭"。接着，推出中景或特写：寒江飘雪，一翁独钓。人与舟的唯一性存在，不是偶然。因为"寒"，因为"雪"，鸟藏人避，而"蓑笠翁"不畏"寒"，不畏"雪"，这才构成了"独钓"画面。"独钓"，是"独钓者"的选择。相反，热闹，也是热闹者的选择。

每一个字，都是经"寒江"水淘洗过的。"千"对"万"，"山"对"径"，"鸟"对"人"，"绝"对"灭"，"孤"对"独"，"翁"对"雪"，无不契合，又无不生动。从意境上领受，或许让人感到"境"胜于"意"。这正是诗的含蓄深浑处，抒情不露一丝痕迹。无怪《对床夜语》谓："唐人五言四句，除柳子厚《钓雪》一诗之外，极少佳者。"有人认为这首诗"殆天所赋不可及也"，叹为观止，是有一定道理的。

含不尽诗情（悲凉、傲岸、自励、自信等）在诗外，无逾此二十字者！

渔 翁

渔翁夜傍西岩宿，晓汲清湘燃楚竹。

烟销日出不见人，欸乃一声山水绿①。

回看天际下中流，岩上无心云相逐②。

【注释】

①欸（ǎi）乃：摇橹时的吆喝声，亦释为摇橹声。②"岩上"句：化用陶渊明《归去来兮辞》中的"云无心以出岫，鸟倦飞而知还"。

【鉴赏】

诗写于永州，与《江雪》可以视为姊妹篇。

渔翁的生活，本不足奇。写渔翁，写出了奇趣，这让苏东坡都大为击节称善。《冷斋夜话》卷五载东坡评语曰："诗以奇趣为宗，反常合道为趣。熟味此诗有奇趣。然其尾两句虽不必亦可。"

如果以"奇趣"为宗判读此诗，我们发现首句并不奇，为平叙语，蓄势待发。第二句，写生火煮水，事不奇，但造语"奇"："汲清湘"而"燃楚竹"，这都是别人不曾见到的。三、四句，事仍不奇，但造势"大奇"：烟消之后，视野清晰，本该见到渔翁身姿，可偏偏"日出人不见"，又偏偏虽不见人却闻其声："欸乃一声山水绿"。一声"欸乃"，山水尽绿，你说奇也不奇！借用电影术语，这叫"空镜头"。镜头景空，画外有音，奇境又出焉！五、六句，苏东坡主张删除。柳宗元留下了，必有用意。这又是一"奇"，"奇"在人称转换造成了视点（角）转移。"回看"者，"下中流"者，都是渔翁。别人看不见他的时候，他却正在看山岩，看流云，看归程。"岩上无心云相逐"正是渔翁眼中景。六句诗，描写了渔翁的夜宿、晨炊、日出归航，造语新，造境新，造意亦新。造意新处，是渔翁的适意而行，自由自在，全不为有第三只眼的观察而摆出僵化的姿势。"云"无心，"渔翁"亦无心；"云"随风"相逐"，"渔翁"随"中流"水漂泊，在本性上一样自由。

所以，苏东坡删诗的高论可以挂起，而此后千载围绕删与不删的争论更可以挂起。诗，追求定型化。柳诗六句，为什么不写八句？肯定是柳宗元认为六句比八句适宜。

诗的主体是渔翁。这是一个孤独的自由者。他的自由与山水的自由构成了一体一色。诗，句句出新景，句句有动态美，句句都潜藏着渔翁作为人的主动精神。

登柳州城楼寄漳汀封连四州刺史①

城上高楼接大荒，海天愁思正茫茫。
惊风乱飐芙蓉水，密雨斜侵薜荔墙。
岭树重遮千里目，江流曲似九回肠。
共来百粤文身地②，犹自音书滞一乡。

【注释】

①诗题点及的四州刺史是漳州刺史韩泰、汀州刺史韩晔、封州刺史陈谏、连州刺史刘禹锡。②百粤：一作"百越"。泛指岭南少数民族。

【鉴赏】

这是一首抒情诗，寓情于景，写景的分量很重。这景，应该叫"有我之景"，因为每一个景物上都着以"我"的主观情愫。如果能从"景语"中体验到"情语"，便接近了诗人心绪。

虽然是面对昔日"战友"抒情，考虑到朝廷文网密布，考虑到朝廷命官的身份，这首诗的抒情仍然是含而不露的。一、二句，直抒登高愁思。从"大荒"与"海天"的背景，透露出这"愁思"与距离、惦念有关。三、四句，描绘登楼所见风雨近景。"芙蓉""薜荔"皆产于南国，与诗题的"柳州"相呼应。而"惊风乱飐""密雨斜侵"，显然又是诗人对政治环境的隐喻之笔。五、六句，描绘想望中的远景。虽有"岭树"重重相遮，诗人却也极目千里；虽然"江流"曲曲绕行，诗人"回肠"又曲过江流。很明显，这想望与相思都是针对四位远方的朋友。到第六句为止，诗人都在铺排景物；"情"呢，只在隐时出现。七、八二句，一改"九回肠"之曲，直抒胸臆，一个"共"字，将五个人的相同命运、相同理想和盘托出。"音书滞乡"的悲剧是多重的：朋友被阻隔，朋友与家乡阻隔，边州与京都阻隔，志士与他的事业阻隔……

这首诗既抒发了困居边州一隅的压抑感，又在相互呼应中传递坚持下去的信念。"九回肠"一典引自司马迁《报任安书》中"肠一日而九回"。柳宗元用以报漳、汀、封、连四刺史，相勉之意已明。

诗风沉着深秀，有如老僧托钵，佛光在心，虽临穷境，而无穷态。

与浩初上人同看山寄京华亲故①

海畔尖山似剑铓②，秋来处处割愁肠。
若为化作身千亿，散向峰头望故乡。

【注释】

①浩初上人：僧人，潭州（今湖南长沙）人，为龙安海禅师弟子，时从临贺到柳州见柳宗元。上人，对和尚的尊称。②剑铓：剑锋。

【鉴赏】

柳宗元喜与浮屠（佛教徒）游，这让他那位斥佛的朋友韩愈多次批评他。浩初上人是柳宗元到柳州任上新交的方外好友。柳宗元为其写过两首诗、一篇文。

这首诗大约写在《浩初上人见贻绝句欲登仙人山因以酬之》诗后。邀游未游，才有这次"同看山"。看山或为登山，或为山下看山。我以为山下看山较合诗境。

一、二句设喻冷峭，将山峰比作"剑铓"，一眼望去，山山（处处）皆如剑，自然入目皆割我愁肠。三、四句之奇，紧承"剑铓"之"割"，又作一假设，"割"而"化"之，一身化作"千亿""散向"峰头，眺望故乡。从转承呼应上分析，三句应二句，四句应一句，造成了错落有致、回环往复之美。

从"看山"，跳跃到从"峰头"上"望乡"，为一飞跃。这是"神"的飞跃。"身"不动而"神"飞，血肉皮囊也真的束缚不住思乡的自由。庄子设想羽化而登仙，诗人则不惜割身化为千亿，这毕竟多了一份惨痛与苍凉。《藏海诗话》说"柳子厚小诗极妙"，看来很对。

李涉

李涉，自号清溪子，洛阳人。早岁客梁园（今河南商丘），为避兵乱南下，与弟李渤隐居庐山香炉峰下山涧中。尝养一白鹿，故以"白鹿洞"名其居。宪宗时为太子通事舍人，后贬峡州司仓参军，太和中召为太学博士，复以事流康州（今广东德庆），浪游桂林一带。诗长于绝句，《全唐诗》存其诗一卷。

井栏砂宿遇夜客①

暮雨潇潇江上村，绿林豪客夜知闻。
他时不用逃名姓②，世上如今半是君。

【注释】

①关于这首诗，《唐诗纪事》上有一则传奇记载："涉尝过九江，至皖口（皖水入长江之渡口，在今安庆市），遇盗，问：'何人？'从者曰：'李博士也。'其豪酋曰：'若是李涉博士，不用剽夺，久闻诗名，愿题一篇足矣。'涉赠一绝云。"所赠一绝，即本篇。②逃名姓：即"逃名"，避名不居。

【鉴赏】

诗赠"盗"，为一奇事，又奇于它的结论"世上如今半是君"！语气诙谐而调侃，但距世风现实一定不远。强盗索诗，可见是个"雅盗"。诗人的虚名，与诗的虚语，居然能作为避盗的通行证，这是诗国、诗教的又一奇观。此"绿林豪客"既非王侯，定属打家劫舍者流，但他对诗人（诗、人才）的尊重又远在王侯之上。

作为赠诗，必有思想情感的沟通。在特定的情势下，双方相守契约，诗人之"道"与盗之"道"有了一个交点。这就是一份言行信果的坦诚。坦诚而不掩幽默，不掩善意，以"君"呼之，故而"绿林豪客"得诗大喜，反而饯之酒食，赠以金银。

奇遇有奇诗，奇诗传奇事；讽喻世事，或是"无心插柳柳成荫"的意外。

施肩吾

施肩吾（780-861），字希圣，号东斋，睦州分水（今浙江桐庐西北）人，一说洪州（今江西南昌）人。元和十五年（820）进士。后隐居洪州西山，学道，世称"华阳真人"。其诗奇丽，有《西山集》十卷，《全唐诗》存诗一卷。

望 夫 词

手爇寒灯向影频①，回文机上暗生尘②。
自家夫婿无消息，却恨桥头卖卜人。

【注释】

① 爇（ruò）：点燃。② 回文机：典出《晋书·列女传》："窦滔妻苏氏，始平人也，名蕙，字若兰，善属文。滔，苻坚时为秦州刺史，被徙流沙。苏氏思之，织锦为回文旋图诗以赠滔。宛转循环以读之，词甚悽惋。凡八百四十字。"

【鉴赏】

这仍然是一首闺怨诗。"望夫"二字，统御全篇。首句紧扣诗题"望"字，写"灯"，写"影"，都是视觉范畴。但妙在不是"望夫"，而是"望影"，望自己之"影"。这应了"顾影自怜"的古话。一个"频"字，既表现了时间延续之长，又表现了孤独自怜之甚。对影不寐，似有期待，这期待的对象即诗题之"夫"。

第二句，引用了"回文机"的典故，但反其意而为之。苏蕙思念丈夫，是日夜在织机上织回文诗，本诗女主人却不眠、不织，以至织机上悄然积尘。反用典故，是为了强化思夫之切。这才叫百无聊赖，唯思为大。

有人将"夫"定格为"出征"，且出征已满一年。我们依据诗句提供的信息只能认定"夫"为远别、长别，故而闺中之"望"为远望、长望。

一、二句有色有画而无声，连一声低低的叹息都未曾听见。或是女主人在聚神聆听那可能响起的熟悉脚步声、叩门声呢！

又一定过了很长时间，室外院外仍无动静，女主人压抑的情绪终于不可按捺，"却恨桥头卖卜人"，一语收煞，前情前景均洞若观火，原来如此！

折回白天，折回桥头，折回女主人的"问卜"，折回"卖卜人"的"卜辞"，再折回女主人"爇灯"而待，这两个人的种种活动，原来都是围绕那个未曾出场的"夫"在造势煽情！其实，"情"早已酝酿如炽了，可恨那个"卖卜人"又好心点了一把火，火上浇油，心内如煎，不"恨"他，难道转恨自己轻言卜语，或再恨远人不归吗？

诗贵曲折之妙。曲折是思想的时间轨迹。正所谓此一时、彼一时，热一时、冷一时也。这首诗，从入梦，写到出梦，"望夫"之情不少息。

崔郊

崔郊，唐宪宗元和间（806—820）秀才。唐范摅《云溪友议》载崔郊故事如下："郊寓居汉上，其姑母有婢端丽，郊有阮咸之惑。姑鬻之连帅于公颂。郊思慕无已。其婢因寒食偶出值郊，郊赠诗云云。或写之于座，公睹诗，令召崔生。及见郊，握手曰：'萧郎是路人，是公作耶？何不早相示也？'遂命婢同归。"崔郊能诗，但《全唐诗》留其诗仅此一首。

赠婢

公子王孙逐后尘，绿珠垂泪滴罗巾①。
侯门一入深似海，从此萧郎是路人②。

【注释】

①绿珠：晋石崇爱妾，善吹笛。赵王司马伦专权时，其党孙秀仗势向石崇索要绿珠，崇不允。后绿珠跳楼自尽。②萧郎：泛指女子所爱恋之男人。

【鉴赏】

一首诗，留下一段传奇佳话，崔郊幸矣！诗题"赠婢"，连名字也没有留下，"婢"亦以此诗事传千秋，复幸矣！于頔虽显贵，不以权重而混账，能成人之美，事由崔郊诗广传之，应该！应该！

由《云溪友议》所载可知，崔郊爱婢女，实为暗恋。起码，姑母不知。因而婢女被卖，并非于頔依势强买。当崔郊再逢心上人，相赠以诗的时候，大抵只能显示他已从暗恋中跳出。有"爱"诗为"爱"证，婢女才会"写之于座"，有意让于頔知晓。相关各方，均已沟通，佳话遂瓜熟蒂落。

诗一、二句用侧笔描写婢女的美艳和分手的痛苦。"逐后尘"，夸张语；"滴罗巾"，臆想语。情人眼里出西施，大抵如此。三、四句转折，妙在诗情定位得体，不是痛诟别人拆散了鸳鸯，不是哀叹自己打破了美梦，而只是竖起一道"门"，将"侯门"内外的怨女与旷夫作对应关照；"侯门一入深似海，从此萧郎是路人"！几分失落，几分无奈，怨而不恨，哀而不伤，深得温柔敦厚、缠绵悱恻之致。

崔郊写下这诗，便算走出失恋，这首诗冷却了热恋的魔道，后退一步，看开人生，因而慰人的成分又大于自慰的成分。"美"排斥自私，本篇的美感亦如此。

元稹

元稹（779—831），字微之，河南府东都洛阳（今河南洛阳）人。幼孤，母郑氏贤而能文，亲授经传。九岁能诗，贞元九年（793）十五岁明经及第，授校书郎。贞元十九年书判拔萃科，元和初应制策第一。曾任左拾遗，因言贬河南尉。入为监察御史，因得罪宦官与旧官僚而贬江陵士曹参军，迁通州司马。自虢州长史征为膳部员外郎，拜祠部郎中，知制诰，召入翰林为中书舍人承旨学士，进工部侍郎同平章事（宰相）。不久，复受排斥罢相，历任同州、越州刺史，浙东观察使。太和初入为尚书左丞，检校户部尚书兼鄂州刺史、武昌军节度使，卒于任所。

与白居易友善，唱和最多，言诗者称"元白"，号为"元和体"。有《元氏长庆集》，并有传奇《莺莺传》。

行宫①

寥落古行宫，宫花寂寞红。
白头宫女在，闲坐说玄宗。

【注释】

① 行宫：当指洛阳行宫上阳宫。

【鉴赏】

元稹这首《行宫》与白居易《上阳白发人》应予相证。二诗所写"宫"，同为上阳宫；所写"宫女"，同为"白头（发）宫女"，因而讽喻指向一致。为增加背景认识，姑将白诗自注、自序录如下。《上阳白发人》标题下特注四字，曰："愍怨旷也"。下有序文释之曰："天宝五载以后，杨贵妃专宠，后宫人无复进幸矣。六宫有美色者，辄置别所，上阳是其一也，贞元中尚存焉。"唯恐诗意不显，白居易又在"吕向美人赋"下夹注曰："天宝末，有密采艳色者，当时号'花鸟使'。吕向献《美人赋》以讽之。"

看白氏注、序之文，明白了"宫女"的两个来源：一是被杨贵妃从六宫中"选美"逐出，安置行宫的；二是被"花鸟使"从民间"密采"、进入六宫复转移行宫，或压根儿便未进六宫、直蓄行宫的。

这些"艳色""宫女"都是为唐玄宗一个男人准备的。唐玄宗死，"宫女"只好封存储藏。"行宫"，是"宫女"的监狱。元稹这首诗，用不能再作压缩的文字，揭示了青春摧残的真相；四十多年（从天宝十四年到贞元十年，整整四十年；若到贞元末，则五十年）的幽居，青春少女皆为"白头宫女"！"白头"无言，"行宫"无言，"宫花"亦无言，这悲怆感，非语言可陈述。

诗虽精练至极，但开阖有度，仍具大家风范。首句指明地点，以"寥落"形容之；次句描写景物（花），以"寂寞"形容之；三句推出人物（宫女），以"白头"形容之；四句铺排活动，以"闲说"形容之。四句诗，可谓句句情景浸润。高明处，在诗人不动声色。"闲坐说玄宗"又是用跳出五伦、法外说法的手段，借旧题（旧人）抒发新愁。困坐愁城不言愁，是麻木，还是超然？不说破又胜于说破。宋人洪迈说这首诗"语少意足，有无穷之味"，较为中肯。

另外，环境因素之一的"红花"，点染极有分寸。"红花"反衬"白头"，此为表象；而"红花"常开不败，又一反用花喻人的旧说，逼出"红颜"短于"红花"的哀叹。

离思五首（其四）

曾经沧海难为水^①，除却巫山不是云。
取次花丛懒回顾^②，半缘修道半缘君。

【注释】

①"曾经"二句：语式从《孟子·尽心上》化出："观于沧海者难为水，游于圣人之门者难为言。"但语义又融汇了宋玉《高唐赋序》中"巫山之女"，"旦为朝云，暮为行雨"的典故。②取次：挨次，次第。诗中指信步漫游状。

【鉴赏】

这是一首悼亡诗，悼念的是诗人亡妻韦氏。韦氏，京兆人，太子少保韦夏卿之女。二十岁时嫁与元稹，二十七岁（元和四年）时去世。为纪念妻子，元稹曾写《遣悲怀三首》律诗。诗极哀婉，被《唐诗三百首》的选评者清人蘅塘退士誉："古今悼亡诗充栋，无能出此诗范围者，勿以浅近而忽之。"即便如此好诗，仍然未能写尽悼亡之念，于是元稹又有《离思五首》，再抒余哀。诗题之"离"，乃"永离""永诀"义。

入题二句，荡开思绪，引入古典，用双重的暗喻，极言夫妻和谐，到了无以复加、无所取代的美满。"曾经沧海"与"除却巫山"，都是昔日境况的诗化回忆，"难为水"与"不是云"则是对夫妻情好之外一切姻缘的否定。这是直解，难免生硬。两句诗蕴含的意象之美——沧海、波涛、巫山、云雨——却是充满了非理性的情感拥抱，那是一种近乎死亡的快乐。而当一方云雨飘逝（死亡）时，对这快乐的忆念也固执为永恒！

三、四句跳出暗喻体系，回到诗人的孤独人生，"取次花丛"而懒于"回顾"，为万念俱灭状。花的比喻对象十分明白，毋庸细述。而结句用两个"半"字，曾经引起人的责难，谓其"薄情"。此正冬烘之论。一半归于"修道"，一半归于韦丛，这应该是至情之语。因为并无一个女子（花）可以与韦丛（君）

248

相当，所以那"半缘君"还是"全缘君"。

除结句直诉衷肠外，另三句全是借"喻"言情。喻体的空间无限延展，所"喻"之情便弥深弥广。这就决定了本篇的艺术风格：含蓄抒情，境界莽然。

闻乐天授江州司马①

残灯无焰影幢幢，此夕闻君谪九江。
垂死病中惊坐起，暗风吹雨入寒窗。

【注释】

① 这首诗是闻白居易贬谪江州司马时作。时在元和十年（815），元稹三十七岁，正任通州（今四川达县）司马。

【鉴赏】

同病相怜，其情倍增。这八个字可以说是本篇主题。但所有的相怜相惜都未点破，点一个"惊"字，被"暗风"吹起，在"灯影"里徘徊……

此诗在环境气氛的渲染上最为着力，而在典型情态的捕捉上最见身手。

关键语句是"垂死病中惊坐起"。远谪蜀中，身染重病，茶饭不思，垂死惊坐，这完全是强刺激下的条件反射。"惊"拟其"神"，"坐"摹其"态"，可谓神态兼写。移于诗题，则是"惊闻"；移于诗中，必是"惊视"残灯晃影，"惊听"寒雨敲窗，一切一切，无不染上"惊"的主观感受。

当然，我们还不应忽略本篇的环境描绘。"残灯"入笔，"寒窗"结篇，小到一室，大到天地，诗中之景物、取象设色，均归于"暗"与"寒"二字。灯"暗"、风"暗"，窗"寒"、雨"寒"，诗人则眼"暗"而心"寒"。结果，环境与心境交融在夜的"暗""寒"里，欲说无词，欲哭无泪，连最爱哭的诗人（元稹多"哭诗"，诗人中少有），也只能"惊坐"无声！

景物有声，何待人言？

杨敬之

杨敬之,字茂孝。元和初登进士第,累迁屯田、户部郎中。坐李宗闵一党,贬连州刺史。唐文宗时,召为国子祭酒兼太常少卿。《全唐诗》有诗二首。

赠项斯①

几度见诗诗总好,及观标格过于诗②。
平生不解藏人善,到处逢人说项斯。

【注释】

①项斯:字子迁,台州府乐安县(今浙江仙居)人,会昌四年(844)进士,官终丹徒尉。有诗一卷。②标格:风度,风范。

【鉴赏】

项斯本无名。《唐诗纪事》说他"始,未为闻人","谒杨敬之,杨苦爱之,赠诗云云。未几,诗达长安,明年擢上第。"言下之意,连项斯中进士都与杨敬之"说项"有关。这是误解。杨敬之还不能一言兴邦。他的诗,或有助于提高项斯的知名度,如此而已。

《赠项斯》一诗千年流传不衰,大抵早已脱离了对项斯"诗""标格"的褒扬,而反射为对杨敬之品格的普遍认同。"平生不解藏人善,到处逢人说项斯"——虚怀若谷,扬人之善,古道热肠,世有几人?

项斯"诗好",仅为铺垫语,不可泥解;其"标格"过于"诗",才是定评语。"标格"高,我就说"标格",这叫实事求是。项斯之幸,遇杨敬之;杨敬之之仁,显于《赠项斯》诗。诗坛佳话,又在诗外。

贾岛

贾岛（779—843），字阆仙，一作浪仙，范阳（治今河北涿州）人。初落拓为僧，法名无本。游东都洛阳，但洛阳令禁僧，午后不得出，作诗自伤，韩愈见诗而怜之，教以为文。后还俗，屡应举不第，吟诗讥诮。唐文宗时坐飞谤之罪，贬长江（今四川蓬溪）主簿，故人称"贾长江"。唐武宗会昌初年以普州司仓参军迁司户，未受命而卒。写诗喜吟荒凉苦寒之境，亦多苦寒之辞。以五律见长，重锤炼，求工准，与孟郊齐名，有"郊寒岛瘦"之称。有《长江集》。

剑 客①

十年磨一剑，霜刃未曾试②。
今日把示君，谁有不平事？

【注释】

① 剑客：古游侠。但此诗"剑客"恐为虚拟形象。② 霜刃：剑锋快利，闪闪生光。

【鉴赏】

诗题《剑客》，一作《述剑》。前题含蓄，后题直接。诵而品之，的确是以剑客口吻在"述剑"（又可称"说剑""论剑"）。从何说起呢？若为哗众，完全可以从"剑血""剑功""剑仇""剑魂"等说起。但诗人偏不入俗套，他要让"剑客"从磨剑说起，而且一磨十年，霜刃未试。因而，"十年磨一剑，霜刃未曾试"是石破天惊的开头。磨剑是准备，磨好了剑，也便埋伏下无限的未知性和可能性。不确定的因素越多，诗的内部张力越大。三、四句为当面对问语："今日把示君，谁有不平事？""今日"与"十年"遥对，"君"与"剑客"相对，大有一声命令，即可于万军丛中取上将首级的豪情。说"养兵千日，用兵一时"，或"君子报仇，十年不晚"，都限制了"剑客"的行动；因为一个"谁"字，一个"不平事"，已经泛化到"一切人"的"冤仇"。此言一出，"剑客"的使命自然上升到维持"社会公平"的高度。因而，十年磨剑、霜刃未试也就有了新的行为呼应。

贾岛诗特别重视"炼字"。这首诗却在"炼意"上用心良苦。快人快语，利剑利刃，操刀必割，剑客活了，剑也灵了！

题李凝幽居

闲居少邻并，草径入荒园。
鸟宿池边树，僧敲月下门①。
过桥分野色，移石动云根②。
暂去还来此，幽期不负言。

【注释】

①"鸟宿"二句：据《刘公嘉话》，岛初赴举京师，一日，于驴上得句云："鸟宿池边树，僧敲月下门。"始欲着"推"字，又欲"敲"字炼之未定，遂于驴上吟哦，时时引手作推敲之势。时韩愈吏部权京兆，岛不觉，左右拥至尹前，岛俱对所得诗句云云。韩立马良久，谓岛曰："作'敲'字佳矣。"后世遂称斟酌字句为"推敲"。②云根：古人以为云"触石而出"，故称石为云根。云根，即云脚。

【鉴赏】

关于"推敲"的故事，发于此诗。贾岛与韩愈的交往，亦因于此诗。贾岛有些"艺痴"，想想当日骑在驴背，双手做推敲状的情态，令人捧腹。

"推敲"只是一段佳话，诗境之美，还要看全诗。这首诗写访友，但未点明"遇"与"不遇"，而着力描绘朋友的居住环境，抒发向往之情。从"幽期"二字看，当然是遇到了，且再会有期。

首联二句，写"境幽"。闲居，少邻，草径，荒园，人迹罕至，人去居空，大环境的幽静被一一展现。颔联二句，写"居幽"。"树"在"池边"，"池"在"居"边，冷"月"照"僧"，孤"僧"敲"门"，"门"内无应，"宿鸟"不鸣。李凝的"幽居"，真有些清寂绝尘！颈联二句，写"径幽"。从"草径"来，缘"草径"回，"过桥"之后，"野色"一变，风吹云飘，山石仿佛都在移动。景物虽较前增加了动势，但"草径"上仍只有一"僧"信步，所以幽景幽色，依然宜人。尾联二句，写"思幽"。这个"思"，即归隐、同隐之思。今日"暂去"隔时"再来"，"幽期"铭心，不能忘怀。

全诗省略的部分，正是与李凝的相见。幽居、幽情、幽言、幽期，又何必大白于天下？

寻隐者不遇①

松下问童子，言师采药去。
只在此山中，云深不知处。

【注释】

① 诗题一作《访羊尊师诗》，系孙革名下。

【鉴赏】

做隐士，是一种生活选择。隐逸的情致，对世俗人生构成诱惑。这就促使很多不安于功名利禄的"显者"去访隐、寻隐、招隐……无意间，"招隐诗"形成了诗潮中的飘逸清新一派。

这首诗的妙趣，在于"问"和"答"的疑是不定。诗人发"问"，童子作答。"采药"是确然的，"只在此山中"也是确然的，到底在哪道岭、哪条洞，则无法断"言"。以"云深"二字形容"山深"，意趣盎然。诗情焕发，拉开了距离，也增强了神秘。可望而不可即，为一境界；不可望而不可即，为另一种境界。隐者，在他们的世界里；"不遇"，这世界不圆满。

"采药"二字，常被读者忽略。对"隐者"而言，"采药"则是大事。自采自用，是可解的；悬壶济世，是必然的。隐者不能绝情世俗，才真的可以"隐"下去，才真的令人钦敬。

张祜

张祜（约785—约852），字承吉，清河（今属河北）人，一作南阳（今属河南）人。元和、长庆中，为翰林学士、中书侍郎同平章事令狐楚所知，自草荐表，录诗以献。至京，为元稹所抑，寂寞以归。先曾寓姑苏，离长安后漫游淮南，在丹阳曲阿（今江苏丹阳）隐居以终。一生不仕，放浪形骸，有"狂生"侠士之风。诗以绝句见长。《全唐诗》存诗一卷。

宫 词

故国三千里，深宫二十年。
一声《何满子》^①，双泪落君前。

【注释】

① 何满子：唐教坊曲名。唐玄宗时歌者何满子临刑哀歌一曲以求自赎，竟不得免。后来此曲即以歌者之名称之。有五言四句、六言六句、七言四句三种声诗。亦名《河满子》。

【鉴赏】

这首诗咏叹宫女离乡别亲、幽居深宫之怨哀。四句诗，仅二十字，却连用了"三千里""二十年""一声""双泪"这些数量词，将时、空、声、泪交织于一，痛快淋漓地展现了宫女们的内心凄苦。其实，宫女之苦，二十年间日日有之；引而发之者，是那一声《何满子》的哀歌。《何满子》是哀歌，哀求赦免而不得；因而，《何满子》救不了何满子！同样，它也救不了幽居禁处的宫女！"君"心如木石，宫女之泪，滋润不了一丝同情。

以"歌"代哭，长"歌"当哭，有"泪"无声，是这首诗的抒情特点。这抒情，有潜伏期，亦有爆发期。从爆发的瞬间楔入，故能洞微烛隐，摇撼魂魄。此诗刊布后，传唱者众多。杜牧赠张祜诗有句："可怜故国三千里，虚唱歌词满六宫。"唱归唱，宫女之哀怨，依然深锁高墙中。

题金陵渡①

金陵津渡小山楼②，一宿行人自可愁。
潮落夜江斜月里，两三星火是瓜洲③。

【注释】

①金陵渡：渡口名，在京口（今江苏镇江）。②小山楼：诗人寄宿处。
③瓜洲：在扬州市南，与镇江隔江而对，亦为渡口。

【鉴赏】

这是张祜暂住镇江时写的一首诗。首句点出寄居之地"小山楼"。"小山
楼"依山临江，正对"金陵渡"。渡口是人流如织处，独居小楼，俯瞰众生，
愁心生焉。第二句的"一宿行人"为倒置。"行人"乃诗人自指，一宿无眠，
自然"可愁"。"可愁"不是"可以愁"，实为"合愁""该愁"之义。愁而
无眠，临窗远眺，三、四句如画夜景，也便成了对诗人的安慰。

"潮落夜江斜月里，两三星火是瓜洲"二句，贵在"月"与"灯"的点染。
"月"与"灯"又不能朗照、满照、亮如白昼，因而"夜"的主调不变。这很好，
唯其夜色浓重，"斜月"与"两三星火"才造成了朦胧的美与诱惑——让诗人
暂释愁绪。

用词贵分寸适宜。"小山楼"，自"可"愁，"斜"月里，"两三"星火，
都是分寸适宜语；适宜则美境自出。

刘皂

刘皂，唐德宗贞元间人，咸阳（今陕西咸阳）人。《全唐诗》存诗五首。

旅次朔方①

客舍并州已十霜②，归心日夜忆咸阳。

无端更渡桑干水③，却望并州是故乡。

【注释】

①此诗有人归之贾岛名下，有误。贾岛非咸阳人，且无客居并州十年经历。《元和御览诗集》归刘皂名下，定有所据。朔方：汉曾置朔方刺史部，辖朔方、五原等六郡，控制范围在今黄河河套及河套外内蒙古部分地方。诗中"朔方"，为泛指，当指山西桑干河北诸地。②并州：今山西太原。③桑干水：桑干河。源出晋北管涔山，流入河北，为永定河上游。

【鉴赏】

领会诗意，先要将咸阳、并州、桑干河、朔方的空间位置理解清晰。这是一个由南向北的"旅次"波及过程。诗人在并州住了十年，思念咸阳；而今从并州再北渡桑干河，进入朔方，回望并州亦如家乡。越走离家越远，因而有且将他乡作故乡的飘零感受。

诗中有两次回首。一是回首望咸阳——并州十年，"日夜"忆之望之；二是回首望并州——"旅次朔方"，隔"桑干"而忆之望之。"忆咸阳"与"望并州"的重叠，是一矛盾，又是一事实，这或应了"处处无家处处家"的俗谚。

诗意转折处，每有妙境奇思迸出。"无端"渡河，"却望"并州，有一波三折、低回委婉之妙。

皇甫松

皇甫松（生卒年不详），字子奇，自号檀栾子，睦州新安（今浙江淳安）人，散文家皇甫湜之子。《全唐诗》存诗十三首。

采莲子①（其二）

船动湖光滟滟秋，贪看年少信船流。

无端隔水抛莲子，遥被人知半日羞。

【注释】

① 皇甫松作《采莲子》共二首，今选第二首。

【鉴赏】

此诗写恋爱中的采莲女。爱情的降临，突如其来。采莲中，偶见一少年，一见钟情，遂有痴呆状——"贪看"，痴极；"信船流"，迷极。刹那清醒，则自然有"隔水"而"抛莲子"的表示。显然，这与《诗经》的"投桃""投瓜""投李"之俗遥相呼应了。但那"投"者大多为男性。而今，采莲女先发制人，向"少年"抛去"莲子"，其天真无邪，其热情奔放，无须言表。但这爱意灼热时的大胆之举，却被远远的那个"第三者"看到了，这让姑娘猝不及防，"半日羞"画出一派纯情憨态。

诗人的笔法之妙，妙在捕捉瞬间情态。"船动"而心动，"贪看"而心痴，有心传情便"无端"抛莲，"遥被人知"则"半日"羞赧，这都是细致观察所得。而采莲女的心理活动，又一一融在行动里、表情中。层层铺垫，层层推进，收煞处加一顿挫，反而逗出这位天真少女含蓄的风采。

一个丰满的、立体的采莲女的艺术形象跃然纸上。

朱庆馀

朱庆馀（生卒年不详），名可久，以字行，越州（治今浙江绍兴）人。宝历二年（826）进士，官秘书省校书郎。曾游边塞，与张籍、贾岛、姚合、顾非熊、僧无可有交游。为张籍欣赏，多加称扬，朱因之得名。诗多五律，诗风近张籍。有《朱庆馀诗集》。《全唐诗》录其诗二卷。

闺意献张水部①

洞房昨夜停红烛②，待晓堂前拜舅姑③。

妆罢低声问夫婿，画眉深浅入时无④？

【注释】

①这首诗诗题又作《近试上张籍水部》。"张水部"，即张籍，因官水部郎中而称名。②停红烛：留置、不吹熄红烛。③舅姑：丈夫父母，指公婆。④入时无：是否时髦。这里借喻文章是否合适。

【鉴赏】

这首诗的另一个题目《近试上张水部》可以启发读者的理解。唐代，每临科举考试，应举者都有"行卷"习惯，即把自己的诗文投送给文化名人，以乞由他们转向主考者通达声气。朱庆馀的投赠对象是水部郎中张籍。张籍在乐于推荐后进方面与韩愈齐名。诗中，诗人将自己比作新妇，将张籍比作新郎，将主考比作公婆，借询问"画眉"深浅，打听自己的文章是否合宜。

但就"闺意"的层面而论，这已经是一首情趣盎然、自成格局的作品。无须在它的暗喻层面上枉费心机，岂不更好！

"洞房"句，极言一夜红烛的温馨与忐忑。新娘的不安，是因为次日要拜见公婆。俗语曰："丑媳妇怕见公婆。"其实，俏媳妇也怕见公婆。因为，毕竟不知公婆喜不喜这面孔、这身段、这言谈、这装束……三、四句，只写了"妆罢"新娘的一声"低问"："画眉深浅入时无？"这可谓"点睛"之笔，"眉"的"入时"与否，在此处代表了新娘的一切装扮。言简意深，恰到好处，新娘的精明周到，形神俱足。最合身份与时宜的是"低声问"；亲近、信任，而又内外有别，全是新人口吻与思虑。

在长期的流传中，这首诗的功利目的早已淡入缥缈之境；留下的，是永远年轻聪慧的新娘，还有她的低语、她的画眉……

李德裕

李德裕（787—850），字文饶，赵郡（治今河北赵县）人。宰相李吉甫之子。以荫补校书郎，拜监察御史。唐穆宗即位，擢翰林学士，进中书舍人，授御史中丞。牛僧孺为相，因党争而出为浙江观察使。太和三年（829）拜兵部侍郎。李宗闵当政，复出为郑滑节度使、剑南西川节度使。以兵部尚书召入京，拜中书门下平章事、代宗闵为中书侍郎。屡为人谮，再贬太子宾客，分司东都，一路下跌，直到袁州、滁州刺史。开成初复起，武宗即位，召为门下侍郎同中书门下平章事。拜太尉，当国政六年，多有建树。宣宗即位，罢为潮州司马，继贬崖州（治今海南海口市琼山区东南）司户参军，卒于任所。有《李文饶文集》（又作《会昌一品集》），《全唐诗》存其诗一卷。

登崖州城作①

独上高楼望帝京，鸟飞犹是半年程。
青山似欲留人住，百匝千遭绕郡城。

【注释】

① 此诗文本，王谠《唐语林》有小异。《唐语林》谓：李卫公在珠崖郡，北亭谓之望阙亭。公每登临，未尝不北睇悲咽。题诗云："独上江亭望京亭。鸟飞犹是半年程。碧山也恐人归去，百匝千遭绕郡城。"

【鉴赏】

一生大起大落，晚景如此凄凉，化为诗章，似有一言成谶的意味。"青山似欲留人住"，终于留住了诗人。李德裕死于崖州，为权力争斗画一句号。有唐一代的宰相中，李德裕还算佼佼者，无奈也跳不出党争的羁绊。

"绝望"是这首诗的主题。但将"绝望"加以"诗化"，则起到了安慰自己，也安慰读者的作用。一、二句，说的是"空望"与"远望"。"独上高楼"的"独"字，不是一般的独自登楼，它含有朝中遭贬、独入绝境的况味；"鸟飞"句状遥远，则新奇灵动。三、四句，初看为"美景"，再思为"困境"，三思已成"绝境"！独处围城，已难逃脱，何况还有"百匝千遭"的"青山"绕而又绕！

"绝望"其实是一种清醒。诗情"绝望"，并不妨碍这首诗的诗美张扬。反向而思之，"青山"有义，边城"留人"，埋骨天涯，未为不幸！这么理解，此诗倒有了更多的人情味。人，为什么都要匍匐在"帝京"里呢？

李贺

李贺（790—816），字长吉，福昌（今河南宜阳西）人。唐皇族远支，系出郑王元懿（唐高祖李渊子）之后。家道中落，生活困顿，七岁能辞章，见知于韩愈、皇甫湜。曾官奉礼郎，因父名晋肃，避家讳不宜应进士科举。仕途不得意，以诗泄之。常骑弱马，旦出暮归，小奴相从，背一锦囊，每有所得，书投囊中，归则已成篇。其诗想象丰富，造语瑰奇。死年仅二十七岁。有《昌谷集》。《全唐诗》存其诗五卷。

李凭箜篌引[①]

吴丝蜀桐张高秋[②]，空山凝云颓不流。
江娥啼竹素女愁[③]，李凭中国弹箜篌[④]。
昆山玉碎凤凰叫，芙蓉泣露香兰笑。
十二门前融冷光[⑤]，二十三丝动紫皇[⑥]。
女娲炼石补天处[⑦]，石破天惊逗秋雨。
梦入神山教神妪[⑧]，老鱼跳波瘦蛟舞[⑨]。
吴质不眠倚桂树[⑩]，露脚斜飞湿寒兔[⑪]。

【注释】

① "箜篌引"：乐府旧题，属"相和歌辞·瑟调曲"。箜篌，一种弦乐器，又名"空侯"或"坎侯"。李凭，李贺同时代弹箜篌的梨园弟子。② 吴丝蜀桐：吴郡所产蚕丝、蜀郡所产桐木，皆是制造乐器的良材，此处暗指箜篌。③ 江娥：一作"湘娥"，指传说中溺死于湘江的舜帝二妃娥皇、女英。素女：传说中神女。④ 中国：国中，指京城。⑤ 十二门：长安城四面各三门，共十二门。⑥ 二十三丝：代指箜篌。据杜佑《通典》释："竖箜篌，胡乐也，汉灵帝好之，体曲而长，二十二（一作三）弦。"紫皇：道教尊神。此处指皇帝。⑦ 女娲：中国上古造人补天女神。⑧ 神妪：或指《搜神记》中的"成夫人"："有妪号成夫人。夫人好音乐，能弹箜篌。"⑨ "老鱼"句：典出《列子·汤问》："瓠巴鼓琴而鸟舞鱼跃。"⑩ 吴质：吴刚。《酉阳杂俎》卷一："旧言月中有桂，有蟾蜍。故异书言月桂高五百丈，下有一人常斫之，树创随合。人姓吴名刚，

西河人，学仙有过，谪令伐树。"⑪寒兔：传说中月宫玉兔。《楚辞·天问》中已有"顾兔"之问，传说之源当更早。

【鉴赏】

李凭，梨园弟子，善弹箜篌，名动京师。李贺任奉礼郎时，有机会在宫中听李凭弹箜篌，以诗咏之，遂成绝唱。清人方扶南注李贺诗，将此诗与白居易《琵琶行》、韩愈《听颖师弹琴》相提并论，推为"摹写声音至文"。此论仅供参酌。

用文字描摹声音极难。一难在于声音的瞬间性，二难在于声音的抽象性，三难在于文字的缺乏音乐性。因此，用文字描摹声音几乎都走间接迂回之路。如果能充分调动想象、类比、虚拟、夸张手法，便可取得良好效果。李贺此诗即为一证。

从结构上分析，这首诗分为两节。第一节六句，模拟箜篌乐声；第二节八句，表现箜篌音乐效果。令人想象不到的是，诗人对箜篌乐声的模拟全部得之于联想：空山凝云、江娥啼竹、素女哭泣、昆山玉碎、凤凰啼鸣、芙蓉滴露、香兰含笑——声音各异，形象俱美，显然这是以"视像"辅助"听觉"，以"色彩"强化"音乐"。在现代修辞学上这叫"通感"，而李贺"通感"的奇绝处在于融入了中国文化的神异传说。同一手法第二节又加强化："十二门前"与"二十三丝"是展示箜篌的人间效果（长安城、帝王），"女娲"以下六句，则是极言箜篌超时空、超仙凡的音乐魔力。一言以蔽之，李凭的箜篌弹奏，足以惊天地而泣鬼神。

这首诗，是完全被想象支配着的。换言之，在听乐的现场，诗人驾乐声而升腾，或真的神游八表。这是音乐的魅力，还是听乐者的涵养？或二者兼而有之？李凭箜篌，听者众矣，皆不能言其妙。知音者，独李贺一人。音乐的摄人心魄与诗的摇撼性情，被李贺统而为一。

雁门太守行①

黑云压城城欲摧，甲光向日金鳞开②。
角声满天秋色里，塞上燕脂凝夜紫③。

半卷红旗临易水④，霜重鼓寒声不起。

报君黄金台上意⑤，提携玉龙为君死⑥。

【注释】

①"雁门太守行"系乐府旧题，属"相和歌辞·瑟调曲"。雁门，郡名，大约在今山西西北部，是唐王朝与北方突厥部族的边境地带。②金鳞：铁甲在日光下闪耀之色。③燕脂：形容暮霭霞光。④易水：源出河北易县北。荆轲《易水歌》所吟即此河。⑤黄金台：又称"金台""燕台"。故址在今河北易县易水南。相传为战国时燕昭王筑。⑥玉龙：剑的代称。《太平寰宇记》载，龙泉县有水淬剑，剑化龙飞去，名龙泉剑。

【鉴赏】

此诗所咏"雁门太守"为虚拟人物，其战事亦无史所证。有人以为这诗所写或为元和四年（809）李光颜驰救易州、定州事，或为元和九年李光颜平定吴元济叛乱事。皆不足证。据唐张固《幽闲鼓吹》载："李贺以歌诗谒韩吏部，吏部时为国子博士分司……首篇《雁门太守行》。"考证韩愈以国子博士分司东都在元和二年，因而李贺不可能写尚未发生的战争。

因为是臆想人物、臆想战事，所以这首诗的叙事链自由自在，全不计战争程序；它捕捉的，是战争气氛、战斗心态。

一、二句最有概括性，它似乎意在展示敌我双方的战斗态势。黑云压城，写敌；甲光向日，写我。一暗一亮，对立而不可协调。但这还是虚拟化的，只是一"压"一"开"间，让人联想到战斗。三到六句，写战斗。这有"角声""鼓声""红旗""临易水"可证。有时间的变化，有战场的变化，这就足以暗示了曾经的战斗。七、八句，写主帅（雁门太守）的战斗意志："报君黄金台上意，提携玉龙为君死。"这主帅，有荆轲的风范。

这首诗的一、二句，七、八句皆为名句。名句"名"在它张扬一种个性化的诗情。甚至，我都主张这诗是李贺自况。首句"黑云压城"的环境不可轻轻放过。一个"压"字，很能表现李贺的生存窘状。有大才而不能登进士第，这"压"力，有"摧"城之危。而"报君"，进而"为君死"，则是诗人豪情的转化形态。回归诗的本体，这仍然是一首写战争、战士、战将的好诗。

战争诗也可以诗情画意。这首诗的视觉色彩变幻着、波荡着、摇撼着，有摄人心魄之力。

秦王饮酒①

秦王骑虎游八极②，剑光照空天自碧。
羲和敲日玻璃声③，劫灰飞尽古今平④。
龙头泻酒邀酒星⑤，金槽琵琶夜枨枨⑥。
洞庭雨脚来吹笙，酒酣喝月使倒行。
银云栉栉瑶殿明，宫门掌事报一更⑦。
花楼玉凤声娇狞，海绡红文香浅清，
黄鹅跌舞千年觥。
仙人烛树蜡烟轻⑧，青琴醉眼泪泓泓⑨。

【注释】

①对于诗题中的"秦王"，多有歧义。有人以为是咏秦始皇，有人以为以"秦王"影射唐德宗李适。李适为太子前为雍王，雍州为秦旧地。但古乐府有《秦王卷衣》歌名，或由此化出。②八极：八方极远处。③羲和：据《淮南子·天文训》注："日乘车，驾以六龙，羲和御之。"可知羲和为驾驭日车之神。④劫灰：劫火余灰。劫，佛教名词"劫波"的简称。古印度传说世界经若干万年毁灭一次，再重新开始，叫"一"劫。一"劫"中又分"成""住""坏""空"四个时期，叫"四劫"。到"坏劫"时，水、火、风出现，世界毁灭。⑤龙头：唐宫中有铜龙，长二丈，又有铜樽，容四十斛。大宴时注酒于龙腹，由龙口泄入樽中。酒星：一名"酒旗星"。此星主飨宴酒食。⑥金槽琵琶：琵琶上端架弦处嵌檀木一块，称"檀槽"，嵌金，则称"金槽"。枨枨（chéng chéng）：琵琶声。⑦宫门掌事：指掌管内外宫门锁钥之事的宫门郎。⑧仙人烛树：雕刻着神仙的烛台上插有多支蜡烛，形状似树。这里或借指烛火。⑨青琴：古代神女名，这里代指宫女。

【鉴赏】

诗题"秦王饮酒"，但早有人注意"无一语用秦国故事"（王琦《李长吉诗歌汇解》）。用"秦王"名，无"秦王"事，影射之意已明。影射谁呢？注释已点一人：唐德宗。这毕竟是无法确指的。但诗的主角既称"王"，"王"的行为又如此横行四海，无所节制，而且活动的主要舞台是"龙头泻酒""黄鹅跌舞"的"宫"与"殿"中，因而我们便能够框定这位"王"大约是"唐皇"。唐皇帝有一串，不一定坐实德宗。

全诗十五句，都是围绕"秦王"生活展开的。前四句，正面描写"秦王"的帝王威仪和功业。四句诗，句句飘逸，句句传神，又句句羚羊挂角而无迹可寻。说"正面"，是从褒贬意义说的。以写作技巧论，仍是"侧峰取势"。"骑虎""敲日"，皆不可为之事。"秦王"能为之，证明不同凡响。落脚于"劫灰飞尽古今平"，即结束苦难，开创盛世。这叫不赞而赞。从诗句锤炼上看，前四句诗诗境寥廓，造语奇绝，设喻瑰丽，有先声夺人之妙。

从第五句起，自然应视为"反面"描写。"秦王"功成名就后，开始享受权力。"龙头泻酒邀酒星"，与诗题呼应。"酒星"的引入，顺"羲和敲日"的已成之势，表示诗情连贯。下节十一句，都是以"饮酒"为中心的声色之乐，英雄的"秦王"走向自己的反面。这一节，有两句诗不可忽略，一句是"酒酣喝月使倒行"，写秦王醉态，与"骑虎""剑光"句正好相反，且与"羲和敲日"相映成趣。一句是"青琴醉眼泪泓泓"，写宫女醉态，与"玉凤娇狞""黄鹅跌舞"呼应，画出了一人纵情、百女饮恨的盛世享乐图。在诗情上，又与"劫灰飞尽"遥相关照："劫"后生"劫"，无有竟时。

写诗就是写诗。即便谴责、批判，终也不能变成杂文式的棒喝。要含而不露，要露而不张，要借此及彼，要借古讽今。总之，要借诗情的模棱去表示哲学的取舍。这首诗，将神异性与宫廷气象糅为一，借着感性的饮酒过程的渲染，向世人揭示了日趋沉沦的"秦王"人格。

饮者自饮，醉者自醉；于是，胜者自胜，败者自败。诗的预言，总在历史车轮转动之前低吟。

南园十三首①（其五）

男儿何不带吴钩②，收取关山五十州③。
请君暂上凌烟阁④，若个书生万户侯？

【注释】

①《南园十三首》是李贺辞官回昌谷家中所作。诗人还有《昌谷北园新笋四首》，证明南园、北园皆诗人家园。②吴钩：兵器。据沈括《梦溪笔谈》载："吴钩，刀名也，刃弯。今南蛮用之，谓之葛党刀。"③五十州：泛称，指中唐时期中央政府不能控制的区域。《资治通鉴》记元和七年（812）三月，李吉甫劝唐宪宗"天下已太平，陛下宜为乐"。宰相李绛奏道："今法令所不能制者，河南、北五十余州，犬戎腥膻，近接泾、陇，烽火屡惊。"④凌烟阁：在长安宫城西内三清殿侧。贞观十七年（643）唐太宗命人于阁上画开国功臣二十四人像。

【鉴赏】

设问起句，问"男儿"也是问自己。"吴钩"是兵器、战器，表"投笔从戎"义。"收取关山五十州"，上承"吴钩"，将战功坐实。这两句诗，起承峻迫，间不容发，有豪情干云、惊天动地之势。三、四句，又加一问："若个书生万户侯？"问而不答，戛然而止；其实答案已在凌烟阁的画像里表明。书生不能封侯，自然书生"带吴钩"与"收取关山五十州"都成幻梦。自问，自答，自励，自怜，诗人将理想捧起，梦想展翅高翔；但天风无情，折翅沉沙，理想自然摔个粉碎。

表面上他在否定"书生"，其实他哀怨的是"书生"无用武之地。因而，前两句成为千古绝唱。

昌谷北园新笋四首（其二）

斫取青光写楚辞①，腻香春粉黑离离。
无情有恨何人见？露压烟啼千万枝。

【注释】

①斫取青光：刮去竹子的一部分青皮，做"竹简"写字用。李贺《南园十三首》（其十）有"舍南有竹堪书字"可证。

【鉴赏】

这首诗写了两个层次的幽怨。一是竹子的幽怨（恨），一是诗人的幽怨。

四句诗，都写竹子的幽怨。前二句，写剥割之苦。斩断，斫皮，再被人涂抹上"黑离离"的文字，清香消失，春粉消失，青竹即被扼杀。后二句，写压抑之苦。幸存于世，则受风击、雨打、露压、雪埋之摧，不低头也要低头，不弯腰也要弯腰，"无情有恨"，这是千真万确的。

而借竹子的幽怨，又折射了诗人的幽怨。首句"楚辞"，隐透骚人情怀。屈原的离忧与李贺的积愤由"写楚辞"三字得以统一。故而以下各句的"情""恨""啼"，无不是竹与诗人的统一。

借景明志，借物言情，此诗尽得其致。

马诗二十三首（其四）

此马非凡马，房星本是星^①。
向前敲瘦骨，犹自带铜声。

【注释】

① 房星：二十八宿之一。《晋书·天文志》："房四星，亦曰天驷，为天马，主车驾。房星明，则王者明。"王琦《李长吉诗歌汇解》引《瑞应图》："马为房星之精。"

【鉴赏】

李贺《马诗》二十三首，大都有寓意。这是第四首，写天马劲健。

入题简洁明快："此马非凡马！"这是否定判断。"非凡马"，是什么马呢？次句抢答曰："房星本是星！"此处"房星"二字，为马名，意谓"这匹房星马本是天上星宿！""马"与"星宿"相连，不是李贺的创造，但是他的选择。读者想象不到他将天马牵回人间。为了证实这是真的，三、四句迫近一步，加一动作，引一声响——"向前敲瘦骨，犹自带铜声"，终于完成了对"房星"马的素描。

写马有多种角度。这首诗选择了一个出人意表的动作"敲"。"敲"马，这连伯乐、九方皋都未曾尝试。奇的是，"敲"出了"铜声"。这让我们联想到形容人的词语——"钢筋铁骨""铜筋铁肋"。骨头的坚硬，又总是与"骨气""豪情"相辉映的。赞马，暗暗与赞人一致。诗的含蓄，毋庸烦言。

金铜仙人辞汉歌

魏明帝青龙九年八月①，诏宫官牵车西取汉孝武捧露盘仙人，欲立置前殿。宫官既拆盘，仙人临载，乃潸然泪下②。唐诸王孙李长吉遂作《金铜仙人辞汉歌》。

> 茂陵刘郎秋风客③，夜闻马嘶晓无迹。
> 画栏桂树悬秋香，三十六宫土花碧④。
> 魏官牵车指千里，东关酸风射眸子。
> 空将汉月出宫门，忆君清泪如铅水。
> 衰兰送客咸阳道，天若有情天亦老。
> 携盘独出月荒凉，渭城已远波声小⑤。

【注释】

①九年：今本作"元年"，皆误。魏改青龙五年（237）三月为景初元年四月，徙长安铜人于东都洛阳即在这一年。②潸然泪下：据《三国志·魏书·明帝纪》裴松之注引《汉晋春秋》谓："帝徙盘，盘拆，声闻数十里。金狄（铜人）或泣，因留于霸城。"③茂陵：汉武帝刘彻陵，在今陕西兴平市东北。秋风客：指悲秋之人。汉武帝曾作《秋风辞》以悲秋。④三十六宫：泛指汉宫数。张衡《西京赋》："离宫别馆三十六所。"土花：指苔藓。⑤渭城：秦都咸阳，汉称渭城县。此处指长安。

【鉴赏】

陆游并不赏识李贺，但也承认："若《金铜仙人辞汉》一歌，亦杰作也。"

唐人咏汉、魏史事，必属借古喻今，以他人酒杯浇胸中块垒。

依朱自清《李贺年谱》，有人论析，李贺此诗系作于元和八年（813），正是因病辞官回乡途中，距唐朝灭亡尚有九十多年，兴亡之感，似乎无所印证。其实，兴亡之叹，并不与兴亡同步也明。唐自"安史之乱"，一路下滑，到李贺写此歌时，一国有"五十余州"不受朝廷约束，这还不是灭亡之兆？而诗人回乡的路，正巧又与五六百年前魏帝迁铜人路线一致，故而电光石火间，一触即发，忧唐叹汉，慨然而生。

"刘郎"，为一象征；"金铜仙人"，为又一象征；"刘郎"保不住他的"仙人"。"仙人"移，则汉祚必"移"；"辞汉"之歌，即"亡汉"之音也！因而，李贺诗的主题是：亡国潜悲。

从结构上分析，十二句诗，四句一节，节节推进，无不呼应了这一主题。

前四句，追念汉武帝功业，叹惋兴衰难料。中四句诗，再现金铜仙人辞汉场面，见证汉祚衰歇。后四句，渲染铜人之悲，陈述历史无奈。

从细部分析，则每节都有奇语警思，发人思古之幽情。

第一节，入句直呼"茂陵刘郎"最奇崛。这是高屋建瓴、俯瞰古今的气度。以下三句，分别以马嘶无迹、桂树悬香、汉宫苔色表现生命易老、繁华易衰、功业易碎。一句话，汉武雄才不过一抔土而已。

第二节，用"魏官牵车"述说明帝拆迁铜人事，鄙视之情已露。但笔锋一转，似乎化为"金铜仙人"的第一人称，自述自哀。"酸风"射"我"眸子，"汉月"照"我"孤影，临别之际，忆君（武帝）高情，"我"也难禁两行"清泪"也！这种写法，叫转换视角，或移情换位，有将远景拉近、外景内视之效。

第三节，叙述又回到第三人称，视角仍是大全景俯临。"客"指"金铜仙人"，"携盘"者也是"仙人"。四句诗，都是一叙一叹，尤以"天若有情天亦老"一句"奇崛无对"（司马光语）；而"波声小"句，则表示事实如此，回天无力了！

总之，这首诗在闪烁的历史回顾中描写了一个不可避免的沧桑变迁。"衰兰"固可以荐客，但衰国、衰朝则随波而沉，无可救药。这是一个死亡的程序，局外人无法改变。"天若有情天亦老"，"天"都愁"老"了容颜，人何堪此悲？

这首诗的想象，盘旋在"金铜仙人"之上飞翔。凝神兴衰，骋怀去留，运思古今，而将一切不能割舍的追求付诸逝水（时间）；可惜，诗人的时间也不多了。

刘叉

刘叉,河朔(今河北一带)人。任侠,曾因酒杀人亡命。遇赦,出而折节读书,能诗歌。闻韩愈接天下士,步行归之。因意见相左,持韩愈金数斤逸去,行归齐鲁间,不知所终。有《刘叉诗集》。《全唐诗》存其诗一卷。

偶 书

日出扶桑一丈高,人间万事细如毛。
野夫怒见不平处,磨损胸中万古刀。

【鉴赏】

"诗人"是一个什么样的群体呢?读此诗而走近刘叉,或可发现,"诗人"中亦不乏任侠雄杰。

曹丕说:"文以气为主,气之清浊有体,不可力强而致。"移于诗,也可以说"以气为主"。刘叉此诗,侠气弥漫,英气勃勃,读之振奋。

一、二句出手便大。日出扶桑,人间万事,便视若等闲,一派蓄势待发之象。三、四句,意在展示"路见不平,拔刀相助"的豪侠风范;但中途逆转,只写"不平",不写"拔刀",豪气抑噎,猛志自磨。"怒"而不发,便蓄"怒"于胸,蓄极怒极,也才有"磨损胸中万古刀"之慨!"万古刀"句,奇情奇象,道人所未道,发人所未发,可谓千古一声。

读刘叉这诗,读者当知诗不是纸上写出,实为"胸"中"磨"出。"磨诗"如"磨刀",久磨自利。

徐凝

徐凝,睦州(治今浙江建德东北)人,元和间(806—820)有诗名,与白居易有交往。《全唐诗》存其诗一卷。

忆 扬 州

萧娘脸薄难胜泪^①，桃叶眉尖易觉愁^②。

天下三分明月夜，二分无赖是扬州。

【注释】

①萧娘：恋爱中的女子，南朝后惯称，亦如男子称"萧郎"。②桃叶：指代"佳人"。据《古今乐录》："晋王献之爱妾名桃叶。"

【鉴赏】

标题为"忆扬州"，入笔写扬州美女，可见这个"忆"字是因人而生的。

一、二句写了两个美女。但在思念的焦点上，恐是一个美人的双向指代。一人代指"脸"，一人代指"眉"，一人别时流"泪"，一人别后生"愁"，——写来，都是诗人臆想中情景。用词之巧，在于犯而不校，同而有异。

如果一、二句是以工巧、轻盈取胜，那么三、四句纯是天然语、天籁语："天下三分明月夜，二分无赖是扬州。""三分"用的是"三分法"，不是"十进位"。这是中国人特有的分割公式。"三顾茅庐""三思后行""举一反三""三人成虎"等，都是视三为一个整体的。"三分"明月有其"二"，扬州月明自然冠于国中。"二分无赖"的判定，既有"量"的计算，又有"情"的慨叹。"无赖"，作"恼人"解较宜，这叫"正语"反说，"反语"出之，又比"正语"亲昵一层，而传神十分！

雍裕之

雍裕之，贞元后诗人。《全唐诗》存其诗一卷。

柳 絮

无风才到地，有风还满空。

缘渠偏似雪①，莫近鬓毛生。

【注释】

① 渠：代指柳絮。

【鉴赏】

本诗可贵在对柳絮的描写全是侧面。诗题标"柳絮"二字，诗文却未有一字提及柳絮。

一、二句写柳絮之"轻"。"轻"则随风起舞，故"无风"时，落到地上；"有风"时，飞满天空。好在动势极绝，"才""还"二字，即画出柳絮的飘忽之美。三、四句写柳絮之"白"。"白"如"雪"，"轻"亦如"雪"。东晋才女谢道韫因以"未若柳絮因风起"对上了叔父谢安的"白雪纷纷何所似"，而得"咏絮才"美名。而今，雍裕之反用谢道韫句，以"雪"之白，画"絮"之白，不算发明，只算恰当。如果到此为止，诗意仅及一般。而第四句一出，诗意骤新，自然之物有了人生况味："莫近鬓毛生"！白絮、白雪、白发、白头，融而为一，逼出一腔岁月之忧。

感物之情，往往不期而生。但是我们未曾料到诗人从旋飞的柳絮，读出了衰年之叹。

许浑

许浑，字用晦，润州丹阳（今属江苏）人。太和六年（832）进士，官监察御史、虞部员外郎，出为睦州、郢州刺史。因年少多病，故喜爱林泉。曾在润州丁卯涧筑别墅，自编诗歌"新归五百篇"，故名《丁卯集》。集中无古体，全为律绝。为杜牧、韦庄称重。后世陆游推其诗为晚唐"杰作"。

咸阳城东楼①

一上高城万里愁，蒹葭杨柳似汀洲。

溪云初起日沉阁②，山雨欲来风满楼。

鸟下绿芜秦苑夕，蝉鸣黄叶汉宫秋。

行人莫问当年事，故国东来渭水流。

【注释】

①诗题一作《咸阳城西楼晚眺》。咸阳：秦汉都城，到唐代隔渭水与长安相望。②此句诗人自注："（咸阳城）南近磻溪，西对慈福寺阁。"

【鉴赏】

许浑长于律诗。清人田雯曾赞："律诗之熟，无如浑者。"这大抵是指字句之法。这首诗，佳句在颔联："溪云初起日沉阁，山雨欲来风满楼。"诗因"句"传，故古人多在炼字锤句上下功夫。

其实，这首诗的诗情涵韵也是十分内敛的。首句，"一上高城万里愁"，托出"愁"字，以下各句，皆呼应"愁"字而发，又各有正、侧和浓、淡之别。结句收在"渭水""东流"上，可谓托物言意，不留痕迹。

如果逐联品评，可见一波三折之趣。

首联首句言"愁"，并不是空穴来风。第二句，"蒹葭杨柳似汀洲"，便落实这一"愁"是"乡愁"。因为"蒹葭""杨柳"都是《诗经》成句，所谓"蒹葭苍苍""蒹葭萋萋""蒹葭采采""杨柳依依"等，都与思乡怀人相关。加一"似"字，是将眼前景与故乡江南景（汀州）对接为一。这样，首句的"万里"也有了着落。从"思乡"起步，颔联云起日沉、山雨风满楼的景物描写，自然是为了强化身居异乡的漂泊感或危机感。颈联仍写景，却在颔联"现实画面"的基础上再进一层，延伸到历史领域，"夕"成"秦苑夕"，"秋"为"汉宫秋"。至此，首句的"万里愁"开始向"千秋愁"演变。尾联"莫问"句加一顿挫，变直为曲，直抒"故国"黍离之悲。

统观全诗，诗人是将现实忧思与历史忧患汇融于一的。因为融注无迹，景语反而灿然可观，大有纯风景画的韵味。

在诗句锤炼上，诗人精工杰构，最善以"轻"词表"重"义。如"似"汀州、"初"起、"欲"来、鸟"下"、蝉"鸣"等，都起到了强化独特景观与独特意象的作用。

塞 下 曲

夜战桑干北，秦兵半不归。
朝来有乡信，犹自寄寒衣。

【鉴赏】

这是一首边塞诗。前十字，描写夜战与牺牲。后十字，描写来信与寄衣。没有议论与抒情，因而几乎看不到诗人的喜怒哀乐。反复吟诵之，且将两幅画面对照解读，死者的不归与生者的期待越发显现了生活的荒谬性。这荒谬是战争造成的，因而，此诗曲折表现了"反战"的主题。

"桑干北"，是桑干河以北。这里正是中唐以后藩镇割据、战事不息之地。称"秦兵"，是为了避"唐兵"之讳。秦时，桑干河边无战事。

全诗用白描。生者与死者，处在两个世界，各不相干。死者的悲哀仅仅是"不归"——尸不归，魂不归。生者的悲哀却是一个不确定的范畴——绵长的思念与牵挂，不愿绝望却不得不绝望的结局。"信"无人读，"衣"无人穿；"信"无言，"衣"亦无言。这无言的结局，最让人心生寒意。"寒衣"之"寒"，或有暗示氛围之用。

杜牧

杜牧（803—约852），字牧之，京兆万年（今陕西西安）人。杜佑孙。唐文宗太和二年（828）进士，复举贤良方正，曾为江西观察使、宣歙观察使沈传师和淮南节度使牛僧孺幕僚，回京任监察御史，累迁左补阙、史馆修撰，改膳部员外郎。出为黄州、池州、睦州刺史。入为司勋员外郎。出为湖州刺史，官终中书舍人。人称"小杜"。诗自成一格，傲然晚唐。清丽为标，刚劲为本，多有警策之声。有《樊川文集》。

过华清宫绝句①（其一）

长安回望绣成堆②，山顶千门次第开。
一骑红尘妃子笑，无人知是荔枝来③。

【注释】

①本题共三首，此为第一首。华清宫：在骊山（今陕西西安临潼区南）上。贞观中称汤泉宫，咸亨中改名温泉宫，天宝六年（747）扩建后改名华清宫，以后又称华清池。②绣成堆：指骊山诸景宛如一堆锦绣。③荔枝来：据《新唐书·杨贵妃传》："妃嗜荔支，必欲生致之，乃置骑传送，走数千里，味未变，已至京师。"诗中荔枝，当为蜀中产，非岭南产。

【鉴赏】

诗人过华清宫，想到华清宫的旧主人。睹物思人，而有是作。四句诗，仅仅展示了一个画面：千里送荔枝。"一骑"飞来，"一人"（妃子）欢笑，"千门"洞开，"无人"知情，想来也是当日的"国家机密"！

吃几枚荔枝，本非大事，何况贵为"贵妃"！问题在于这是皇帝（唐玄宗）因为私爱而开了一个驿马加急传递的"儿戏"。驿马疲，驿使累，换得"妃子笑"，不知值得不值得。"笑"者，还应有一人，即那位皇帝。但妃子的"笑"与皇帝的"笑"都没有保持多久，安史乱起，马嵬坡的"哭"声为长生殿的调笑和华清宫的艳笑画上了句号。可见，这"笑"大不吉利。西周幽王，也是会博"妃子笑"的人，结果以国破身亡告终。

杜牧很含蓄，就淡淡地画了一张"妃子笑"的印象图，传示千古。留下一桩"南果北运"的趣闻，也留下了因笑生悲的宫廷教训，怨而不怒，其情绵绵。

将赴吴兴登乐游原一绝①

清时有味是无能②，闲爱孤云静爱僧。
欲把一麾江海去③，乐游原上望昭陵④。

① 本诗是诗人宣宗大中四年（850）将离长安远赴湖州任刺史时作。吴兴：今湖州。乐游原：长安城南高地，游览区。② 清时：清平之世。③ 麾：旌旗。汉制，郡太守车两幡旌旗。杜牧出任州刺史，位近汉时太守，故言"麾"。④ 昭陵：唐太宗陵墓，在陕西礼泉东北九嵕山。

【鉴赏】

这是一首登临诗。奇怪的是，它并未从登临所见景物写起，甚至一点儿也没展示"乐游原"风物。闲放一笔，从自己的心境写起，略带自嘲，略带调侃，"兴"起自然。

"兴"的起点是"清时"。"清时"本该是人尽其才的"盛世"，但自己居然闲放自适，这便足证是"无能"之辈。第二句，继续缘"有味""无能"展开，似有"赋"的韵味："闲爱孤云静爱僧。"注意，这两"爱"，仍不是眼前景，仍是诗人的自我检点。

第三句，直言上任远行。因为离京赴任，才有乐游原之"游"。出人意料的是，诗人没有看乐游原，没有看城中宫阙，而是越过城区的一切烟景，将目光投向百里外的昭陵。"望昭陵"，意味深长。昭陵下长眠着唐太宗李世民，杜牧"望"之何故？又"望"到了什么？

诗至此，戛然而止。聪明的读者自然猜到诗人在思明君、思盛世、思有为……

江 南 春

千里莺啼绿映红，水村山郭酒旗风。
南朝四百八十寺①，多少楼台烟雨中。

【注释】

① 南朝：指宋、齐、梁、陈四朝。四百八十寺：并非确数。南朝皇帝及世家大族大都崇信佛教，梁武帝尤甚。据《南史·郭祖深传》："时帝大弘释典，将以易俗，故祖深尤言其事条，以为都下佛寺，五百余所。"

【鉴赏】

这首诗，写江南春景，尽其繁丽。但到了明代，杨慎在《升庵诗话》中提出了修改方案："千里莺啼，谁人听得？千里绿映红，谁人见得？若作十里，则莺啼绿红之景，村郭、楼台、僧寺、酒旗，皆在其中矣。"清人何文焕在《历代诗话考索》中直驳杨慎曰："即作十里，亦未必尽听得着、看得见。题云《江南春》，江南方广千里，千里之中，莺啼而绿映焉，水村山郭无处无酒旗，四百八十寺楼台多在烟雨中也。此诗之意既广，不得专指一处，故总而命之曰《江南春》。"

笔墨官司，发于后代；杜牧若知，抑或开颜！杨慎的毛病，出在拘泥诗句。诗情鹏举，北溟南溟尚且一瞬可至，区区千里，何足成障？一、二句，显系大全景扫描，有声，有色，有乡，有城，有风中酒旗，这是一幅动态的世俗画卷。三、四句，虽仍在"千里"视野之内，但景物已由"世俗"转向"宗教"，四百八十寺，楼台烟雨中，给"江南春"润以朦胧美与神秘美。"南朝"二字领起，自然又增加了古典美与沧桑美。

这首诗是山水诗。山水诗以展示山水之美为使命。移景于诗，诗画相生，览诗骋怀，尺幅千里，这就是山水诗的艺术追求。有人分析，这首诗有对佛教泛滥的讽刺。恐怕"隔"了一点。"水村"是春景，"山郭"是春景，"四百八十寺"也是春景；在诗中，神圣的"楼台"与"酒旗"等价，逶巡而视之，美不胜收，岂有他哉！

赤 壁①

折戟沉沙铁未销，自将磨洗认前朝。
东风不与周郎便②，铜雀春深锁二乔③。

【注释】

①赤壁：相传三国时吴蜀联军火烧魏军处。②周郎：周瑜。东吴名将。③铜雀：台名。建安十五年（210）曹操建于邺城（今河北临漳县西南），因台上铸有大铜雀得名。二乔：指大乔、小乔。乔公女，分别嫁给孙权、周瑜。

【鉴赏】

赤壁，是中国历史的一个坐标点。世事纷乱如麻，斩不断，理还乱，最好的办法，是挽起乱麻打个"结"。赤壁之战，是给汉末历史打"结"的。此后，三国之局渐开，又起另一种风云。

杜牧这诗，从"赤壁"江中的打捞物入笔，渴望借历史文物体"认""前朝"，而且居然得出了结论："东风不与周郎便，铜雀春深锁二乔。"杜牧的理智，使他抓到了历史的偶然因素"东风"。《三国演义》对"借东风"一事极尽渲染，认为那是诸葛亮的功劳。杜牧忠于史实，仍将乘"东南风"破曹军之功归于周瑜。曹军虽号称"八十万"，但依周瑜分析，乃为"疲病之卒""狐疑之众"，不足以决胜长江。果然，让周瑜乘"东风"而火攻之，一触即溃。"不与"，是假设不给。假设无"东风"，周瑜三万军将抵不住曹兵，胜负易势，国将不保。杜牧不想直言吴国夭亡，用"锁二乔"代言。这是诗家婉约之词。不料，又有宋人许顗出来指责杜牧："杜牧之作《赤壁》诗云……意谓赤壁不能纵火，为曹公夺二乔置之铜雀台上也。孙氏霸业，系此一战，社稷存亡，生灵涂炭都不问，只恐捉了二乔，可见措大不识好恶。"（《彦周诗话》）许顗忘了，当"二乔"被俘，生灵早涂炭，悲"二乔"，即悲万姓、悲社稷也！

怀古咏史，不是历史论文，因而大可不必因为杜牧看重"东风"的作用，而批评他忽略了战争中"人"的作用。一烛之燃，洞明全篇，偶然之风，必然之局；创造历史的英雄们，有多少人都是不幸之幸的成功者啊！

泊秦淮

烟笼寒水月笼沙，夜泊秦淮近酒家。
商女不知亡国恨[1]，隔江犹唱《后庭花》[2]。

【注释】

①商女：卖唱歌女。②《后庭花》：指乐曲《玉树后庭花》。陈后主耽于声色，常在宫中演奏《玉树后庭花》。后人遂将此曲视为亡国之音。

【鉴赏】

从诗情的兴起看,这是一首听歌有感之作。金陵舣舟,忽闻倡楼歌声,耳熟能详,原来是《玉树后庭花》。这歌,在杜牧生活的时代已是老歌;但上溯二百五十年,当南朝陈政权末期,那可是宫廷歌星唱给风流皇帝听的流行歌曲。有感于前朝"亡国之音"的再一次泛滥,杜牧写下此诗。

入笔写景,流利自然,十里秦淮烟景,在月色灯影里渐露梦幻般的繁华。两个"笼"字,创造了轻柔美;"水"与"月",又搅动轻柔,流淌为"夜泊"的浪漫。两句诗,归于"酒家",其实也是近于"倡家"——这是秦淮风月世界的本色!

迷人的画面中,走失了多少男男女女!忽然,楼上歌起。依然缠绵,依然优美,依然移情荡性。诗人听着歌,心头泛起一丝惊诧:亡国之音又响,是谁在点歌陶醉?"商女不知亡国恨",这不能强求,毕竟她们不食国家俸禄;"隔江犹唱《后庭花》",不妨唱去,风吹响绝,无关社稷前程也!"犹唱"二字之妙,不但展现了诗人的惊愕感,也坐实了一个古今相映的声色存在。有人买笑,有人卖歌,每一曲抑扬之歌,都有一个情感的定势呢!

这诗,有讽喻,但极曲回。曲回在于"商女"形象的屏蔽。在"商女"的倚门卖唱之后,是亡国衰世的醉生梦死。诗人的隐痛在这儿,诗的讽喻指向也在这儿。

寄扬州韩绰判官①

青山隐隐水迢迢,秋尽江南草未凋。
二十四桥明月夜②,玉人何处教吹箫③?

【注释】

① 韩绰:生平不详。杜牧另有《哭韩绰》诗一首。推其"判官"身份,可能亦为节度府幕僚。杜牧任淮南节度使牛僧孺"推官""掌书记"驻扬州,当在唐文宗大和七年至九年间(833—835),因而这首诗必作于杜牧离开扬州之后。② 二十四桥:据沈括《梦溪笔谈·补笔谈》卷三载:扬州唐时最为富盛,可记者有二十四桥,依次为茶园桥、大明桥、九曲桥、下马桥、作坊桥、洗马桥、南桥、阿师桥、周家桥、小市桥、广济桥、新桥、开明桥、顾家桥、通泗桥、太平桥、利园桥、万岁桥、青园桥、参佐桥、山光桥、北三桥、中三桥、

南三桥等。清李斗《扬州画舫录》卷十五则说："二十四桥即吴家砖桥，一名红药桥，在熙春台后。"③玉人：美女，指歌伎。

【鉴赏】

这是一首寄远怀人之作。思念朋友，自然想到朋友所处的环境，想到朋友面对的生活。想什么，写什么，这首诗的起承开阖都表现了随心所欲的自由自在。

入句景语，虽然从大处着笔，仍然扣住"扬州"这一特定空间而发。最准确传神处，是"青山隐隐水迢迢"七字。扬州无山，所见之山，均为隔江而现的京口山脉。南北距数十里，山又不甚高，从扬州南望，只能是"青山隐隐"。"水迢迢"，更指运河与长江。次句虽为景语，暗出时间。秋已尽，草未凋，扬州复得天时之美也！生于斯，而宦于斯，朋友大幸。

三、四句，景观缩小，聚焦二十四桥。呼应第二句"秋尽"，推出"明月"。秋月皎洁，二十四桥倒映波心，其美又让人乐不思蜀，自然想到了此时此刻此地此景中的韩绰。"玉人"一问，略有调侃意，略有艳羡意，甚至略有祝愿意。都在臆想的箫声中放大、扩展……

寄赠之作，本以"情"胜。这首诗或因景语太美，而让读者视为景物诗。这倒很好。景"胜"而情"隐"，"玉人""吹箫"的情韵复因隐约飘忽而表现为俏丽不妖。杜牧绝句，独步一世，仍有人嫌其形迹太露，这首诗，或有深婉之趣。

遣 怀

落魄江湖载酒行，楚腰纤细掌中轻①。
十年一觉扬州梦，赢得青楼薄倖名②。

【注释】

①楚腰：女人细腰。《韩非子·二柄》："楚灵王好细腰，而国中多饿人。"掌中轻：指汉成帝后赵飞燕，《飞燕外传》谓："体轻，能为掌上舞。"②薄倖：同"薄幸"。轻薄，负心。

【鉴赏】

人难得坦荡。杜牧这首诗，贵亦在坦荡。考杜牧在扬州作令狐楚幕僚时间，约三年；他的年龄，则刚过三十。生活自由而放浪，朝秦楼，暮楚馆，餐秀色，酣美酒，颇有一点醉生梦死的滋味。岁月不居，时过境迁，追怀往事，能不一叹？这首诗，便是杜牧的诗化叹息。

一、二句为扬州生活追忆。用"落魄"二字引领，表示沉沦下僚的自哀自伤。因"落魄"而有"落魄之行"，故有"载酒""楚腰""掌舞"之事。第二句，连用楚王、汉帝二典，不是拟于帝王，而是赞叹娼女。这是一种夸张描述，仅表明混迹其间，是否美如楚宫人、汉赵后，不可量比。

三、四句，回到现实，怅望扬州生活。"十年一觉扬州梦"，落脚于"梦"，比拟为"觉"，极言曾经繁华的虚幻与苍凉。"十年"与"一觉"对言，看似不类，思之确然。因为，时间在"现时态"的消耗，是以分、秒计算的，说其"慢"，有"度日如年"之喻；而对"过去时"的忆念，则是以十、百、千年计算的，万年不足一瞬。杜牧以一"觉"一"梦"来总结十年前的扬州往事，说明他清醒了。尾句结于"赢得青楼薄倖名"，是繁华后的辛酸语、自得后的自悔语、空幻后的自慰语，"青楼"之"名"，颇近乎现代的"艺坛"之"名"。笙歌台榭，瞬间冷寂，有名、无名、佳名、恶名皆如昙花一现，有何可恋！

诗题《遣怀》，是依据曾经的生活而发。曾经的生活是"落魄"，故而对这"落魄"经历的追怀，一定是不堪回首的，"觉""梦""薄倖名"可证。如果将重点放在"楚腰"句，以为杜牧在自夸艳福，则大谬。

叹 花①

自是寻春去校迟，不须惆怅怨芳时。
狂风落尽深红色，绿叶成阴子满枝。

【注释】

①这首诗亦作："自恨寻芳到已迟，往年曾见未开时。如今风摆花狼藉，绿叶成阴子满枝。"

【鉴赏】

叹花，其实是叹人。

《太平广记》引《唐阙史》载，杜牧于太和末自侍御史出佐沈传师宣州幕时，游湖州，见一十余岁少女，叹为"国色"。杜牧重金下聘，与其母相约十年后娶，为盟而别。大中三年（849），杜牧出牧湖州。上距盟约，已十四年，所聘之女，已结婚生子，杜牧感叹此事，故作此诗，了以自伤。

这是一段传奇故事，可视为此诗本事。

基本的构思，是以"比"言"情"。"花"比"恋人"，则"寻春"喻寻访，"花落"喻结婚，"结子"喻生子，"惜花"喻惜人。这就使一首看似客观描写自然景物的诗，有了浓郁的惆怅之意。喻体与喻旨，分为两层，言此而及彼；含蓄之美有了风姿绰约的仪态，哀婉之意有了一唱三叹的韵致。

有人曾批评这诗的轻薄。责之过苛也！这只是对一段不了情的追悔而已。

山　行

远上寒山石径斜，白云生处有人家①。
停车坐爱枫林晚②，霜叶红于二月花。

【注释】

①生处：一作"深处"。②坐：因为。

【鉴赏】

这是一首"诗中有画，画中有诗"，洋溢诗情画意的诗歌。"霜叶红于二月花"，比喻形象，流传千年，已是尽人皆知的佳句。

秋山之美，美不胜收。诗人选取了最有代表性的山路、人家、白云、红叶做主景物，组成一幅线条简洁而又色彩对比强烈的"秋山图"。以"白"为照映色，以"红"为基本色，以"山路"为线，以"人家"为点，以"车"为诗人立场，以"霜叶"为视线焦点，上下呼应，动静结合，将诸景和谐于一。

在诗句连缀上，诗人极注意神韵贯通。如"远上"为"白云生处"铺垫，"寒山"为"霜叶"铺垫，"枫林"为"红于二月花"铺垫。这一切，又都以诗人的"爱"心"爱"意为归宿。因为"爱"秋山秋景，才有"霜叶"胜春花之叹。写"寒山"无寒心，写"霜叶"无悲愁，诗的主调昂扬而乐观，非一般咏秋诗可比。

清 明

清明时节雨纷纷，路上行人欲断魂①。
借问酒家何处有，牧童遥指杏花村②。

【注释】

①断魂：神情凄迷。②杏花村：虚指隐于杏花深处的村庄。有人认为在安徽贵池城西，以产酒闻名；又有人认为在山西汾阳东部。各备一说，供参考而已。

【鉴赏】

独特的节令，独特的气候，造就了独特的诗的氛围。活泼动人处，"行人"一问，"牧童"一指，恍然又出一境："境"外有"境"，或许是这首诗的艺术亮点。

一、二句从"清明"的春雨落笔，勾画出"行人"欲游难、欲罢更难的"断魂"情状。"断魂"，如果释为"失魂落魄"，那就了无情致了。"断魂"，只是两难未决状，只是稍作徘徊状；"欲"字最活脱，在进、止之间。待到"借问酒家"一出口，"断魂"状态即行结束。"牧童"的近现与"杏花村"的遥现，呼应成一种诱惑，那便是"行人"的春游方向。

诗情的干扰因素是"雨"，诗情的激励因素是"酒"，诗情的归宿在"杏花村"；而"牧童"一指，无声胜有声，局面一新。这就是诗的曲折跌宕，这就是诗的言有尽而意无穷。绝句之章法，明人胡震亨《唐音癸签》谓："多以第三句为主，而第四句发之。"这里所谓"主"，是主要"枢机"之意。"主"句好，则转机生，新趣生，第四句一语收煞，全诗完璧。《清明》诗，妙在"借问"之情急，亦妙在"遥指"之无心，自然天成，决无斧斫之痕。

温庭筠

温庭筠（？—866），本名岐，字飞卿，太原（今山西太原市西南）人。唐初宰相温彦博裔孙。才思敏捷，诗文清拔，每入试，押官韵作赋，凡八叉手而成，有"温八叉"之称。然屡试进士不第，又恃才不羁，好讥讽权贵，取憎于时。终生潦倒不得志，官终国子助教。诗与李商隐齐名，体物工细，感慨深切。存《温飞卿诗集》。《全唐诗》存其诗九卷。

瑶瑟怨

冰簟银床梦不成①，碧天如水夜云轻。
雁声远过潇湘去②，十二楼中月自明③。

【注释】

①簟：凉席。②潇湘：二水名，在今湖南境内。诗中代指楚地。③十二楼：传说中昆仑山仙人所居之楼。见《史记·孝武本纪》集解引应劭注："昆仑玄圃五城十二楼，此仙人之所常居也。"诗中指女子的住所。

【鉴赏】

诗用"瑶瑟怨"为题，暗示了主题的悲凉色彩。

瑶瑟，指美玉镶嵌之瑟。古瑟，有五十弦、二十五弦、十五弦多种；今瑟则有二十五弦、十六弦两种。因瑟音幽婉，古人多以瑟声表达哀怨之情。《汉书·郊祀志》载泰帝使素女鼓五十弦瑟，"悲，帝禁不止，故破其瑟为二十五弦"。去其弦，意在减悲音。又《论语·阳货》载孔子不欲接见孺悲，以生病为借口，客人未走，他却鼓瑟而歌；"瑟歌"，又成了"怨毒"之音。

这首诗的主人公，也是弹瑟抒怨的。但诗人写得极其隐晦不明。玄机显露于第一句："冰簟银床梦不成。"梦不成，则有思，有怨，于是才可能起而弹瑟，弹那架"瑶瑟"。第二句，转入室外的"碧天""夜云"，这是主人公思绪的腾飞方向，又是瑟声的传播方向。可以如此猜想，但诗人没提供证据。三、四句，上应"梦不成"而展开，因为加入了"雁声"，所以可断言瑟声已歇，幽人不寐，追寻雁声，遥忆潇湘。到此，"梦不成"的原因悄然显现：这与潇湘游人相关。末句，"十二楼中月自明"，虽仍扣"梦不成"，但已由听觉转为视觉。月自明，人自醒，孤单无眠之苦可知。

但诗人最终没有点明弹了何曲，思了何人，甚至谁在弹瑟、谁在怀人都一点儿消息不透。这真是羚羊挂角、无迹可寻的空灵。回视诗题的那个"怨"字，又分明触到了，触得人"梦不成"、曲不尽、空倚栏杆望明月……

商山早行①

晨起动征铎，客行悲故乡。
鸡声茅店月，人迹板桥霜。
槲叶落山路②，枳花明驿墙③。
因思杜陵梦，凫雁满回塘④。

【注释】

①商山：山名，在今陕西，诗人曾于大中末年离开长安，经过这里。②槲叶：槲树的叶子。其冬枯不凋，待次年春新叶萌芽才落。③驿：古时递送公文的人或来往官员暂住、换马的地方。④凫雁：野鸭，野雁。

【鉴赏】

商山为长安去湖广的必经之路，此地北距长安一百多公里。以唐代车马驿行的速度，诗人离开长安也不过两三天。晨起早行，回望长安，又增离愁。所以，这首诗第二句的"悲"字、第七句的"思"字，应加意品味。

但晨起的景物，毕竟新鲜。这引发了诗人的极大兴趣。——写来，如画如绘，反而将那一丝离京的悲思挤到角落。

"晨起动征铎"，从铃声写起，表示天色尚暗，闻声而起。三至六句，是行进中的所见所闻。移步换景，是一幅声色相融的画卷。"鸡声茅店月，人迹板桥霜"，是对仗工谨且又自然天成的佳句。有人一字一断，指出描写了十种景物。即便不如此，鸡声、茅店、晓月、人迹、板桥、晨霜这六种景物，也够丰富多彩、清新雅丽的了。人在画中走，画随人行变，接着又推出了散落槲叶的山路、枳花点缀的驿墙，以及凫雁漫游的回塘。诗人触景生情，恍然间又想起了长安杜陵的景象。

这首诗以写景取胜。景语之别致清新，他诗少有。"情"因"景"生，思乡恋京之意又借景语而加倍递进。

菩萨蛮①

小山重叠金明灭②，鬓云欲度香腮雪。懒起画蛾眉，弄妆梳洗迟。

照花前后镜，花面交相映。新帖绣罗襦③，双双金鹧鸪。

【注释】

①据五代孙光宪《北梦琐言》记载，唐宣宗爱唱"菩萨蛮"词，相国令狐绹假温词密进，据此可知《菩萨蛮》诸词乃温庭筠所作而由令狐绹进献唐宣宗之作。②小山：眉妆的名目，指小山眉，弯弯的眉毛。金明灭：屏风画面时明时暗，喻时间变化。③新帖：新制。

【鉴赏】

词中主人公为一年轻女子。从起床写起，依次是画眉、梳妆、照镜，无言有情，无叹有忧。通过行为举止，表现了她孤守闺房的慵懒与空虚。

含蓄有致，是一种境界。这首词即贵在不动声色而展示心灵隐秘。"金明灭"一句，写晨昏之变。如果真的"明"而"灭"，那么这女子的"懒起"便懒到黄昏！我们姑且不较这个真。"鬓云"句，言"美"，此睡美人之态。"懒起"而又"梳洗迟"，必有心事；不明言，待人猜。"照花"二句，为自我欣赏，或生一丝自慰，"花面交相映"足证；而"新帖"二句，为赏衣，这一赏，赏出了潜藏的悲哀——"双双金鹧鸪"与茕茕闺中人的对比，大大刺激了女主人的脆弱神经。词到"金鹧鸪"戛然而止，"金鹧鸪"飞了，它的女主人困待闺房。

梦 江 南①

梳洗罢，独倚望江楼②。过尽千帆皆不是，斜晖脉脉水悠悠，肠断白蘋洲③。

【注释】

①梦江南：又名"忆江南""望江南"。单调二十七字。五句，三平韵。亦有双调。②望江楼：泛指女性居处，非专指成都望江楼。③白蘋洲：地名，在湖州城东，又名东汀州。诗中亦为泛言。

【鉴赏】

思妇望归，肠断天涯。

五句词，前四句全写人、写景；末一句，仅用"肠断"二字抒情。回望自晨及昏全天经历，则无一刻忘情于"望"归之念。

"梳洗罢"二句，言晨起妆成，倚楼眺望。水流、帆过、时逝，不觉又是一天。"斜晖"再点时间，已是夕阳无多；脉脉之落晖、悠悠之逝水，如歌、如泣、如诉，但怎么也不能给思妇以慰藉！"肠断"是必然的。

一日怅望如此，一月如此，一年如此。望江楼上，立着一位"肠断"人！

都说温词"酝酿最深"，这阕词可见一斑。爱之深，盼之切，望之酸目，梦之断肠，竟无一怨词、一怒语，其苦自见。

陈陶

陈陶，生卒年不详，字嵩伯，自号三教布衣，鄱阳（今江西波阳）人。唐宣宗大中时游学长安，后隐居南昌西山，不知所终。有诗十卷，已佚。《全唐诗》存其诗二卷。

陇 西 行①（其二）

誓扫匈奴不顾身，五千貂锦丧胡尘②。
可怜无定河边骨③，犹是春闺梦里人。

【注释】

①陇西行：乐府诗题，属"相和歌辞·瑟调曲"。陇西，即今甘肃、宁夏陇山以西地区。陈陶《陇西行》共四首，今选其二。②貂锦：貂裘、锦。汉代羽林军服装。③无定河：黄河中游支流，在陕西北部。

【鉴赏】

明人杨慎《升庵诗话》认为这首诗化用了西汉贾捐之《议罢珠崖疏》中"遥设虚祭"一节文意，又赞这诗"一变而妙，真夺胎换骨矣"。杨升庵恃才误读，不知这诗与贾文风马牛不相及，何"变"之有？诗有"典"，须释"典"；无所关联，何必牵强？

此诗前二句描写了汉军（暗喻唐军）的战斗精神和战斗结局。将士奋不顾身，一战牺牲五千人，表现了战争的残酷性。"誓扫"句倘还有些"表态"的浮薄，"五千"句真让人惊心动魄。

后二句笔触急转，将前后方的两组画面对接于———"可怜无定河边骨"，"犹是春闺梦里人"。一现实，一梦想；一"河边骨"，一"梦里人"；一绝望，一希望；"五千貂锦"尽成"河边骨"，"五千貂锦"全为"梦里人"……"可怜"二字，包含了无以言表的伤感与同情。伤感于死者，虽"死"毕竟是"短痛"；同情于"春闺"亲眷，"梦"醒后是"长痛"一生。因而，这首诗的诗情绝响是最后一句。

李商隐

李商隐（约813—约858），字义山，号玉谿生，怀州河内（今河南沁阳）人。开成二年（837）进士。李商隐处牛、李二党之间不事攀附，先后出任桂管节度使郑亚，剑南东川节度使柳仲郢的幕僚（辟判官、检校工部员外郎）。府罢，客居荥阳，卒于此。李商隐擅长律绝，诗有晚唐新声。有《李义山诗集》。

锦 瑟①

锦瑟无端五十弦，一弦一柱思华年②。
庄生晓梦迷蝴蝶③，望帝春心托杜鹃④。
沧海月明珠有泪⑤，蓝田日暖玉生烟⑥。
此情可待成追忆，只是当时已惘然。

【注释】

①锦瑟：彩绘如锦的华美之瑟。②柱：弦的支柱，每弦有一支柱。华年：少年。"思华年"，证明这首诗写于诗人晚年。③庄生晓梦：《庄子·内篇·齐物论》："昔者庄周梦为蝴蝶，栩栩然蝴蝶也，自喻适志与！不知周也。……不知周之梦为蝴蝶与？蝴蝶之梦为周与？"④望帝：据《华阳国志·蜀志》，望帝于周代末年在蜀称帝，后归隐，让位于其相开明。其魂化为杜鹃鸟。⑤月明珠有泪：古人谓河蚌随月之盈、亏而变，故蚌中珠亦月满圆、月亏缺。"泪"，隐指"鲛人泣珠"传说。鲛人海生，哭泣时眼泪成珠。⑥蓝田：山名，在陕西蓝田县东南，产玉，名"蓝田玉"。唐人司空图《与极浦谈诗书》引戴叔伦语谓："诗家之景如蓝田日暖、良玉生烟，可望而不可置于眉睫之前也。"

【鉴赏】

《锦瑟》一诗，历代诗评家多有仁智之解，但总难免有隔靴搔痒之嫌。看诗题，仅"锦瑟"二字，似为咏物诗；品诗情，"锦瑟"之为物，仅有"起兴"之用，"思"因"锦瑟"声起，而又有多种形态，故可断言此诗为"因声寄情"之作。有人将这首诗归入"朦胧诗"，亦不确。"朦胧诗"为新诗在定型化过程中的自我迷失形态；强为榜标，也只算"新诗"的一个"变种"或"亚种"，即使加"古代"二字，也不宜作古诗分类。

诗由"锦瑟"起兴："锦瑟无端五十弦，一弦一柱思华年。"五十弦，弦弦有声，华年之"思"（追怀），皆由瑟声触起。前段说"因声寄情"，即指首联。附带一个小问题是：谁在弹瑟？诗人未说。可能的选择是：诗人自弹或他人在弹。若取清幽之境，自弹为好；若求对应之美，他人较宜。

颔联以下六句，皆沉湎追怀，但无不紧扣第二句"思华年"三字。"晓梦""春心""珠有泪""玉生烟""此情追忆""当时惘然"等，都是抒情语，但情感侧面不同，尤其颔、颈二联四句，一句一个典故，至少设定了四种人生形态，表达了四种人生感慨。"庄生"句言追求的迷惘，"望帝"句言幻灭的伤感，"沧海"句言相思相感的痛苦，"蓝田"句言相隔相望的失落。一句一意，得其仿佛，仅泥于此，则又背离诗的多义取向。尾联二句，大有"早知今日，何必当初"之叹。

"此情"之"情"，极可能是"爱情"。这与"华年"可以相应。但也可以泛言人生各种情志。鉴于诗人抱有"欲回天地"的政治志向，"此情"之"情"或有可能是经国之志、拯民之情。

安定城楼①

迢递高城百尺楼②，绿杨枝外尽汀洲③。
贾生年少虚垂涕④，王粲春来更远游⑤。
永忆江湖归白发，欲回天地入扁舟。
不知腐鼠成滋味，猜忌鹓雏竟未休⑥。

【注释】

①安定：郡名，即泾州（今甘肃泾川县北），时为泾原节度使治所。②迢递：高貌。③汀洲：水边淤平处。此处指安定城东的美女湫。④贾生：指汉朝贾谊（前200—前168）。文帝前元年（前179）应召为博士，年二十二。次年上疏言事，年仅二十三，故曰"年少"。⑤王粲：东汉末年人，建安七子之一。⑥鹓（yuān）雏：鸟名。《庄子·外篇·秋水》："惠子相梁，庄子往见之。或谓惠子曰：'庄子来，欲代子相。'于是惠子恐，搜于国中，三日三夜。庄子往见之，曰：'南方有鸟，其名为鹓雏，子知之乎？夫鹓雏，发于南海而飞于北海，非梧桐不止，非练实不食，非醴泉不饮。于是鸱得腐鼠。鹓雏过之，仰而视之曰："吓！"今子欲以子之梁国而吓我耶？'"

【鉴赏】

开成三年（838）诗人赴泾原做泾原节度使王茂元的掌书记，为王赏识，选为婿。婚后赴京应博学鸿词科考试，不中，回泾州。这首诗即考试失败后的感怀之作。

理解这首诗的钥匙是"鹓雏"自比。

首联写景。触景生情而有对贾谊、王粲的怀念。贾、王二人，皆富有才学，皆少年得志，皆命运坎坷。这与诗人的人生境遇颇有相似处，引为同道，叹古惜今，自哀自怜的成分不少。"永忆"二句，是对一生的总体设计。"归白发""入扁舟"为同一结局：身退。但"身退"之前，已经完成了"欲回天地"的使命，因而可谓"功成"而"身退"。这两句，并不消极。尾联引庄周与惠施故事，其实是"鹓雏"与"鸱"的故事。鹓雏的远飞，以及它的"非梧桐不止，非练实不食，非醴泉不饮"的高洁志行，又哪儿是专吃"腐鼠"的"鸱鸮"（猫头鹰）所能比拟的呢？在诗中，"鸱"是个未出场的角色，它可能隐指了排斥诗人的令狐绹一党。

"诗言志"，圣贤旧话。考这首诗的诗格、诗品，其格也高，其品也洁，很能代表李商隐的人格倾向。

贾 生①

宣室求贤访逐臣②，贾生才调更无伦。
可怜夜半虚前席③，不问苍生问鬼神④。

【注释】

①贾生：贾谊，西汉初期著名政论家。②宣室：西汉未央宫前的正室。逐臣：放逐之臣，指贾谊。③前席：向前移动座席。④问鬼神：事见《史记·屈原贾生列传》。汉文帝召贾谊，"问鬼神之本。贾生因具道所以然之状"。

【鉴赏】

这首诗，借着对汉文帝夜半虚席访贤的历史记载，慨叹了贾谊的大才不用。

四句诗的历史空间，只有一幅画面：汉未央宫宣室，半夜灯明，君臣对席，问答如仪。

画面的不协和处在于：该问的不问，不该问的强问。对于贾谊而言，则是想说的不准说，不想说的逼着说。

在内容展示上，诗人先虚说，后实说，先褒扬，后叹惋，前后对比，实现了贾谊作为词臣的"可怜"。"求贤"的仪式化，"才调"的被冷置，都系于一个历史的"明君"，这更增强了无言的嘲讽。反观诗人，更落贾谊一等。所以这首诗又是李商隐怀才不遇的自叹与自怜。

夜雨寄北①

君问归期未有期，巴山夜雨涨秋池②。
何当共剪西窗烛，却话巴山夜雨时。

【注释】

①诗题一作《夜雨寄内》。②巴山：为四川盆地与汉中盆地界山，横亘川、甘、陕、鄂四省交界处。此处巴山当指巴东群山。

【鉴赏】

研究者将这首诗系于宣宗大中二年（848）。这一年秋天，诗人还作了另一首寄内诗《摇落》，诗云："摇落伤年日，羁留念远心……滩激黄牛暮，云屯白帝阴。遥知沾洒意，不减欲分襟。"二诗互证，诗中所谓"巴山"，当指巴东川鄂交界处山脉。另有人考证，这时诗人妻王氏已去世，寄"内"不能成立，当是寄"北"为宜。但细品诗句，仍是"寄内"口吻，所以我们作"寄内"诗赏析。

第一句，一问一答，是无可奈何语。接以"巴山夜雨涨秋池"，呼应诗题"夜雨"，着一"涨"字，暗喻离情陡生，不能自已。三、四句，从"未有期"的答语中翻出逆意，遥想日后相逢。"西窗烛"再与"夜"扣，再与"归"扣，"共剪"之乐，可以想见。结于"却话巴山夜雨时"，妙在与第二句之"巴山夜雨"犯而不校，又出一唱三叹之趣。短短四句诗，视角在我与君、旅与家、今夕与来夕之间灵活转换，这便造成君思我、我思君的互思局面，抒情之巧，在于换位思维。

构思之巧，由"何当"句激活想念，又由"却话"句完成呼应，这是许多诗人做不到的。

无题①

相见时难别亦难，东风无力百花残。

春蚕到死丝方尽，蜡炬成灰泪始干。

晓镜但愁云鬓改，夜吟应觉月光寒。

蓬山此去无多路②，青鸟殷勤为探看③。

【注释】

① 李商隐有一部分诗以《无题》为题。或不好拟题，或有意隐题，大抵皆寄托幽远。② 蓬山：蓬莱山，传说中的海上仙山。诗里指思念对方的居所。③ 青鸟：典出《山海经·大荒西经》："（王母之山）有三青鸟，赤首黑目。"又《汉武故事》载，西王母与汉武帝相会，有青鸟先至殿前。故后人以"青鸟"代指信使。

【鉴赏】

此诗虽题《无题》，但"主题"倾向却十分明确，是抒发离情别绪的。

首联即揭示"见"与"别"的两难处境，且以暮春"花残"烘托二人关系的不可挽回。相见的"难"，是难于相逢；相别的"难"，是离愁难忍。以下数句，都是两难状态的进一步展示。

颔联用了两个极普通又极形象化的类比，表现别愁煎心。"春蚕到死""蜡炬成灰"，皆极端语，用以表极端情，"丝（思）方尽""泪始干"，呼应"死"与"灰"二字，又阐释着永不"尽"、永不"干"的眷恋。这两句，皆警语、誓语、痴情语，非至情人道不得。

颈联，用分述法，分写男女两地怅望的"愁"思。女为悦己者容，故"愁"云鬓之"改"；男思知己者深，但"觉"月光之"寒"。一"愁"一"觉"，心灵业已相通。

尾联，从凡间荡出，逸入仙境。由于换了一个视角，所以愁怀暂释，慰藉语随"青鸟"飞传"蓬山"。这是理想化的神来之笔！这是愁苦中的梦幻之想！但不论如何，双方精神的"雀（青鸟）桥"总算横空飞架。

有的专家推断这首诗为模拟女性立场，且以"青鸟"为证。这样理解，当然可以。但落实为诗人自道，也决不矛盾。

乐游原①

向晚意不适②，驱车登古原。
夕阳无限好，只是近黄昏。

【注释】

①乐游原：在长安城南。西汉宣帝立乐游庙，又名乐游阙、乐游苑，亦称乐游原、鸿固原。登原上可望长安。②不适：不悦，不快。

【鉴赏】

即便是黄昏的辉煌，也足以慰人寂寥，落日的余景仍会激起人们的另一种伤感。

这几乎是一首唐人的白话诗。无涩典，无隐词，直接铺"叙"向晚时的"不适"，以及为了排遣"不适"而驱车郊游；登上古原，西望落日，不觉已将那一腔"不适"抛到九霄云外。心娱"夕阳"，神伤"黄昏"，一缕怆然从心头升起，那已经是超越个人"不适"的另一种忧怀。

四句诗，从低处起笔，渐高渐明，至"无限好"为情感极点，结句"近黄昏"又形成下滑曲线。短诗的曲折之美，来自灵动多变的诗情反复，这或许是一唱三叹的情致。

"夕阳"的意象，是李商隐第一个激赏的。此间，当然包含着几多人文暗喻。

嫦娥①

云母屏风烛影深②，长河渐落晓星沉③。
嫦娥应悔偷灵药，碧海青天夜夜心。

【注释】

①嫦娥：神话中后羿之妻。后羿从西王母处得长生不老之药，嫦娥偷吃后奔于月宫。事见《淮南子·览冥训》。②云母屏风：用云母装饰的屏风。③长河：银河。

【鉴赏】

很明显，诗题之"嫦娥"在诗中仅是一个参照性的神话表象。诗的主人公，是一个女性，只有在伴月不眠的生活状态，以及"悔"不当初的精神倾向上，她才与嫦娥相一致。

首句展示女主人公的烛下独居。"深"字，形容烛影浓重，亦衬托主人公思念幽深。次句转向室外天空，河"落"星"沉"，一夜即将熬尽，主人公仍旧无眠。第三句，呼应诗题，揭示嫦娥的悔恨。其实，这是在暗喻主人公心态。"悔"字，只规范了性质，而没有规定范围，却已经恰到好处地呼应了上两句的长夜不眠。第四句乃是第三句的延续，神话与现实兼写，过去与未来双照，表现了主人公永无尽期的祈盼与悔恨。

有人参照李商隐曾经将女道士比为"月娥孀独"（《送宫人入道》）而推测这首诗的主人公是入道女冠，仅备一说而已。因为，任何一首诗的独定比喻只在一首诗里相对固定，哪儿有跨诗通用的特指？唯一可以断定的是，诗的主人公是一女性，正幽居独处，且悔意无限……

李群玉

李群玉，字文山，澧州(治今湖南澧县)人。为人旷达，应举一试而归，再不热衷功名。唯以吟咏自适。裴休观察湖南，延之入幕。及休为相，荐为弘文馆校书郎，时在唐宣宗大中年间。诗中羁旅游览之作较婉转多姿。《全唐诗》存其诗三卷。

引 水 行①

一条寒玉走秋泉②，引出深萝洞口烟。
十里暗流声不断，行人头上过潺湲③。

【注释】

①引水：指古人借用竹筒或木槽、石槽做管道，将高处、远处泉水引入

田间或村中使用。②寒玉：指引水竹筒。③潺湲：流水。

【鉴赏】

这首诗于诗学、美学的价值之外，还有历史的文献价值。这是关于劳动人民发明创造的形象文献。李群玉描绘的十里"寒玉"引水，不正是中国古代朴素的自来水工程吗？

一、二句，形象生动，描写了洞口秋泉引流奔竞之态。以"寒玉"状引水竹管，以"深萝"状秋泉洞口，营造了气清水冷的氛围。引水竹管，管管相结，曲折绕行，不觉十里，可见规模之大！故三、四句的"声不断"与"过潺湲"是对诗题"引水"的形象呼应。

读苏东坡集，知东坡广州引水事。未料李群玉所见，又早于东坡二百五十多年。

曹邺

曹邺（约816—约875），字业之，一作邺之，桂州阳朔（今属广西）人。唐宣宗大中四年（850）进士，曾官祠部郎中、洋州（今陕西洋县）刺史。其诗多针对社会不平而发，有较浓的人道主义倾向，与刘驾为诗友，时称"曹刘"。有《曹祠部集》。

官仓鼠

官仓老鼠大如斗，见人开仓亦不走。
健儿无粮百姓饥①，谁遣朝朝入君口②！

【注释】

①健儿：守卫边疆的将士。②君：指官仓里的老鼠。

【鉴赏】

诗题显霍，大张讽喻之旨。

入句点题，极言官仓鼠之"大"，"大如斗"，惊煞人也！所以第二句"见人开仓亦不走"，便显得顺理成章。鼠"生于官仓"，久而久之，即视"官仓"为家；"人"去开仓，它很可能认为是"人"侵入了它的领地。这种"人"与"鼠"的易位，"主"与"客"的错置，多少也曲折反映了民养官、官欺民的社会荒谬现象。三、四句视线由"官仓"移向"官国"，在那儿，是卫国将士"无粮"、黎民百姓忍"饥"，而"朝朝"饱食者，是"君"——官仓鼠与官国官。"君"的双指，使这首诗有了广泛的谴责意义，也有了广泛的同情韵味。

《诗经》曾咏"硕鼠"，柳宗元曾咒某氏之"鼠"。此诗上承中国诗文的这一批判传统，直斥"官仓鼠"，无异于直接抨击贪官。

刘驾

刘驾，字司南，江东人。唐宣宗大中六年（852）进士。与曹邺为诗友，时称"曹刘"。曾官国子博士。其诗无定体，含蓄委婉，在晚唐诗人中又"以古诗鸣于时"（《唐诗别裁》评语），一反委顿诗风而趋于现实刚劲。《全唐诗》存其诗一卷。

贾客词①

贾客灯下起，犹言发已迟。
高山有疾路②，暗行终不疑。
寇盗伏其路，猛兽来相追。
金玉四散去，空囊委路歧。
扬州有大宅，白骨无地归。
少妇当此日，对镜弄花枝。

【注释】

①贾客：商人。②疾路：亦称"疾径"，即捷近之路。

【鉴赏】

商人重利。俗语谓："无利不起早。"这首诗咏叹的商人，即因重利而贪早行，结果路遇盗贼丧命。让人心生悲怜的，是家有大宅而死无葬身之地，丈夫遇难，妻尚不知！

十二句诗，可分为三小节，四句一顿。第一小节描绘商人惶惶然谋利之态，"灯下"即"起"，"犹言"发"迟"，夜奔"疾路"，"暗行"不疑，一副奔命姿态。人物形象，借行动跃然纸上。第二小节交代寇盗劫财。用"猛兽"照应，意在揭示寇盗的凶残。这一节，只写财尽，未写人亡，留一悬念。第三小节是这首诗的新意迭起处，"扬州有大宅"与"白骨无地归"对应而出，既补写"贾客"已死，又慨叹"大宅"无益。结句虽上承"大宅"句衍出，但将"贾客"死亡与"少妇"对镜同系于"此日"，"贾客"下场可悲可叹，"少妇"的命运更是可怜。

无定河边骨，春闺梦里人，那是战士与家人的隔离。这诗，则是有钱人的生死隔离。

这首诗，可以视为晚唐五言古诗的佳作，不动声，而发感慨，自有含蓄之美。

崔珏

崔珏，字梦之，曾寄家荆州。唐宣宗大中年间进士。由幕府拜秘书郎，为淇县令，有惠政，后官至侍御史。《全唐诗》存其诗一卷。

和友人鸳鸯之什①（其一）

翠鬣红毛舞夕晖②，水禽情似此禽稀。
暂分烟岛犹回首，只渡寒塘亦并飞。

映雾尽迷珠殿瓦^③，逐梭齐上玉人机^④。

采莲无限兰桡女^⑤，笑指中流羡尔归。

【注释】

①此和诗共存三首，今选第一首。"什"为十篇之称，疑其余已佚。
②翠鬣红毛：指鸳鸯毛色为红绿相映。鬣：本指马颈长毛，此处借指鸳鸯脖颈翠羽。③瓦：房上一俯一仰之瓦垄称"鸳鸯瓦"。④机：织机。诗中指织机上正织着鸳鸯锦。⑤兰桡：木兰桨。

【鉴赏】

这是一幅鸳鸯戏水图。

从鸳鸯翠红相映的羽毛写起，将这鲜艳与"夕晖"对照，画出晚归鸳鸯双飞双归的情景。第二句，将鸳鸯与众多"水禽"分为两拨：鸳鸯有"情"，众"水禽"不如鸳鸯有"情"。

应该说，一、二句虽新鲜，仍在人预料之中。从颔联起，一联比一联俏丽传神。

颔联"暂分烟岛犹回首，只渡寒塘亦并飞"二句，形神兼备。对仗工整，决无匠气，情态毕现，抑扬有致，画活了鸳鸯的"暂分"缠绵与"并飞"欢娱。这艺术效果得之于巧用虚词（"暂""犹""只""亦"）的分寸适度。两句一出，极易于让人联想到恩爱夫妻的相依相随。

颈联二句，跳出"寒塘""烟岛"，在一个更富有人文特征的背景下，展示人对鸳鸯形象的再创造。建筑上的"鸳鸯瓦"与织机上的"鸳鸯锦"，是拟人化的方式再造的"鸳鸯意境"。如此，"鸳鸯意境"竟成了痴情儿女的恋情仪范。

尾联重回鸳鸯的水上世界。"采莲无限兰桡女，笑指中流羡尔归"，以人对鸳鸯的艳羡，再一次暗示了鸳鸯双出双归的社会寓意。这两句，不写鸳鸯，胜写鸳鸯；不赞鸳鸯，已赞鸳鸯。在这人禽相通的境界里，爱情的理想主义冲天而翔！

赵嘏

赵嘏，字承祐，山阳（今江苏淮安）人。唐武宗会昌二年（842）进士，官渭南尉。七律清圆熟练，佳句迭出。有《渭南集》。

长安秋望①

云物凄清拂曙流②，汉家宫阙动高秋。
残星几点雁横塞，长笛一声人倚楼。
紫艳半开篱菊静，红衣落尽渚莲愁。
鲈鱼正美不归去③，空戴南冠学楚囚④。

【注释】

①诗题一作《长安晚秋》。②拂曙：拂晓。③"鲈鱼"句用晋人张翰典故。张翰为齐王大司马司马冏东曹掾，因秋风起，想起家乡鲈鱼美味，辞官回乡（苏州）。后冏败，张翰未受株连。④南冠：俘虏的代称。

【鉴赏】

咏秋之作，难免伤怀，因而从诗情倾向上衡量，这首诗并没有提供新的内涵。让我们惊叹的仍然是古代诗人在表达相近诗情时，总能找到自己独特的抒情方式与情感寄托。

赵嘏以七律见长，普通的秋思也被他写得窈窕多姿。首联是深秋拂晓眺望汉家宫阙印象。这与诗题"长安秋望"紧扣。长安望秋，其秋思自然也有几分朝廷背景。颔、颈二联，时间虽小有延展，但景物皆着以"拂曙"之色。颔联取象高远，与第二句"高秋"相续。"残星几点雁横塞，长笛一声人倚楼"，景新情深，无限寄托尽在不言之中。《唐诗纪事》卷五十六："杜紫微览嘏《早秋》诗云：'残星几点雁横塞，长笛一声人倚楼。'吟味不已，因目嘏为'赵倚楼'。"即便杜牧不加奖掖，这一联都算绝唱。颈联取景贴近，极富色彩斑斓之美，"静"与"愁"，都是上应"雁横塞"（南飞）而生发的乡思，这叫寓情于景（物），或托物言志。尾联二句为质直语，含蓄不够，但强度增加。

"鲈鱼""楚囚"二语并出，强化了思归情绪，也清晰地揭示了"秋望"的"望乡"内容。

马戴

马戴，字虞臣，晚唐时期著名诗人。唐武宗会昌四年（844）进士。在太原幕府中任掌书记，以直言获罪，贬龙阳（今湖南常德市）尉。遇赦回京，官终太学博士。与贾岛、姚合为诗友，长于五律。《全唐诗》存其诗二卷。

落日怅望

孤云与归鸟，千里片时间①。
念我何留滞，辞家久未还。
微阳下乔木，远烧入秋山②。
临水不敢照，恐惊平昔颜！

【注释】
① 时：片刻之间。② 一作"远色隐秋山"。

【鉴赏】
这首诗被清人沈德潜誉为"意格俱好，在晚唐中可云轩鹤立鸡群矣"（《唐诗别裁》）。"意"为诗意，"格"为诗式；总而言之：诗情、结构俱佳。

诗情之佳，无须论；结构之美，在情语、景语间出，形成"以景带情"态势。四联诗，首、颈二联为景语，颔、尾二联为情语，相间而出，相映而起，两两分明，又两不可分；一步一层台，将诗情推向沉郁。

首联展示"孤云"与"归鸟"的"片时""千里"之势，寓来去自由。颔联讲诗人滞留他乡，久不还家之憾。颈联展示太阳落山、晚霞飞天之景，寓黄昏之叹。尾联写不敢自照，恐见老态。回头再看诗题"落日怅望"，便晓然可知此诗既抒发了去国怀乡之思，又抒发了人生迟暮之悲。

崔橹

崔橹，一作崔鲁，唐宣宗大中年间进士，一作唐僖宗广明年间（880—881）进士。官棣州（今山东阳信南）司马。《全唐诗》存其诗十六首。

三月晦日送客^①

野酌乱无巡^②，送君兼送春。
明年春色至，莫作未归人。

【注释】

①晦日：农历每月的最后一天。②无巡：斟酒一次为一巡，故有"酒过三巡"之说。无巡指不计次数，饮量已多。

【鉴赏】

农历三月晦日，已是暮春时节，送客酌酒，临歧设宴，也才有"送君兼送春"之说。如果说"野酌乱无巡"是铺垫句，"送君兼送春"则是紧扣诗题，又生发诗情之笔。由"送君"到"送春"，这"兼送"的局面，暗含着"兼盼"或"兼迎"的期待。第三句，"明年春色至"，作超前预想；而第四句的"莫作未归人"，则是超前嘱咐语。其不尽之意自然是明年"迎春兼迎君"。

笔法简括，取意双兼，是这首小诗耐人品味处。由"单送"到"双送"，是情的放大；由"盼春"到"盼人"，是情的点燃。诗情的醇浓，由此可知。

于濆

于濆，字子漪，籍贯不详。唐懿宗咸通二年（861）进士，官终泗州（治在今江苏泗洪东南）判官。因不满拘守声律、轻浮艳丽诗风而作古风以矫时弊，号为"逸诗"。与刘驾、曹邺同属晚唐现实主义诗派。《全唐诗》存其诗四十多首。

古 宴 曲

雉扇合蓬莱①，朝车回紫陌②。
重门集嘶马，言宴金张宅③。
燕娥奉卮酒④，低鬟若无力。
十户手胼胝⑤，凤凰钗一只。
高楼齐下视，日照罗绮色。
笑指负薪人，不信生中国。

【注释】

① 雉扇：野鸡毛制成的宫扇，古代帝王仪仗之一，由宫女或宦官举着，分立两旁。蓬莱：唐宫殿名。② 紫陌：京城大道。③ 金张：汉时金日磾、张安世二人的并称。后世遂以"金张"指豪门。④ 燕娥：燕地美女。⑤ 胼胝：手上因劳作而长的厚茧。

【鉴赏】

以"古宴曲"为题，点及"金张宅"，造成诗言汉事的假象，其实是讽喻唐朝官宦豪门。一、二句写罢朝回府。三、四句写豪门张宴。五至八句集中于"燕娥"金钗，表现豪门生活的侈靡奢华。后四句以豪门人物视角观府外，转叹国人之穷困。

中国人的生活，自古便两极分化。这首诗，写极富的一极，又照应了极穷的一极；在不甚经意的对比中，暴露了人间不平。"十户手胼胝，凤凰钗一只"，是物与物的价值对比；"笑指负薪人，不信生中国"，是人与人的感受对比。

能看到两极分化，是于濆的眼光敏锐；能表现两极态势，是于濆的心有恻隐。

千秋之后，这样的诗竟还有现实印证，可发今人一悲。

罗隐

罗隐（833—909），字昭谏，杭州新城（今浙江富阳西南）人。本名横，因自二十八岁至五十五岁十举进士不第改名隐。归而投镇海军节度使钱镠，获任用，历钱塘令、著作令。唐亡，钱镠对后梁称臣，罗隐封给事中。其诗律、绝多出新声新意。有诗集《甲乙集》，清人辑有《罗昭谏集》。

蜂

不论平地与山尖，无限风光尽被占。
采得百花成蜜后，为谁辛苦为谁甜？

【鉴赏】

这首诗是蜜蜂绝唱，几乎写绝了蜜蜂一生辛苦、为人酿蜜的生存反差。"采得百花成蜜后，为谁辛苦为谁甜"一句感喟，千秋寂然无应。

诗题为"蜂"，并没有从蜂的本身写起。诗人先随蜂的飞行巡回鸟瞰了它的活动领地，用欲抑先扬手法极言蜂的"富有"——"无限风光尽被占"！"占"字一出，蜜蜂不但"富有"，而且颇有领有一切的风采。三、四句一转，才知蜜蜂采得百花，付出辛苦，却已将甘甜交给别人。

回头再看一、二句，正所谓"占"得多，"苦"得多，"甜"于他人，毁于自我。

咏物诗的言外意、画外音总离不开慨叹人生。此诗并无嘲讽或批判目标。咏蜂而叹人，只能作类比之寓。凡创造而难享、辛苦而为他者，皆与蜜蜂同列。

登夏州城楼 ①

寒城猎猎戍旗风，独倚危楼怅望中。

万里山河唐土地，千年魂魄晋英雄②。

离心不忍听边马，往事应须向塞鸿。

好脱儒冠从校尉，一枝长戟六钧弓③。

【注释】

①夏州：故址在今陕西靖边县境内。②晋英雄：东晋义熙九年（413），夏主赫连勃勃于朔方黑水之南筑"统万城"，取义于"统一天下""君临万邦"义。义熙十三年刘裕北伐收复长安。当年十二月刘裕东归，留儿子刘义真镇长安。义熙十四年夏主由统万城南下，与晋军激战，晋军先胜后败，又失长安。此"统万城"，即唐夏州治所。③六钧弓：钧是古代重量计量单位，一钧为三十斤，六钧弓即一百八十斤拉力之弓。

【鉴赏】

唐夏州城，即东晋末期的"统万城"。晋人南渡，北方陷入十六国纷争局面。到刘裕北伐收复长安，恰巧距西晋灭亡整整百年。虽然收复长安的胜利仅为昙花一现，但确实证明晋朝还有"英雄"出现。

罗隐的这首诗写在登夏州城楼时，而此城在东晋时代却是大夏都城、进攻长安的大本营。时过境迁，兴衰轮替，登高骋怀，思绪万千，真让一介书生罗隐也要脱儒冠而奋长戟！

首联写景，实现"塞城"高危之状，极有北部边疆的苍凉气韵。颔联追述夏州的千年沧桑。以"晋英雄"对"唐土地"，似乎暗示了国土得失与人的关系。颈联捕捉即将告别夏州的复杂心态。欲离还恋，欲行又止，"往事"堪追，边忧可虑，曲曲折折，终也表白了诗人对国家安危的关注。唯心系家国，尾联才突发奇思奇语："好脱儒冠从校尉，一枝长戟六钧弓。"谁能说投笔从戎一定是少年冲动？

因为有了充分的铺垫（历史的、现实的），又有充分的酝酿（所望与所思），诗人的篇终抒情才显得真挚而自然。较之盛唐高、岑之边塞诗，这首诗英气勃发，融入自我，当为"出新"之章！

皮日休

皮日休(约838—约883),字袭美,一字逸少,外号间气布衣、醉吟先生、鹿门子等,襄阳(今属湖北)人。出身贫苦,唐懿宗咸通八年(867)进士。曾官著作郎、太常博士、毗陵(今江苏常州)副使。后参加黄巢起义军,为翰林学士。对其死亡,有三说。一说为黄巢杀,一说为唐室加害,一说巢败后流落江南而死。诗文与陆龟蒙齐名,人称"皮陆"。曾自编《皮子文薮》。其诗风上承李白与白居易,多愤世之音。

汴河怀古①(其二)

尽道隋亡为此河,至今千里赖通波。
若无水殿龙舟事②,共禹论功不较多③。

【注释】

①汴河:大业元年(605),隋炀帝发河南、淮北民开通济渠,自西苑引谷、洛之水达于河,又自板诸(河南荥阳东北)引河水历荥泽入汴,又自大梁之东引汴水入淮,再发淮南民开邗沟通长江。这就形成了自洛阳通江水道。因为这条运河中间一段是原来的汴水,故唐、宋人遂将出自河、入于淮的通济渠东段称为汴河、汴水或汴渠。②水殿龙舟:据《资治通鉴·隋纪四》载,隋炀帝令黄门侍郎王弘等去江南造龙舟与杂船数百艘。"龙舟四重,高四十五尺,长二百丈,上重有正殿、内殿、东西朝堂,中二重有百二十房,皆饰以金玉。"可见其靡费。③不较多:差不多意。

【鉴赏】

翻案诗难作,难在"翻案"有"据"不易。

皮日休要为隋炀帝翻案,故先为"汴河"翻案。汴河之利,人所共睹,"至今千里赖通波",可谓一语定谳。三、四句,作一假设,推出一判断,设想隋炀帝若无"水殿龙舟"之荒唐,便无天怒人怨,便无叛乱四起,便无缢死江都,便无亡国遗臭……单论治水之功,足以与大禹比肩。

可以说,皮日休的"翻案"是假定性的,即排除了"过",专言"功"。

这思路颇为别致。它至少证明，皮日休已开始用发展的、变化的眼光看待历史。此间，包含了此消彼长、取其一端的思路。

但是，历史又拒绝假设。隋炀帝自毁江山，开了汴水，仍然做不成大禹。

皮日休此诗的意义或不再眷顾昨天。它的意义是启示性、警示性的，尤其对于权力者。

橡媪叹 ①

秋深橡子熟②，散落榛芜冈。
伛偻黄发媪③，拾之践晨霜。
移时始盈掬，尽日方满筐。
几曝复几蒸，用作三冬粮。
山前有熟稻，紫穗袭人香。
细获又精舂，粒粒如玉珰④。
持之纳于官，私室无仓箱。
如何一石余，只作五斗量！
狡吏不畏刑，贪官不避赃。
农时作私债，农毕归官仓。
自冬及于春，橡实诳饥肠。
吾闻田成子⑤，诈仁犹自王。
吁嗟逢橡媪，不觉泪沾裳。

【注释】

①此诗是《正乐府十篇》中的第二首。②橡子：栎树果实，有苦味，食之易中毒。③伛偻：弯腰驼背。媪：年老妇女。④玉珰：玉耳坠。⑤田成子：春秋时齐国宰相田恒。修其父田僖子之政，大斗贷，小斗入，国人附之。齐简公四年（前481）弑其君简公，立简公弟骜为齐平公。一百年后，田氏代姜氏有齐国。

【鉴赏】

在极权体制下，政治与经济的不平等比比皆是，睁眼看得见，侧耳听得着。

有人不闻不问，有人仗义执言，这就是人性的差距。从这一个视点切入，皮日休与他的《橡媪叹》，都该归入中国诗史的人道主义序列。

全诗二十六句，以八、八、六、四分节，自成四个层次。前八句，写捡拾橡子，充作冬粮，极言其苦；次八句，写熟稻精米，尽入官仓，极言其勤；再六句，写官吏贪赃，百姓遭殃，极言其冤；后四名，写古今映照，浩然生叹，极言政治之败，今不如昔。

诗的亮点在于超越了同情，而将人民的灾难归之于专制体制庇护下的官与吏。这才叫冤有头，债有主。这样，一首同情橡媪的乐府短章便有了政治批判的原则精神。另外，引入田成子旧典，似在重复着孔子对田成子的否定，但是在对比中细思之，"大斗出贷，小斗收入"的借贷法，毕竟是连两千五百年后的现代金融机构也办不到的善民之举！一个"诈仁"，如何了断？

陆龟蒙

陆龟蒙（？—约881），字鲁望，姑苏（今江苏苏州）人。败落世家子弟，举进士不第，后长期隐居。一度出任湖州、苏州刺史的幕僚微职。辞职归松江甫里隐居，因生活所迫，偶或农耕。自号江湖散人、甫里先生，又号天随子。诗文与皮日休齐名，人称"皮陆"。七言绝句是他诗歌中最爽利的作品。有《甫里集》。

新沙^①

渤澥声中涨小堤^②，官家知后海鸥知。
蓬莱有路教人到，亦应年年税紫芝^③。

【注释】

①新沙：海边新淤成的沙地。②渤澥：渤海的别称。③紫芝：紫色灵芝，神话中的仙草。

【鉴赏】

海边淤沙，新成一块陆地。海鸥尚未发现，官家已经知道，并明而告之，要在这儿征收地亩税。大约这是陆龟蒙耳闻目见的唐代新闻。就这一新闻，诗人写下此诗，讽刺官家剥夺的无所不至。

诗的巧妙，在于烘托之新奇。一是用"海鸥"烘托"官家"，表现"官家"征敛嗅觉之敏锐；二是用"蓬莱"仙境烘托人间凡境，用假想语告诉世人，仙境有路亦难免"年年"以"紫芝"纳税。

总之，诗的意向十分明白："普天之下，莫非王土；率土之滨，莫非王臣。"税赋如缰，老百姓无处可逃！蓬莱仙境尚且不免，何况人世间？

钱珝

钱珝，字瑞文，吴兴（今属浙江）人。钱起曾孙。唐昭宗乾宁五年（898）进士。受宰相王溥之荐知制诰，官中书舍人。后王溥为崔胤、朱全忠连谋构陷贬死（时在光化三年，即900年），钱珝受牵连被贬抚州司马。《全唐诗》存其诗一卷。《江行无题一百首》是钱珝存世主要作品，读其诗，如铺万里长江图，这在古诗中较少见。

江行无题（其六十八）

咫尺愁风雨①，匡庐不可登②。
只疑云雾窟，犹有六朝僧。

【注释】

①咫尺：八寸。极言距离很近。②匡庐：庐山。传说因古人匡俗在此结庐而居得名。

【鉴赏】

因为风雨，未登庐山，反而写下了关于庐山的诗篇。意趣之妙，在于远望云雾而生出了奇想："只疑云雾窟，犹有六朝僧。"

出"新"在此二句，出"奇"在此二句，"新""奇"所生，又源自诗人的思古幽情。倘不知"六朝"事、"六朝"人、"六朝"佛事兴盛者，哪儿会有这穿透时空的感觉！"感觉"入诗，造出奇异幻境，故而诗重感性；但"感觉"早在"感觉"萌发之前便已为"理性"框定，所以这"感觉"仍然是"理性"释放的光华。

诗有逸气，触类皆成好句。这诗，逸然之气发于"风雨"（愁），成于"云雾"（疑），故而一时之景，成一时之情。换个天气，诗人或不可成诗！这让人相信，任何好诗都是唯一的。

聂夷中

聂夷中（837—？），字坦之，河东（今山西永济西南）人，一作河南人。唐懿宗咸通十二年（871）进士，曾任华阴县尉。家境贫寒，颇知世艰。诗多反映晚唐世态，对人民抱以同情。《全唐诗》存其诗三十多首。

咏田家[①]

二月卖新丝，五月粜新谷[②]。
医得眼前疮，剜却心头肉。
我愿君王心，化作光明烛。
不照绮罗筵，只照逃亡屋[③]。

【注释】

①诗题一作"伤田家"。②粜：出卖。③逃亡屋：贫苦农民无法生活，逃亡在外留下的房屋。

【鉴赏】

"剜肉补疮"的成语，出于这首诗。这一成语，也是这首诗的主题。

八句诗，分为两部分。前四句，描写"田家"丝未成卖丝、谷未收卖谷的惨状。这叫借贷生产，古已有之。诗人比喻为"医得眼前疮，剜却心头肉"。"心头肉"肯定是挖过了，"眼前疮"医得医不得，不可知也！四句诗，写出了"田家"的贫穷和绝望。后四句，表达诗人愿望。将"君王心"比作"光明烛"，语意清新；但此时的大唐天子，自己尚且如烛临风，又何以照临"逃亡屋"呢？我们不能批评诗人乞求帝王的局限，对"田家"百姓而言，有希望、有盼望总是好的。

张乔

张乔，池州（今安徽池州市贵池区）人。唐懿宗咸通年间举进士，遭黄巢之乱，后隐居九华山。《全唐诗》存其诗二卷。

河湟旧卒①

少年随将讨河湟，头白时清返故乡②。
十万汉军零落尽③，独吹边曲向残阳。

【注释】

①河湟：泛指湟水与黄河汇合地区。自古河湟地区便是羌、汉、藏各民族聚居处。②时清：指天下安定，没有战争硝烟。③零落：诗中比喻死者甚多，生还者甚少。

【鉴赏】

盛唐时期，河湟地区（唐鄯州、廓州、河州、兰州）一片升平。因安史之乱，唐主力军东顾，河湟防务空虚，吐蕃赞普乘机攻陷河湟大片土地。领土之丧，始于唐肃宗至德元年（756）十二月，至上元元年（760），廓州全境失落，不久，兰州、秦州、渭州相继失陷。到了唐代宗广德元年（763），吐蕃军入大震关（今甘肃清水县东陇山东坡），河西、陇右诸州，全部为吐蕃占领。这比传统指称的"河湟地区"还要大出数倍。即使到了这个份上，唐皇帝对西部疆土的丧失仍无所知，直到这年九月，吐蕃又占了泾州，过邠州，进犯奉天、武功，"京师震动"，唐皇帝才派雍王李适与郭子仪率兵出镇咸阳以防之。

简单追述河湟之失，意在告诉读者，这首短诗之外，还有大大大大的历史空间。唐军与吐蕃军的拉锯战持续了接近百年，直到唐宣宗大中五年（851）张义潮略定瓜、伊十州，遣使入献图籍，河湟之地才得以尽复。

再读这首绝句的"少年随将讨河湟，头白时清返故乡"，便知道不是夸张。而任何一个伟大的功业，都有惊人的牺牲，"十万汉军零落尽"，这又算什么？让人不能麻木的是，我们如何面对那个"独吹边曲向残阳"的"旧卒"呢？"十万"与"独"的对比，"边曲"对"讨河湟"的追忆，是否能让人痛定思痛呢？

韦庄

韦庄（约836—910），字端己，京兆杜陵（今陕西西安东南）人。出生于没落贵族之家，屡试不第，直到乾宁元年（894），快到六十岁了才中了进士。授校书郎、左补阙等职，后至蜀中投王建，任掌书记。唐亡，王建在蜀称帝，以韦庄为宰相。韦庄生当唐朝末世，屡经颠沛流离，目睹军阀混战，感受沧桑之变，诗多怀古伤今，其中尤以绝句精粹。诗之外，词亦佳，有《浣花集》。

台城①

江雨霏霏江草齐，六朝如梦鸟空啼②。
无情最是台城柳，依旧烟笼十里堤。

【注释】

①台城：原为三国吴的"后苑城"。东晋成帝改建，为东晋及南朝台省（中央政府）及皇室所在地。故有"台城"之称。②六朝：指东吴、东晋、宋、齐、梁、陈各朝代。

【鉴赏】

台城，曾是六朝古都金陵权力与繁华的象征。可惜，韦庄晚了三百年，因而，他看到的是一片荒寂。且看诗人怎样描写他的台城所见。

一、二句，推开视野，也荡开情思，诗人看到了以长江风物为背景的台城残迹。"江雨""江草"，虽空阔而迷离；飞鸟聚合，虽长鸣而无梦。这几乎是一派"空镜头"。用"鸟空啼"为这空废三百多年的"台城"伴奏，真是音画结合的荒境。

三、四句，目光收拢，专注于台城柳色。台城虽废，但台城之柳却是"依旧烟笼十里堤"，一点儿也没有兴亡之悲、恋旧之哀；当然更没有因国破帝亡而尽殉国殉君之责！诗人用"无情"二字定义台城柳，看来很恰当！

反思一想，又觉得诗人是在故作慨叹。国之兴亡，城之兴废，或赖人谋，或系天意，与"柳"何干？一亡俱亡，一损俱损，那是专制者的道德恐吓，谁会去随他呜呼哀哉？

台城柳的存在，是一种显现。它显示的是历史的无情与冷峻。权力崩溃与繁华消歇之后，人们真的找不回一丝体系外的责任与顾恋！

与东吴生相遇①

十年身事各如萍，白首相逢泪满缨②。
老去不知花有态，乱来唯觉酒多情。
贫疑陋巷春偏少③，贵想豪家月最明。
且对一尊开口笑，未衰应见泰阶平④。

【注释】

①诗题下原注："及第后出关作。"东吴生生平不详。②缨：诗中指冠缨子。③陋巷：用《论语·雍也》典："贤哉回也，一箪食，一瓢饮，在陋巷，人不堪其忧，回也不改其乐。""回"指孔子弟子颜回。④泰阶：古星座名，即三台。上台、中台、下台共六星，两两并排而斜上，如阶梯，故名。古人认为三阶平，天下大安，为太平。

【鉴赏】

这是诗人五十九岁进士及第后，出关遇十多年不见的友人有感而作。

"十年"不见，"白首"相逢，一、二句从"相逢"切入，感慨漂萍身世。韦庄从唐僖宗中和三年（883）流寓江南遇东吴生，到唐昭宗乾宁元年（894）擢第再见东吴生，已十年有余，二人均白发如霜，漂泊如昔。二句一出，同病相怜的基调基本定下。

颔联以下六句，皆同病相怜、相勉语。"花"与"酒"，是诗人与东吴生十年前友谊见证物。当时相识，赏花饮酒；而今老去，"不知"赏花，只知酒趣。这个变化，是人生衰老、麻木的征候。"麻木"了，偏再"麻醉"，借酒浇愁之意已明。"老"遇贫境，人生最悲，所以"春"色都减了几分，"月"光都暗淡几分，这真是雪上加霜之苦。尾联，又回到眼前的相逢相酌。"且对一尊开口笑"，有劝饮之意，亦有劝慰之意。这个"笑"，或有强颜成分，但无论如何已与首联"泪满缨"形成对照。"未衰应见泰阶平"，则借祝天下太平之语，也对朋友、对自己表示了祝愿。诗，有了一个光明的结尾，有了一个大于个人及友情范畴的理想表述。

由"泪"到"笑"，由个人"身事"到天下太平，诗情的轨迹延伸为上扬的弧线。后来，诗人入蜀，为王建所重，出将入相，印证了未衰而振的预言。另外，这首诗虽然一再铺叙了"泪""老""乱""贫"诸不得意情状，但却无穷气、醉气；穷而知达，困而思振，只言片语间，总是飘逸了几分刚健。

菩萨蛮

人人尽说江南好，游人只合江南老①。春水碧于天，画船听雨眠。
垆边人似月②，皓腕凝霜雪③。未老莫还乡，还乡须断肠。

【注释】

①游人：指漂泊江南的人，即作者自谓。只合：只应。②垆边人：卖酒的主妇。垆：酒店安放酒坛卖酒的地方。③凝霜雪：像霜雪凝聚一样洁白。

初看，这是一阕迷途忘归的词。江南美，春水美，画船美，美酒美，人更美，迷于"江南"山水，人情可恋，不作归乡之思。据考证，这词不是作于吴越之"江南"，而是作于蜀中之"江南"。此时，唐逢衰世，中原大乱，韦庄入蜀，正在王建手下得其重用，官居散骑常侍、判中书门下事。位至蜀相，相当于当年诸葛孔明的地位，弃此而言"还乡"，"还乡"又有何为？

因而，在表层的山水人情可恋之外，诗人还有更深的失落乡关的彷徨与忧虑。

人有依恋，便算幸福。乱世人情，倍于治世。而"乡"，则是相对的。入其乡，随其俗，他乡故乡，有何区别？

思帝乡①

春日游，杏花吹满头。陌上谁家年少，足风流？
妾拟将身嫁与，一生休，纵被无情弃，不能羞。

【注释】

① 思帝乡：词牌名。单调，三十四字或三十六字。六句，五平韵。

【鉴赏】

这首小词纯以痴情女子口吻，吐露心声，坦坦而言，一无顾忌，反以天真无邪让人击节称赞。所以清贺裳《皱水轩词筌》评为："小词以含蓄为佳，亦有作决绝语而妙者。如韦庄'陌上谁家……'之类是也。"

"春日游"二句，描绘少女春游、杏花点缀人面的情景。对着春景伸愿，于是有"陌上"少年的向往。这"少年"的条件，要"足风流"。由此反证了该女子现实处境的"不风流"。"足风流"是对"不风流"的补偿。符合了此条件，则"嫁与一生休"，纵被"弃"，"不能羞"。"不羞"，即"不悔"意。

须知，这是女子的相思梦，这是层层道德重压下的解放状态，这是人的天性。阅读这首词，我意外地发现：古人离今人很近。只要是"人性"的，都是相近相通的！

当然，我们也无须设想女子被"弃"的未来，进而再对男权社会做出批判。

这女子能争得今日的生活主动，何以不能争得明日的主动？

章碣

章碣，桐庐（今属浙江）人，诗人章孝标之子。其诗多为七律，颇有激愤之声。方干称赞他的诗"织锦虽云用旧机，抽梭起样更新奇"。《全唐诗》存其诗二十六首。

焚书坑[①]

竹帛烟销帝业虚，关河空锁祖龙居[②]。
坑灰未冷山东乱[③]，刘项原来不读书。

【注释】

①焚书坑：旧址在今陕西临潼东南骊山上。相传为秦时焚书洞穴。②祖龙：指秦始皇。据《史记·秦始皇本纪》集解引苏林说："祖，始也。龙，人君象。谓始皇也。"③山东：一说崤函山以东，一说太行山以东。泛指战国末除秦以外的六国地盘。

【鉴赏】

秦始皇是中国历史上相信并推行愚民政策最激烈的一个君王。始皇三十四年（前213），他采纳丞相李斯奏议，下令在全国范围内搜集并焚毁儒家《诗》《书》和百家之书。令下三十日不烧者，罚以劳役。

焚书之后，焚书处留下一个洞穴。章碣过而吊之，写下此诗。

一、二句，将"书"的毁灭与秦始皇"帝业"的毁灭同时标举，将"焚书坑"与"祖龙居"同时标举，展示了一个同归于尽的流程。章碣并未说是焚书导致了秦亡，他只是陈述两个曾经的事实：一个是火光冲天地焚书，一个火光冲天地烧阿房宫（侧写、隐写之）。

三、四句，极有反弹强度，时间紧承"竹帛烟销"的焚书事件，故曰"坑灰未冷"。一个"乱"字，上应诗题的"焚"字，充分交代了"乱"因起于"山东"人民对秦皇暴政的不堪忍受。"刘项原来不读书"是最让人料想不到的收尾。调侃与嘲讽中，语含一个颠扑不破的历史定势：人民反抗，防不胜防！

"刘项原来不读书"，不是对"刘项"二人文化水准的判定，而是对秦皇焚书后果的判定，因而不可就这么一句诗，反认为刘邦、项羽没文化。诗意有活解活说，泥则生谬。

曹松

曹松，字梦徵，舒州桐城（今安徽桐城）人，早岁居洪都（今江西南昌）西山，后依建州刺史李频为幕僚。唐昭宗天复元年（901）七十余岁始中进士，同榜年过七旬者五人，号"五老榜"。曾官秘书正字。其诗工于铸字炼句，有贾岛之风，取意幽深。

己亥岁^①（其一）

泽国江山入战图，生民何计乐樵苏^②。
凭君莫话封侯事，一将功成万骨枯。

【注释】
① 诗题下自注谓："僖宗广明元年。"己亥年，为僖宗乾符六年（879），广明元年（880）是庚子年。证明是次年追写头年事。诗本二首，今择第一首。
② 樵苏：打柴、割草。泛指劳动。

【鉴赏】
诗题较为别致，"己亥岁"或意谓"己亥年追怀"。唐帝国在己亥年发生了许多大事。诗中所写，是战争打到了"泽国"，老百姓无法正常劳作；而将军又以"封侯"为目标，滥杀无辜，以冒军功。诗不能等同于历史，只能闪烁其词，旁敲而正中。

第一句"泽国江山入战图"最有历史含量。己亥年春天，黄巢造反军队正驻福州休整（他是头年十二月攻占福州的）。五月，他通过唐地方大员向朝廷求为天平军节度使，不许；又求为广州节度使，亦不许。九月，黄巢部攻广州，一日陷之。十月，因广州疫作，黄巢部下多染疫，故黄部绕广西，北入湖南。十一月，黄部北攻湖北襄阳。在襄阳城下，双方大战，巢军败。

至江陵战，再败。黄巢率残部沿江东下，直捣皖、浙十五州，聚众达二十万（襄阳战前五十万）。借这点回叙，读者自知"泽国江山"大抵指江南数省；而"战图"，则指朝廷军队与黄巢军的较量。

对这一场战争，诗人并未明确表示站在哪一方。但第三句的"凭君莫话封侯事"一出，则明显是在批评借镇压造反而急求封赏的将军。镇海节度使高骈因与黄巢作战被封，只是一例。"一将功成万骨枯"，语出惊人，触目惊心，道出了论"功"行赏的血腥本质。"一"与"万"比，"荣"与"枯"比，其实是"生"与"死"比。战争的邪恶与战将的邪恶，合而为一，直接威胁着"生民"的"樵苏"之业与生命安全。所谓"养兵千日，用兵一时"，如果是针对黎民百姓的，百姓养军，又与养虎狼何异？

五 代

薛昭蕴

薛昭蕴,一作昭纬,唐起居舍人薛保逊子。恃才傲物,亦有父风。进士及第,起为祠部员外郎,除侍郎、御史中丞。每入朝,弄笏而行,旁若无人。好唱《浣溪沙》词。唐昭宗天复中贬登州(一说硖州)司马,亦有记其贬豫章而逝于此者。

浣溪沙①

倾国倾城恨有余②,几多红泪泣姑苏,倚风凝睇雪肌肤。
吴主山河空落日③,越王宫殿半平芜④,藕花菱蔓满重湖。

【注释】

①浣溪沙:词牌名,又名"浣纱溪""小庭花""满院春"等。双调,四十二字。上片三句、三平韵,下片三句、二平韵。②倾国倾城:言女子貌美,意出汉李延年《李延年歌》。这里指西施。③吴主:指吴王夫差。④越王:指越王勾践。

【鉴赏】

吟叹兴亡,词似乎较诗委婉。

这阕词,咏吴、越兴亡事,笔涉三人:西施、吴王、越王。三个人,一台戏,吴胜而覆灭,越败而后强。历史的记录者头脑简单,居然相信吴国是败在一个女人手里的。这是一桩公案，我不信，亦不辩。薛昭蕴信不信呢？不清楚。看他用一半篇幅描写西施，又是"恨"，又是"泪"，又是"泣"，又是"睇"，大有不能言表的隐痛。为范蠡，还是为自己？为江山，还是为苍生？殊不可知。

下阕则明朗多了：胜利的越王、失败的吴王都化为抔土，唯有满湖菱藕花繁枝蔓！

估计词人有感而发，他是哀叹大唐"落日"的吗？甚至那位西施，都让人联想到杨贵妃。言于此，意于彼，词人自由，我们也自由。

牛峤

牛峤，字松卿，一字延峰，陇西安定鹑觚（今甘肃灵台）人，唐相牛僧孺后。乾符五年（878）登进士第，历官拾遗、补阙、校书郎。王建镇西川，辟为判官，及开国，拜给事中。《花间集》载其词三十二首。

望江怨①

东风急，惜别花时手频执，罗帏愁独入。
马嘶残雨春芜湿②。倚门立，寄语薄情郎，粉香和泪泣。

【注释】

①望江怨：词牌名。双调，三十五字。前三句，后四句，仄韵。②春芜：草名。此处泛指春草。

【鉴赏】

情人相别最苦。"东风急"，花开时，男女相别，执手难舍，最愁别后独入罗帏！而马嘶雨斜，春草如洗，只好目送情郎远去。倚门孤立，终于喊出"薄情郎"的名字，及至"薄情郎"驻足聆听，那女子早已泣不成言！"粉香和泪泣"，这真是"此时无声胜有声"。

此词无语不佳，收煞尤佳。"言"虽为"心声"，然"言"终有不尽意处，故不说胜说。清况周颐评此篇"繁弦促柱间有劲气暗转，愈转愈深。此等佳处，南宋名作中间一见之。北宋人虽绵博如柳屯田，顾未克办"。这评价很高，牛峤或妙手偶得之！

牛希济

牛希济，牛峤兄子。仕于蜀，累官翰林学士、御史中丞。后主（王衍）降后唐，入洛，拜雍州节度副使。今存词十四首，收于《花间集》及《唐五代词》。

生查子①

春山烟欲收，天澹星稀小。残月脸边明，别泪临清晓。
语已多，情未了，回首犹重道。记得绿罗裙，处处怜芳草。

【注释】

①生查子：又名"楚云深""梅和柳""晴色入青山"等。原为唐教坊曲名，后用作词牌名。

【鉴赏】

这是一首离别词。

一夜说不尽的情意绵长，天明分手，洒泪再嘱。"语已多，情未了，回首犹重道"，便是这"再嘱"的写照。我们真担心她说出"重话"来！岂知，"重道"之语，竟也如此新鲜："记得绿罗裙，处处怜芳草"，这叫爱屋及乌。而潜在的意蕴则是：处处有芳草，应怜绿罗裙！

直语有爽直之快，曲语有含蓄之韵，"怜芳草"句，可谓退而有进、柔而有刚、爱而有勉也！

欧阳炯

欧阳炯（《宋史》作迥），益州华阳（今四川成都）人。事蜀后主王衍，为中书舍人，一说大学士。后唐同光中，蜀平，入洛。孟知祥镇成都，炯复入蜀。知祥建后蜀，炯迁门下侍郎，兼户部尚书平章事。后从孟昶归宋，为散骑常侍。卒于开宝四年（971），年约七十六。为词婉约轻和，不强作愁思。

南乡子（三首）

画舸停桡①，槿花篱外竹横桥②。水上游人沙上女，回顾，笑指芭蕉林里住。

岸远沙平，日斜归路晚霞明。孔雀自怜金翠尾，临水，认得行人惊不起。

路入南中，桄榔叶暗蓼花红③。两岸人家微雨后，收红豆，树底纤纤抬素手。

【注释】

①桡：桨。②槿花篱：木槿花围成之篱。③桄榔：常绿乔木，生长于南方。

【鉴赏】

欧阳炯作《南乡子》多首，今选其中三首，分量只及后世《南乡子》一阕半。汤显祖评欧阳炯《南乡子》诸篇曰："短词之难，难于起得不自然，结得不悠远……诸起句无一重复，而结语皆有余思，允称合作。"这评论极准。

三阕词，都描绘旅程见闻。起势皆自然而然，一点儿也不勉强。第一阕因为要穿过"竹横桥"，画船停止划桨。船行慢了，岸上女子看得更清晰了，或有好事者相问，女子回眸一笑，指在"芭蕉林里住"。这是人与人的理解。第二阕，描写归途所见，"孔雀自怜金翠尾，临水，认得行人惊不起"，这神来之笔，融合了人禽之亲。第三阕，描写"南中"之游，以"收红豆""抬素手"收尾，更将情思融入风俗画、劳作图中！

细细品茗，其起淡然，其收悠然，有如香茶醇酒，入口绵长而回味不尽。画中情？情中画？情与画兼有之。

孙光宪

孙光宪（约895—968），字孟文，贵平（今四川仁寿县东北）人。家世农业，至光宪，独读书好学。唐时为陵州（今仁寿）判官，有声名。后唐天成初（926）避地江陵。武信王高季兴奄有荆土，招四方之士，为梁震荐，入掌书记。事南平朝三世，皆处幕中，累官荆南节度副使、检校秘书少监。后教高继冲悉献三州之地。宋太祖嘉其功，授黄州刺史。宋太祖乾德六年卒。自号葆光子，著《北梦琐言》，今存词八十四首。

酒泉子①

空碛无边②，万里阳关道路。马萧萧，人去去，陇云愁。
香貂旧制戎衣窄，胡霜千里白。绮罗心③，魂梦隔，上高楼。

【注释】

①酒泉子：本为唐教坊曲名，后为词牌名。双调，四十字（也有逐渐增至四十五字者）。上下片各五句，皆二仄韵、一平韵。②空碛：沙漠。③绮罗：彩丝织物。"绮罗心"则指代女性相思。

【鉴赏】

这阕词，领"边塞词"风气之先，雄劲苍凉，而又哀思婉转。汤显祖评之曰："三叠文之出塞曲，而长短句之吊古战场文也。再谈不禁酸鼻。"

打动人心处，为"千里""万里"相隔相离相思。诗人特在一篇中两次标明里程，立意在显示边塞与内地、征人与思妇的空间屏障。这空间距离，"隔"得开视线，故而"上高楼"亦不见夫君踪影；甚至也"隔"得开"魂梦"，我梦君，君梦我，并不能两梦合一！但是，"隔"不开思念（绮罗心），"隔"不开痛苦（陇云愁）！思极而神移，虽相隔"千里""万里"，闺中人好像真的看到了"香貂戎衣窄"，"胡霜千里白"，"人去去"，"马萧萧"。至此，我们才知道从头至尾的边塞风物，原来都是思念者的怀想。

境由心出，包容也广。当不再沉溺思念时，仍然怀抱一丝意外相逢的希望。"魂梦隔，上高楼"，结语一出，思情趋向刚韧而执着。

冯延巳

冯延巳（904—960），一作"延嗣"，字正中，广陵（今江苏扬州）人。有辞学，多伎艺，南唐烈祖李昪以为秘书郎，累迁驾部郎中、元帅府掌书记。保大四年（946）自中书侍郎拜平章事，出镇抚州。及再入相，元宗李璟悉以庶政委之。罢为宫傅。为五代词大家，与温、韦鼎足三分。

鹊 踏 枝①

谁道闲情抛掷久，每到春来，惆怅还依旧。日日花前常病酒②，不辞镜里朱颜瘦。

河畔青芜堤上柳③，为问新愁，何事年年有？独立小桥风满袖，平林新月人归后。

【注释】

①鹊踏枝：又名"蝶恋花""黄金缕""凤栖梧""卷珠帘""一箩金"。双调，六十字。上下片各五句、四仄韵。②病酒：酒醉不适。③"河畔"句：从《古诗十九首》之"青青河畔草，郁郁园中柳"化出。

【鉴赏】

"闲愁"绵绵，春来更添。借"酒"浇之，"惆怅"依旧。新月上，春风起，小桥头，挥之不去者，仍然是旧愁、"新愁"……

这是一种与"思念"相关的不明情绪。唯不明，才不能对症下药、药到病除。俗语云：病来如山倒，病去如抽丝。精神上的病，其积也久，其愈也缓，正是诗人描述的"抛掷久""还依旧""年年有"，"日日"添"新愁"。

阅读不是考据，阅读也无力考据。面对以文字为媒介的心灵独白，我们只能感觉那份无奈，从他人的无奈里领略精神的流动性与真实性。很残酷，这就是非功利的美学观照。当欣赏疲劳以后，将情呀、爱呀、愁呀统统忘掉。支撑我们记忆的，都是诗化处理了的"河畔青芜"、"堤上"绿"柳"、"小桥"流水、春"风满袖"、"平林新月"、斯"人归后"……的感性画面。

冯氏外孙陈世修评其外祖词用"思深词丽，韵逸调新"八字。这是比较中肯的。观"谁道闲情"一阕，可知其余。

谒金门^①

风乍起，吹皱一池春水。闲引鸳鸯香径里，手挼红杏蕊^②。
斗鸭阑干独倚^③，碧玉搔头斜坠。终日望君君不至，举头闻鹊喜^④。

【注释】

①谒金门：又名"空相忆""花自落""垂杨碧"等。双调，四十五字。上下片各四句、四仄韵。②挼（ruó）：揉搓。③斗鸭：鸭相斗。④鹊喜：见鹊心喜。亦可视为将"喜鹊"倒置。

【鉴赏】

南唐元宗李璟有名句"小楼吹彻玉笙寒"，冯延巳有"风乍起，吹皱一池春水"。某日，元宗开玩笑相问："'吹皱一池春水'，干卿何事？"延巳笑答："臣句尚未如有陛下'小楼吹彻玉笙寒'为好。"元宗大喜。

"名句"为"名篇"增色，历来如此。《谒金门》妙在入笔作"无心语"，人无心，风更无心，偶然而然，风生水波。因为无心，故"闲引鸳鸯""手挼杏蕊"皆表露了无所事事之态。下片，写"独倚"阑干看斗鸭、"斜坠"玉搔头，微微透出形单影只的寂寞。"终日"句一出，前面"春水"生波的景象才有了寓情于景的意味。但这"望君"的苦恼并不太严重，举头闻鹊鸣，骤然心中喜。一路迤逦写来，隐约间，恍惚间，思妇若有所思，善于排遣，忧喜相生的情态惟妙惟肖。

言情，不滞于物，深得风人之旨。

李璟

李璟（916—961），五代南唐中主。徐州（今属江苏）人。本名景通，改名瑶，后名璟，字伯玉。继位为南唐帝。周世宗南征，璟割江北地奉表称臣，去帝号。喜为词，今存四首，与其子煜（后主）词合录为《南唐二主词》。

摊破浣溪沙[①]

菡萏香销翠叶残[②]，西风愁起绿波间。还与韶光共憔悴，不堪看。
细雨梦回鸡塞远[③]，小楼吹彻玉笙寒。多少泪珠何限恨，倚阑干。

【注释】

①摊破浣溪沙：词牌名，一名"山花子"，实为"浣溪沙"别体，较之上下段各增三字，移其韵于结句。双调，四十八字。上片四句、三平韵，下片四句、两平韵。②菡萏：荷花别称。③鸡塞远：鸡塞即鸡鹿塞，词中泛指边塞。

【鉴赏】

词贵意绪缥缈。上片落脚于"韶光""憔悴"，似在咏叹韶光易逝、人生易老之忧。下片写寒夜吹笙，倚楼怅望，似为抒发怀远忆旧、若有所盼之情。词意允许主题的多重性，因为人的感情便十分复杂多变。

上片，将"翠叶残"与人"憔悴"相映衬，突出一个"愁"字。下片，将"鸡塞远"与"玉笙寒"相呼应，突出一个"恨"字。"愁"的是韶光快，"恨"的是相隔远，两两对出，也才有不堪看、倚阑干、夜难眠。

上下片虽各有侧重，但情感基调一致。写来缜密，读之贯畅，如见其人，如闻其声。

李煜

李煜（937—978），字重光，初名从嘉，号钟隐。南唐后主。宋太祖开宝八年（975）宋兵破金陵，出降，至汴京，封违命侯。太平兴国三年（978）被宋太宗派人鸩杀。降宋后，历人生尊卑之变，词风亦苍凉伤感倍增。亡国之君，竟为五代词之集大成者。

虞美人①

春花秋月何时了，往事知多少？小楼昨夜又东风，故国不堪回首月明中。

雕栏玉砌应犹在，只是朱颜改。问君能有几多愁？恰似一江春水向东流。

【注释】

①虞美人：原为唐教坊曲，后用为词牌名。双调，五十六字。上下片各四句、两仄韵、两平韵。

【鉴赏】

清人谭献对此词评价极高，谓："终当以神品目之。后主之词，足当太白诗篇，高奇无匹。"

李煜没料到，他的这首词，竟为他招来杀身之祸。据宋人王铚《默记》载："后主在赐第，因七夕，命歌妓作乐，声闻于外。太宗闻之，大怒。又传'小楼昨夜又东风'及'一江春水向东流'之句，并坐之，遂被祸云。"同书，载秦王赐李煜"牵机药"事，并特注："牵机药者，服之，前却数十回，头足相就，如牵机状。"牵机状，即高度痉挛状。大抵是神经性剧毒药使然。

此词自然流丽，哀婉直抒，以取喻出人意料、入人意中而魅力永葆，"问君能有几多愁，恰似一江春水向东流"。一问一答，遂成千古绝唱。

而上片对"愁"的引动，景语连珠，层出不穷；春花、秋月、小楼、东风，不回首，在心头，借"故国"一词囊括，曾属我有，今非我有也！下片"雕栏"在，"朱颜"改，皆上承"故国"句，逼出迫不得已的"问君"。收于东流水，可谓言有尽意无穷。

"美"在失落后，更显价值。糊涂人则总倾向于在"美"飘逝后，才想起借追怀留下残片。

破阵子①

四十年来家国②，三千里地山河。凤阁龙楼连霄汉，玉树琼枝作烟萝，几曾识干戈?

一旦归为臣虏，沈腰潘鬓销磨③。最是仓皇辞庙日，教坊犹奏别离歌，垂泪对宫娥。

【注释】

①破阵子：词牌名，又名"十拍子"。双调，六十二字。上下片各五句、三平韵。②四十年：南唐建国至李煜作此词，为三十八年。此处四十年为概数。或指李煜年四十岁，为国主并亡国。③沈腰：指南朝沈约事。《南史·沈约传》记沈约求进、求外放皆不准，遂投书徐勉言病弱，百日数旬，革带因腰瘦而屡屡移孔。后以"沈腰"指人渐瘦。潘鬓：指晋人潘岳事。其《秋兴赋》自言"斑鬓发以承弁"，后人遂以"潘鬓"指代鬓发斑白。

【鉴赏】

此词仍然是词人亡国降宋之后的追悔之作。上片将降宋前的不识干戈、唯知享受，以及辞庙北行前的种种可怜相，一一叙出。以词证史，不啻是一份极难得的帝王自供状。下片将国破臣虏之后的悔恨之情、思乡之情、恋国之情，一无遮拦地弥漫于字里行间。

浅唱低吟，我们感知到李煜是以词人的坦率面对历史的，有恨有悔而无矫饰，坦坦荡荡遂成就了辞章的真挚之美。

在艺术表达上，词人善于作对比描写。上片的极富丽与下片的极狼狈，适成镜影，照出了命运对人的作弄。苏东坡批评李煜没有痛哭于九庙、谢民而行。我想，皆大概形势所迫，不得已、不自由使然。

浪淘沙①

帘外雨潺潺，春意阑珊②。罗衾不暖五更寒。梦里不知身是客，一晌贪欢③。独自莫凭栏，无限江山。别时容易见时难。流水落花春去也，天上人间④。

【注释】

①浪淘沙：词牌名，又名"浪淘沙令""卖花声"。双调，五十四字。

上下片各五句、四平韵。②阑珊：衰残，将尽。③一晌：片刻。④天上人间：天地悬殊。

【鉴赏】

宋人胡仔《苕溪渔隐丛话》引蔡绦《西清诗话》谓："南唐李后主归朝后，每怀江国，且念嫔妾散落，郁郁不自聊，尝作长短句云：'帘外雨潺潺'云云，含思凄婉，未几下世。"如此说来，本词的创作与《虞美人》时序相近。

词写梦醒悲凉。"一晌贪欢"，不但时间短，而且是空幻的梦境。这"欢"梦，是被"雨"声吵醒，是被"寒"气冻醒。但值得——因为在这"一晌"，他忘记了客（"俘虏"）的身份，又恢复了主人的尊严。

下片，走出了梦境，也走出了夜境。鉴于"梦"的欺骗性，词人认为"眼"的观察也靠不住，故而随即发出"独自莫凭栏"的自诫。"凭栏"所见，"无限江山"，江山相连，必让人心生更大的失落。写到这儿，词人已经表达了幻觉、视觉的双重绝望。绝望至极，才冷静地承认："流水落花春去也，天上人间。"

哀大莫过心死，李煜将梦幻埋葬后，心如死灰。

相 见 欢①

无言独上西楼，月如钩。寂寞梧桐深院锁清秋。

剪不断，理还乱，是离愁。别是一般滋味在心头。

【注释】

①相见欢：原为唐教坊曲，后用为词牌名，又名"乌夜啼""上西楼"等。双调，三十六字。上片三句、三平韵，下片四句、两平韵，过片处错叶两仄韵。

【鉴赏】

此词展示心灵的深层悲哀，出色处在极度内敛。不张扬，不夸饰，抑之又抑，自苦自尝，却有一种撩动魂魄的撞击力。

"无言独上西楼"，"无言独上"大有韵味。孤独而无声，一切都藏在心里，为下面的"寂寞梧桐""深院""锁清秋"诸景诸物确定了冷冷的基调。即使在心灵上重重加"锁"，"离愁"还是涌动胸间。于是，再"理"，再"剪"，"剪不断，理还乱"，仍然不发泄于外，结果，自食苦果，自饮苦酒，只好"别是一般滋味在心头"了！

黄叔旸说："此词最凄婉，所谓'亡国之音哀以思'。"遭亡国之难者，历史上非一人，独李煜留下了这"亡国之音"。用文学酝酿灾难（个人的、国家的），滴沥出的是浓于"灾难"的纯醇。李煜死了，后人醉了……

宋

寇准

寇准（961—1023），字平仲，华州下邽（今陕西渭南北）人。少博学，通春秋三传，年十九中进士，授大理评事。累迁尚书右仆射、集贤殿大学士。景德中，同中书门下平章事，封莱国公。乾兴元年（1022），贬雷州司户参军。次年徙衡州司马，未及就任，卒于雷州。皇祐四年（1052），追谥"忠愍"。有《巴东集》。

阳关引①

塞草烟光阔，渭水波声咽。春朝雨霁，轻尘歇。征鞍发。指青青杨柳，又是轻攀折。动黯然，知有后会，甚时节？

更尽一杯酒，歌一阕。叹人生，最难欢聚，易离别。且莫辞沉醉，听取阳关彻。念故人，千里自此共明月。

【注释】

① 阳关：古关名。在今甘肃敦煌西南。

【鉴赏】

隐括成文，不在剽掠之列。这阕词，即隐括王维《送元二使安西》一诗而成。王维诗，七言四句，仅二十八字；寇准词，十九句，七十八字。顺势拓展，填补了诸多空白，细化了诸多情节。推宕其势，绵延其意，境界趋乎幽深。

"塞草"三句,由"渭城朝雨浥轻尘"化出。意度从容,节奏舒缓,为恋人分手造势。

"指青青"句,由"客舍青青柳色新"化出,但增加了动作性,因而画面有了人气与动态美。

"动黯然"以下四句,由"劝君更饮一杯酒"化出。这是《阳关引》的抒情章节。短句迭出,诗情奔涌,酒不醉人,离情已醉。比之原诗,增加了更深沉的聚散叹惋。

"且莫"以下两句,由"西出阳关无故人"化出。增加了明月千里相思,冲淡了离别的哀情,让全词的情绪亦更为张弛有度。

上述分析是从刻板的相对比较而言的。单看这阕词,则情深意真,有从容裕如之象。可谓拿得起,放得下,虽写别情离绪,终有几分大丈夫风范。

王禹偁

王禹偁(954—1001),字元之,济州巨野(今属山东)人。出身贫寒,太平兴国八年(983)进士,授成武县主簿。次年改长洲(今江苏苏州)知县。端拱元年(988)召试,擢右拾遗并直史馆,复拜左司谏、知制诰。为替徐铉辩诬,贬商州团练副使。属召属放,改知滁州、扬州。真宗即位,再召入都,因撰修《太祖实录》直书史事,贬知黄州,再知蕲州,卒于任。诗文承韩、柳精神,师杜、白风范,言之有物,清丽风韵。有《小畜集》三十卷。

畲田词①(其三)

鼓声猎猎酒醺醺,斫上高山乱入云。
自种自收还自足,不知尧舜是吾君。

【注释】

① 畲(shē)田:古时耕作法,烧荒耕种。一组五首,今选其一。

【鉴赏】

此为诗人贬官商州（今属陕西）于商洛山中即景写真，是劳动画面，是民俗画面，又是山民情绪的吟歌。

首句声情并茂，饮了酒，擂着鼓，上山烧荒，其中有礼释山神意。这是山民的群体行为。当时人少田多，可如此粗放耕作。"自种自收还自足"，对生存状况作了扩展；三"自"的状态，是山民的自由。较之一般田农，受压迫、剥削程度肯定要少。依赖少、控制少，自然又促成君父观念的淡化，因而"不知尧舜是吾君"。"不知尧舜"，是场面语，实际是说山民不知有汉，无论魏晋，并不关心庙堂把戏。

解析的终点，这诗真的含着一缕对皇权的不恭。

范仲淹

范仲淹（989—1052），字希文，先祖世居邠州（治在今陕西彬县）。唐末避乱徙江南。祖、父均仕于吴越国，父随吴越王入宋，任武宁军节度使掌书记，故范仲淹生于邠州。幼年丧父，随母适朱氏。勤学有志，大中祥符八年（1015）进士，为广德军司理参军。后累迁枢密副使、参知政事。复以资政殿学士为陕西四路宣抚使，知邠州。守边数年，边疆安宁。以疾，请知邓州，寻徙荆南、杭州、青州。卸任回京，过徐州，卒。词传世仅六首。

苏幕遮①

碧云天，黄叶地。秋色连波，波上寒烟翠。山映斜阳天接水，芳草无情，更在斜阳外。

黯乡魂②，追旅思，夜夜除非，好梦留人睡。明月楼高休独倚，酒入愁肠，化作相思泪。

【注释】

① 苏幕遮：词牌名，又名"鬓云松令"。双调，六十二字。上下片各七句、四仄韵。② 黯乡魂：化用江淹《别赋》"黯然销魂者，唯别而已矣"句，言乡思伤魂。

【鉴赏】

清人彭孙遹《金粟词话》谓："范希文苏幕遮一调，前段多入丽语，后段纯写柔情，遂成绝唱。"严格说，范词上片为"景语"，下片为"情语"，景丽而情柔，让人倍惜景、更怜情。

初涉诗文者，皆以"景语"易铺而"情语"难抒。其实，"景语"别一样眼光、别一样拓展尤难。这阕词，上片写秋景"秋色"，得其"色"（碧云天、黄叶地、秋色连波、山映斜阳），又得其"神"（寒、无情），秋思秋情已经暗渡。下片由"黯乡魂"领起，以"追旅思"长驱而进，写"夜夜""好梦""明月"、高楼，直到借"酒"浇愁，"相思"成泪。可谓一往情深。

这阕词的景、情制式，后来衍化为词式常态。先"景"后"情"，或先"事"后"理"，这是合于人们思维程序的。有定式，而无死式，谁若突破，谁便争得更大自由。

张先

张先（990—1078），字子野，乌程（今浙江湖州）人。天圣八年（1030）进士。晚岁优游乡里，扁舟垂钓为乐，卒年八十九。诗格清新，尤长于乐府。有《安陆集》。

天仙子①

时为嘉禾小倅②，以病眠，不赴府会。

水调数声持酒听，午醉醒来愁未醒。送春春去几时回？临晚镜，伤流景，往事后期空记省。

沙上并禽池上暝，云破月来花弄影。重重帘幕密遮灯，风不定，人初静，明日落红应满径。

【注释】

① 天仙子：唐教坊曲调，后用为词牌。双调，六十八字。上下片各六句、五仄韵。② 嘉禾：嘉兴。倅（cuì）：副职。

【鉴赏】

词前小序，词人自言其时正在嘉兴通判任上。"病眠"，是借口，实为酒醉不醒。醒了，再饮，"持酒"二字可证。于是，这首词成为醉眼观物、醉情忆事的记录。因为染上几分酒意，诗人所说的"愁"，也便有了飘忽之意。

上片，倾情句在"午醉醒来愁未醒"七字。这"愁"字，不太具体，既伤春归，又伤年华，大抵还是一份不如意的"往事"令人遗憾。

下片，从"愁"中跳出，纵耳目之视听，随意点染，铺开一幅夜景画图。上应"晚镜"自照，一变而为客观描绘。"沙上并禽池上暝，云破月来花弄影"为传世名句。禽鸟可游可飞，反出之静态；花枝无声无息，却"弄影"自舞。动静异置，精神倍增。结于"落红满径"，与"风不定"直接相关。从章法上分析，则是直承"花弄影"的；从立意上分析，又是照应"伤流景"的。

这阕词，虽以景语"云破月来花弄影"引起激赏，但仍然改变不了它抒情为主的趋势。张先，以"云破月来花弄影""娇柔嫩起，帘压卷花影""柳径无人，堕絮飞无影"而被人称为"张三影"。"三影"名句，还是"云破"句最有风致。

晏殊

晏殊（991—1055），字同叔，抚州临川（今江西抚州）人。七岁能文，张知白安抚江南，以神童举荐。宋真宗召至京，与进士千余人并试廷中，援笔立成，赐进士。擢秘书省正字，命直史馆，累迁枢密使、进同中书门下平章事。庆历中拜集贤殿学士，同平章事，兼枢密使。后降工部尚书，知颍州、陈州、许州，复户部尚书，以观文阁大学士知永兴军，徙河南府。以疾归京，卒，谥号"元献"。平居好荐贤，范仲淹、孔道辅皆出其门。词承南唐，为宋初一大家。

浣溪沙

一曲新词酒一杯①，去年天气旧亭台，夕阳西下几时回？

无可奈何花落去，似曾相识燕归来，小园香径独徘徊。

【注释】

① 一曲新词酒一杯：此句化用白居易《长安道》诗意："花枝缺处青楼开，艳歌一曲酒一杯。"

【鉴赏】

这是一首春日即景词，蕴含一份相思，又语焉不明，所以每每被人误读为纯然伤春之语。

据《苕溪渔隐丛话》引《复斋漫录》，晏殊过维扬，憩大明寺，遇江都尉王琪，自言有"无可奈何花落去"一句，暂无联对。王琪应声对曰："似曾相识燕归来。"殊大喜，辟王琪为馆职。这资料，可信可不信，以晏殊之才，"发明"这一句，也难不倒他。

细品个中滋味，这首词上下片都在感情上打了埋伏。上片，第二句"去年天气旧亭台"，是追忆语。"一曲新词酒一杯"的热闹，即发生在"去年"的"旧亭台"里。在追忆的同时，转问"夕阳西下几时回"，即便没有时光倒流的幻象，也该有对友人的思念吧！因为"夕阳"不能回升，所以才有下面的"无可奈何"之叹，"似曾相识"之喜。"香径""徘徊"突出一"独"字，再与"旧亭台""几时回""燕归来"相应而思之，诗人的落寞不言自明。

写"花落""燕来"，终究是为了表示词人的拳拳之思吧！晏殊还有七律诗《示张寺丞王校勘》一首，可与本篇参读。诗曰："元巳清明假未开，小园幽径独徘徊。春寒不定斑斑雨，宿醉难禁滟滟杯。无可奈何花落去，似曾相识燕归来。游梁赋客多风味，莫惜青钱万选才。"

宋祁

宋祁（998—1061），字子京，安州安陆（今湖北安陆）人，后徙家开封雍丘（今河南杞县）。与兄宋庠并有文名，时称"二宋"。历官龙图阁学士、史馆修撰、知制诰。与欧阳修等合修《新唐书》，书成，进工部尚书，拜翰林学士承旨。存词六首。

玉楼春①

东城渐觉风光好，縠皱波纹迎客棹。绿杨烟外晓寒轻，红杏枝头春意闹。
浮生长恨欢娱少，肯爱千金轻一笑？为君持酒劝斜阳，且向花间留晚照。

【注释】

① 玉楼春：词牌名，又名"玉楼春令""西湖曲""惜春容""归朝欢令""春晓曲"等。双调，五十六字。上下片各四句、三仄韵。

【鉴赏】

词中"红杏枝头春意闹"一语，让宋祁得了一个"红杏尚书"的雅号。王国维《人间词话》谓"红杏枝头春意闹"，着一"闹"字而境界全出，后世治词学者皆誉宋祁炼字之功。

其实，雅词妙语并非刻意练就。我赞成李端叔的见解："宋景文、欧阳永叔以余力游戏，而风流娴雅，超出意表。"心中有余思，笔下有妙语，是人生涵养之功。

《玉楼春》为春游抒怀词。游于"东城"，荡舟汴水，绿杨如烟，红杏闹春，自然陶醉其中，乐而忘归。只有当人彻底放松身心时，才发现仕途经济在给人累加虚荣时，带来的"欢娱"太少。明白了，就放松地玩一次！"肯爱千金轻一笑"的设问，其实是不爱千金，唯重一笑！自然，"为君""且向"二语就是诗人悟透生命的旷达之行。"斜阳""晚照"，语意双关，是夕阳的辉煌，又是暮年的智慧。

世人喜欢这首词，超出了"名句情结"。喜欢诗人的亲近自然，亦喜欢诗人的亲近生活。人性化天真，是一种庸众难以企及的坦荡。

梅尧臣

梅尧臣(1002—1060),字圣俞,宣州宣城(今属安徽)人。初以叔父询荫封河南主簿,历镇安判官、德兴县令,知建德、襄城县。宋仁宗召试,赐进士出身,为国子监直讲,迁尚书都官员外郎。工诗,倡平淡,多有怜悯百姓疾苦之声。有《宛陵集》。

东溪①

行到东溪看水时,坐临孤屿发船迟。

野凫眠岸有闲意,老树着花无丑枝。

短短蒲茸齐似剪②,平平沙石净于筛。

情虽不厌住不得,薄暮归来车马疲。

【注释】

① 东溪:一名宛溪,在诗人故乡宣城。② 蒲茸:初生的香蒲。

【鉴赏】

以地名为诗题,是较为典型的山水风物诗,诗人力矫绮靡诗风,大倡平淡朴素,这首诗可以视为他"平淡"的代表作。

首联,泛言"坐临孤屿"而"看水"。颔、颈二联扣"看水"二字,逐一描画水中与水边景物。名句是:"野凫眠岸有闲意,老树着花无丑枝。"一禽一树,一闲一俏,应是这次郊游最新鲜的发现。

尾联,直抒"情不厌",有梳拢全篇意;"车马疲"则是借"车"与"马"喻指诗人尽力尽兴而归。

读这类诗,尤应注意诗人观察与表现琐屑事物的能力。飞禽眠岸、老树着花,蒲茸似剪,沙石晶莹,或许都是别人易于忽略的景致呢!

苏舜钦

苏舜钦（1008—1049），字子美，原籍绵州盐泉（今四川绵阳市东南），迁居开封（今属河南）。早年做过荥阳、长垣地方官。受范仲淹之荐入朝任小官，因冒犯权贵被罢黜，退隐苏州，买地筑沧浪亭，作休憩之所。诗与梅尧臣齐名。有《苏学士文集》。

题花山寺壁①

寺里山因花得名，繁英不见草纵横②。
栽培剪伐须勤力，花易凋零草易生。

【注释】

① 花山寺：似在苏州，地址不详。② 繁英：繁盛之花。

【鉴赏】

与唐诗人的重感性相比，宋诗人多重理性。故说理诗（哲理诗）在宋代大畅其行。苏舜钦并不是"说理诗人"，而这首诗，却可作为宋"说理诗"的代表。

"寺里山因花得名"，为叙述句，但有说理色彩。"繁英"句，转入描写。无"花"而皆"草"，已与"花山"之名相违。"栽培剪伐须勤力，花易凋零草易生"二句，皆议论语。从逻辑上讲，二句倒置，更为有理。

一首七言绝句，竟有三句诗倾于议论，可见诗人的理性很强。"栽培"二句，尤有格言警语风。诗虽用"形象思维"（现代人观点），也不禁绝"抽象思维"；因此，议论入诗，只要准确、深刻，自成佳句。

欧阳修

欧阳修（1007—1072），字永叔，自号"醉翁"，又号"六一居士"，吉州吉水（今属江西）人。举进士，擢甲科，调西京推官，后与尹洙、梅尧臣相唱和，遂以文章名冠天下。累迁龙图阁直学士，知制诰，历知滁州、扬州、颍州。以翰林学士修《新唐书》，书成拜礼部侍郎，兼翰林侍读学士，迁刑部尚书，知亳州，改兵部尚书，知青州、蔡州。熙宁四年（1071）以太子少师致仕，次年卒，谥"文忠"。诗词文俱佳，有《欧阳文忠公文集》。

鹊踏枝

庭院深深深几许？杨柳堆烟，帘幕无重数。玉勒雕鞍游冶处①，楼高不见章台路②。

雨横风狂三月暮，门掩黄昏，无计留春住。泪眼问花花不语，乱红飞过秋千去③。

【注释】

①游冶：冶游，指浪游或狎妓。②章台：战国秦有章台宫，在咸阳渭南。汉在台下建章台街。③秋千：游戏用具。植木为架，悬绳于横木，下系木板，荡而戏耍。

【鉴赏】

怨妇在深宅大院，荡子在章台歌馆，一凄清，一狂热，南辕北辙，幽恨正不知几重。

入句缠绵，大有富贵气象。"庭院深深深几许？杨柳堆烟，帘幕无重数"。愈深、愈富、愈禁锢、愈孤苦，正如金丝笼中鸟。虽是纯粹的"境"的描写，但"人"出、"情"出。正因"人"随"境"出，所以"玉勒"句、"楼高"句，均是这尚未见眉目的"人"想中、望中之情景。"游冶"者必是荡子，去"章台"必为"游冶"，这望而"不见"章台者，则必"游冶"者妻室！上片，景语相照，暗写男游女怨。

下片，从天气骤变入笔，写春暮、日暮情状，"留春"不住，留昼不住，甚至留"花"不住。情绪由思夫怨夫转为伤春叹命。"无计"留住"春"，亦无计留住年轻貌美，无计留住生命年华。"花"飞、"花"不语，倍加寂寥无助而已。

这词，是写情感缺憾的。绕过直语、浅语、詈语、哀语，着意于"景语"捕捉。终于借"不语"之"花"，再现了"不语"之"人"的大悲大苦。末一句，且有象外之象、味外之味：花可"飞过秋千"，人则无此自由！

生查子

去年元夜时①，花市灯如昼。月到柳梢头，人约黄昏后。
今年元夜时，月与灯依旧。不见去年人，泪满春衫袖。

【注释】

① 元夜：农历正月十五元宵节。

【鉴赏】

本词乃元夜怀人之作。

以"今年"与"去年"对言，"花市"依旧，"灯"依旧，"月"依旧，而"人"不见。物是人非，怅然若失，倍添伤情，于是"泪满春衫袖"。

两年"元夜"，一欢景，一哀景。"欢"与"哀"的分野，在于"人"的相聚与相离。可见，人恋人高于一切的眷恋。

上下两片，基本上可以句句对应。时间、节庆、花市、灯与月，为同类顺应相对；人相约与人不见，则为同类相反相背。这就使文本形态趋于单纯化，而情感烈度激增。"月到柳梢头，人约黄昏后"二句，亲切自然，朗朗上口，是描写欢情而不露轻狂的佳句。

至于诗歌的抒情主人公，以女性为宜，但并不排斥男性。"春衫"，男女皆可穿着。对方为什么爽约？这是一个谜，可作各种猜想，由此而开拓了读者的想象空间。

朝中措·平山堂①

平山栏槛倚晴空，山色有无中。手种堂前垂柳②，别来几度春风？
文章太守，挥毫万字，一饮千钟。行乐直须年少，尊前看取衰翁。

【注释】

①朝中措：词牌名。双调，四十八字。上片四句、三平韵，下片五句、二平韵。平山堂：在今江苏扬州西北郊，为欧阳修始建。②垂柳：在平山堂前。又名"欧公柳"。

【鉴赏】

词题标"平山堂"，故知是欧阳修对平山堂，以及扬州知州生活的回忆。考欧阳修知扬州，在仁宗庆历八年（1048）二月至皇祐元年（1049）正月，首尾一年。本词当作于欧阳修十二年外放生涯结束后。时在京师，刘敞（贡父）守维扬，欧阳修宴别，作长短句相送。如果定于初回汴京任翰林学士、参修《新唐书》的至和元年（1054），其距修平山堂也已六年。故"别来几度春风"的"几度"，最少应该是"六度"。

刘敞兄弟同年进士，曾受欧阳修提携。他去扬州，自然勾起欧阳修回忆。赠别与忆旧相结合，写来亲切，读来亲切。

"平山栏槛倚晴空，山色有无中"二句，为平山堂南望之景。"有无中"三字，极切。山不甚高，隔着大江，有四五十里之遥，大抵只有烟雨时节，才会若隐若现。"手种"二句，为近景，写柳。人去柳在，思柳思人，不能忘怀，这正是"醉翁"多情处。下片，陶醉于自我遐想，短句激发，以"文章"、"万字"、酒"千钟"，表达扬州生活的潇洒。"行乐"二句，既是对扬州经历的总结，又是对刘敞调侃式的慰勉。自我旷达，复劝别人旷达。"少年"与"衰翁"，正指刘敞、欧阳永叔二人。这一年（假定成真），欧阳修虚龄才五十！

词收于"行乐"，让人易于误解。这是谐语，不可当真。因为诗人既已追述平山堂与堂前柳，便寄意于勤政爱民。欧阳修走后，有薛嗣昌作守，亦在平山堂插柳，自榜"薛公柳"。人皆嗤之，薛既去，人伐之。蜀冈之上，独留"欧公柳"年年垂丝。

戏答元珍①

春风疑不到天涯，二月山城未见花。
残雪压枝犹有橘，冻雷惊笋欲抽芽②。

夜闻归雁生乡思，病入新年感物华③。

曾是洛阳花下客④，野芳虽晚不须嗟。

【注释】

① 诗题一作"花时久雨之什"。元珍，丁宝臣字，时为峡州（治所在今湖北宜昌）判官。②"残雪"二句：实写夷陵（今湖北宜昌）风物。据欧阳修《夷陵县至喜堂记》载，"（夷陵）有橘柚茶笋四时之味"。③"夜闻"二句：一作"鸟声渐变知芳节，人意无聊感物华"。④洛阳花下客：天圣八年（1030）欧阳修曾做洛阳留守推官。洛阳花园盛，宋人所谓"天下九福"即有"洛阳花福"一项。

【鉴赏】

宋仁宗景祐三年（1036）五月，天章阁待制、权知开封府范仲淹，因言事忤宰相吕夷简落职，改知饶州。欧阳修以监察御史身份上书右司谏高若讷，责之不救，内有"不知人间有羞耻事"之讥。高上书自辩，欧阳修遂被贬官峡州夷陵令。抵于贬所，已是十月。至宝元二年（1039）六月接到复旧职并改任武成郡节度判官任命，欧阳修在夷陵生活已两年又八个月。而他动身赴新任，是在年底。算起来，欧阳修居夷陵三年还多一点。住久了，有感情，这首"戏答"之作便充满了对夷陵山城的热爱。

丁元珍时为峡州判官。峡州辖三县，但州治在夷陵，故欧阳修一到夷陵，二人即有多次山水之游。这首"戏答"诗，是到夷陵第二年作的，表现了入乡随俗的平和。

前四句，展示夷陵早春物候。"春风疑不到天涯"，着一"疑"字，情在景先，有欲扬先抑之妙。"未见花"句，可以前置。置于"疑"句后，意在交代"疑"的原因。"残雪"二句，展示"未见花"之所"见"。一见"橘"，此去岁之残橘；一见"笋"，此今年之新笋。"橘"雪压犹存，"笋"雷惊欲抽，在方生与未死之间，张扬生命的活力。谁能断言，诗人于此无寄托？

颈联、尾联四句，由物候转入人事，由写景转入抒怀。"生乡思"，"感物华"，一向前看，一向后看，两者平衡后，方能推出达观的结语："曾是洛阳花下客，野芳虽晚不须嗟！""野芳"上应"未见花"句，又与"洛阳花"相对，表示诗人清醒地接受了现状。

虽称"戏答"，与词的委婉柔美比，这诗仍然表达了怨而不怒的温柔敦厚。这就是"诗无邪"！

柳永

柳永（约987—约1053），初名三变，崇安（今福建武夷山市）人。景祐元年（1034）进士，官至屯田员外郎。永为举子时，多游狭邪，善为歌辞，教坊乐工，每得其词，被之管弦，传唱天下。其《鹤冲天》一词有句曰："忍把浮名，换了浅斟低唱？"临轩放榜，特落之。仁宗皇帝曰："此人风前月下，好去浅斟低唱，何要浮名？且填词去。"由此柳永自谓"奉旨填词"。后改名永，方得磨勘转官。一西夏旧朝官云："凡有井水饮处，即能唱柳词。"足见柳词流行之广。有《乐章集》九卷。

雨霖铃①

寒蝉凄切，对长亭晚，骤雨初歇。都门帐饮无绪②，留恋处，兰舟催发。执手相看泪眼，竟无语凝咽。念去去千里烟波，暮霭沉沉楚天阔③。

多情自古伤离别，更那堪冷落清秋节！今宵酒醒何处？杨柳岸晓风残月。此去经年，应是良辰好景虚设。便纵有千种风情④，更与何人说？

【注释】

① 雨霖铃：词牌名，又名"雨霖铃慢"。双调，一百零二字。上片十句、五仄韵，下片八句、五仄韵。② 都门：京都汴梁的城门。帐饮：设帷帐，供送行宴饮。③ 楚天：泛指南方天空。④ 千种风情：指男女间情爱。

【鉴赏】

关于柳永词的风格，苏东坡的幕僚之士有过绝佳的比喻。事载俞文豹《吹剑录》：东坡在玉堂日，有幕士善歌，因问："我词何如柳七？"对曰："柳郎中词，只合十七八女郎，执红牙板，歌'杨柳岸晓风残月'。学士词，须关西大汉、铜琵琶、铁绰板，唱'大江东去'。"东坡为之绝倒。由此可证二事：柳词与苏词相异，"东南风"与"西北风"有别。

《雨霖铃》为羁旅宴别词。从"执手相看""千种风情"二语判断，泣别者一男一女，男行女送，依依不舍。

作为言情佳作，其情真切缠绵。刘熙载以"多情"以下四句为例，论述"点""染"之妙。我以为这首词的点染之功贯于全篇，且重在"点情""染景"，即以冷基调的系列景物渲染伤感离情。"寒蝉""冷落清秋"定寒意；"长亭晚""暮霭""今宵"定气氛；"兰舟""烟波""杨柳岸"定水程；"雨歇"而后"晓风残月"可现，此正谓儿女情长，酒醒人不醒也！也许是景物渲染着力甚多，这阕词的传世名句倒是让给了"杨柳岸晓风残月"的景语。

望海潮①

东南形胜，三吴都会②，钱塘自古繁华。烟柳画桥，风帘翠幕，参差十万人家。云树绕堤沙。怒涛卷霜雪，天堑无涯。市列珠玑，户盈罗绮，竞豪奢。

重湖叠巘清嘉③。有三秋桂子，十里荷花。羌管弄晴，菱歌泛夜，嬉嬉钓叟莲娃。千骑拥高牙④。乘醉听箫鼓，吟赏烟霞。异日图将好景，归去凤池夸⑤。

【注释】

① 望海潮：词牌名，双调，一百零七字。上片十二句、五平韵，下片十一句、六平韵。② 三吴：指吴兴、吴郡、会稽三郡，泛指江左吴越国故地。③ 重湖：以白堤为界，西湖分里湖和外湖。④ 高牙："牙"通"衙"，"牙"即衙门。此指高官。⑤ 凤池：即凤凰池。魏晋中书省近帝王，掌机要，故称凤凰池。后凡中书省重要位置亦称之。

【鉴赏】

柳永词长于言情，得世公认。这阕词以赋物见长，勾画渲染了宋代中期杭州城的繁荣景象。江山代变，柳词展示的画面便有了永恒的历史参照价值。

"东南形胜"三句，从大处落笔，总领全篇，概述钱塘自古及今的繁华。

"烟柳"句以下，基本上三四句一转折，分述钱塘自然风光之秀美与市廛世风之豪奢。其间，并无太刻意的前后照应或横向牵连，即便景物描绘也并未遵循或高下、或远近、或内外、或山水的习惯程式，而是用"触目皆景"的随意点染，展示了钱塘在画卷中、画卷在钱塘中的境界。这颇类于苏绣的"乱针绣"，针乱线不乱，线乱而景不乱，有自然浑成之状。

再一个欣赏要点是把握情感倾向。"好景"出"好情"，这首词的主旋律落于一"夸"字上，而且是夸于"凤池"。这是"高牙"们的归京自夸，也是江湖之士在精神上傲视"凤池"的钱塘之夸。至于有人说金主亮闻此歌而有投鞭渡江志，则出柳永本意之外。

曾巩

曾巩（1019—1083），字子固，南丰（今属江西）人。后居临川（今江西抚州西）。曾巩十二岁能文章，语已惊人。为欧阳修赏识。嘉祐二年（1057）进士，曾任太平州司法参军，召编校史馆书籍，迁馆阁校勘、集贤校理，为实录检讨官。元丰四年（1081）任史馆专修，五年拜中书舍人，同年九月，遭母丧去官。元丰六年卒。有《元丰类稿》五十卷。主要成就在文，为"唐宋八大家"之一。

咏 柳

乱条犹未变初黄，倚得东风势便狂。
解把飞花蒙日月①，不知天地有清霜。

【注释】

① 解把：解得，懂得。飞花：柳絮。

【鉴赏】

即便借柳喻人，也一定要将柳写得活灵活现。这首诗，写春柳得风便舞，一舞便狂，极为传神。入笔以"乱条"拟之，贬势即定。次句，写"乱条"倚东风，"势便狂"，一副小人仗势骄态。"解得"句，亦写亦议亦叹。飞絮"蒙日月"，为春天一时之景。待到秋风秋霜飞临，那时的柳树，叶黄叶飞，徒有秃条。柳树不知，暖风成之，寒风杀之，一舞一狂，皆借风之势。

不必坐实这"狂柳"指谁。它就是柳，就是狂于东风、凋于西风的柳。

王安石

王安石（1021—1086），字介甫，抚州临川（今江西抚州）人。少好读书，过目不忘。经曾巩引荐，识欧阳修，修为之延誉。庆历进士，神宗熙宁初知江宁府，数月，召为翰林学士，兼侍讲。熙宁二年（1069）拜参知政事，始行新政。三年，同中书门下平章事，推行变法，七年罢，八年复相。后屡以病谢，出判江宁府。元丰二年（1079）复拜左仆射，封舒国公，改封荆。哲宗立，加司空。晚居江陵钟山下，自号半山老人。工诗文，有《临川先生文集》。

泊船瓜洲①

京口瓜洲一水间②，钟山只隔数重山③。
春风又绿江南岸，明月何时照我还。

【注释】

①瓜洲：即瓜埠洲。位于扬州城南大运河入长江处。②京口：今江苏镇江。③钟山：今南京东郊紫金山。

【鉴赏】

王安石晚岁隐居金陵钟山下半山亭。船至瓜洲，思金陵，作此诗。

"春风"句点节候，"明月"句寄相思，联为千古佳句。据洪迈《容斋续笔》载，吴中人家藏此诗手稿，初为"到"，圈去"到"字，注曰"不好"，改为"过"，复圈去改为"入"，旋改为"满"。前后十余字，始定为"绿"。炼一字，竟如此，可见佳句难得。据钱锺书引证，唐人诗中已多有"绿"字的动化形态，如丘为《题农父庐舍》有"东风何时至？已绿湖上山"；又如李白《侍从宜春苑奉诏赋龙池柳色初青听新莺百啭歌》有"东风已绿瀛洲草"等。王安石屡改而归"绿"，或是欲制胜而无策，转而承袭前人。但无论如何，"春风又绿江南岸"还是以清新绝俗、廓然天地而胜于古人句。

元日①

爆竹声中一岁除，春风送暖入屠苏②。
千门万户曈曈日③，总把新桃换旧符④。

【注释】

①元日：农历正月初一，即春节。②屠苏：屠苏酒。古俗饮屠苏酒以驱邪避瘟，求得长寿。③曈曈：日出时光亮而温暖的样子。④桃：桃符。绘有神像的桃木板。

【鉴赏】

本诗有如一幅风俗画，展示了北宋时代元日迎春的喜庆图景。

入句先声夺人。爆竹声声，辞旧迎新，"春风送暖"，"屠苏"醉人。虽然只写了两件事，但热烈的气氛均在"爆竹声中"，祥和的祝愿均在"屠苏"酒内。三、四句，一写景，一叙事。"曈曈日"照临"千门万户"，"新桃符"挂上万户千门，这元日的晴朗与祈愿是普遍的、共通的。

新年伊始，可写之事甚多。诗人仅择三事（放鞭炮、饮酒、换桃符）而略作点缀，中国人的"过年图"便已有声有色。

晏几道

晏几道（1038—1110），字叔原，号小山，临川（今属江西）人。晏殊第七子。曾任颍昌府许田镇监。辞退，居京城，不践达官贵人之门，潜心六艺，思玩百家，作词自娱，不求闻达。词风追步花间，有《小山词》。

鹧鸪天 ①

彩袖殷勤捧玉钟，当年拼却醉颜红。舞低杨柳楼心月，歌尽桃花扇底风。

从别后，忆相逢，几回魂梦与君同？今宵剩把银釭照②，犹恐相逢是梦中。

【注释】

① 鹧鸪天：词牌名，又名"思越人""思佳客"等。双调，五十五字。上片四句、三平韵，下片五句、三平韵。② 银釭：银灯。

【鉴赏】

本词以女子口吻，追怀"当年"；"今宵""相逢"，犹疑"梦中"，故把灯而照。

十乐府，九言"情"。如何将这一"情"字写好，诗人皆大费苦心。晏几道词，"妙在得于妇人"，说白了，即他已将女性心态捉摸透彻，其言，必极尽物态人情。

实际的情景是，先相见，后怀想。写于词中，则是先怀想，后相见。上片，"彩袖捧钟"为自言旧事。为了爱，而"拼却"红颜而醉。太兴奋了，故"舞"而再舞，"歌"而再歌。"舞低杨柳楼心月，歌尽桃花扇底风"二句，传神传意，一往情深，沉醉艺境，而不知夜阑更深。那是一个美好的夜晚，那是一个让人不忘的夜晚。故转而即言"从别后，忆相逢，几回魂梦与君同"。思念以"梦"言之，这又是双倍的怀想。结于"今宵剩把银釭照，犹恐相逢是梦中"，则是疑真为梦，正与前面视梦为真一样，皆以情绪的波动，表示情感的坚定。

言人人心中有，书人人笔下无。小山词的独出机杼，不假依傍，在北宋词坛自树一帜。后来，宋词界长调漫衍，积砌成风，真情埋于泥沙，使人更忆晏氏父子的清纯风雅。

苏轼

苏轼（1037—1101），字子瞻，自号"东坡居士"，眉州眉山（今属四川）人。博通经史，志存兴衰。嘉祐二年（1057）进士及第。试礼部，为欧阳修激赏。初授福昌主簿，转凤翔签判。入直史馆，监官告院，兼尚书祠部。熙宁四年（1071）除通判杭州。八年知密州，十年知徐州。元丰二年（1079）知湖州，遭乌台诗案，贬黄州团练副使。哲宗立，知登州，迁翰林学士，知杭州，召为吏部尚书，改翰林承旨，出知颍州。后屡遭贬，先为宁远军节度副使，惠阳安置。复为琼州别驾，居昌化。徽宗立，移廉州，遇赦还，提举玉局观。卒于常州。诗文冠于一代，有《东坡集》。

和子由渑池怀旧①

人生到处知何似？应是飞鸿踏雪泥。
泥上偶然留指爪，鸿飞那复计东西。
老僧已死成新塔，坏壁无由见旧题②。
往日崎岖还记否？路长人困蹇驴嘶③。

【注释】

①子由：苏轼弟苏辙，字子由。渑池：今属河南。②"老僧"二句：据苏辙《怀渑池寄子瞻兄》诗自注谓："昔与子瞻应举，过宿县中寺舍，题其老僧奉闲之壁。"僧人死，每以小塔葬遗灰，故言"新塔"。③"路长"句下有自注谓："往岁马死于二陵，骑驴至渑池。"二陵，指河南崤山。

【鉴赏】

成语"雪泥鸿爪"即出于诗首、颔二联。

嘉祐六年（1061）十一月，苏轼以大理评事京职，签书凤翔（属陕西）判官，离京赴任。苏辙送兄嫂出汴京，直到西门外。苏轼二十五岁，却是第一次与弟弟相别。继续西行，抵于渑池，接到子由寄诗。而这儿，正是嘉祐元年（1056）苏家父子三人第一次陆路出川入京经过之地。其时，三人宿于老僧奉闲寺舍，子由兴发，还曾在壁上题诗。而今，老僧已死，寺壁已圮，读子由诗，不由感慨系之。

　　首、颔二联，四句一个大比喻：人生如鸿爪踏雪。哀哀百年，即如一瞬，日出雪化，爪迹何寻？一个二十多岁的年轻人，对生命的虚幻性有如此理解，实在难得。

　　颈联二句，以僧死、壁坏呼应"雪泥鸿爪"，纯取眼前景物，自然成理。而尾联一问，亲情倍生。当年进京应举，千里跋涉，备尝艰苦，前途未卜。驿马尚且累死，"人困"之状，何堪回首？"路长人困"四字，还是有先兆色彩的预言。苏轼一生，出任八州知州，奔波于十数地，应了"路长人困"之谶。

饮湖上初晴后雨^①

水光潋滟晴方好，山色空蒙雨亦奇。
欲把西湖比西子^②，淡妆浓抹总相宜。

【注释】

　　① 同题二首，今选一。湖：指杭州西湖。② 西子：西施。

【鉴赏】

　　这首诗苏轼作于杭州通判任上。

　　神宗熙宁四年（1071）十一月底，苏轼携家人抵杭州，开始了他的通判生涯。诗吟西湖景，不类冬景，故可推定这诗写于熙宁五年的可能性较大。

　　游湖，雨霁初晴，又晴而再雨，因而既见晴景，又见雨景。前二句，即一写晴，一写雨。晴与雨都难表现，诗人便抓住特点，先借"水光"表现"晴"，复借"山色"表现"雨"。"晴"则"方好"，"雨"而"亦奇"，都是十分适度的评价。"潋滟"与"空蒙"二词，是诗人的得意用语，表现明晦交映，气象万千。

三、四句，跳出直接描写，以人喻景，将"西湖"比为"西子"。"湖"人性化了，女性化了，故才有"淡妆浓抹"的进一步设喻。妙手偶得的比喻，举重若轻的描绘，亦庄亦谐的语气，使这首山水诗充满了人情韵味。

题西林壁①

横看成岭侧成峰，远近高低各不同。
不识庐山真面目，只缘身在此山中。

【注释】

① 西林：庐山西林寺。题壁，即诗成直接书于壁上。

【鉴赏】

元丰七年（1084）四月，苏轼游庐山。"初入庐山，山谷奇秀，平生所未见，殆应接不暇，遂发意不欲作诗。"但山中僧俗，一知苏轼游山，便争相传语："苏子瞻来矣！"山色美，人情更美，"可怪深山里，人人识故侯"。这让苏轼大为感动。遂自破禁令，写下多首庐山诗。其中最为出名者，即《题西林壁》。

这是一首山水诗。因为全诗对应性的描写里包含着"变数"的玄机，又有人当它为哲理诗。

其实，诗人开始并未打算阐释什么高深的哲理，他只是将移步换景的视像如实写出，便有了不同时段、不同视角的不同画面。"横看成岭侧成峰，远近高低各不同"，两句诗，何尝有一丝议论痕迹？当"不识"句推出，诗人开始倾于心理感受，但仍非说理，只是陈情；到"只缘身在此山中"推出，才是富有叹惋特色的结论。

这结论，不是理念推导出的，而是形象对比的启示。因而，我将这首诗视为形象思维的质变结晶。自然而然，毫不勉强，这样的哲理，总是要靠生命参悟的吧！

琴 诗

若言琴上有琴声，放在匣中何不鸣？
若言声在指头上，何不于君指上听？

【鉴赏】

无论如何，这都是一首较为典型的哲理诗了。诗不厌"理"，只要这"理"陈述得有美感。

出语便是一个难题："若言琴上有琴声，放在匣中何不鸣？"虽有诡辩色彩，但这句问话至少表明了一种常识性见解：琴不自鸣。

奇妙的是，在二、三句之间，诗人省略了人们对第一个问题的回答：琴不弹不鸣。弹琴必用手指，故而诗人又在"指头"上再发怪问："若言声在指头上，何不于君指上听？"这是故意将"用手弹琴"与"手指发声"混淆为一，才提第二诡辩。

现代物理学已经科学地解释了物体振动发声的原理。苏轼不知道，但他开始将"声"与"物"、与"人"相分离，这是一种革命性的思索。"琴声"发于"琴"，但"琴声"不是"琴"，而"琴"也不是"琴声"，所以"放在匣中琴不鸣"！"琴声"发于"指头"，但"琴声"不是"指头"，"指头"也不是"琴声"，所以"于君指上"无"琴声"！

关键在于"物"（琴）与"人"、"指头"的相互运动。哲学的表述，那该是"主体"（指头）作用于"客体"（琴），才产生"结果"（琴声）！

苏轼提出了问题，但他并没有继续往前走，而是仍在原地踏步。不怪他。提出问题，哲学便开始苏醒了！

江城子①

乙卯正月二十日夜记梦②

十年生死两茫茫③，不思量④，自难忘。千里孤坟⑤，无处话凄凉。纵使相逢不相识，尘满面，鬓如霜。

夜来幽梦忽还乡，小轩窗，正梳妆。相顾无言，唯有泪千行。料得年年肠断处，明月夜，短松冈。

【注释】

　①江城子：词牌名，又名"江神子""村意远"等。双调，七十字。上下片各八句、五平韵。②乙卯：熙宁八年（1075）。　③十年：据诗人《亡妻王氏墓志铭》记，王弗病逝于治平二年（1065）五月，距作此词整十年。④量：此处读 liáng。⑤千里孤坟：王弗墓在眉州东北彭山县安乡镇可龙里，距写词之密州数千里。

【鉴赏】

　生离死别，人生两大哀情。这首词，是"死别"十年以后哀思成梦之追记。

　上片，写十年思量。这"思量"，又分两个侧面：一是我思量你，千里相隔，无处相逢；二是纵能相逢，相逢不识。一言远，一言老。

　下片，写昨夜之梦。"小轩窗，正梳妆。相顾无言，唯有泪千行"，便是石人也应流泪语。"无言"句，与"无处话凄凉"句呼应，意在显示"死别"之痛无以言表。"料得"句、"纵使"句皆诗人臆想语，差别在于一昔日、一他年。

　情到浓时语自工。这首词以日常语诉衷情，质而有味，淡而出真，绝无一丝娇饰雕琢之痕。

水调歌头①

丙辰中秋，欢饮达旦，大醉，作此篇，兼怀子由②。

　明月几时有？把酒问青天③。不知天上宫阙，今夕是何年④？我欲乘风归去，又恐琼楼玉宇，高处不胜寒。起舞弄清影，何似在人间？

　转朱阁，低绮户，照无眠。不应有恨，何事长向别时圆？人有悲欢离合，月有阴晴圆缺，此事古难全。但愿人长久，千里共婵娟⑤。

【注释】

　①水调歌头：词牌名，又名"元会曲""凯歌"等。双调，九十五字。

上片九句、四平韵,下片十句、四平韵。②丙辰,即熙宁九年(1076),苏轼时知密州。③问青天:"问天"当师屈原《天问》或李白《把酒问月》之意。④"今夕"句:唐人传奇《周秦行纪》有诗:"香风引到大罗天,月地云阶拜洞仙。共道人间惆怅事,不知今夕是何年。"⑤婵娟:美好的姿态。孟郊《婵娟篇》:"花婵娟,泛春泉;竹婵娟,笼晓烟;妓婵娟,不长妍;月婵娟,真可怜。"

【鉴赏】

熙宁八年(1075)正月苏轼至密州(今山东诸城)出任知州。其时,弟苏辙正在齐州(今山东济南)任掌书记。例行的《密州谢表》中,谓:"携挈上国,预忧桂玉之不克;请郡东方,实欲昆弟之相近。"而今,兄弟相近了,思念不减。第二年中秋,"欢饮达旦",大醉成篇,"兼怀子由",因而手足之情是这首词的重要内容。

上片,以"明月几时有?把酒问青天"领起,气度恢宏,所思也大。九句诗,皆臆想语、揣度语、忧天语。天上人间,周流一圈,仍然落脚于人间人情之恋。下片,以"照无眠"为前提,写相思相慰。"但愿人长久,千里共婵娟"二语为结,充满亲情善念。

据说八年以后,这首词传到京师,宋神宗读到"又恐琼楼玉宇,高处不胜寒"二句,感叹道:"苏轼终是爱君。"遂命将苏轼由黄州"量移汝州"。神宗是否误读此词?已不重要。在字面之外,这词应该还有更深广的含义。如果有人将上片问天、思天语与苏轼对朝廷的疑问关注联系论证,我想并非无理。

念奴娇·赤壁怀古①

大江东去,浪淘尽,千古风流人物。故垒西边,人道是,三国周郎赤壁②。乱石穿空,惊涛拍岸,卷起千堆雪。江山如画,一时多少豪杰。

遥想公瑾当年,小乔初嫁了③,雄姿英发。羽扇纶巾④,谈笑间,樯橹灰飞烟灭⑤。故国神游,多情应笑我,早生华发。人生如梦,一樽还酹江月⑥。

【注释】

① 念奴娇：词牌名，又名"百字令""百字谣""酹江月""壶中天""大江东去""湘月"等。双调，一百字。上下片各十一句、四仄韵。赤壁：有两处。一在湖北赤壁市长江北岸，背靠乌林，是"赤壁之战"战场。一在湖北黄冈市郊，又名赤鼻矶。因苏轼游后有诗文记之，故称"东坡赤壁"。② 周郎：周瑜，字公瑾，东吴将军，赤壁之战大胜曹操。③ 小乔：东吴乔公次女，嫁于周瑜，周、乔结婚在建安三年（198），赤壁之战在建安十三年（208），说"初嫁"，意在烘托英雄美女。④ 纶巾：丝帛质地的便帽。⑤ 樯橹：这里指曹军战船。⑥ 酹：祭酒。

【鉴赏】

在人生最不得意的时候，苏轼写下他最壮丽的诗文。《念奴娇·赤壁怀古》词题着"赤壁"二字，不单指明游地，而且确定了"怀古"空间。空间一定，人物、事件自然顺次送出。

"大江东去，浪淘尽，千古风流人物"，三句排空而起，惊天动地，是景语，是叹语，又是"怀古"语。对"大江"，说大事，千古一瞬，也只有"风流人物"略可一怀！这表明，诗人立足点很高，气魄很大。"故垒"以下六句，扣"赤壁"词题，描写赤壁景物，突出一石一水。赤壁石，长江水，相击相搏，有声有色。

"江山如画，一时多少豪杰"，总括前景，形成"画"的印象；"画"中人，则是"豪杰"。"豪杰"与上面"风流人物"相应，又是对下片周公瑾的赞美。"遥想"以下六句，主要怀想周瑜指挥赤壁大战事。"小乔初嫁"，乃点染语。以"喜事"映"战事"，别开生面。而战争，则全为侧面表现，举重若轻，游刃有余，兴亡大事，皆付笑谈。"故国神游"一句，收敛思绪，重回现实，在自嘲自慰的无奈中，发出"人生如梦"的浩然一叹。

将人生归于"如梦"，或稍感消沉。但历经沧桑者，毕竟不能无沧桑感。智慧语，很清醒，唯如此，它便缺乏廉价的乐观。

卜算子·黄州定慧院寓居作①

缺月挂疏桐，漏断人初静②。谁见幽人独往来，缥缈孤鸿影。

惊起却回头，有恨无人省。拣尽寒枝不肯栖，寂寞沙洲冷。

【注释】

①卜算子：词牌名，又名"百尺楼""楚天谣""眉峰碧"等。双调，四十四字。上下片各四句、二仄韵。定慧院：黄州佛寺。元丰三年（1080）春初苏轼至黄州，即寓居定慧院。因而估计此篇即作于元丰三年。②漏：滴漏，古代一种计时器。

【鉴赏】

"乌台诗案"审结，苏轼捡回一条命，贬黄州团练副使。贬斥之命于元丰二年（1079）十二月二十九日下，元丰三年二月一日苏轼抵黄州，即寓居定慧院。随苏轼上任的，只有长子苏迈一人。其余家小，均居南都（今河南商丘）。待一切安排妥当，乳母、妻、子才相继抵达。

这首词深有寄托。以"孤鸿"择木而栖，寄寓诗人在颠沛流离中不苟且、不妥协的原则精神。

词的吟咏对象是那只"独往来"的"孤鸿"。上片，以"缺月""疏桐""漏断""人静"，烘托环境的冷清。下片，写"孤鸿"的"惊""恨"交迫，不为人省。即便如此，它仍然"拣尽寒枝不肯栖"，忍受无家的漂泊。

"孤鸿"寄寓了诗人的理想情操。孤独者在孤独的世界里徘徊，既是环境所迫，又是自我选择。词的调子虽不明丽，但柔中寓刚，体现出几多自信与坚忍。

苏辙

苏辙（1039—1112），字子由，眉州眉山（今属四川）人。父洵、兄轼与他，均在"唐宋八大家"之列。仁宗嘉祐二年（1057）与兄苏轼为同榜进士。曾任大名府推官、河南推官、陈州教授、齐州掌书记、应天府判官。受苏轼牵连贬筠州盐酒税。元丰八年（1085）

旧党执政，召回，任秘书省校书郎、右司谏，进为起居郎，迁中书舍人、户部侍郎。元祐四年（1089）权任吏部尚书，出使契丹，还朝任御史中丞。元祐六年拜尚书、右丞，进门下侍郎，执掌朝政。元祐八年哲宗亲政，贬官知汝州、袁州，责授化州别驾，雷州安置。又贬循州。崇宁三年（1104）在颍州定居，筑室曰"遗老斋"，自号"颍滨遗老"。读书参禅，卒赠端明殿学士，谥"文定"。有《栾城集》八十四卷。死葬郏县（今属河南），与父、兄墓邻，名"三苏坟"。

读 史

诸吕更相王①，陈平气何索②？
千金寿绛侯③，刘宗知有托④。

【注释】

①诸吕：汉高祖刘邦皇后吕雉诸子侄。刘邦死后，吕后执政十六年，先后封其侄台（吕泽子）为吕王、产（台弟）为梁王、禄（吕释之子）为赵王、侄孙通（吕台子）为燕王；另有六人为列侯。②"陈平"句：吕后欲立诸吕为王，王陵廷争之，陈平唯唯而不敢言。③绛侯：周勃。前180年，吕后死，周勃与陈平谋，诛诸吕，迎代王刘恒即帝位，是为文帝。④刘宗：刘氏宗室。指汉家社稷。

【鉴赏】

苏辙是个重理性的人，此诗可为一证。

诗的主题倾向是赞扬周勃。这赞扬，是通过生死存亡的一场斗争表现的。一个人，做出一种选择，改变了一个家族（刘宗）、一个王朝的命运。其功之大，"千金"为寿固不足也！

四句诗，巧妙地提出了四个人（或四方力量）的较量。实质上，是刘、吕两家较量，作为臣子的陈平、周勃，只需选择取舍。在男权与女权的较量中，男权胜利。因而诗歌的深层内涵是揭示男性政权面临的女性蜕变，以及偶然因素对历史必然性的冲击。倘若周勃助吕，汉朝何存？二十字的一首诗，智慧深深。

黄庭坚

黄庭坚（1045—1105），字鲁直，号山谷道人、涪翁，洪州分宁（今江西修水）人。英宗治平四年（1067）举进士，调叶县尉。神宗熙宁初，教授北京国子监，苏轼见其文，赞为"超轶绝尘，独立万物之表"。声名由是而震，知太和尉。哲宗立，召为校书郎、秘书丞，擢起居舍人、国史编修官。绍圣初，出知宣州，改鄂州，再贬涪州别驾，移戎州，不以迁谪而怠于讲学。徽宗立，起知舒州，转太平州。复除名，编管宜州，徙永州，未闻命而卒。与张耒、晁补之、秦观并称"苏门四学士"。江西诗派首领。有《山谷集》。

寄黄几复[①]

我居北海君南海[②]，寄雁传书谢不能。
桃李春风一杯酒，江湖夜雨十年灯。
持家但有四立壁，治病不蕲三折肱[③]。
想见读书头已白，隔溪猿哭瘴溪藤[④]。

【注释】

① 黄几复：名介，豫章西山（今江西湾里）人，与黄庭坚为少时好友。熙宁九年（1076）同学究出身，为长乐尉、广州教授、楚州推官，知四会县，仕于岭南十年。元祐三年（1088）没于汴京。诗原注曰："乙丑年德平镇作。"乙丑年为元丰八年（1085），此正黄几复出仕第十年。②"我居"句：北海南海对言，据山谷跋文："几复在广州四会，予在德州德平镇，皆海滨也。"德平今仍其名，在山东德州东七十公里左右。四会，在广东广州西北。③三折肱：语出《左传·定公十三年》："高疆曰：'三折肱知为良医。'"原义指肱骨三折亦可治愈，谓医术高超。此指谙恋世故，治理有方。④瘴溪：南方瘴疠地，四会在岭南，故称。

【鉴赏】

黄庭坚为诗文，主张"无一字无来处"，因而他的许多诗篇写得立意曲深、拗峭挺拔。这首诗，却以明白晓畅、音画相生见誉。

黄庭坚与黄几复都是赣北人，自幼相识，学问相长，是为挚友。但自入宦途，则南北分镳。黄几复初仕岭南时，黄庭坚在京供微职。元丰三年（1080）黄庭坚为太和知县，太和在江西，虽离黄几复近，但尚隔南岭。元丰六年，山谷移监德州德平，二人便一"北海"一"南海"。元丰八年三月神宗死，哲宗立。在将召未召黄庭坚入京的春夏期间，黄庭坚写诗寄黄几复。忆友情，慰故人，诗短情长，名句千秋，后生诵读，一扫势利浮薄！

首联二句虽平实无华，但造语已见其巧，尤"寄雁"句"谢不能"三字大可玩味。颔、颈两联四句，对仗工准，用典贴切，容量巨大而摹绘俏丽。"桃李春风一杯酒，江湖夜雨十年灯"二句，写尽少年追怀、中年思念；"持家但有四立壁，治病不蕲三折肱"二句，则既赞其清贫，又誉其善治。这四句诗，灵性闪烁而不易其人格坚刚，确是难以续貂的佳句。尾联二句，由"想见"二字领起，推想朋友勤读之状，以"猿哭"相应，颇有几分悲悯。此诗写作又三年，黄几复卒于京师，证明见《几复墓志铭》，亦首赞其少年勤读经史。此时以"哭"思之，这不祥之感或可证明黄庭坚的至情至性。春风桃李成往事，夜雨江湖叹平生，有如此友情，让后来人羡慕不已。

登快阁①

痴儿了却公家事②，快阁东西倚晚晴。
落木千山天远大，澄江一道月分明③。
朱弦已为佳人绝④，青眼聊因美酒横⑤。
万里归船弄长笛，此心吾与白鸥盟。

【注释】

①快阁：在今江西泰和。清《一统志》曰："快阁在太和县治东澄江上，以江山广远、景物清华，故称。"②"痴儿"句：见《晋书·傅咸传》："夏侯骏弟济素与咸善，与咸书曰：'江海之流混混，故能成其深广也。天下大器非可稍了，而相观每事欲了。生子痴，了官事，官事未易了也，了事正作痴，复为快耳。'"③澄江：江水澄碧。指赣江。④弦绝：《吕氏春秋·本味篇》："钟

子期死，伯牙破琴绝弦，终身不复鼓琴，以为世无足复为鼓琴者。"用钟子期事，不知谓谁。⑤青眼：《晋书·阮籍传》："籍又能为青白眼，嵇喜来吊，籍作白眼，喜不怿而退。喜弟康闻之，乃赍酒携琴造焉，籍大悦，乃见青眼。"

【鉴赏】

这首诗作于黄庭坚任太和知县时（1080—1082）。

快阁临江，登临远眺，虽思绪万千，而皆归于恬淡清静，这是很难得的自我调适。

首联以"痴儿"自嘲，言公余登阁。"晚晴"二字上承"了却"公事，下开"天""月"诸景，定时而设色，不可忽略。因为快阁朗畅，东西南北均可极目，所以颔联二句便包容了天地四方诸景。"落木千山天远大，澄江一道月分明"十四字，大气磅礴，一往浩然，有咳唾宇宙之慨。颈联二句，有写实的痕迹（张乐饮酒），但更像联想抒情。虽乏知音，但有美酒，退而求其次，尚可一乐！尾联"归船"而闻"长笛"，突发鸥鸟归栖之念。

"物境"易描，"心境"难抒。易描则易于混同，难抒则难于独真。黄庭坚这首诗的快阁景语，为"晚晴"巨照，江天浩渺，一月独明，让一切后来者望景兴叹。登临所思，有忧有喜，有憾有悟，唯不绝对，才分外真切。

若心中常有"天远大""月分明"之境，自可忘忧！

秦观

秦观（1049—1100），字少游，又字太虚，高邮（今属江苏）人。少豪隽，慷慨溢于文辞。举进士，不中。见苏轼于徐州，为《黄楼赋》，轼以为有屈其才。介于王安石，安石亦谓清新似鲍、谢。后中第，调定海主簿、蔡州教授。元祐初，苏轼荐于朝，除太学博士，兼国史院编修官。绍圣初，出判杭州，贬监处州酒税。复削秩，徙郴州，又徙雷州。徽宗立，复为宣德郎，放还，至藤州，卒。有《淮海集》。

春日

一夕轻雷落万丝①，霁光浮瓦碧参差②。

有情芍药含春泪，无力蔷薇卧晓枝。

【注释】

① 万丝：指雨。② 霁光：雨后阳光。

【鉴赏】

夜雨初霁，春晖明艳，物象灿然，这诗，便是一幅雨后春艳图。

用"轻雷""万丝"模拟春雷、春雨，既有分寸感，又有美感。"霁光"句，表现绿琉璃瓦反射日光的绚丽多色，有灵动浮薄之气。"有情芍药含春泪，无力蔷薇卧晓枝"二句，有拟人化成分，但又是写意笔法。意序与词序，呈倒置之象。因"含春泪"，而知"多情"；因"卧晓枝"，而见"无力"。花如美人，美人如花；世象归乎幻象！

鹊桥仙①

纤云弄巧，飞星传恨，银汉迢迢暗度。金风玉露一相逢②，便胜却人间无数。

柔情似水，佳期如梦，忍顾鹊桥归路。两情若是久长时，又岂在朝朝暮暮③？

【注释】

① 鹊桥仙：词牌名，又名"鹊桥仙令""广寒秋""忆人人""金风玉露相逢曲"等。双调，五十六字。上下片各五句、二仄韵。② 金风：秋风。玉露：白露。③ 朝朝暮暮：宋玉《高唐赋》："朝朝暮暮，阳台之下。"谓朝夕相处。

【鉴赏】

少游词，语工入律，为乐者所传唱，盛行于江淮间。这首《鹊桥仙》，摹写男女情爱，以仙凡相照，极尽缠绵委婉之致，言人人心中有，道个个口中无，固不可多得。

词起于七夕望星。云巧星驰，银河暗度，牛郎与织女，一年一相逢！不直言牛女相会，托言于"金风玉露"，为侧笔虚拟之法。"便胜却人间无数"，极言久别恩爱。

下片，写牛郎织女相别。"柔情似水，佳期如梦"八字，状惜别，无声有情，倍增怀恋。而"归路"便是"歧路"，一夕相聚，一年相离，"忍顾"二字，尽显其无计无奈。"两情若是久长时，又岂在朝朝暮暮？"以此相励相勉，或迫不得已，或真的已将世俗之恋上升为崇高的精神忠诚！

贺铸

贺铸（1052—1125），字方回，自号庆湖遗老，卫州（治今河南卫辉）人。博学强记，工于诗词，身长七尺，面如铁色，眉目耸拔，喜读时事，不畏权要。初娶宗室女，隶于藉右，选监太原工作。元祐中，李清臣执政，奏换通直郎，通判泗州，又倅太平州。退居吴下庆湖（镜湖），以之为号。卒于常州。有《庆湖遗老集》。

半死桐①

重过阊门万事非②，同来何事不同归？梧桐半死清霜后，头白鸳鸯失伴飞。
原上草，露初晞③，旧栖新垅两依依④。空床卧听南窗雨，谁复挑灯夜补衣！

【注释】

①半死桐：词牌名，又名"思越人""鹧鸪天""思佳客""剪朝霞""骊歌一叠""醉梅花"。双调，五十五字。上片四句、三平韵，下片五句、三平韵。②阊门：苏州西门，代指苏州。③晞：干，干燥。④旧栖：旧居。新垅：新坟。

【鉴赏】

贺铸妻赵氏，乃皇族赵克彰女，死后葬于苏州。贺铸宦游多年后退居苏州，追怀亡妻，故有此作。睹物思人，悼亡之情不期然而生。因而，它比之一般的悼亡之作，更显得率真与伤感。

上片由"重过阊门万事非"铺垫引动，带出"同来""不同归"的生命变故。入题迅达，又极自然。"梧桐半死清霜后，头白鸳鸯失伴飞"二句，皆为自况语。虽活着，已"半死"；虽飞着，已"失伴"。忆念之情，不言已明。

下片，先以"草""露"为喻，叹人生短暂，复面对"旧栖""新垅"，卧床听雨，追思妻子的体贴关怀。"空床卧听南窗雨，谁复挑灯夜补衣"之叹，至爱无言，大哀无泪，非过来人无此等感慨！

这首词状物、抒情皆佳，尤以"梧桐"句最为形象，"挑灯"句最为哀婉。词贵自家面目，而自家面目的最终体现是遣词造语。贺铸词，语义双工。

小梅花①

缚虎手②，悬河口，车如鸡栖马如狗。白纶巾，扑黄尘，不知我辈可是蓬蒿人③？衰兰送客咸阳道，天若有情天亦老④。作雷颠⑤，不论钱，谁问旗亭美酒斗十千⑥？

酌大斗，更为寿，青鬓常青古无有。笑嫣然，舞翩然，当垆秦女十五语如弦。遗音能记秋风曲⑦，事去千年犹恨促。揽流光，系扶桑⑧，争奈愁来一日却为长！

【注释】

①小梅花：词牌名，双调，一百十四字。上片十一句，六平韵、五仄韵；下片十一句，六平韵、五仄韵。②缚虎：捆住猛虎。唐李商隐《太仓箴》："长如获禽，莫忘缚虎。"③蓬蒿人：用《庄子·逍遥游》"（斥鷃）翱翔蓬蒿之间"语意，指无大志向者。④"衰兰"二句：用李贺《金铜仙人辞汉歌》成句。⑤雷颠：酒醉后呼喊趔趄之态。⑥旗亭：此指酒楼，代指送别之地。斗十千：借用李白《行路难》"金樽清酒斗十千"成句。⑦秋风曲：汉武帝有《秋风辞》，发英雄迟暮之感。⑧扶桑：神话中神树，古谓日出处。扶桑意谓挽住

时间。

【鉴赏】

夏敬观评这首词道："稼轩豪迈之处，从此脱胎。豪而不放，稼轩所不能学也。"这评价颇高。与这首词风格相近的，还有《六州歌头（少年侠气）》。夏氏评为："与小梅花曲，同样功力，雄姿壮彩，不可一世。"

词与评相照，夏氏之言不虚。

先看词题，拟"行路难"三字，这是公开承认受了李太白《行路难》的启示。李白《行路难》三首，主旨为"壮志难酬"四字。因而，归结为"大道如青天，我独不得出"的"行路难"之叹。贺铸词与李白诗，主题倾向一致，但表述有创新，侧重点亦更执着于豪情排遣。

上片前六句，皆夫子自道语。"缚虎手，悬河口""白纶巾，扑黄尘"四句，短语连发，玉盘金声，描绘出一个文武全才的大丈夫形象。"衰兰"二句，全用李贺诗成句，插于此，意在显见天怜其才。收束于狂呼酣饮，暗暗已将李太白引为同调。

下片，紧承"美酒"句借水兴波。"酌大斗，更为寿"，引出的却是"青鬓常青古无有"这样的清醒认识。而由"笑嫣然，舞翩然"的秦女歌声，过渡到汉武《秋风辞》时，诗人的另一个忧叹（恨）已是"事去千年犹恨促"。这是对"青鬓"难以"常青"的进一层思索。正因为明白了"千年"一瞬的道理，诗人才会"揽流光，系扶桑"，珍惜年华。难以弥补的遗憾是：因为壮志未酬，即便抓住了年华，也只是延长了度日如年的痛苦！

这是一个充满矛盾的人生命题。此词的积极意义，是洞悉了生命消长的两面性以及时间去留的两面性，抒发了不甘蓬蒿的振作之情。

快人快语，语语生风生雷。倘不彻底绝望于今生，何不闻歌起舞，"揽流光，系扶桑"，再与逆境较短长！

王观

王观，字通叟，如皋（今属江苏）人。试开封府第一。元祐二年（1087）进士，官翰林学士，赋应制词，宣仁太后以其近亵，谪之，因自号逐客。一说高邮（今属江苏）人，嘉祐二年（1057）进士，累迁大理丞，知江都县。著《冠柳词》一卷。

卜算子·送鲍浩然之浙东①

水是眼波横，山是眉峰聚。欲问行人去哪边？眉眼盈盈处。

才始送春归，又送君归去。若到江南赶上春，千万和春住。

【注释】

① 鲍浩然：词人友人，生平不详。

【鉴赏】

这是一首送别词。虽为同性朋友，其情感之真挚，依然透出缠绵。跳出惯常的愁苦相思，以比拟语、谐趣语言情，使这首词摆脱沉重，呈现轻盈活泼。

"比"是比喻，"拟"是拟人，将"比"与"拟"交织在一起，"水""山""春"便都有了人性化的特征。"水是眼波横，山是眉峰聚"，出语便新；"欲问"推宕，"眉眼盈盈处"一句则既画活了山水，又神拟了望眼欲穿的主体感受。下片之"送春""送君""赶春""和春住"，动作连串，一气呵成，奇思妙想，出人意表。而远行的、"赶春"的朋友，当然已将词人的祝福与惦念也一并带走了。

对于王观词，评论家见仁见智，陈质斋说"词格不高"，黄叔旸则谓"风流楚楚"。词与诗，异形同质，言情则裕如，布道则力绌，倘能写得"风流楚楚"，抒一人情，言一人意，即应谓可。

李之仪

李之仪，字端叔，沧州无棣（今属山东省）人。登第近三十年，乃从苏轼于定州幕府。历枢密院编修、原州通判。元符中，监内香药库。有人以曾幕于苏轼为罪，阻其任京职，诏勒停。徽宗初，提举河东常平，坐为范纯仁遗表作行状，编管太平，迁居姑熟。又徙唐州，终朝议大夫。年八十而卒。有《姑溪词》二卷。

卜算子

我住长江头，君住长江尾①。日日思君不见君，共饮长江水。

此水几时休？此恨何时已②？只愿君心似我心③，定不负相思意。

【注释】

①"头"与"尾"：为上游、下游意，并非长江源头和长江入海口。②"此水"二句：化用汉乐府《上邪》"山无陵，江水为竭""乃敢与君绝"的誓语，反意而出。③"只愿"句：化用顾夐《诉衷情》"换我心，为你心，始知相忆深"句意。

【鉴赏】

明人毛晋评李之仪小令多淡语、景语、情语，尤赞这首《卜算子》"真是古乐府俊语矣"。乐府，是民歌。民歌"俊语"不神秘，只要情真意切，只要浑然天成。

吟歌"我住长江头，君住长江尾"，真的会忘记是在诵读文人词作。那声吻，那心思，真如江边少女，眺望江波，低诉衷肠。上片四句，"长江"三见，"君"三见，"我住""君住""思君""共饮"，皆缘江水而发。一江相连，两情相通，这种借江造势、以水寓情的手法，可以上溯到《诗经》的《关雎》与《蒹葭》等诗篇。

下片"此水"二句，化用汉乐府《上邪》中誓词而成。小女儿的心思，并非要江水断流。她只是在申明，相离相思之恨（爱、怜），要比江流还长。唯如此，她才会发愿："只愿君心似我心，定不负相思意。"注释已明示，这话也是化用前人成句。"换心"之说，为民间常语，又叫"将心比心"。雅化的说法，是"人同此心，心同此理"。这说法已经苍白，远不如"将心比心"，更逊于"愿君心似我心"。

兴发于滔滔江水，归结于耿耿思念，大江连着的一对恋人，被那条看不见的相思红线牵挂着。而女性的坚贞，又每每因男性的负心呈现悲情色彩。

周邦彦

周邦彦（1056—1121），字美成，钱塘（今浙江杭州）人。少涉经史百家，隽而不检，州里无望。元丰初游京师，因献《汴都赋》万余言而获用。出教授庐州，知溧水县，还为国子主簿。哲宗召对，除秘书省正字，历校书郎、考功员外郎，卫尉宗正少卿，以直龙图阁知河中府。复知隆德府，徙明州。入拜秘书监，进徽猷阁待制，提举大晟府。未几，知顺昌府，徙处州。卒赠宣奉大夫。有《清真集》二卷，后集一卷。

满庭芳·夏日溧水无想山作①

风老莺雏，雨肥梅子，午阴嘉树清圆。地卑山近，衣润费炉烟②。人静乌鸢自乐，小桥外、新绿溅溅。凭栏久，黄芦苦竹③，拟泛九江船。

年年，如社燕④，飘流瀚海，来寄修椽⑤。且莫思身外，长近尊前。憔悴江南倦客，不堪听、急管繁弦。歌筵畔，先安簟枕，容我醉时眠。

【注释】

①满庭芳：词牌名，又名"锁阳台""满庭霜""潇湘夜雨""满庭花""话桐乡""转调满庭芳"。双调，九十五字。上片十句、四平韵，下片十一句、五平韵。溧水：今属江苏。②"衣润"句：言梅雨季节衣潮，须以炉火烘干。③黄芦苦竹：出自白居易《琵琶行》"住近湓江地低湿，黄芦苦竹绕宅生。"④社燕：燕子。古人以燕子春社日前后自南方来、秋社日前后向南方徙，故称。⑤寄修椽：寄身于屋檐椽梁。

【鉴赏】

《清真集》强焕序谓："溧水为负山之邑。待制周公，元祐癸酉（1093）为邑长于斯。所治后圃，有亭曰姑射，有堂曰萧闲，皆取神仙中事，揭而名之。"

词题中所谓"无想山"，也是周邦彦自己臆想的名字。做世俗官，享神仙福，饮花月酒，填风流词，这很矛盾，却又统一。从中可积累一个阅读经验：对于诗词中的喜怒哀乐，万勿当真！

这阕词，是写仕宦漂泊之感的。由"地卑""衣润""黄芦苦竹""九江船"诸语，可以推定这阕词有意借用了白居易《琵琶行》的成句，来构筑自己的精神家园，甚至在自我评判上，周邦彦都不期而然以"江州司马"自况。

上片为残春黄梅时节景状。"风老莺雏，雨肥梅子，午阴嘉树清圆"三句，最见勾勒之妙、点染之趣。其中，尤以"老""肥""清圆"状物摹景能出新气。"地卑"句以后，开始融入更多的诗人生活。"人静"一句，境界最为和谐。静极思飞，才有"拟泛九江船"的神游千秋。与白居易《琵琶行》不同处，此阕为春景，又非贬官，因而诗情自多几分优容。延续到下片，诗人虽然以"社燕""飘流瀚海"为喻，但由于夸大了"倦客"愁思，回复为常态清醒，仍然免不了在"歌筵"后"簟枕"高卧！

周邦彦词善作景语，描摹细微处，可见分寸。如"风老"三句，"人静"二句，皆有青绿山水画意。

少年游①·感旧

并刀如水②，吴盐胜雪③，纤指破新橙。锦幄初温，兽香不断④，相对坐调笙。

低声问，向谁行宿？城上已三更。马滑霜浓，不如休去，直是少人行！

【注释】

①少年游：词牌名。双调，五十一字。上下片各六句、二平韵。②并刀：并州（今山西太原）剪刀，以锋利出名。杜甫《戏题王宰画山水图歌》："焉得并州快剪刀，剪取吴淞半江水。"③吴盐：江浙一带所产细盐，以白洁著称。④兽香：兽形炉中的香烟。此指炉火。

【鉴赏】

男女幽会，恋恋难舍，一首小词，描尽了欲送还留的情致。词题著"感旧"

二字，可见为昔日追怀。图画一新，如在眼前。

　　"并刀如水，吴盐胜雪"二句，最易解，最难贴。一言刀块，一言盐白，此字面义。而个中深意则一谓时光如水，往事已逝；一谓肌肤如雪，如在眼前。待"纤指破新橙"五字一出，对词题"感旧"的点化即告成功。"纤指"一语后，皆"感旧"回忆语。"锦幄"，是两个人的"初温"的世界，炉火送暖，笙歌传情，男女"相对"，此乐何极？

　　下片，由"低声问"领起，"向谁行宿"，仅仅是虚闪一枪，而实际的用意在于劝其留下。"城上已三更"谓夜深，"马滑霜浓"才是体贴入微语，"不如休去"更以双重否定加强了挽留语意。结果是可想而知的。

　　清人周济评这首词曰："此亦本色佳制也。本色至此便足，再过一分，便入山谷恶道矣。""不"过"，则有分寸之度，含蓄之美；"过"则一览无余，索然无味。周邦彦的"本色"是长于艳语艳情，这首词在去留之际，间以"低声问"，问而不答，则天地广阔，韵味无穷。

李清照

　　李清照（1084—约1151），号易安居士，齐州章丘（今山东章丘西北）人。父李格非，学者，曾任礼部员外郎；母王状元拱辰孙女，二人皆工文章。李清照幼有才藻，元符二年（1099）嫁太学生赵明诚，共研金石，其情甚笃。赵父挺之，时为吏部侍郎。后二年，明诚出仕，挺之为宰相，力排党人，格非籍罢，李清照初遭家庭变故。靖康之变，金兵陷青州，李清照家破南渡，赵明诚不久病故。李清照流寓浙中，以小词遣怀。有《易安居士文集》《易安词》，均散佚。后人辑为《漱玉词》《李清照集》。

如 梦 令 ①

　　昨夜雨疏风骤，浓睡不消残酒。试问卷帘人，却道海棠依旧。知否？知否？应是绿肥红瘦。

【注释】

① 如梦令：词牌名，又名"忆仙姿""宴桃源""比梅""不见""古记""无梦令""如意令"。单调，三十三字。七句，五仄韵，一叠韵。

【鉴赏】

三十三字的一首小诗，竟能别开生面地将描写、叙述、问话、答语、提醒、判定交融为一，做到了词尽人意，小巧清新。

"昨夜"二句，先展示风雨，追述浓睡，复说天明醒来、酒意未消之意。这都是平常话、铺垫语。"试问卷帘人"，一语推出二人，一问话人，主人；一卷帘人，婢女。妙在省去了"试问"内容而直出答话："却道海棠依旧。"由此，可以推知"试问"者亦为"海棠"。一问而一答，事情原本结束，不料"试问"者又针对回答者的"依旧"之说，直言反问："知否？知否？应是绿肥红瘦。"一夜风雨，海棠何能"依旧"？"绿肥"者，叶更茂也！"红瘦"者，花凋零也！此句一出，主人体物惜花之情尽在不言之中。"绿肥红瘦"，为新奇语，有拟人色彩，惜花而惜人，当然并不排除诗人的自怜自哀。

醉花阴①

薄雾浓云愁永昼，瑞脑消金兽②。佳节又重阳，玉枕纱厨，半夜凉初透。东篱把酒黄昏后③，有暗香盈袖。莫道不消魂，帘卷西风，人比黄花瘦。

【注释】

① 醉花阴：词牌名。双调，五十二字。上下片各五句、三仄韵。② 瑞脑：又名龙脑，一种香料。金兽：兽形香炉。③ "东篱"句：暗用陶渊明《饮酒》（其五）"采菊东篱下"句意。

【鉴赏】

关于这首小诗，元伊世珍《琅嬛记》有一段颇具兴味的记载："易安以重阳醉花阴词致明诚。明诚叹赏，自愧弗逮，务欲胜之，一切谢客，忘食忘寝者三日夜，得五十阕，杂易安作以示友人陆德夫。德夫玩之再三，曰：'只三句绝佳。'

明诚诘之，答曰：'莫道不消魂，帘卷西风，人比黄花瘦。'正易安作也。"

词发自肺腑，若直抒胸臆，必一人一幅面目。赵明诚长于金石考据，自不必与李清照在乐府小令上较一日短长。

上片，以堆砌法，从"永昼"云雾，到"半夜"枕厨（橱），极言"佳节"愁绪，酝酿的是那份"凉"意。下片，在这秋凉的背景下，把酒，对菊，西风，卷帘，人与花映，得出"人比黄花瘦"的自叹性结论。

在整个形象体系中，女人与菊花是既对应又统一的焦点。着一"瘦"字，菊被"人化"了；"瘦"而能"比"，人又"物（花）化"了。这是一种通灵互照的境界，怜人抑或怜花，分它做甚？

一剪梅①

红藕香残玉簟秋。轻解罗裳，独上兰舟。云中谁寄锦书来？雁字回时，月满西楼。

花自飘零水自流。一种相思，两处闲愁。此情无计可消除，才下眉头，却上心头。

【注释】

①一剪梅：词牌名，又名"蜡梅香""玉簟秋"。双调，六十字。上下片各六句、四平韵。

【鉴赏】

据元伊世珍《琅嬛记》载："赵明诚、易安结褵未久，明诚即负笈远游，易安殊不忍别，觅锦帕，书一剪梅词以送之。"由此可知，《一剪梅》抒发"新婚别"相思。

上片描摹"独"处中的期待。这期待，仅仅是"云中"有"锦书"飞来。下片，具体刻画愁状。先用"花自飘零水自流"，比拟分离后双方的失落。"花"若拟女，"水"便拟男，花飞四涯，水流东溟，真的是"自"在、"自"为！这话，道出了人际关系的真实，以及分离的残酷性。既分离，又不通音讯，只好相思再相思。中国诗词中不乏相思语，李清照在这儿的创造是通过对应联系强化相思二元形态。其一是相思让男女双方生愁，其二是相思让相思者形神俱毁："一种相思，两处闲愁"，"才下眉头，却上心头"，这话语，代天下有情人发一浩叹！

渔家傲①

天接云涛连晓雾，星河欲转千帆舞②。仿佛梦魂归帝所③。闻天语，殷勤问我归何处？

我报路长嗟日暮，学诗谩有惊人句。九万里风鹏正举④。风休住，蓬舟吹取三山去⑤。

【注释】

①渔家傲：词牌名。双调，六十二字。上下片各五句、五仄韵。②星河：银河。③帝：天帝。帝所：天宫。④"九万里"句：用《庄子·逍遥游》中鲲鹏北溟、南溟万里遨游典。⑤三山：三神山。传说中蓬莱、方丈、瀛洲三山有长生不老药，秦皇后多有帝王入海求之。

【鉴赏】

梦，是人睡眠状态下的精神奋发。俗谓"日有所思，夜有所梦"，因而梦又是人的潜在理想。

这首《渔家傲》，记录了李清照的一场梦游。梦中，她随"千帆"竞渡银河，直达天宫，受天帝殷勤接待，有一段人神对语。话未竟，又随鲲鹏扶摇直上九万里，风波浩荡，三山在下，何其痛快淋漓！

诵其词，思其梦，我们感受到巾帼不让须眉的豪放。豪放，的确不独属于男性。

李清照也有遗憾，都对天帝直诉了。一是"路长嗟日暮"，一是"学诗谩有惊人句"。这仍是文人本色。既没叹穷，亦未叹困，富贵于我如浮云！

我不想用惯常的"想象丰富"四字概括这首词的艺术风采。它不是苦思冥想而得。幻境之作，遐思之飞，正所谓不期而至，不引而发，何待勉强！借这首词，我们能更真切地感受到李清照品格的多棱性，以及词作风范的多元化！

声声慢①

寻寻觅觅，冷冷清清，凄凄惨惨戚戚。乍暖还寒时候，最难将息。三杯两盏淡酒，怎敌他、晚来风急？雁过也，正伤心，却是旧时相识。

满地黄花堆积，憔悴损，如今有谁堪摘？守着窗儿，独自怎生得黑？梧桐更兼细雨，到黄昏、点点滴滴。这次第，怎一个愁字了得？

【注释】

① 声声慢：词牌名，又名"胜胜慢""人在楼上"等。有平韵、仄韵二体。仄韵体之一为双调，九十七字。上片十句、四仄韵，下片九句、四仄韵。

【鉴赏】

"愁"是诗词的长命主题。"愁"被不同的文人在不同的篇章里重复着。还没有人，为了主题的新颖性而绝对地绕过"愁"的路障。形成一个错觉：好像"愁"是诗词的影子。剩下的天地很狭窄，是留给形式创新的。

李清照的这首《声声慢》，主题仍是"一个愁字了得"。为了避免形式的雷同，词人苦心经营后，确有新格新风的表现。

看点之一，是开篇便连续七字相叠，将"愁"思具象化、仪态化、系列化。"寻寻觅觅"状行，"冷冷清清"状境，"凄凄惨惨戚戚"状神，可谓愁思如网，铺天盖地，人在"愁"中，逃无可逃！这种连续叠用，极便于咏歌。有律，有音，有韵，乐歌乍起，即有先声夺人之势。

看点之二，是词人最善于捕捉恍惚不定、瞬间即逝的愁思，且用家常话道出。如"乍暖还寒时候，最难将息""三杯两盏淡酒，怎敌他、晚来风急""守着窗儿，独自怎生得黑""这次第，怎一个愁字了得"诸语，皆在无所回旋处而能进退裕如、举重若轻。清人刘体仁谓"深妙稳雅，不落蒜酪，亦不落绝句"，评得太玄。说白了，即词人善于雅意俗出、重话轻说而已。

以看点标识，毕竟狭隘。在词人营造的愁天恨海里，万物皆备于我，故"寒""暖"有意，"风""雨"无情，"黄花"憔悴，"淡酒"伤心……当主体与客体重合相拥时，"愁"被放大了，也被稀释了，词人得到暂时解脱。

叶梦得

叶梦得（1077—1148），字少蕴，号石林居士，苏州吴县（今江苏苏州）人。自曾祖叶元辅居乌程（今浙江湖州）。嗜学是成。绍圣四年（1097）进士。徽宗朝，自婺州教授，召为议礼武选编修官，由蔡京荐，召对，历中书舍人、翰林学士、吏部尚书、龙图阁学士，知汝州、蔡州、移帅永昌府。高宗南渡，除尚书右丞、江东安抚使，兼知建康府，行宫留守。又兼总四路漕计，以给馈饷，军用不乏。移知福州，兼福建安抚使。致仕，卒于湖州。有《石林词》一卷。

八声甘州·寿阳楼八公山作①

故都迷岸草②，望长淮、依然绕孤城。想乌衣年少③，芝兰秀发④，戈戟云横。坐看骄兵南渡⑤，沸浪骇奔鲸。转盼东流水，一顾功成⑥。

千载八公山下，尚断崖草木，遥拥峥嵘。漫云涛吞吐，无处问豪英。信劳生空成今古，笑我来何事怆遗情？东山老⑦，可堪岁晚，独听桓筝⑧。

【注释】

①八声甘州：词牌名，又名"甘州""潇潇雨"等。双调，九十七字。上下片各九句、四平韵。寿阳：即今安徽寿县。寿阳楼在此。八公山：在寿县北，淝水边。②故都：战国末，楚国迁都寿春，东晋始改名寿阳，故名。③乌衣年少：指谢玄。乌衣，巷名，故址在今南京，晋代王、谢名门大族居此。④芝兰：喻年轻有为。⑤骄兵：指前秦苻坚兵。⑥功成：指淝水之战胜利。⑦东山：谢安隐居处，在会稽（今浙江绍兴）。其实泛指临安山中。⑧桓筝：桓伊抚筝唱《怨歌行》，讽谏晋孝武帝。《怨歌行》略谓："为君既不易，为臣良独难。忠信事不显，乃有见疑患……"

【鉴赏】

叶梦得两次出知建康府，并总四路漕计，故有机会巡视前线。登寿阳楼词即他的巡视有感之作。

上片，一"望"、一"想"，总摄全局。"望"者为寿阳城附近的"长淮""八公山"之景;"想"者正为在此背景下发生的"淝水之战"。对战争的怀想,既有迹可循,脉络清晰,又风行水上,一无挂碍,全靠读者(要知道这段历史)借用他所提供的点滴信息,去完成诗人曾经的或可能的记忆。这便是"词"的言事之妙。在巨大的叙事空间里,是诗人与读者共同经营历史怀念!"乌衣年少""戈戟云横"为晋帅晋军;"骄兵南渡""沸浪骇鲸"为秦兵秦阵;"转盼东流水,一顾功成"则"淝水之战"结束。这便是公元383年八万人对百万人的那场血战!而回忆是一种渴望。作为南宋王朝的一位封疆大吏,叶梦得做"梦"都想再遭逢一次淝水之战!

下片,回到目前景、目前情。"遥拥峥嵘""无处问豪英",是一种无奈。尤其引用谢安归隐东山事,大可玩味。考谢安隐居,在淝水战前。当中丞高崧戏之曰"卿累违朝旨,高卧东山"时,谢安面有愧色。一旦出山,即建成大功。他遭司马道子排挤又在淝水战后。由此我们判定:叶梦得用"东山"典,仍是对历史不公平的慨叹,是对谢安的同情,并无自况意味。最多,他表达了一种不希望历史重演的意愿。

叶梦得早年词风婉丽,南渡后诸作日渐沉雄苍凉,所思也大,所慨也深,多有老而弥坚之象。

朱敦儒

朱敦儒(1081—1159),字希真,号岩壑老人,洛阳(今属河南)人。志行高洁,虽为布衣,却有朝野之望。靖康间至京师,辞官不就。金人南侵,经江西流寓岭南。绍兴二年(1132)诏为右迪功郎,至行在,赐进士出身,为秘书省正字,寻兼兵部郎官,迁两浙东路提点刑狱。绍兴十九年(1149)请归,许之。晚年屈于秦桧压力,受鸿胪少卿。桧死,即废。后居嘉禾(今福建建阳)。有《樵歌》三卷。

相 见 欢①

金陵城上西楼②,倚清秋,万里夕阳垂地、大江流。

中原乱，簪缨散③，几时收？试倩北风吹泪、过扬州。

【注释】

　　① 相见欢：词牌名，又名"乌夜啼""秋夜月""上西楼""西楼子"等。双调，三十六字。上片三句、三平韵，下片四句、二平韵，过片处错叶二仄韵。② 金陵：今江苏南京。③ 簪缨：显贵冠饰。此句暗喻北宋朝廷百官逃散。

【鉴赏】

　　朱敦儒一生词风多变，早年疏狂，中岁沉郁，晚年悲怆。这阕词作于南渡后。忧国伤时，取象也大；触景生情，思虑也深；浩荡怀抱以小令出之，则又精词百炼，字字有钟吕之响。

　　上片，写登楼望秋。"万里"大地，"万里"大江，均罩于"夕阳""清秋"之下，虽不直言悲情，悲情已注于大地、江流。这叫寓情于景。

　　下片，"中原乱，簪缨散"，二句六字，概述了国家倾覆的历史动荡。言无可省，而意无所遗，可谓老辣之笔。"几时收"三字，力敌千钧，问天，问地，问人，问己，收复失地之情切，无复他言。可贵的是，词人并非置身局外，他要介入，要为"收"复江北做贡献，故有"过扬州"的期许。"试倩北风吹泪"，悲喜之情，尽在"泪"中。此句，还藏着一个时限谜底，"清秋"登楼，"北风"过江（扬州），似乎旬月之间词人便准备起程了！

　　《分春馆词话》谓："此词上阕写景，下阕叙情。下笔重，境界大，不仅在朱词中不可多得，即千古以来也允推上乘之作。"小令亦可状大景，抒大情，自成尺幅千里之势。

吕本中

　　吕本中（1084—1145），字居仁，号紫微，世称东莱先生，寿州（治今安徽凤台）人。元祐宰相吕公著曾孙。绍兴六年（1136）进士，擢起居舍人，累官中书舍人，权直学士院。忤秦桧，劾罢，提举太平观，卒。是最早集"江西诗派"诗作者，并作《江西诗社宗派图》。词以婉丽天成见长。有《紫微词》。

采桑子①

恨君不似江楼月，南北东西，南北东西，只有相随无相离。

恨君却是江楼月，暂满还亏，暂满还亏，待得团圆是几时？

【注释】

①采桑子：词牌名，又名"丑奴儿""丑奴儿令""罗敷媚""罗敷媚歌"。双调，四十四字。上下片各四句、三平韵。

【鉴赏】

巧在以"江楼月"作比，经营全篇。上片，赞语；下片，恨语。正所谓"爱也月，憎也月"。

上片、下片虽都以"恨"字起，因为有"不似""却是"之别，故而可以推知"赞月""恨月"之情。

上片之"江楼月"，不论伊人漂泊何方（南北东西），它都随人所至，永不别离。故这月，值得赞。"君"也如此，我便不恨。下片之"江楼月"，满日少，缺日多，聚时少，离时多，故应"恨"之。"君"如"月"，恨君恨月，合而为一，"团圆"之盼，越发迫切。

最鲜活的修辞形态，都是民众发明的。比喻、回环、指东说西皆民歌惯技。这阕词模拟民歌，而又超越民歌，极富含蓄清新之美。前人评其词"浑然天成，不减唐、《花间》之作"。这是有见地的。

李纲

李纲（1083—1140），字伯纪，邵武（今属福建）人。政和二年（1112）进士，历官太常少卿。靖康元年（1126）金兵围开封，他以尚书右丞任亲征行营使，团结军民，击退金兵，不久遭排斥。高宗即位，用为尚书右仆射，兼中书侍郎，在职七十余天罢职。后任湖广宣抚使等职，上书陈抗金大计，均不见用。著有《梁溪先生文集》《靖康传信录》等。

病牛

耕犁千亩实千箱①，力尽筋疲谁复伤？
但得众生皆得饱，不辞羸病卧残阳②。

【注释】

① 实：（收获）填满，充实。作动词。② 羸：病弱。

【鉴赏】

此诗作于南宋高宗绍兴二年（1132）。李纲在朝职仅七十多天，遭贬，出湖广宣抚使，出驻武昌。《病牛》一诗，借牛喻人，自况色彩很重。

诗很通俗明白，近乎民歌的晓畅。前二句，写"牛"之"功"，"牛"之"伤"。功大（耕千亩，实千箱），自然消耗大，故"力尽筋疲"。功也无人见，伤也无人见，"牛"之悲可知。后二句，写"牛"之"情"，"牛"之"志"。立志于"众生皆得饱"，故虽"羸病"亦无怨。"卧残阳"，是暮年衰景，有"残阳"相照，增一丝温暖，减一丝凄凉。

陈与义

陈与义（1090—1139），字去非，号简斋，洛阳（今属河南）人，政和三年（1113）进士，授开德府教授，累迁太学博士。金兵陷汴，避乱襄湘，绍兴初至行在，由兵部员外郎迁中书舍人，兼掌内制，拜吏部侍郎，出知湖州，官翰林学士，知制诰，绍兴七年（1137）参知政事。次年，扈跸还临安，复以资政殿学士知湖州，当年卒。有《无住词》。为江西诗派"一祖三宗"的"三宗"之一。

临江仙① · 夜登小阁忆洛中旧游

忆昔午桥桥上饮②，坐中多是豪英。长沟流月去无声。杏花疏影里，吹笛到天明。

二十余年如一梦，此身虽在堪惊。闲登小阁看新晴。古今多少事，渔唱起三更。

【注释】

①临江仙：词牌名，又名"画屏春""谢新恩""雁后归""庭院深深"。双调，六十字。上下片各五句、三平韵。②午桥：在洛阳南。在唐裴度别墅"绿野堂"旧址。

【鉴赏】

陈与义词存世十八首，大多是他去世前提举洞霄宫时作，故以回忆往事为主。《临江仙》是他的名篇。虽然以诗为词，减却了词体的隐约迷离，但诗体的晓畅明达又让他的词有"笔意超旷"之致。这阕词，可为一证。

上片，从"忆昔"起势，追怀午桥之会。午桥前身为绿野堂。当年，裴度出为东都（洛阳）留守，于此筑园治第，作退养之想。座上客，有刘禹锡、白居易等。刘、白均有数诗吟咏绿野堂饮宴事、种花事。陈与义忆洛中旧游，定点于"午桥"，自然有一种今昔之比，故"英豪"旧游，亦多刘、白之俦。"长沟"三句，情景交融，声色互映，暗寓流年似水，不可再少。

下片，"二十余年如一梦"与上片"忆昔"遥成呼应，且将"昔"坐实。"二十余年"四字，直用刘禹锡东都诗《杏园花下酬乐天见赠》之"二十余年做逐臣"句，概言物是人非，往事如烟。"梦"，比拟说法。"此身"句后，皆写目前。不但时、地与词题拍合，而且借"古今多少事，渔唱起三更"强化了上片"长沟流月"的慨叹。"长沟流月"或出杜诗"月涌大江流"，兴会仿佛而意境转幽。

张元幹

张元幹（1091—约1170），字仲宗，号芦川老隐，又号真隐山人，长乐（今属福建）人。太学上舍，靖康元年（1126）曾任亲征行营使李纲幕府属官。南宋初曾官将作监，充抚谕使。因不肯与奸臣同朝而辞官。绍兴十二年（1142）因作《贺新郎》二阕送胡铨、李纲，内容涉及主战反和，被缉临安狱中。出狱后，豪健如昔，著词慷慨。有《芦川词》行世。

贺新郎·送胡邦衡待制赴新州①

梦绕神州路。怅秋风，连营画角，故宫离黍②。底事昆仑倾砥柱，九地黄流乱注？聚万落千村狐兔。天意从来高难问③，况人情老易悲难诉！更南浦，送君去④。

凉生岸柳催残暑。耿斜河，疏星残月，断云微度。万里江山知何处？回首对床夜语。雁不到，书成谁与？目尽青天怀今古，肯儿曹恩怨相尔汝⑤？举大白⑥，听《金缕》。

【注释】

①贺新郎：词牌名，又名"贺新凉""金缕歌""金缕曲""金缕词""乳燕飞""风敲竹""貂裘换酒"等。双调，一百一十六字。上下片各十句、六仄韵。胡邦衡待制即南宋枢密编修官胡铨。绍兴八年（1138）秦桧遣王伦为计议使，与金议和。胡铨上书，请斩"狎邪小人"秦桧、王伦、孙近三人头。疏入，谪为昭州盐仓，后改送吏部，注福州签判。绍兴十二年，皇太后韦氏自金还，秦桧讽台臣弹劾胡铨前言谬察，诏除名，送新州（今广东新兴）编管。张元幹寓居三山，以此词相送，并因言获罪。②"故宫"句：取《诗经·王风·黍离》意，言王朝衰落。③"天意"二句：用杜甫《暮春江陵送马大卿公恩命追赴阙下》之"天意高难问，人情老易悲"句意。④"更南浦"二句：借江淹《别赋》"送君南浦，伤如之何"句意。⑤"肯儿曹"句：韩愈《听颖师弹琴》有"昵昵儿女语，恩怨相尔汝"句，反用其意。⑥大白：酒杯名。

【鉴赏】

胡铨因言获罪，张元幹因词入狱，此"文字狱"之显例。送往迎来的应酬之作，当然也可以激浊扬清，唯如此，张元幹这阕《贺新郎》才有了超越应酬的政治臧否之义。

其时，金人在俘获徽、钦二帝后，已经占有了以淮河、秦岭为界的北方领土。神州陆沉，生灵涂炭，爱国之士无不悲歌慷慨。主战与主和两派的斗争，虽不能断然以爱国、卖国界定，但忠、奸对立，却也营垒分明。张元幹写了两阕《贺新郎》，一送胡铨，一送李纲（绍兴八年），表白了他的主战立场，因"词"获罪，并不少悔。

上片，大视角扫描，铺展砥柱倾倒、黄流乱注的大国危情。此时送君南浦，悲不能言。下片，推想未来，天各一方，音书难通，金瓯难全，歧路握别，只有一杯酒、一曲歌相送。

这阕词并不是规范的送别词。它几乎未在双方的"私情"层面上作任何表白，而是着意于民族危难、国家兴亡。大处瞻眺，深处运思，匹夫而忧国事，故能慷慨悲凉、英气浩然。危世危言，而又能勃然振作，其豪迈乐观，感人至深。

岳飞

岳飞（1103—1142），字鹏举，相州汤阴（今属河南）人。家世力农，父和，能节食以济饥者。岳飞少负奇气，沉厚寡言，家贫力学，尤好《左氏春秋》《孙吴兵法》。宣和四年（1122）应募，随东京留守宗泽战开德、曹州，皆有功。宗泽奇之，赞曰："尔智勇才艺，古良将不能过，然好野战非万全计。"因受以阵图。飞曰："阵而后战，兵法之常。运用之妙，存乎一心。"屡破金兵，奇勋卓著，为抗金四名将之一，历官荆湖东路安抚都统、河南北诸路招讨使等，封武昌开国侯。绍兴十一年（1141）进军至朱仙镇，仅距东京汴梁四十五里，而被高宗一日十二道金牌召回，诬陷至死。孝宗即位，复其官，谥"武穆"。宁宗时追封鄂王。有词三首。

满江红①

怒发冲冠，凭栏处、潇潇雨歇。抬望眼，仰天长啸，壮怀激烈。三十功名尘与土，八千里路云和月。莫等闲，白了少年头，空悲切。

靖康耻②，犹未雪；臣子恨，何时灭。驾长车，踏破贺兰山缺③。壮志饥餐胡虏肉，笑谈渴饮匈奴血④。待从头，收拾旧山河，朝天阙。

【注释】

① 满江红：词牌名。双调，九十三字。上片八句、四仄韵，下片十句、五仄韵。② 靖康耻：靖康元年（1126）闰十一月金兵破汴京，是月三十日钦宗出城到金营投降。靖康二年（即高宗建炎元年）四月，金兵大掠后挟徽、钦二帝北上，北宋亡。五月，赵构称帝于南京应天府（今河南商丘），随即南渡，漂泊多年，于绍兴八年（1138）才正式建都临安（今浙江杭州）。南宋有半壁河山凡一百六十余年。③ 贺兰山：在今宁夏西部，南北走向。词中虚指。④ 匈奴：中国古族名，又称"胡"。战国时活动于中国北方。汉时与中央政权战和不定。后自分裂，一部西迁。词中亦代指金人。

【鉴赏】

岳飞这阕词流传千年，影响巨大。虽有人质疑作者不是岳飞，但证据不多，故仍断为岳飞较妥。

我不赞成将诗、词、歌曲、小说、电影用"爱国主义"作定谳，因而也不宣说此词为"爱国主义诗词"。立意于言志抒情，自有"爱国"成分，但主要的是"壮士豪情"。

上片由"怒发冲冠"领起，有石破天惊、云裂雷炸之势。"怒"字为确定情感基调，且贯穿全篇。从上片看，"怒"已多于"怒"人。"功名"不就，人已白头，焦虑难抑，故"仰天长啸"以发泄之。"莫等闲，白了少年头"，可作仁人志士座右之铭。

下片，由"怒"渐转入"恨"。"靖康耻，犹未雪；臣子恨，何时灭"四句，短音急发，长歌当哭，直面时代难题，岳飞毫无回避之意。"驾长车"句起，均为自问自答的行动设计，以"待从头，收拾旧山河，朝天阙"终篇，则表胜算在握，又表忠贞无贰。注中已申明，"贺兰山""匈奴"皆借指，不可坐实；更不必以餐肉、饮血佐证岳飞的残忍。掠君亡国之仇极大，故复仇行为亦极端化而言之，仅证针锋相对、毫不妥协而已。

陆游

陆游（1125—1210），字务观，号放翁，越州山阴（今浙江绍兴）人。祖父陆佃为王安石学生，参与变法。父陆宰曾任淮南计度转运副使。父进京时，陆游生于舟中。出生次年，金兵南下，举家南渡。年十二，即解诗文，荫补登仕郎。锁厅荐送第一，秦桧孙居其次。桧怒，加罪主考。次年试礼部，被秦桧除名。从此返乡，研兵法，习剑术。孝宗即位，赐进士出身，通判建康，易隆兴府，被诬免官。四十五岁时通判夔州，后任四川制置使及成都府安抚署参议官等职。蜀中九年，后归乡闲居，一度兼修国史。存诗九千三百多首，词一百三十多首，有《渭南文集》《剑南诗稿》《放翁词》行世。

卜算子·咏梅

驿外断桥边①，寂寞开无主。已是黄昏独自愁，更著风和雨。

无意苦争春，一任群芳妒。零落成泥碾作尘，只有香如故。

【注释】

① 驿外：驿站外。

【鉴赏】

因毛泽东有《卜算子·咏梅》，反陆游此词之义而出。故这阕词，越发让人注意。

上片，为"驿外"之梅花状形。"寂寞"而开，"独自"而愁，时近黄昏，又著风雨，梅花的孤立无援状，无以复加。

下片，为梅花写心。花开虽早，无意争春；谢而成尘，芳香如故。梅花与"群芳"，高下自判。

写梅花，一用环境烘托，表其凌寒斗艳之志；一用"群芳"映照，表其一无所求之洁。这梅花，便是外美与内纯合一的君子。

咏物抒怀，托物言志，写"花"终究还是写"人"。梅，作为喻体，它是诗人的影像。考陆游一生，颠沛流离，备受打击，亦如风雨黄昏中的孤独梅花，亦如群芳妒忌的梅花。人去花落，他的品格与诗文，不正是"香如故"吗？！

钗头凤①

红酥手②。黄縢酒③，满城春色宫墙柳。东风恶，欢情薄。一怀愁绪，几年离索。错！错！错！

春如旧，人空瘦。泪痕红浥鲛绡透④。桃花落，闲池阁。山盟虽在，锦书难托。莫！莫！莫！

【注释】

①钗头凤：词牌名。双调，六十字。上下片皆十句、九仄韵。尾三字迭出。②红酥手：红润柔腻的手，泛指女性之手。③黄縢酒：即黄封酒。宋代官酿酒，因以黄罗帕或黄纸封口而得名。④鲛绡：《述异记》："南海出鲛绡纱，泉室（指鲛人）潜织，一名龙纱，其价百余金。以为服，入水不濡。"鲛人即传说中的人鱼。后泛指薄纱。

【鉴赏】

关于这阕词背后的故事，几乎尽人皆知。《耆旧续闻》《齐东野语》《历代诗余》诸书所记，大同小异，皆谓《钗头凤》为唐婉作。唐婉与陆游婚后伉俪相得，但不当母意，因出之。唐后改嫁赵士程。春日出游，二人复相见于沈氏园。唐以语赵，遣致酒馔。酒罢，陆游题《钗头凤》于壁。今人吴熊和考，《钗头凤》作于蜀中，与唐婉不涉。这更使《钗头凤》一词增加了浪漫韵味。

上片，写男女相逢相离。"红酥手，黄縢酒，满城春色宫墙柳"三句，最实在，却又最闪烁；最声色，却又最朦胧，展示了佳期欢会。这是男子眼中的风景。从"东风恶"句陡转，可知欢会早逝，离索经年。三个"错"字，多歧多义。或指错过了机缘，或指这选择、这爱原来就是错的。

下片，似从女性视角展开的。词意上应"离索"而来，"春如旧，人空瘦。泪痕红浥鲛绡透"，都是女儿情状。"桃花落，闲池阁"，皆景语，又是寄寓最深的情语。人面桃花，青春几何？分手了，连音讯也没有，三"莫"之叹，比上片三"错"更为复杂。是"莫"再想？还是"莫"再等？是"莫"忘君？还是"莫"忘我？让人心生恻隐，又无可如何。

爱情，因为有伤痕，才有永久的痛；因为有遗憾，才有悠长的梦。这是否接近了陆游的原初命意呢？

世传的唐婉答词是："世情薄，人情恶，雨送黄昏花易落。晓风干，泪痕残。欲笺心事，独语斜阑。难！难！难！人成各，今非昨，病魂常似秋千索。角声寒，夜阑珊。怕人寻问，咽泪装欢。瞒！瞒！瞒！"

录此存照，聊备一览。

游山西村①

莫笑农家腊酒浑，丰年留客足鸡豚。
山重水复疑无路，柳暗花明又一村。
箫鼓追随春社近②，衣冠简朴古风存。
从今若许闲乘月，拄杖无时夜叩门。

【注释】

①此诗收入《剑南诗稿》卷一，作于诗人家乡。②春社：古代在立春后第五个戊日祭祀土地神。与春社对应的，还有"秋社"。

【鉴赏】

这是一首特别悠闲而富有情致的诗。"春社"日将近，诗人拄杖出门，漫游山西村。"山重水复疑无路，柳暗花明又一村"，这"又一村"，即山西村也。村中人衣冠简朴，彬彬有礼，箫鼓齐作，热闹非凡，这激起了诗人一游再游的兴味。

"山重"二句，对仗工谨，意境新奇，是中国古诗中不可多得的佳句。"柳暗花明"的成语，即出于此。钱锺书在《宋诗选注》中，以王维、柳宗元、卢纶、耿沛、强彦文、王安石诸人诗句为例，证论同境异词。这是一种思维与表现思维的规律性共势，不足为奇。前后左右，并无仿拟背景。

全诗表现的是对质朴生活的向往。相比于陆游热烈的"爱国诗"，此诗更能体现诗人的本真。闲适，是发现美的最佳氛围。

书愤①

早岁那知世事艰，中原北望气如山。

楼船夜雪瓜洲渡②，铁马秋风大散关③。

塞上长城空自许，镜中衰鬓已先斑。

出师一表真名世④，千载谁堪伯仲间。

【注释】

①这首诗写于诗人六十一岁时，此时诗人在福州提举常平茶盐公事任上罢职还乡已经五年，要书"愤"，"愤"正多。②瓜洲：又名瓜埠洲，在江苏扬州市南运河入江处。③大散关：又称散关，在陕西宝鸡西南大散岭上，故名。④出师一表：指诸葛亮的《出师表》。

【鉴赏】

陆游以"书愤"二字为题的诗有多首，从中年写到老年。倘以时为序，稍作点检，可以看出他的"愤"，皆非私人小"愤"，而多关家国兴亡。

这首诗也不例外，它抒发的是报国无门、立功无路的愁闷。

首联，从"早岁"忆起，自言久有恢复中原之志。"气如山"，即气涌如山。用"那知"领起，与今日的"已知""久知"形成观照，含有自我调侃。

颔联点两地，一瓜洲渡，一大散关。前为诗人入蜀及出蜀回乡的必经之地，后为诗人蜀中任职时曾经巡视之地。点二地，概述了诗人的经历。在另一个意蕴层面上，两处空间又暗指了两次宋金交兵。绍兴三十一年（1161）秋九月，金兵自凤州大散关侵入，入川界三十里。宋四川宣抚使吴璘率军击却之，重扼大散关，并进军宝鸡渭河，劫桥头寨。又同年十一月，金主亮渡淮南下。三十万大军压境，宋军进入重点防御。江淮制置使刘锜，御瓜洲渡，激战四日，病笃，其侄刘汜继上，后败退；中书舍人虞允文御采石，则大胜金人。陆游以"楼船夜雪"与"铁马秋风"概述两次宋金遭遇战，意在表现全线形势。写诗时，两次战事均已过去二十五年，旧话重提，主战倾向自不待言。

颈联二句为自叹语。"塞上长城"的自比，出之南朝宋名将檀道济。陆游无职无权，非兵非将，当然只能是"空自许"了。

尾联称赞诸葛亮的矢志北伐。《出师表》是诸葛亮的北伐宣言。而在南宋小朝廷，缺乏的便是如诸葛亮一样志存统一大业者。"千载"之叹，语意潜含批判。

示儿 ①

死去元知万事空，但悲不见九州同。
王师北定中原日，家祭无忘告乃翁。

【注释】

① 这首诗是陆游绝笔。

【鉴赏】

遗言可以是一首诗。

陆游这诗化的遗言，因为真实再现了爱国志士的理想而升华为生命的乐章。

质朴无华，而又大气磅礴；无限清醒，而又充满幻想。这诗，将身亡之悲与国亡之悲相较后，得出了亡国甚于亡身的结论。"但悲不见九州同"，这"悲"是超越死亡的，是唯一的。

陆游死而有憾、有悲。这是爱国者的固执。一生中，他有许多诗都固执于中原回归。最终，他带着遗憾离去，而将希望留给子孙。

范成大

范成大（1126—1193），字致能，号石湖居士，苏州吴县（今江苏苏州）人。绍兴二十四年（1154）进士。乾道元年（1165）累迁著作佐郎，旋为资政殿大学士，充赴金国祈请国信使，全节而归。后除敷文阁待制，历知静江府兼广西南路安抚使、四川制置使。召对，除吏部尚书，拜参知政事。出知明州，寻帅金陵。以病请闲，进资政殿学士，领洞霄宫，加大学士。闲居卒。有《石湖词》。

水 调 歌 头

　　细数十年事①，十处过中秋。今年新梦，忽到黄鹤旧山头。老子个中不浅②，此会天教重见，今古一南楼。星汉淡无色，玉镜独空浮③。

　　敛秦烟，收楚雾，熨江流。关河离合，南北依旧照清愁。想见姮娥冷眼④，应笑归来霜鬓，空敝黑貂裘⑤。酾酒问蟾兔⑥，肯去伴沧洲⑦？

【注释】

　　①十年事：约数。指诗人自进士及第而入仕十二年间事。②"老子"句：东晋太尉庾亮出镇武昌，秋夜登南楼，曾与部属吟咏谈笑，自谓："老子于此处兴复不浅。"典出《世说新语·容止》。③玉镜：月亮。④姮娥：嫦娥。⑤"空敝"句：用战国苏秦典。据《战国策·秦策》，苏秦"书十上而说不行，黑貂之裘敝，终无成而归"。⑥蟾兔：指月亮。⑦沧洲：指隐居地。

【鉴赏】

　　淳熙三年（1176），范成大卸四川制置使职，次年五月离成都东下，八月十四日抵鄂州（今武昌），十五日知州刘邦翰在黄鹤山南楼设宴相招。范成大登楼望月，抚今追昔，咏成此词。

　　上、下片，并无情景侧重。沿着情感脉络，先追述十余年宦游，一年一处赏秋月，"今年新梦""忽到黄鹤旧山头"。引庾亮成语，自言喜于游乐，并无道学面孔。待"今古一南楼"句出，诗人才开始正面展示"南楼"所见。全词突出的是月亮。"星汉"句后，可谓句句写"月"，而有正、侧、显、隐之别。空中月、烟中月、雾中月、水中月，直到仰月相问于姮娥、蟾兔，天地一统，无一人、一物不在月中。这是一种挑战。人人见月，人人写月，我自与人不同。

　　在抒情上，这阕词尽得婉转、含蓄之美。诗人虽宦途坦坦，但早有退意，尤其鉴于北边不宁，收复无望，他更急于急流勇退。词中，有四句暗写退意：一引庾亮语，自述游冶之好；二写姮娥笑，笑我旧鬓已卷；三用苏秦典，预示终将无成；四问蟾与兔，祈愿同归沧洲。

　　将豪放通达化为智慧，也许就是范成大做人、作文、作诗词的一致风格。

四时田园杂兴^①（其一）

昼出耘田夜绩麻，村庄儿女各当家。
童孙未解供耕织，也傍桑阴学种瓜。

【注释】

①《四时田园杂兴》是范成大隐居乡里后一组六十首规模的七言绝句集合。六十首诗分为"春日""晚春""夏日""秋日""冬日"五组，每组十二首。此为"夏日"之一。

【鉴赏】

范成大《四时田园杂兴》六十首，大概是中国古诗中描写田园生活最丰富、最真实、最传神的作品，可以说每一首都独具匠心。

这首诗写夏日炎炎，男耕女织，而受了大人们的影响，"童孙"们自在桑阴之下，挖坑点籽，学习种瓜。这情态，出之自发、自觉，又有模仿色彩；因而"种瓜"之谓，可为真种，可为假种，可为劳动，可为游戏，劳在其中，乐亦在其中。

我倾向于是"假种"。反证是"桑阴"二字。这是一种劳动游戏，自娱自乐，天真童稚气尽在"种瓜"中。

杨万里

杨万里（1127—1206），字廷秀，吉水（今属江西）人。绍兴二十四（1154）与范成大、张孝祥同榜进士，授赣州司户，移永州零陵丞。此时，拜访谪居零陵的主战派张浚，张以"正心诚意"勉之。自兹，杨万里自号"诚斋"。入朝后历国子博士、太常博士、太子侍读、秘书监，又出为江东转运副使，知赣州、漳州等。诗作丰富，共九集，宋诗人中仅次于陆游，词仅存八首。

好事近①

七月十三日夜登万花川谷望月作

月未到诚斋②，先到万花川谷③。不是诚斋无月，隔一林修竹。

如今才是十三夜，月色已如玉。未是秋光奇绝，看十五十六。

【注释】

①好事近：词牌名，又名"钓船笛""翠园枝"。双调，四十五字。上下片各四句、两仄韵。以入声韵为宜。②诚斋：杨万里书斋名。③万花川谷：诗人家乡自建花圃名。

【鉴赏】

杨万里诗有别才，词亦有别才。在豪放、婉约，甚至今人重又标识的清雅词派之外，杨万里以纯天然独立风流。不随俗，难，而杨万里做到了。

以这阕小令为例，即纯以观月的感观印象为序，画面迭出，光影晦明，观而思之，逗出隐趣。

"月未到诚斋"，出句自然；"先到万花川谷"，对句已妙。伏一谬误：月光泻地，万景俱明，本无"未到""先到"呢！"不是"句稍作回环，"隔一林修竹"，则意境全新。

下片，开头即点题直标"十三夜"，呼应"望"字，有"月色已如玉"的总体印象。可以说，写到这儿，"望月"的任务已经完成。出人意料的是，诗人随加"未是"一语否定之，"看十五十六"，则是再望再肯定。

杨万里在构思上用了"分解"技巧。先将月分解为"诚斋月""万花川谷月"，复又分解为"十三月"及"十五十六月"。时、空稍变，月华生辉。

闲居初夏午睡起

梅子留酸软齿牙，芭蕉分绿与窗纱。

日长睡起无情思，闲看儿童捉柳花。

【鉴赏】

即便细心的评论者罗列出再多的相似，读者仍然一看便知道哪些诗句是超越前人的。

杨万里的"日长睡起无情思，闲看儿童捉柳花"或借鉴了白居易的"谁能更学儿童戏，寻逐春风捉柳花"，但这是完全不同的趣旨。白诗泛写，杨诗自言，见景见情、自然浑成的还是"闲看"之态。

另，杨万里每状细微处时用意不用力，如太极推手之法。梅子"留"酸，极确；芭蕉"分"绿，极俏。此法谓为"活笔"。梅子、芭蕉、睡眼惺忪的诗人，都在闲适的、近于童话的意境中开始对话了。"闲"状最佳，在有欲无欲之间，灵魂从世务中解脱，每有意外发现、意外感触。

朱熹

朱熹（1130—1200），字元晦，又字仲晦，号晦庵、晦翁，别号紫阳。徽州婺源（今属江西）人。父朱松，进士出身，历任著作郎、吏部郎，因反对秦桧妥协贬知饶州，未至而卒。从朱松起，移家建阳（今属福建）崇安与秀亭。绍兴十八年（1148）进士，任泉州同安（今属福建）主簿，始聚徒讲学。历高、孝、光、宁四朝，累官转运副使、焕章阁待制、宝文阁待制、秘阁修撰。庆元二年（1196），落职奉祠，卒谥文。平生著述见长，多有建树，能诗词，有集。

春日

胜日寻芳泗水滨①，无边光景一时新。
等闲识得东风面，万紫千红总是春。

【注释】

① 胜日：晴和明媚之日。泗水：发源山东泗水县，曲折南流入淮。此诗之泗水，似不专指此水。

【鉴赏】

作为道学、理学大师的朱熹，连写诗时都倾向于讲道理。这从他的《观书有感二首》可得印证。诗不排除说理，只要自然。

这首《春日》，是少有的不重说理的写景绝句。首句点明"寻芳"目的，"寻"何"芳"，不点透，只要"新"便好。东风一吹，万物复苏，故有"无边光景"，故有"万紫千红"，大处寻之，即大处得之，满眼都是"春"之芳景！人在景中，人在春中，人在万紫千红中，耳目与心灵，双双都得到熏陶，不由你不醉。

张孝祥

张孝祥（1132—1170），字安国，号于湖居士，乌江（今安徽和县东北）人。绍兴二十四年（1154）状元及第，秦桧之子因此失去头名机会。秦桧衔恨，竟诬其父张祁下狱，桧死始出狱。孝祥初任秘书正字，历校书郎兼国史实录院校勘、起居舍人，经张浚推荐任中书舍人，直学士院兼都督府参赞军事，领建康留守。因主战而免职。后任荆南知州、荆湖北路安抚使，倡筑金堤，荆州无水患。以显谟阁直学士致仕，卒年三十八岁。有《于湖词》。

六州歌头①

长淮望断，关塞莽然平。征尘暗，霜风劲，悄边声②。黯销凝。追想当年事，殆天数，非人力；洙泗上，弦歌地，亦膻腥③。隔水毡乡，落日牛羊下，区脱纵横④。看名王宵猎⑤，骑火一川明，笳鼓悲鸣，遣人惊。

念腰间箭，匣中剑，空埃蠹，竟何成？时易失，心徒壮，岁将零。渺神京。干羽方怀远⑥，静烽燧，且休兵。冠盖使，纷驰骛，若为情。闻道中原遗老，常南望，翠葆霓旌。使行人到此，忠愤气填膺，有泪如倾。

【注释】

① 六州歌头：词牌名。双调，一百四十三字。上下片各十九句、八平韵。② 悄边声：边疆寂静，喻指放弃抵抗。③ "洙泗上"三句：指洙、泗流域的曲阜，本圣人弦歌处，已被敌人占领。④ 区脱："区"读ōu。匈奴语，指边境屯戍守望处。颜师古引服虔注为"士室"。⑤ 名王：金兵主将。⑥ 干羽：古代舞者舞具。文舞执羽，武舞执干。亦用以指文德教化。本篇取后义。

【鉴赏】

《历代诗余》引《朝野遗记》谓："张孝祥《紫微雅词》，汤衡称其平昔未尝著稿，笔酣兴健，顷刻即成，却无一字无来处。一日，在建康留守席上作《六州歌头》，张魏公读之，罢席而入。"这则记载，一说张孝祥捷才，一说此词感人至深，能让主人"张魏公"（张浚，时为建康留守，主张收复失地）伤怀离席，足见"词"在兴、观、群、怨上魅力不弱于诗。

这阕词，是开南宋豪放词风的先声之作。

上片由"长淮望断"领入，着一"望"字，北国千里失地尽入视野，这给词人以自由。化联想为视像，敌人之猖獗，遗老之祈盼，处处有声有色。但词人的侧重面，是展示"毡乡"风貌，故落日牛羊（用《诗经·王风·君子于役》"日之夕矣，羊牛下来"文句，却加入新意）、区脱纵横、名王宵猎、箭鼓悲鸣诸象，均在特写性展示中，造成压迫感、威慑力。在宋人词作中，很少有人这么正面地描写对方。在诸多写实性的景语中，"追想当年事，殆天数，非人力"三句为议论语。亡国之责，朝廷讳言，词人也只好"假语村言"，虚晃一枪，读者万不可以为词人糊涂。

下片，遥应上段"非人力"的伏线，直抒"人心"之憾。不再"望"了，开始思考，故入句即着一"念"字。"念"从词人自己开始，这叫"反思"或"反躬自问"。逐步扩大这反思，终于将"干羽怀远"、"静烽燧"、"休兵"、驰使议和等朝廷方略纳入再审视的范畴，无须批判，批判的色彩已经显现。插入"闻道"三句，补说"中原遗老"盼迎王师的情景，这便又与上段"遣人惊"形成关照。结句用假设语，故意将自己以及赴宴者排除在外，借"行人"的"忠愤"之"泪"，浇世人胸中块垒。

这反而激发了与宴者的不安。张浚起席，亦"忠愤气填膺"的表示。

跳出南宋初年战和之局，单看这阕词下段对空悬腰箭、一事无成、徒有壮心、坐失时机的痛悔揭示，也自有一种超功利的激励作用。

小令贵隽永，长调贵贯通。这阕词，情通、义通、理通，故能收四海于一览，集兴亡于一念，让人流一把英雄泪。

辛弃疾

辛弃疾（1140—1207），字幼安，号稼轩，历城（今山东济南市）人。祖父辛赞，因家累未及南迁，在金占区任亳州谯县令。父辛文郁，于辛弃疾出生不久去世。祖父有故国之思，常向孙子进行爱国之教。绍兴末，山东耿京义军起，辛弃疾投之，为掌书记。和尚义端携印叛逃，辛弃疾飞马追击，枭义端首，夺印归。绍兴三十二年（1162）正月，辛弃疾奉耿京命，抵建康汇奏军情，受高宗接见。及带朝廷诰命、节铖北返海州，耿京已被叛徒张安国谋杀。辛弃疾率轻骑五十，追入济州金军五万人大营，绑缚张安国，成功突围，昼夜兼程，返回建康，将叛徒正法。南归后，辛弃疾未得重用。曾先后任建康府通判、滁州知州、京西转运判官、隆兴知府，兼江西安抚，湖北转运副使，知潭州，兼湖南安抚。因言落职近十年。绍熙二年（1191）又起为福建提点刑狱，迁大理少卿，知福州，兼福建安抚使。再落职，起为绍兴知府，兼浙东安抚使，加显谟阁待制，降朝散大夫，进枢密都承旨，未受命卒。雅好长短句，悲壮激烈，有《稼轩长短句》行世。

青玉案·元夕[①]

东风夜放花千树，更吹落、星如雨。宝马雕车香满路。凤箫声动，玉壶光转[②]，一夜鱼龙舞。

蛾儿雪柳黄金缕[③]，笑语盈盈暗香去。众里寻他千百度。蓦然回首，那人却在，灯火阑珊处[④]。

【注释】

①青玉案：词牌名。双调，六十七字。上下片各六句、四仄韵。上片

第二句可分上三、下三。元夕：元夜，元宵。农历正月十五日夜为上元夜。② 玉壶：指月亮。③ 蛾儿雪柳：女性头饰。④ 阑珊：稀疏零落。

【鉴赏】

《青玉案》一词写于词人第一次被迫隐居的十年间。前人用"自怜幽独"四字概括此词。这算读懂了，没有被诗人描绘的热闹景迷住。但这四字又太泛、太空。应该说，这"元夕"的热闹，是词人目睹的"实在"。这是一种小局面的"实在"。由此，词人或许联想到一种大局面的"实在"，进而萌生期待之心、追求之心，开始了在精神领域"众里寻他千百度"。正在绝望将生之际，"蓦然回首"，目标出现了——正在"灯火阑珊处"。

这是一个有些抽象的、政治化的追求目标，但词人却用"爱情"加以包装。是男"寻"女，还是女"寻"男，已不重要；只要"寻"了，千百度地"寻"了，随着"暗香"的浓烈，"黄金缕"会出现，"蛾儿雪柳"也会出现，所谓"自怜幽独"的"幽独"者，就不再孤独。

热闹是一种诱惑。词人在元宵的热闹之上，分明感受到了另一种热闹。这表明，他的隐居生涯并未扼杀出仕一搏的渴望。

这样解释诗词，或有游离句读之嫌，但词人的确不是在描写发生于元夕的爱情邂逅呀！

许多诗词，都有谜语般的机巧，谜面与谜底皆有人感兴趣。

贺新郎·别茂嘉十二弟①

绿树听鹈鴂②。更那堪、鹧鸪声住，杜鹃声切。啼到春归无寻处，苦恨芳菲都歇。算未抵、人间离别。马上琵琶关塞黑③，更长门、翠辇辞金阙④。看燕燕，送归妾⑤。

将军百战身名裂，向河梁、回头万里，故人长绝⑥。易水萧萧西风冷，满座衣冠似雪。正壮士、悲歌未彻⑦。啼鸟还知如许恨，料不啼清泪长啼血。谁共我，醉明月？

【注释】

①题下原注：鹈鴂、杜鹃实两种，见《离骚补注》。②鹈鴂（tí jué）：即子规、杜鹃。《离骚》有句"恐鹈鴂之先鸣兮，使夫百草为之不芳"。辛注引《离骚补注》，或有所暗示，以广寄托。茂嘉，辛弃疾从弟，因事被贬，写此相勉。③马上琵琶：用昭君出塞和亲典。④长门：汉宫，汉武帝时陈皇后失意之居。⑤"看燕燕"二句：用《诗经·燕燕》诗意，指庄姜送归妾事。⑥"将军"三句：指李陵送苏武归汉事。⑦"易水"三句：指荆轲别燕太子丹事。

【鉴赏】

批评家比较公认，这阕词是辛弃疾的扛鼎之作。在送别的名号下，将伤春（实为伤今）与怀古熔于一炉，借历史的遗憾慰藉今天的失落。正可谓不着斧痕而成其大器。

上片，由春景开篇。"绿树"染色，众鸟交啼，尤其是鹈鴂、杜鹃的悲鸣，更渲染了一种近乎绝望的伤春情绪。春归去，芳菲歇，鸟比人还要敏感，故而这悲哀是属于鸟儿的。"算未抵、人间离别"一句，扣词题，急转弯，以下数句，皆为"人间离别"苦状。上片牵涉到的三位，都是女性。王昭君是汉元帝宫人，虽自请远嫁匈奴，但离别故国，马上琵琶，依然声哀。汉武帝陈皇后，一日失宠，乘辇辞宫，困居长门，其怨也深。第三位是卫庄公妃厉妫，生子夭；其姝戴妫复为卫庄公妃，生子完，不久死。后国乱，于是由卫庄公夫人庄姜送厉妫归陈。三位女性，都是苦命女，她们的生离死别，被辛弃疾在一阕词中，完全不经意地点化串联，复活了痛苦，也复活了警诫。

下片，是两个男人的离别悲剧。百战名裂者，是李陵；壮士不返者，是荆轲。不论李陵与苏武的"河梁"之别，还是荆轲与燕丹的"易水"之别，都是一别无回、一刀两断。与上片三女性比，似乎还要更阴冷死寂。这五个人，顺势写来，积渐成变，不断将"离别"的主题强化为一种精神压迫；在读者的神经就要承受不了那一瞬间，词人的笔锋又轻轻一转："啼鸟还知如许恨，料不啼清泪长啼血。"飞鸟业已理喻了人类的痛苦，代人啼血，我与你（茂嘉十二弟）的离愁，又有何不能承担？"谁伴我，醉明月"这一声呼唤，就是解脱，解脱于对月成影、对酒当歌！

简单化与复杂化，是同一个程序。这阕词，说简极简，说繁极繁，兴会所致，贯穿古今，哀及啼鸟，慰及离人，诚为一曲心灵浩歌！

破阵子·为陈同甫赋壮词以寄之①

醉里挑灯看剑，梦回吹角连营。八百里分麾下炙②，五十弦翻塞外声③，沙场秋点兵。

马作的卢飞快④，弓如霹雳弦惊。了却君王天下事，赢得生前身后名，可怜白发生。

【注释】

① 破阵子：词牌名，又名"十拍子"。双调，六十二字。上下片各五句、三平韵。陈同甫：即陈亮。② 分麾下炙：部队分别扎营野炊。③ 五十弦：极言乐器之多，众弦齐奏。④ 的卢：亦作"的颅"，额部有白色斑点的马，指骏马。《相马经》又指为凶马，三国刘备乘之。

【鉴赏】

南宋孝宗淳熙十五年（1188）冬，本来约定的"紫溪之会"，由于朱熹爽约，只好变成辛弃疾与陈亮的"鹅湖之会"。"憩鹅湖之清阴，酌瓢泉而共饮，长歌相答，极论时事"，十日之会，传为词坛佳话。相别后，二人各有《贺新郎》词（辛二陈三）互赠。后陈亮因言被捕，赖辛弃疾相救得免。这阕"壮词"，即写于陈亮最需要友情时。

陈亮是主战派。抗金，是二人的共同话题。因而这阕词追怀个人的军旅经历，张扬主战建功思想；结尾虽有"白发"之叹，但悲而不颓，仍然让人读而振奋。

上片，从"醉""梦"写起，醉而看剑，梦醒吹角，极有战意豪情。接下，"八百里"与"五十弦"相对，写军旅群像。"沙场秋点兵"出，则上下相合，官兵一体，"醉里""梦回"的诗人，英姿飒爽。

下片，在内容上紧承上段，只是画面更为集中。聚集了"的卢马""霹雳弓"，以兵器战具喻人，动势勃发。"了却君王天下事，赢得生前身后名"二句，坦荡而大气，词中少见；这既是辛弃疾的心灵展示，又是对收受者陈亮的勉励。

虽然辛弃疾只长陈亮三岁，但"可怜白发生"一句，还是自况，并不包括陈亮。

此词不用典，这在辛词中很少见。虽为短章，仍有赋体特征。全景扫视，画面急切，相送而出，自成动势，这便是从气氛到感受都"壮美"的原因。

南乡子·登京口北固亭有怀①

何处望神州？满眼风光北固楼。千古兴亡多少事？悠悠。不尽长江滚滚流。

年少万兜鍪②，坐断东南战未休。天下英雄谁敌手？曹刘③。生子当如孙仲谋。

【注释】

①南乡子：词牌名。双调，五十六字。上下片各五句、四平韵。京口：今江苏镇江。北固亭：因建于京口北固山得名。②"年少"句：年少，指孙权年十九继其兄位。兜鍪：头盔。③曹刘：曹操、刘备。

【鉴赏】

在第二次被迫归隐、过了八年的林泉生活后，宋宁宗嘉泰三年（1203）夏，辛弃疾被起用为绍兴知府兼浙东安抚使，时年六十四岁。次年四月，他又调任镇江知府。这里是北伐的前线阵地，辛弃疾壮怀激烈。《南乡子》一阕即写于此。

北固亭是中国历史斗争的一个观测点。登临远眺，"望神州"，亦望"千古兴亡"。聚焦而视，诗人看到了"坐断东南"的孙仲谋。追怀孙权、赞美孙权，原因在于他能固守东南，且不忘北进、西出，与曹操、刘备一较高下。

这阕词节奏明快、基调昂扬，是辞简意阔的佳作。在艺术构思上，上下片各以问语激活情思，故有洪波涌进之势；再由目视（望、满眼）而神驰思飞，将登临与怀古合一，今古相映，思绪幽幽，终于自然推出"生子当如孙仲谋"的结论。其实，在诗人心中，是一个"人人可为孙仲谋""人人应为孙仲谋"的浩叹。

永遇乐·京口北固亭怀古①

千古江山，英雄无觅，孙仲谋处。舞榭歌台，风流总被，雨打风吹去。斜阳草树，寻常巷陌，人道寄奴曾住②。想当年，金戈铁马，气吞万里如虎③。

元嘉草草④，封狼居胥，赢得仓皇北顾。四十三年⑤，望中犹记，烽火扬州路。可堪回首，佛狸祠下⑥，一片神鸦社鼓。凭谁问：廉颇老矣，尚能饭否⑦？

【注释】

①永遇乐：词牌名。双调，一百零四字。上下片各十二句、四仄韵。②寄奴：南朝宋武帝刘裕小名寄奴。③"想当年"三句：指晋义熙十二年（416）、十三年刘裕以中外大都督名义北伐后秦，收复河洛。④"元嘉"三句：指南朝宋文帝好大喜功，于元嘉二十七年（450）七月全线出击伐魏，兵败，魏人南下，直抵江边。封狼居胥：本为汉霍去病旧事，宋文帝北伐前，闻彭城太守王玄谟进言，曾说："观玄谟所陈，令人有封狼居胥意。"⑤"四十三年"句：回忆四十三年前初回江南抗金之事。⑥佛狸：后魏太武帝拓跋焘小名。⑦廉颇：战国赵将，老当益壮，但被讥为只能吃饭，无力御敌。

【鉴赏】

这阕《永遇乐》与《南乡子》可谓姊妹篇，都写登临京口北固亭所感，都言及孙仲谋，但似同而异，各有千秋。

《南乡子》止于孙仲谋，《永遇乐》发于孙仲谋。因而，可以视此阕为《南乡子》续篇。

上片，从"千古江山""英雄无觅"入笔；此"千古""英雄"皆借自《南乡子》"千古兴亡""天下英雄"句，这表示了一种共鸣性慨叹。落笔于"无觅"孙仲谋，既是开篇抒情，又暗含了后继无人的历史比较。"斜阳草树"六句，上应"无觅"，写刘裕功业。因为刘裕"坐断东南"之外，还想收复失地，还能直捣河洛，这一点，似乎比孙仲谋略胜一筹。词人不惜笔墨，以"金戈铁马，气吞万里如虎"赞之，并不为过。

下片，直证"无觅"，写刘裕之子、宋文帝刘义隆的北伐失败。能北伐，是好事；况胜败乃兵家常事，辛弃疾何以讥其"草草""仓皇"？不是词人苛求古人，是他太渴望胜利了，是他太了解战争的失败对一个民族的打击了。大战，必大打、大胜。否则，打而不胜，自耗自毁，就是失败。刘义隆北伐前，淮北尚为宋有；一战而败，竟至划江为界，岂不悲哉！词人忧愤深广，故意将四十三年前的回忆，夹在刘义隆败后、魏帝饮马长江之间说出，或提起警诫、显示危亡未知。结句，用廉颇饭典，明显是自况。辛弃疾有这个资格。而且，也真的如廉颇一样既老当益壮，又老而被弃。

这一年，诗人六十五岁，又被人诬告免职，改授提举冲佑观，退居铅山（今属江西）。第二年，北伐战起，由于宋军准备不足，进展不大，朝廷又起用辛弃疾。此时，诗人患病，不能应命。开禧三年（1207），诗人高呼"杀贼"而死。他的路，与廉颇仿佛。

陈亮

陈亮（1143—1194），字同甫，号龙川，婺州永康（今属浙江）人。为人才气超迈，喜谈兵。孝宗隆兴初，南北议和，天下忻然，独陈亮以为不可。婺州方以解头举荐，因上《中兴五论》，奏入，不报。此后，陈亮退居授徒著书。淳熙五年（1178）又诣阙上书，孝宗欲官之，陈亮笑答："吾欲为社稷开数百年之基，宁用以博一官乎！"亟归。直至绍熙四年（1193）五十一岁，始中进士第一名（状元）。次年授官，未至而卒。一生主战，词风近于稼轩。有《龙川词》。

水调歌头·送章德茂大卿使虏①

不见南师久，漫说北群空。当场只手②，毕竟还我万夫雄。自笑堂堂汉使，得似洋洋河水，依旧只流东。且复穹庐拜，曾向藁街逢③。

尧之都，舜之壤，禹之封。于中应有，一个半个耻臣戎。万里腥膻如许，千古英灵安在，磅礴几时通？胡运何须问，赫日自当中。

①章德茂：名森，大理少卿。曾于孝宗淳熙十一年（1184）八月出使金国"贺正旦"（未行）；十一月至十二月又出使金国贺"万春节"（金主生辰）。出使时任"试（借用）户部尚书"。词写于第二次出使时。②"当场只手"五句：言章氏临危受命，独当一面，出使金廷，张扬汉威。此勉励语。③藁街：汉长安城南街名。外国使节居此。戎师凯旋，于此受爵；俘获戎者，于此示众。

【鉴赏】

绍兴三十二年（1162）六月，宋高宗内禅，孝宗即位。第二年改元隆兴，孝宗即着手于宋金议和。金初提四条件（索海、泗、唐、邓四州，岁贡币、称臣、还中原归正人），后又追索商、秦二州。隆兴元年（1163）十月，陈亮曾上《中兴五论》，力排和议。但人微言轻，终于挡不住汤思退主持的议和步伐。隆兴二年（1164）十二月，和议成，金宋为叔侄之国，宋向金称"侄"纳币，岁岁朝觐，遂成定例。

宋臣懦弱，多不敢奉遣使金。章德茂挺身而出，愿担此任。陈亮叹服之，故有是词相赠。

上片，"不见"二句，点明形势。立足于"北"而言。北方"久"已沦为敌占，故"不见南师"，故"空"无一官无一卒。在这种背景下，出使金国，充满险恶，难免羞辱。而章德茂"当场只手"，即一人独当一面，去金廷表现宋人的万夫不当之勇，这确实是难能可贵的。"自笑堂堂汉使"五句，一气呵成，正义凛然，表现臆想中章德茂的风采。以"洋洋河水"状人，既表"洋洋"之态，又表一无阻挡之势。奇异的设想是，不但"穹庐拜"，完成使命，而且生擒金主，押解到京，示众于"藁街"。无疑，这是陈亮的梦想。作"期望"写，更显亲切。

下片，荡开思绪，追怀华夏文明史，落笔于对主和派的批判。"尧之都，舜之壤，禹之封"三句，虽点明了尧、舜、禹三帝，但重点却不在颂帝德，而是揭示"失都""割壤""乞封"的现实失败。既已颓败若此，有何颜面对列祖列宗？知此，自然易于理解"于中应有，一个半个耻臣戎"的嘲讽意义。泱泱大国，竟无"一个半个"臣子还有羞辱之心，觍颜呼"叔"，自堕为"侄"，真是不可救药！这两句话，陈亮骂得很巧、很毒，因不指名道姓，故而个中人亦乐于装聋作哑。"万里"后五句，仿佛屈子《天问》。疆土已失，北方腥膻，百姓蒙难，先哲蒙羞，而磅礴大运，何时才能塞而复通呢？结句，"胡运何须问，赫日自当中"二语，不问有问，不判自判："赫日当中"，普照天下的一统时代定会来到。

一阕词，褒贬分明，悲喜交集，正是在极端的劣势处境中，诗人唱出江山一统的理想主义之歌。送别酬唱变为政治抒情，真是痛快淋漓。

刘过

刘过(1154—1206)，字改之，号龙洲道人，吉州太和(今江西泰和)人。一说襄阳人。家贫，自幼好学，饮酒谈兵，吟诗著文，睥睨今古，自谓晋、宋间人物。有抗金恢复之志，奈屡试不第，漫游江湖。晚年为辛弃疾赏识，词风豪健。卒于昆山，有《龙洲词》传世。

沁园春①

寄辛承旨②。时承旨招，不赴。

斗酒彘肩③，风雨渡江，岂不快哉？被香山居士④，约林和靖，与坡仙老⑤，驾勒吾回。坡谓西湖，正如西子，浓抹淡妆临镜台。二公者，皆掉头不顾，只管衔杯。

白云天竺去来，图画里、峥嵘楼观开。爱东西双涧，纵横水绕；两峰南北，高下云堆。遽曰不然，暗香浮动，争似孤山先探梅。须晴去，访稼轩未晚，且此徘徊。

【注释】

①沁园春：词牌名，又名"东仙""寿星明""洞庭春色"。双调，一百一十四字。上片十三句、四平韵；下片十二句、五平韵。②辛承旨：辛弃疾。③"斗酒"句：用樊哙鸿门宴斗酒彘肩典故。④香山居士：白居易，号香山居士。⑤坡仙老：苏轼，号东坡居士。

【鉴赏】

辛弃疾邀约，刘过因故未达，写这阕词予以解释。说被白居易、林逋、苏轼三位"驾勒"游临安，身不由己云云。这借口找得好，辛弃疾读其词，大喜，且多有馈赠。

虽游戏笔墨，但放怀骋思，神驰梦游，将几个古人描画得声情并茂、活灵活现，且有几分固执己见，煞是可亲可爱。词非小道，竟能再现活生生的对话，这也是让读者大开眼界的盎然笔意。

"斗酒"三句，引樊哙鸿门宴拔剑切彘肩、大呼饮斗酒事，形容预想中的会面定也是痛快淋漓。"被香山居士"以下三句，词意陡转，全写三位古人邀约之言。妙趣，亦在三人言行铺展中渐次引动。

东坡语，化用其《饮湖上初晴后雨》"欲把西湖比西子，淡妆浓抹总相宜"句，稍加断读，语意大有不同。

香山语，化用其《三年为刺史》"唯向天竺山，取得两片石"诗意，并糅《钱塘湖春行》诸诗意境，极言西湖九溪十八涧、钱江运水、南北二峰形胜之壮丽。

和靖语，化用其《山园小梅》"疏影横斜水清浅，暗香浮动月黄昏"句意，并又加一劝告语，如闻其声。

既然有这么三位卓越的古人强行挽留，因而与稼轩之会，只好改期。拒绝，常常需要理由。没想到刘过用这一串理由解释爽约，朋友相知，调侃而言之，更见交谊深厚。

通篇全是第一人称的自我表述。三个人，各阐其是，终于也未能统一。而刘过的"神游"，亦在三人陈述中得以实现。

最艰难的"出新"，系于艺术构思；其次才是遣词造句。这阕词，想象丰富，意境崭新；邀约古人，谢绝今人，大有出神入化之妙。

姜夔

姜夔（约1155—1209），字尧章，号白石道人，饶州鄱阳（今属江西）人。父噩知湖北汉阳，姜夔自幼随父居沔鄂，十四岁父殁，寄居汉川姊家十七八年。淳熙十三年（1186）应诗人千岩老人萧德藻之约入浙，萧氏以侄女妻之，于是居湖州萧家十年多。

光宗绍熙二年（1191）冬，访范成大于吴门，范赏其才，又以歌女相赠。后移居杭州，依人为生。虽曾向朝廷献大乐歌数章，但无缘仕进。贫无依，旅食江南。晚年识辛弃疾，卒于杭州。虽无官爵，无产业，但姜氏萧然名利外，仪态丰神。善词，在世即影响广大。有《白石道人歌曲》等传世。

点绛唇·丁未冬过吴松作①

燕雁无心②，太湖西畔随云去。数峰清苦，商略黄昏雨③。
第四桥边④，拟共天随住⑤。今何许？凭栏怀古，残柳参差舞。

【注释】

①点绛唇：词牌名，又名"点樱桃""十八香""南浦月""沙头雨""寻瑶草"。双调，四十一字。上片四句、三仄韵，下片五句、四仄韵。"丁未"即宋孝宗淳熙十四年（1187）。"吴松"，即吴淞江，俗谓苏州河，又名笠泽。②燕雁：燕地之雁，即北方鸿雁。③商略：谋划。④第四桥：吴江城外的甘泉桥，因泉品居第四而称。⑤天随：即天随子，陆龟蒙自号。

【鉴赏】

这阕词作于湖州定居的第二年，词人自湖州去苏州，路过吴淞江，想起了吴淞江边的甫里就是唐代诗人陆龟蒙隐居之地。经此地而想其人，古今相照，感慨万千，而有是作。词为陆龟蒙命不达而发，亦为自己前路迷茫而发。

上片，先写举目远眺景物。动者为"燕雁"，静者为"数峰"。"燕雁"家在"燕"，雁虽已离乡背井，却仍"无心"于营巢，随云高翔，渐行渐远。"无心"为无机心，无巧智，纯天真天然。这一切，都让人联想到词人自己；或许，落笔点雁，姜夔早已完成了自我投影。状峰，用"清苦"，有人化迹象；果然，"商略黄昏雨"一出，对"峰"的人化即告完成。"数峰"立，好像在悄悄"商略"如何承受"黄昏雨"的侵袭。四句词，虽纯写景物，"无心"之雁、有谋之峰，皆染词人主观色彩。

下片，入笔点出一个比上片"太湖"更为具体的空间度坐标："第四桥"。第四桥在苏州城外，可视为与陆龟蒙隐居地甫里相对相望处。桥上一停，诗人竟生出了"拟共天随住"的渴望。天随子的家既在此,天随子必在,顺道,能访便访!"拟共住",又超越了礼节性相访。姜夔对陆龟蒙,不止一次表示追随之意。如"三生定是陆天随,只向吴松作客归""沉思只羡天随子,蓑笠寒江过一生",皆姜氏诗句,可与此互证。追怀式的渴望不能变成现实。"今何许"一问,词人醒了。他理解了异代不谋面的绝对阻隔。故也只好"凭栏怀古",闲看残柳舞于北风。有桥不通,奈何?但在精神上,古今物我已通。

扬 州 慢①

淳熙丙申至日,予过维扬。夜雪初霁, 荠麦弥望。入其城,则四顾萧条,寒水自碧,暮色渐起, 戍角悲吟。予怀怆然,感慨今昔,因自度此曲。千岩老人以为有《黍离》之悲也。

淮左名都,竹西佳处②, 解鞍少驻初程。过春风十里,尽荠麦青青。自胡马窥江去后③,废池乔木,犹厌言兵。渐黄昏,清角吹寒。都在空城。

杜郎俊赏④,算而今、重到须惊。纵豆蔻词工⑤,青楼梦好⑥,难赋深情。二十四桥仍在⑦,波心荡、冷月无声。念桥边红药,年年知为谁生?

【注释】

①扬州慢:姜夔自度曲,入"中吕宫"。双调,九十八字,四平韵。小序注作于"淳熙丙申至日",即淳熙三年(1176)冬至日。千岩老人即湖州萧德藻。"《黍离》之悲"语出《诗·王风·黍离》,言周镐京毁弃,宫殿遗址已"彼黍离离"(茂密成行),后用以形容天地倾覆。②竹西:指扬州。唐杜牧《题扬州禅智寺》有句:"谁知竹西路,歌吹是扬州。"后人于其地筑竹西亭。故址在今扬州市北。③胡马窥江:绍兴三十一年(1161)金主完颜亮南侵江淮,曾占扬州。亮虽在瓜洲被部下杀掉,但扬州已摧毁殆尽。④杜郎:唐诗人杜牧。曾在扬州淮南节度使幕中为推官,居近三年。⑤"豆蔻"一词:出自杜牧《赠别》中"豆蔻梢头二月初"句。⑥"青楼"一词:出自杜牧《遣怀》中"赢得青楼薄幸名"句。⑦"二十四桥"一词:出自杜牧《寄扬州韩绰判官》中"二十四桥明月夜"句。

【鉴赏】

写作这阕词时，姜夔才二十二岁。照理，此时词人尚居汉川，或有东游机会，但似乎尚未认识千岩老人。疑序或为后补未知。

唐、宋两朝，扬州皆富甲天下。宋南渡，扬州孤处江北，倒成了金人南下进犯的必由之路。屡被兵祸，尤以绍兴三十一年那次最甚。

姜夔游扬州时，上距完颜亮之南侵，已经十六七年，但扬州的恢复重建，基本未动，因而词人看到的扬州一派萧条。

上片，先从历史视角落笔，"淮左名都，竹西佳处"，而"解鞍少驻"一看，令人大失所望：春风十里，荠麦青青，本非坏事，但"荠麦"长到了城里，其城之荒凉，可以想见。历史的向往中断了，美好的印象消失了，"废池乔木""清角吹寒""都在空城"，这是诗人眼里现实的扬州。说"空城"，又不确，实为"兵城"；"兵城"而又"犹厌言兵"，大抵仅算"荒城"。一段未终，"名都"与"佳处"皆被埋葬。

我看如此，换个人呢？

下片，即假设"杜郎""重到"所见。妙在用"须惊"统领后，便全引"杜郎"诗句，表示胜景难在。引杜牧出场，这真是匪夷所思的安排。就姜夔化用的杜牧名句而言，一为"人情"（风情）之好，一为"景物"（风景）之美；而今，美好之象尽销。"二十四桥仍在""波心荡、冷月无声"，是与上段"废池乔木，犹厌言兵"一样人化、情绪化的点睛之笔。收煞于"红药"之问，虽着以"暖色"，却再无"暖情"。

伤扬州，实质是伤国、伤时。"《黍离》之悲"是青年词人的抱负。姜夔自料未及，他的处女作所触及的时代难题与时代伤感，竟也能纠缠他一生。或许，你的第一关注就是你最后的关注。忧而丽，痛而媚，绝无粗语浅语，这风格。在未来的创作中也日趋定型。

史达祖

史达祖，生卒年不详，字邦卿，号梅溪，汴（今河南开封）人，久居杭州。家贫，屡试不第，其抗金主张及文学才华为太师韩侂胄赏识，招为堂吏，拟帖撰旨，皆出其手。

开禧二年（1206）伐金失败；次年，韩被杀，函首送金，史受株连，黥刑后死于贬所。有《梅溪词》。

满江红·九月二十一日出京怀古

缓辔西风，叹三宿、迟迟行客①。桑梓外，锄耰渐入，柳坊花陌②。双阙远腾龙凤影，九门空锁鸳鸾翼③。更无人抶笛傍宫墙④，苔花碧。

天相汉，民怀国。天厌虏，臣离德。趁建瓴一举，并收鳌极⑤。老子岂无经世术，诗人不预平戎策。办一襟风月看升平，吟春色。

【注释】

①三宿：住三宿。典出《孟子·公孙丑下》："三宿而后出昼。"又《孟子·万章》载："孔子之去齐，接淅而行；去鲁，曰：'迟迟吾行也，去父母国之道也。'"即不忍骤离故国意。②"锄耰"二句：言汴京街巷已种稼禾。③鸳鸾：汴京宫殿名。④抶（yè）笛：以手指按着笛子。用元稹《连昌宫词》"李谟抶笛傍宫墙"句意。⑤鳌极：四极。《淮南子·览冥训》："往古之时，四极废，九州裂……（女娲）断鳌足以立四极。"

【鉴赏】

这阕词写于南宋宁宗开禧元年（1205）九月二十一日。韩侂胄见全国积弱，便力主北伐，收复失地。嘉泰四年（1204），他派张嗣古为正使，入金贺金主生辰，借探虚实。因张返报含混，故第二年又派李壁使金，且命史达祖随行。六月遣使，七月启行，八月抵金中都（今北京市），贺毕南归，九月经汴京。小驻，作此词，纪行抒怀，故著"怀古"二字。此时上距靖康之变，整整八十年。而作为汴人的史达祖，又是第一次踏上故乡大地。家国之慨，必是一言难尽。

开篇引孟子去齐，三宿出昼（昼，齐地名）之典，表示恋恋不舍。孟子住三宿，意有所图。而孔子去鲁，迟迟不发，才是真的恋乡。史达祖借孔、孟归事，表达自己的"桑梓"情怀。"桑梓"句后到上片结束，皆写汴京衰景与故国眷恋。"无人抶笛"但有人凭吊，这便是作为"迟迟行客"的诗人。

下片换头四句，言天下大势。"汉"指宋朝，"虏"指金国；一"天相"

之，一"天厌"之；一"民怀"之，一"臣离"之，胜负之势已判。接着，诗人直抒胸臆，畅发理想，表现了高屋建瓴、一统寰宇的抱负。"老子岂无经世术，诗人不预平戎策"二句，既自负，又自明，虽有牢骚，但亦有功成不居、吟诗自娱的精神准备。

诗人并未因自己的"堂吏"身份而置身救亡图存的时代大任之外。他知道，自己即使不能力斡春回，但却有资格歌颂春回大地。确立了这样的主观使命，这词，自然洋溢着浩然之气。

刘克庄

刘克庄（1187—1269），本名灼，字潜夫，号后村居士，莆田（今属福建）人。以世家子荫官，除潮州通判，迁建阳令，移仙都令。因作《落梅》诗尾联有"东君谬掌花权柄，却忌孤高不主张"句，被言官指为讪谤遭官司。病废十载，淳祐六年（1246）赐同进士出身，历秘阁修撰，出为福建提刑，官至龙图阁直学士。多次为官，多次告退，终因耿介孤高而历经坎坷。诗与词在南宋后期均著名。有《后村大全集》《后村长短句》等。

满 江 红

二月二十四日夜海棠花下作

老子年来，颇自许、心肠铁石。尚一点、消磨未尽，爱花成癖。懊恼每嫌寒勒住，丁宁莫被晴烘坼①。奈暄风烈日太无情，如何得。

张画烛，频频惜。凭素手，轻轻摘。更几番雨过，彩云无迹。今夕不来花下饮，明朝空向枝头觅。对残红满院杜鹃啼，添愁寂。

【注释】

①烘坼：晒焦了土地。

【鉴赏】

　　以养花为题的诗词极少。惯于"壮语立懦"的刘克庄却有不少咏花诗词，尤其他曾因为《落梅》一诗获罪免官，这反而激起他写梅的热望。终其一生，竟然写了一百二十三首咏梅诗、八首咏梅词。这阕词，不是一般地咏花，而是借"观花"回叙了"养花"的全过程，故曰"养花诗"。

　　上片前四句，"自许""爱花成癖"。语句洗练，音声铿锵，颇有一点"铁石"韵味。从"懊恼"句起，全是养花、护花、赏花、摘花、叹花、惜花之语，直到终篇。"花"都是这词的神主！

　　过"寒"、过暖（烘）、过晒（烈日）都不行。一句"如何得"，即将珍花之情和盘托出。下片逐一写赏花、摘花诸事。从语气判断，已非一人，且加入了女性。"今夕不来花下饮，明朝空向枝头觅"，点题，兼叹兼议。结于"杜鹃啼""添愁寂"，好像又跳出了养花、赏花，生发出大于"满院残红"的珍惜与关注。此谓花事、家事、天下事，皆注吾心也！

林升

　　林升，南宋孝宗时人，生平事迹不详。

题临安邸①

山外青山楼外楼，西湖歌舞几时休？
暖风熏得游人醉，直把杭州作汴州。

【注释】

　　①临安：南宋都城，即今浙江杭州。邸：客栈。题诗于逆旅之壁，是中国诗人独特的传播方式，此诗即因众人传抄而得流传。

【鉴赏】

"歌舞亡国"，这似乎言重了。但要看具体情况而定。在中国历史上，并不缺乏因为会"玩"、爱"玩"，而将江山社稷"玩"完的例证。远者不说，北宋徽宗皇帝就是一位"歌舞皇帝"。赵匡胤弓马而得到的天下，生生葬送在他的歌舞、园林、书法、绘画，以及"花石纲"的游冶里！

这首诗以汴州与杭州作比，实质就是将北宋与南宋作比。"歌舞"若一样，"暖风"若一样，"醉"必然也一样。含蓄处，诗人未点"楼外楼"住着何人、"歌舞"者何人、"游"而"醉"者何人，也未点"杭州"日后如何，一问一叹，结论在不言中。

诗的矛头，直指南宋最高统治者。虽旁敲侧击，已中要害。这诗，既是警告，又是预言。

方岳

方岳（1199—1262），字巨山，号秋崖，徽州祁门（今属安徽）人。绍定五年（1232）进士，淳祐中任赵葵参议官，后移南康军知事。因触怒贾似道而辞官。后任袁州知事，又触犯丁大全而引退。诗与刘克庄齐名，有《秋崖集》。

雪 梅

有梅无雪不精神，有雪无诗俗了人。
薄暮诗成天又雪，与梅并作十分春。

【鉴赏】

这首《雪梅》，从大俗之句入笔。"有梅无雪"与"有雪无诗"都是口语化叙述；"不精神"与"俗了人"更是口语兼谐趣的表白。二句皆表"缺一不可"意，但程度、分寸又小有差异；差在"俗了人"与"不精神"意虽近，而有了调侃韵致。

"薄暮"句，开始"像"诗，是紧承第二句 "有雪无诗"判定而来。而今，诗成雪落，雪诗皆有，人自然不再"俗"；此不"俗"之人，吟不"俗"之诗，欣赏雪中梅、梅上雪，可谓天（雪）、地（梅）、人三才相映。"与梅并作十分春"，这意境，美不胜收！"并作"的"并"，即诗、诗人、雪与梅的相合相融，相映成趣。

　　四句诗，两句俗，两句雅；有转折而无割裂感，得巧于"诗趣"贯穿。这"诗趣"即营造完满。

朱淑真

　　朱淑真，生卒年不详。自号幽楼居士，钱塘（今浙江杭州）人，一说海宁人。幼聪慧，擅丹青，通音律，能诗词，因父母失审，择婿不良，致使其一生抑郁。有《断肠集》，存诗三百三十七首，词三十二首。因毁于父母火焚，余者或百不及一。同时代人评为，乐府不在花蕊夫人、李清照下。

清平乐·夏日游湖

恼烟撩露，留我须臾住。携手藕花湖上路①，一霎黄梅细雨。
娇痴不怕人猜，和衣睡倒人怀。最是分携时候，归来懒傍妆台。

【注释】
　　① 藕花：荷花。

【鉴赏】
　　在朱淑真《断肠集》中，这是最大胆而无忌的作品。有人认为，这词是诗人与丈夫离异后作。即使不是，一个女性，面对合法不合理的婚姻，她似乎也不该受到谴责。
　　借用况周颐《蕙风词话》的泛论："真字是词骨。情真、景真，所作必佳。"

朱淑真此词，可当一"真"字，将生活的、情感的隐秘面，坦言于世，连"和衣睡倒人怀"也不掩饰，其真、其纯、其我行我素之磊落，足令一切假道学哑口无言。

艺术，于"真"之外，还要"美"。不"美"，"真"亦会流俗。这词，在景致与情致的把握上，有分寸适度之美。恼烟（实为"雾"）撩露是一景，藕花香径、黄梅细雨是景外有景；"留我"是情，"携手"是意，"睡倒人怀"是甜蜜之爱；"分携"不舍，"归来"又恋，一路写来，美不胜收。

词贵"爽词"。一词之中，"爽词"忌滥。这阕词，"娇痴"二句劲爽，爽而骤收，含蕴之风不变。

严蕊

严蕊，生卒年不详，字幼芳，台州（今属浙江）营妓。善琴弈、歌舞、丝竹、书画，色艺冠于一时。间有诗词，颇出新语。后脱籍从良。

卜算子

不是爱风尘，似被前缘误。花落花开自有时，总赖东君主①。
去也终须去，住也如何住？若得山花插满头，莫问奴归处。

【注释】
① 东君：太阳神。此指太阳，又隐指主事官。

【鉴赏】
这阕词是严蕊在复审她的大堂上口述的。若要说清这阕词的来由，须先说另一阕词。

据周密《齐东野语》载，唐与政守台州时，酒宴上曾命严蕊以"红白桃花"为题作词。严即席作《如梦令》，曰："道是梨花？不是；道是杏花？不是。

白白与红红，别是东风情味。曾记，曾记。人在武陵微醉。""红白桃花"即"二色桃"，一树开红白二花。严蕊词，构思新巧，以二花映一花，复结于"桃花源"之梦，可谓妙手偶得的佳作。

因为这阕词，严蕊获唐与政两匹细绢之赏，又惹上一场官司。

唐与政被上司诬陷，又遭朱熹（时任提举两浙东路常平茶监公事）弹劾，指唐与严有私情。依制："阃帅、郡守等官，虽得以官妓歌舞佐酒，然不得私侍枕席。"若查实，官、妓双方皆罚。严蕊被关入狱，刑讯月余，一无所招。后由天台狱转绍兴狱，狱吏好言诱之。严答曰："身为贱妓，纵是与太守有滥，料亦不至死罪。然是非真伪，岂可妄言以污士大夫！虽死不可诬也。"

后朱熹改官，岳霖接任，怜严蕊病瘁，令其作词自陈。严略作沉思，口占《卜算子》。

岳霖不道学，判严蕊出狱，脱籍从良。

上片陈述身隶乐籍，迫于无奈，并乞"东君"做主。下片，直言去意已决，而方向便是人身自由。"若得山花插满头，莫问奴归处"二语，糅委婉与劲直一体，是严蕊本色。

她的词，她的修养，她的人品，别人仿不得，于是立于词坛，自成风景。

吴文英

吴文英（约 1212—约 1272），字君特，号梦窗，又号觉翁，四明（今浙江宁波市鄞州区）人。本姓翁，出于吴而改姓。一生未涉科举仕宦，仅在二三十岁时入苏州仓幕，客荣王邸，受知于丞相吴潜。多往来于苏杭间，结识词客、显贵，唱酬其间。晚年困顿，贫病卒，卒年六十左右。在南宋词坛可与辛弃疾、姜夔鼎足而立，有《梦窗甲乙丙丁稿》。

唐多令 [①]

何处合成愁？离人心上秋。纵芭蕉、不雨也飕飕。都道晚凉天气好，有明月、怕登楼。

年事梦中休，花空烟水流。燕辞归、客尚淹留。垂柳不萦裙带住，漫长是、系行舟。

【注释】

①唐多令：词牌名，又名"南楼令"等。双调，六十一字。上下片各五句、四平韵。亦有上片第三句加一衬字者。

【鉴赏】

词写羁旅情怀。这是一个泛漫而酸楚的主题词。吴文英此词，被人评为"深美"。羁旅离愁大同小异，所谓"深"，大抵指感受在体物察变方面，能够捕捉与人心共鸣的蛛丝马迹，巧于经营而已。

这阕词的旋升动力，发于首句一问。"何处合成愁？离人心上秋。"虽有字谜之嫌，但"心上秋"的定位，基本可以成立。此后诸句，都缘此而发。故先有"心上秋"、心上冷，才投射于芭蕉、天气、明月、楼，使诸物皆冷、皆秋、皆愁。

下片换头，"年事梦中休"一句，再将愁思放大、延伸，说"梦"非梦，说"休"不休，而从花落、水流、燕归、客留的对比中，揭示羁旅孤独。终句，是对"客淹留"的补笔。行舟牵系，既非"柳萦"，又非"带住"，在可晓与不可晓之间，"淹留"成为事实。

心境最难直描。这阕词，努力再现一种"淹留"况味。苟能意会，纵令不能字字尽释，也算它成功了。

叶绍翁

叶绍翁，生卒年不详，字嗣宗，号靖逸，浦城（今属福建）人。一说龙泉（今属浙江）人。二县相邻，或划界使然。生活于南宋理宗时期（1225—1264）。长于七言绝句，属江湖派诗人。有《靖逸小集》。

游园不值①

应怜屐齿印苍苔②，小扣柴扉久不开。
春色满园关不住，一枝红杏出墙来。

【注释】

① 不值：不遇。② 屐：木底鞋。

【鉴赏】

拜访朋友，朋友不在。门虽久叩不开，但园中杏花，却一枝横逸，妖娆于外。"红杏出墙"的铺垫是"春色关不住"。可见，"红杏"传达的是春的萌动与勃发。

三、四句流传千古，人人称道。钱锺书举证此句脱胎于陆游《马上作》："平桥小陌雨初收，淡日穿云翠霭浮。杨柳不遮春色断，一枝红杏出墙头。"而且指出第三句"新警"。

统观全诗，一、二句亦早为"红杏出墙"蓄势抑流。"应怜""苍苔"写惜春之意，"柴扉""不开"，写院闲人出；"人"可"出"，"春色"即可出，故"红杏出墙"是"春色"的自由绽放。全诗仅一"境"，即"春溢"之境，"红杏"仅仅是一个鲜明的信号而已。如果园门继续关下去，不但红杏出墙者非"一枝"，诸多花草树木都有可能"一枝出墙""多枝临风"！

"春"，是人性化的存在。你给它自由，它示你烂漫。

许棐

许棐，生卒年不详，字忱夫，自号梅屋，海盐（今属浙江）人。江湖派诗人。除学贾岛、姚合外，还注意师法晚唐其他诗人。著有《梅屋诗稿》《融春小缀》等。

乐 府 二 首①

妾心如镜面，一规秋水清②。
郎心如镜背，磨杀不分明。

郎心如纸鸢，断线随风去。
愿得上林枝③，为妾萦留住。

【注释】

① 诗题写"乐府"，意指学汉乐府民歌体式。② 一规："规"指圆形。
③ 上林：上林苑。秦始建上林苑，汉又扩充之，为皇家园林。

【鉴赏】

人心难测，这诗就写"人心"。"妾"与"郎"，其"心"不一。这"不
一"，很难说清。于是打比方。一首诗，引入两物，一铜镜一纸鸢，分别比喻
二人之心。铜镜一反一正：正面即"镜面"，光可鉴人，了无纤痕，喻"妾心"；
反面即"镜背"，因为有各式图案、花纹、文字，复杂而不平，故"磨杀"了
也"不分明"。这表示，"郎"不诚实，不坦率，有花花肠子。

纸鸢即风筝。用它比喻男人，至今通行。"断线随风去"，这表明男人心
太活、太花、太鬼。无奈中，女人生出一个幻想，幻想"上林枝"，能够"萦
留住"那颗飞走的心。"上林"，在这儿并无政治含义。"妾"对"上林"亦
不迷信，她只希望林中树枝缠住那断了线头的纸鸢呢！

春日，树梢上经常见残破的纸鸢。那一定是不安分的情郎在上升的诱惑中，
忘记了归家！

古人用"冤家"二字形容夫妻，这是很俏皮的定性。不是一条心，还要乘
一条船，于是生出种种嫌隙。

周密

周密（1232—约1298），字公谨，号草窗、蘋洲，又号四水潜夫、弁阳老人，济南人。寓居吴兴（今浙江湖州）。南宋淳祐中任义乌令。宋亡不仕，移居杭州，收求故国文献，著《齐东野语》《武林旧事》等书。能诗词，擅书画，词风与王沂孙、张炎近，虽被后人称"二窗"之一，但与吴文英（梦窗）词并不相类。诗集曰《草窗韵语》，词集曰《蘋洲渔笛谱》。

高阳台①·寄越中诸友

小雨分江，残寒迷浦，春容浅入蒹葭②。雪霁空城，燕归何处人家；梦魂欲渡苍茫去，怕梦轻、还被愁遮。感流年，夜汐东还，冷照西斜。

萋萋望极王孙草③，认云中烟树，鸥外春沙。白发青山，可怜相对苍华。归鸿自趁潮回去，笑倦游、犹是天涯。问东风，先到垂杨，后到梅花。

【注释】

①高阳台：词牌名，又名"庆春泽"。双调，一百字。上下片各十句、四平韵。②蒹葭：未抽穗的芦苇。用《诗·秦风·蒹葭》中"蒹葭苍苍，白露为霜"句意，暗指怀人。③王孙草：王孙，贵族子弟。王孙草则取之《楚辞·招隐士》"王孙游兮不归，春草生兮萋萋"句，表离别相思。

【鉴赏】

周密词取径较宽，风格多样。没有选他的压卷之作《一萼红·登蓬莱阁有感》，选了《高阳台·寄越中诸友》，考虑的即是有清雅疏丽之美，而又尽力绕过南宋词的兴亡模式。

这阕词，将怀人与自叹相结，以物境与心境相照应，得加倍之体验。

词写早春风物与感受。"残寒"、"雪霁"与"春容"、"燕归"，是季节交替的矛盾。乍暖还寒，进退失据，才生出"感流年"的"愁"与"梦"，结于"夜汐"二句，正是生命叹息的放大。下片，分两脉，一承上片"感年华"而进，以"白发"与"青山"相对，自怜"苍华"；一承"蒹葭""人家"的含蓄思念，衍生为"王孙草"的"萋萋"别情。这两条线，"自叹"一线一直为主，"思人"则隐为副线。结语之"问东风，先到垂杨，后到梅花"三句，以俏语调和情绪，活泼轻俏，基础性的感受还是白驹过隙，时不我待。

词有有寄托，有无寄托。有寄托，则自陈兴会；无寄托，则景物当家。这阕词，当乎有无之间，因而，景非纯景，情非显情，在两可与模糊之间，"越中诸友"自可领会诗人的用意。

文天祥

文天祥（1236—1283），字宋瑞，又字履善，号文山，吉州庐陵（今江西吉安）人。宋理宗宝祐四年（1256）进士第一。累迁直学士院，知赣州、湖南提刑。德祐二年（1276）元兵破临安。翌年奏使元营被拘，后逃脱入真州、温州等地，聚兵抗元。益王立，拜右丞相，提督出江西，转战浙、闽、赣各地。帝昺祥兴元年（1278）加太保、信国公。时年十二月在潮州兵败被执，押送燕京，被囚四年，不降元，被杀于燕京柴市。有《文山诗集》《指南录》《指南后录》等。

过零丁洋①

辛苦遭逢起一经②，干戈寥落四周星③。
山河破碎风飘絮，身世浮沉雨打萍。
惶恐滩头说惶恐④，零丁洋里叹零丁。
人生自古谁无死，留取丹心照汗青⑤。

【注释】

①零丁洋：又名伶仃洋，在广东珠江口外。②遭逢：遭遇。③四周星：四年。④惶恐滩：地名，在江西赣江上，为赣江十八滩之一。⑤汗青：史书。因古代以竹简为书，制作时须用火烤去竹中水分。火烤水分渗出，如汗滴，故称。

南宋祥兴元年（1278）文天祥于五坡岭（在广东海丰北）被元军俘虏。元军统帅张弘范在潮州见文天祥，待之以礼。文天祥不降，被挟持赴崖山（南宋末帝亡于此）劝降宋将张世杰，文天祥又不从。适船过零丁洋，写此诗以明志。虽然写作此诗距他被杀尚有四年，但此时文天祥已抱必死信念，故此诗可作"绝命诗"视之。

首联追忆科第进仕及四年抗元斗争。语极简，憾极深，干戈不息，国难不已，痛在心中。颔联二句，以两个比喻，补充性地描绘国家灾难和个人遭际。"风飘絮""雨打萍"，再现险境、苦境和不可逆转性。

颈联借地名而抒写心境，事虽凑巧，毕竟又有宿命色彩。零丁洋是实际路过，惶恐滩是预料经行，一实一虚，"零丁"之感、"惶恐"之叹都是真实的。情绪之压抑，亦到最低点。在这种情况下，尾联飞鹤排云，直上九霄，推出"人生自古谁无死，留取丹心照汗青"的高昂绝唱；全诗摆脱压抑，完成了对英雄主义的歌颂。

"诗言志"，久成旧话。虚说大志，很容易；而用生命去实践一个家国许诺，才是最高尚的。文天祥，诗如其人，人如其诗，《过零丁洋》固可不朽。

酹江月·和友驿中言别①

乾坤能大，算蛟龙、元不是池中物。风雨牢愁无著处②，那更寒蛩四壁。横槊赋诗③，登楼作赋④，万事空中雪。江流如此，方来还有英杰⑤。

堪笑一叶漂零，重来淮水，正凉风新发。镜里朱颜都变尽，只有丹心难灭。去去龙沙⑥，江山回首，一线青如发。故人应念，杜鹃枝上残月。

【注释】

① 酹江月：即"念奴娇"。②牢愁：时文天祥北解途中羁押建康（今南京）。③"横槊"句：用曹操事。但语出苏轼《前赤壁赋》："酾酒临江，横槊赋诗，固一世之雄也。"④"登楼"句：王粲避乱荆州，不得刘表重用，曾作《登楼赋》谓："虽信美而非吾土兮，曾何足以少留。"⑤方来：将来。⑥龙沙：北方沙漠。

【鉴赏】

潮州五坡岭被俘后，文天祥与厓山被俘的邓剡一同囚禁。邓剡字光荐，号中斋（一说名光荐，号中甫），文天祥同乡。景定三年（1262）进士。临安失守，转战入闽，后任厓山行朝礼部侍郎，厓山破，欲投海殉国，被元兵救起俘获。从广东至金陵，二人同行数月，多有唱和。金陵滞留时，邓剡患病，留天庆观，得免北行。临别邓写《送别》诗及《酹江月·驿中言别》（"水天空阔"）相赠。文天祥写此词"和"答。

上片，以"蛟龙"喻被囚人（也包括自己），虽写"牢愁无著处""万事空中雪"，而又暗喻挣脱牢笼的期待。引曹操赋诗，王粲登楼，皆此意，尤其以"江流"兴发，预言"方来还有英杰"，证明诗人希望未灭。此谓"长江后浪推前浪，一代新人换旧人"。这便使上片洋溢着理想主义。

下片回到现实。"堪笑"以下五句，写"重来淮水"的无奈与遗憾。"丹心难灭"句，最雄健，亦最伤感。"去去龙沙"，则是臆想中语，渐行渐远，回首建康，钟山石城，隐如一线；每闻"杜鹃"啼，每见"残月"挂，"故人应念"我行！

因为是"和"词，一唱一和，这阕词的抒情色彩益发强烈。虽困居牢笼，生还无望，但英雄末路之叹，仍然让世人肃然起敬。"杜鹃"，此处非指花，指鸟，写于同期的《金陵驿》一诗结语谓"从今别却江南路，化作啼鹃带血归"可作印证。又，此前两年，诗人脱险逃归，吟《旅怀》一诗，曾结于"故园门掩东风老，无限杜鹃啼落花"句。这都表明，诗人早有"杜鹃啼血"之幽怀。

王沂孙

王沂孙（？—约1290），字圣与（或作予），又字咏道，号碧山，会稽（今浙江绍兴）人。因家居玉笥山（即天柱山）下，又别号玉笥山人或玉笥村民。元至正年间为庆元路（治在今浙江宁波）学正，旋去官，实为南宋遗民。与周密、张炎往来密切，词风亦近。有《碧山乐府》（又名《花外集》）。

无闷^① · 雪意

阴积龙荒^②，寒度雁门，西北高楼独倚。怅短景无多^③，乱山如此。欲换飞琼起舞，怕搅碎、纷纷银河水。冻云一片，藏花护玉^④，未教轻坠。

清致，悄无似。有照水一枝，已搀春意。误几度凭栏，莫愁凝睇。应是梨花梦好，未肯放、东风来人世。待翠管、吹破苍茫^⑤，看取玉壶天地^⑥。

【注释】

① 无闷：词牌名，又名"催雪"。双调，九十九字。上下片各十句，上四仄韵，下六仄韵。② 龙荒：漠北。龙指匈奴祭天之龙城，荒指荒服。③ 短景：指冬日日短。④ "藏花"句：其中"花""玉"指雪花琼玉。⑤ 翠管：泛指管乐器。⑥ 玉壶天地：冰雪世界。

【鉴赏】

描写下雪的诗词极多，但描写雪将下未下者实少。这阕词以"雪意"为题，即描写将雪未雪的期待。在无雪可写的情况下，如何写"雪意"？这是一种挑战。

入笔点"阴积龙荒"，已见气度。阴者，阴云；阴云从漠北积聚，度雁门，数千里南下，愈积愈厚，倚楼而望，风雪欲来。雪未下，气势已成。"欲换"以下五句，以拟人手法，写雪欲下又止的顾念，这便是"雪意"！若下，"怕搅碎"银河水；不下，则"藏花护玉"。雪有"意"，自是诗人解读到的灵性。

下片，视角下移，由"冻云"转向地面。"清致，悄无似"者，是"照水一枝"的梅花。花上之"春意"，是"雪意"外又一"意"。这花，并未全放；它期待"梨花梦好"，"东风"快"来人世"。"梨花"可两解，一如上，解作"梨花"，二解作"雪花"。梨花如雪，可以互解。若作"雪花"解，则"未肯放、东风来人世"者，便都是雪不欲痛快降落的本意。

梅花迎春，梨花盼春，诗人更希望雪落、雪消，滋润春天，因而他将全篇结于"春意"之上："待翠管、吹破苍茫，看取玉壶天地！"玉笛一声，"冻云"破碎，大雪自天而降，一刹那变成琉璃世界。奇意、奇笔、奇境，顺次而出，诗人成了世界的主宰。

无须说这叫"人定胜天"。诗人借此，仅仅表示了他对沉闷环境的抗议，或力图改变的幻梦。有梦，是不绝望的表现。由此，我感受到了诗人微茫的乐观情绪。

蒋捷

蒋捷（约1245—约1305），字胜欲，号竹山，常州宜兴（今属江苏）人。宋度宗咸淳十年（1274）进士。宋亡后，隐居太湖竹山，称竹山先生。虽与周密、王沂孙、张炎并称"宋末四大家"，但与上三人几乎无交往。作为南宋遗民，蒋捷词多抒写故国之思、身世之叹；词风悲慨峻伟、谐畅精绝，刘熙载誉为"长短句之长城"。存《竹山词》。

虞美人·听雨

少年听雨歌楼上，红烛昏罗帐。壮年听雨客舟中，江阔云低、断雁叫西风①。

而今听雨僧庐下，鬓已星星也②。悲欢离合总无情，一任阶前点滴到天明③。

【注释】

①断雁：失群孤雁。②"鬓已"句：言两鬓已苍。星星：状银丝闪烁。③一任：听凭。

【鉴赏】

这阕词，可以视为诗人一生经历的艺术总结。一生数十年，事多矣。独选"听雨"一事，映现自少壮而至老迈的境遇之变，可谓"一滴雨水，百年沉浮"。

一生三次"听雨"，年龄不同，环境不同，遭际不同。一次老于一次，一次窘于一次，等而下之，势不可挽。雨如泪，雨如血，椎心泣血，无可如何，还要一滴滴"听"下去，其哀之深，无复言语！

构思上的巧，不单在于以"雨"映人，还在于调动"听觉"，捕捉生命的音响讯息。少年"听雨"歌楼上，雨声与歌声、笑声相和，歌、笑为主，"雨"是伴奏；壮年"听雨"客舟中，雨声与雁鸣、浪吟相和，"雨"是强音，其余是和声；暮年"听雨"僧庐下，万籁俱寂，"雨"声是唯一，"点滴到天明"，无眠有恨，无韵有声，其哀已不可名状。

刘熙载推崇蒋氏词，谓"极流动自然，然洗练缜密，语多创获"。此阕见其一斑。

张炎

张炎（1248—约1314），字叔夏，号玉田，晚号乐笑翁。先世凤翔成纪（今甘肃天水）人，寓居临安。六世祖张俊，南渡功臣，主和派，封循王。曾祖张镃，著名词人，与姜夔有唱和。祖父张濡抗元死难。父张枢，精音律，与周密等结为吟社。处此环境中，张炎自幼能诗词、通音律、擅丹青。南宋亡，祖死难，父失踪，家财籍没，张炎流寓各地。其间虽有一次应召入都，一年多即恓恓南归，盖未遇也。由富贵堕入清贫，再加亡国之哀，张炎诗词之风大变。卒后有《词源》《山中白云词》。《词源》为中国第一部词学理论专著。

甘 州①

辛卯岁②，沈尧道同余北归③，各处杭、越。逾岁，尧道来问寂寞，语笑数日，又复别去。赋此曲，并寄赵学舟。

记玉关踏雪事清游④，寒气脆貂裘。傍枯林古道，长河饮马，此意悠悠。短梦依然江表，老泪洒西州⑤。一字无题处，落叶都愁。

载取白云归去，问谁留楚佩⑥，弄影中洲？折芦花赠远，零落一身秋。向寻常、野桥流水，待招来，不是旧沙鸥。空怀感，有斜阳处，却怕登楼。

【注释】

①甘州：词牌名，又名"八声甘州""潇潇雨""宴瑶池"。双调，九十七字。上下片各九句、四平韵。②辛卯岁：元世祖至元二十八年（1291）。这一年，张炎应召北上大都。次年写此词。③沈尧道：名钦，为与张炎同赴大都文人。赵学舟：生平事迹不详。④玉关：玉门关。此处为泛指。⑤西州：汉晋以凉州为西州。此又是泛指中国北方，故意含混其词。⑥楚佩：楚，泛指南方。佩，

佩饰。泛指衣冠，隐指南人衣冠。

【鉴赏】

北游一年，让张炎见识了父辈、祖辈都未曾去过的北方故土。北方的雄浑之气影响了他，使这词的前六句都充满粗犷、阳刚之美。"此意悠悠"四字，算是对北游一年的定评。

"短梦"句急转，言北方虽雄奇，仍然忆"江表"。"老泪"句，易生歧义，即"老泪"流于将归未归时，还是流于回到"江表"后呢？从"西州"二字判，当流于将归之时，即又思"江表"，又哭"西州"。自然，"一字无题处，落叶都愁"亦是身处大都时的感受。

换头的"归去"，谓南归，并非沈尧道访张炎归。"问谁"一句，大可玩味。那是对刚回"江表"、身着南人衣冠、"弄影中洲"（南方水乡之喻）的白描。

"折芦花赠远，零落一身秋"与上片"一字无题"二句，皆为这阕词的精粹之笔，一写伤时情，一写恋友情，苍凉悲壮，却不露斧斫之痕；愈淡化处理，愈有浓烈效果。

"向寻常"以下各句，以揣度语设想分别与重逢，一归于"空"（怀感），一归于"怕"（登楼）。人世仓皇，不敢前瞻，天涯相知，无复多言。这真是欲说还休的无名悲怆。

元

元好问

元好问（1190—1257），字裕之，号遗山，秀容（今山西忻州）人。系出北朝魏鲜卑贵族拓跋氏，为唐诗人元结后裔。兴定五年（1221）进士及第，正大元年（1224）中博学宏词科，授儒林郎，充国史院编修，后又历官镇平、内乡、南阳令。天兴元年（1232）任尚书省掾、左司都事。金亡，专心于著述，有《元遗山先生全集》。诗词为金朝之冠。

摸鱼儿①·雁丘词

乙丑岁赴试并州，道逢扑雁者云："今旦获一雁，杀之矣。其脱网者悲鸣不能去，竟自投于地而死。"予因买得之，葬之汾水之上，垒石为识，号曰"雁丘"。时同行者多为赋诗，予亦有《雁丘词》。旧所作无宫商，今改定之。

问世间，情是何物，直教生死相许？天南地北双飞客，老翅几回寒暑。欢乐趣，离别苦，就中更有痴儿女。君应有语，渺万里层云，千山暮雪，只影向谁去？

横汾路，寂寞当年箫鼓，荒烟依旧平楚。招魂楚些何嗟及②，山鬼自啼风雨③。天也妒，未信与，莺儿燕子俱黄土。千秋万古，为留待骚人，狂歌痛饮，来访雁丘处。

①摸鱼儿：词牌名，又名"摸鱼子""买陂塘""陂塘柳""迈陂塘""山鬼谣""双蕖怨"。双调，一百十六字。上片十句、六仄韵，下片十一句、七仄韵。②招魂：屈原有《招魂》，所招乃楚怀王之魂。有"魂兮归来，反故居些"语，词中"楚"，即指楚王、楚国；"些"同"兮"，助词。③山鬼：屈原《山鬼》有"雷填填兮雨冥冥"句，故此词谓"自啼风雨"。

【鉴赏】

为了那只殉情的雁，元好问留下千古传诵的词。雁若有灵，可以笑慰九泉。

人很固执，只承认自己有感情，而将一切生灵视为麻木无知。元好问向人们展示了雁的痴情与壮烈，足可促人反省。

上片，由"情"字入笔，对"人间"之情提出质疑，并以此为铺垫，纵笔描绘"双飞客"的"寒暑"相依、"万里""千山"相伴。下片，"横汾路"三字，含蓄交代雁的殉情。"招魂""山鬼"二句则是诗人对雁的悲怜。"未信"句，是一语双关的警示。"雁"未信，"人"又何尝信？"俱黄土"是大归宿。雁已为黄土，人亦为黄土，连那些扑雁者也逃不脱这唯一的终结。面对"必然"，人并不是束手无策的；毕竟，一只孤雁在"必然"面前都可以辉煌一搏呢！

雁丘的启示，并不是选择死亡，而是选择生命的主动。

同儿辈赋未开海棠二首（选一）

翠叶轻笼豆颗均①，胭脂浓抹蜡痕新。
殷勤留著花梢露，滴下生红可惜春②。

【注释】

①豆颗：一颗颗豆粒，形容海棠未开的花苞。②生红：深红，诗中代指花瓣。

【鉴赏】

花开美，花未开则有另一番美。这首诗写海棠含苞欲放时的风姿，工笔细描，精心设色，可谓满纸红润，满纸生香。

"翠叶轻笼"四字，虽不新奇，但着一"轻"字，情义已出。"豆颗均"三字，则俗中见雅，极富特征。"胭脂"设色，"蜡痕"添光，海棠已有娇艳欲滴的姿态。三、四句别开生面，写花生露、露滴花，海棠有了浸润灵动之美。"殷勤"与"可惜"，暗用拟人，展示海棠神韵。一路写来，由表及里，由形及神，海棠亦不断被人化、被情感化。这样写诗很难，一要观察入微，二要体验入心，否则只是纸上画花而已。

赵孟頫

赵孟頫（1254—1322），字子昂，号松雪道人，又号水晶宫道人。宋宗室赵德芳（宋太祖赵匡胤长子）后代。五世祖居湖州，遂为湖州人。十四岁以父荫补官。宋亡入元，受荐举任刑部主事，后官至翰林学士承旨，封魏国公，死谥文敏。文学成就以诗为主，另书、画皆精绝。

岳鄂王墓[①]

鄂王坟上草离离，秋日荒凉石兽危。
南渡君臣轻社稷，中原父老望旌旗。
英雄已死嗟何及，天下中分遂不支。
莫向西湖歌此曲，水光山色不胜悲。

【注释】

①岳鄂王：岳飞，南宋抗金名将。宋孝宗追谥武穆，又改忠武。宋宁宗追封鄂王，故称。

【鉴赏】

写岳墓的诗很多，不是局限于惋惜岳飞，便是固执于谴责秦桧，叹忠斥奸，局面皆小。赵孟頫此律，视野开阔，是从天下中分、南宋灭亡的整个历史进程中汲取诗情的。因而，咏叹岳墓，仅仅是出发点、立足点。

首联描绘岳墓冷落情形。这实际上揭示了中国人英雄意识的淡薄。颔、颈二联，等于一部南宋衰亡史。"轻社稷"是大趋势，"望旌旗"是单相思。英雄一死，天下中分，天下不支，终至灭亡。一个摧残英雄的民族（国家），哪有希望？尾联以沉默相诫，大有意味。"水光山色"之悲，是否还能被久耽逸乐的华夏子孙解读呢？

王冕

王冕（1287—1359），字元章，号煮石山农，诸暨（今属浙江）人。幼家贫，入寺坐佛膝上就长明灯读书。应进士试不第，遂改学兵法、击剑。北游京师，泰不华荐以学馆教职，不就。南归隐居鉴湖。元惠宗至正十九年（1359），朱元璋以兵请冕为官，不就。卒于兰亭天章寺。有《竹斋诗集》。

墨 梅①

吾家洗砚池边树②，朵朵花开淡墨痕。
不要人夸颜色好，只留清气满乾坤③。

【注释】

①墨梅：用墨笔勾勒出来的梅花。②洗砚池：晋王羲之有"临池学书，池水尽黑"的传说，诗中化用这个典故。王冕自谓家有洗砚池，言习书画之刻苦。③清气：梅花的清香。又喻指诗人品格。

【鉴赏】

这是一首题画诗。题诗对画面起阐释、点化作用。一般的规矩是，画什么，题什么。诗画相映，可以两得。

前二句，形容墨梅花枝扶疏，用写实笔法。后二句，代梅写意抒情。"不要人夸颜色好"，为否定句式；"只留清气满乾坤"，为唯一选择句。两句合一，突现墨梅的内在之美，俗谓"灵魂美"。

借梅写人，托物言志，是这首诗的基本构思技巧，在更深的层面上，诗人或许是相信天人合一、物我相通、万物有灵的！

柯九思

柯九思（1290—1343），字敬仲，号丹丘生，别号五云阁吏，台州仙居（今属浙江）人。元文宗时官奎章阁鉴书博士，审定内府所藏书画。罢官后寓居松江（今属上海）。画、诗皆优。

题文与可画竹①

湖州放笔夺造化，此事世人那得知？
跫然何处见生气②？仿佛空庭月落时。

【注释】

①文与可：文同（1018—1079），字与可，自号笑笑先生，人称石室先生，梓州永泰（今四川盐亭东）人。诗人、画家。元丰初由洋州改知湖州，未到任卒于途，故称文湖州。善画竹。②跫然：突然。

【鉴赏】

柯九思善画竹，师法北宋文同，深得文同笔意，故人称"文同后一人"。作为生于元代的汉人，柯九思因其书画及鉴赏水平很高而得元文宗赏识，入官掌鉴书画名作真伪。这也是非常之遇。由此，他受到另一些人的排挤。借题文同画竹，他委婉表现了志不为人识的无奈，以及托竹自勉的清醒。

一、二句赞美文同画竹的造化之功，非世人所知，暗寓自己不为当世了解。三、四句继续描绘文同"竹"的生机盎然，张墙而视，直如满庭潇潇有荫。

竹被写活了。诗人的感受也被写活了。中国古代并不乏赞美竹子的诗文，此诗由画竹者自赞自喻，委婉含蓄，不可多得。

倪瓒

倪瓒（1306 或 1301—1374），字元镇，别号幻霞子、荆蛮民等。无锡（今属江苏）人。世居无锡祇陀里，建堂名云林，因以云林自号。家富裕，一生不做官。能诗，能画，诗画皆脱流俗。著有《清閟阁集》。

题郑所南兰①

秋风兰蕙化为茅，南国凄凉气已消。
只有所南心不改，泪泉和墨写《离骚》。

【注释】

① 郑所南：指郑思肖，字所南，生于宋理宗淳祐元年（1241），卒于元仁宗延祐五年（1318）。诗人，画家，有《心史》等书传世。

【鉴赏】

明崇祯十一年（1638）十一月初八日，苏州承天寺因旱浚井，得一铁函，中藏古书，外封书"大宋孤臣郑思肖百拜封"十字。拆封视之，乃郑氏《心史》一部。《心史》重见天日距其封藏已 356 年！这是明末的文化新闻。

当本诗作者倪瓒为郑所南兰花题诗时，他尚不知郑氏藏《心史》事。但有一点他清楚：郑所南是南宋遗民，忠于故国之心"不改"。于是才有"泪泉和墨写《离骚》"的慨叹。

"秋风"二句，写自然界的"兰蕙"。兰，春荣秋衰。秋风严霜，气消叶萎，结局"凄凉"。"只有"二句，写画面上的"兰蕙"。因画家怀抱故国之思，"泪泉和墨"，故"兰蕙"妖娆，有《离骚》精神。

用《心史》一书印证这首诗，可知倪瓒看画看人都出奇的准确。作为题画诗，诗对画有阐释作用，对画家亦有臧否意义。而作为独立的诗篇，即便在画家、画一一消失之后，它本身的艺术魅力或许也能复活画与画家的精神。

萨都剌

萨都剌（约1307—约1359），字天锡，号直斋，回族人，一说蒙古人。祖父思兰不花、父亲阿鲁赤皆以武功受知于世祖、英宗，仗节留镇云、代。萨都剌幼年贫穷，曾奔波吴、楚。泰定四年（1327）进士，任京口录事司达鲁花赤、江南行御史台掾史、燕南河北道肃政廉访司照磨、闽海福建道肃政廉访司知事、燕南河北道肃政廉访司经历等职。为官清正，曾因弹劾权贵而遭贬谪。传说晚年曾入方国珍幕。博学能文，兼善楷书，创作以诗词为主。有《雁门集》。

念奴娇·登石头城次东坡韵①

石头城上②，望天低吴楚，眼空无物。指点六朝形胜地，惟有青山如壁。蔽日旌旗，连云樯橹，白骨纷如雪。一江南北，消磨多少豪杰。

寂寞避暑离宫，东风辇路，芳草年年发。落日无人松径里，鬼火高低明灭。歌舞尊前，繁华镜里，暗换青青发。伤心千古，秦淮一片明月③。

【注释】

①题目标明"次东坡韵"，即用苏轼《念奴娇·赤壁怀古》韵。②石头城：古城名，又名石首城，故址在今江苏南京市清凉山。③秦淮：秦淮河。长江下游支流。东源出江苏句容县大茅山，西源出溧水东庐山，在秣陵交汇，经南京市区西入长江，全长一百一十公里。

【鉴赏】

江山不变，物是人非，抚今追昔，伤心千古，这或许就是《念奴娇·登石头城次东坡韵》的趣旨所归。

词题有"次东坡韵"，我们自然应该将它与苏轼的《念奴娇·赤壁怀古》比照而观。苏词写长江中游赤壁景物，怀想三国事；此词写长江下游石头城景物，怀想六朝事。归结点都是江山消磨豪杰。因而从总体风格上评议，两阕词都是以豪放形态抒发历史悲凉的佳作。不同之处，苏词追怀历史事件更为集中，萨词则在描绘历史残迹上多着心力。

上片，尽力铺展登临石头城的壮阔图景。"青山如壁"为所见，"白骨如雪"为所思。两者结合，自然生出"一江南北，消磨多少豪杰"的慨叹。

下片，收拢目光，聚焦石头城内。借落日后的历史残迹，唤醒人们的时间忧虑。"松径"无人、"鬼火"明灭处，曾经无限繁华，这都是岁月"暗换青青发"的结果！"伤心千古，秦淮一片明月"，是连自己也在怜悯之列的！

萨词与苏词不同处，是词人对词境的介入更进一层。他不如苏轼超然，因而他比苏轼更动情。

赠弹筝者

银甲弹冰五十弦[①]，海门风急雁行偏。
故人情怨知多少，扬子江头月满船。

【注释】

①银甲：银做的指甲，套于手指，用以弹筝或弹琵琶。冰：冰弦。琴弦美称。相传为冰蚕丝做成。五十弦：传古琴五十弦。自李义山《锦瑟》诗后，诗人皆泛言五十弦。

【鉴赏】

"银甲弹冰五十弦"，出句极为富丽。"海门"句，看似景语，实为诗人听筝联想，以此表示弹筝效果，乐声如风，雁行为偏。"故人"，当指弹筝者。"扬子江头月满船"句，又是以景映情的佳构。"月满船"则怨满船，月满江则怨满江，弹筝者的"情怨"，"故人"的"情怨"，诗人的"情怨"，谁又能分得清？诗意最难生发，亦最贵生发。"海门"句生发冰弦神韵，"扬子"句生发"故人情怨"，都是诗家灵感一动的清音，偶然得之，不可强求。

明

袁凯

袁凯（约1310—?），字景文，自号海叟，华亭（今上海松江）人。元末为府吏，明洪武三年（1370）荐授御史。徐祯卿《翦胜野闻》记谓："狱有疑囚，太祖欲杀之，太子争不可。御史袁凯侍，上顾谓凯曰：'朕与太子之论何如？'凯顿首进曰：'陛下欲杀之，法之正也；太子欲宥之，心之慈也。'帝以凯持两端，下狱。"直到太祖晏驾，凯始放出，优游以终。袁诗苍劲浑厚，独步明初诗坛。今传《海叟集》。

京师得家书

江水一千里^①，家书十五行^②。
行行无别语，只道早还乡。

【注释】

①"一千里"又作"三千里"。②十五行：旧时信笺一纸八行，书满表示敬重，十五行意谓写满两页纸。

【鉴赏】

沈德潜《明诗别裁》用"天籁"二字评此诗。

考京师距诗人故乡松江不足千里，故"一千里"之说较近事实，"三千里"则过分夸张。

又据钱锺书考，古人写信，有满纸之礼，故书函难免应酬语。此诗的"十五行"，则是两页去掉称谓或落款的满纸文句。袁凯原意当不含虚言客套话。"行行"为真情实话，"行行"有盼归之意。"只道早还乡"五字，再去"只道"二字的诗人转述，家书原意则仅为"早还乡"三字。

我们不能只从"盼归"的角度思考家人情思。"家"与"非家"，是两个不同的世界。"早归家"即"早离"那个"非家"。其中，或有诗人对宦海仕途的否定。

袁凯同时还有《寄家书》一首，曰："白发时时脱，青山处处同。人行千里外，书到五湖东。"两诗相参照，可见诗人幽怀。

宋濂

宋濂（1310—1381），字景濂，号潜溪。先祖潜溪（今浙江金华）人，至濂迁浦江（今属浙江）。元至正时被荐为翰林编修，以亲老辞不就。隐居龙门山著书十余年。朱元璋起兵取婺州，召为五经师。明朝建，先后为文学顾问、江南儒学提举，授太子经。明洪武二年（1369）奉命修《元史》，为总裁官。累官至学士承旨知制诰，被誉为"开国文臣之首"。洪武十年辞归。因长孙犯法，又牵连于胡惟庸案，全家谪茂州，中途病故于夔州。长于散文，能诗。有《宋文宪公全集》。

越 歌

恋郎思郎非一朝，好似并州花剪刀①。
一股在南一股北，几时裁得合欢袍②？

【注释】

①并州：在今山西太原一带，古代以产剪刀出名。②合欢袍：婚服。因袍上绣有成双成对的图案而得名，象征美满婚姻。

题标"越歌",表示对越地民歌的仿拟借鉴。倘不著作者姓名,这诗也真的可被当作民歌。

民歌除用俗俚之语外,设喻抒情为其惯用手法。《越歌》将抽象的"恋郎思郎"比拟为"并州花剪刀",又以剪刀的"一股在南一股北"比拟分离,且以剪刀的裁布做成"合欢袍"象征团聚,可谓一喻立、百情生。

这是将"抽象"变为"具象"的机巧。当抽象的情感具象化后,并未变白、变俗,而借具象的鲜活,情感反而既强化又雅化,既具体又飘逸。"花剪刀"已巧,"合欢袍"更美,回视首句"恋郎思郎",反觉仅仅是一个铺垫。《越歌》的魅力,在于它是摆脱了语言束缚的女性畅想。

刘基

刘基(1311—1375),字伯温,处州青田(今属浙江)人。元末进士,曾任江西高安丞。至正八年(1348)入台州方国珍幕,罢职,复出仕元朝。朱元璋攻浙东,与宋濂一同应召至南京,参与机要。后拜御史中丞,兼太史令,封诚意伯。归老后,于洪武八年(1375)又居京,患病,居一月而卒。有《诚意伯文集》。诗开明诗风气。

北风行①

城外萧萧北风起,城上健儿吹落耳。
将军玉帐貂鼠衣,手持酒杯看雪飞。

【注释】

① 行:"歌行体"的命题标志。

【鉴赏】

刘基作为明朝的开国功臣,他的诗也有"开基"色彩。《北风行》的讽喻倾向是如此强烈，一下便让人联想起孔子"兴观群怨"的诗教。

"城外萧萧北风起"，以"北风"起兴，又是实实在在的景物描写。"城上健儿吹落耳"，是典型的"观"，从内在联系看，"健儿吹落耳"又是"萧萧北风起"的直接后果。这是环境的、气候的原因，似与人事无关。待"将军"二句出，前后、内外、"健儿"与"将军"形成强烈对比，"吹落耳"的人为原因从侧面得到揭示。这是"群"与"怨"的内容。四句诗，两幅画面，同一条边防线上，有人逸乐，有人牺牲。

专制极权是一切不平等的总根源，辩说皆属谎言。这首诗揭示的，仅仅是社会不公正的一角。诗人的理想，或已包含着上下同欲、尊卑同乐的信念。

杨基

杨基（1326—约1378），字孟载，号眉庵，先世居嘉州（今四川乐山），生于吴县（今江苏苏州）。曾入张士诚幕，不久辞去。又作客饶介处，介为张士诚据吴时任淮南参知政事。明师下吴中，谪临濠（今安徽凤阳东），再徙河南开封。洪武二年（1369）放归，任荥阳知县，又谪钟离（今凤阳）。洪武五年被荐为行省幕官司，落职，寓居句容。后任山西按察使，被谗，谪为役，死于工所。"吴中（北郭）四杰"之一。有《眉庵集》。

天平山中①

细雨茸茸湿楝花，南风树树熟枇杷。
徐行不记山深浅，一路莺啼送到家。

【注释】

① 天平山：在今江苏苏州西，为游览胜地。

【鉴赏】

前二句，纯然景语。一句写"细雨"，一句写"南风"；雨中"楝花"湿，风中"枇杷"熟；状"湿"，用"茸茸"；状"熟"，用"树树"。稍作比较，才知这两句是十分自然工整的对句。读来，却一点也感觉不到斧斤之痕。

第三句，主人公出现，一副悠然漫步的仪态。"徐行"则不疲劳，"不记"则少耗神，这才叫放松去玩。"一路"句，紧承"徐行"而来，"莺啼"如歌，"一路"相送，真是花也有意，鸟也有情。

可以用"诗情画意"四字概括这首诗的意境，而恬淡的闲适情调，更非人人得而有之。

高启

高启（1336—1374），字季迪，长洲（今江苏苏州）人。居北郭，与杨基、张羽、徐贲称"吴中四杰"。力学成才，十八岁与吴淞江畔青丘巨室周仲达之女结婚，移居青丘，故又号青丘子。明洪武二年（1369），应召入京师修《元史》，先任翰林院编修官，后擢户部右侍郎。因其自请，放归故里。洪武五年十月，魏观任苏州知府，重修府治旧基，请高启撰《上梁文》。后巡按御史张度奏告启有异图，启遭腰斩。

寻胡隐君^①

渡水复渡水，看花还看花。
春风江上路，不觉到君家。

【注释】

① 胡隐君：隐君为隐士尊称。胡姓，不详其名。

【鉴赏】

古诗词用叠字，如"行行重行行"之类，常得意外之趣，但多以单字相叠。这首诗奇在将动宾词组"渡水""看花"叠用，可谓独出心裁，独具风采。"渡水"相叠，表路远；"看花"相叠，表景新。景新则兴趣盎然，匆匆赶路变为欣欣徜徉，春风相送，不知不觉已到君家。

"寻"的艰难，因为"看花"赏景而消减。隐于美景之中的"胡隐君"，让人羡慕。虽无一句诗直接抒情达意，但诗人的欣喜早溢于言表。

王恭

王恭（1343—?），字安仲，闽县（今福建福州）人。壮岁落魄，樵隐乐长，遍登群峰，故自号皆山樵者。明永乐二年（1404），以荐入京师，入翰林，为待诏。年六十余，参修《永乐大典》，书成，授典籍。后投牒归里。有《白云樵唱集》《草泽狂歌》。

春 雁

春风一夜到衡阳①，楚水燕山万里长。
莫道春来便归去，江南虽好是他乡。

【注释】

① 衡阳：湖南衡阳有七十二峰，中有"回雁峰"。相传秋季大雁南飞，至此不过，遇春而回。

【鉴赏】

全诗皆为诗家平常语，但借雁兴会，以雁喻人，终于将思乡怀亲之情委婉托出。诗有飘逸之势，有伸缩之度，让人联想到中晚唐气韵。

拟人化写雁，并不稀罕。诗人举重若轻处在善于捕捉瞬间变机，即"春到""春来"。"春风一夜到衡阳"，激起鸿雁的思乡之梦。怎么梦的，不直说，一句"楚水燕山万里长"，是画卷，又是诗情。"莫道"句，落脚于"归去"，乃本诗主旨；而"江南虽好是他乡"，在雁的自白与人的评析之间达成一致，并且对"归去"的大势作了含蓄补充：离"他乡"（江南）回"故乡"（燕山）……

流畅也是一种语言之美。王恭此诗，意畅词达，可以一吟成诵。

于谦

于谦（1398—1457），字廷益，号节庵，钱塘（今浙江杭州）人。永乐十九年（1421）进士，授山西道御史，擢兵部右侍郎，巡抚河南、山西。英宗被俘，代宗即位，为兵部尚书，历升少保。侍讲徐有贞主张南迁，于谦斥之。瓦剌兵犯京师，卫城有功。英宗复辟后，受诬，被杀。非纯诗人，但诗极大气率真。有《于忠肃集》。

石灰吟

千锤万凿出深山，烈火焚烧若等闲①。
粉身碎骨浑不怕，要留清白在人间。

【注释】

①"千锤"二句：石灰是石灰岩烧制而成，故有开凿、焚烧两大程序。

【鉴赏】

诗分两大类，一是文人诗，一是民间诗。雅俗分流后，"雅"诗一派被文人作得越来越晦涩，"俗"诗一派则因大众介入而永远明朗。钱谦益于《列朝诗集小传》中说于谦的诗"顷刻千言，格调不甚高，而奕奕俊爽"，立场仍是"雅"诗一派。

这《石灰吟》，平白如话，人人道得；而"粉身碎骨浑不怕，要留清白在人间"的精神境界却只属于谦一人！可见，"格调"不单在文辞。

于谦或许预感到生命的结局，因而在吟叹石灰时，倾注了全部精诚。英宗复辟，以"谋逆罪"杀于谦。忠臣被难，类乎石灰岩被"千锤万凿""烈火焚烧"！无意间，这诗成了于谦的遗言。

郭登

郭登（?—1472），字元登，濠州钟离（今安徽凤阳）人。武定侯郭英之孙。年七岁，能诗文。永乐末充勋卫。正统七年（1442）从王骥征麓川；九年从沐斌征腾冲，功皆最，擢锦衣卫指挥佥事。景泰初，力破也先，追奔至柽栳山，进封定襄伯。英宗复辟，谪戍甘肃。宪宗即位，诏复伯爵，再领军务。卒赠侯爵，谥忠武。有《联珠集》。

西屯女①

西屯女儿年十八，六幅红裙脚不袜。
面上脂铅随手抹，百合山丹满头插②。
见客含羞娇不语，走入柴门掩门处。
隔墙却问官何来，阿爷便归官且住。
解鞍系马堂前树，我向厨中泡茶去。

【注释】

①西屯：又名西屯堡，在甘肃灵台县北。②百合：多年生草本植物，花多白色，如莲瓣。山丹：草名，春开红花，似百合。

【鉴赏】

朱庭珍《筱园诗话》谓："武臣如郭定襄，才力纵横，直可分诗家一席，不止为明代武将之冠。古今名将武臣能诗者，均不及定襄远甚，戚（继光）、刘（显）二将军，拜下风矣。"这评价很高。诵《西屯女》而再思朱氏之评，方知褒奖不虚。

《西屯女》是诗人谪贬甘肃为总兵官时所作。他是将军武臣，却描绘了远离征战的和平生活。"西屯女"的形象，栩栩如生，虽施"脂铅"却无脂粉气，虽处乡野却有教化精神，一举一动，一言一行，无不天真烂漫、淳朴可亲。仅凭写活了一个西屯少女，这诗便足以不朽。

前四句诗，从装束打扮上描绘西屯女的女儿风韵。"红裙"极夺目，"不袜"极朴素，"随手"抹粉极自由，山花插头极俏丽，种种情态，都是能体现西屯女个性的。装束本身便充满了矛盾，唯如此，才是西北女儿！

"见客"二句，是有情无声的画面。"含羞""娇不语"，是瞬间反应，出之女儿天性；且为"隔墙却问"蓄势。女儿问话，周详有礼，问毕的交代语，最见女儿细心和热情："解鞍系马堂前树，我向厨中泡茶去"两句话，一对客人，一表自己。全诗戛然止于"泡茶去"，余味亦如香茗，沁人肺腑。言尽意不尽、事不尽，留下巨大的艺术回味空间。

唐寅

唐寅（1470—1523），字伯虎，一字子畏，自号六如居士、桃花庵主、鲁国唐生、逃禅仙吏、江南第一风流才子等，吴县（今江苏苏州）吴趋里人。自幼聪敏，弘治十一年（1498）中乡试第一。次年，与江阴人徐经入京会试，因牵于科场舞弊案下狱，罢为吏，耻而不就。归里后，游历各地，鬻文卖画为生。有《六如居士集》。

言志

不炼金丹不坐禅[①]，不为商贾不耕田。
闲来写就青山卖[②]，不使人间造孽钱！

【注释】

①"不炼"句：炼金丹，道家事；坐禅，佛家事。二者皆不为，即不信佛道。其实，唐寅好佛。②写就青山：作画。

【鉴赏】

本来应该有闪光的仕途，却因徐经科场舞弊事，被牵连，致使唐寅终生偃蹇。这首《言志》，是诗人久困江湖以后的自白、自勉。

开篇二句，连用四个"不"字，以排他法，表示自己对生存方式的选择极为自由，又极为理想化。前句倾于精神，后句倾于物质，双双否定后，生活的路实际上已经很窄。

"闲来"一句，以轻松口吻出之，却是诗人唯一的生财之道。画画也是一种劳作，故卖画所得，是干净钱，是血汗钱。由此逼出"不使人间造孽钱"的誓言。全诗用五个"不"字，加强了否定意向，使"言志"有了更浓重的自诚自律色彩。

李梦阳

　　李梦阳（1473—1530），字献吉，号空同子。庆阳（今属甘肃）人。弘治六年（1493）举陕西乡试第一，次年中进士。因连遭父母之丧，弘治十一年始出为户部主事，后迁郎中。弘治十八年四月，因弹劾张鹤龄被囚锦衣狱，不久宥出，路遇张氏，扬鞭打落其二齿。正德元年（1506）因替尚书韩文写弹劾刘瑾奏章，被谪山西布政司经历。不久因他事下狱。刘瑾败，复原官，迁江西提学副使，后又因替朱宸濠写《阳春书院记》而削籍。诗擅律、绝，有《空同集》。

经 行 塞 上

　　天设居庸百二关^①，祁连更隔万重山^②。
　　不知谁放呼延入^③，昨日杨河大战还^④。

【注释】

　　① 居庸关：长城关口之一，明洪武元年（1368）修建。百二：指能以"二"抵"百"。百二关，即险关。② 祁连：山名，在甘肃西部和青海北部。③ 呼延：匈奴族常见姓氏。此处泛指北方少数民族。④ 杨河：即甘乌里亚苏台河。在今蒙古国境内。

【鉴赏】

　　这是一首边塞诗。虽然没有直接描绘战争，但通过对边塞关、山形胜的万里扫描，以及对杨河大战的点化，充分表现了诗人关心国家安全、反对屈膝媚敌的爱国情操。

　　"天设"二句，大气磅礴，意境壮阔，以雄视八荒的气度，写尽万里长城

442

的金汤之固。"天设",是天险,亦是人谋。故第三句便有"不知谁放呼延入"的疑问。这是明知故问,暗喻谴责。而紧接着的"昨日杨河大战还",自然便有了褒扬赞美之意。

有边有防,国安;有边无防,国危。诗人深谙此理。因而这首诗写"百二关""万重山"的用意在于申言保疆卫国。全诗画幅送出,色调苍莽,有金戈铁马之势,风格与唐人边塞诗相近。

陆娟

陆娟,生卒年不详,松江(今属上海)人。其父陆德蕴是名画家沈周的老师,由此推想她与沈氏为同代人,大约生活于明弘治年间。

代父送人之新安[①]

津亭杨柳碧氃氃[②],人立东风酒半酣。
万点落花舟一叶,载将春色到江南。

【注释】

①之:往,到。②津亭:渡口驿亭。氃(sān)氃:细长柔软。

【鉴赏】

送别诗出"新"之难,一在如何跳出伤感,一在如何摆脱老套。这首诗的新颖可观便在于它一不伤感,二不落俗。

酒喝得恰到好处,送行时又逢柳青风暖,落英缤纷,美景至情,送者与被送者皆大欢喜。祝语之妙,因落花而生。花落于地,落于船,船载人,又载落花,由此跳出"万点落花舟一叶,载将春色到江南"的丽词佳句。金贵银贵,虽贵有价,唯"春色"之贵,不可估价。客与"春色"同归,何憾之有?

"春色"有形,"春色"又无形。情义有度,情义又无度。这首诗在有形、无形、有度、无度之间点染文字,故得风姿绰约之趣。

杨慎

　　杨慎（1488—1559），字用修，号升庵，新都（今属四川）人。大学士杨廷和之子。正德六年（1511）殿试第一，授翰林院修撰。武宗微行，出居庸关，他抗疏切谏，不听，托病归。世宗即位，充经筵讲官。嘉靖三年（1524）因"大礼议"偕廷臣伏谏左端门，世宗震怒，令杖群臣。杨慎毙而苏，谪戍云南永昌卫（今云南保山）。父丧，允归葬，葬毕复至滇中。终于客死云南。有《升庵集》。

竹枝词①（二首）

　　夔州府城白帝西②，家家楼阁层层梯③。
　　冬雪下来不到地，春水生时与树齐。

　　上峡舟航风浪多，送郎行去为郎歌。
　　白盐红锦多多载④，危石高滩稳稳过。

【注释】

　　①竹枝词：原为蜀中民歌，后经文人仿作成为诗、词一式。②夔州：治所在今重庆市奉节县。奉节东有白帝山、白帝城。③楼阁：指吊脚楼。④白盐红锦：指四川自贡盐、蜀锦。

【鉴赏】

　　杨慎《竹枝词》共九首，今选其二。他是蜀人，又被谪，长期生活于中国大西南，利用这种民歌形式写其见闻，当有得天独厚之势。

　　第一首，写夔州风情。先指明夔州的地理方位（白帝西），又描写民居特点（家家楼、层层梯）。三、四句则写气候特征。"冬雪"句言其冬暖，"春水"句言其水大。这都与夔州地处巴山、濒临大江相关。虽然只有四句，诗人仍十分周全地顾及了空间与时间（季节）的双向展示。其中尤以"冬雪下来不到地，春水生时与树齐"二句捕捉准确，表述生动。

　　第二首，写送行嘱托，是妻子送经商的丈夫逆流而上。一、二句出语极自然，全无雕饰，似漫不经心语。三、四句是唱出来的"歌"，因而那对仗、那叠字的运用，都有如歌的行板。"多多载""稳稳过"，即又要发财，又要平安。这是中国人最基本的祝词，用于妻对夫，真挚而信达。不该缠绵时，即不再缠绵，所以爽快也是多情，"歌"别胜于"泣"别。

王世贞

王世贞（1526—1590），字元美，号凤洲、弇州山人，太仓（今属江苏）人。幼有才华，嘉靖二十六年（1547）进士。初任刑部主事，与李攀龙、谢榛辈相歌和，称"后七子"。迁员外郎、郎中。为官刚正，不事权要，遭严嵩嫉恨。出为山东副使。其父王忬以滦河失事，下狱，世贞与弟世懋日伏严氏门外求宽免，不允，父死。隆庆初，兄弟伏阙讼父冤。曾任浙江布政司左参政，迁南京刑部尚书，上书乞致仕，卒于家。有《弇州山人四部稿》。人评其人："名虽七子，实则一雄。"

钦鴀行①

飞来五色鸟，自名为凤凰②。

千秋不一见，见者国祚昌③。

缯以钟鼓坐明堂④，明堂饶梧竹⑤，三日不鸣意何长。

晨不见凤凰，凤凰乃在东门之阴啄腐鼠⑥，啾啾唧唧不得哺。

夕不见凤凰，凤凰乃在西门之阴媚苍鹰，愿尔肉攫分遗腥。

梧桐长苦寒，竹实长空饥。

众鸟惊相顾，不知凤凰是钦鴀。

【注释】

①钦鴀（pí）：亦作"钦駓"。原为人面兽形之神，后化为大鹗，《山海经·西山经》谓："其状如雕，而黑文白首，赤喙而虎爪，其音如晨鹄，见则有大兵。"②凤凰：古代传说中的鸟王，雄为"凤"，雌为"凰"。郭璞注谓："鸡头、蛇颈、燕颌、龟背、鱼尾，五彩色，高六尺许。"③国祚：国运。④明堂：泛指天

子宣扬政教处。⑤梧竹:梧桐、竹实。《庄子·秋水》:"(鹓雏)非梧桐不止,非练实(竹实)不食,非醴泉不饮。"鹓雏即凤凰的一种。⑥腐鼠:《庄子·秋水》:"于是鸱(猫头鹰)得腐鼠,鹓雏过之,(鸱)仰而视之曰:'吓!'"腐鼠即喻小人所爱、君子所恶之物。

【鉴赏】

这首诗颇有寓言色彩,讲了一只假凤凰的故事。它身有五彩羽毛,且自称是凤凰,飞翔于空中,见者皆以祥瑞之鸟视之。它甚至落在天子明堂之上,钟鼓乐之,梧竹食之,不亦乐乎。奇怪的是,这只自称凤凰的"五色鸟"却在东门之阴大啄"腐鼠",在西门之阴大攫"遗腥"。曾经追随这只"五色鸟"的"众鸟"相顾大惊,它们哪儿知道这"凤凰"原是"钦鴀"!

很明显,此诗含有强烈的政治讽喻色彩,诗中的"五色鸟",必隐指严嵩无疑。小而言之,严嵩与王世贞有杀父之仇;大而言之,严嵩又有误国残民之罪。以"钦鴀"喻之,或不为过。

在一个更广泛的认识意义上,《钦鴀行》揭示了较为普遍的政治伪饰。"明堂"上伴钟鼓而舞蹈者,"凤凰"少而"钦鴀"众,大体如是。

诗用歌行体,杂言迭出,韵随意转,灵活的形式,服务于讽喻的内容,取典于《庄子》,增强了嘲讽力度。

戚继光

戚继光(1528—1587),字元敬,号南塘,晚号孟诸,山东登州(治今山东蓬莱)人。青年时袭父职任登州卫都指挥佥事。嘉靖中,调任浙江参将,大破倭寇于台州,歼之于福建,建"戚家军",抗倭建功。后调蓟州,于长城筑敌台。因军功,加秩少保。张居正倚重之。张死,调戚广东,逾年即谢病归里。后卒于家。有《止止堂集》《纪效新书》。

446

登盘山绝顶①

霜角一声草木哀②，云头对起石门开。
朔风虏酒不成醉③，落叶归鸦无数来。
但使玄戈销杀气④，未防白发老边才。
勒名峰上吾谁与？故李将军舞剑台⑤。

【注释】

①盘山：本名四方山，位于天津蓟州区西北。相传古代有田盘隐于此，故名。
②角：乐器。多用作军号。③虏酒：泛指塞外之酒。④玄戈：又名玄弋，星名。杓端有二星，一内为矛，一外为盾。后军旗上亦绘玄戈星图，故玄戈即指军旗，又指兵器（戈）。⑤李将军：唐开国功臣李靖。盘山天成寺东有石台，拳石矗立，圆滑难登，相传为李靖"舞剑台"。

【鉴赏】

沈德潜《明诗别裁》评此诗谓："无意为诗，自足生趣，若郭定襄直于诗坛中位置之。"与郭登相比，戚继光诗才稍逊，但于中国武将中亦可谓儒雅风流，不愧诗人之号。

这首登盘山七律，可谓情景交融之作。首、颔二联四句，分写霜、云、风、鸦，又杂以"草木""石门""虏酒"，由纯然的秋山秋景，过渡到诗人望秋兴叹。"朔风虏酒不成醉"一句，承上启下，开颈联抒怀及尾联自况。"但使玄戈销杀气，未防白发老边才"二句，出之武人之口，更表现了国人对和平的渴望。"老边才"，又是写实。诗人以都督同知总理蓟州、昌平、保定三镇练兵事，前后达十六年，离此任时已年五十五，可以称"老"。尾联二句，"勒名峰上吾谁与？故李将军舞剑台"，大气磅礴，而又含婉深浑。"舞剑台"，为天然巨石，托名李靖，有几多传闻色彩。戚继光守边，效法李靖于长城要塞修筑工事，连绵相望数百里，其作用又大过"舞剑台"。

赵南星

赵南星（1550—1627），字梦白、拱极，号侪鹤，别号清都散客，高邑（今属河北）人。万历二年（1574）进士，任汝宁推官，历户部主事、吏部考功、文选员外郎。上书陈说天下四大害，触犯时忌，乞归。后起为考功郎中，主持京师地区官员审察，因罢黜贪官而被严旨削职。光宗立，起为太常少卿，迁左都御史。天启三年（1623）任吏部尚书，被魏忠贤排斥，削籍戍代州，至卒。与邹元标、顾宪成并称为"东林三君"。著有《赵忠毅公诗文集》《史韵》《味檗斋文集》《学庸正说》等。

子夜歌①

美人着新裙，细步不闻声。
风来感芭蕉，缩缭使郎惊②。

【注释】

①子夜歌：乐府曲名。《宋书·乐志一》："子夜歌者，有女子名子夜，造此声。"后人仿拟，多写爱情及悲欢离合。②缩缭（cuì cài）：衣服摩擦的声音。

【鉴赏】

这首诗并不直接展示"美人"容貌之美，却用她的"细步"无声、"缩缭"惊郎展现其风度仪态之俏。这美，是动态的、无声的。在芭蕉"绿"的映衬下，新裙的"红"艳别具风华。前三句，节律舒缓，从容不迫，亦如"细步"款款的美人。第四句，一"惊"字，背藏无言之赞，而诗味浓郁又妙手偶得句是"风来感芭蕉"五字。美人无声，芭蕉有声，人来风至，纯出偶然，但美人的美则是绝对的。

汤显祖

汤显祖（1550—1616），字义仍，号若士、海若，别署清远道人，晚号茧翁，临川（今属江西）人。出身于书香门第，十二岁能诗，十四岁补县诸生，二十一岁中举，三十四岁中进士，在南京先后任太常寺博士、詹事府主簿、礼部祠祭司主事。万历十九年（1591）因上疏论事贬广东徐闻任典史，次年调浙江遂昌知县，多善政。万历二十六年弃官居里，自称"偏州浪士，盛世遗民"。虽主要成就在戏曲，但其诗集《红泉逸草》《雍藻》《问棘邮草》刊布更早。

天台县书所见①

池暖风丝着柳芽，懒妆宜面出山家②。
春光一夜无人见，十字街头卖杏花。

【注释】

①天台县：今属浙江。②"懒妆"句：翻用刘禹锡《春词》中"新妆宜面下朱楼"句。

【鉴赏】

此诗为山城即景。匆匆一瞥，得其概貌，以简笔勾勒之，居然是一幅风姿绰约的"山城丽人行"画图。

"池暖"句，纯以轻淡之墨写春景。"池暖"平实，"风丝"出新，"着柳芽"则活泼灵动。"懒妆"句虽为实写（山里姑娘疏于刻意打扮），但着"宜面"二字，则天然风韵，自含魅力。这与刘禹锡"新妆宜面下朱楼"的精心描画正好相反。"出山家"，正宜其天然本色。

第三句，欲扬先抑，引而不发，以"无人见"作一顿挫，逼出"十字街头卖杏花"的山城图画。"卖杏花"三字，与"无人见"相应，又与"出山家"相应，且与首句的"池""风""柳"相融相和。

"春光"一词的多义性，既指"杏花"，又指"懒妆宜面"的卖花人。"人面杏花"之美，并不减"人面桃花"之韵！

徐熥

徐熥（1561—1599），字惟和，闽县（今福建福州）人，万历十六年（1588）举人。三次赴京会试，皆下第，与弟𤋮，俱有诗名，尤长于七绝，有《幔亭集》。

陇西行[①]（其二）

仗剑封侯事已非，闺中少妇葬征衣。
玉门关内多边马，纵有游魂不敢归。

【注释】

① 陇西：郡、县名，地当在今甘肃陇山以西。此为虚指泛说，谓边庭之地。

【鉴赏】

起势平平，收势一笔荡开，便有惊心动魄之感，所以，这首诗也让人过目铭心。

一、二句写常态。仗剑赴边，本想博取功名，封侯拜将，封妻荫子。但命断沙场，尸骨无存，千万里之外的妻子，也只好"闺中少妇葬征衣"。冷冷叙出"葬征衣"，言外有悲。

三、四句写变态。玉门关内，边马驰骋，本为杀敌备边之用。诗人却借马兴叹，逼出"纵有游魂不敢归"的奇叹。"游魂"出得突兀，"不敢归"判得寒心，似吊非吊，似叹非叹，与"葬征衣"上下照应，直将征人活无人归、死无魂归的双重悲剧通盘揭出。真是愈玩味，愈感知生命的不公平。

袁宏道

袁宏道（1568—1610），字中郎，号石公，公安（今属湖北）人，万历二十年（1592）进士，选为吴县知县，不久辞职。后又任礼部主事及吏部郎官。任三职，前后不过六年。英才而逝，明文坛少一奇才。与兄宗道、弟中道被誉为"三袁"，领"公安"一派。成就以文为主，诗次之，有《袁中郎全集》。

初至西湖（其一）

山上清波水上尘，钱时花月宋时春^①。
看官不识杭州语^②，只道相逢有北人。

【注释】

①"钱时"句：唐哀帝天祐四年（907），杭州人钱镠拥兵两浙，于杭州建吴越政权，有国七十二年，归降于宋；宋高宗南渡后，先在杭州建行宫，后建都，有国一百五十三年。故用"钱时花月宋时春"喻之。②看官：小说、戏曲语，犹"诸位"。

【鉴赏】

诗题为"初至西湖"，没想到诗人在欣赏西湖美景（山上清波水上尘）后，竟然敏感地注意到杭州人的说话口音："看官不识杭州语，只道相逢有北人"。

这不奇怪。宋人南渡后，北宋京师汴京人多至杭州。群聚而居，代代相传，杭州的"小方言区"便受了"汴京话"的侵入。久而久之，杭州话自然有了北方调门。

到了明代，袁宏道仍然能听出来，足见影响深远。用诗记录一地的语言变化，非聪明人、有心人不能。于是，《初至西湖》竟成为研究中国方言史的见证。当然，这并不是诗人的初衷。

诗人的感慨，固有对语言现象的惊叹，但何尝没有对"钱时花月宋时春"的警思。几十年，几百年，生于其间，自知度日如年；而对后来人而言，则一时之花月、一季之春风而已，诗人游西湖，或许触动了潜藏的历史悲欢！

钟惺

钟惺（1574—1624），字伯敬，号退谷，竟陵（今湖北天门）人。万历三十八年（1610）进士。曾任南京礼部祠祭主事，又曾入蜀、鲁、黔诸省监典乡试，转祠祭司郎中，升福建提学佥事。父卒，丁父忧去职。服阕三年，卒于家。为竟陵派首领。诗风冷峭而隐涩。有《隐秀轩集》，与谭元春合编《诗归》。

秣陵桃叶歌①

女儿十五未知羞②，市上门前作伴游。
今日相邀伴不出，郎家昨送玉搔头③。

【注释】

①秣陵：今江苏南京市。桃叶歌：乐府曲名，晋王献之为其妾桃叶而作，详见本书前王献之诗。诗人初至金陵，感于此地风俗之异，作诗六首，此为第一首。②女儿十五：待嫁之年。据《穀梁传·文公十二年》：“女子十五而许嫁，二十而嫁。”③玉搔头：玉簪。

【鉴赏】

诗的切入点是一支玉搔头。不收此物，女儿就是女儿，“十五未知羞”，市上门前游，一派天真无邪气象。收了此物，便是“郎”的未婚妻了，便是“大人”了，故“相邀”亦不再出门。

身份变，心理即变；心理变，行为即变。

少女时代再美好，也要结束。婚姻催熟生命，这是社会的喜剧。

这首诗轻巧活泼，意趣盎然，非钟惺惯用手法。

谭元春

谭元春（1586—1637），字友夏，竟陵（今湖北天门）人。祖父湘涯公治《易》，但早卒，父德父、念湘公，读书，仅中秀才，但以《尚书》起步育诸子（友夏兄弟六人）。天启七年（1627）湖广乡试第一，会试不中，即绝仕进之路，以诗文逍遥终生。与同县钟惺为忘年交，二人合编《诗归》，因诗风相近，为竟陵派首领。虽清人中不乏贬抑之者（如钱谦益、沈德潜），但自出胸臆，不少假借，为其所长。有《谭友夏合集》。

舟 闻

杨柳不遮明月愁，尽将江色与轻舟。

远钟渡水如将湿，来到耳边天已秋。

【鉴赏】

这首诗写秋夜行舟江中，忽闻岸上钟声传来，突发深秋之慨。

前两句，倾向于视觉感受。明月透过稀疏的柳枝，尽将一丝愁意与无限江色给予轻舟。给予轻舟，即给予舟上人。三、四句，转为听觉，这听觉捕捉到渡水而至的钟声，甚至捕捉到钟声中的水湿之气；唯如此，这水湿的钟声飘到耳边，才加深了秋的悲凉。

精辟全在第三句，而自然则在第四句。秋声透凉，游子思乡，对秋的感受更进一层。

清

钱谦益

钱谦益(1582—1664)，字受之，号牧斋，后又自称牧翁、蒙叟、东涧遗老、绛云老人、敬他老人等，常熟（今属江苏）人。明万历三十八年（1610）进士，崇祯时官礼部右侍郎，被诬革职。南明弘光朝官礼部尚书。清兵南下降清，官礼部右侍郎管秘书院事，充修明史副总裁。任职六月，以病告归。秘密反清，与郑成功有联络。因与黄毓祺反清案牵连入狱二年，始赦归。学问渊博，为清初诗坛领袖人物。有《初学集》《有学集》《列朝诗集》等书。

留题秦淮丁家水阁① （录一）

苑外杨花待暮潮②，隔溪桃叶限红桥③。
夕阳凝望春似水，丁字帘前是六朝④。

【注释】

① 此诗原题为《丙申春就医秦淮，寓丁家水阁，浃两月，临行作绝句三十首留别，留题不复论次》。丙申：顺治十三年（1656），诗人就医秦淮。据此题第二十二首自注："余就医于陈古公。"陈古公即陈元素。据陈寅恪《柳如是别传》释，此次就医，或暗中商议接应郑成功事。浃：满。② 苑外：指不在身边。杨花：杨即柳，暗指其妻柳如是。潮：用李君虞《江南词》"早知潮有信"意。③ 桃叶：桃叶渡。在南京秦淮河与青溪合流处，相传为晋王献

之送妾桃叶处。红桥：在扬州。此为泛指。④丁字帘：地名，在南京秦淮河利涉桥边，明时为乐户聚居处。六朝：因秦淮为六朝繁华地，故以六朝借指秦淮河，并寓兴亡意。

【鉴赏】

初看，分明是一首春日景物诗。其实，句句有寄托兴会，说怀人可以，说忧国可以，又总纤痕不露，的确是斫轮高手风范。

前二句，写"杨花"待潮，"桃叶"隔溪，都是针对妻子柳如是而言的。这是曲折地告诉柳氏，一切平安，不久当归。

后二句，写"夕阳凝望"，秦淮如昔，则是针对时势的。"春似水"，时已逝，明亡了，六朝亡了，秦淮风月依旧，这是让人十分伤怀的。

两层画面相叠，思亲思国或爱亲爱国之意，隐隐透出。这就是钱牧斋遗臣孤子绵绵不尽之情。

陈子龙

陈子龙（1608—1647），字卧子，号轶符，晚号大樽，松江（今属上海）人。崇祯十年（1637）进士，选绍兴推官，与夏允彝创立"幾社"，与"复社"相应和。北都陷，任南明兵科给事中，上疏论防守要策，不听，辞官返里。清兵入南京，遁为僧，名信衷。顺治三年（1646）祖母卒，遂一无牵挂结太湖兵以抗清。兵败被拘，在押向南京途中投水自尽。乾隆时谥"忠裕"。有《陈子龙诗集》。

渡 易 水①

并刀昨夜匣中鸣②，燕赵悲歌最不平。
易水潺湲云草碧，可怜无处送荆卿③。

【注释】

①易水：源出河北易县西，东流至定兴县与拒马河汇流。②并刀：并州

出产的刀，以锋利出名。此处泛指宝刀、宝剑。③荆卿：荆轲。战国卫人，被燕太子丹拜为上卿，故称。谋刺秦王不成，死。刺秦前与客相别于易水，荆轲歌曰："风萧萧兮易水寒，壮士一去兮不复还。"

【鉴赏】

自古及今，咏叹荆轲的诗不计其数，但多为文人空论。事不关己，泛泛而言，褒贬皆与咏叹者无关。陈子龙终于做成了烈士，而且他还是死于滚滚清流的。因而，他的《渡易水》咏怀荆卿，发于真情，自与一切文人浮言不同。

古人相信，宝剑为灵物，人剑相感，可以在匣中自鸣为声。宝剑一鸣，即提醒主人，应该仗剑而起了！这首诗入句即言"并刀昨夜匣中鸣"，这是古今相感，荆卿与诗人灵息相通所致。"燕赵悲歌最不平"句，纳古容今，是历史遗憾与现实渴望呼应的回音。三、四句，回到现实，易水潺潺，天青草碧，但是再也找不到荆卿那样的壮士了！"无处送"三字，承袭燕太子送荆轲旧事，实际的意思即"无处寻"。

世无荆卿，燕赵大地独留易水东去。英雄成全了易水，易水却并不能成就英雄。陈子龙的精神悲剧有如夸父逐日，激愤不已，终无所成。最后，他只好自化长剑，甘做牺牲，完成对英雄的拥抱。

这是一首洋溢着英雄主义的诗歌，何时再有英雄相送于易水？

吴伟业

吴伟业（1609—1672），字骏公，号梅村。先世居昆山，祖父始移太仓（今属江苏）。崇祯四年（1631）进士，授翰林编修，后任东宫讲读官。南明福王朝任少詹事，任职二月辞归。清顺治十年（1653）被迫赴京出仕，初授秘书院侍讲，后升国子祭酒。母丧南归，隐居终老。工诗文，与钱谦益、龚鼎孳并称"江左三大家"。

萧 何[①]

萧何营私第[②]，他年畏势家。
岂知未央殿[③]，壮丽只栖鸦。

【注释】

① 萧何（？—前193）：秦末沛县（今属江苏）人。助刘邦灭秦剪楚，积功为相，封酂侯。② 私第：私宅。③ 未央殿：汉宫名，即未央宫，天子居处。未央宫为汉高祖七年（前200）萧何监造。

【鉴赏】

萧何虽为一国之相，但不治私第。其忧虑在于，子孙若不肖，再豪华的宅第也会被"势家"夺去。这首诗以未央殿终只剩"栖鸦"，揭示王朝衰歇将无可避免。俭以兴家，奢以亡国，正反两方面的事例都很显露。当然，汉朝的衰亡不在刘邦命萧何筑宫室。"未央殿"仅是一个王朝败落的象征。君权高于一切，皇威重于一切，尚难永久保全，何况一家一族？

李渔

李渔（1611—1680），字笠鸿，号笠翁，兰溪（今属浙江）人，生于雉皋（今江苏如皋）。明代考取过秀才，入清未应试。出身豪富，清兵入浙后家道中落，移家杭州，又移南京，从事著述，或刻售图书，又以家庭剧团南北演出。卒于杭州。有戏曲集《笠翁十种曲》，诗文集《笠翁一家言》，又有小说、杂著多种。

早 行

鸡鸣自起束行装，同伴征人笑我忙[①]。
却更有人忙过我，蹇蹄先印石桥霜[②]。

【注释】

① 征人：旅人。② 蹇：泛指驴马。

【鉴赏】

俗语有："莫道君行早，更有早行人。"这首诗即写了这么一种我早、人比我更早的情状。

中国人有鸡鸣即起的习惯，故入句便点"鸡鸣"。鸡鸣一般分三次。头遍，在午夜后不久；二遍、三遍鸣后，天才破晓。"雄鸡一唱天下白"，是指鸡叫三遍而言。诗人早岁游历各地，鸡鸣上路，自非一次；"同伴""笑我忙"，谅亦非一次。"却更"句一转，诗意翻新，"蹇蹄先印石桥霜"。雁过留声，人过留迹，以"石桥""蹇蹄"印痕显示早行者，此时无声，胜于有声。

这首诗的艺术空间很大。一条道上，先先后后走着许多人，谁早谁迟谁前谁后呢？这鱼贯而行的生命，时刻都在勉励人们笨鸟先飞，勤者有成。

顾炎武

顾炎武（1613—1682），初名绛，字忠清，清兵南下，改名炎武，字宁人。曾自署"蒋山佣"，人称亭林先生。少重经世实学，参加复社。明亡，参与抗清活动。康熙七年（1668）为山东"黄培诗案"牵连入狱，经友人营救获释。清廷多次召修《明史》，皆拒绝，终身不仕，致力于经学研究。有《日知录》《亭林诗文集》等。

旧 沧 州①

落日空城内，停骖问路歧。
曾经看百战，唯有一狻猊②。

【注释】

①沧州：在河北省，旧属河间府。加一"旧"字，并非与"新"对，意为"老"

或"古"。②狻猊：狮子。沧州城内开元寺旧有铁狮子，高一丈七尺，长六尺。后寺废，铁狮子亦残缺。

【鉴赏】

清顺治十七年（1660）诗人北上谒明十三陵，归途经沧州，作此诗，寄寓兴亡之叹。

"落日空城内，停骖问路歧"，叙事含悲。"空城"，经战乱后之惨象；"路歧"，或有穷途异县、歧路他乡之悲。三、四句"百战"后"唯有一狻猊"的描写，言外之意颇多。"百战"是就数千年历史而言，最近"一战"必是清兵南下的侵凌。铁狮子是沧州沧桑的唯一见证，反证了沧州人的巨大牺牲。

铁狮子提供"铁证"，控诉战争之罪；时在明清之交，诗人的遗民故国之思也是很明显的。

王士禛

王士禛（1634—1711），字子真，一字贻上，号阮亭，又号渔洋山人，山东新城（今山东桓台）人。顺治十五年（1658）进士，初任扬州推官，升礼部主事，官至刑部尚书。诗名早著，倡"神韵"说，继钱谦益后主清诗坛十余年。擅长各体，尤精七绝。有《带经堂集》。

雨中度故关①

危栈飞流万仞山，戍楼遥指暮云间。
西风忽送潇潇雨，满路槐花出故关。

【注释】

①故关：井陉关。太行八陉之一，在今河北井陉，为太行山要隘。关在山上，关口中央低，四面高，形若井，故名。

康熙十一年（1672）诗人入蜀典试行经井陉关，作此诗。

一、二句，正面描写井陉关山高路险。两句诗融汇了栈道、飞瀑、险峰、戍楼、暮云诸景物；仰视高危，有不胜压抑之感。这很真切，因为从华北平原西上太行，群山壁立，高耸云表，确有步步登天之感。

三、四句，写暮雨落花。"雨"是突然而降的，而"花"则早在雨前便已遍洒满路。"满路槐花"的景致，极有北方情调。槐花初开，缀满枝头，及落则表明暮春已到。

四句诗，前张后弛，前远后近，前激情而后逸情，写得十分从容有度。

许廷荣

许廷荣，一作许廷嵘，字子逊，江苏长洲（今苏州）人。康熙五十九年（1720）举人。曾官福建武平知县，有善政。晚年退居长洲陈墓，与沈德潜、王昶相往还。有《竹素园集》。

都下送同里陆实君往楚中①

北上同为客，南还不到家。
三年留冀北，十月下长沙。

【注释】

①都下：都城。此指北京。同里：同乡。楚中：由诗句推断为湖南。

【鉴赏】

四句诗，两两相对，不但工整，而且自然。"北上"对"南还"，"同为客"对"不到家"，"三年"对"十月"，"留冀北"对"下长沙"，在空间转换与时间推移中，诗人与陆实的"同里"关系不变，情谊不变，思念不变。

这样写送别，完全跳出了悲情语境与嘱托语境，只讲人生聚合，聚之喜，离之悲，不言已言。平淡到无"情语"，质朴到无"景语"，但情与景，却又是严格规范好的。以"景"为例，北上之"北"，指北京，南还之"家"指苏州，"冀北"指燕蓟，"长沙"指湖广，推敲之，则句句有景。景有了，同乡同里、同宦同游之情自然难割难舍。意在不言中，情在不言中，这首诗深得含蓄之致，一旦传诵，众口称赞。

叶肇梓

叶肇梓，字季良，江南和州（今安徽和县）人。生平不详。

横江词①

人道横江恶，侬道横江好②。
不是浪如山③，郎船去已早。

【注释】

①横江词：为李白所创乐府新辞。李白有《横江词》六首。横江，亦名横江浦，在今安徽和县东南，与采石矶隔江对峙，古为要津。②"人道"二句：与李白《横江词》第一首一、二句正好相反。李白诗句是："人道横江好，侬道横江恶。"③浪如山：化用李白上诗三、四句："一风三日吹倒山，白浪高于瓦官阁。"

【鉴赏】

叶肇梓一首诗四句有三句来自李白诗，仍然诗意新鲜，诀窍在于翻太白好恶之意，推出男女欢情。

李白诗说浪大不好，叶肇梓诗说浪大好，盖因立足点不同。叶诗模拟"侬"的口吻，自然是"侬"的立场。浪大，船不可行，则"郎"便可多留些时日；郎留，则夫妻团聚，自然是"好"。

诗意允许翻新，翻新乃创造一格。只要"巧"便是"好"。李白《横江词》

后千年，叶肇梓同题赋诗，借太白词，翻太白意，居然成功。这再一次显示：
人外有人，诗外有诗，景外有景，情外有情……

查慎行

　　查慎行（1650—1727），初名嗣琏，字夏重，后改今名，字悔余，号他山，又号初白，
浙江海宁人。康熙四十二年（1703）进士，授翰林院编修，入值内廷。十年后乞归。
家居十余年，雍正四年（1726）因弟查嗣庭讪谤案被逮入京，次年放归，不久病故。
诗倡空灵，兼学唐宋，为清初大家之一。有《敬业堂诗集》《词集》。

雨 后

便从一雨望丰年，大抵人情慰目前。
我比老农还计短，只贪今夜夜凉眠。

【鉴赏】

　　久旱逢雨，稼禾葱葱，丰收在望，这是每一个农人都可以推定的年景。但
诗人想的并不远。他只知道，无雨天热，有雨凉爽，因而趁夜凉睡个好觉。这
是一种极为真切而普遍的人生感受。

　　承认"人情慰目前"，承认"我比老农还计短"，从诗意上看是自嘲或自
剖；从诗法上看则是对比、反衬，用以突出"雨后""凉眠"的舒适与难得。

　　这首诗描写常景小情，以感受真、体验真为特色。一场雨，降几度气温，
就可以改变人的情绪，这或许证明人太敏感、太脆弱，同时又证明人与环境的
密切关联。

郑燮

郑燮（1693—1765），字克柔，号板桥，兴化（今属江苏）人。康熙年间秀才，雍正年间举人，乾隆元年（1736）中进士时已年过四十。任范县知县，又调知潍县，多有惠政。乾隆十八年因请赈触怒大吏而辞官。归扬州，鬻书画为生，为"扬州八怪"之一。画工竹、兰、石，书法自成一格，诗以白描见长。成诗、书、画三绝。有《郑板桥全集》。

潍县署中画竹呈年伯包大中丞括①

衙斋卧听萧萧竹，疑是民间疾苦声。
些小吾曹州县吏，一枝一叶总关情。

【注释】

①年伯：同科考取称同年，对同年中的长辈或父亲称年伯。中丞：清代指巡抚。大：表尊敬。包括：钱塘（今杭州）人，时任山东布政使。

【鉴赏】

这是一首题画诗，画的是竹子。借题竹，诗人表达了对人民的关切和同情。

入句写听竹。"衙斋卧听"，大抵是在更深夜静时。竹本无声，竹声来自风雨。故竹声萧萧时，或正是风雨潇潇时。次句由"疑"字生发，真实自然。一句飞跃，自然之声变奏为社会之音。

"些小"句，自谦语，在诗情酝酿上有欲扬先抑之效。全诗结于"一枝一叶总关情"，妙在呼应了首句的"卧听"，又坐实了第二句的"疑是"，因而关情之"情"是物情人情的合一。

题屈翁山诗札、石涛石溪八大山人山水①

国破家亡鬓总幡②，一囊诗画作头陀③。
横涂竖抹千千幅，墨点无多泪点多。

【注释】

① 这是一首诗册画卷的题诗。题目点到诸人皆明遗民。屈翁山（1630—1696）：名大均，字翁山，番禺（今属广东）人。明亡后曾随桂王朱由榔抗清，失败后在杭州出家为僧，能诗文，为"岭南三大家"之一。石涛（1641—约1718）：原名朱若极，明皇族后裔，入清后为僧，号苦瓜和尚，画家，工书法及诗。石溪（1612—？）：本姓刘，画家，和尚。八大山人（1626—1705）：本名朱耷，明皇族后裔，明亡出家为僧，画家。② 鬌总：鬌角。皤（pó）：白色。③ 头陀：和尚。

【鉴赏】

诗题提及的四人，皆为明遗民诗人、画家。他们共同的思想倾向是忠于旧朝、不满现状。郑板桥是明亡多年后出生的，他不是明遗民。但在清初，汉族文人是不受重用的。受歧视则必然寻求发泄，终于他从业已亡故的遗民艺术家身上获得反叛的共鸣。

这首诗是在借他人酒杯，浇自己胸中块垒。

一、二句对四位艺术家的共同命运作总体扫描。"国破家亡"，衰年残躯，宁可为僧，不失气节；所谓"一囊诗画"者，即自食其艺，不沾清国俸禄。大者（兴衰）不可抗拒，小者（洁身）全凭自为，屈翁山等四人正可谓疾风劲草之士。

三、四句，仍然是对四个人生活状态及精神状态的咏叹，但因为职业相同，两句诗已有了自艾自怜、自诉自叹的成分。"墨点无多泪点多"，是出新出彩的警句。

痛苦，有时能成为创造的巨大动力。

袁枚

袁枚（1716—1798），字子才，号简斋，钱塘（今浙江杭州）人。乾隆四年（1739）进士，授翰林院庶吉士。乾隆七年改放外任，在溧水、江浦、沭阳、江宁等地任知县，颇有政声。乾隆十三年辞官，定居江宁（今江苏南京），筑室于小仓山隋氏废园，改名"随园"，故世称其"随园先生"。从此不再出仕，广交文士，耽于诗文。晚年自号仓山居士。与赵翼、蒋士铨并称"乾隆三大家"。诗倡"性灵"说。存诗四千多首。有《小仓山房集》《随园诗话》《子不语》等。

马嵬①

莫唱当年长恨歌②，人间亦自有银河③。
石壕村里夫妻别④，泪比长生殿上多⑤。

【注释】

①马嵬：地名，指马嵬坡。在今陕西兴平市西，唐安史之乱时，唐玄宗于此缢杀杨贵妃。②长恨歌：白居易所作长篇七言乐府古诗。言及马嵬坡之变，有句曰："马嵬坡下泥土中，不见玉颜空死处。"③"人间"句：取意于造成夫妻分离的环境，亦如银河隔开牛郎、织女。④石壕村：杜甫《石壕吏》所写之村庄。⑤长生殿：唐朝皇帝斋宫。白居易《长恨歌》谓："七月七日长生殿，夜半无人私语时。"白氏将长生殿写成唐玄宗与杨贵妃定情处。

【鉴赏】

虽以"马嵬"为题，却不是纪游诗，而是一首咏史诗。准确地说，这是一首借助相关史料，阐释人情真伪或进行情感辨析的诗。

诗的现成材料是唐人两首诗（杜甫《石壕吏》与白居易《长恨歌》），诗的历史材料是两则真实的唐人故事（百姓之爱与帝王之恋）；借此，诗人在相互比较后，予以取舍。比较的结果在后两句诗里，取舍的倾向在前两句诗里。全新的情感取向，表达了诗人对人民的同情。

中国文人的毛病，总是夸大有权势者的悲欢，而将千千万万老百姓真切的苦乐忽略不计。杜甫是比较关注下层苦难的，袁枚在这首诗里再次给予肯定。其实，白居易也比较关注生民之叹，只是《长恨歌》的倾向不为袁枚赞同而已。

雨 过

雨过山洗容，云来山入梦。

云雨自往来，青山原不动。

【鉴赏】

入笔点题，"山"的主体地位即被确立。一、二句写"雨过""云来"中的山景，准确，传神，动静结合；"洗容""入梦"皆有拟人化色彩。"山"活了，活在雨、云之中。

"云雨自往来，青山原不动"，是景语，又是哲言。新意一出，既新人耳目，又新人心扉，有醍醐灌顶之效。其实，"青山原不动"又是尽人皆知的大实话。人人领会，人人未言，一旦点化成诗，意外地变成智慧语。这也启示诗人：最高妙的诗情、诗句就在你身边。

蒋士铨

蒋士铨（1725—1785），字心馀、苕生，号藏园，又号清容居士，铅山（今属江西）人。乾隆二十二年（1757）进士，官翰林院编修。辞官后曾主持蕺山、崇文、安定三书院讲习。与袁枚、赵翼齐名，并称"乾隆三大家"。论诗虽重"性灵"，但主张兼师。有《忠雅堂诗集》《忠雅堂文集》。

题 画

不写晴山写雨山，似呵明镜照烟鬟。

人间万象模糊好，风马云车便往还^①。

【注释】

①风马云车：傅玄《吴楚歌》有"云为车兮风为马，玉在山兮兰在野"，写神仙往来的情形。

【鉴赏】

　　画面上云烟缭绕，一派山雨景象。就此，诗人写下《题画》一诗。第一句，断言此画为"雨山"图。第二句，是"雨山"图的视觉效果。"呵明镜"三字很巧、很准。镜面凉，一遇呵气，即形成一层薄雾，雾镜照影，有如雨中看山。"照烟鬟"并非清晰之象。其实，世间景物清晰显现一切的时候真的不多。

　　唯其模糊，这"雨山"图方能传雨中山水的神采。于是，诗人油然兴叹曰："人间万象模糊好，风马云车便往还。""模糊好"为双关语，一关艺术之美，一关世象之真。因为模糊，因为有风有云，连神仙都乐于居处呢！或许，这首诗暗含着对人境、"神境"的双向追求。

赵翼

　　赵翼（1727—1814），字云崧，一字耘松，号瓯北，江苏阳湖（今江苏常州）人。乾隆二十六年（1761）进士，授翰林院编修。曾任镇安、广州知府，官至贵西兵备道。乾隆三十八年辞官家居，一度主讲扬州安定书院。诗与袁枚、蒋士铨齐名，称"乾隆三大家"。存诗四千八百多首，有诗集五十三卷及《瓯北诗话》《廿二史札记》等。

论诗①（其二）

李杜诗篇万口传②，至今已觉不新鲜。
江山代有才人出，各领风骚数百年③。

【注释】

　　①《论诗》共五首，今选其一。②李杜：唐代诗人李白、杜甫。③风骚：风指《诗经》，骚指《离骚》。"风骚"代指诗文。

【鉴赏】

这是一首流传极广的论诗诗。赵翼说了实话，触及文学发展的规律，因而获得赞同。

"李杜诗篇万口传"，是个不争的事实；"至今已觉不新鲜"，又是个真切的感受。"事实"一直维持着，但"感受"无人点破。赵翼说了，这便是提出了文学发展的变化与超越。三、四句，直言他的文学主张，一是代代创新，一是各具特色。这是乐观的文学主张。这主张让有志于文学者增强自信。

文学之外，一切艺术都面临发展、创新的时代课题。即便在大师、圣贤之后，仍有再创造的空间。

野　步

峭寒催换木棉裘①，倚杖郊原作近游。
最是秋风管闲事，红他枫叶白人头②。

【注释】

①峭寒：料峭。②"红他"句：秋风把枫叶变红，却把人的头发变白了。感叹时间不饶人。

【鉴赏】

前二句，节奏舒缓，有条不紊，写天寒换衣，倚杖郊游。明着一"寒"字，暗埋一"老"字（倚杖），为三、四句蓄势。"最是秋风"二句，完全顺承"近游"而来，但诗意旁出，趣味盎然，用色彩强烈的画面（红枫、白头），烘托起时间忧叹与生命忧叹。"秋风"成为时间的使者，"闲事"不闲，叶绿叶红，青丝白发，都在"秋风"的抚摸下悄然嬗变！

黄景仁

黄景仁（1749—1783），字汉镛，一字仲则，号鹿菲子。江苏武进（今江苏常州）

人。北宋诗人黄庭坚的后裔。四岁丧父，十六岁应童子试，三千人中名列第一。但以后屡应乡试皆不中。乾隆三十三年（1768），黄景仁二十岁时开始游历浙、皖、赣、湘，曾为人幕僚。二十七岁入京，次年应乾隆东巡召试，取二等，授武英殿书签官。后游西安，曾入毕沅幕，回京师为候补丞，未补官。乾隆四十八年为债家所迫，抱病赴西安，至解州运城病卒。有诗才，著有《两当轩集》。

癸巳除夕偶成[①]

千家笑语漏迟迟，忧患潜从物外知。
悄立市桥人不识，一星如月看多时[②]。

【注释】

① 癸巳：乾隆三十八年（1773）。诗人此时二十五岁。② 一星：指金星。迷信观念认为，金星亮则祸临。

【鉴赏】

黄景仁少年成名，但科场蹇滞，只能靠游幕为生。这让他倍感压抑。《偶成》一诗用除夕的"千家笑语"与诗人的"悄立市桥"对照，表现特定环境中的"忧患"孤独。

俗谚有："穷站街头无人问，富居深山有远亲。"这首诗可与俗谚相应。而在超越经济困窘的心灵层面上，诗人宏图难展的苦闷大抵又甚于贫穷。加上金星亮于往年，这更平添了诗人的无名忧虑。

舒位

舒位（1765—1815），字立人，号铁云，小字犀禅，直隶大兴（今属北京市）人。乾隆五十三年（1788）举人。家贫，以馆幕为生。有《瓶水斋诗集》。有人赞为"诗豪"，又有人评为"繁采寡情"。

渡江望金山寺^①

借得东风一角天，平明来上渡江船^②。
浮云变幻江潮涨，只有青山似旧年。

【注释】

①金山寺：在镇江金山上，原名泽心寺。始建于东晋，唐代开山得金，易今名。②平明：天亮。

【鉴赏】

从语气判断，诗人是从江北瓜洲一带登船渡江去镇江，眺望金山寺，突有所感所悟。

"浮云"在上，"江潮"在下，一"变幻"，一"涨"高，都以动态形式存在。在强烈动势的映衬下，"青山"的巍然之势越发安稳。"只有青山似旧年"，这是诗人的发现，也是诗人的感慨。其实，不随年光而变的东西还有很多。我们也应去发现，并进而珍惜。

为了推出自己的发现，诗人在构思上颇为用心。一、二句，从"东风"写起，写"天"，写"渡江船"，都取动势，尤以"借得东风一角天"新颖别致。"东风"吹来，"天"开"一角"，这便为浮云飞、江潮流腾挪出了空间。此岸看彼岸，旁观清明，才有发现。

吴嵩梁

吴嵩梁（1766—1834），字子山，号兰雪，江西东乡人。嘉庆五年（1800）举人，由内阁中书官贵州黔西州知州。继蒋士铨后又一个重要的江西诗人。著有《香苏山馆全集》57卷。

江南道中

山风拂袂暗凉生^①，月黑空林更独行^②。
一路野花开似雪，但闻香气不知名。

【注释】

① 袂：衣袖。② 月黑：无月。

【鉴赏】

"说理诗"再有独到的发现，都难以营造圆融的意境。而一些看似不经意的景物小诗，一旦锁钥开启，进入诗人的山阴幽径，则清景丽情足可娱人。这意境可谓绝美。

"山风拂袂"，凉爽宜人，此为一境；"空林独行"，月黑不惧，此又一境；"野花似雪"，一路相伴，此第三境；"但闻香气"，不知花名，此第四境也。四境合一，则为"花夜行"无疑。这是一个万物亲人的境界，这也是人醉于自然的境界。

没有理，只有情；没有遗憾，只有和谐；没有目标与归宿，这野花夹径、馨香醉人，就是人的"艳遇"与机缘；舍此，你还何求？

这首诗有一种不经意的潇洒，而魅力全在人与境的合一。

梁鼎芬

梁鼎芬（1859—1919），字星海，一字心海，又字伯烈，号节庵，广东番禺（今广东广州）人。光绪六年（1880）进士，任翰林院编修。因弹劾李鸿章贬为太常寺司乐，不久罢归。任丰湖、端溪书院院长。张之洞督粤，设广雅书局，被聘为首任院长。参张幕府事，后任湖北布政使。清亡，为遗老。有《节庵先生遗诗》等。

焦山回忆之一·象山炮台^①

此台亦何有，有我千回泪。
我泪今已干，或者变江水。

【注释】

　　①焦山：在江苏镇江市区东北长江中。因东汉焦光隐居山中而得名。象山：在焦山西南、长江南岸。象山炮台筑于鸦片战争时，后多次重修，同治十三年（1874）又新设炮台十一座。

【鉴赏】

　　这首诗是诗人为翰林院编修时，上疏弹劾李鸿章降官归里过镇江时所作。镇江知府王仁堪（光绪三年状元）同情之，安排他在焦山海西庵读书养息。《焦山回忆》即为焦山生活图景。

　　象山为炮台，首句设问"此台亦何有"，似有明知故问意。答句出，让人意外："有我千回泪"。千回，夸张语。但泪洒炮台，分明与卫国忧国相关，当然，也包括了因为遭贬而报国无门的悲痛。三、四句，继续将诗情翻新："我泪今已干"，荡开一笔；"或者变江水"，放大千倍。于是，"干"成为自饰之词；泪变江水，江水是泪。倘江水是泪，这泪又非诗人一人所流了。此时的伤情，正无法言表。

　　诗题用"象山炮台"，其作用在规定主题的方向；而"江水"，才是他抒情的凭附。言简意繁，词浅悲深，这二十字的绝句概括了诗人一生的抱负。

龚自珍

　　龚自珍（1792—1841），字尔玉，又字璱人，更名易简，字伯定，又更名巩祚，号定盦，又号羽琌山民。浙江仁和（今杭州）人。出身官宦之家。幼习经学，诗名早著。嘉庆十五年（1810）应顺天乡试，由监生中式副榜；二十三年又应浙江乡试，始中举。嘉庆二十五年入仕为内阁中书。道光九年（1829）第六次会试，始中进士。后迁宗人府主事、礼部主事祠祭司行走，又入补主客司主事。道光十九年辞官南归。两年后暴卒于丹阳云阳书院。关心国运，屡有进策，诗多豪健，广有声誉。有《定盫文集》。

己亥杂诗①

九州生气恃风雷，万马齐喑究可哀②。
我劝天公重抖擞，不拘一格降人才。

【注释】

①己亥：道光十九年（1839）。这一年，诗人辞官返杭州，因接眷属，又往返一次。途次共作七绝三百一十五首，统名之《己亥杂诗》。本篇为第一百二十五首。②万马齐喑：语出苏轼《三马图赞序》：“振鬣长鸣，万马皆喑。”喑，哑。

【鉴赏】

作者自注谓：“过镇江，见赛玉皇及风神、雷神者，祷祠无数。道士乞撰青词。”未料到，这首应命之作竟然最强烈地表现了诗人对社会变革的渴望。

中国的百姓很乐天，他们将自己的乞求也当成了游戏；“赛神”之会，可谓融膜拜与娱乐为一体。诗人就此也许下一个愿，一个呼风唤雷的愿。

专制造成死寂。一、二句针对清朝晚期死气沉沉的政治局面而发。“万马齐喑”是现状，“风雷”“生气”是理想；而实现这一理想要上天安排，故才有“我劝天公”之语。全诗归结于“不拘一格降人才”，其含义并不局限于“人才”受窘或个人困顿的牢骚，潜在的逻辑是：天欲降大任，必先降人才；担当大任者既已降临人世，世界的变化便指日可待。降才能“不拘一格”，才会降大才、奇才、社稷才、救世才等。只要细品诗意，当能体验其中的变革精神。

梦中作四截句，十月十三夜也①

黄金华发两飘萧，六九童心尚未消②。
叱起海红帘底月，四厢花影怒于潮。

①此诗作于道光七年（1827）。此题共四首，今选其二。②六九童心：六岁、九岁童稚之心。

【鉴赏】

梦中作诗，印证了思虑之深。

黄金与华发，两相零落，说明老大无成。黄金，喻富贵，诗中当指功名。此年诗人三十六岁，华发早生；五次会试，皆未中试，故有"两飘萧"之叹。"六九童心尚未消"句，自言心态，谓豪气仍在；这才有"叱起海红帘底月"的举动。三、四句诗情豪迈而壮丽。"海红"二字，并非修饰"帘"，它修饰的是"月"，为协律而小作调度。一声呵斥，帘底一轮（海红）明月升起，四厢（满院）花影，偃仰如潮，这是何等的痛快淋漓！"四厢花影怒于潮"脱化于王采薇"四山花影下如潮"，着一"怒"字，情感自出；而且月起、影怒皆有醒觉意。

简言之，龚自珍的梦境有一种民族觉醒的先兆色彩。

张之洞

张之洞（1837—1909），字孝达，号香涛，又号壶公、抱冰。因创广雅书院、书局，又称广雅。直隶南皮（今属河北）人。咸丰二年（1852）举人，同治二年（1863）进士，授编修，历任湖北、四川学政，山西巡抚，两广、湖广、两江总督，官至体仁阁大学士、军机大臣兼管学部。一生坚持"中学为体，西学为用"的洋务派原则。存诗五百多首。有《张文襄公全集》。

四月下旬过崇效寺访牡丹花已残损①

一夜狂风国艳残，东皇应是护持难②。
不堪重读元舆赋③，如咽如悲独自看。

【注释】
①崇效寺：北京寺院名，旧址在北京宣武门外西南隅。此诗作于戊戌变法失败后，为悼念"戊戌六君子"之一的杨锐作。②东皇：神话中的春神。③元舆赋：指唐人舒元舆所写的《牡丹赋》。

【鉴赏】

同治十二年（1873）张之洞出任四川学政，光绪元年（1875）建尊经书院。杨锐是从全川三万多名生员中挑选出的百名学员之一。因学业优秀，张之洞常让他追随左右，亲予指点，为"尊经五少年"之冠。后张之洞督两广、湖广，杨锐皆为幕僚。光绪十二年杨锐中举，光绪十五年任内阁中书，后参与戊戌变法，升为军机章京。可以说，杨锐是张之洞最喜欢的学生。

变法失败，杨锐被杀，张之洞十分难过。这首诗仅仅是他怀念学生的曲折表白。

"一夜狂风"隐指对戊戌变法的镇压，"东皇"隐指光绪皇帝。因为舒元舆的《牡丹赋》也是描写"国艳"牡丹的，借用抒情，更增悲怆。如果于《牡丹赋》之外再联系舒元舆的身份与结局，诗人怀念杨锐的隐衷，便又多了一份证据。舒元舆于唐文宗时任刑部侍郎，参与李训、郑注谋诛宦官的计谋。太和九年（835）十一月二十二日，李训、舒元舆等以左金吾卫厅事后石榴树生甘露为名，诱太监仇士良等验看，希望借机诛杀。谋泄，仇士良反纵兵杀千余人。舒元舆等人皆腰斩于市，这与杨锐等六君子殉命菜市口仿佛。

张之洞痛惜之情，不可名状，借怜惜"残损"牡丹，一吐悲咽，大抵只能如此。

陈宝琛

陈宝琛（1848—1935），字伯潜，号弢庵，福建闽县（今福建福州）人。同治七年（1868）进士，授翰林院庶吉士，历官内阁学士、礼部侍郎，因直言遭贬。回福建创办东文书院。辛亥革命前夕，起为山西巡抚，未赴任，留作溥仪汉文老师，官太傅，并任弼德院顾问大臣。晚清诗坛领袖之一，有《沧趣楼诗集》等。

大悲寺秋海棠^①

当年亦自惜秋光，今日来看信断肠。

涧谷一生稀见日，作花偏又值将霜。

【注释】

① 大悲寺：北京寺院名，在北京西山八大处第四处平坡山半腰中。此诗作于宣统二年（1910）七月。

【鉴赏】

这是一首咏花诗。不与诗人遭际对照，纯咏海棠临霜，一派惜花情意。若与诗人经历对照，则处处咏花，处处叹人，这首诗又分明是一首托物咏怀的有谓之作。

诗人光绪十年（1884）以保荐唐炯、徐延旭获罪，次年降五级调用。时丁母忧，亦便归里不出。至宣统元年（1909）复出，历二十五年。诗中所谓"当年"与"今日"，应作相隔二十五年看。海棠是人（诗人），是国家，人渐老，国日衰，教人如何不"断肠"？三、四句将秋海棠的处境进一步具体化，一写缺"日"光，一写值严"霜"，这又与人至老境、国至败境相似。即便仅限于自叹，二十五年沦落江湖，不得入庙堂仰视天颜（日），也真算得上"稀见日"了！当然，较为准确的理解还是应该将这株秋海棠还原为纯粹的"涧谷"生命。生于"涧谷"，稀于"见日"，仍然"作花"红艳，这画图本身，倒不含"大悲"之意。

可以作无寄托赏析，也可以作有寄托赏析，句句纯景，句句双关，构成了这首诗的奇异之美。

陈曾寿

陈曾寿（1878—1949），字仁先，湖北蕲水（今湖北浠水县）人。光绪二十九年（1903）进士，历官刑部主事、学部郎中、都察院广东道监察御史。辛亥革命后，筑室杭州南湖，以清遗老终身。诗成一家，为世公认。有《苍虬阁诗集》等。

七绝

曩岁住武昌①，有卖饼叟作秦声②，寒夜过深巷，其音幽咽以长，爇小炉担间③，以竹筒炊饼令爇，焦香喷鼻。自予入都，遭世变忽忽二十年，今以事复来城中，闻声呼之，果叟也，询其年，已七十，自言业卖饼四十年矣，感念旧事，为作一绝。

华表峥嵘不住尘④，望门呼旧只酸辛。
霜街一担油酥饼，犹是当年皱面人。

【注释】

①曩岁：早年。②秦声：陕西口音。③爇：烧。④华表：古代建于宫阙、城垣或陵墓前左右两侧的石柱。柱身多雕蟠龙，柱顶为云板与蹲兽。

【鉴赏】

此诗作于民国二年（1913）。作为前清进士及第的官吏，因为忠于故主甘为遗老，自然在民国的权力体系里没有位置。失落感必然存在。发而为诗，"望门呼旧"，能不"酸辛"？

机巧在于诗人并不直抒胸臆，而是借与"卖饼叟"的重逢，慨叹命运偃蹇。

因为入笔即点出"华表"，所以"望门呼旧"便有了远近两重含义。近者，为"呼"卖饼叟；远者，即"呼"旧君、旧臣、旧友等。因而这"酸辛"的内涵必然既专指卖饼叟，又隐指旧主。

"霜街一担油酥饼，犹是当年皱面人"二句，为风俗画，为命运图，为歌哭曲，吟之，让人有欲哭无泪之感。

诗之序题，精练隽永，可以视为卖饼叟传略。文与诗相映，意蕴深幽，寄托绵长，有一唱三叹之妙。

陈三立

陈三立（1852—1937），字伯严，号散原，江西义宁（今江西修水）人。光绪十五年（1889）进士，官吏部主事。父陈宝箴巡抚湖南，三立曾辅佐创办新政。戊戌变法失败，父子同被革职。侍父退居南昌西山，并往来南京寓所与西山间。民国立，以清遗老自居。诗多忧国忧民之作。有《散原精舍诗》等。

壬寅长至抵崝庐谒墓^①（其三）

贫是吾家物^②，宁敢失坠之。
江南可怜月，遂为儿所私。

【注释】

① 此诗作于光绪二十八年（1902）冬。崝庐为三立父陈宝箴筑，位于南昌西山最高峰萧仙峰下青山之原，傍三立母墓。"崝"即"青山"两字相合义。
② 贫：一指贫穷不富裕，还指安贫乐道的儒家传统。

【鉴赏】

在清末思想界，陈宝箴与陈三立父子都是倾向于变法图存的有识之士。因为戊戌变法失败，父子双双被夺职。不能兼济天下，只好独善其身，故而陈三立的这首咏"贫"诗，暗含着浓郁的操守自勉和子孙告诫。

"贫"字含义深长，既指物质困乏，又指穷不失志。

"可怜"，可爱意。"私"，独占意。独自享受月光，是清闲、清明、不能昏然入睡的思维状态。因谒父墓，故自称"儿"，这又使此诗潜含着自律自励以告慰先人的虔敬。

康有为

康有为（1858—1927），原名祖诒，字广厦，号长素，又号更生，广东南海（今属广东佛山市南海区）人。光绪二十一年（1895）进士。授工部主事，未受。在京创办《中外纪闻》，组织强学会，光绪二十四年成立保国会，受光绪接见，授总理衙门章京。促成"戊戌变法"。变法失败，逃亡日本，组织保皇会。辛亥革命后回国，宣扬尊孔，病逝于上海。著有《新学伪经考》《大同书》等。

伍氏万松园观斗蟋蟀①

风流犹是半闲堂②，碧锁朱阑斗蟋场。
千古雌雄竟谁是？红棉笑杀贾平章③。

【注释】

①此诗作于光绪十三年（1887）春。诗人寓居广州花埭伍氏之恒春园。伍氏乃广东豪门，万松园为其私园。②半闲堂：南宋权臣贾似道在杭州西湖葛岭所筑别墅名。③红棉：隐指贾似道毙命处福建漳州木棉庵。平章：官名，职权略同宰相。贾似道被封太师、平章军国重事。

【鉴赏】

贾似道是中国历史上出名的"玩主"，有"蟋蟀宰相"之名。不同于小人物的"玩"，大人物一"玩"，就可能将江山社稷作为赌注。

"风流"二句，是描写伍氏万松园斗蟋场的。引入"半闲堂"这一特定处所，古今两个玩家遥成呼应之势。"千古雌雄竟谁是"一问，取义双关，指蟋蟀，又指两个玩蟋蟀的人。"红棉"句，等于回答。贾似道误国，德祐元年（1275）谢太后将贾似道贬官三级，命回绍兴私宅居住。绍兴地方官闭门不纳。谢太后再命居婺州，婺州百姓亦反对。再改建宁府，朝臣又一致反对。后贬之为高州团练使，押往循州（治所在今广东龙川）。行至漳州城南木棉庵，押解官郑虎臣将其摔毙。玩蟋蟀的人被"摔"死，也是巧合。"红棉笑杀"可证天怒人怨。

作为讽喻诗，选材独特，讽喻也独特，逸娱亡身的道理通过事实得以阐释。

丘逢甲

丘逢甲（1864—1912），字仙根，号蛰仙，又号仲阏，别号南武山人、仓海君，福建彰化（今属台湾）人。光绪十五年（1889）进士，官工部主事。甲午战败，清廷割让台湾给日本，丘逢甲曾联络台湾各界人士向清廷"刺血三上书"。又与台湾士民组织义军抗日，兵败内渡。辛亥革命后，出任广东军政府教育部部长。又被推为广东代表，赴南京参加临时政府组织工作，当选中央参议院议员。因病南归，卒于广州。有《岭云海日楼诗钞》等。诗以豪健称。

韩江有感①

道是南风竟北风②，敢将蹭蹬怨天公③。
男儿要展回天策，都在千盘百折中。

【注释】

①韩江：在广东东部。北源汀江，出福建长汀；南源梅江，出广东紫金县。二水在广东大埔三河汇流，称韩江，南流汕头附近入海。中上游多峡谷险滩。②"道是"句：因江流曲折，峰回风转，故致风向有南北突变。喻清末政治气候多变。③蹭蹬（cèng dèng）：路途险阻，喻失意。

【鉴赏】

此诗作于光绪三十三年（1907）。台湾岛抗日失败，诗人被迫退居大陆，可谓人生"蹭蹬"已极。路经韩江，历激流险滩，诗人突有所悟，作此诗以自勉。

扣"有感"二字，诗的重点是抒情，因而叙述色彩很淡，以至于"南风""北风""千盘""百折"这些景物展示都带有虚拟的成分。景物仅仅是兴会的触发点，一旦诗情奔涌，那个巨人般的"男儿"便在"展回天策"的理想境界与"天公"比肩。

虽然有直抒胸臆的痛快淋漓，诗人也并未忽略形象的渲染。"韩江有感"，是属于韩江的；诗情张扬时，韩江也在"千盘百折"中奔向大海。

谭嗣同

谭嗣同（1865—1898），字复生，号壮飞，湖南浏阳人。少年博览群书，并习西方自然科学。光绪十年（1884）入新疆巡抚刘锦棠幕，借机游历西北、东南各省。中日甲午战争后，愤中国积弱不振，于浏阳倡立算学馆。光绪二十二年奉父命入资为江苏候补知府。次年在湖南创设时务学堂，办《湘报》。光绪二十四年应徐致靖荐，应召进京，授四品衔军机章京，参与变法新政。变法夭折，遇害。有《谭嗣同全集》。

狱中题壁①

望门投止思张俭②，忍死须臾待杜根③。
我自横刀向天笑，去留肝胆两昆仑。

【注释】

①关于这首诗，据台湾黄彰健著《戊戌变法史研究》讲曾被梁启超篡改。该诗应是："望门投趾怜张俭，直谏陈书愧杜根。手执欧刀仰天笑，留将公罪后人论。"录此备考。②张俭（115—198）：字元节，山阳高平（今山东邹城西南）人。赵王张耳之后。为东部督邮时，因弹劾中常侍侯览残暴百姓，为太学生敬仰。建宁二年（169）党锢之祸起，被追捕，所至，士民皆藏匿之。汉献帝初，为卫尉。③杜根：字伯坚，颍川定陵（今河南郾城西北）人。永初元年（107）举孝廉，为郎中。因上书谏太后还政于安帝，太后怒，令收捕，以缣囊扑杀之。执法者手下留情，诈死潜逃，为人酒佣十五年。顺帝时迁济阴太守。

【鉴赏】

可以视此诗为谭嗣同的绝命诗。

就这一文本分析，一、二句追怀两位古人，虽含敬仰意，但已无效法意向。因为，张俭、杜根二人都是临危逃避者。谭嗣同当变法失败后，有机会逃，而不逃。先送走康有为，继送走梁启超，慷慨赴难。他与梁启超的临别感言是："各国变法，无不从流血而成。今中国未闻有因变法而流血者，此国之所以不昌也。有之，请自嗣同始。"基于这不避牺牲的立场，一、二句为假想语，即若想逃避，若想忍死，便会"思张俭""待杜根"。

三、四句陡转，"我自横刀向天笑"为一往无前之战斗姿态。"笑"字，透露视死如归气概。"去留肝胆两昆仑"中的"两昆仑"，一说指康有为与大刀王五，一说指王五与胡七，一说指谭嗣同两仆胡理臣与罗升，因奴仆古称"昆仑奴"。又一说指唐才常与王五。众说纷纭，确论待考。

据史，谭嗣同临刑高声吟道："有心杀贼，无力回天，死得其所，快哉！快哉！"与上诗同一精神。

秋瑾

秋瑾（1875—1907），原名闺瑾，字璿卿，又字竞雄，自号鉴湖女侠，浙江山阴（今浙江绍兴）人。1904年留学日本，加入光复会，继入同盟会，且为浙江分会主盟人。1906年回国，于上海创办中国公学、《中国女报》。后回浙江组织光复军，与徐锡麟相约起义。徐刺安徽巡抚恩铭遇害，事连秋瑾，就义于绍兴轩亭口。有《秋瑾集》。

日人石井君索和即用原韵①

漫云女子不英雄，万里乘风独向东。
诗思一帆海空阔，梦魂三岛月玲珑②。
铜驼已陷悲回首③，汗马终惭未有功④。
如许伤心家国恨，那堪客里度春风。

【注释】

① 此诗作于光绪三十年（1904）至三十一年间，诗人时在日本留学。② 三岛：指日本。源于中国古代海上三山、三岛（蓬莱、方丈、瀛洲）之说。③ 铜驼："铜驼荆棘"省缩语。典出《晋书·索靖传》："靖有先识远量，知天下将乱，指洛阳宫门铜驼，叹曰：'会见汝在荆棘中耳。'"喻指乱世之哀、亡国之悲。此指清灭明。④ 汗马：出自《韩非子·五蠹》"弃私家之事，

482

而必汗马之劳"，喻指战功。

【鉴赏】

许多诗均于收势奔劲，这首诗却起势突兀，奇峰峭立。首联"漫云女子不英雄，万里乘风独向东"二句即确立主题，造成先声夺人之势。以下三联，全是对"英雄女子"心态的剖白。

首联"万里"句，还藏着一个英雄典故，《宋书·宗悫传》："悫年少时，（宗）炳问其志，悫曰：'愿乘长风破万里浪。'"秋瑾东渡，亦意在为国建功，故"万里乘风"虚实两得。

颔联"诗思"二字，承上启下，故以下数句皆为"诗思"展示，可谓句句含情。如"梦魂""悲""惭""伤心""恨""那堪"等，皆直接抒情语。这情感很复杂，表现了秋瑾精神探求阶段的苦闷。又因为诗人的关注点在于"铜驼""家国"之恨，所以即便抒发了精神苦闷，仍然有大气磅礴之象。

苏曼殊

苏曼殊（1884—1918），原名戬，字子谷，小名三郎，更名玄瑛，号晏殊。父亡，五岁随母嫁广东香山（今中山）人苏胜而改苏姓，学名苏湜。1894 年中日甲午战争爆发后随父归中国，不久又回日本求学。1903 年在广州削发，旋还俗，至上海，结交同志，参加南社。入民国曾反袁称帝。积病而卒。能诗文，长绘画，有《曼殊全集》。

本事诗十章①（录一）

春雨楼头尺八箫②，何时归看浙江潮？
芒鞋破钵无人识③，踏过樱花第几桥？

【注释】

① 此诗初题《有赠》，《南社丛刻》第一集（1910 年 1 月）。当 1911 年 12 月出版《南社丛刻》第三集时便与另九首合在一处，改为本题。"有赠"

的对象虽有分歧，但多数认为是日本艺妓百助眉史。②尺八箫：诗人自注："日本尺八与汉土洞箫少异，其曲有名《春雨》，殊凄惘，日僧有专吹尺八行乞者。"③芒鞋破钵：僧人装束。诗人此时已出家，故有此谓。

【鉴赏】

苏曼殊曾被人称为"革命和尚"，他的思想颇为复杂。写作此诗时，清王朝即将寿终正寝，民国方在孕育之中。方生与未死，对峙较量，很少有人准确预测。因而，我并不主张从政治的、时代的大背景去诠释此诗。

此诗展示了一种寂寞情怀和寥落境况，有所期待，有所憧憬。

"春雨"句声、色兼容。那"尺八箫"声过于哀婉，一下便激起诗人的乡关之念。"浙江潮"即钱塘江潮。诗人于光绪三十四年（1908）秋养病于杭州，故有"归看浙江潮"之问。"芒鞋"二句，情景交融；樱花缤纷，流水东去，这美艳的春景，只是加深了诗人的零余感受。从前后关联上分析，"无人识"又是对"归看"的因由补充。

我们欣赏的是诗人捕捉瞬间感受的才情，以及他融情于景的天分。诗里有两个人：吹箫者、诗人，他们都有"僧"的身份。诗外有一个人：诗的受赠者（百助眉史），她有"妓"的身份。远远的，相互感动，又相互独立，诗境多了几分孤寒。